Pucking Around. El amor no es cosa de dos

Novela

Emily Rath

Pucking Around. El amor no es cosa de dos

Serie Pucking, 1

Traducción de Ana Navalón

CROSS BOOKS

PEFC Certificado

Este libro procede de bosques gestionados de forma sostenible

PEFC

PEFC/14-38-00305 www.pefc.es

Título original: *Pucking Around*

Adaptación de la cubierta: Booket / Área Editorial Grupo Planeta a partir de la idea original de Sandra Maldonado (Maldo Designs)
Fotografías de la cubierta: © gilaxia / Istockphoto y © Sean Pavone / Shutterstock
Primera edición en Colección Booket: marzo de 2025

Depósito legal: B. 3.625-2025
ISBN: 978-84-08-29977-6
Impresión y encuadernación: Liberdúplex, S. L.
Printed in Spain - Impreso en España

Biografía

Emily Rath es la autora de varias series superventas que destacan por su inclusión y positividad sexual, entre las cuales se encuentra la serie *Pucking*, todo un fenómeno en TikTok. Ha trabajado como profesora universitaria y cuenta con un doctorado en Ciencias Políticas y Estudios de Paz y Conflictos. Emily nació en Florida, se crio en Kentucky, y actualmente vive con su marido, su hijo y su gato en Jacksonville, Florida.

Puedes seguirla en:

EmilyRathBooks.com

@emilyrathauthor

@emilyrathbooks

A todos los haters que creen que esta historia sería mejor sin Ilmari... ¿estáis bien?
Oh, y suksi vittuun.
Y a todos los lovers que acogieron esta historia con los brazos abiertos... gracias.
Mä rakastan sua.

Advertencia de contenido

Este libro contiene algunos temas que pueden resultar angustiosos para algunos lectores, como son situaciones de acoso, homofobia, abuso de sustancias y trastornos de la alimentación. Del mismo modo contiene escenas de sexo muy explícito, todas ellas consensuadas y consentidas.

Advertencia de contenido

Capítulo 1
Rachel

—¡Rachel!

Gruño, no estoy preparada para abrir los ojos y enfrentarme a la verdad.

Es por la mañana. Otra vez. Y, oficialmente, voy a matar a Tess, mi compañera de habitación... En cuanto recuerde cómo funcionan los párpados. ¿Por qué dejé que me convenciera para salir anoche?

«Porque tienes veintisiete años y estás soltera, tía. ¡Vive la vida!». Puedo escuchar su voz resonándome en la cabeza junto con el firme pum, pum, pum de la música dance de anoche.

Estoy bastante segura de que anoche bebimos. ¿Qué otra cosa podría explicar por qué siento que tengo la boca pegada con Superglue al paladar? Oh, Dios... Creo que me voy a poner enferma. Estoy demasiado vieja para estas cosas. Ya no me recupero como cuando tenía dieciocho años. Solo hay una solución: no volveré a beber en la vida. Ni a bailar. Ni ir a más bares. Asumamos que esto ha sido mi jubilación de la vida nocturna.

—¡Ra-chel! ¡Tía, levántate!

Me giro para ponerme bocarriba y entorno los ojos cuando miro las aspas del ventilador de techo que giran muy despacio. Creo que me he dormido con las lentillas puestas. Me pican muchísimo los ojos.

«Haz una lista, Rach. Haz un plan».

Ese ha sido mi mantra durante los dos últimos meses en los que he intentado volver a montar las piezas de mi vida hecha añicos.

«Una ducha caliente, un café bien fuerte, quizás unas gotas para los ojos...».

—¡Rach!

Tess corre por el pasillo y se detiene en el quicio de mi puerta, los salvajes rizos rojos le caen por los hombros. Es un pibón de la talla veinte con un cuerpo perfecto en forma de pera. Como siempre, solo lleva un crop top y las bragas, y un ramillete de pecas color melocotón le salpican el pecho. La tía suelta la ropa por el piso igual que un husky suelta pelo.

Aunque no es que me importe. Soy la hija de una estrella del rock superfamosa. Nací en California y me crie en el autobús de la gira, he visto cosas muy salvajes durante toda mi vida. Una Tess desnuda no me molesta ni lo más mínimo.

—Tía, ¿no oyes que te estoy ? —Se lleva la mano a la cadera y me tira el móvil a la cama—. Alguien lleva llamándote unos treinta minutos.

Lo busco a ciegas sin ni siquiera girar la cabeza.

—¿Quién es?

—No lo sé. Un número de Nueva York, creo. Y había una llamada perdida del doctor H.

Me incorporo de repente y trago saliva en cuanto siento que una ola de náuseas se apodera de mí.

—¡Madre mía, Tess! —Cojo el móvil—. ¿Mi jefe está llamando y tú dejas que siga sonando?

—Eh, ya tengo a mi propio jefe soplándome en la nuca, muchas gracias —dice resoplando—. Tú te encargas de tu gilipollas arrogante y yo me encargo del mío.

Se echa el pelo por detrás del hombro mientras se gira. Sus atrevidas bragas muestran su pecoso trasero mientras se aleja.

Entorno los ojos, sé que no tiene mala intención. Tess solo está siendo sobreprotectora porque nunca le ha gustado el doctor Halla. No le gusta cómo me microgestiona ni su actitud fría y distante. Supongo que a mí nunca me ha importado. No puede evitar ser europeo.

Me paso una mano por el pelo alborotado y compruebo los mensajes mientras espero que mi cerebro entre en calor. Seis mensajes y una llamada perdida de mi hermano mellizo y su marido. Estoy bastante segura de que Somchai ha vuelto a Seattle, así que eso quiere decir que es pronto para él.

HARRISON (08:01): Estoy en Nueva York por un programa de cocina. ¿Quieres venir el sábado a la grabación?

HARRISON (08:04): ¿¿Estás *emoticono de calavera*??

HARRISON (08:05): Llamada perdida

Sonrío mientras sacudo la cabeza. Solo un mellizo podría darme exactamente tres minutos para responder a una pregunta antes de que en su mente ya esté en pleno *rigor mortis*.

HARRISON (08:07): Hola *emoticono ojos*

SOM (08:12): Tía, más te vale estar muerta porque tu estúpido hermano me ha despertado a las cinco de la mañana. Llámalo.

SOM (08:14): Por favor, no estés muerta de verdad.

HARRISON (08:20): Le he escrito a Tess y dice que estás de resaca, no *emoticono de la calavera* Ya me dices lo del sábado.

Ahora me estoy riendo. Estos dos son demasiado. Mi hermano y su marido son estrellas al alza en el mundo culinario. Al parecer, a Harrison le habían pedido que fuera juez invitado en un nuevo programa de cocina. Siempre se ha sentido más cómodo que yo usando el nombre y los contactos de nuestro padre famoso. No me sorprendería que lo llevara a rastras a la grabación.

Lo cual significa que, si voy, me sentaría a la sombra de papá cuando las cámaras no puedan evitar volverse hacia él para sacarle un primer plano. Luego tendría que pasar por tres semanas de molestias cuando la prensa se acuerde de que existo.

«No, gracias».

Escribo una respuesta rápida en nuestro grupo.

RACHEL (08:31): No estoy muerta. No puedo ir
porque tengo trabajo. Pero buena suerte
emoticono dando un beso

El resplandor de los focos es literalmente lo último que necesito ahora mismo porque hace dos meses el cohete de mi carrera profesional se estrelló. Estaba en Seattle por la boda de Harrison cuando me enteré de que había perdido la beca Barkley. La mayor beca de medicina deportiva de la industria, empareja a médicos y fisioterapeutas que inician su carrera con equipos deportivos profesionales. Los tres últimos residentes del doctor Halla que la pidieron la consiguieron. Cuando terminaron sus rotaciones de diez meses, a todos les ofrecieron puestos permanentes.

Se suponía que yo iba a ser la afortunada número cuatro. El doctor Halla estaba tan seguro de que iba a ganar que empezó a entrevistar en secreto a mi sustituto en el programa de residencias. Tuve que volverme a rastras de Seattle con el rabo entre las piernas y rogarle que no adjudicara mi plaza enseguida. Se mostró amable al respecto e indignado, lo cual era justo, y juró que nunca volvería a recomendar a un médico a esa farsa de programa.

Así que ahí es donde he estado los dos últimos meses, de vuelta en Cincinnati, pasando por los días como si no me importaran. Cuando no estoy cumpliendo con las horas de mi residencia en la clínica de cadera y rodilla, estoy entrenando o escondiéndome... hasta que Tess se harta y me saca a rastras.

Puede que mi terapeuta esté preparada para recetarme Prozac, pero Tess tiene en mente un tipo de terapia completamente diferente. Terapia con pollas. Desde que volví de

Seattle, su misión consiste en que yo eche un polvo. Cree que una noche salvaje con un tío me curará el bajón. Pero solo de pensar en tocar a otro tío hace que me encoja de vergüenza.

Me quedo rígida, el móvil se me tambalea en la mano.

Otro tío. Dios, soy un desastre. Como si ya tuviera un tío y el señor Polvo Aleatorio fuera a ser el otro. No tengo un tío. Ni nada que se le parezca. Pero, eh, una chica puede soñar, ¿no?

En mi caso, mis sueños están llenos de un solo tío. El tío. Mi Chico Misterioso. No le he hablado a nadie de él. Ni siquiera a Tess. Lo conocí la última noche que estuve en Seattle. Fue el mejor rollo de una noche de mi vida. Nunca me he sentido tan en sintonía con otra alma humana. Pero para mí no podía ser nada más. Una noche perfecta. Sin nombres. Sin números. Me desperté por la mañana, recogí mis cosas en silencio y lo dejé desnudo en mi cama, era una imagen sacada de mis propios sueños.

Me arrepiento de no haberle dicho mi nombre. Me pidió que me quedara. Me deseaba como yo lo deseaba... lo deseo a él.

Gruño y me llevo de nuevo la mano al pelo alborotado. Ahora mismo no puedo pensar en el Chico Misterioso. Tengo que encargarme del doctor Halla.

DOCTOR HALLA (08:08): Price, llámame en cuanto puedas

DOCTOR HALLA (08:15): Llamada perdida

Respiro hondo, levanto el móvil y le doy al botoncito verde de llamada. Suena tres veces antes de que lo coja.

—Doctor Halla, lo siento, no he visto su llamada...

—Price, ¿estás aquí? Ven a mi oficina —dice con esa elegante voz que tiene un ligero acento.

—Yo... no, señor. Según mi horario, no tengo que ir hasta esta tarde.

—Maldición. Bueno, no quería hacer esto por teléfono...

Hago un repaso rápido. La ducha no es negociable. Y tengo que meterme algo de comida en el estómago. Y café. Muchísimo café.

—Umm... Puedo estar ahí en treinta minutos...

—No. No quiero hacerle esperar a esta gente.

«¿Esta gente?» ¿Por qué de repente me siento nerviosa?

—Señor, ¿qué...?

—La has conseguido.

La mente me da vueltas como un par de engranajes oxidados mientras intento averiguar qué significa eso.

—Yo... ¿qué?

—La beca Barkley. La has conseguido —repite. Su forma de decirlo es tan impávida que no estoy segura de qué responder. ¿Está de coña? Porque no es divertido—. ¿Price? ¿Me has escuchado?

—Sí. —El corazón me va a mil por hora—. No lo entiendo...

—Acabo de hablar por teléfono con el doctor Ahmed del comité de selección de la Fundación —me explica—. Al parecer, eras la primera en la lista de espera.

—Madre mía. —Salto de la cama, las piernas me tiemblan, y observo mi habitación sin saber qué hacer.

—Parece ser que uno de los becarios tuvo la genial idea de ir a hacer rafting en aguas bravas y la balsa se le dio la vuelta —continúa el doctor Halla—. Se ha roto la tibia y se ha dislocado el hombro, así que está fuera.

—Madre mía —jadeo mientras camino de la cama a la ventana—. Entonces, ¿qué...?

—Significa que tú estás dentro —responde cortándome para ir directo al grano—. El doctor Ahmed me ha llamado como un favor. Sabe que eres mi residente. Solo quería asegurarse de que aceptarías de verdad. Le he dicho que sí. Espero no haberme adelantado —añade enseguida.

—No, señor, yo... —Apenas me salen las palabras para decir nada. Esto no puede estar pasando.

—Todavía quieres aceptarla, ¿verdad?

—Por supuesto —casi le grito al teléfono—. Es... esto es lo último que me esperaba. ¿No han empezado ya las becas?

—Acaban de empezar esta semana —responde—. Esa es la otra razón por la que me ha llamado. Por lo general, los becarios tienen voz sobre su puesto. Si bien no sobre el equipo en concreto, al menos sí sobre género y deporte. Pero tú tienes que estar dispuesta a cubrir la plaza del otro becario. Así que ya está decidido y es demasiado tarde para cambiarlo.

Por extraño que parezca, la falta total de control en este tema me resulta emocionante. Me siento como si fuera a tirarme en paracaídas.

—Sí —respondo—. Lo haré. Sea lo que sea, me apunto.

Ahora estoy sonriendo.

—Excelente —responde—. Tu función será más de fisioterapeuta que de atención primaria, pero les intriga que tengas formación en ambas. El doctor Ahmed quería corroborarlo conmigo para asegurarse de que tu experiencia en la clínica se traducirá bien. Le he dicho que eres la candidata perfecta.

Se me calienta el corazón.

—Gracias, señor. Muchísimas gracias por su apoyo...

—No hay que darlas —dice de manera brusca. No es muy fan de la efusividad. Uno de los residentes lo abrazó en la fiesta de Navidad del año pasado y pensé que se iba a convertir en piedra—. Creo que el doctor Ahmed ya ha intentado contactarte esta mañana. Llámalo y acepta la beca de manera formal. Y no te preocupes por tu turno de esta noche —añade—. Informaré a Wendy de la situación.

—Gracias, señor —balbuceo otra vez.

—Es una gran oportunidad, Price. Me alegro por ti. A lo mejor me puedes conseguir entradas para algún partido de la temporada.

Registro sus palabras y dejo de andar de un lado para otro. La beca ha empezado esta semana. Lo que significa que tengo que dejar mi trabajo, empaquetar mi vida y mudarme. ¡Y ni siquiera sé a dónde me mudo!

—Espere... ¿qué equipo es? —grito—. ¿Qué deporte? ¿Qué ciudad? ¿Se lo ha dicho?

—Sí —responde—. Tu beca será con los Rays de Jacksonville.

La cabeza me da vueltas. Jacksonville. La costa atlántica de Florida, hasta ahí llego. Pero no sé nada de los Rays. Los Jaguars son el equipo de la NFL de... ¿a lo mejor baloncesto? Dios, si esto es una prueba para ver si encajo en el programa, la estoy fallando estrepitosamente.

—Nunca he oído hablar de los Rays —admito.

Suelta una risilla.

—Bueno, es imposible. Los Rays son el nuevo equipo de expansión de la NHL, la liga nacional de hockey. Creo que ni siquiera han terminado el nuevo estadio.

Casi chillo de emoción, lo cual no es nada profesional, pero no me importa.

Hockey. Es uno de los deportes más rudos y propenso a las lesiones. Son tíos que juegan con cuchillas atadas a los pies, literalmente. Hay muchísimos huesos rotos. Muchísimas heridas de hombros, caderas y rodillas. Luxaciones. Ingles sacadas. Es un sueño hecho realidad. Y un equipo nuevo significa equipamiento nuevo, instalaciones nuevas y fans obsesionados.

—Señor... —chillo, soy incapaz de pensar en otras palabras.

Vuelve a soltar una risilla.

—Diviértete, Price. Te lo has ganado.

Entonces me cuelga.

Me quedó ahí parada con el móvil en la mano, completamente muda. He conseguido la beca Barkley.

Tess vuelve a asomar la cabeza en mi habitación, lleva un zumo verde en la mano.

—¿Has hablado con el doctor H? ¿Qué...? Tía, ¿a qué viene esa sonrisa? ¿Qué ha pasado?

Me echo a reír y las lágrimas me inundan los ojos. Se aparta del marco de la puerta.

—Tía, ¿qué...?

—Me mudo a Jacksonville —suelto.

—¿Qué...? ¿Cuándo?

Me seco una lágrima por debajo del ojo y sacudo la cabeza, sigo sin creérmelo y estoy flipando.

—Lo antes posible.

Capítulo 2
Rachel

—No sé qué más decirle, señora. Estoy mirando en la pantalla y no veo ningún registro de sus maletas —repite por tercera vez la chica del mostrador de la aerolínea.

Suelto un gruñido de exasperación. Hago malabarismos con la pesada mochila y el bolso que llevo colgados del hombro mientras cojo los recibos del mostrador.

—Entonces, explica esto —digo sacudiéndolos en el aire—. El tío de Cincy comprobó mis tres bultos. Está claro que se conectaron en alguna parte por... mira, ¡tengo uno justo aquí! —Señalo la bolsa que tengo a mis pies. Es una de las antiguas bolsas de Tess. Lo único que hace que no se desmorone es poco más que una plegaria.

Oficialmente, esto es un desastre. Las dos maletas que se han perdido tienen básicamente todas mis pertenencias esenciales. En la bolsa que he conseguido reclamar solo hay trastos que metí en el último minuto: unos cuantos libros de medicina, algunas prendas de invierno que ocupan mucho, dos trajes de noche y cosas para entrenar. Mañana voy a estar estupenda en mi primer día de trabajo con un vestido sin espalda de Chanel hecho a medida y las zapatillas de spinning.

—Por favor, ¿puedes volver a comprobarlo? —digo dejando con un golpe los recibos encima del mostrador.

Han sido treinta y dos horas de puro caos. Tengo hambre, estoy agotada y me siento completamente al límite después de un largo día enfrentándome a varios vuelos retrasados. Ni siquiera dormí anoche, estaba demasiado ocupada haciendo las maletas. Me despedí de Tess llorando antes de llegar al aeropuerto a las seis de la mañana para coger el primer vuelo.

Pero una serie de retrasos por causas técnicas se han traducido en que son las cinco de la tarde y acabo de aterrizar en Jacksonville. Y ahora esta gárgola humana con una chapa en la chaqueta que dice «Me encantan los corgis» me está diciendo que el equipaje ha desaparecido de la faz de la tierra.

—No entiendo cómo dos maletas han podido desaparecer sin más.

—Oh..., espere —murmura, la pantalla del ordenador brilla en el reflejo de sus gafas—. Sííí... aquí están. Había escrito mal el número de vuelo.

Me quedo muy quieta. Así es más fácil. Así no tengo que llamar a un superior... o a un agente de policía.

—Por favor, encuéntralas.

Mientras empieza a teclear otra vez, me recoloco la mochila que llevo al hombro y miro el móvil. Ha estado vibrando desde que me he acercado al mostrador. Al parecer, por fin ha decidido despertarse del modo avión. Todos los mensajes llegan de una vez.

Estoy segura de que Tess quiere que la informe. También hay unos cuantos mensajes en el grupo de la familia Price. También tengo un par de mensajes de un número desconocido. Esos los leo primero.

DESCONOCIDO (17:05): Hola, soy Caleb Sanford de los Rays. Voy a ir a recogerte al aeropuerto. Conduzco un jeep azul.

DESCONOCIDO (17:15): Ya estoy. Puerta exterior 2.

DESCONOCIDO (17:20): No puedo quedarme mucho tiempo antes de que este tío me haga dar la vuelta otra vez.

Mierda. ¡Nadie me dijo que me recogerían en el aeropuerto!

DESCONOCIDO (17:30): Llamada perdida

DESCONOCIDO (17:45): Mira, no pretendo ser un cabrón, pero no puedo esperar mucho más. Aquí dice que tu vuelo llegó hace cuarenta y cinco minutos.

DESCONOCIDO (17:47): Eres la doctora Price, ¿verdad?

—Madre mía —grito, y me cambio todas las cosas de hombro.

Genial, ahora parezco una idiota total que se limita a ignorar las llamadas y los mensajes durante una hora y dejo que la gente me espere. Tengo que devolverle la llamada a este tipo. ¡Tengo que salir de este maldito aeropuerto!

—Por favor —digo por encima del mostrador, siento que ya se lo he dicho cien veces—. Si las maletas no están aquí, puedo volver, pero no puedo quedarme aquí plantada.

Levanta una mano y me la pone delante de la cara.

—Señora, necesito que se tranquilice.

«Ay, no ha dicho lo que creo que ha dicho».

—¿Tranquilizarme? —Me cabreo—. No he empezado a no estar tranquila. Has sido tú la que hace solo dos segundos has dicho que mis maletas ni siquiera estaban en el sistema... —Me trago el resto de mi perorata. No merece la pena—. Por favor —repito—. Tan solo dime...

—Las tengo —murmura, vuelve a clavar los ojos en la pantalla—. Parece que dos de las maletas se mandaron a otro sitio cuando hizo conexión en Charlotte. Podemos hacer que las devuelvan y lleguen mañana a lo largo de la mañana.

Suspiro de alivio.

—Gracias a Dios. ¿Qué más necesitas?

—Nada —responde deslizándome los recibos de las maletas por encima del mostrador—. Tenemos toda su información. Alguien se pondrá en contacto con usted para avisarle de que las maletas han llegado.

Cojo los recibos.

—Gracias —mascullo, pero por dentro añado «por nada».

—Bienvenida a Jacksonville —dice impasible, pero ya le está haciendo señas a la siguiente persona de la fila.

Me peleo con la correa de mi bolso, que se ha enrollado en el tirante de la mochila y se ha enganchado en la botella de agua de metal. Al mismo tiempo, intento coger el asa de la bolsa que sí ha llegado. Es una de esas bolsas de viaje negras y cuadradas, un tanto abultada por la parte delantera de todos los cachivaches que he metido dentro a presión. ¡Esta cosa pesa una tonelada! Da igual, tiene ruedas. Y ahora todo me está saliendo rodado.

Me alejo corriendo del mostrador de equipaje perdido arrastrando mi solitaria maleta tras de mí. Llevo el bolso en modo bandolera para poder tener la mano libre. Ya le estoy dando al botón de llamar del móvil. Suena y me responden de inmediato.

—¿Diga? —Tiene una voz profunda.

—Hola.... —«Mierda, ¿cómo se llamaba este tío?»—. Soy Rachel Price —digo—. ¡Lo siento muchísimo! Me han perdido las maletas y mi móvil se ha quedado bloqueado en modo avión... ha sido una movida. ¡Estoy saliendo ahora!

—Estoy volviendo a dar la vuelta —dice. Escucho la música que suena de fondo—. El jeep azul. —Me cuelga.

Corro hacia las puertas dobles marcadas con un «2» enorme y salgo fuera. El calor de Florida me golpea como una bofetada en la cara. Estoy acostumbrada al calor seco del verano de California, no a esta humedad. Menos mal que llevo recogido el pelo en un moño. Tengo que quitarme esta sudadera con capucha enseguida.

Un jeep descapotable de color azul oscuro se detiene en el paso de peatones a unos nueve metros. Hay una tabla de surf enganchada en los rieles superiores y un perro asoma la cabeza por el asiento trasero. Es adorable: tiene las orejas negras puntiagudas y el hocico blanco de un *border collie*. La lengua rosa le cuelga de la boca.

Corro hacia el jeep, las ruedas de la maleta repiquetean contra el cemento. Levanto la mano con la que sostengo el móvil y le hago un saludo raro al jeep. El tío que va al volante asiente con la cabeza. Lleva unas gafas de aviador y una gorra de béisbol con la visera bajada.

—Hola —saludo sin aliento cuando me detengo junto al lado del copiloto del jeep—. Soy Rachel Price. ¡Lo siento muchísimo, de verdad! No me iba el teléfono y me han perdido dos maletas y llevo treinta y seis horas despierta y me estoy asando. Pero ya estoy aquí y estoy lista para que nos vayamos y... madre mía, eres tan mono...

El tipo del asiento delantero se sobresalta y abre la boca un tanto sorprendido, pero en realidad no le estoy prestando atención a él. Mientras le vomitaba todo lo que me ha pasado, el perro ha saltado entre los asientos y ha sacado la cabeza por la ventanilla del lado del copiloto. Tiene unos preciosos ojos azules, muy brillantes y curiosos. Me encantan los animales. De pequeña nunca pude tener una mascota porque siempre estábamos viajando, así que ahora me vuelvo terriblemente incómoda en situaciones sociales si hay un perro de por medio.

—Sy, atrás —le ordena su dueño mientras detiene el jeep.

El perro sacude todo el cuerpo, le da con la cola al chico antes de hacerle caso y saltar de nuevo al asiento trasero.

—¿Necesitas ayuda con las maletas?

—Oh, no. Puedo yo sola —digo mientras vuelvo a mirarlo.

«Oh, mierda».

Estoy aquí halagando a un perro mono cuando su dueño es aún más mono. Se quita las gafas de aviador, se las cuelga del cuello de la camiseta. El efecto de esos ojos oscuros y esos pómulos se va a quedar conmigo un largo tiempo. Una barba de dos o tres días le recorre la mandíbula y sus labios dibujan el mohín más sexi del mundo.

—Yo...

«Tía, compórtate». Cierro la boca de golpe. «Mierda, ¿cuándo la he abierto?».

—Me apaño sola —repito—. Solo tengo que... —Ni siquiera me molesto en terminar la frase. Agacho la cabeza avergonzada y voy hacia la parte trasera del jeep.

—Dame, déjame —me grita—. A veces la puerta se atasca.

Ahí es cuando se baja del asiento del conductor y... alabado sea el cielo. Es la perfección hecha hombre. Desde el jeep podía verle los hombros, pero no habría apostado que era tan alto.

Se mueve con gracia y me da la espalda para toquetear la puerta. Tiene el brazo derecho cubierto de tinta desde la muñeca y le desaparece por debajo de la manga de la camiseta. Remolinos de color y dibujos detallados. Abre la puerta y doy un paso atrás, lista para dejar dentro mi maleta.

—Dame, déjame a mí —masculla.

—No, no te molestes. —¿Por qué tengo una voz tan chillona?

—Parece que pesa mucho.

—Soy una chica mayor —respondo levantándola por el asa.

Entonces, suceden varias cosas a la vez. Primero, el coche de detrás nos pita, lo que hace que yo salte y el perro ladre. Luego el sistema de megafonía se pone a anunciar a todo volumen las zonas de aparcamiento restringidas. Por último, mientras levanto la maleta, me engancho al borde de la puerta. Debo de hacerlo con la fuerza suficiente para que la vieja maleta se deshaga de las ganas que le quedan de vivir. Oigo como la tela se desgarra y entonces se desata el infierno.

Y por infierno me refiero al contenido de mi maleta. Sí, estoy ahí de pie, con la boca abierta por el horror, viendo como todas mis pertenencias se derraman por el cielo desde la tela rajada y se desparraman por toda la acera a nuestros pies.

El Chico Surfero me mira con los ojos como platos antes de que los dos nos pongamos manos a la obra e intentemos recoger todo lo que se está cayendo. Chillo cuando un libro me golpea en los dedos de los pies. Esto hace que me caiga contra la puerta abierta del jeep. Ahora el perro ladra asustado al vernos peleándonos para que mis cosas no salgan rodando por debajo de los coches que pasan.

Cuando dejamos la maleta en el suelo, me pongo de rodillas desesperada por volver a meter todo dentro.

Ahí está. Por fin lo he encontrado.

«Hola, límite. Soy Rachel».

Me muevo deprisa, metiendo las cosas dentro de la maleta rota. Pasan un par de segundos antes de que me dé cuenta de que el Chico Surfero está ahí de pie, haciendo cero esfuerzos por ayudarme. Levanto la mirada, recorro con los ojos sus piernas descubiertas y llenas de arena. ¿Ha venido directo de la playa? Llego a sus pantalones cortos anchos, subo por su torso hasta su cara.

Mira hacia abajo, pero no me está observando a mí. No, está mirando lo que tiene entre las manos. La expresión se le ha quedado congelada en la cara, completamente inescrutable.

Y tiene sentido por...

«Me cago en todo».

El corazón se me sale del pecho. Que alguien me entierre aquí mismo, en esta zona de carga y descarga del aeropuerto. Y que se asegure también de cavar un hoyo para Tess a mi lado, ¡porque pienso atormentarla hasta que se muera! El Chico Surfero está sujetando un vibrador. Mi vibrador. Tess me lo regaló de broma y seguro que también es una broma que me lo metiera en la maleta. Tiene que serlo, porque el vibrador es largo y morado y tiene forma de tentáculo de pulpo.

Capítulo 3
Caleb

Estoy de pie en la zona de «no aparcar» del aeropuerto de Jacksonville con un vibrador tentáculo en la mano. Es de un color morado eléctrico y de silicona, y por lo que pesa diría que funciona con pilas.

«Joder».

¿Cómo narices he acabado aquí?

Llevo casi una hora esperando a esta mujer, cada vez más enfadado con los medicuchos que no tienen consideración por los demás. Estaba dispuesto a odiarla. Qué narices, estaba dispuesto a largarme y a dejarla aquí plantada.

Pero, entonces, por fin ha sonado el teléfono y el huracán andante que es esta chica ha salido por las puertas automáticas y me ha arrastrado a su vórtice. Me ha hablado tan deprisa que apenas he podido distinguir las palabras. Lo único que podía hacer era mirarle el elegante arco de la mandíbula mientras se movía. Entonces Sy ha tenido que meterse en medio, lo que nos ha distraído a los dos.

Es preciosa, eso tengo que admitirlo. Su cuerpo lleno de curvas está enfundado en unas mallas negras y lleva una sudadera corta abierta que enseña el escote. Le ha hecho al mundo un favor poniéndose el bolso a modo bandolera entre los pechos y corriendo hacia mí como si fuera una modelo de *Los vigilantes de la playa*. Cuando está lo bastante cerca, veo el destello dorado de su nariz.

«Joder, tiene un piercing en el septum».

Me flipan las chicas con piercings y tatuajes. ¿También tiene tatuajes? No sabría decirlo. Lo que sí sé es que los chicos se van a volver locos. Antes de que acabe la mañana ya habrá roto unos cuantos corazones. El entrenador va a tener que poner una valla eléctrica alrededor de su despacho. Seguramente tengamos que obligar a los novatos a que se den una ducha fría antes de que los examine.

«Y aquí estoy, sujetando aún su vibrador».

Está de rodillas, esforzándose por recoger todas sus mierdas mientras maldice para el cuello de su camisa. Levanta la mirada y yo sigo ahí de pie, joder, como si me hubiera convertido en piedra. Su mirada oscura cae de mi rostro a mi mano y abre la boca formando una «O».

—Madre mía —chilla mientras se pone de pie de un salto—. Dame eso...

Casi me arranca el vibrador de las manos.

«Di algo, gilipollas».

—Solo intentaba ayudar —murmuro, y me meto las manos en los bolsillos de los pantalones. He decidido que no le voy a echar un cable. Ahora tengo miedo de ayudarla. Tengo miedo de qué más podría encontrar..., de qué más podría tocar. ¿De verdad usa esa cosa o...?

—Fue un regalo de broma —dice enseguida.

Espero que no pueda leerme el pensamiento, porque no voy a negar que me he imaginado a mí mismo pulsando el botoncito para encenderlo. Tengo curiosidad por probar la amplitud de movimiento del juguete.

—A mi compañera de piso se le ha ocurrido hacerme un regalo de despedida —añade metiendo el juguete en el fondo de la maleta—. Yo no... Yo nunca... Dios, ¿quieres agacharte y ayudarme antes de que nos remolquen con la grúa?

Ni siquiera me molesto en esconder mi sonrisilla. Así que... ¿nunca lo ha usado?

«No me rompas el corazón, Huracán».

Me apoyo en la rodilla buena y hago una leve mueca cuando me agacho, luego la ayudo a meter sus cosas en la maleta rota. El resto del botín es bastante inocente: libros, varios cargadores y cables. Cojo una bota de nieve.

—¿Esperas que haya nieve en la playa?

Suelta un bufido y la toma, luego la mete dentro de la maleta.

—Nunca está de más ir preparada. Pensé que a lo mejor necesitaba cosas de nieve por si había un partido fuera o algo.

Eso es inteligente. A mí tampoco me gustaría verme en Toronto con unas chanclas.

Terminamos de recoger sus cosas todo lo rápido que podemos y levantamos juntos la maleta hasta el maletero del jeep. Lo que no hemos podido meter dentro, lo hemos lanzado encima sin muchas ceremonias. Asegura la mochila en el asiento de atrás y sigue llevando el bolso colgado cuando se encarama al asiento delantero.

Me deslizo en del conductor y me pongo las gafas de sol.

—¿Tienes alguna preferencia en cuanto a música?

—No —responde mientras se sirve sola del cargador de mi móvil—. Lo siento, me estoy quedando sin batería.

—Vale, bueno, va a hacer algo de viento —digo—. A lo mejor quieres...

—Sé cómo funciona un jeep —resopla mientras se pone el cinturón de seguridad. Los dos nos quedamos quietos, se hace el silencio después de su respuesta.

Luego gruñe y entierra la cara entre las manos.

—Oh, mierda... Lo siento muchísimo. Es lo peor que he dicho en mi vida.

—No pasa nada...

—No, lo siento muchísimo. Es que... Dios, qué cansada estoy —dice, hay una nota de desesperación en su voz—. Creo que estoy delirando un poco.

Juro que, si tengo que enfrentarme a un vibrador tentáculo y las lágrimas en el mismo trayecto de coche, voy a pedir un aumento. Lo de hacer recados en el aeropuerto no está en la descripción de mi puesto, pero estoy intentando poner de mi parte, trabajar en equipo. Y mira lo que consigo por las molestias.

—Llevo como dos días sin dormir —continúa.

Sí, eso que escucho en su voz son lágrimas. Es oficial: ahora estoy incómodo.

—Y tengo tanta hambre... Lo único que he comido desde esta mañana ha sido una bolsita de pretzeles. Pero eso no es excusa —añade enseguida. Se gira hacia mí, me acaricia la tinta del brazo ligeramente con los dedos.

—Lo siento. Dios, soy tal desastre que ni siquiera me acuerdo de tu nombre. Me siento una zorra total. Me lo has escrito en un mensaje, pero iba tan acelerada que ni lo he vuelto a comprobar. Y has estado mucho tiempo esperándome, y estoy segura de que soy una gilipollas integral, pero no...

Solo deja de hablar porque se ha quedado sin aire. Sí, esta chica es un vórtice de caos enorme.

Cierra los ojos y respira hondo. Luego los abre y esas pupilas negras se me clavan.

—¿Podemos volver a empezar? Por favor, vamos a empezar otra vez. —Me tiende la mano—. Soy Rachel Price. Soy la nueva médica de la beca Barkley y he tenido dos días muy complicados.

Bajo la mirada a la mano que me ofrece. Se ha subido un poco la manga de la sudadera y ahora puedo ver que sí tiene tatuajes.

«Tranquilízate, mi frío corazón».

Tiene un par de corazones en la muñeca y un dibujo muy detallado de una guitarra eléctrica en el antebrazo. Hay una firma al lado de la guitarra.

Sy elige este momento para meter la cabeza entre los asientos y le olfatea la mano, lo cual difumina la tensión. Ella suelta una risita y lo acaricia entre las orejas.

—Por lo menos hay alguien que quiere darme otra oportunidad. Te juro que no soy una zorra. No, no lo soy —canturrea con esa dulce voz de hablarle a los perros que todo el mundo parece tener—. No, no lo soy. Soy muy maja. Sí que lo soy.

Sy la cree y le lame la mano hasta que ella se carcajea.

Con un gruñido, lo aparto hacia atrás y también tiendo la mano para que me la estreche.

—Soy Caleb Sanford, asistente del jefe de equipo.

Ella me sonríe.

—Vaya, un trabajo duro. Vosotros sí que curráis como locos.

—Sí. —Le suelto la mano y vuelvo a colocar la mía en el volante.

—¿Y quién es este angelito? —pregunta volviéndose en el asiento para prestarle más atención a Sy—. Tiene unos ojos preciosos. Es que te comería a cucharadas. Sí, sí que lo haría —canturrea.

Este idiota peludo es un imán para las tías. Es una pena que las caliente solo para que yo las vuelva a dejar heladas.

—Se llama Poseidón —respondo—. Lo llamo Sy porque es más corto.

—Oooh, qué regio —dice acariciando con los dedos el denso pelaje del cuello—. Parece que estás un poco salado, Sy. ¿Hoy has estado nadando con papi en el océano?

Me quedo helado.

Espera..., no. Mis brazos... mi... mierda, mi polla no. Sin duda mi polla no se ha quedado helada al escuchar a esta preciosa mujer llamarme «papi».

Con un gruñido, me aparto de ella y clavo los ojos con fuerza en la carretera mientras arranco el jeep. Al mismo tiempo, enciendo la radio y el aire resuena con mi mix favorito de música rock.

Ella pesca unas gafas de sol de su bolso y se las pone, luego se recuesta en el asiento con una sonrisa cuando salimos al sol de Florida. Entre el viento y la música, es difícil tener una conversación en un jeep... que es una de las razones por la que me gusta conducirlo sin la capota.

A ella no parece importarle. De hecho, la relaja. En pocos minutos, tiene el brazo sacado por la ventanilla y dibuja ondas con la mano al ritmo de la música mientras yo conduzco hacia la autovía.

Capítulo 4
Rachel

—Bien, aquí estamos, cari. Hogar dulce hogar.

Sigo a la administradora de la finca por la puerta abierta de mi nuevo apartamento. Tengo las manos ocupadas con mi bolso, el papeleo del piso, un vaso lleno de hielo y una bolsa con sobras de tacos. Lo suelto todo en la encimera de la cocina y me giro para admirar las vistas.

Es un piso completamente amueblado y está en la cuarta planta de un complejo nuevo que no está ni a ocho kilómetros del estadio. Caleb dice que los Rays compraron las tres últimas plantas de este edificio para tener sitio donde albergar al personal rotatorio como yo, así como para mantener las unidades en un constante estado de preparación para trabajar con los chicos del equipo juvenil.

—Tienes todo tipo de comodidades —dice la administradora—. Lavavajillas, horno, microondas... hay de todo. Y hay una pequeña lavadora y una secadora en el baño del pasillo. —Señala una puerta abierta.

La dejo atrás y me meto en el salón. Solo hay una habitación, pero tiene una cocina con una pequeña barra para desayunar, un estrecho salón con una pared de cristal que conduce a un balcón. Más allá del balcón, veo que las vistas dan a un bosque.

—La habitación está por aquí —dice Loretta—. Tienes un baño completo y un armario empotrado.

La sigo hasta el dormitorio y me fijo en los colores playeros que están por todas partes: azul marino, beige arena y blanco. Todo en el apartamento está acentuado con mimbre y conchas. Hay una alfombra de yute en la cocina. Hay una lámina de un dibujo de una galleta de mar enmarcada encima de la cama de matrimonio. Ni un solo elemento de la decoración es lo que yo hubiera elegido para mí misma. Pero es un rollo costero elegante que me encanta.

Vale, ya me acostumbraré.

Bien, compraré una colcha diferente a la mínima de cambio. Cualquiera que pueda soportar tanto beige color arena debe de ser medio camello.

—Es perfecto —digo.

Oigo unos pasos a mi espalda que hacen que me vuelva. Caleb está de pie en mi cocina, mirando a su alrededor con la cara un tanto fruncida.

—Vaya... me había olvidado de que tienen esta pinta cuando te mudas.

—¿Qué pinta? —digo mientras cojo la pesada mochila que me tiende.

Arruga la nariz.

—La del pasillo cuatro de una tienda de decoración.

Suelto una carcajada. Sí, voy a esconder por lo menos un cuarto de esta decoración en un armario.

—¿Ya estás haciendo amigos nuevos? —dice Loretta—. No te preocupes, cari. No todos somos tan maleducados como este. —Le pega un puñetazo.

Caleb coge el cuenco de cristal lleno de conchas que hay en mi encimera y suena como un sonajero.

—Tengo curiosidad, Lo, ¿de verdad quedan conchas en las playas de Florida o están todas en estas elegantes ensaladeras?

—¿Qué me decías sobre el reciclaje? —digo para quedar por encima. Hace una mueca y vuelve a dejar el cuenco en su sitio.

—Sí, aquí reciclamos. En la encimera tienes una lista plastificada de lo que hay que separar —explica Loretta—. Y si te pillan rompiendo las reglas, te ponen una multa de veinte dólares. La siguiente será de cincuenta.

—Nos tomamos muy en serio lo de la conservación del océano —se burla Caleb.

¿Cómo demonios me ha rodeado y se ha metido en el salón tan rápido?

—Haz solo fotos, deja solo huellas —entona. Al mismo tiempo, ahora está sujetando lo que parece una esponja de mar seca.

Lo miro entornando los ojos. Este tío es muy difícil de descifrar. ¿Es un gilipollas o es encantador? A lo mejor es un gilipollas encantador. Sonrío e intento centrarme en la larga explicación de Loretta sobre cómo usar correctamente el lavavajillas.

Mientras habla, no puedo evitar lanzarle una mirada a Caleb. Se ha repantingado en mi sofá como si estuviera en su casa, incluso ha recolocado los cojines de rayas. Al principio estaba mucho más cohibido. Es entendible, teniendo en cuenta que ha pensado que lo estaba dejando plantado... cosa que en cierto modo estaba haciendo, pero sin darme cuenta. Luego ha pasado toda la debacle del vibrador, se ha portado muy bien al respecto y no lo ha vuelto a mencionar. Durante el trayecto en coche, parecía distante. Estaba claro que no quería hablar, lo cual me ha venido estupendo. Sobre todo, porque tiene muy buen gusto para la música.

Pensaba que lo había encasillado como el hosco gilipollas solitario. Pero entonces, antes de que llegáramos al complejo de apartamentos, se ha metido en un centro comercial y me ha comprado tacos.

—Tenías hambre —ha dicho encogiéndose de hombros, indiferente.

Por supuesto, hemos comido callados, pero no ha sido un silencio incómodo. Nos hemos sentado en la terraza ante una mesita de metal y hemos compartido las patatas fritas con Sy, que estaba muy contento.

El encanto que le falta a Caleb, su perro lo compensa.

—Oh, no... Sy —grito interrumpiendo a Loretta—. No puedes dejarlo en el jeep. Tráelo.

Caleb tiene la cabeza metida en un libro que estaba encima de la mesilla de café: *Conchas de Florida: guía para bañistas*.

—No pasa nada —responde mientras cierra el pesado libro y lo tira—. Lo he soltado cuando te he traído la mochila.

—¿Soltado?

—¿Este gruñón no te lo ha dicho? —Loretta se ríe.

Paso la mirada de él a Loretta.

—¿Decirme el qué?

Caleb se me acerca.

—Soy tu nuevo vecino, doctora.

Me da un vuelco el corazón.

—¿Vecino?

—Sí, está justo en la puerta de lado, en el apartamento 403 —dice Loretta.

—¿Por qué te crees que me ofrecí voluntario para recogerte en el aeropuerto?

Levanto la mirada hacia sus ojos oscuros y siento que algo se desploma en mi tripa. Y no, no son los tacos. Oh, esto no está pasando. Ni hablar.

Alerta roja. Retrocede, Rachel. Apaga.

No me voy a liar con un compañero de trabajo. No me importa si es guapísimo y está tan bueno que duele a la vista.

—Así que, si alguna vez necesitas un poco de azúcar —murmura—, ya sabes a quién pedírsela.

Capítulo 5
Rachel

Suspiro de agotamiento y me balanceo hasta la encimera de la cocina mientras me sirvo una generosa copa de chardonnay. He conseguido llegar al final de esta maratón de dos días. En este momento, no estoy segura de qué me hace más falta: dormir o tomar el aire. La cosa está empatada, la verdad. En cuanto me termine el vino, pienso caer inconsciente.

Cuando Caleb se ha marchado, he deshecho mi ridícula maleta y he confirmado lo que ya sabía. Las únicas opciones de vestimenta para mañana son dos vestidos de noche, un par de bikinis, un bañador de encaje blanco y mi ropa de invierno. Así que he llamado a un uber y he hecho una rápida incursión en el Target. Tres horas y seiscientos dólares después, he regresado al apartamento con un buen surtido para la despensa y la nevera, una nueva colcha para la cama, nuevos cojines para el sofá y una colada dando vueltas en mi minilavadora con ropa de trabajo y ropa interior.

En cuanto la lavadora pita, lanzo la ropa en la secadora y me voy a dormir.

Toqueteo el móvil para poner algo de música. Me he quitado las mallas en cuanto he llegado a casa. También el sujetador deportivo. Así que ahora solo llevo las bragas y la camiseta de tirantes más suave que he encontrado en la sección juvenil.

Cojo mi móvil y la copa de vino y cruzo el apartamento hacia el balcón. Me flipa hacer que mis espacios exteriores sean cómodos, así que ya estoy planeando cómo remodelar esta terracita el fin de semana: una buena tumbona, una tira de luces, maceteros. Podría tener uno solo para hierbas aromáticas. Albahaca y eneldo, puede que algo de romero. Me lo apunto en el móvil mientras uso el codo para cerrar la puerta de cristal a mi espalda.

Se está genial aquí fuera. Por fin ha parado la humedad del día, así que ahora el ambiente solo es cálido. Y maravillosamente tranquilo. Suena la música mientras reviso el móvil sin pensar, bebiendo poco a poco mi chardonnay. He avanzado un par de páginas del último romance de monstruos que estoy leyendo cuando oigo el pitido de la secadora. Me termino de un trago el resto del vino y voy a abrir la puerta corredera de cristal.

Zanc.

No se mueve.

—Oh, no, tienes que estar de coña —mascullo. Me meto el móvil debajo del brazo y tiro del picaporte aún más fuerte.

Zanc. Zanc. Zanc.

—Oh, no. ¡Joder, joder y joder! —siseo mientras dejo el móvil y la copa de vino vacía—. Venga, puerta. Por favor, no me hagas esto —lloriqueo intentando ver si hay algo que he pasado por alto, alguna palanca que tengo que levantar o un pestillo que tengo que correr. Pero no. Nada. Literalmente, no hay nada en este lado del cristal, salvo el picaporte.

—Oh, ¡venga ya! —Agarro el móvil y repaso rápidamente mis contactos para buscar el número de la oficina de la administradora de la finca. ¡Claro que todavía no me lo he guardado en el maldito teléfono!

—Esto es perfecto —murmuro y abro Google en el navegador de internet para buscar algo.

Juro por Dios que, cuando consiga salir de esta, me voy a meter en la cama y no voy a volver a levantarme en la vida. Me llevo el teléfono a la oreja y espero que el tono de llamada reproduzca música de ascensor. Después de lo que parece una eternidad, por fin se conecta un servicio de contestador automático.

—Gracias por llamar al servicio de mantenimiento de Conchas Plateadas. En estos momentos, nuestra oficina se encuentra cerrada. Si es una emergencia, por favor, cuelgue y llame al 911...

Cuelgo.

Madre mía, ¡no voy a llamar a la policía para que me rescate! De repente, me imagino un camión de bomberos elevando una escalera hasta mi balcón en la cuarta planta. Un bombero buenorro me extiende las manos, preparado para levantarme por encima de la barandilla como si yo fuera un gatito atrapado en un árbol. Estoy segura de que mis vecinos disfrutarán viendo cómo sacudo el culo por el balcón para lanzarme a la escalera esa rara de los bomberos.

Jadeo.

¡Conozco a mi nuevo vecino!

Miro por encima de la barandilla hacia el apartamento de Caleb. Algo más de medio metro nos separa. El ángulo no me permite del todo ver dentro de su piso, pero diría que la luz está encendida.

—Por favor, oh, por favor —murmuro, mientras le doy al botón de llamada en su contacto.

Suena y suena. No hay respuesta.

—No —lloriqueo y cojo el móvil con las dos manos para mandarle un mensaje.

RACHEL (23:04): Eh, Caleb, soy Rachel Price. ¿Estás en casa? Veo que tienes las luces encendidas. ¿Puedes salir al balcón?

RACHEL (23:04): Ahora mismo. Es una emergencia.

Espero desesperada por ver los tres puntitos que aparecerán en la parte inferior de la pantalla o, mejor aún, oírlo abrir su puerta corrediza de cristal.

Nada.

RACHEL (23:06): ¡Caleb, por favor! ¡Me he quedado encerrada en el balcón!

Sigo esperando. Nada.

Madre mía, ¡el corazón me late desbocado de la ansiedad y ahora sí que tengo que mear!

De perdidos al río, respiro hondo y me pongo a gritar su nombre:

—¡Caleb Sanford! ¡Eh, Caleb!

Espero.

—¡Caaaaaleb!

Dentro de su apartamento, escucho a Sy ladrar.

—Sí, ¡ayúdame, Sy! —grito como una idiota—. ¡Llama la atención de papi por mí! ¡Caleb!

Y, uuuf, ahí viene mi alivio cuando oigo el sonido de la puerta de cristal deslizándose. Sy sale de un salto y mete la cabecita blanca y negra entre los barrotes de la barandilla mientras me ladra.

—¿Qué narices...?

—¡Caleb! —vuelvo a gritar—. Oh, gracias a Dios.

—¿Rachel? —Saca la cabeza por la esquina para mirarme.

No lleva camiseta y tiene el pelo cobrizo despeinado. Puedo ver que los tatuajes le suben por todo el brazo hasta el hombro. El resto de su cuerpo es largo, delgado y musculoso.

—¿Qué estás...?

—¿Alguna vez miras el móvil? —chillo, las mejillas me arden de la vergüenza.

Levanta una ceja, confundido.

—Está en mi habitación. Rachel, ¿qué narices...?

—Me he quedado encerrada —suelto.

—¿Qué?

—He salido al balcón y he cerrado la puerta a mi espalda y, al parecer, ¡está cerrada!

Suelta una risilla y se pasa una mano por el pelo despeinado.

—Oh, sí, Lo debería haberte avisado. No cierres la puerta del todo a no ser que quieras quedarte encerrada.

Le lanzo una mirada impávida.

—Sí, chachi, gracias. Creo que esa lección ya me la he aprendido. Ahora qué, ¿puedes ayudarme?

Mira a su alrededor.

—Bueno..., ¿has llamado al número de mantenimiento?

—La oficina está cerrada. El contestador automático dice que llame al 911.

—Puede que esa sea la mejor opción. Pueden abrir el piso y liberarte.

Gimoteo, estoy a un tris de hacer el bailecito del pis.

—Pero eso va a llevarles años.

Dibuja una sonrisa de satisfacción.

—¿Tienes que ir a algún sitio? —Me quedo helada.

Por supuesto, joder.

Si yo puedo verlo ahí de pie solo con los pantalones cortos, él puede verme en tanga y con una camiseta corta de Guns N' Roses. Me cruzo de brazos por encima de las tetas sin sujetador. Ni hablar, hoy no va a disfrutar de otro espectáculo a mi costa. Ha visto mi vibrador y ahora me ha visto en ropa interior. No va a echarles un vistazo también a las chicas.

—Puedo hacerte compañía si quieres —dice encogiéndose de hombros—. Mientras esperas a la policía.

Gruño otra vez. Lo último que quiero es quedarme aquí sentada, posiblemente durante horas, esperando a que la policía entre a la fuerza en mi apartamento y venga a liberarme de este balcón prisión. Si eso sucede, van a encontrarse con una mujer lloriqueando, hecha un desastre y sentada en un charco de su propio pis.

Y es entonces cuando se me ocurre la peor y mejor idea.

—O...

—¿O qué? —responde Caleb y apoya un codo en su barandilla.

Sopeso la distancia. Es poco más que medio metro, hay espacio más que suficiente entre los dos balcones porque las barandillas sobresalen un poco. Es pan comido. Lo único que tengo que hacer es no mirar abajo.

—O podría trepar por ahí.

Me mira parpadeando.

—¿Qué cojones dices? Estamos en un cuarto. Si te caes, te matas, doctora. Plas.

—No voy a caerme —resoplo—. Mira, extiende los brazos para que podamos medir mejor la distancia...

—No —ladra y da un paso hacia atrás—. Ni hablar, joder. No voy a ayudarte a que trepes como un ninja hasta aquí. ¿Y de qué serviría eso? Seguirías sin poder entrar a tu piso.

—Pero tú tienes baño —suplico—. Y en el peor de los casos, a lo mejor puedo quedarme en tu sofá y mantenimiento puede abrirme la puerta a primera hora de la mañana. De ese modo, no tenemos que involucrar a la policía. Por favor, Caleb...

—Estás majara, Huracán —dice mientras sacude la cabeza—. No voy a ayudarte. Mi respuesta es no. Ni siquiera lo pidas.

Lloriqueo y dejo caer las manos a los lados. Dios, siento que las lágrimas se apoderan de mí. Cuando el labio inferior me empieza a temblar, no hay modo de pararlo. Y no soy una llorona. Es solo que han sido dos días ridículamente estresantes.

—Oh, ¿qué pasa? —gruñe con un tono cauto.

Aspiro por la nariz.

—Nada. No pasa nada.

Dios, este hombre va a odiarme. Entre el modo en que nos hemos conocido, la sorpresa de mi vibrador y ahora esto, no lo culparía si no vuelve a hablarme en la vida. ¡Y tenemos que trabajar juntos! Se suponía que por la mañana me iba a llevar al estadio.

Y ahora está ahí de pie, como un Hércules buenorro a pecho descubierto, apoyado en la barandilla, mirándome como si yo fuera una hidra de tres cabezas.

—No. —Sacude la cabeza—. Por favor, no lo hagas. No te pongas a llorar, joder. No soporto cuando la gente llora...

—No puedo evitarlo —le escupo. Dios, no puedo permitir que me vea desmoronarme. Me aparto del borde de la barandilla y uso la pared que compartimos como barrera mientras me hago pedazos en silencio.

Después de un minuto, lo oigo gruñir y Sy gimotea.

—Venga ya... ¿Rachel?

—Estoy b-bien —miento—. Estaré bien. Tú vuelve a casa. Llamaré a la p-policía y esperaré a-aquí.

Lo oigo susurrarle algo al perro.

—Dios... joder... ¡vale! —me grita—. Rachel, yo te ayudaré.

Me quedo rígida.

—¿De verdad?

—Sí..., joder —masculla otra vez—. Pero si te caes y mueres, le diré a la policía que una loca estaba intentando colarse en mi apartamento.

Me limpio la nariz con el dorso de la mano y aspiro para contener las lágrimas.

—Me parece justo —respondo—. Toma... primero coge mi móvil. —Reaparezco en el balcón y me inclino con el brazo extendido y el teléfono en la mano.

A él no le cuesta nada extender el brazo.

—¿Ves? Esto va a funcionar, completamente. —Lo coge y se lo mete en el bolsillo de los pantalones cortos. Tiene una mueca en la boca.

—¿Cómo quieres hacerlo, doctora?

Inspecciono el escenario.

—Hmmm... Creo que si me subo puedo llegar con una mano. —Hago el gesto mientras hablo—. Luego, a lo mejor puedes sujetarme mientras yo me suelto y me agarro con la otra mano. Después hago como un salto y tú me atrapas. ¿Qué te parece?

—Sí, creo que es la idea más absurda del mundo.

Lo miro frunciendo el ceño.

—Cierra el pico, vamos a hacerlo.

—¿Por qué no puedes sentarte y esperar a la policía?

—Porque no —resoplo y compruebo la barandilla mientras me encaramo.

—¿Por qué porque no?

—¡Porque estoy recuperando el control de mi vida! —grito—. En las últimas treinta y seis horas he pasado de regodearme en las profundidades de una depresión, porque creía que no había conseguido esta beca, a enterarme de que sí me la habían dado.

Me encaramo a la barandilla usando todo mi equilibrio de yoga para agarrarme como un mono a los rieles.

—He metido en maletas toda mi vida, le he dicho adiós a mi mejor amiga, me he mudado a un estado y a una ciudad en la que no había estado en mi vida, he aceptado un trabajo que no estoy segura de que pueda hacer con un equipo que ni siquiera conozco. —Lo siguiente que sale de mi boca es un resoplido y, con cuidado, me suelto de la pared para extender la mano hacia él.

Se acerca en un segundo, su mano cálida me agarra la muñeca con firmeza, me ofrece equilibrio y apoyo.

—He sobrevivido a vuelos retrasados y maletas perdidas. Un extraño ha sujetado mi vibrador en público... un vibrador que sí que uso, por cierto —añado y le tiendo el otro brazo.

—Mierda... joder... —gruñe, sus manos pasan de mis muñecas a mis costillas y me agarra con fuerza—. Espera..., ¿en serio?

—Sí, antes he mentido —respondo—. Y antes de que lo preguntes, sí, se mueve y sí, tiene varios niveles de vibración. Y a partir de ahora, nunca más vamos a volver a hablar de ello. Nunca. ¿Me entiendes?

—Agh... sí...

Los dos estamos jadeando. Ahora estoy en una especie del perro bocabajo estirado, con los pies apoyados en la barandilla de mi balcón y las manos aferrándome con fuerza a sus hombros descubiertos.

Me sujeta y se queda quieto.

—Eeeh... ¿doctora?

—¿Sí? —Jadeo, meneo los dedos de los pies y hago todo lo que puedo para no mirar abajo.

—Mi mano está ummm...

—¿Agarrándome la teta directamente? —termino por él. Porque sí, esta camiseta es demasiado grande y su mano se ha deslizado justo por el dobladillo. Me tiene bien agarrada la caja torácica y siento que su pulgar me acaricia por debajo de la teta.

—Sí, me he dado cuenta, Caleb, gracias. Tú tira de mí y ya, joder. ¿Preparado?

—Sí... mierda... por favor, no te mueras...

—Por favor, no me tires —lo imito—. Tres, dos, uno... ¡vamos!

Me impulso con la punta de los pies y sus brazos me rodean aún más fuerte que una mordaza y tira de mí por encima del vacío. Tiene la piel caliente y siento su respiración en mi oreja, con un brazo me aprieta los hombros y deja caer el otro, hasta que apoya la mano en mi cintura.

Grito cuando me doy con las espinillas en la barandilla, pero él me coloca una mano en el culo, me levanta y me pone a salvo. Se tambalea hacia atrás mientras yo me agarro a él en plan koala total. Estamos entrelazados en un abrazo más íntimo que cualquiera de los que he compartido con mis antiguos amantes. No sé dónde termina su piel y empieza la mía. Seguimos aferrados el uno al otro con el corazón desbocado, mientras Sy bailotea a nuestro alrededor.

—Eeeh... ¿doctora? —dice Caleb después de un minuto, siento su cálido aliento en mi oreja.

Resoplo y me sale una risa tensa.

—¿Tu mano me está agarrando el culo directamente? Sí, lo sé. Gracias por el resumen, Sanford. ¿Por qué no me sueltas?

Gruñe y me suelta la nalga. Yo sola me desenredo del modo koala y me deslizo por todo su cuerpo mientras me deja en el suelo. Nos quedamos ahí parados. Los dos seguimos temblando, tengo las manos en sus hombros y él tiene las suyas en la piel descubierta de mi cintura.

Hay una energía que chisporrotea entre nosotros. Me pone nerviosa. No la he sentido desde...

No, no vayas por ahí.

No puedo volver a hacerlo. No puedo dejar que mis ridículas nociones sobre las vibraciones y la energía me arrastre a otro camino que solo lleva a un corazón roto. El Chico Misterioso fue cosa de una sola noche. ¿Un polvo que sacudió la tierra? Sí. ¿Me sacudió tanto el alma como para marcharme a la mañana siguiente? Demonios, sí.

Caleb es diferente. Esto tiene que ser diferente. Lo conozco y él me conoce. Estamos a punto de empezar a trabajar juntos. Qué demonios, ya he firmado el contrato. Ya trabajamos juntos. Esto está mal. Esto es peligroso. Esto no está pasando.

Me aparto de él y se me tensa el cuerpo.

—¿Estás bien? —murmura, levanta la mano para acariciarme la mandíbula con suavidad.

Cierro los ojos cuando noto su suave tacto.

—No seas amable conmigo —murmuro—. Por favor...

Se queda quieto. Tiene la mano en mi barbilla y me la levanta.

—Mírame, Huracán.

¿Huracán? ¿Se supone que esa soy yo? ¿Por qué ese apodo hace que el pulso se me acelere?

Abro los ojos y lo miro. La luz de su apartamento es tenue, sume la mitad de su rostro en las sombras. Es guapísimo. Esos pómulos afilados y esos ojos oscuros me recuerdan a un príncipe feérico, frío y misterioso. Por no mencionar ese mohín que forma con esos labios tan besables.

—¿Estás bien? —repite.

Asiento. Después de un rato, sacudo la cabeza.

Ni siquiera soy consciente de cómo sucede, pero en unos segundos he vuelto a sus brazos y estoy llorando contra su pecho mientras me abraza y su mano me acaricia la espalda. Me aferro a él mientras me permito liberar todo mi agotamiento, estrés y dolor. Cuando ya no me queda nada que sentir, solo persiste un pensamiento.

—¿Quieres hablar de ello? —murmura.

Suelto un suspiro suave, mi cuerpo se relaja contra él.

—Lo echo de menos.

Se endereza un poco.

—¿A quién echas de menos? ¿A tu novio?

Sacudo la cabeza. No. No es mi novio. No es mi nada.

—¿Tu marido?

Sonrío y me aparto de su pecho.

—Nop. Nunca me he casado.

—Yo tampoco. ¿Un hermano entonces?

Me río mientras sacudo la cabeza otra vez.

—No. Es... nadie —respondo, aunque mi corazón sí que dice lo que de verdad siento.

Alguien.

Es mi alguien. En algún lugar ahí fuera, está siendo una persona completa. Y yo estoy aquí, con miedo a dejarme llevar por la energía que chisporrotea entre este maromazo y yo. Quién sabe, a lo mejor este jefe de equipo gruñón está destinado a ser mi nuevo algo.

Pero no estoy preparada para lo nuevo. No estoy preparada para ninguno de los cambios que la vida me ha lanzado de repente a la cara. Y, aun así, tengo que encontrar un modo de fingir hasta que lo consiga, porque mi vida está sucediendo ahora mismo. Las doloridas espinillas son prueba de ello.

—Vamos —dice Caleb ofreciéndome la mano—. No te mantienes en pie, doc. Vamos a dejarte en el sofá, ¿eh? Vive para luchar otro día.

Asiento con la cabeza y tomo su mano.

Capítulo 6
Rachel

—¿Preparada para irnos?

Caleb está de pie en mi puerta con un termo en la mano. Lleva la camiseta de técnico de los Rays de Jacksonville, pantalones de deporte y zapatillas. Su pelo cobrizo está algo húmedo, se le riza en la nuca, y ni siquiera se ha molestado en afeitarse. Su barba de varios días de ayer es oficialmente una barba y no la odio.

—Sí, tan solo dame un segundo —digo. Dejo la puerta abierta mientras corro para coger todas mis cosas de la encimera.

Hace solo una hora que me he ido de su apartamento. Me he pasado la noche en su sofá con unos pantalones grises de chándal suyos para taparme el culo. En algún punto de la noche, Sy ha venido a hacerme compañía. Me he despertado con mi alarma, con el cuerpo sudado, con veintisiete kilos de perro enredado entre las piernas.

Me he levantado cuando Caleb aún estaba durmiendo y he hecho descalza el paseíllo de la vergüenza hasta la oficina de alquiler. Estaba lista y esperando cuando el tipo ha llegado a las siete de la mañana super en punto. Se ha portado genial, lo ha dejado todo para ayudarme a volver a mi piso. Apenas he tenido tiempo para ducharme y vestirme antes de que Caleb ya estuviera llamando a mi puerta, listo para llevarme al estadio.

—Toma —digo cuando vuelvo corriendo.

Extiende la mano libre y le doy mi llave de repuesto.

—¿Qué demonios es esto? —dice mirándose la mano como si tuviera una tarántula viva—. ¿No crees que es un poco pronto, Huracán?

—Ja, ja —digo con sarcasmo y cierro la puerta a mi espalda—. Mira, eres literalmente la única persona que conozco en esta ciudad, ¿vale? Trabajamos juntos y ahora compartimos una pared. Por ahora, eres mi persona. En cuanto encuentre a alguien para liberarte de esta pesada responsabilidad, recuperaré la llave y te ahorraré el horror continuado de estar asociado conmigo.

Frunce el ceño y cierra el puño alrededor de la llave.

—¿Cómo sabes que no usaré mi recién hallado poder para hacer el mal?

Bufo y le quito el termo de las manos. Por supuesto, lo único que se me olvidó ayer en el Target fue el café. Lo necesito más que el aire. Le doy un sorbo al suyo y enseguida me arrepiento.

—Puaj... hostia, qué dulce está. —Le vuelvo a encasquetar el termo mientras se ríe.

—Nadie te ha pedido que lo probaras.

¡Qué asco! Ahora quiero papel de lija para arrancarme este sabor de la lengua.

—¿Qué clase de psicópata bebe moca con menta en pleno verano?

Él sigue riéndose mientras encabeza la marcha hacia las escaleras.

—Devuélvemela —lo increpo.

Se detiene y me mira por encima del hombro.

—¿Qué?

—No puedo confiarle mi llave a un tío que bebe café con menta. —Extiendo la mano—. Devuélvemela, por favor.

Él sigue andando sin más.

—Demasiado tarde, Huracán. Ahora es mi llave. Y si crees que no la voy a usar para meterme en tu casa y reorganizarte la colección de conchas cuando me dé la gana, entonces está claro que no te lo has pensado bien.

—Te odio —digo y bajo la mano para cerrar la mochila. Él gruñe.

Supongo que este es nuestro nuevo idioma de la amistad. Insultos y gruñidos.

Me cuelgo la mochila al hombro y lo sigo. Sus movimientos no permiten que centre mi atención en el móvil. Está claro que esta mañana cojea, se apoya más en la pierna izquierda.

—Eh... estás... cojeando. ¿Estás bien?

Se le tensan los hombros y no se da la vuelta.

—Sí, estoy bien. Solo tengo tensa la rodilla.

Aprieto los labios y lo observo bajar el primer tramo de escaleras. Mi alarma de fisioterapeuta suena mientras evalúo su postura y forma de andar. Le duele. ¿Ayer cojeaba? No lo creo...

Jadeo.

—Madre mía, ¿eso es de ayer? Caleb, ¿te hice daño? ¿Sabes que podemos coger el ascensor...?

—No —vuelve a gruñir—. Déjame en paz.

Genial, ahora lo he cabreado.

Al parecer, con este tío va a ser un paso hacia delante y tres pasos hacia atrás.

Nos montamos en su jeep y en lo primero en que me fijo es en que le ha puesto la capota. Doy las gracias en secreto. Me gusta dar una vuelta en jeep con el viento en la cara como a cualquier chica de California, pero hoy esperaba causar una buena impresión. Y el pelo de jeep y el pelo de sexo forman un círculo perfecto.

Estaba preparada por si acaso. Me he recogido el pelo en una estilizada cola alta. Tengo que añadir algo más a la lista de la compra de cosas que me faltan: líquido para las lentillas. Me he quedado sin él, así que en lugar de llevar unas lentillas que me provocan picor durante todo el día, he tenido que optar por ponerme las gafas. Son bastante monas: tienen una montura gruesa de color negro y Tess dice que con ellas me parezco a Elle Woods, pero castaña.

Bueno, la doctora Elle, porque llevo un pijama de médico de color azul marino. No estoy segura de cuál será el uniforme, pero un médico nunca se equivoca si se pone un pijama.

—¿Hay alguna posibilidad de que paremos para que pille un café? —digo mientras nos subimos al coche.

—Hay café en la pista de entrenamiento —responde, sigue estando malhumorado—. También suelen poner algo para desayunar. Es para los jugadores, pero nunca se lo comen todo y a nadie le importa que el personal coja algo.

Cuando el jeep empieza a ir marcha atrás, suena una notificación en mi móvil. Scott Tyler es el médico del equipo de los Rays, lo nombraron hace poco. Hablamos dos veces por teléfono el día que me dieron la beca. Es alegre y usó muchísimo la palabra *guay*. Es un gran cambio respecto al estoico doctor Halla.

DOCTOR TYLER (08:13): ¡Bienvenida a Jax! Mi chaval tiene cita con el dentista esta mañana, así que llegaré un poco tarde. Que Sanford te lleve a ver a Vicki. Luego, sigue a Avery como una sombra hasta que llegue yo.

Aprieto los labios y miro a Caleb. Intento sopesar el nivel de malhumor que tiene. Parece bastante tranquilo sorbiendo su asqueroso café con los ojos en la carretera.

—El doctor Tyler me acaba de escribir —digo. No hay respuesta—. Esta mañana llega tarde —continúo—. Dice que deberías llevarme a ver a Vicki. ¿Quién es Vicki?

—La jefa de operaciones —responde—. Es una tocapelotas.

—¿Y quién es Avery?

—El director de fisioterapia.

Repaso mentalmente la creciente lista de nombres y puestos de trabajo. Vale, se llama Todd Avery, creo.

—¿Y es un tipo majo?

—No trabajo mucho con él —responde Caleb—. Es duro. Es un poco chulo. Los chicos no tienen mucho que decir sobre él todavía. Aún no hemos tenido ninguna lesión importante, así que vuelve a preguntármelo dentro de un mes.

Cierto, un equipo novísimo. Nuevos trabajadores. Una hoja en blanco. Todo el mundo es novato, no solo yo.

—Aunque el doctor Tyler es popular —añade—. Tiene una gran energía. Y lo primero que hizo fue obligar a los nutricionistas a subirles a los chicos la cantidad de hidratos diaria. Ha ido muy bien.

Sonrío de lado. Es una forma inteligente de ganarse la lealtad. La gente no muerde la mano que le da de comer.

Me relajo en el asiento.

—Entonces, ¿qué te parece el equipo hasta ahora? ¿Tenemos grandes esperanzas de hacer una buena primera temporada?

Se encoge de hombros.

—Las primeras temporadas siempre son duras. Los chicos tienen que conocerse los unos a los otros. Pueden entrenar todo lo que quieran, pero la única forma de salir adelante es jugar el partido. Les hace falta experiencia. Experiencia de verdad jugando como equipo cuando importa.

—Hmm, una prueba de fuego —digo—. O, en este caso, de hielo.

—Exacto. Ahí está el estadio —añade señalando.

Echo un vistazo por la luna delantera y soy incapaz de esconder la sonrisa mientras la inconfundible silueta de un estadio completamente nuevo aparece en mi campo de visión.

—Todavía están terminando la construcción —dice, aunque es inútil que señale al par de grúas que se ven—. Pero el centro de entrenamiento está fuera, hacia la izquierda, por ahí. —Señala otro complejo más pequeño—. El centro está acabado, así como todos los espacios de apoyo, los gimnasios y las oficinas. Hay que cambiar los primeros diez partidos de la temporada para que se hagan fuera de casa, así podrán terminar el nuevo estadio. El viaje será brutal, pero lo malo es que luego estaremos en casa un mes entero. Eso casi nunca sucede.

Me retrepo en el asiento mientras lucho con el hormigueo de los nervios que se me despiertan en el estómago. Me siento como si fuera el primer día de colegio.

—Bueno, háblame de los chicos. ¿Debería estar al corriente de alguna diva? ¿Rencores? ¿Enemistades?

Me mira con el ceño fruncido.

—¿Has investigado algo antes de aceptar el trabajo?

—Nop —respondo alegremente—. No había tiempo. Estaba en la lista de espera de la beca Barkley y me enteré de que me sacaban del banquillo hace exactamente... —Compruebo el móvil—. Sip, cuarenta y ocho horas. Durante todo este tiempo, he estado un tanto preocupada por meter en unas maletas toda mi vida, quedarme tirada en aeropuertos, buscar mis maletas, quedarme encerrada en el balcón y tener que lidiar con tu culo gruñón —añado mirándolo de soslayo—. Así que no, puedo decirte con total sinceridad que no sé una mierda sobre los Rays de Jacksonville. Soy incapaz de nombrar a un solo jugador. Ni siquiera sabía que el equipo existía antes de que me dijeran que me mudaba aquí. Pero aprendo rápido.

Suelta una carcajada.

—Vaya. Tú sí que has tenido una prueba de fuego.

—¿Verdad? —añado con una sonrisa—. Así que a lo mejor mi nuevo amo de llaves y compañero de pared puede ayudar a una chica... dame detalles. ¿Cómo está la cosa? ¿Qué se cuece? ¿Los trapos sucios?

Gruñe.

—Por favor, para.

—Habla o sigo —lo amenazo—. Los cotilleos, el salseo, los...

—Joder, para —gruñe—. Eres peor que un chihuahua.

—Y eso que todavía no he tomado cafeína.

Suspira y dobla las manos en el volante.

—Los chicos son guais. Algunos han trabajado juntos antes, como Karlsson y Langley. Son los laterales de primera fila. Tienen buena sintonía. El portero es dinamita. Es el primero al que ficharon los Rays. Mars Kinnunen. Lo llaman el Oso.

—Ooooh, ¿por qué lo llaman el Oso? —Dibuja una sonrisa de satisfacción.

—Cuando lo conozcas, lo descubrirás.

—¿Y la defensa?

Domino lo suficiente de hockey para saber lo importantes que son los defensas. Suelen trabajar en parejas y algunos jugadores pueden pasarse años patinando con el mismo tío si la química es buena.

—Sólida —responde—. Más sólida que la ofensa. Hoy tenemos un partido amistoso.

Asiento con la cabeza. Ahora estamos entrando en el complejo de entrenamiento y me inclino hacia delante, la emoción me vibra por todo el cuerpo.

—Mi mejor amigo está en el equipo —continúa Caleb mientras nos adentramos en el oscuro aparcamiento—. Fue el primer defensa que ficharon.

Lo miro mientras me quito las gafas de sol y las cambio por las gafas de ver.

—Eso mola. ¿Y ahora trabajáis juntos?

—Bueno, has preguntado por las divas —dice—. Solo para que sepas que te he advertido.

—Oh, oh. ¿Cómo se llama?

—Compton —responde—. El número 42, Jake Compton. Asegúrate de que lo pase mal. Te garantizo que se lo merece.

Aparca en una plaza y apaga el motor mientras yo me río.

—Vale, lo haré. Jake Compton está oficialmente en mi lista de niños malos.

Capítulo 7
Rachel

Después de agenciarme una taza de café, Caleb me lleva en el ascensor hasta la oficina de los gerentes en la cuarta planta. Mientras subimos, recibo una notificación de un mensaje automático. ¡Mis dos maletas perdidas están ahora mismo de camino a Jacksonville! ¿A quién le importa si todavía estoy nerviosa? Tengo un café entre las manos y, cuando termine el día, volveré a tener un armario completo.

Le doy un trago al líquido celestial mientras el ascensor se abre y revela un largo pasillo salpicado de puertas. Las claraboyas dejan entrar la luz del sol y el suelo está personalizado con una pintura muy chula que parece agua. Las paredes están pintadas con los colores de los Rays: una base turquesa con destacados en blanco, azul marino y naranja oscuro.

Caleb me conduce hacia la primera puerta que hay a la izquierda y que da a una salita de espera. No hay recepcionista, solo cuatro puertas más que conducen a los despachos.

—Esta es la suite de los directores de operaciones —explica Caleb—. Vicki está aquí. —Llama a la primera puerta de la derecha.

—¡Adelante! —dice una voz de mujer.

Caleb abre la puerta.

—Eh, Vic.

—Oh, hola, cariño.

Cuando asomo la cabeza, veo a una mujer afroamericana con pintalabios, perlas y un estiloso traje.

—Tengo a tu doctora perdida —dice el chico.

—Oh, gracias a Dios —grita Vicki mientras se levanta de detrás del escritorio—. Oh, doctora Price, ven aquí, cariño. Me han contado lo de esos asquerosos vuelos que se han retrasado.

Ni siquiera me doy cuenta de que estoy moviendo las piernas cuando ya me estrecha en un fiero abrazo y su aroma floral me envuelve.

—Menuda forma de darte la bienvenida a Jacksonville. Te lo juro, casi no merece la pena volver a volar.

Me río y respondo a su abrazo.

—Sí, ha sido brutal. Mis dos maletas siguen desaparecidas. Pero Caleb se ha portado genial —añado—. Me recogió en el aeropuerto y me acompañó hasta que me he instalado en el apartamento.

Me suelta y le lanza al susodicho una mirada severa.

—¿Se ha portado bien?

El aludido entorna los ojos. Al parecer, he calado su personalidad gruñona.

—Me compró tacos —respondo.

—Buen chico —dice Vicki dándole unas palmaditas en la mejilla antes de regresar a su escritorio—. Mándanos el recibo si necesitas que te lo rembolsemos.

Él resopla con las manos metidas en los bolsillos.

—Creo que puedo permitirme unos cuantos tacos, Vic. —Luego me lanza una mirada—. Bueno, doctora, ¿estás bien? Yo tengo que... —Señala con el pulgar por encima del hombro.

—Por supuesto que sí —digo enseguida—. Gracias otra vez, Caleb. De verdad.

Nos hace a las dos un gesto con la cabeza y se marcha.

—Bueno, siéntate, cariño —dice Vicki revolviendo unos papeles en el escritorio—. Tenemos por aquí un par de cosas más que tienes que firmar. Y he tenido noticias del concesionario. Deberían tener tu coche preparado esta tarde. Han estado jugando duro conmigo por los precios del alquiler. Al final he tenido que endulzar el trato con un par de entradas para la temporada.

—Oh, bien —digo con una mezcla de alivio y de pavor. Odio conducir. Ese es el único inconveniente de que Jacksonville esté tan lejos. Y la expansión de la ciudad es enorme, así que conducir es la única opción real.

—¿Y el apartamento te parece bien? ¿Ninguna queja?

Me quedo rígida con el vaso de café a medio camino de mis labios. Todavía no he decidido si quiero compartir la historia del balcón con alguien. Que Caleb lo sepa ya me parece suficiente humillación.

—Mmm... sí. Es perfecto.

—¿Ya está aquí? —dice una fuerte voz desde el pasillo.

Miro por encima del hombro y veo a una mujer menuda con unos rizos rubios perfectamente peinados que entra corriendo por la puerta principal de la oficina. Tiene unos brillantes ojos azules y una sonrisa amplia. Como Vicki, lleva un atuendo profesional. Sus estilosos tacones negros repiquetean mientras entra y deja un bolso enorme en el suelo. Vale, ella sí que tiene esa fiera energía de Elle Woods, no yo.

—¿Eres la nueva beca Barkley? —Tiene un fuerte acento del sur. ¿Georgia, quizás? ¿Alabama?

Me levanto y le tiendo la mano.

—Sí, hola. La doctora Rachel Price.

Me mira la mano y se ríe.

—Oh, corazón, en el sur nos abrazamos.

Antes de que me dé cuenta, me están achuchando por segunda vez en dos minutos.

Me suelta.

—Soy Poppy St. James, directora de relaciones públicas de los Rays. ¿Puedo decir que estoy muy emocionada porque nuestro equipo participe este año en el programa de becas? Quiero decir, ¿a quién no le encanta la buena prensa? ¿Y cuando me enteré de que tú ibas a ser nuestra nueva becaria? Bueno, ¡casi me muero! —añade mientras se coloca una mano en el pecho y le lanza a Vicki una sonrisa.

Mi propia sonrisa empieza a flaquear. Creo que sé a dónde quiere llegar.

—A ver, ya es bastante que seas guapísima y tengas tantísimo talento —añade enfatizando cada palabra—. Pero cuando me enteré de quién es tu familia. O sea, es que nada va mejor con el hockey que el rock and roll, ¿verdad?

Espera...

—Dime, ¿tú crees que a tu padre le interesaría venir a algún partido esta temporada?

Ahí está.

Oficialmente, mi sonrisa es falsa. Pero esta es la vida de la hija de una celebridad. En cuanto la gente suma dos y dos, dejo de existir. Me convierto meramente en un conducto a través del cual la gente puede llegar a él.

—Mmm, ¿sabes?, en realidad no conozco sus horarios —evado la respuesta.

—¿De qué estáis hablando? —dice Vicki claramente confundida.

Poppy mira a su alrededor.

—Oh, ¿no te has enterado? Nuestra nueva y talentosa beca Barkley tiene poder estelar añadido. ¡Su papi es Hal Price de los Ferrymen!

Vicki parpadea.

—¿Eso es un grupo?

Poppy jadea.

—¿Un grupo? Vicki, ¡son una de las mayores bandas de rock de todos los tiempos! Los Rolling Stones, Aerosmith, Led Zeppelin... ¡Están en el hall de la fama del rocanrol, por el amor de Dios! —Se vuelve hacia mí y me pone la mano en el brazo—. Te lo juro, cuando se lo dije a mi hermano, casi se cae de la silla.

—Eso es genial —digo con mi sonrisa de paciencia.

—Dime, ¿alguna vez ha tocado el himno nacional? Ya sabes, como Hendrix. Oh, ¿no sería eso estupendo, Vic? —casi chilla de la emoción—. ¡Los Ferrymen en nuestro estadio! ¿Te lo puedes imaginar?

—Eso sería más que genial —responde Vicki.

—Sí, bueno, puedo preguntar —digo, pues sé que esto no va a terminar hasta que yo no diga algo.

Poppy tiene los ojos clavados en su móvil mientras busca algo dentro del enorme bolso que ha tirado junto a la puerta.

—Lo siento, tengo como tres ruedas de prensa esta mañana y estoy intentando darle caza a Claribel. Quería que le hiciera unas cuantas fotos a Rachel en acción... oh..., ¿te importa que te llame Rachel?

—Poppy, cariño, respira —dice Vicki con una risilla.

Poppy se endereza y cierra los ojos. Respira hondo, suelta el aire y vuelve a abrirlos.

—Gracias, Vic. Lo necesitaba. Lo siento, estoy hasta arriba estos días. Es todo el estrés de antes del primer día de partido.

—Todos estamos un poco de los nervios —la tranquiliza Vicki.

Poppy sonríe y da un paso adelante con un archivador entre las manos.

—Te prometo que no siempre soy así. Puedo ser normal. Ya lo verás. Espero que todos encontremos el ritmo cuando empiece la temporada.

—Por supuesto —respondo. La estima que siento hacia ella aumenta un poco. Aprecio que sea sincera. Ahora mismo está siendo una neurótica total, pero al menos lo sabe y lo siente.

Cojo el archivador.

—¿Qué es esto?

—Es un horario de algunos actos de relaciones públicas que tenemos programados —me explica—. Con un nuevo equipo, no podemos permitir que los jugadores sean los únicos que nos ayuden a poner a los Rays en el mapa.

Saco el primer folio y lo examino. Es un horario cerrado día a día de los siguientes dos meses en el que aparecen todo tipo de actos, desde una vista a un hospital a algo llamado Fin Fest que tiene lugar la semana que viene. Apenas hay un día en el que no haya algo, incluidos algunos fines de semanas.

—¿Yo tengo que ir a todos estos actos? —digo mirándola por encima de la lista.

—Sí, ¿no crees que será genial? —dice con una sonrisa—. También tengo a los entrenadores haciéndose con la ciudad, y a los jugadores, e incluso al personal. Como acabo de decir, todos manos a la obra. De verdad espero que seas parte del equipo porque pretendemos ganar este partido.

—¿Qué partido? —pregunto mientras devuelvo el folio al archivador.

Por fin levanta la cabeza del móvil.

—El partido. El único que importa. —Me mira con los ojos entornados y los labios apretados—. En los deportes de este nivel, nunca se trata sobre el deporte en sí, Rachel. Sino de todo lo demás. El partido más importante de esta temporada no se juega en el hielo. Consiste en ganarse el corazón y la mente de la gente de Jacksonville. Tenemos que dejar que el mundo del hockey vea que los Rays han venido a jugar y han venido a quedarse.

Capítulo 8
Caleb

Si alguien me hubiera dicho hace diez años que pasaría de ser el número tres del draft de la NHL a ser un glorioso afilador de cuchillas, me hubiera reído en su cara. El hockey es mi vida.

Siempre ha sido mi vida. Pero jugando el partido, no sentado en la línea de banda.

Cuando era pequeño, en Minnesota, me puse a patinar en cuanto aprendí a andar. Me abrí camino por el instituto patinando, hasta que conseguí el codiciado puesto de delantero principal en la universidad de Michigan. Me apodaban el Relámpago porque era rápido que te cagas. Yo era la gran esperanza de la familia Sanford para llegar a la NHL.

Y ahí estuve... durante siete minutos.

Siete minutos y treinta segundos, para ser exacto. Ese es todo el tiempo que estuve en el hielo. Una mala carga contra el vallado, una rodilla con una rotura brutal y una carrera terminada antes de empezar.

Pittsburgh me mantuvo en la lista de lesionados durante al menos un año antes de que quedara claro que mi rehabilitación solo iba a restaurar ciertas funciones. Me surgieron demasiados contratiempos: inflamación inesperada, una infección desagradable, una tercera operación. Todavía tengo tres tornillos que lo sujetan todo.

En la vida que tenía antes de la lesión, todo tenía sentido. Sabía exactamente lo que quería. Tenía la motivación y el talento natural. Apenas estudiaba en el colegio y aun así sacaba buenas notas. Si quería chicas, solo tenía que hacerles un gesto con el dedo para que vinieran. Fiestas, beber, amigos... lo tenía todo en el antes.

Pero ahora vivo en el después. El después es un lugar en el que me despierto todos los días con dolor de rodilla. El después es un lugar oscuro en el que paso más tiempo sumido en mí mismo que fuera. El después es donde el riesgo de perder el control siempre está al alcance de la mano. En apenas dos años, pasé de ser la estrella en la NHL con un contrato multimillonario de dos años a servir mesas en un bar de deportes de Duluth, Minnesota.

Fue Jake quien me salvó la vida. Cuando éramos pequeños jugábamos en la misma liga junior. Al final, ambos conseguimos un puesto en Michigan. Yo fui el tercer fichaje de nuestro año que se unió a la NHL, él fue el número trece. A ambos nos pusieron en los Penguins.

Después de la herida, me aparté de él como hice con todo el mundo. Pero no es de los que dejan estar nada ni a nadie. No debería haberme sorprendido cuando se presentó una noche en el bar durante mi turno con un billete de avión entre las manos. Lo acababan de transferir a Los Ángeles Kings y le daba ansiedad mudarse solo a la otra punta del país. Me tendió el billete de avión, pidió una hamburguesa con patatas fritas y me dejó una propina de diez mil dólares con una nota en el recibo que decía: «Tendrás tu propia habitación. Ah, y te he apuntado a clases de surf. Empiezas el lunes».

Ni me lo pensé. Me fui del bar sin más, metí toda mi vida en dos maletas y me mudé a la otra punta del país a la habitación que le sobraba en su piso del centro de Los Ángeles. Nunca hemos mirado atrás.

Aquí estamos, seis años después, y Jake es uno de los defensas mejor clasificados de la Liga. Famoso por su habilidad para lanzar a otros hacia las vallas. Fue uno de los primeros fichajes de Jacksonville. Y no me esconde nada. Sé que tiene un contrato de cinco años que vale siete millones al año. También había una suculenta prima de fichaje. Tan suculenta que se ha comprado una casa en la playa. Un lugar maravilloso a dos pasos del agua y con unas vistas estupendas al océano.

Y lo más importante, sé que es el responsable de que yo consiguiera este trabajo de asistente del jefe de equipo. No me ha dicho nada y no lo hará, pero yo lo sé. Es el primer trabajo que he tenido en el mundo del hockey en seis años. Ya era hora de volver a casa. Él lo sabía y yo también.

Así que aquí estoy, de pie en un pasillo estrecho del campo de entrenamiento afilando las cuchillas de Jake: mi mejor amigo y mi guía en el loco y confuso mundo del después.

Apago el afilador y examino la hoja más de cerca. Un par de chicos vienen patinando por detrás de mí con sus novísimos uniformes de entrenamiento.

—Eh, chicos, os queda estupendo —grito.

Ambos me sonríen. Son los dos jóvenes nuevos fichajes. Sully los sigue de cerca y me da una palmadita en el hombro con la mano enguantada. Josh O'Sullivan, el número 19, es un veterano, lleva doce años jugando en la NHL. Yo de verdad que esperaba que el entrenador lo nombrara capitán. Es un gran fichaje: hombre de familia asentado, no se mete con la prensa y, al parecer, se le da bien hacer barbacoas.

—Eh, esta noche cenamos en Rip's —dice cuando pasa por mi lado—. Vamos a celebrar el final de la pretemporada. ¡Vente!

Me despido de él con la mano y me voy en dirección contraria, hacia el despacho del jefe de equipo. Las cuchillas de Jake eran las últimas que tenía que afilar esta mañana. Llevo una carga de ropa limpia al vestuario.

—Eh, Sanny —me saluda Morrow. También es defensa—. ¿Te has enterado de lo de esta noche en Rip's?

—Sí, justo me lo acaba de contar Sully.

—Guay. ¿Vienes?

—Puede. —Le lanzo su jersey—. Hay que comer.

Se lo mete por la cabeza.

—Guay. ¿Te traes a la PDH?

PDH. Pareja de hecho. Una de las primeras cosas que hicieron los jugadores cuando entraron en los Rays, fue hacer un grupo de mensajes. No todos los chicos están dentro. De hecho, es un tema que levanta ampollas entre los novatos más ansiosos, ya que no se los considera lo suficiente guais como para meterlos.

Cuando un par de chicos se enteraron de que a mí sí me habían añadido, se les fue la olla. Se extendió como la pólvora la broma de que me habían añadido porque soy la pareja de hecho de Compton. Ni siquiera vivimos juntos ya, pero el mote se ha quedado y ahora cualquiera de los dos, o ambos, usamos la excusa de la PDH todo el rato para librarnos de los planes.

—No tengo ni idea —respondo. Ahora que lo pienso, no lo he visto en toda la mañana.

—¿Dónde está?

Morrow se encoge de hombros.

—No lo sé. Esta mañana no estaba en la reunión.

Se marcha deslizándose sobre los patines mientras yo me saco el móvil del bolsillo y mando un mensaje.

CALEB (10:45): ¿Dónde coño estás? El partido amistoso empieza a las once.

Inmediatamente, aparecen los puntitos al pie de la pantalla.

JAKE (10:45): Oooh, ¿me echas de menos, nena?
¿Necesitas mirar algo bonito?

Bufo mientras sacudo la cabeza. Pero entonces por mi mente pasan fogonazos de una cara mucho más bonita que la suya... Una cara con ojos oscuros, unas largas pestañas negras y unos labios sensuales. Un rostro enmarcado por un pelo castaño como las nueces y acentuado con un piercing de oro en el septum. Esta mañana se lo ha quitado. Es en lo primero en que me he fijado cuando ha abierto la puerta.

Conjurar la imagen de Rachel trae muchas más cosas. Ahora es como si pudiera volver a sentirla por todas partes, apretada tan cerca de mí que prácticamente teníamos la misma piel. Siento su corazón latir contra mis propias costillas, siento la suavidad de su piel contra mis manos... y sus costados, su culo.

Joder, casi me volví loco cuando me di cuenta de que solo

llevaba un tanga cuando se puso a encaramarse al balcón como un puto mono. No tiene miedo. Está loca. Es un huracán total.

No voy a mentir, por un momento, cuando estábamos ahí, pensé que iba a besarme. Eso sí que habría sido un puto error como una catedral. Después de seis años enfrentándome a toda mi mierda física y emocional, sigo siendo un maldito desastre. Yo no sería bueno para nadie, mucho menos para una compañera de trabajo con la que comparto pared.

Levanto el teléfono y le hago una foto a J-Lo mientras todavía tiene la camiseta quitada. Su pecho lleno de pelo negro y rizado está completamente a la vista.

CALEB (10:48): Nah, tengo este osito amoroso para que me dé calor.

Jake inmediatamente reacciona al mensaje con un pulgar para abajo. Unos segundos después, mi móvil emite un ping.

JAKE (10:49): Si me dejas por J-Lo, te juro que me lanzo a la carretera para que me atropellen.

Llega una foto con un ping. Es un primer plano de él con la gorra bajada por la cara. Está frunciendo el ceño. De fondo, por encima de su cabeza, consigo ver las letras de un cartel.

CALEB (10:50): ¿Por qué narices estás en el DMV?

El móvil empieza a sonar y lo cojo, mientras me llevo el teléfono a la oreja empiezo a organizar el vestuario. Siempre parece que un tornado ha pasado por aquí cuando lo usan los chicos.

—Tío, no sé ni por dónde empezar —masculla Jake.

—¿Qué ha pasado?

Saludo con la cabeza a Jerry, el otro asistente del jefe de equipo. Los dos nos ponemos a trabajar ordenando cosas.

Jake gruñe.

—Al parecer, el genio que me atendió la última vez la cagó con el puto carné de identificación. Mi fecha de nacimiento está mal.

—Vaya mierda.

—Sí, creo que Vicki estaba a punto de cancelarme el contrato si no venía a arreglarlo. Lleva como dos semanas dándome la lata. Pero es que siempre se me olvida.

—Entonces, ¿vas a saltarte este partido?

—Sí, hay que tener contenta a Vic, ¿no?

—Cierto —respondo, mientras tiro una piel de plátano a la basura.

Vuelve a gruñir.

—Todavía tengo como unas mil personas por delante de mí. Oye, no llegaste a contarme lo que había pasado con la nueva médica. ¿Cómo se llamaba?

El grupo de chat ha estado echando fuego durante la última hora, conforme se han ido extendiendo las noticias de la presencia de Rachel. Novy ha sido el primero en escribir con un «hala, alerta de Doctora Buenorra». Desde entonces, los chicos han estado jugando a «he visto a la Doctora Buenorra». Según la última notificación, creo que está en alguna parte de la oficina de fisioterapia.

—Ehhh... no ha pasado nada más —digo, miento como un bellaco. Le conté lo del vibrador. No sé por qué no le he contado lo del balcón. Es solo que había algo... la vulnerabilidad que demostró al final. Fue divertido, hasta que dejó de serlo. Sentí que tenía que protegerla.

—Oh, mierda... Eh, acaban de decir mi número. Tengo que colgar.

—Ok... Oye, ¿vas a venir hoy?

Pero ya ha colgado antes de que yo pueda terminar la frase. Gilipollas.

Siempre me lo hace.

—Buenas —dice Jerry—. ¿Qué es eso que he escuchado de que tenemos una doctora buenorra de vecina?

Gruño. Solo lleva dos horas de su primer día y el equipo ya está revoloteando como si fueran una colmena de abejas. Esto solo puede terminar en desastre. Mi plan es sentarme, coger las palomitas y ver cómo se los come a todos vivos.

Capítulo 9
Rachel

—Todo tiene muy buena pinta en tus informes, Price —dice el doctor Tyler. Es un hombre mayor larguirucho con el cuerpo y las pintas de hacer maratones. Pelo canoso, ojos oscuros. Parece que nunca deja de sonreír. Es un gran cambio respecto al doctor Halla.

Hace clic en la pantalla de su portátil.

—Tienes una buena combinación de atención primaria y fisioterapia, cosa que siempre me ha encantado ver. Hemos tenido que hacer muchos malabarismos. Como estamos en la recta final para el principio de temporada, me he dado cuenta de que necesito un buen banquillo de payasos.

Me río.

—Bueno, señor, yo puedo hacer malabarismos con los mejores.

—Eso parece —responde.

—Por favor, no me pregunte si de verdad puedo hacer malabarismos —añado enseguida. Él sonríe.

—No te voy a mentir, creo que encajas mejor en el equipo que el primer médico que nos asignaron de la beca. He investigado un poco en el centro de rehabilitación del doctor Halla y admiro el enfoque holístico que tiene en sus terapias preventivas. Curar el cuerpo antes de que se rompa. Es una visión muy vanguardista. Quiero ese tipo de innovación para los Rays.

—Bueno, estoy dispuesta a hacer lo que haga falta para aplicar aquí esos cuidados —digo.

Él da una palmada.

—Excelente. Bueno, vamos directos al grano, tenemos un par de chavales en la lista de lesionados. Trabaja con ellos codo con codo, síguelos a lo largo del proceso de recuperación.

Asiento y saco la tableta del bolso, preparada para tomar apuntes.

—Esta temporada trabajarás con Avery. Pero ve con cuidado —me advierte—. Le gusta pensar que lo sabe todo... ya sabes a lo que me refiero —añade con una mirada que lo dice todo.

—Sí, señor.

Llevo tiempo suficiente en esto como para leer entre líneas. Y teniendo en cuenta que acabo de pasar una hora con Avery en el centro de rehabilitación, entiendo las advertencias no tan sutiles de Tyler. Avery es un maniático del control y es posible que le cueste seguir consejos de una mujer. A lo mejor me equivoco, pero no me da esa sensación.

—Todos los chicos titulares están a punto de pasar por la última ronda de las pruebas físicas —continúa Tyler—. Me encantaría que tú estuvieras presente —añade—. Serás nuestra emperatriz de caderas y rodillas. Ningún jugador va a pisar el hielo a menos que tú lo apruebes primero.

Siento que los nervios se me instalan en el estómago mientras me inclino en la silla.

—Vaya, eso es... Ni siquiera me ha visto en acción todavía, señor. ¿De verdad quiere darme poder para que deje en el banquillo a sus jugadores?

—Bueno, ¿algo de lo que aparece en tu expediente es mentira, Price?

—¿Qué? No, por supuesto que no...

—¿Te graduaste *summa cum laude* con un máster en quinesiología de la USC?

—Sí...

—¿Eres doctora en medicina de la UCLA especializada en medicina deportiva e hiciste las prácticas con los Lakers de Los Ángeles y los Galaxy?

¿Se ha aprendido de memoria mi currículo? Es raro que lo recite así, en una lista.

—Sí, pero...

—Hasta hace poco has estado dos años en un programa de residencia de tres años sobre atención primaria con la Clínica del Deporte de Cincinnati?

—Sí.

—Has trabajado directamente bajo la supervisión del doctor Benjamin Halla, uno de los mejores de la profesión..., pero no le digas que lo he dicho —añade en un susurro fingido.

Ahora estoy sonriendo.

—Sí, señor.

—Y mientras estuviste ahí, trataste a atletas, diste terapia física, atención primaria, inyecciones de cortisona... Tienes horas registradas en quirófano —añade claramente impresionado.

Todo eso es cierto, pero suena a que soy más guay de lo que soy en realidad. La sala de operaciones no es mi lugar favorito. Prefiero trabajar con atletas antes y después de que les toque el turno a los cirujanos. Pero el doctor Halla les exige a todos sus residentes educación holística, así que me pasaba horas observando cirugías de remplazo de cadera y rodilla quisiera o no.

—Según tus expedientes, has trabajado con todo tipo de deportistas: desde nadadores olímpicos hasta golfistas de pro... ¿Creo que era el número doce de los Bengals de Cincinnati?

Suspiro, frustrada conmigo misma por haber dejado que me asaltaran las dudas.

—Sí, señor.

—Bueno, entonces, Price, no creo que haya mucho más que decir —comenta encogiéndose de hombros y dibujando una sonrisa amable—. Estás cualificada. Qué narices, estás más que cualificada. Nuestros chicos van a estar en buenas manos. Y necesito que todo el mundo dé la talla. ¿Estás preparada para hacerte cargo de la situación?

Asiento con la cabeza.

—Sí, señor. Más que preparada.

—Perfecto. Entonces, vamos. El partido amistoso empieza a las once y quiero ver a los chicos en acción. Le diré a Hillary que les dé citas para que empiecen las pruebas físicas contigo a partir del... bueno, ¿el lunes, por ejemplo? Así te damos el fin de semana para que te ubiques. ¿Te parece bien?

Sonrío y me levanto cuando lo hace él.

—Sí, señor. Más que bien.

Gruñe.

—Vale, y puedes dejar esa tontería del «señor». Llámame Scott, llámame Tyler, pero nada de señor. Me recuerda demasiado a mi padre —añade conteniendo un escalofrío.

Me río.

—Vale. Y tú puedes llamarme Rachel.

Se inclina por encima del escritorio y me tiende la mano.

—Bienvenida a los Rays, Rachel. Ahora, vamos a conocer al equipo.

Capítulo 10
Rachel

El campo de entrenamiento bulle de actividad. Tyler me lleva a una sección restringida de las gradas justo en el centro, frente al hielo, tras la barrera de plexiglás. El frío del hielo me pone los pelos de los brazos de punta. Ya hay un par de personas sentadas en esta sección, con tabletas y carpetas en mano. Hacemos una ronda rápida de presentaciones, pero es difícil oír algo por encima del atronador sistema de sonido.

A Avery ya lo conozco. Es un tío grande, tiene la constitución de un jugador de rugby. Lleva el pelo muy rapado y tiene la frente llena de arrugas. Está sentado junto a un chico joven que he visto antes en la sala de fisioterapia. Creo que podría ser un becario. Es guapísimo: alto, desgarbado, con una piel muy bronceada y un montón de pecas salpicadas por la cara. Tiene los ojos de un penetrante color verde y el pelo negro bien recogido apartado de la cara con una diadema deportiva. Cuando nos ve, sonríe y saluda a Tyler con la mano.

Al otro lado de la pista, las gradas están llenas de fans emocionados, ansiosos por ver el partido amistoso. La música resuena por los altavoces mientras los chicos patinan por la pista.

—¿Ese es el Oso? —le digo a Tyler señalando al portero. Tyler suelta una risilla.

—¿Kinnunen? No, joder. Ese es Kelso, es un jugador del

montón. Compite con Davidson por un sitio en el banquillo. Confía en mí, cuando Kinnunen esté en el hielo, lo sabrás.

Veo a Caleb, inclinado sobre el patín de un tío, quitándole una cuchilla suelta. Le pone otra y le da al chaval unas palmaditas en el tobillo. Unos segundos después, el jugador salta la barrera y vuelve al hielo.

Caleb mira a su alrededor, me ve y lo saludo con la mano. Me hace un gesto con la cabeza de tío guay y se da la vuelta. Entorno los ojos, pero segundos después me suena el móvil.

CALEB (11:03): ¿Cómo va el primer día, Doctora Buenorra?

Medio resoplo, medio me río y luego levanto la cabeza hacia él, pero ya no está.

RACHEL (11:03): ¿Doctora Buenorra? ¿En serio? ¿Qué ha pasado con Huracán?

La bocina deja de sonar y todos los chicos se apartan del hielo.

CALEB (11:04): Para mí eres Huracán. Para el resto de los chicos, eres la Doctora Buenorra.

Para mi horror, cuando suena la notificación, veo capturas de pantalla de un grupo de chat. Al parecer, los chicos han estado rastreando todos mis pasos durante la última hora, como si fuera un guepardo a la fuga que anda suelto por el edificio. Es más que vergonzoso.

—Madre mía —gruño mientras escribo una respuesta.

RACHEL (11:04): ¿Cuánto va a costarme que me ayudes a deshacerme del apodo de Doctora Buenorra?

Mi teléfono se queda callado durante unos minutos y aprovecho para sacar la tableta, preparada para tomar apuntes mientras los chicos empiezan a golpear el hielo ante los gritos de júbilo de los fans. Solo es una exhibición, así que son los Rays contra los Rays. La mitad de los chicos llevan jerséis blancos de entrenamiento y la otra mitad, azul turquesa. Kelso, el portero del montón, va de blanco.

El público ruge cuando un nuevo portero aparece en el hielo vestido de azul turquesa y se me corta la respiración. Es enorme. De por sí, la equipación de portero ya hace que un tío parezca Optimus Prime. Pero este podría comerse a Kelso entero.

—Eeeeese es Kinnunen —dice Tyler con una sonrisa—. Ha ganado dos veces la copa Stanley y es la estrella de la liga finesa. Ese es el Oso.

—Sí, eso lo he pillado —respondo.

Me suena el móvil, pero no puedo apartar los ojos. ¿Cómo puede ser portero un hombre tan grande? Es imposible que tenga la agilidad que se necesita para moverse lo suficiente rápido. Ahora mismo, avanza hacia la portería como un oso pardo intocable, es el doble de grande que el tío que tiene más cerca.

Kinnunen se coloca en su sitio delante de la portería y se levanta el casco para beber agua. Es difícil ver algo más allá de la barba rubia.

—Kinnunen está preseleccionado para el equipo olímpico de Finlandia —me explica Tyler—. Un par de reclutadores van a venir a la ciudad para ver un par de partidos.

—Guay. —Me inclino hacia delante en el banco—. ¿Alguien más espera estar en las olimpiadas este año?

—No estoy seguro —responde—. Sé lo de Kinnunen porque unos representantes de la Asociación Finesa de Hockey sobre Hielo me escribieron porque querían sus expedientes médicos.

—¿Y eso podemos hacerlo?

—Con el consentimiento de los jugadores, sí. Si él está de acuerdo, podemos enviarle su historial médico a su cartero.

Me vuelvo a reír y miro el móvil.

CALEB (11:10): Todo el té de China, Huracán.

Sonrío y vuelvo a mirar al banquillo, donde me encuentro de nuevo a Caleb. Está hablando con uno de los chicos de turquesa, le tiende el casco mientras dicen su número por megafonía y el tío se va patinando.

—El número 19, Josh O'Sullivan —dice Tyler señalando al jugador—. Los chicos lo llaman Sully. Ha tenido una buena ración de lesiones. El hombro izquierdo le hace de las suyas. Vigílalo como un halcón.

Asiento con la cabeza y apunto su número.

—Y el chico de blanco de ahí es Novy, el número 22. Lukas Novikov. El tío es un bromista. El muy idiota se tropezó hace dos días en la cinta de correr porque tenía el cordón desatado y se dio un buen porrazo. Revísale la rodilla dentro de un par de días. Dice que está bien, pero estos chavales esconderían un pulmón perforado si creen que eso significa que se van a quedar fuera del hielo.

También apunto su nombre.

—Estoy seguro de que esto ya lo sabes, Price, pero está lo que ellos te dicen que les duele, luego está lo que les ves en los ojos y, por último, está lo que te dice tu instinto —me explica—. Necesitas esas tres cosas para llegar a la verdad.

—Oh, lo sé —respondo—. ¿Alguna vez has intentado decirle a un apoyador que no puede jugar con un desgarramiento del menisco durante las eliminatorias?

Suelta una risilla.

—Sí, lo pillas. No siempre es divertido hacer de poli malo, pero, al fin y al cabo, estamos aquí para protegerlos, aunque sea de ellos mismos —añade—. El partido solo dura un par de años con suerte. Luego tienen el resto de su vida para lidiar con el daño.

Observo a los chicos ponerse en posición mientras se tira el disco. Están jugando con su propio equipo, así que no hay grandes golpes ni violencia. La ofensiva del equipo blanco siempre está moviendo el disco por el hielo. Es obvio que tienen la línea ofensiva más fuerte.

Observo a Kinnunen con atención. El primer par de paradas son bastante fáciles. Apenas ha tenido que mover el bloqueador o el stick. Dos tiros le han dado justo en las protecciones y ha golpeado el disco hacia un defensa que estaba esperando.

Debe de medir más de un metro ochenta. Está encorvado en su puesto, su enorme cuerpo bloquea el acceso a la parte superior y a los laterales de la red. Es una táctica inteligente, poner al tío más grande que has podido encontrar delante de la red, pero en realidad su peso lo pone en desventaja. Hay un hueco enorme entre las piernas. El disco tiene un buen trozo por el que colarse...

—Vaya —murmuro con los ojos como platos.

Kinnunen se mueve tan rápido que he parpadeado y me lo he perdido. Estaba agachado con una pose muy casual y al segundo ha hecho una mariposa con las caderas curvadas y las rodillas dobladas completamente apoyadas en el hielo. Y ha conseguido bloquear todo acceso a la red. Otro parpadeo y ya está de pie, agachado con esa pose casual.

—Qué rápido es —murmuro—. Cualquiera pensaría que con su tamaño...

—¿Que es demasiado grande para jugar? —dice Tyler con una carcajada—. Nah, Mars Kinnunen es ágil como un gato. No va a forzarse demasiado en un partido amistoso. Dejará pasar un par de discos solo para aumentar el ego de los chicos... ahí lo tienes...

El público vitorea que los blancos han marcado un gol. Pero yo he estado observando a Kinnunen durante todo el rato. Ni siquiera ha intentado bloquearlo.

—Espera a que los puntos importen de verdad —dice Tyler—. Es entonces cuando verás al Oso en acción realmente.

Vamos por la mitad del partido amistoso cuando un chico joven se acerca con un polo de los Ray.

—Lo siento, doctor —le dice a Tyler—. Vicki está preguntando por la doctora Price.

Le lanzo una mirada de disculpa, pero me echa con un gesto amable.

—Vete, vete. Nadie hace esperar a Vicki.

Sigo al becario por los pasillos hacia la zona de despachos.

—Aquí estás —dice Vicki junto a las puertas principales que llevan al aparcamiento—. Acabo de volver de comer y me han llamado de que ha llegado tu coche de alquiler. Necesito que firmes la exención de daños y luego puedo darte las llaves.

—Oh, genial.

La mano que sujeta el bolígrafo se cierne sobre la línea de puntos, pero entonces me fijo en la marca y el modelo.

—Eeeeh, ¿Vicki? ¿Esto... era la única opción que tenía de coche?

La aludida levanta la mirada del móvil.

—¿Qué es eso, cari? Ah... sí, el concesionario nos lo ha dejado a muy buen precio —explica—. La mayoría de los chicos prefieren algo con cierta capacidad de remolque. Todos tienen barcos y motos de agua y Dios sabe qué más. No será un problema, ¿verdad? Sabes conducir una camioneta, ¿no?

Asiento mientras firmo el formulario.

—Sí, seguro que me irá bien.

En realidad, estoy aterrada. Tess se va a partir de la risa a mi costa cuando le diga que ahora poseo un tanque armado. Vicki me tiende una llave eléctrica.

—Bien, vamos al aparcamiento y te enseñaré dónde está tu plaza.

Abre una de las puertas dobles y me deja espacio para que pase.

Dice algo más, pero no la estoy escuchando. Lo único que oigo es el zumbido de mi cuerpo. Mi cerebro intenta procesar la verdad que mis ojos y mi corazón ya saben.

Mi Chico Misterioso camina directo hacia mí.

Capítulo 11
Rachel

Casi no puedo respirar cuando lo veo acercarse con la mirada clavada en el móvil. Lleva unas gafas de sol y el pelo oscuro escondido bajo una gorra de beisbol. Lo tiene un poquito más corto que cuando lo vi en Seattle, algo más recortado por la nuca. Y va bien afeitado.

Pero es él. No tengo ninguna duda. Esos anchos hombros hacen que la camiseta de la NHL se le ciña a la altura del pecho. Sus largas y musculosas piernas están cubiertas solo por un par de pantalones cortos de deporte. Lleva una deportivas con los colores de los Rays.

Es jugador de hockey. El Chico Misterioso es defensa de los Rays de Jacksonville... el equipo para el que ahora trabajo oficialmente... como su médica.

Ay, ¡joder..., joder y... joder!

Creo que voy a desmayarme. Pero entonces se atreve a levantar la mirada del teléfono y nos lanza a las dos una mirada que podría derretir bragas.

Estoy muerta. Enterradme aquí.

—¡Vicki, mi diosa, mi reina! —dice con esa profunda voz que he escuchado unas miles de veces en mis sueños.

—Ajááá... —contesta ella con los brazos cruzados. Está claro que no está impresionada—. ¿Ya lo has hecho por fin?

—¿Cómo iba a atreverme a desafiar una orden directa?

—responde, luego se mete la mano en el bolsillo del pantalón de deporte y saca su carné de conducir—. Todo solucionado. Ya podemos empezar.

—Llévalo a mi oficina antes de que termine el día para que pueda hacer una fotocopia.

Mientras hablan, yo me quedo ahí plantada como un pasmarote. Me ve, ¿verdad? Me ha mirado directamente. No entiendo lo que está pasando. ¿Por qué está fingiendo que no me conoce?

—Rachel, este es Jake Compton y es un problema con P mayúscula —dice Vicki a modo de presentación.

Dios, se llama Jake. El corazón me da un pequeño vuelco. Jake Compton. El mejor amigo de Caleb. Ahora sí que me mira directamente y juro que no puedo respirar. Esos ojos color avellana se detienen en mí.

—Jake, esta es nuestra nueva beca Barkley, la doctora Rachel Price.

—Buenas, doctora, encantado de conocerte —dice mientras me tiende la mano, al parecer todavía no ha caído.

Ni siquiera puedo creerme lo que estoy haciendo mientras le tiendo también la mano despacio. Durante los dos últimos meses, todos mis sueños han girado en torno a este tío. Y ahora estoy aquí de pie, delante de él, ¡y ni siquiera me reconoce!

Capítulo 12
Jake

Ha sido la mejor mañana del mundo. No ha habido entrenamiento mañanero, ni reunión con los entrenadores, ni calentamiento ni entrenamiento. En lugar de todo eso, he dormido y me he hecho el desayuno. Es cierto que he tenido que esperar más de una hora en el DMV, pero he tenido tiempo para relajarme sin más.

Los últimos meses han sido una locura. Entre Vicki y Poppy, nos tocan las pelotas todos los días. No estamos practicando o entrenando, estamos en interminables reuniones de recursos humanos, reuniones de viajes o lidiando con la mierda de la prensa. Ni siquiera sé cuántas veces me han hecho fotos para cosas promocionales.

Así que sí, tomarme una mañana libre para beberme el café e ir a la DMV me ha sentado genial.

Siento que la suerte me sonríe mientras camino por el aparcamiento. Vicki está ahí con una becaria. Siempre hay alguien que le pisa los talones. Mi móvil emite una notificación y bajo la mirada.

CALEB (11:45): Novy lo está haciendo genial. Os irá bien juntos contra Carolina.

Suspiro de alivio. Parece que nuestro seis inicial es más sólido cada día. Puede que sí que tengamos alguna posibilidad de ganar esta temporada.

CALEB (11:45): Kelso es un desastre. Parece que Davidson está dentro... lo que significa que yo gano *emoticono de dinero apilado* *emoticono de sushi*

Resoplo y escribo una respuesta rápida. Nos apostamos qué portero quedaría por encima y ha ganado, lo que significa que esta noche lo invito a cenar.

Aparto los ojos del teléfono y le lanzo a Vicki una sonrisa ganadora.

—¡Vicki, mi diosa, mi reina!

Aprieta los labios y entorna los ojos. Siempre la estoy provocando, pero ella no me sigue el juego. Sabía que lo del documento de identificación iba en serio cuando dejó de hacer bromas.

—Ajááá... ¿Ya lo has hecho por fin?

—¿Cómo iba a atreverme a desafiar una orden directa? —respondo, mientras me saco el documento de identificación del bolsillo—. Todo solucionado. Ya podemos empezar.

—Llévalo a mi oficina antes de que termine el día para que pueda hacer una fotocopia. —Se vuelve hacia su becaria. —Rachel, este es Jake Compton y es un problema con P mayúscula.

Me permito mirar a la becaria. Joder, es guapa. ¿Cómo narices me he perdido esto? Los chicos no han dejado de parlotear sobre una nueva médica buenorra que acechaba hoy por los pasillos, pero si soy sincero, no podía importarme menos. Solo hay una médica que yo quiera.

Vaya, esta chica se parece muchísimo a mi Chica Misteriosa...

—Jake, esta es nuestra nueva beca Barkley, la doctora Rachel Price —continúa Vicki.

Espera... ¿es doctora? La chica guapa que he despreciado con una mirada no es una becaria, es doctora. La médica que se parece a mí médica es médica...

Y entonces me explota el cerebro. No puedo pensar, no puedo respirar. De algún modo, mi mano se extiende sola y estoy bastante seguro de que he dicho algo. ¿Mi boca acaba de formar palabras? No tengo ni idea. Estoy ahí plantado, esperando que mi cuerpo se ponga al día con mi cerebro. Y no tengo un corazón que lata, porque se me acaba de caer contra el suelo.

Ella me mira como si yo tuviera dos cabezas. La doctora Rachel Price. La nueva médica del equipo. Mi médica. La doctora Chica Misteriosa. Todas las piezas del puzle encajan y suelto:

—¡Madre mía!

—Madre mía —grita ella también con los ojos llenos de lágrimas.

Dios, esto está pasando. Está aquí. Está de pie justo delante de mí. Mi Chica Misteriosa. Solo que ya no es un misterio. Tiene nombre.

Rachel.

Madre mía, solo de decírmelo a mí mismo me va a dar un ataque al corazón... o una erección. Las dos cosas. He pensado en este momento muchísimas veces. Me he imaginado que tenía muchísimos nombres. A lo mejor alguna vez fue Rachel. Ahora ya no existe ningún otro nombre.

Rachel Price.

Sonrío. Misterio resuelto. Pero espera... mierda... ¿por qué me está mirando así? ¿Por qué coño Vicki sigue aquí? ¿Por qué no nos estamos besando? ¿Por qué llevamos la ropa puesta?

—Me estoy perdiendo algo —dice Vicki mirando del uno al otro—. ¿Vosotros dos ya os conocéis?

Miro a Rachel preparado para seguirle el juego. Es inteligente que te cagas.

Ella sabrá qué hacer, qué decir.

—Nos conocimos hace un par de meses —murmura—. Nosotros... eh... nos sentamos juntos en un avión.

Miro a Vicki. Mierda, ¿se lo ha tragado?

Vicki suelta una risilla.

—Ah, qué pequeño es el mundo, ¿no? ¿Sabéis? Una vez me senté en primera clase con Denzel Washington.

Ninguno de los dos responde nada. Sigo sin poder respirar y parece que Rachel está intentando con todas sus fuerzas perfeccionar el poder de teletransportarse. Está claro que mi chica preferiría estar en cualquier otro sitio antes que aquí.

Joder, lo estoy liando todo. No sé cómo, pero lo estoy haciendo. Tengo que hablar con ella. Necesito que sea Vicki la que se le teletransporte a alguna otra parte.

—Bueno, cari, vamos a ver si funciona el mando del coche —dice Vicki—. El tuyo debería ser uno de esos —añade señalando una hilera de camionetas blancas aparcadas hacia el fondo del garaje.

Rachel toquetea con torpeza la llave que tiene en la mano, aprieta el mando a distancia. Las luces de la camioneta del fondo se encienden y se apagan cuando se desbloquean las puertas.

—Y ahí lo tienes —dice Vicki—. Avísame si necesitas algo más, ¿vale? Y tú —añade, mirándome a mí—: ¡Tráeme ese documento de identidad o esta temporada viajarás a todos los partidos atado al ala del avión!

Tras eso, le da un apretón a Rachel en el hombro y cruza las puertas para desaparecer en el edificio.

Rachel y yo nos quedamos ahí parados, mirándonos el uno al otro, sin hablar.

A los dos nos ha explotado la cabeza.

Yo me muevo primero para acercarme a ella.

—Yo...

—No puedo hacer esto —susurra apartándose de la mano que tengo extendida.

—¿Qué? Espera... guau... ¡aguarda! —Me doy la vuelta para perseguirla—. ¡Rachel!

Se queda inmóvil con todo el cuerpo tenso mientras yo le doy alcance y me quedo tras ella.

No puedo evitarlo, sigo sonriendo como un idiota perdidamente enamorado.

—Rachel —digo otra vez, solo porque puedo hacerlo. Lanzo al mundo todo lo que siento. Joder, es un nombre muy bonito.

—No —murmura con la voz tomada.

—Oye —digo con cuidado, extiendo la mano y le acaricio el brazo. Es el roce más mínimo—. Nena, date la vuelta. Mírame.

Contiene el aliento y se da la vuelta.

—¿Nena?

Oooh, mierda. Parece enfadada.

—No soy tu nena —me suelta—. ¡Ni siquiera me has reconocido!

Vuelve a girarse y camina a grandes zancadas hacia su camioneta. Sus palabras hacen que me quede sin aire.

—¿Qué...? ¡Sí te he reconocido! ¡Vuelve aquí! —grito mientras la persigo—. Rachel, para...

Llega hasta la camioneta y abre la puerta del conductor. Dejo caer todo mi peso sobre ella y la cierra. Rachel jadea, se da la vuelta y se queda con la espalda apretada contra la puerta. Sin duda la he atrapado, incluso he puesto las manos a ambos lados de su cabeza.

Joder, me arde el cuerpo. No puedo explicar lo que provoca en mí. Nunca nadie me ha hecho sentir de este modo. Estoy temblando como un quinceañero a punto de dar su primer beso.

—Deja de correr —le ruego—. Rachel, habla conmigo. ¿Qué narices se te está pasando por la cabeza ahora mismo? Estás acojonada. Sé que lo estás porque yo también lo estoy y no pasa nada. Vamos a... vamos a acojonarnos juntos, ¿vale? Y vamos a usar palabras...

—Oh, ¿quieres palabras? ¡He estado de pie delante de ti durante cinco putos minutos y ni siquiera me has visto! —me suelta—. ¿Tan fácil soy de olvidar para ti? Dios...

Se lleva los dedos al pelo y se aparta los mechones sueltos de la cara. Quiero quitarle la mano de allí porque está haciendo mi trabajo. Yo soy quien le aparta el pelo. Yo soy quien la cuida. Ese es mi puto trabajo y juro por Dios que nadie va a hacerlo mejor que yo. Ni siquiera ella. Es mía.

—Estaba distraído —digo—. Ha sido un día de locos y no esperaba verte aquí y... y estás... diferente —admito arrugando la nariz.

Ella me mira con el ceño fruncido, tiene esos preciosos labios apretados de lo molesta que está.

—¿Diferente?

Me encojo de hombros.

—Sí, ya sabes, en plan... tu maquillaje es completamente diferente y no llevas el piercing de la nariz y llevas las gafas puestas...

—Madre mía —grita intentando zafarse y abrirse paso por debajo de mí.

—¡Eres peor que un príncipe de Disney! ¿Qué pasa, una chica se pone gafas y de repente te resulta irreconocible?

—Oye, que eso ha sido durante unos cinco segundos —contraataco—. ¡Y sabes que me gano la vida dándome golpes en la cabeza! Estaba pensando en mis cosas, de camino al trabajo. Ni en mis sueños más locos esperaba verte en mi aparcamiento, así que no me he fijado. No te he visto, Rachel... hasta que lo he hecho.

Sacude la cabeza, el labio inferior le tiembla como si estuviera a punto de llorar.

—¿De qué va todo esto en realidad? —murmuro acercándome más. Extiendo la mano y le muevo con cuidado la cara para que me mire.

—No se trata de que no te haya reconocido porque sabes que sí lo he hecho. Lo he hecho. ¿Crees que me olvidé de ti... crees que me fui de ese hotel y seguí con mi vida?

Cierra los ojos.

—Por favor...

Le rozo la mandíbula con los dedos, ligeros como una pluma.

—¿De verdad crees que me podría olvidar de mi chica de Seattle? Nena, eres lo único en lo que pienso.

—No —me ruega.

Frunzo el ceño, frustrado.

—Fuiste tú la que me dejó en esa cama, ¿recuerdas? Debería ser yo quien se largara. Yo quería saber tu nombre. Demonios, podríamos llevar dos meses en algo profundo en lugar de empezar ahora de nuevo...

—No —jadea mientras se aparta. Se ha abrazado a sí misma con tanta fuerza que parece una patética excusa por conseguir una armadura.

—Jake, no podemos hacer esto.

Oh, no me jodas. Mi nombre en sus labios es más fuerte que si Cupido me hubiera lanzado un flechazo en la polla.

—Dilo otra vez.

Levanta la vista y me mira.

—No podemos hacerlo.

—No. —Sacudo la cabeza—. Di mi nombre.

—No —murmura—. Por favor, no.

—¿No qué? —respondo acercándome más y envolviéndole la mejilla con una mano. Qué bien huele. En Seattle me dejó su perfume, pero no tiene nada que ver con oler la combinación de ese aroma en su piel mezclado con su champú y su detergente y... ella.

Quiero estrecharla entre mis brazos y no soltarla nunca. Quiero ponerme sus camisetas en la cama como si fuera un tonto enamoradizo. Vale, es imposible que me vayan bien, pero podría coger dos y cortarlas y luego volverlas a coser. O Caleb puede hacerlo por mí. Se le da bien coser a máquina y...

Oh, mierda, Caleb. Rachel y Caleb. Rachel es la doctora buenorra que Caleb recogió ayer del aeropuerto. La médica que tiene un extraño vibrador y que ahora comparte pared con él. La doctora buenorra que ha traído al trabajo esta mañana.

Estaba a punto de ir a buscarlo para sonsacarle más detalles porque sé que anoche pasó algo más. Ha sido muy hermético al respecto. Ahora tengo el pulso acelerado y siento que mi lengua es demasiado grande para mi boca. ¿De verdad quiero saber lo que sucedió? No sé si podré soportarlo. Alguna vez compartimos alguna tía en la universidad, pero esto es completamente diferente. Rachel es... lo es todo.

—Por favor, mírame —murmuro.

Ella levanta la mirada, me ha cogido de la muñeca mientras yo le sigo envolviendo la mejilla.

—No podemos hacer esto —susurra—. Ahora trabajo para el equipo. Acabo de firmar unas cien páginas de contrato. Soy tu médica.

—No.

—Eres mi paciente. No puedo cruzar esa línea... no podemos...

—No —vuelvo a gruñir, mientras la aprieto con las caderas.

Jadea. Sí, mi chica está loquita por mí. Puedo sentirlo. Bajo la mano de su mandíbula y le envuelvo la garganta con cuidado, mis dedos le acarician el pulso acelerado. Gimotea con el cuello arqueado. No puede evitarlo. Le encanta tener mis manos encima.

Los dos somos fuego, temblamos de necesidad. Nunca en toda mi vida me ha puesto tanto otra persona. Respira cerca de mí y estoy listo para dejarme llevar, joder. Vuelvo a tenerla entre mis manos y no puedo esperar ni un segundo más para saborearla. Bajando el rostro, aprieto los labios contra los suyos.

Bum.

Como lanzar queroseno a una hoguera, nos incendiamos. Nos apretamos, mis manos corren por sus costados para cogerla del culo y levantarla, luego ella envuelve las piernas alrededor de mis caderas para que quedemos a la misma altura. La estampo contra el lateral de su camioneta. Sisea en mi boca, nuestras lenguas se persiguen, nuestras manos están desesperadas.

Joder, es la chica que quiero besar durante el resto de mi vida. No me importa lo loco que suene. Es voraz, gime cuando la inmovilizo con mis caderas, con mi dureza clavada ahí. Si estuviéramos desnudos, ya estaría dentro de ella. Joder, la estaría empotrando contra la camioneta.

Me manosea la cabeza y me tira la gorra, luego desliza los dedos entre mi pelo. Hace que me tiemble todo el cuerpo mientras la polla se me tensa. Necesito estar dentro de ella. Necesito enterrarme en ella y no volver a salir nunca a la superficie.

Pero entonces jadea y se retuerce entre mis brazos.

—Jake —gimotea—. Por favor...

Y sé lo que está diciendo sin decirlo porque así es como somos juntos. «Por favor, suéltame. Por favor, para». Y entonces el corazón se me hace pedazos.

La suelto y se desliza por mi cuerpo hasta el suelo del aparcamiento. Los dos estamos temblando, la necesidad nos martillea enteros. Lo que tenemos es volcánico. Ella también lo sabe. No puedo hacer esto. No puedo estar con ella. Está en mi ciudad, en mi equipo, en mis putos brazos... y está diciendo que no.

—No vuelvas a apartarme —ruego con el corazón desgarrado—. No puedo hacer esto dos veces, Rachel. No me pidas que finja que no somos nada. No me importa el puto contrato.

Levanta la barbilla a modo de desafío, le brillan los labios de mis besos, tiene los ojos llorosos, oscuros y peligrosos.

—Bueno, a mí sí me importa. Esta es mi vida, Jake. Esta es mi oportunidad —dice con muchísima determinación—. Esta beca, este equipo. Es toda mi carrera lo que está en juego. A ti no tiene que importarte romper las reglas, pero a mí sí.

Se está cerrando en banda y dejándome fuera. Maldita sea, hizo lo mismo en Seattle.

—No —rujo—. Rachel, por favor...

¿Estoy rogando? Joder, no tengo orgullo cuando se trata de esta chica. Ni entereza. Ni estrategia. Estoy perdido para ella. Lo estuve desde el momento en que se giró en aquel taburete.

—No lo hagas. No me apartes.

Pero veo que la resolución le brilla en los ojos.

—Mi contrato dura toda la temporada —dice con la voz tensa—. Podemos ser amigos. Podemos ser compañeros de trabajo..., pero nada más.

Dejo caer las manos lejos de ella, nuestra conexión se ha roto y ambos cogemos aire a trompicones.

Mi Chica Misteriosa me está dejando helado. Quiere centrarse en su carrera y eso puedo respetarlo. Yo también estoy enganchado a la mía. No llegas al nivel deportivo en el que estoy sin obsesionarte con el trabajo.

Trago saliva con el corazón latiéndome desbocado.

—Diez meses —digo con la mirada fija en mí—. Cumple con tu contrato. Yo jugaré limpio. —Me inclino—. Pero en cuanto termine, eres mía, Seattle. No vas a volver a dejarme.

Capítulo 13
Rachel

Vuelvo a entrar al edificio con las piernas temblando, el Chico Misterioso camina en silencio a mi lado. Jake. Se llama Jake Compton y no es un misterio. Jake Compton, defensa titular de Los Rays de Jacksonville.

Y no me imaginaba la química que tenemos. Durante los dos últimos meses, le he estado restando importancia en mi mente. El sexo no fue tan bueno. Nuestra conexión no fue tan profunda. Estaba borracha. Estaba perdida en el momento. Ahora sé la verdad. Fue real. Todo. Nuestra conexión, nuestro calor, la pasión instantánea, el modo en que me lee, el modo en que yo lo leo a él. Y lo que es peor, él también lo sabe. Sabe que no puedo resistirme a él.

¿De verdad puedo sobrevivir a diez meses de esto?

«Haz una lista, Rach. Haz un plan». Repito mi mantra por dentro.

—Yo voy por aquí —masculla Jake señalando hacia un pasillo abierto que creo que lleva al gimnasio.

Asiento con la cabeza mientras me miro los pies.

—No sé cómo hacer esto —dice—. No puedo... —gruñe mientras se tira de la visera de la gorra—. Soy un mentiroso de mierda, Rach. Los chicos ni siquiera me dejan ya jugar al póquer porque dicen que es como robarle un caramelo a un bebé.

Lo intentaré —añade—. No... no diré nada sobre lo nuestro. Pero no se me da bien mentir.

—Vale. —No sé qué más decirle.

—En el peor de los casos, Caleb me lo va a ver en la cara —añade—. No tenemos secretos, Rachel.

Levanto la cabeza para mirarlo. Hay algo en su tono: preocupación, celos, dolor. Tiene razón, lo lleva todo escrito en la cara. Pero ¿por qué está celoso?

—Pregúntamelo sin más —digo desesperada por aliviarle esa mirada de dolor.

Levanta la cabeza y mira a un lado y a otro del pasillo antes de soltarme:

—¿Te has follado a Caleb?

Abro los ojos como platos.

—¿Qué?

—Anoche, ¿te...? —Vuelve a gruñir—. Joder, creo que puedo soportarlo. Dilo sin más. Arranca la tirita.

—Jake, no —digo colocándole una mano en el brazo. Pero entonces mi indignación aumenta—. ¿Te ha contado él que nosotros...?

—No —dice enseguida—. No, no me ha contado nada de lo que pasó anoche..., pero sí que ha pasado algo entre vosotros —añade—, ¿verdad?

Suspiro y aparto la mano de su brazo.

—Dejaré que él te dé los detalles humillantes, pero no, Jake. Anoche no me acosté con Caleb. Dormí en su sofá con el perro.

Abre los ojos color avellana como platos.

—¿Tú... Por qué...?

—A pesar de lo que puedas pensar, no voy por ahí teniendo aventuras de una noche con todos los guaperas que me encuentro —añado. Mi cabreo empieza a aumentar.

Jake frunce las oscuras cejas.

—Entonces, admites que es guapo.

Aprieto los dientes, dispuesta a decirle que se largue, pero entonces veo el atisbo de una sonrisilla satisfecha en su cara. Está dolido, no está conforme con las condiciones que he establecido, pero lo está intentando. Suelto un pequeño suspiro de alivio.

—Yo tampoco sé cómo hacer esto —admito—. Vamos a... dar un paso después de otro, ¿vale?

Asiente, tiene tal cara de cachorro malherido que quiero achucharlo entre mis brazos. Pero me contengo. Tengo que mantenerme fuerte por los dos. Para él es fácil decir que no le importa, pero podría meterse en un lío igual que yo. Él también ha firmado contratos de no confraternización.

—Nos vemos por ahí, Chica de Seattle —murmura, sus ojos me tocan de todas las formas en que sus manos no pueden.

Ni siquiera intento contener el escalofrío de deseo mientras le lanzo una mirada asesina.

—¿En serio, Compton?

Dibuja una sonrisa de satisfacción.

—Oh, nena, tú espera. Tengo los próximos diez meses para calentar esto a fuego lento.

Se le escapa una risilla al pensarlo. Luego se ríe sin tapujos.

—Mierda. Este va a ser mi juego favorito.

Levanto una ceja desconfiada.

—¿Qué juego?

Sonríe y baja la cabeza para acercarse a mi cara.

—La Operación Descifrar a Rachel. A lo mejor no puedo tocarte, pero sí que puedo mirar —dice y me guiña un ojo, un gesto que, para mi desesperado coño, es como una bofetada.

Oh, que le den. Eso no va a pasar. No me voy a pasar los próximos diez meses dejando que Jake Compton me lleve al límite. Le lanzo mi mejor mirada de zorra.

—No te atrevas a hacer lo que crees que vas a hacer.

—Demasiado tarde, Seattle —dice con una carcajada—. Nos veremos por ahí. Todo el día. Todos los días. Durante los próximos diez meses.

Gruño mientras lo observo marcharse con una nueva alegría en su forma de andar. Estoy acabada.

Capítulo 14
Ilmari

Me está observando. La nueva médica no me quita los ojos de encima. Los chicos llevan toda la mañana reventando el grupo con mensajes sobre ella. Una razón más para odiar los grupos de chat. Normalmente, lo usan para hacer porras de partidos de fútbol ficticios y celebrar los goles de los demás. Yo siempre me salgo, pero no hacen más que añadirme.

Céntrate.

Sigo el disco por el hielo en una postura relajada. Esto solo es un partido amistoso. No hace falta que me lesione parando el tiro desviado de un novato. El tío que lleva el disco tiene un buen juego de pies, eso tengo que admitirlo, pero también es demasiado obvio con las manos. Va a ir por mi lado del guante. ¿Por arriba o por abajo?

Ya tengo el guante arriba antes de que dispare. Cojo el disco con bastante facilidad. Ni siquiera muevo los pies. El público jalea como si hubiera hecho un paradón. Hago que parezca que no me cuesta nada porque no me supone ningún esfuerzo. Debería volver a la liga junior, donde pertenece.

El partido continúa por el hielo hasta que Novikov se hace con el disco. Me animo un poco. Es un defensa que tiene una gran capacidad de ofensa. No le guardo rencor porque sea ruso. Bueno, ruso canadiense.

Lo sigo mientras corre por el hielo en un contraataque.

Novikov es impredecible. Tengo curiosidad por ver lo que sucede si hago una defensa real. Me cuadro en mi postura con los ojos clavados en el disco, mientras mido de manera instintiva la distancia que me separa de él. Se mueve rápido, corta por la izquierda. Va a pasar el disco. Pase interno a Fielder. Tengo que caerme. Hago una mariposa, doy un golpe con el patín derecho y el disco me golpea en el acolchado.

Bloqueado.

Pivot. Doble empuje para proteger el otro puesto. Están patinando en busca de un rebote. Le pasan el disco a Novikov. Extiendo la pierna derecha mientras me estiro. El disco vuelve a golpearme en el acolchado y lo pesco con el stick y se lo paso a un defensa, que lo lanza por el hielo a un extremo que lo espera.

Salvado.

Pero me ha costado. Gruño y me pongo en pie todo lo rápido que puedo. Al empujón le ha seguido una extensión completa del músculo de la ingle. El dolor me recorre hasta la cadera derecha. No debería haberlo hecho. Debería haber dejado que marcara gol.

El disco ya está en el extremo del otro campo, así que me tomo un momento para ponerme en pie y juntar las piernas. Ha sido un error participar en este partido. El próximo me lo saltaré. Pondré cualquier excusa.

La verdad que he intentado ignorar durante semanas se asienta en mi pecho: el dolor está empeorando. Y ya sería una suerte que la doctora no siguiera observándome. La he visto sentada en las gradas al lado del doctor Tyler. Ahora está de pie junto al plexiglás en mi línea de visión con los brazos cruzados y la boca apretada en una firme línea.

El entrenador Tomlin se acerca y se queda de pie a su lado y veo que se estrechan la mano. Al final, la doctora aparta la mirada de mí y una punzada de curiosidad me hace darme cuenta de que no me gusta. Eric tiene toda su atención mientras la hace reír. ¿Qué le está diciendo?

—*Saatana* —maldigo cuando el disco casi me da en la cara.

Se estrella en el larguero e impacta en el hombro antes de caer en la red. Los blancos han marcado gol porque yo estaba demasiado ocupado flirteando con la guapa doctora como para vigilar la portería.

—¡La cabeza en el partido, Mars! —me ladra y sonríe.

Sacudo la cabeza. ¿Qué demonios acaba de pasar? ¿Me han hechizado? Nada rompe mi concentración en el hielo. La rabia burbujea en mi pecho. No me gusta haberme distraído.

Céntrate.

La bocina resuena a nuestro alrededor, el partido ha terminado y me relajo.

Incluso con el último gol que he dejado pasar, los blancos siguen perdiendo 3-6.

Sully se acerca patinando y se desliza antes de detenerse.

—¿Estás bien, grandullón?

—Sí —respondo a través de la máscara—. Bien.

Se marcha y sigue a los demás por el hielo.

Agarro mi botella de agua y me giro.

—*Voi helvetti* —mascullo mientras me acerco patinando hacia donde el entrenador Tomlin espera con la doctora.

—¿Te has quedado dormido, eh, Mars? —grita el entrenador—. Casi te da en toda la cara.

—El partido se había acabado —protesto—. Fielder necesitaba el gol más que yo la parada.

Solo suelta una risilla y señala a la doctora.

—Mars, esta es la doctora Rachel Price.

Me permito mirarla abiertamente. Está de pie con los brazos bien cruzados. Tiene frío. Así que no está acostumbrada a la pista. Tiene los ojos oscuros tras esas gafas de montura gruesa y rectangular. Lleva el pelo recogido con un par de mechones que le enmarcan la cara. Es preciosa.

Y sigue mirándome. Me escanea sin ningún pudor, desde los patines hasta el casco. Me elevo sobre ella con todo el equipo. Somos como un gatito y un gorila. Muy despacio, me quito el casco y le mantengo la mirada sin la rejilla de por medio.

—Doctora Price, este es Mars Kinnunen —dice el entrenador—. Es el puto mejor portero de la Liga.

Le tiendo el casco al entrenador y me meto el stick dentro de la almohadilla de la rodilla. Luego me quito el bloqueador y le ofrezco la mano. Está sudorosa, pero, si la nueva doctora tiene un problema con eso, se ha equivocado de trabajo.

Se inclina sobre las vallas con una sonrisa y me la estrecha.

—Me alegro muchísimo de conocerte, Mars —dice.

Me gustaría saber lo que está pensando. ¿Ha visto mi parada? ¿Ha visto que me ha costado recuperarme? El entrenador estaba distraído intentando hacerla reír. Casi me he saltado el bloqueo porque tengo demasiado miedo de hacer una extensión completa con la derecha. Me da miedo de que el músculo de la ingle empeore.

He estado haciendo todo lo que he podido para encargarme de la rehabilitación por mi cuenta. No es mi primer tirón y no será el último. Solo necesito más hielo, masajes y una rutina de estiramientos mejor. Los reclutadores de la FIHA vienen a verme jugar, así que no puedo estar sentado en el banquillo con un tirón en la ingle.

Quiero llegar a ese equipo olímpico más de lo que he querido nada en mi vida. Es mi legado. Mi abuelo jugó por Finlandia en las Olimpiadas de Oslo de 1952. Mi padre estuvo en Lake Placid en 1980. Este es mi momento. El equipo de mi padre quedó cuarto. Mi intención es llegar al podio. Los Leijonat son bastante buenos. Sé a quién van a observar. Pueden hacerlo. Pueden ganar. Quiero estar en la red cuando lo hagan.

—¿Te sientes preparado para empezar la temporada? —pregunta la doctora Price.

Su voz es más profunda de lo que esperaba, suave como la miel.

Asiento con la cabeza y le suelto la mano cuando el entrenador me da unas palmaditas en la hombrera.

—Mars nació preparado. Está en mejor forma que en toda su vida.

—Genial —dice ella—. Entonces deberías pasar las pruebas físicas sin problemas. Avisa a Hillary de su horario de entrenamiento y estaré encantada de adaptarme —le dice al entrenador.

—Lo haré —responde este.

Estoy ahí de pie en el hielo y se da la vuelta para alejarse.

—Espera...

Mira por encima del hombro con una de sus cejas oscuras levantada.

—¿Qué pruebas físicas?

Vuelve a sonreír. Los estadunidenses siempre hacen eso... sonreír cuando no lo sienten. Se supone que es para tranquilizar a la gente y funciona con la mayoría del resto de los estadounidenses. Para mí, siempre resulta un gesto falso. No sonrías a menos que lo sientas. Y no quiero sus sonrisas falsas. Quiero ganármelas.

—Todos los jugadores titulares tienen la final de sus pruebas físicas la semana que viene —responde—. Soy nueva en el equipo, así que juego con un poco de desventaja, pero prometo ser minuciosa. No queremos que se nos escape nada con los ojos del mundo del hockey puestos en los Rays.

—Te lo agradecemos mucho, doctora —responde Eric.

Claro, él sí puede sonreír. Él no es quien está en el punto de mira. En cambio, mi corazón se detiene.

—¿Cuál es tu especialidad? —le grito.

—Rodillas —responde—. Caderas y rodillas. Imagino que eso significa que tú y yo vamos a hacernos muy buenos amigos esta temporada.

Con otro asentimiento de cabeza, se da la vuelta y se marcha.

Maldita sea.

Capítulo 15
Rachel

Puede que Mars Kinnunen sea el hombre más intimidante que he visto en mi vida. Y eso que ya parecía enorme desde el otro lado del hielo. En persona, es gigante. Pero se quitó la máscara y el estómago me dio un vuelco.

Jake y Caleb son chicos guapos: mandíbulas perfectas, pómulos para aburrir, el pelo revuelto. Deportistas muy estadounidenses. Pero Mars es... salvaje. Parece como si el tío más duro de un equipo de hockey se hubiera acostado con un vikingo y hubiera tenido un superbebé.

Tiene una barba muy rubia de dos dedos, algo más larga por la barbilla. El resto del pelo lo lleva rapado al cero hasta la nuca, lo que le deja en esta parte un mechón de pelo largo rubio y desaliñado lo bastante largo como para hacerse un moño despeinado.

Sus rasgos también son duros un poco torcido el puente de la nariz, como si formara un pico; y dos cicatrices en la ceja izquierda. Pero tiene los ojos azules color mar más bonitos del mundo, los cuales te penetran con intensidad. Sentí como si me mirara el alma cuando me puso mala cara.

Sacudo la cabeza con una risa suave. Sin duda ha sido una interesante primera jornada.

Me pongo al día con Tyler en su oficina mientras voy a recoger la mochila y me presenta a Hillary, la enfermera del equipo. Es una encantadora señora mayor con un pelo rizado de color gris y unos ojos amables. Ella será la responsable de organizar mis citas.

—Te hemos preparado un despacho aquí abajo —dice mientras me conduce hacia el gimnasio—. Es más fácil pillar a los chicos cuando están estirando y entrenando, así que hemos puesto un par de consultorios en esa misma planta. Se parece un poco a pastorear ovejas —añade con una risilla—. A veces solo tienes que sacar el garrote y enganchar a una. He descubierto que la mejor forma de hacer que vengan voluntarios es pillarlos en la cinta de correr. Enséñame a un jugador de hockey que le guste la cinta de correr y te enseñaré a un mentiroso.

Me río.

—Evitan la cinta de correr con todas sus fuerzas. Entendido.

Ya oigo el ruido metálico de los aparatos de gimnasia por encima del estruendo de la música rock a todo volumen.

—Se suelen portar bien y la apagan si no puedes oírlos pensar —grita por encima de la música mientras abre una puerta de cristal.

—Hala —murmuro cuando entro.

La instalación es increíble. No se puede saber por lo anodino que es el pasillo, pero la sala da paso a un gimnasio repartido en dos niveles. Hay una planta principal, toda para levantamiento de peso. Hay varios chicos por ahí haciendo repeticiones y observándose los unos a los otros. La mayoría son jugadores, pero los chicos que llevan polos deben de ser el equipo de fuerza y acondicionamiento.

A mi derecha hay una pared de cristal en la que se suceden cintas de correr para que los chicos puedan ver la pista de entrenamiento principal. Ya la han despejado después del partido amistoso y parece que ahora están dando clases de patinaje sobre hielo. En la parte de arriba hay una pista de atletismo.

—Todo el equipo de fisioterapia está por aquí —dice Hillary señalando varias puertas abiertas a la derecha—. Tenemos bañeras de agua caliente y fría, mesas y sillas de masaje, todo lo que puedas desear, espacio para estiramientos. Y nuestro rincón del mundo está justo aquí —termina haciendo un gesto con la mano hacia otras tres puertas que hay en la pared.

Abre la primera puerta y da un paso atrás. Meto la cabeza. Solo es un armario de escobas sin ventana con un escritorio y una silla. Si soy sincera, he trabajado en espacios más pequeños. Detrás de nosotras, hay gritos y clamores cuando alguien corta la música.

—Hala...

—¡Chicos!

—Oye, Jacobs, ¿esa es la nueva médica?

—¡Doctora Buenorra a la vista!

—¡Nueva doctora en la zona!

Todos los chicos gritan y se ríen mientras abandonan su equipo.

Hillary me mira entornando los ojos.

—Ignóralos. Van detrás de los nuevos empleados como si fueran perros con un hueso.

Uno de los chicos viene disparado hacia mí, tiene la cara sudorosa. Parece joven, unos ojos brillantes y majo.

—Buenas, doctora —dice mientras me tiende la mano—. Ryan Langley, delantero.

—Sí, sí que te adelantas —responde Hillary—. Un paso atrás antes de que nos empapes con tu sudor.

Yo solo me río, acepto la mano sudorosa y le doy un apretón.

—Rachel Price.

—Rachel —grita por encima del hombro.

—Se llama Rachel —repite otro tío y luego todos se ponen a decirlo.

—Price —los corrige Hillary—. Para vosotros es la doctora Price.

Un tipo grandote con la cabeza rapada aparta a Langley de un codazo.

—Cole Morrow, doctora. Es el puto mejor defensa de la Liga.

El tío no hace más que reírse mientras yo le estrecho la mano.

—Sí, claro, ya quisieras Coley. ¿Qué ranking tienes en la EA? —grita alguien.

Morrow le lanza una mirada asesina y le da un buen sopapo en el hombro.

El tío se ríe y yo no puedo evitar sonreír al ver que le faltan dos dientes. El hockey sí que es un deporte brutal.

—Yo soy Gerard —dice.

—Oye, J-Lo, ¡quítate del medio!

Le sonrío con una ceja levantada.

—¿J-Lo?

Él se encoge de hombros sin más.

—Me llamo Jean-Luc y estos tíos son unos gilipollas.

—Ay, no te pongas picajoso, J-Lo. ¡Sabes que te queremos!

—Vale, ya está bien —les llama la atención uno de los entrenadores de fuerza y acondicionamiento, el que tiene más pinta de hosco—. Dejad en paz a la doctora y volved a las repeticiones. Ahora.

—Bienvenida al equipo, doctora —dice el guapete rubio con una sonrisa llena de chulería.

Se alejan, pero siguen riéndose y empujándose los unos a los otros. Yo solo sonrío y sacudo la cabeza. Puede que los chicos se conviertan en hombres, pero en realidad nunca crecen.

—¿Cuánto durará el hostigamiento? —pregunto mirando a Hillary.

Aprieta los labios.

—¿Con lo guapa que eres? Supongo que toda la vida.

—Genial —mascullo.

Estos van a ser los diez meses más largos de mi vida.

Como si necesitara que algo me confirmara esta afirmación, mi móvil me notifica un mensaje. Luego otro.

CALEB (14:07): Yo no he tenido nada que ver con esto. El gilipollas me ha quitado el móvil.

DESCONOCIDO (14:07): Y ahora tengo tu número. Asúmelo, somos inevitables, Seattle.

A ese mensaje le sigue una foto de Jake lanzándome una mirada de «fóllame». Luego una segunda en la que aparece él haciéndole una llave a Caleb.

Gruño. Ahora estoy aún más jodida.

Capítulo 16
Rachel

—A ver... espera. ¿Dices que conociste a este tío en Seattle en la boda de Harrison?

Tess no se lo acaba de creer, veo en la pantalla del teléfono una de sus gruesas cejas levantada por detrás de las gafas.

Es domingo por la noche y he evitado a Jake todo el fin de semana. El viernes por la noche me invitaron a Rip's a celebrar el final de la pretemporada, pero rechacé la oferta. Todavía tenía que recoger las maletas del aeropuerto y necesitaba un minuto para respirar y recalibrar.

Ayer me escondí durante todo el día, solo hice una rápida escapada a IKEA para decorar el balcón, lo cual incluía conseguir un tope para la puerta corredera de cristal porque no pienso volver a quedarme atrapada otra vez ahí fuera con un tanga.

Hoy me he pasado el día explorando la ciudad por mi cuenta, he comprado algunas flores y ahora estoy acurrucada en una esquina de mi nuevo minibalcón. Una hilera de flores y helechos recién plantados cuelga de la barandilla. También he puesto una esterilla y una cestita de mimbre para las cosas de yoga. He colgado dos sets de luces del techo que emiten un leve brillo dorado.

En general, estoy orgullosa de mí misma con este arreglillo.

Le doy un trago al vino y le sostengo la mirada a Tess en el teléfono.

—Sí, nos conocimos en Seattle.

Me mira y parpadea, luego se oye un frufrú cuando se sienta y se inclina hacia delante en la cama.

—Oh, tía... espera. Cuando has dicho que os conocisteis... ¿querías decir que lo conociste en plan conocer?

Asiento con la cabeza y ella chilla por el teléfono.

—Madre mía, ¡eso es increíble! —cacarea—. Perrilla calenturienta. Te liaste con un jugador de la NHL en la boda de tu hermano...

—En la boda, no —la corrijo—. Y no sabía que jugaba en la NHL. No sabía nada de él. No nos dijimos los nombres.

Tess se ríe.

—Dios, eres una locuela, tía.

—No me sentí muy locuela en ese momento —admito—. Me sentí... bien. Él se sintió bien. Fue... —Me cuesta encontrar las palabras para explicarle lo que Seattle significó para mí—. Cósmico —digo—. Tuvimos una conexión cósmica... tenemos —añado en voz baja.

Tess suelta un suspiro dramático.

—Pero ahora te ha contratado su equipo y te estás torturando porque eres médica y él es jugador y tienes que dejar quietas esas manitas de perrilla calenturienta, ¿verdad? ¿Ese es el problema?

—Por supuesto, ese es el problema —digo—. Tess, no puedo... —Gruño y dejo la copa de vino con un clin—. No puedo volver a empezar algo con él otra vez. No puedo meter la pata ahora. A los tres últimos de la clínica que consiguieron la beca Barkley les ofrecieron puestos permanentes cuando terminó la beca. Esto podría ser el principio de mi nueva carrera.

Tess se queda pensativa, aprieta los labios cuando asiente.

—Sí... o podría ser el principio del resto de tu vida con el Chico Mágico...

—Chico Misterioso.

Suspira otra vez.

—Mira, Rach. Sabes que te quiero. Eso lo sabes, ¿verdad?

—Sííííí.

—Vale, pues tienes esa cosa que haces cuando saboteas todas tus relaciones. No les das piernas en las que apoyarse antes de que les cortes las rodillas. Y ahora me estás diciendo que tienes una conexión cósmica con el Chico Mágico...

—Chico Misterioso —la corrijo otra vez.

—Lo que sea. —Hace un gesto con la mano—. Estamos hablando de planetas alineados, estrellas que brillan, y ¿estás ahí sentada sola un domingo por la noche, hablando conmigo? Rach, estás viviendo en la misma ciudad que el Chico Mágico y... espera... ¿asumo que fue un buen polvo? Oh, por favor, dime que sí. Dime que tiene un precioso miembro de veintitrés centímetros que vibra.

Casi gimo cuando los recuerdos me invaden y bebo otro sorbo de vino.

—Tess, yo... en realidad estoy sin habla. No tengo palabras.

Vuelve a chillar.

—Dios, qué celosa estoy. Necesito un buen polvo igual que necesito un buen espray desenredante —dice ahuecándose los rizos rojos con los dedos—. ¿Ha intentado ponerse en contacto contigo?

¿Que si lo ha intentado? Abro la aplicación de los mensajes y le doy clic en su nombre. Una larga retahíla de mensajes de los últimos dos días llena la pantalla. La mayoría son de ayer.

JAKE (07:37): Buenos días, Chica de Seattle. Otro precioso día en Jax. Perfecto para un paseo por la playa *emoticono de ola* *emoticono de palmera* *emoticono de sol*

A eso le siguió una foto de él sin camiseta en la playa en la que parecía una chocolatina.

JAKE (09:45): Oye, ¿cómo te gusta tomar el café? Nunca hemos comparado nuestras rutinas matutinas.

JAKE (09:46): Espera... ¿Bebes café? Por favor, no me digas que bebes kombucha o alguna mezcla tutifruti con espuma.

JAKE (09:48): Cay bebe mocas de menta como si fuera un elfo navideño friki. Te lo juro, si no quisiera a ese gilipollas, nuestra amistad se habría acabado.

Estaba en el pasillo de la tierra para macetas de la tienda de jardinería cuando me llegó ese mensaje y escupí mi café americano perfectamente normal con crema y dos de azúcar.

JAKE (12:37): ¡Me encantan los días en que me salto la dieta!

Luego me envió un plato enorme con sushi de muchísimos colores.

JAKE (17:50): ¿Cuál es tu color favorito? El mío es el *emoticono de corazón azul*

JAKE (21:45): Buenas noches, preciosa. Por cierto, me voy a dormir muy temprano.

JAKE (21:45): A menos que estés en mi cama, claro.

Lo último que envió el sábado fue una foto de él sin camiseta en la oscuridad, tumbado en la cama. Tenía una sonrisa somnolienta en la cara y se tocaba el pelo con una mano.

No puedo dejar de sonreír.

—Tía, ¿qué? —dice Tess con una sonrisa—. ¿A qué viene esa sonrisa? ¡Te ha estado escribiendo!, ¿verdad? Madre mía, ¿qué te dice?

—Nada —respondo, y le doy a su pantalla para ocultar los mensajes.

—Eres una mentirosilla —me provoca—. Prácticamente, tienes corazones en los ojos. ¿Son cosas guarras? Respóndele.

—No...

—Ay, Dios, por favor, envíale una foto guarra. Hazlo ahora mismo...

—¡Tess! —grito y vuelvo a dejar a un lado el vino.

—¡Las tetas! —chilla—. Envíale una foto sexi de tus tetas. Tienes unas buenas berzas, tía. Comparte el amor. Por favor, Rach. Hazlo por mí.

—¿Qué tipo de ejemplo sobre el control estaría dando si paso de dejarlo en leído todo el fin de semana a enviarle una foto de mis tetas?

—Oye, a su juego pueden jugar dos —dice encogiéndose de hombros—. Puede mirar, pero no puede tocar. Vuélvelo loco.

El corazón me palpita ante esa idea.

—Creo que se consideraría tortura en por lo menos treinta países. Es un castigo cruel e inusual.

Tess entorna los ojos.

—Créeme cuando te digo que ningún hombre hetero de este planeta consideraría que es un castigo recibir una foto no solicitada de las tetas de Rachel Price.

Sonrío, araño la copa de cristal y le doy un sorbo.

—Si yo envío una, tú envías otra.

Se atraganta con la risa.

—¿Qué...? ¿Al Chico Mágico? Cariño, la majestuosidad de mis tetas terminaría con su dulce vida.

No contesto, pero el vino casi se me sale por la nariz.

—A él no. ¿Seguro que no tienes a nadie cuya alma te gustaría elevar a otro plano de existencia?

Dibuja una sonrisa de satisfacción.

—Puede que haya alguien.

Ahora yo también estoy sonriendo. Es la peor idea del mundo, pero tengo dos copas de chardonnay en el cuerpo y me ha estado reventando el móvil toda la semana. Dos pueden jugar a su juego.

—Lo voy a hacer.

Tess chilla de alegría.

—¡Sííííí, a por ello, tía! ¡Hazle sudar! ¡Y mañana me llamas! —Me cuelga antes de que pueda responder.

En cuanto desaparece, mi confianza flaquea. Rachel Price

no envía fotos desnuda a los hombres. De repente me siento nerviosa. Mientras cojo el móvil, me meto en casa.

En realidad, no debería hacerlo. No quiero darle esperanzas.

Pero sí que quiero un orgasmo.

Tiemblo solo de pensarlo y se me dibuja una sonrisilla en la cara. Sí, imaginarme la cara de Jake cuando le suene el teléfono es suficiente para ponerme cachonda. Y literalmente es imposible que no responda. Si no tengo cuidado, podría hacerle romper las leyes del tráfico mientras corre hacia aquí para encargarse de esto en persona.

¿Tan malo sería?

Gruño y dejo la copa de vino. Me quito la andrajosa sudadera de los Ferrymen y la lanzo encima de la cama. Ahora estoy de pie solo con los pantalones cortos del pijama de seda. Ni hablar, no le voy a enviar una foto de mi coño. Ni siquiera le voy a dejar que me vea todas las tetas. Me subo a la cama a gatas y me retrepo contra los cojines. Cruzo el brazo derecho por encima de las chicas, las aprieto y las levanto un poco. La luz es buena, solo hay un poco brillo que viene de la lamparilla de noche. Y si pongo bien el ángulo de la cámara, solo me sale el cuello y el torso.

Todo está tapado y el ángulo termina en mis caderas.

Antes de que me acobarde, hago la foto. Esto es una locura, pero tengo un plan.

Le envío la foto y espero.

Capítulo 17
Jake

Después de un largo día de entrenamiento, sienta bien relajarse con los chicos. Esta noche hemos salido unos cuantos a explorar un nuevo bar y a comer nuestro propio peso en alitas de pollo y ensalada. La comida es una mierda y la música está demasiado alta, pero tenemos unas vistas estupendas del océano.

Caleb está sentado a mi lado, leyendo las estadísticas del resto de los partidos amistosos de los otros equipos de la NHL. Morrow y Novy están sentados delante de nosotros con los hombros clavados en esta estrecha mesa.

—Eh, chicos —dice Novy con una risa—. Mirad a quién tenemos aquí. —Caleb y yo miramos por encima del hombro.

—Al parecer, ese cabrón se cree que es demasiado bueno como para sentarse con nosotros —resopla Novy.

Es entonces cuando lo veo. Mars Kinnunen es un gigante. Está sentado solo en la barra mirando el móvil mientras cena. Si se ha fijado en que estamos a menos de cinco metros, no lo demuestra.

—Me odia —añade Novy mientras coge la cerveza y le da un trago.

—Le caes bien, Nov —dice Caleb mientras se da la vuelta.

—No, es finés —contraataca Novy—. Cuando nos conocimos, intentó hablarme en ruso y me lo quedé mirando fijamente sin más. El único ruso que sé son las palabrotas que decía mi abuelo. Pero él entornó los ojos y se alejó.

—Nah, es un buen tío —dice Morrow—. Un gran jugador. Los porteros siempre son raros, ¿eh?

—¿Has intentado hablar con él? —me pregunta Caleb.

Yo también me encojo de hombros. No ha habido muchísimas oportunidades. Los porteros siempre llevan horarios ligeramente diferentes. Tienen sus propios entrenadores, sus propias horas de práctica. A ver, lo he visto por ahí y hablamos en el hielo cuando hace falta, pero no podría decirte nada sobre él, a parte de sus estadísticas.

Caleb me da un buen empujón.

—¿Qué demonios? —gruño mientras los chicos se ríen.

—Ve a hablar con él. Dile hola.

—Ve tú a hablar con él —resoplo.

—Yo hablo con él todo el tiempo —responde Caleb—. Es un tío majo. Sí, es callado, pero si tú tuvieras esas pintas, ya verías lo fácil que sería que la gente se acercara a ti primero.

Vuelvo a mirar de nuevo hacia el gigante Finn. Caleb tiene razón, incluso en este bar abarrotado, hay un aura a su alrededor. El tío desprende una energía «no me jodas». Una vez vi un vídeo suyo de una pelea en el hielo. Noqueó al otro de un puñetazo.

—Hazlo —se burla Novy.

—Sí, dile que se venga aquí —añade Morrow—. Podemos acercar una silla.

Gruño cuando Caleb me da otro empujón. Tiene razón. Es lo más educado. Camino hacia la barra.

—Oye, tío —le digo mientras le doy unas palmaditas en el hombro.

Mars se tensa bajo mi mano. Tiene un tatuaje increíble que le cubre toda la espalda y le sube por la nuca. Puedo ver la tinta que se asoma por el cuello de la camiseta. Sé, porque lo he visto en el vestuario, que son las puntas emplumadas de las alas extendidas de un cuervo.

Muy despacio, se vuelve hacia mí. Yo mido un metro noventa y dos, pero incluso sentado en el taburete es más alto que yo.

—¿Qué? —masculla.

—He visto que estabas aquí —grito por encima de la música—. Solo quería decirte hola.

Me mira parpadeando.

Genial. Esta charla ya está yendo estupendamente.

—Mmm... así que ¿te gusta la comida?

Baja la mirada al salmón medio comido y a su patata asada.

—Es terrible.

Suelto una carcajada.

—Sí, las alitas también son bastante malas. —Espera a que yo siga hablando.

Mi coraje empieza a flaquear.

—Bueno, eeeh... ¿y qué haces por aquí?

—Tenía hambre.

Joder, esto es una tortura. Abortamos misión.

Me rasco la nuca.

—Genial, sí... bueno, estoy con algunos de los chicos ahí —digo mientras señalo nuestra mesa con vistas al mar.

Novy y Morrow saludan como un par de idiotas. Mars les responde con un corto movimiento de la cabeza.

—¿Quieres venir con nosotros?

Vuelve a mirarme.

—No.

Mayday. Mayday. Prepárate para estrellarte y arder.

Cambio el peso del pie con las manos metidas en los bolsillos.

—Guay, mmm.... bueno...

¿Sabes qué? Que le den. Estoy intentando ser majo y él está siendo un capullo integral. No voy a pasarme toda la temporada andando de puntillas a su alrededor.

—¿Te puedo preguntar por qué no vienes a sentarte con nosotros?

Tan solo me mira con esa expresión impávida en la cara.

—Estoy en el último capítulo de mi libro —explica dándole unos golpecitos con el dedo a la pantalla del móvil. Se enciende y muestra el e-book—. Sería de mala educación leer en una mesa compartida. No quiero ser maleducado.

Lo miro parpadeando con la boca ligeramente abierta por la sorpresa.

Bueno, ahora el cabrón soy yo.

No puedo evitar reírme. Pensaba que el tío estaba siendo un capullo, pero en realidad está intentando no serlo. Imagínate. Los fineses son muy raros.

—Claro, mmm... bien, entonces vale —digo reculando—. Disfruta de la noche, Kinnunen.

Se despide con un gesto de la cabeza y vuelve a meterla en su móvil.

Regreso a la mesa. ¿Por qué siento que acabo de intentar meterle ficha a una tía y me han largado?

—¿No ha habido suerte? —dice Caleb.

—Te lo he dicho. Nos odia —dice Novy desgarrando otra alita de pollo.

Cuando me dejo caer en la silla, mi móvil vibra en mi bolsillo.

Caleb me tiende su cesta de patatas fritas.

—Toma, te las has ganado.

Pero no puedo pensar en patatas fritas. No puedo pensar en nada. Porque después de dos días metiendo ficha y obteniendo nada más que radio silencio, estoy mirando una foto en topless de mi Chica de Seattle.

Capítulo 18
Rachel

Me muevo en la cama un tanto avergonzada, pero entonces en el teléfono suena una notificación.

JAKE (20:15): Hostia. La próxima vez avisa. Tengo a Caleb sentado justo al lado.

Le sonrío al móvil. ¿Por qué la idea de que Caleb vea mi foto en el teléfono de Jake me emociona en secreto? Me tumbo y escribo una respuesta.

RACHEL (20:16): Bueno, entonces aparta el móvil
emoticono guiñando el ojo

Mi sonrisa se ensancha mientras levanto la cámara y hago otra foto desde un ángulo diferente. Esta vez, mi mano con los tatuajes de estrellas está cubriendo mi pecho con los dedos abiertos en una buena toma del lateral de la teta. Se sigue sin ver nada y solo podría saber que soy yo por los tatuajes que aparecen. La envío. Enseguida veo tres puntos bailando.

JAKE (20:18): Joder. Seattle, estoy con gente. Espera...

Solo pasa un minuto o dos antes de que suene el teléfono. Por supuesto que es él. Respiro hondo y respondo:

—¿Diga?

Donde sea que esté Jake, hay mucho ruido. Le suspira al teléfono.

—¿Qué coño me estás haciendo, Seattle?

—Estoy respondiendo al montonazo de mensajes que me has enviado —digo—. ¿Por qué? ¿No querías que contestara?

—He salido con los chicos. Casi me caigo de la silla y me he tenido que ir al baño medio empalmado.

—¿Dónde estáis? —pregunto tumbándome en la cama. El sonido de su voz me tranquiliza, aunque al mismo tiempo también me pone.

—No lo sé. En algún bar de la playa. Seattle, ¿por qué tengo una foto tuya en topless en mi móvil?

—Tú has estado enviándome fotos sin camiseta todo el fin de semana. Me ha parecido que era justo corresponder.

Se queda callado por un momento.

—Esto es un truco. Lo es...No sé dónde está la trampa, pero estás a punto de darle a una palanca, ¿verdad?

Me río.

—No hay trucos. Ni trampas. Considera que esto es mi disculpa.

—¿Disculpa?

—Ajá. —Dejo que mi mano libre vague de manera descarada por mi pecho desnudo. Saber que lo tengo entero para mí solita me está poniendo húmeda y cachonda.

—¿Por qué te disculpas? Espera... —Gruñe de frustración—. Seattle, ¿qué coño estás haciendo?

Suspiro mientras deslizo los dedos por debajo de mis bragas.

—Tocándome.

—Oh, joder. Cambia a vídeo.

Dibujo círculos con los dedos encima de mi clítoris.

—No.

—Nena, ¿qué estás haciendo? Dímelo.

—Tengo la mano metida en las bragas —respondo—. Me estoy tocando. Jake, qué húmeda estoy —gimo mientras me meto la punta del dedo en el coño.

El sonido áspero que emite su garganta es como una bofetada directa en mi clítoris.

Arqueo la espalda con un suspiro e introduzco más el dedo.

—Nena, tienes que hablar conmigo. Dime lo que está pasando.

—Yo estoy... yo... —Resoplo de frustración.

Nunca se me ha dado bien decir guarrerías por teléfono. Si hubiera tenido que trabajar en una línea erótica, seguramente los tíos hubieran pedido un rembolso.

—Espera. —Me deshago de los pantalones de seda del pijama y de la ropa interior.

—Me estás matando, nena...

—Espera —digo otra vez mientras le doy al icono para cambiar a vídeo.

—Oh, joder, sí... —Se queda sin palabras en cuanto cambia la llamada.

Sujeto el teléfono con una mano para que me vea la cara. Su cámara se enciende y un primer plano de su precioso rostro aparece en la pantalla. Está oscuro. Detrás de él hay una pared llena de grafitis.

—¿Dónde estáis? —murmuro.

—Y yo qué coño sé —responde—. En un baño de un bar de mierda. He cerrado la puerta, pero no puedo acampar aquí. Pero me has llamado por una razón.

—Sí —respondo mientras abro las piernas y dejo que mis dedos vuelvan a explorar. No puedo evitarlo. No puedo no tocarme si lo veo y lo siento tan cachondo.

—Me has llamado para disculparte —me presiona.

—Ajááá —digo volviendo a dibujar círculos sobre mi clítoris. Me muerdo el labio inferior para evitar gemir.

—¿Y por qué te disculpas?

Detengo la mano y le aguanto la oscura mirada.

—No quiero hacerte daño —respondo—. Nunca he querido hacerte daño.

Asiente con la cabeza y se pasa una mano por el pelo.

—Bueno, es lo que hay, ¿verdad?

Sacudo la cabeza.

—No. Esto es real, Jake. Lo que tenemos...

Si intento expresarlo con palabras, lloraré. Y esta noche no quiero llorar. Solo quiero sentirme bien. Quiero que él también se sienta bien.

—Te dejé en Seattle. No llegaste a decirme adiós.

—Sí, eso fue una mierda —masculla.

Respiro hondo y suelto el aire.

—Así que ahora es tu oportunidad.

Levanta una ceja oscura.

—¿Qué?

—Di adiós.

—Seattle, ¿qué estás...?

—Te robé la oportunidad de tenerme una última vez —explico—. Sabía que, si la tenías, no sería capaz de marcharme. Me habría quedado. Te habría dicho mi nombre. Bueno, ahora el juego ha cambiado. Ninguno de los dos se puede marchar. Y ya sabes mi nombre de todos modos. Las razones por las que me fui a hurtadillas ya no importan. Así que aquí estoy. Estoy desnuda y diré que sí a todo lo que quieras durante los próximos... —Le doy a la pantalla para mirar la hora—. Cinco minutos.

Gruñe y se pasa una mano por el pelo.

—¿Cinco minutos? ¿Qué coño?

—Eh, tengo que coger un avión, ¿te acuerdas? —lo provoco—. Di adiós, Jake.

—No sabes dónde te has metido.

—El reloj está en marcha, ángel. ¿Vas a hacer que me corra?

—Tan fuerte que tocarás el cielo —responde mientras se gira para apoyarse en la pared del baño—. Tócate. Tócate los pechos. Y enséñamelo —añade, su voz es dura cuando da la orden.

Inclino el móvil un poco hacia abajo hasta que mis tetas están en primer plano. Envuelvo cada una por él, pellizco cada pezón con fuerza hasta que tiemblo de necesidad.

—Buena chica. Qué guapa estás —canturrea en voz baja—. Qué follable. ¿Sabes qué haría si estuviera allí? Estaría lamiendo esas tetas con la lengua y mordiéndolas hasta que te dejara los dientes clavados para marcarlas. Eres mía, joder, Seattle.

—Ajá mmm... durante cuatro minutos más —lo tiento—. ¿Vas a darte prisa?

—Quítate las bragas —ordena—. Abre las piernas.

Sonrío y muevo el móvil para que me vea en la cama.

—Voy un paso por delante de ti.

Levanto el teléfono un poco y muevo la cámara para que cubra todo mi cuerpo desnudo.

—Oh, joder —gruñe—. ¿Por qué no me matas? Abre esas piernas, nena. Tócate. Usa los dedos. Dos en el coño y el pulgar en el clítoris.

Corro a acatar sus órdenes, me encanta la sensación de hacer lo que me dice. Mis dedos se introducen en mi centro tenso y húmedo y dejo que mi pulgar dibuje circulitos encima de mi clítoris.

—Oh, Dios... —gimo—. Jake, ¿te has puesto duro para mí?

—Como el puto acero, nena. No tienes ni idea.

Cojo aire cuando siento que esa gloriosa espiral de un orgasmo que se acerca baja por mi vientre. Esa cálida sensación se extiende.

—Estoy a punto —jadeo—. Sácate la polla. Córrete conmigo.

Vuelve a gruñir. Ni siquiera puedo verlo desde este ángulo, pero puedo oírlo, puedo oír cuánto me desea.

—¿Tienes un vibrador? No la cosa esa del tentáculo. Ese no lo uses a no ser que yo esté allí para sujetarlo.

Jadeo, dejo de mover los dedos en mi interior.

—¿Te lo contó?

—Claro que me lo contó —responde con una risa baja—. Pero ¿podemos no hablar de Cay mientras tengo la polla en la mano? Coge el vibrador. Quiero verte cabalgar un juguete y fingir que soy yo.

Ruedo por la cama y abro el cajón de mi mesita de noche. Saco mi inseparable vibrador rosa con estimulador de clítoris. La cosa viene con unos quince modos, pero solo me gusta uno. Zumbido de alta tensión. Siempre me destroza. Lo sujeto para que lo vea y sonrío mientras lo enciendo.

—Oh, joder, sí. Ponlo en el modo más lento. Cabalga para mí y déjame verlo. Joder...Sí que estoy a punto. Me voy a correr en este puto baño de mierda viéndote estallar, nena.

Me lo deslizo dentro y lo ajusto a mi clítoris con un leve

jadeo. Qué bien vibra, me da por dentro y por fuera. Muevo el ángulo de la cámara para que pueda ver que le doy al juguete un poco más de potencia y arqueo las caderas.

—Oh, Dios... Estoy a puntísimo, Jake —susurro.

—Yo también. Joder, qué guapa eres. Qué perfecta. Córrete para mí, nena.

Entre su voz y las vibraciones, llego a mi punto álgido con muchísima fuerza y muy rápido. Me corro mientras grito por él y me contoneo con cada oleada de mi orgasmo. Agarro bien el juguete y lo aprieto con el coño mientras vibra contra mi clítoris. Siento calor por todo el cuerpo y luego tiemblo, entonces lo saco y lo tiro encima de la cama, a mi lado.

Me acomodo entre los cojines y muevo la cámara para mirarlo. A él también le cuesta respirar, tiene los ojos vidriosos. Nos hemos corrido juntos. Incluso a través del teléfono nuestros cuerpos están en sincronía. Puede que estemos separados por las circunstancias, pero este hombre tiene un pedazo de mi alma.

Me lamo los labios resecos mientras espero que levante la vista hacia mí. Cuando lo hace, veo que está relajado.

—¿Mejor? —murmuro.

—Mucho mejor —responde.

—Ahora mismo no puedo ofrecerte más, Jake.

Asiente con la cabeza.

—Lo sé.

—Pero al menos te has podido despedir.

—Eso ha sido una despedida de quienes éramos en Seattle. Dos desconocidos perdidos y solos. —Me mira directamente, los ojos le arden de intensidad—. Pero ya no somos desconocidos. Me llamo Jake Compton y soy el defensa titular de Los Rays de Jacksonville. Me gusta el sushi y el color azul y bebo café solo. Tengo una hermana melliza y odio todos los sabores de agua con gas. Y no voy a irme a ninguna parte, Rachel.

—Jake...

—Si me das una oportunidad, seré bueno que te cagas contigo. Te trataré genial, nena. Lo eres todo para mí.

Me incorporo con los ojos como platos.

—Jake... ¿qué?

Suelta una risilla.

—Tranqui, no te estoy proponiendo matrimonio. No estoy tan loco. Solo digo que me apunto a todo. Si quieres un amigo, ya lo tienes. Un novio, genial. Un follamigo, aquí estoy. Tú solo di la hora y el lugar. Porque no somos desconocidos, Rachel. Y me niego a comportarme como si lo fuéramos. No voy a andar de puntillas por la vida fingiendo que no estás en ella cuando es así. Y si no te gusta... bueno, pues es una mierda. En Seattle tú decidiste por los dos, ahora yo decido esto.

Sonrío y vuelvo a retreparme contra los cojines.

—Tranquilo, Jake. A mí también me gusta. Somos amigos.

Levanta una ceja oscura.

—¿Con beneficios?

Aprieto los labios.

—Amigos.

—Vale, amigos que están trabajando en las condiciones de su amistad para incluir una cláusula sobre beneficios.

Me río y entorno los ojos.

—Más te vale que vuelvas a tu mesa.

—Te garantizo que se han largado sin mí. Te apuesto a que creen que me he escaqueado para evitar pagar la cuenta.

Justo entonces escucho un golpe atronador en la puerta.

—¡Jake! Caray, tío, ¿te has muerdo ahí dentro?

—¡Ahora salgo! —grita Jake.

Yo resoplo.

—Buenas noches, Jake.

—Buenas noches, Seattle. Te veo mañana a primerísima hora.

Levanto una ceja.

—¿A primerísima hora?

Me lanza una sonrisa endiablada.

—¿No has comprobado tu horario? Mañana te tocan pruebas físicas.

—Sí...

—Bueno, pues soy tu primer paciente.

Gruño.

—Más te vale centrarte en ese sueño reparador, Seattle. Puedo ser bastante intenso por las mañanas. Y yo no soy nada comparado con el resto.

—Madre mía. Mañana van a empezar a hostigarme, ¿verdad?

Se ríe.

—Qué bien lo sabes.

Entonces cuelga y me deja feliz en la cama con un vibrador encendido.

Capítulo 19
Caleb

—Vamos, tío, caga ya —mascullo.

Sy se está tomando su puto tiempo esta mañana.

Por lo general, intentamos llegar hasta la playa y dar un paseo al amanecer, o él se queda deambulando por ahí mientras yo surfeo. Pero hoy tengo que empezar antes de lo habitual. Este perro tiene que darse prisa y hacer lo suyo para que yo pueda dejarlo arriba.

Miro el móvil y le doy al hilo de mensajes con Jake. Lo de anoche fue raro. Estuvo desaparecido en el baño como unos veinte minutos. Cuando salió, estaba colorado y tenía los ojos vidriosos. Si no lo conociera, habría jurado por Dios que se estaba enrollando con alguien ahí dentro. Pero yo estaba ahí mismo cuando se abrió la puerta y salió solo.

Le pregunté qué había pasado de camino a casa, pero se cerró en banda y cambió de tema. Pasa algo. Odio pensar que me está escondiendo algo. Así no es como somos el uno con el otro. O al menos no era así..., pero ya lleva un par de meses raro.

Le echó la culpa a la chica de Seattle.

Jake se fue a Seattle para ver a Amy antes del campamento de entrenamiento. También estaba muy emocionado. Estuvo semanas enteras hablando solo de eso. A ver, no lo culpo. Amy es increíble. Pero entonces me llamó desesperado para decirme que el vuelo de Amy se había cancelado y que estaba solo. Jake odia estar solo. Lo tranquilicé y me prometió llamarme cuando hubiera cambiado los vuelos.

Cuando quise darme cuenta, habían pasado dos putos días sin que supiera nada del muy cabrón. Estaba a punto de llamar a la policía de Seattle y empezar una cacería. Entonces se presenta en Jax con estrellas en los ojos, hablando sobre esa preciosa chica de Seattle. El mejor polvo de su vida, su sueño hecho realidad. Bla, bla, bla.

Si tan genial era, ¿por qué desapareció como un fantasma? Se largó antes del amanecer sin dejarle ni su nombre ni su número. No voy a ser yo quien le arruine la fiesta a mi mejor amigo, pero a mí no me parece la protagonista de ninguna historia de amor que yo conozca.

Durante los últimos dos meses, lo he visto cambiar. Se ha vuelto más callado, más malhumorado. A ver, todo es relativo, así que me refiero a la versión callada de Jake. El tío no tiene filtro, ni vergüenza ni botón de apagado. Antes lo dejaba todo y me llamaba si veía un pájaro interesante mientras estaba conduciendo. No podía comer nada a menos que antes me enviara una foto. Ahora está haciendo mierdas raras en el baño y me lo oculta.

Creo que la temporada empieza justo en el momento adecuado. Volveremos a la carretera y podremos ventilar esas frustraciones sobre la chica desaparecida de Seattle con un par de conejos. No voy a mentir, me avergüenzo solo de pensarlo. Después de un par de malas experiencias en la universidad, el deslumbramiento de las *puck bunny*, las fans locas que atrae el disco, se desvaneció para mí.

Tuve que perderlo todo cuando pasó lo de la rodilla para enfrentarme a la verdad que le había ocultado a todo el mundo, incluso a mí mismo: soy queer. Como me crie en el vestuario masculino, encontré modos de disociar esa parte de mí mismo. Si le hubieras intentado decir a mí yo de veinte años que le gustaba acostarse con hombres, se habría reído en tu cara.

Cuando la carga de ser una estrella de la NHL desapareció de mis hombros, respiré como queer por primera vez sin restricciones. Era libre de explorar lo que había tenido enterrado durante todos esos años. Un par de magreos borracho en la parte de atrás de un bar revelaron la sorprendente verdad. Resulta que sí me gusta la sensación de tener una polla en la boca.

Pero tampoco es que me dé el gusto muy a menudo. De hecho, llevo como un año sin echar un polvo. Ya paso de lo de enrollarse en un bar sin más. Puedo ocuparme de la urgencia con la mano. Lo que anhelo es algo más... profundo. Quiero conexión e intimidad. Alguien que me desafíe. Alguien que tan solo... me entienda.

Si no puedo tener todo eso, creo que prefiero estar solo.

Le doy un tironcito a la correa de Sy y me vuelvo para dirigirnos de nuevo al edificio de apartamentos. Cuando me giro, veo a Rachel bajando las escaleras a saltitos con el teléfono en una mano y un termo de café en la otra. Tiene el pelo oscuro recogido en un moño.

No nos ve ni a Sy ni a mi cuando se dirige a su camioneta. La veo detenerse delante de la puerta del conductor. Se queda ahí sin más mirando el tirador. Después de un minuto, se mete y cierra la puerta, pero no arranca.

Curioso, espero. Por fin enciende la camioneta y el motor ruge. Casi salta en el asiento al oír el ruido y sonrío. ¿Qué hace esta chica conduciendo ese pedazo de camioneta? Se queda ahí sentada sin más con las dos manos aferradas al volante, mientras el motor ruge.

Maldita sea.

Me acerco mientras le doy otro leve tirón a la correa de Sy. Trota a mi lado tan feliz. Me aproximo a la ventanilla y le doy unos golpecitos.

Da un brinco y se lleva una mano al pecho mientras baja el cristal.

—Madre mía, ¡me has dado un susto de muerte! ¿No sabes que se supone que no tienes que acercarte sigilosamente a una mujer en un aparcamiento?

—Llevo aquí un buen rato —respondo encogiéndome de hombros—. Solo que tú no estabas prestando atención a lo que te rodea.

—Aun así —masculla, y devuelve la mano al volante.

—Y bieeen... ¿qué haces aquí, Huracán?

Me mira con esos ojos oscuros entornados.

—Si te lo digo, te burlarás de mí.

Levanto las dos manos, en una sigo teniendo enrollada la correa de Sy.

—Ni siquiera me atrevería a hacerlo.

Suspira.

—Está bien. Estoy reuniendo valor.

Levanto una ceja.

—¿Qué?

—Puede que me ponga algo nerviosa tener que conducir esta camioneta —admite—. Es solo que todavía no estoy acostumbrada —añade enseguida.

—¿Por qué has cogido algo tan grande si...?

—No lo he hecho —resopla—. Yo... era la única opción, al parecer. Vicki dijo que les hicieron buen precio.

—Sabes conducir, ¿verdad? Me refiero a que tienes una licencia legal para manejar vehículos motorizados.

—Sí, Caleb —dice entornando los ojos—. Soy una mujer adulta, una médica hecha y derecha, y tengo carné de conducir, ¿vale? Es solo que... —Se queda en silencio con las dos manos aferradas al volante.

—Es solo que... ¿qué?

—Arg, ¡está bien! Es solo que como conductora no estoy muy segura de mí misma, ¿vale? Odio conducir y no se me da bien. Alguna gente conduce bien y yo... yo no. Ese gen pasó de mí por completo —añade para el cuello de su camisa mientras aspira por la nariz.

Mierda, ¿está a punto de llorar otra vez?

—Estoy seguro de que lo haces bien —digo cambiando el peso al otro pie. Debería irme ahora mismo. Está claro que tiene esto bajo control. No hay nada que ver aquí, gente.

Se ríe, pero es un ruido extraño. Es demasiado alto y chillón.

—Oh, sí, estoy genial. Supersegura y llena de confianza. ¡Solo suspendí tres veces el carné de conducir!

—Tú... ¿tres veces? ¿Cómo es posible...?

—Oye, que clavé la prueba de admisión en Medicina, ¡muchísimas gracias! —me suelta—. A algunos les resulta difícil conducir. Y no tuve que hacerlo de adolescente.

—¿Dónde narices vivías para no necesitar conducir?

—Siempre he tenido conductor —dice encogiéndose de hombros.

Uno las piezas del puzle y sonrío.

—Ah... mierda. Huracán, ¿eres una chica de cuna de oro?

Me lanza una mirada asesina antes de volver a clavar los ojos en el volante.

—Más bien de multiplatino.

—Rachel...

—Estoy bien, Caleb. Soy una mujer adulta con un puto camión enorme. A lo mejor tienes que esperar un par de minutos antes de seguirme por la carretera —añade—. Ya sabes, por tu propia seguridad.

Tomo la decisión que debería haber tomado hace tres minutos y me encojo de hombros.

—¿Por qué no te llevo yo al trabajo?

Su mirada vuelve a volar hacia mí.

—No.

—¿Por qué no? Vamos al mismo sitio. Es mejor así. Más ecológico.

—No necesito que me lleven a ninguna parte como si fuera una niñata rica malcriada. Y tampoco quiero molestar a Vicki —añade—. El equipo está pagando para que yo tenga una camioneta como parte de mi beca. No puedo no conducirla. Estoy bien, de verdad —repite.

Sacudo la cabeza mientras me río y me doy unas palmaditas en los bolsillos. Esta chica es cabezota que te cagas. Yo ya tengo las llaves y la cartera. Abro la puerta del coche.

Ella chilla.

—Caleb... ¿qué...?

—Apártate.

—¿Qué coño estás haciendo?

—No me dejas que te lleve en mi coche, así que voy a conducir este. A diferencia de ti, a mí me encanta conducir y soy excelente. Ahora, apártate.

—Dios, esto es vergonzoso —balbucea, pero se desabrocha el cinturón y trepa por el salpicadero. Tengo una buena vista de su culo mientras pasa al otro lado.

—Sy, arriba —digo dando unas palmaditas en el asiento.

Salta al asiento del conductor y Rachel jadea encantada.

—¡Madre mía! ¿Viene con nosotros? —Ya tiene las dos manos extendidas mientras le acaricia las orejas. El traidor está moviendo la cola en mi cara. Intento apartarla de un manotazo.

—Sí... Sy, fuera —le ordeno chasqueando los dedos. Sy salta del asiento a su regazo.

—Eres una patatita monísima. Sí, sí que lo eres. Agh, estoy obsesionada con sus ojos. —Lo arrulla y lo abraza mientras él se le tumba en el regazo y le lame la cara. —Tú te vienes al trabajo conmigo. Papi ya te ve todo el tiempo. Sí, sí que te ve. Nunca dejaré que te vayas, jamás. —Le besa la cara y él la chuperretea como si fuera un jamón.

«Cabrón con suerte».

Resoplo por dentro. No sé de dónde ha salido esa idea. Sí, es preciosa, pero también es neurótica y un tanto molesta. Sonrío para mí mismo. Jake y ella serían perfectos el uno para el otro. Mi sonrisa decae y me quedo rígido con la mano aún en la puerta de la camioneta.

Rachel y Jake. ¿Por qué pensar en ellos dos me pone tan cachondo como me aterra? Le lanzo una mirada y la veo abrocharse el cinturón mientras le dice tonterías a mi perro. Si esta médica preciosa, sofisticada y algo neurótica, decidiera darle alguna vez la hora a Jake Compton, se acabaría la partida. Lo tendría como una sombra durante el resto de su vida.

Y yo lo perdería.

Una fan loca reformada reconvertida en maestra de parvulario podría competir sin ningún problema. Pero ¿Huracán? Demonios, no. Ella lo tiraría al suelo y lo arrastraría al mar.

Mierda, ¿por qué de repente siento que estoy sudando?

El otro día me cogió el móvil para conseguir su número. Me dijo que quería hacerle una novatada. Novy y él han estado atosigando a todos los nuevos empleados, así que entonces no le di demasiadas vueltas. Pero, ahora que lo pienso, fui un puto idiota.

Pero la tácita confesión de Rachel la primera noche que estuvimos juntos todavía me hace cosquillas en la nuca. La sostuve entre mis brazos en el balcón, con su piel desnuda caliente como la seda bajo la punta de mis dedos. «Lo echo de menos», dijo con los ojos bañados en lágrimas. Ya tiene un tío del que está colgadísima. Al menos de momento, Jake está a salvo.

Capítulo 20
Rachel

Caleb y yo nos separamos en el carrito del café que hay en el vestíbulo. Después de jurarme con su vida que nos dejará a Sy y a mí que volvamos a hacer una fiesta de pijamas dentro de poco, el perro y él se marchan hacia los vestuarios. Encuentro el camino al gimnasio, solo me equivoco en un giro una vez.

¿Me da vergüenza lo que pasó? A ver, sí. Ahora mismo, tengo una lista mental. Si tiene que pasarme algo vergonzoso, lo más seguro es que Caleb Sanford encuentre un modo de presenciarlo. De verdad espero que la rueda cósmica descubra pronto un modo de equilibrar esta relación. Me encantaría saber lo que se siente al ayudarlo a él, aunque sea una vez.

Cuando entro en el gimnasio, la sala de musculación está abarrotada y la música tronando. Aquí debe de haber ya unos veinte tíos. Unos cuantos me saludan con la mano y me gritan algún «hola» mientras zigzagueo entre las máquinas.

—¡Buenos días, doctora! —grita el rubito guapo.

Ayer repasé un par de veces la alineación para poder relacionar todas las caras que pudiera con los nombres. Se llama Langley y hoy lo tengo citado para la revisión.

—Buenos días, Langley —respondo con un incómodo gesto de la mano, sigo haciendo malabares con todas mis mierdas.

Me mira con el pecho hinchado como si acabara de darle una estrella dorada por haber hecho los deberes.

—Te acuerdas de mi nombre.

—Por supuesto —digo alegre.

Qué bien que los chicos respondan a sus apellidos. Entre nombres, apellidos y la horda de motes que se ponen los unos a los otros, supongo que me confundiré durante un tiempo.

Arrastro los pies hasta mi diminuto despacho. Ni siquiera he tenido la oportunidad de soltar mis cosas cuando lo siento. Me doy la vuelta en mi silla giratoria y me doy con el codo contra la pared.

—Au... mierda... —Me lo froto y miro el enorme cuerpo de Jake Compton.

Me está sonriendo y lo siento por todo el cuerpo, hasta en la punta de los pies.

—Buenos días, doctora Price.

Entorno los ojos y agarro el termo.

—Vale, campeón, tranquilízate un poco.

—¿Qué? ¿No puedo llamarte doctora Price?

—No, puedes llamarme doctora Price —digo y le doy un sorbo al café—. Me refería a que tranquilizaras los ojos.

Se apoya contra el marco de la puerta con los brazos cruzados.

—¿Los ojos?

—Sí, te delatan.

—Ah, ¿sí? ¿Y qué dicen mis ojos esta mañana? —Bate las pestañas como si estuviera coqueteando.

Me levanto de la silla, lo que no me ayuda mucho a que sienta que he recuperado mi espacio. Sigue siendo muchísimo más alto que yo.

—Están diciendo que anoche me vieron correrme.

Finge que ahoga un grito.

—¿Por qué, doctora? No tengo ni idea de lo que estás hablando. Mis ojos estuvieron conmigo toda la noche. Puedes preguntárselo a Caleb. Te dirá que en ningún momento te vi montando un juguetito hasta que te corriste.

Me planto delante de él agarrando mi café y mi tableta.

—¿Te vas a mover?

—¿Eh?

—Haces mejor de puerta que mi puerta de verdad, Jake. Mueve el cuerpo.

—Oh... —Se ríe y se aparta del umbral.

—Oye, doctora, si Compton te pone las cosas difíciles, ¡nos lo dices! —grita uno de los chicos—. ¡Nosotros lo enderezaremos!

Algunos de los chicos se ríen y gritan también, los ruidos se superponen con la música atronadora.

Abro la puerta de la sala de exploración y Jake les guiña un ojo al pasar y, cuando entra, se sube tan contento a la camilla. Esta consulta tiene mucho mejor tamaño, con espacio suficiente para un pequeño lavabo, un armario y una mesa de exploración. Hay material que puedo usar para comprobar la flexibilidad y también el rango de movimiento.

Dejo mi café en la encimera del lavabo y enciendo la tableta. Me apoyo contra la pared junto a la puerta abierta y abro su expediente médico electrónico.

—Bueno... vamos a ver qué tenemos aquí.

Jake tiene los brazos cruzados sobre su ancho pecho, sigue mirándome con esos ojos de «te he visto desnuda». Ojalá no fueran tan bonitos, joder. Son marrones, de color caramelo por fuera y se difuminan a un verde manzana de camino al iris.

—¿Vas a cerrar la puerta, Seattle?

Levanto la cabeza de la tableta para mirarlo.

—¿Eh? —Mi mirada vuela a la puerta abierta—. No creo que tengamos que cerrar la puerta para esta revisión. No voy a hacer que te quites la ropa. Esto es más bien una formalidad. Solo voy a darte unos toquecitos y a pincharte en las rodillas.

—Sí, bueno, pero soy un chico bastante tímido —dice encogiéndose de hombros y con esa sonrisilla seductora de satisfacción—. Me quedo más tranquilo si sé que la confidencialidad médico-paciente no puede ser interrumpida por un novato entrometido. Esos tíos buscan debilidades, igual que los tiburones buscan carnada en el agua.

Dejo de leer por encima para volver a mirarlo.

—Si cierro la puerta, ¿te vas a comportar?

Asiente con la cabeza y levanta dos dedos de la mano derecha.

—Palabra de scout.

Ay, maldita sea. En Seattle también hizo ese gesto tan ñoño... justo antes de que me follara desnuda y me hiciera gritar con mis tobillos sobre sus hombros. Ahora mismo, por la mirada que tiene dibujada en la cara, sé que también se lo está imaginando.

—Compton, te lo juro por Dios...

Suelta una carcajada y levanta las dos manos a modo de rendición.

—Vale, está bien, me comportaré. Mira, me estoy portando bien. Pregunta lo que tengas que preguntar, doctora. Esto va sobre caderas y rodillas, ¿verdad? No es mentira, estoy en mejor forma que en toda mi vida. Tuve algunos problemas con el menisco hace unos dos años. Me hicieron una cirugía menor. He estado jugando genial desde entonces.

Lo miro entornando los ojos.

—Ajááá... ¿Sabes que tengo un talento mágico?

Levanta una ceja.

—¿Haces que a un tío se le ponga dura con solo una mirada?

Sacudo la cabeza.

—Nop. Básicamente, soy un detector de mentiras humano. Así que voy a revisar este historial, te haré unas pruebas y te haré algunas preguntas, Compton. Y si pienso que me estás mintiendo, te haré más preguntas. Te haré más pruebas. Te daré golpecitos y te pincharé y te haré radiografías y te haré pruebas hasta que tu historia sea tan gorda como una guía telefónica.

Esa sonrisa fanfarrona tan suya flaquea un poco. No hay nada que los atletas de pro odien más que la amenaza de una prueba médica. Y te apuesto lo que quieras a que Jake Compton tiene miedo de las agujas. Le daré un zumito de naranja cuando se desmaye y se golpee la cabeza contra mi escritorio.

—Deberías saber que el doctor Tyler me ha dado poder para aprobar la alineación final de la pretemporada —añado—. ¿Vas a jugar la semana que viene?

Asiente con la cabeza.

—Sí, claro que sí.

—Bien. Entonces quítate de los ojos esa mirada sucia. Ahora mismo no soy Seattle. Soy la doctora Price. Así que, dime, ¿cuánto tiempo estuviste recuperándote después de la operación del menisco? ¿Cómo era tu rutina de cuidados? Y no intentes dejarte nada en el tintero. —Preparo el lápiz de la tableta, lo miro y espero.

Suspira y los hombros se le relajan un poco.

—Está bien, doctora. Lo haremos a tu modo.

Jake se ha comportado como un perfecto caballero durante el resto del reconocimiento. Ha respondido a mis preguntas, ha hecho todas las pruebas de rango de movimiento que le he pedido y solo ha gruñido una vez cuando he comprobado rápidamente que tenía bien las caderas y le he clavado los dedos en los músculos para comprobar si estaban tensos o sensibles. Le dejo que se vaya con una sonrisa y la promesa escueta de que su posición como titular está a salvo.

Se me pasa la mañana volando mientras sigo con la lista de jugadores titulares garantizados. Todos estos chicos son los que ha aprobado el entrenador como jugadores en activo. En cuanto superen mis pruebas, estarán preparados para el primer partido.

Después de Jake, me toca Lukas Novikov. Es otro defensa. Es alto y fornido, tiene cara de haberse llevado unos cuantos golpes. Pero es amable y seductor. Parece que está bien después del batacazo que se dio el otro día en la cinta de correr y me despido metiéndome con él, le digo que se asegure de que se ha atado bien los cordones.

El siguiente que aparece por la puerta es Jean-Luc Gerard, al que los chicos llaman J-Lo. Lo primero en que me fijo cuando entra es que, a parte del diente que le falta en la sonrisa, lleva una alianza en el dedo.

—¿Estás casado? —le pregunto mientras le masajeo la rótula.

—Sí, claro. Seis años y sumando.

—Qué bien. ¿Tienes hijos?

El resto del examen se pasa volando mientras me enseña miles de fotos de sus dos niñas en el móvil; al parecer, se pasan todas las horas del día que están despiertas con coronas y tiaras de princesas. Me río de una foto en la que aparece él entre las dos con su sonrisa desdentada de oreja a oreja y con unos grandes círculos rojos pintados en las mejillas. Sí, todos los atletas que conozco son tíos duros hasta que tienen hijos. Entonces se derriten como si fueran mantequilla. Apuesto lo que sea a que puede nombrar más princesas Disney que yo.

Me estrecha la mano cuando se marcha y compruebo mi lista.

—¡Kinnunen, eres el siguiente! —grito en la sala de peso libre abarrotada, con los ojos en la tableta mientras cierro el archivo de Gerard.

Un minuto o dos después, levanto la mirada y miro por el gimnasio. No hay ni rastro de Kinnunen. Es imposible perder de vista a ese hombre. Me acerco a Novikov, que está a punto de subirse a la cinta de correr.

—Oye, ¿has visto a Kinnunen esta mañana?

Se encoge de hombros sin más y mira por encima del hombro para inspeccionar la habitación.

—A lo mejor se ha alargado a su entrenamiento. Sáltatelo, doctora. Al final acabará apareciendo.

Suspiro y compruebo la lista.

—¡Langley! ¡Eres el siguiente!

Oigo un clac cerca y me giro.

—Genial. Sí, doctora. ¡Estoy justo aquí!

El rubito se levanta de su máquina de pesas sonriendo como si fuera el protagonista de un anuncio de chicles.

—¿Por qué no vas entrando en la consulta? —digo—. Tengo que comprobar una cosa en el despacho.

Nos separamos en las puertas, él para ir a la sala de examinaciones y yo para la oficina independiente. Cojo el móvil y compruebo si tengo algún mensaje que no he visto de Kinnunen o del entrenador del portero. Nada.

Vuelvo a la consulta con la tableta debajo del brazo mientras le escribo un mensaje a Hillary para que le vuelva a dar cita a Kinnunen. Me meto el móvil en el bolsillo y vuelvo a mirar la tableta.

—Muy bien, Langley. Vamos a empezar... madre mía... ¿qué coño estás haciendo?

Se sobresalta cuando grito, tiene los ojos bien abiertos mientras sus pantalones de deporte caen al suelo. Está de pie junto a la mesa, solo lleva unos calzoncillos ajustados, los calcetines y las zapatillas deportivas.

—¿Qué...? No he encontrado ninguna de esas batas de papel.

Abro los ojos como platos mientras aferro la tableta contra mi pecho. El tío está macizo. No tiene ni un solo gramo de grasa en el cuerpo. Y está a mitad de entrenamiento, así que sus perfectos pectorales le brillan de sudor.

—¿Por qué coño te estás desnudando, Langley?

Ahora es él quien me mira como si se me hubiera ido la pinza a mí.

—Esto es un reconocimiento físico..., ¿no?

Lo miro boquiabierta.

—Esto... Soy especialista en rodillas, Langley. Ya llevas pantalones cortos. —Señalo la pila de poliéster que hay a sus pies.

Se le queda la cara más blanca que la cal.

—Pero todos los demás han dicho... —Se detiene y tan solo nos miramos el uno al otro. Entonces pasa de tener las mejillas rojas a blancas—. ¡Ay, que los follen! Voy a matar a Novy. —Entonces se agacha para coger los pantalones.

No puedo ocultar la sonrisa mientras sacudo la cabeza.

—Vuelve a ponerte la ropa y ya. Esperaré fuera.

En cuanto salgo, el gimnasio explota en carcajadas. Al parecer, todos los chicos estaban esperando a ver lo que podría pasar. Jake está de pie junto a Novikov, le tiene pasado el brazo por los hombros. El par de dos tiene dibujada la misma sonrisa de oreja a oreja.

—¿Has visto ahí dentro algo que te ha gustado, doctora? —se burla Novikov.

—¿Para quién es la novatada, para él o para mí? —le respondo.

—¡Para los dos! —grita un chico. Creo que se llama Karlsson. Es sueco y tiene pinta de modelo de revista.

Langley aparece junto a mi hombro, completamente vestido, y los chicos vuelven a reírse y a aullar.

—¡Vete a tomar por culo, Novy! ¡Sois todos gilipollas! —grita antes de volver a desaparecer en la consulta.

—Por favor, dime que ha hecho el estriptis completo —dice Novikov con lágrimas en los ojos.

—No —respondo—. Y para futuras referencias —grito—. El primero que se desnude en mi consulta va a chupar banquillo durante una semana. Es mala idea tocarle las narices a la persona que firma vuestros comunicados médicos —añado lazándoles puñales con la mirada a Novikov y a Jake.

—¿Qué pasa, doctora? ¿No aprecias el cuerpo masculino? —se mofa Novikov.

—Oh, aprecio muchísimo el cuerpo masculino —respondo—. Solo que antes me gustaría haberme terminado el puto café.

—Entonces, te gustaría vernos desnudos..., solo que más tarde —dice Jake—. Cuando te hayas terminado el café.

—Sí, es todo cuestión de tiempo —añade Novikov, que asiente con la cabeza.

—Apuntado, doctora —dice Jake con una sonrisa de suficiencia.

—¡Podríamos volver a intentarlo después de la comida! —grita alguien. Al mismo tiempo, otro empieza a cantar *Afternoon Delight* y todos se descojonan.

—Tenéis doce años —refunfuño y vuelvo al consultorio.

—¡Y te encantan nuestros culitos!

Cierro de un portazo para callar las risas y me enfrento al mortificado Langley.

—Vamos a acabar con esto, ¿eh, doctora?

Capítulo 21
Rachel

Termino la última prueba física de la mañana con Josh O'Sullivan, el delantero al que acaban de nombrar capitán de los Rays. Es un chico dulce que mantiene su cuerpo en forma con poco más que la esperanza y una plegaria. Yo diría que esta es la última temporada que podrían ver sus rodillas. De todos los chicos que he examinado esta mañana, él es quien más cuidados preventivos va a necesitar.

En cuanto se marcha, camino hacia el área de fisioterapia para comparar mis apuntes con Avery. Está enfrascado en repetir algunos estiramientos con un chico que tiene el pelo negro y rizado, con la rodilla bien envuelta en cinta atlética.

—¿De verdad necesitas un niñero que revise tu trabajo, Price? —dice Avery y resopla—. ¿Tan incompetente eres que no puedes hacer un par de pruebas de rango de movimiento básicas?

El deportista con el que está trabajando se queda rígido, intenta con todas sus fuerzas fingir que no está escuchando.

Todavía no conozco a Avery lo suficiente como para saber si solo tiene un mal día o si de verdad es el mayor cabronazo del mundo.

—No te estaba pidiendo que me hicieras de niñero —respondo manteniendo un tono profesional—. Solo esperaba poder debatir con un compañero. Ahora mismo conoces mejor a los chicos que yo y...

—Bueno, pero es que primero tengo que terminar con Jones y —dice dándole al chaval una palmadita en el hombro—. No puedo dejarlo todo para hacer mi trabajo y el tuyo.

—No pasa nada —digo—. Voy a por algo de comer y ahora vuelvo.

Me despide con la mano y Jones me lanza una mirada de disculpa.

Salgo del ala de fisioterapia y suelto el aire temblando. De ningún modo voy a dejar que un gilipollas me hunda. Va a tener que esforzarse mucho más para dañar mis sentimientos. Aparto todos los pensamientos que tienen que ver con él de mi mente y dejo que mi nariz siga el tentador aroma de los perritos calientes, el cual me conduce por el pasillo.

Técnicamente, el complejo de entrenamiento es para los Rays, pero las pistas se pueden alquilar para otros propósitos: hockey junior, clases de patinaje artístico e incluso un par de sesiones de patinaje abierto al público. En este último caso, también se suele abrir un puesto de comida.

Me pongo en la fila y pido un perrito caliente, una bolsa de patatas frías sabor barbacoa y una Coca-Cola Zero. Ya con mi comida, doy vueltas por las pistas hasta que encuentro a algunos chicos haciendo ejercicio. Me siento en el banco, disfruto de mi comida en silencio mientras los veo patinar a la velocidad de la luz entre algunos conos y moviendo el disco por el hielo hasta la portería. Los silbidos de los patines y los golpeteos del disco contra los sticks son casi hipnóticos.

Estos hombres son tiburones en el hielo. Cada uno lanza un tiro a la portería en la que está encajonado un portero falso. Es como uno de esos juegos de los recreativos en los que tienes que colar la pelota en cinco círculos diferentes. Cada disco se mete por uno de los huecos que deja el portero y golpea la red sin problemas.

—¡Tu juego de pies es descuidado, Walsh! Y atragántate con el stick, ¡no estás jugando al minigolf!

Enseguida miro a la izquierda y veo a Caleb de pie en las vallas. Tiene los brazos cruzados, se le ve toda la manga tatuada. La he estado estudiando durante el camino. Es un amasijo de tatuajes individuales entrelazados con un patrón uniforme de olas y un panal de figuras geométricas que crean el efecto de manga.

El tío al que le estaba gritando se acerca patinando a las vallas y se detiene.

—¿Qué estoy haciendo mal, jefe?

Me meto una patata frita en la boca y la aplasto mientras veo que Caleb arremete contra él sobre su postura y su forma de llevar el disco.

—Repítelo —dice—. E intenta que no dé pena esta vez.

El chico asiente con la cabeza, como si Caleb fuera el entrenador y no un jefe de equipo, y vuelve a patinar hasta el medio de la pista y saca un nuevo disco de la pila. Lo veo hacer un círculo para coger velocidad. Luego vuela entre los conos, sus cuchillas se deslizan a izquierda y derecha mientras maneja el disco. Sale disparado cuando llega al final de los conos y tira a portería, apuntando al hueco que queda entre las piernas. Sin embargo, el disco da en el larguero y rebota.

—Intentas con demasiado ahínco controlar el disco —grita Caleb—. Está todo en el stick, Walsh. Sácate la cabeza del culo.

Uno de los otros chicos está descansando contra las vallas con una botella de agua en la mano.

—¿Te puedes creer que ese payaso empieza la semana que viene? —dice tirándose parte del agua por la cabeza, hasta que le baja por el cuello hacia el peto.

Caleb sacude la cabeza sin más.

—Cree que un juego de pies rápido va a compensar lo mal que lleva el stick. Yo digo que lo ponen en el banquillo después de dos partidos.

Lo dice lo bastante alto como para que Walsh lo oiga mientras se acerca patinando a las vallas. El pobrecillo parece desanimado. Sabe que es un jugador de la NHL, ¿verdad? A lo mejor se le ha olvidado con tantas críticas.

Miro a Caleb frunciendo el ceño.

—Oye, Sanford —grito para llamar su atención—. ¿Quién se ha muerto y te ha nombrado entrenador jefe? Si tan fácil es, ponte un par de patines y enséñale cómo se hace.

En cuanto las palabras se escapan de mi boca, sé que he metido la pata. La mirada de Caleb se vuelve asesina. Al mismo tiempo, los dos chavales comparten una mirada nerviosa.

Llevo la mirada del uno al otro, confundida.

—¿Qué...?

—Nos vemos, chicos —les dice Caleb mascullando, gira sobre los talones y se marcha.

Lo observo irse y de repente me siento culpable.

—Haaala —masculla Walsh—. Eso ha sido duro, doctora.

—Sí, has ido a matar —dice el chico del pelo oscuro.

—Está claro que acabo de meter el dedo en la llaga —digo, luego me levanto del banco y me acerco a las vallas.

—Bueno, ya se le pasará a Sanny —dice el chico del pelo oscuro. Se aleja patinando preparado para seguir practicando.

Miro a Walsh.

—¿Se le pasará?

Se encoge de hombros.

—Sí, seguro que sí. Pero a lo mejor deberías buscarlo en Google. Y darle un poco de espacio —añade mientras deja a un lado la botella de agua—. Seguro que para él no es fácil. —Con eso se aleja y me deja sola con la cabeza dándome vueltas.

En cuanto vuelvo a mi despacho, cierro la puerta y saco el móvil. Pongo en Google «Caleb Sanford hockey» y después de echarle un vistazo de lo más rápido a la página de resultados, estoy preparada para meterme dentro de un hoyo.

Era jugador. Delantero, igual que Walsh. Los artículos son una mezcla de sus estadísticas de la universidad y entrevistas en las que alaban su velocidad y su habilidad para marcar tantos. Leo el comunicado de prensa en el que se anuncia como el número tres de la alineación de la NHL. Firmó por los Penguins de Pittsburgh incluso antes de terminar la universidad.

Pero luego están los otros artículos... y los vídeos. Casi duele demasiado verlos. Se quedó fuera en el primer partido de su primera temporada en la NHL. Un golpe brutal por la espalda hizo que se estrellara contra las vallas. El defensa era el doble que él. Se cayó y no volvió a levantarse, retorciéndose de dolor con la boca abierta en un grito que no se puede oír porque el vídeo se corta de repente.

Un artículo me deja helada, con los ojos pegados al teléfono. Incluye una foto de unos momentos antes de ese mismo primer partido. Caleb está patinando hacia la cámara mientras le pasa el brazo por los hombros a un sonriente número 42.

Jake.

Los dos firmaron por los Penguins. Durante un momento de gloria, los sueños que compartían sobre la NHL se hicieron realidad. Pero entonces Jake vio que su mejor amigo se caía. Tuvo que ver que lo sacaban del hielo y que sus sueños se hacían pedazos con su pierna.

Dejo a un lado el móvil con lágrimas en los ojos. Por eso Caleb cojeaba el otro día. Nunca se recuperó de la herida que acabó con su carrera en el hockey. Ya no puede jugar, sin duda no al nivel que hace falta para la NHL. Así que ahora Jake cumple solo su sueño, mientras que Caleb tiene que ver a tíos como Walsh, que tienen menos talento que él, patinar sobre el hielo agarrando mal el stick.

Sí, he sido una idiota redomada.

Tengo que decirle algo. Tengo que disculparme. Salgo del despacho y voy a buscarlo. No me conozco muy bien la parte trasera de las pistas. Esta instalación es un todo en uno: lavandería, zonas de carga, servicio de comida, mantenimiento. Les pregunto a un par de chicos cuando paso por los vestuarios y me señalan una escalera que conduce a un amplio pasillo.

Sy aparece por una puerta y sonrío, pues sé que debo estar en el lugar indicado. Se me acerca corriendo y moviendo la cola. Es un amor. Es blanco y negro como un border collie, pero su cuerpo es más bien de un pointer: más largo por las piernas y se le notan manchas negras por debajo del pelaje blanco. Lo que más me gusta de él son sus ojos azules.

Como el hielo, me doy cuenta con una sonrisa. Sus ojos son del mismo blanco azulado que tiene el hielo fresco en una pista de hockey.

—¿Dónde está papi?, ¿eh? ¿Está aquí abajo? —murmuro mientras lo acaricio.

Doy unos pasos por el pasillo y respiro hondo antes de echar un vistazo por la puerta abierta. Dentro de la habitación iluminada hay una pared con lavadoras y secadoras de tamaño industrial. En medio hay una mesa para doblar y planchar. También, una pila enorme de toallas en el extremo de la mesa que casi ocultan a Caleb. Está de pie, doblándolas en silencio.

Sy entra brincando y va oliendo el suelo mientras serpentea por detrás de Caleb.

Me armo de valor y entro.

—Eh —lo llamo.

Caleb levanta la mirada, su expresión es impávida a conciencia. Enseguida vuelve a bajar los ojos al trabajo.

—Eh.

Gran comienzo.

Cruzo la estancia y me pongo al lado de la pila de toallas.

—Oye, lo siento. No lo sabía.

Sigue quieto, sin mirarme.

—¿Quién te lo ha dicho?

—Google.

Sigue doblando toallas sin más.

Me acerco un paso.

—No lo sabía, pero eso no es excusa. No entendía el contexto de lo que estaba pasando y metí la pata hasta el fondo. Soy nueva en este equipo y en este mundo. Cometo errores, pero aprenderé. Y lo siento, Caleb...

—No pasa nada —dice, coge el montón de toallas y se da la vuelta. Las mete en un carro de lavandería lo bastante grande como para que quepan dentro tres hombres adultos.

Debería dejarlo solo. Está claro que no quiere ni verme ni hablar conmigo. Debería irme. Pero no lo hago. Sin embargo, se me mueven los pies. Antes de que me dé cuenta, mi mano está en su antebrazo tatuado.

—Oye... ¿podrías mirarme por lo menos?

Se queda quieto y baja la mirada a mi mano en su brazo.

—Quítame la mano de encima, Rachel —dice en voz baja y fría como el hielo.

La dejo caer a mi lado y el estómago me da un vuelco al

darme cuenta de la fuerza de su orden. No me gusta que use mi nombre de verdad. Quiero volver a ser Huracán.

—Caleb...

—Déjalo ya —gruñe y se vuelve para mirarme.

Tiene los ojos tan oscuros que casi parecen de obsidiana. Forma una combinación preciosa con su pelo castaño rojizo. Por culpa de esos pómulos altos, esos labios carnosos y esa energía de «a la mierda todo» que emana de sus poros casi me hacen gemir cuando se inclina hacia delante.

—¿Te das cuenta de lo que estás haciendo? Lo estás empeorando. Vete.

Se aparta de mí y vuelve a acercarse a la mesa para coger más toallas.

Me doy la vuelta con el corazón a mil por hora, y lo sigo pisándole los talones.

—¿Cómo es posible que esté empeorando las cosas por disculparme?

Vuelve a girarse y casi me golpea con el hombro. Me pone la mano debajo de la barbilla y me levanta la cabeza de manera brusca. Nuestros pechos casi se tocan mientras me mira.

—¿Ves esa expresión que tienes dibujada en la cara ahora mismo? Esa mirada de pena. «Pobre Caleb, ya no puede jugar. Voy a darle unas palmaditas en la mano para que se sienta mejor». Esa maldita mirada de compasión.

—Yo no...

—¿Crees que sabes lo que pasó? —ruge acercándose más—. ¿Crees que te haces una idea de lo que he perdido? ¿O de cómo he tenido que recoger los pedazos? No sabes nada, doctora. No me conoces.

Tiene razón. Por supuesto que tiene razón. Hace menos de una semana que nos hemos encontrado. No lo conozco. Pero no me puedo centrar en eso. La cabeza me da vueltas. Ay, madre, está muy cerca. Puedo sentir el calor de su piel. Huelo su loción para después del afeitado. Es fresca y limpia, y tiene unas suaves notas cítricas. Casi puedo saborear también su ardiente resentimiento.

Levanto una mano y lo agarro con cuidado de la muñeca.

—No me das pena —murmuro aguantándole la mirada oscura—. La empatía y la compasión no son lo mismo.

—Para mí sí lo son —masculla e intenta apartarse.

—No —digo sujetándolo en el sitio—. La pena implica que lo siento por ti. Han sido injustos con el pobrecito y triste Caleb, ¿no? Bueno, los dos sabemos que eso es una mierda.

Me lanza una mirada brusca y frunce las cejas oscuras.

—Sabías lo que estabas haciendo —explico—. Estabas en lo más alto de un deporte peligroso. Eras delantero, bueno que te cagas según tus registros, lo que te convirtió en un objetivo. Pero conocías los riesgos. —Las puntas de mis dedos le acarician el interior de la muñeca—. ¿Por qué iba a darme pena que hicieras tu trabajo y que te llevaras el golpe que siempre supiste que te podrías dar?

Se tranquiliza un poco. Baja la mirada a mis labios y lucho contra la urgencia de lamerlos. De repente siento que tengo la boca seca.

—No eres el primer deportista que conozco que ha sufrido una lesión que ha terminado con su carrea, Caleb. Y seguro que no eres el último —continúo—. Y he visto ese golpe. He visto el vídeo y empatizo con tu dolor...

—Ah, ¿sí? —resopla. Intenta apartarse otra vez, pero lo aprieto con más fuerza por la muñeca tatuada.

—Sí, empatizo. Puede que no haya visto tu historial médico, pero puedo imaginarme cuánto luchaste en la rehabilitación para recuperar el nivel de función que tienes ahora. —Estoy decidida a llegar a él, a arreglar esto—. Pero creo que eso es lo que eres. Eres un luchador. Ahora estás luchando conmigo —añado mientras señalo el modo en que tira hacia atrás—. Así que no, Caleb. No me das pena. Nunca me compadecería de ti. Admiro la fuerza y la determinación. Admiro la fortaleza. Lo que significa que te admiro. —Tras decir eso, dejo caer la mano y la aparto.

Vuelve a levantar la mirada y esos ojos negros me perforan, me tienen cautiva. Algo está cambiando entre nosotros. Estoy segura de que él también debe sentirlo. La oscuridad de sus ojos pasa de la vehemencia a algo más cálido. Casi no me lo creo cuando recoloca su mano debajo de mi barbilla. De repente, su pulgar me está acariciando los labios con suavidad.

Ay, madre, va a besarme.

Esa idea rebota en mi cabeza mientras abro los labios. Se atreve a darle a mi labio inferior el más leve de los tirones, lo que hace que la punta de su pulgar me roce los dientes. Se me corta la respiración y me inclino hacia delante. Qué cerca está. Quiero que lo haga. Me gustaría saber cómo se sienten sus labios contra los míos. Quiero perseguir cada beso. Quiero...

—Gracias —murmulla. Entonces aparta la mano de mí y da un paso atrás.

Me quedo ahí plantada, balanceándome ligeramente con los labios entreabiertos, con el corazón desbocado, sin haber recibido ni un solo beso.

Ya se ha dado la vuelta para coger otra toalla y doblarla.

—Ah, oye... —Se mete la mano en el bolsillo y me lanza algo.

Lo atrapo en un acto reflejo y me aprieto la llave del coche contra el pecho.

—Me va a acercar Jake. ¿Puedes llegar a casa de una pieza?

Asiento con la cabeza y me guardo la llave en el bolsillo.

No sé qué demonios acaba de pasar aquí. Sus señales están por todas partes. Llevan ahí desde que nos conocimos. Está que arde y luego se muestra frío como el hielo. Es gruñón, es divertido, es sexi, es triste. Es como un anillo de esos que cambian según tu estado de ánimo.

Me doy la vuelta y me marcho dando grandes zancadas. Sy me sigue trotando hasta que llego a las escaleras.

Estos chicos van a ser mi perdición. Ya he metido a un jugador de hockey en mi cama... bueno, vale, no estaba en mi cama. Ahora es... Dios, ni siquiera sé cómo etiquetar la no relación que tengo con Jake. Sigue mandándome mensajes. Lleva todo el día quemándome el móvil. Me envía cosas sin sentido como una foto de su comida y algo que él llama el vigilante pelícano. Al parecer, hay un pelícano que no deja de posarse en la barandilla de su terraza. Ya está. Eso es un vigilante pelícano. Se posa, él le hace una foto y me la manda.

Así que tengo a Jake, que me habla por teléfono hasta

que me corro y me manda fotos de pelícanos. Tengo a Caleb, que me ayuda a encararme a balcones y que me lleva al límite sin ni siquiera intentarlo. ¿He mencionado que son mejores amigos?

Esto es un desastre. Necesito algo de espacio. Necesito una polla que no sea complicada.

¡No! Rachel mala.

Me detengo en las escaleras con la mano aferrada al pasamanos. No más pollas. No más dramas. Tengo que hacer mi trabajo. Y mi trabajo son las pruebas físicas. Lo que significa que tengo que ir a buscar a mi portero desaparecido.

Capítulo 22
Rachel

Kinnunen no aparece en lo que queda de día. Al final tengo noticias de su entrenador cuando estoy a punto de irme por la tarde.

Me cuenta algo sobre tener que hacer un visionado extra de unos vídeos con el resto de los jugadores del montón. Lo que sea, da igual. Todavía tenemos muchísimo tiempo.

Le mando un mensaje al entrenador Tomlin y le digo que le he cambiado la cita a Kinnunen para mañana. Ahora que la alineación está lista, también tengo que añadir a Davidson a mi lista. Se vestirá de portero con Kinnunen durante los dos primeros partidos.

Mi primer día oficial como una Ray ha ido bastante bien. Aparte de la novatada de esta mañana con Langley, los chicos han sido unos perfectos caballeros. Jake ha seguido reventándome el teléfono un par de veces más. Una foto de un perrito caliente con mostaza que debe de haberse tomado en el puestecillo. Una foto de él con Sy preguntando cuál de los dos es más guapo. Esa sí que me ha arrancado una respuesta. He dicho que el perro. Y ha seguido con su juego de las veinte preguntas que por ahora estoy dejando sin responder. Caleb, por su lado, ha seguido desaparecido en combate. Si ha estado en alguna parte de este complejo deportivo, no lo he visto. Ni siquiera lo he olido. Ni a Sy. Esperaba que a lo mejor cambiara de idea sobre lo de conducir. No porque yo no quiera hacerlo... lo cual, vale, sí, no quiero hacerlo. Es que esperaba que a lo mejor fuera una prueba de que se estaba descongelando.

Me disculpé. Lo sentía de verdad. Tuvimos nuestro segundo momento confuso de casi beso. No quiero que este chico me odie o que se sienta raro cerca de mí. Compartimos equipo y una pared. Viajaremos juntos durante cuarenta y un partidos, estaremos juntos durante cuarenta y un partidos en casa. Eso es muchísimo tiempo de *juntedad*.

O como se diga. Si no quiere aceptar mi disculpa, si está decidido a pensar que todo el mundo lo mira por encima del hombro y le tiene pena, pues bien. Yo no puedo cambiar su mala actitud. Resoplo, me cuelgo la mochila al hombro y salgo al aparcamiento.

A lo mejor esta noche puedo ir a la playa. Hace casi una semana que estoy en Jacksonville y todavía no he visto el mar...

Me quedo rígida. Una extraña sensación me hace cosquillas en la nuca y siento que me están observando. Miro alrededor del aparcamiento. Ha sido un precioso día soleado, así que todavía hay luz allí. No veo ni oigo a nadie. Camino a toda prisa hacia mi camioneta y le doy al mando distancia para abrir las puertas. El cochazo pita en medio de este silencio espectral y las luces parpadean.

Voy corriendo y abro la puerta del conductor. Ahí es cuando suelto un grito.

Mi alma abandona mi cuerpo cuando una avalancha de pelotas de colores sale despedida de la puerta abierta y me envuelven en una cacofonía de sonidos. Rojo, amarillo, azul, verde... Son pequeñitas y de plástico, como si fueran de un parque de bolas para niños.

¡Alguien me ha metido en el coche una piscina de pelotas entera!

Chillo y me tropiezo hacia atrás. Entonces es cuando lo oigo. Un coro de carcajadas. Me doy la vuelta y veo a diez tíos de pie junto a una fila de coches grabándome con los móviles, entre los que también se encuentran Jake y Caleb. Sy está dentro de un elegante Mercedes, tiene la cabeza sacada por la ventanilla y ladra.

—¡Sois unos gilipollas! —grito. Me tropiezo con las pelotas cuando intento salir de entre los coches con las manos en las caderas.

—¡Bienvenida a los Rays, doctora! —grita Novikov.

—Yo no he tenido nada que ver con esto —añade Langley, que parece casi nervioso por que lo hayan incluido en la broma.

—Oh, sé muy bien quién lo ha hecho —respondo. Levanto la mirada hacia Caleb, el tío que ha tenido mis llaves toda la mañana.

Caleb no dice nada, esa sonrisilla sexi lo dice todo.

—¿Cuánto tiempo lleváis esperándome aquí? —pregunto observando las bolas que campan a sus anchas por el suelo.

—Solo una hora —responde Jake encogiéndose de hombros.

—J-Lo nos ha traído unas cervezas para que bebiéramos algo mientras esperábamos —añade Novy aplastando una lata vacía.

—Y le hemos obligado a Porter a esperar en el gimnasio para que nos dijera cuándo salías —explica Morrow.

Entorno los ojos. Es una broma muy elaborada para los dos segundos de diversión que han podido disfrutar.

Jake da un paso hacia delante.

—Venga, doctora. Nos vamos todos a cenar. —Me pasa un brazo por los hombros y me aparta del coche.

Me quedo rígida.

—Bueno, es que yo...

—Nop, no aceptamos un no por respuesta —dice cortando de cuajo mi protesta—. Te hemos engañado dos veces y eso no puede quedarse sin una compensación. Te llevamos a cenar y puedes pedir lo más caro del menú. Invita Novy.

—Oye...

Sonrío mientras los chicos empiezan a ir hacia sus coches.

—Bueno... esperad —los llamo haciendo gestos—. ¡No podemos dejar así este desastre!

Es fácil que haya unas mil pelotas de colores rodando por el suelo del aparcamiento.

—No te preocupes por eso —se ríe Jake. Me quita el brazo

del hombro y les da una patada a unas cuantas pelotas para alejarlas de su coche.

—Walsh y Perry van a venir a recogerlas —añade Caleb, que camina detrás de mí.

Miro por encima del hombro y veo a los dos delanteros que estaban en el hielo este mediodía y que ya están recogiendo las pelotas en unas enormes bolsas de plástico. Qué bien ser un novato. No puedo ni imaginarme cuánto tiempo van a estar para conseguir todas las pelotitas.

—Vamos, Huracán —masculla Caleb, mientras hace un gesto hacia el asiento del copiloto del coche de Jake.

No sé qué sensación me gusta más: el cálido brillo de su tácito perdón, el modo tan suave en que usa mi apodo o la caricia de sus dedos en mi lumbar cuando me abre la puerta del coche.

Capítulo 23
Ilmari

¿Que cuál es la peor parte de ser un jugador de hockey profesional?

Los viajes constantes. La gente de mi tamaño no está hecha para vivir en aviones. Así que explícame por qué he elegido una carrera que me tiene un tercio del año metido en un avión.

Camino por el pasillo mientras compruebo los números. No tenemos asientos asignados, pero todos tenemos nuestras rutinas. Algunos incluso podrían llamarlas supersticiones. Yo soy portero, por supuesto que las tengo. Una de mis costumbres es que me gusta sentarme en el lado derecho, asiento de la ventana, fila 20. No me preguntes por qué. Pero este es el primer vuelo. Tengo que reclamar mi estatus para que los chicos aprendan a no sentarse en mi sitio.

Entorno los ojos y siento que un gruñido me sube por la garganta. Alguien ya se ha sentado en mi asiento. No es otra que la nueva médica. Por supuesto que viaja con nosotros. Siempre nos llevamos a nuestro propio equipo médico a los partidos que jugamos fuera de casa. ¿Sabía que ese es mi asiento? ¿Cómo iba a saberlo?

Llevo toda la semana evitándola. Me ha estado atormentando para que pase mi examen médico. Quiere comprobar mi rango de movimiento, hacerme unos cuantos estiramientos y algunas pruebas de equilibrio. He oído decir al resto de los chicos que es concienzuda. Qué suerte la mía que el equipo contrate a una nueva médica dispuesta a darlo todo y encima especialista en caderas y rodillas cuando yo estoy haciendo todo lo que está en mi mano para evitar que este dolor empeore. En cuanto empiece a toquetearme las articulaciones, se dará cuenta de lo que me pasa.

Aún no se ha fijado en mí. Mira hacia abajo mientras sus dedos teclean algo en el teléfono. Tengo dos opciones: renunciar a mi asiento o llamar su atención y pedirle que se mueva. Miro a mi alrededor. Hay sitios vacíos más adelante. O me puedo sentar en el otro lado del pasillo. Pero Compton ya se ha sentado ahí con el jefe de equipo. Tengo que hacer que se muevan los dos.

Maldita sea.

Las palmas de las manos me pican solo de pensar en un asiento que no sea la ventanilla de la fila 20. Cojo aire y me aclaro la garganta.

La chica levanta la mirada, por su rostro pasa una ráfaga de emociones antes de quedarse definitivamente en el enojo.

—Vaya, mírate, estás vivo. No estaba segura, porque como has estado desaparecido toda la semana ya te daba por muerto.

Gruño mientras guardo la mochila en el compartimento superior.

—Ese es mi sitio.

Me mira parpadeando y aparta los labios un poco.

—¿Disculpa?

—Estás en mi asiento —repito.

—No hay asientos asignados, Ilmari —murmura y vuelve a bajar la mirada al móvil.

Que use mi nombre me pilla un poco por sorpresa. Nadie me llama por mi nombre de pila en Estados Unidos. No es que sea difícil de pronunciar, es solo que aquí la gente es vaga. La única vez que oigo mi nombre de pila es cuando los locutores lo anuncian al principio de cada partido.

Me aflojo un poco la corbata. Seguro que podemos solucionar esto de una forma razonable.

—Hay otros asientos.

—Genial, pues siéntate en uno —masculla sin ni siquiera mirarme.

¿Por qué está haciendo que esto sea tan difícil? Un jugador ya se habría cambiado sin hacer preguntas. Gruño y vuelvo a mirar a mi alrededor.

Es oficial: estoy creando un atasco en la fila. Langley está detrás de mí intentando mirar por encima de mi hombro.

—No... puedo —admito.

La médica levanta la cabeza, tiene esos preciosos ojos marrones fruncidos.

—¿No puedes ponerte en otro asiento? ¿Tienes que sentarte justo en este? ¿En el que yo ya estoy sentada?

—Sí.

—No estoy de humor para que me hagáis más novatadas, Kinnunen. Y si esto es una extraña forma de tirarme los trastos, ahórratelo —añade, y vuelve a mirar el teléfono.

—Yo... —Espera... ¿tirarle los trastos? ¿Se cree que estoy metiéndole ficha?—*Mitä helvettiä* —gruño—. Necesito este asiento.

—Madre mía, Kinnunen, ¿cuál es tu problema? —Ahora me está mirando fijamente.

—¿Va todo bien? —pregunta Compton junto a mi cadera izquierda mientras se quita los auriculares.

—Al parecer, estoy en el asiento de Kinnunen —dice haciendo un gesto con la mano—. Me está diciendo que tengo que levantarme.

—¿Qué está pasando? —dice Langley desde detrás de mí.

Genial, vamos a hablar todos sobre esto.

Compton levanta la cabeza y me mira.

—¿Necesitas ese asiento, tío? —Digo que sí con un leve gesto de la cabeza.

Para mi sorpresa, se inclina por delante de mí.

—Lo siento, doctora. Si el portero dice que te levantes, te levantas.

La aludida abre los ojos como platos y aparta los labios sorprendida.

—¿Qué?

Compton se encoge de hombros.

—Oye, yo no hago las reglas, pero pierdo el culo por seguirlas. Regla número uno en hockey: nunca toques a un portero. Regla número dos: nunca lo cabrees. Si dice que ese es su asiento, es su asiento. Tienes que quitarte.

—Increíble —masculla mientras se desabrocha el cinturón y vuelve a meter la botella de refresco y el teléfono en el bolso.

Doy un paso atrás para dejarla salir.

—Toma, Ilmari. Ahí tienes tu precioso asiento. ¿Sabes? Podrías haberlo pedido por favor. O haber usado más de cinco palabras para explicarme por qué necesitabas que me quitara —añade.

Me roza al salir y el aroma florar de su champú me inunda la nariz.

—Gracias —mascullo, me deslizo entre los dos asientos y me dejo caer.

En cuanto poso el culo, ella se acomoda en el asiento del pasillo, a mi lado.

—¿Qué estás haciendo?

Mete el bolso delante del asiento que tiene delante, vuelve a tener el móvil en la mano.

—Me estoy sentando. ¿O qué? ¿También necesitas este sitio?

Gruño. Sí.

Pasan un par de jugadores y trabajadores mientras reúno coraje suficiente para decirle que vuelva a cambiarse. Soy un hombre adulto. No me gusta compartir la fila. Respiro hondo y suelto el aire.

—Doctora...

Me lanza una mirada con una ceja levantada.

—Madre mía, necesitas este asiento. Quieres que vuelva levantarme. Quieres ese asiento y este.

—Sí.

Nos mantenemos la mirada durante un buen rato. Despacio, se cruza de brazos.

—Dame una buena razón por la que debería respetarte cuando está claro que tú no sientes ningún respeto hacia mí.

—¿Qué?

—Has pasado de mí cuatro veces esta semana, Kinnunen —me suelta—. Me he coordinado con Tomlin para ver tu horario y cuadrar tu revisión y no has aparecido ninguna vez.

Llegas a tiempo a todas las reuniones de equipo, a todos los entrenamientos, a todas las prácticas, a todas las ruedas de prensa. —Las va enfatizando con los dedos—. ¿Ves algún patrón? Respetas el tiempo de todo el mundo en este equipo menos el mío. Y no puedo evitar preguntarme por qué podría ser. —Me lanza una mirada asesina.

—Doctora Price...

—¿Es porque soy una mujer?

—¿Qué...? ¡No! ¿Cómo puedes pensar eso?

—¿Es por qué crees que soy demasiado joven para ser médica?

—No...

—¿Estoy demasiado poco cualificada?

Gruño y aprieto los puños sobre las rodillas.

—No.

—Entonces, ¿qué, Kinnunen? ¿Por qué estás pasando de mí? No me voy a mover hasta que no me lo cuentes y más te vale que no sea una respuesta de mierda sobre entrenamientos extras.

Antes de que pueda replicar, una azafata se inclina hacia nosotros.

—Señora, tiene que abrocharse el cinturón. Estamos a punto de despegar.

La doctora Price levanta la cabeza y la mira.

—Espere. Al parecer, tengo que cambiarme de asiento. Otra vez.

—No, señora, tiene que quedarse en su asiento —responde la asistente de vuelo—. Ya hemos cerrado la puerta de la cabina. Podrá moverse cuando alcancemos la altitud de crucero.

Gruño.

—¿Alguno de ustedes quiere algo de beber?

—No —respondemos al unísono y la asistente de vuelo se marcha.

—Necesito ese asiento —mascullo sin ninguna esperanza.

—Pues qué pena, Kinnunen —responde Price—. Porque me voy a agarrar a tu culo como un percebe durante el resto del vuelo. Y hasta que no me des lo que quiero y pases tu revisión médica, me voy a sentar en este sitio desde ahora hasta que los Rays ganen la copa Stanley. Así que, o te metes en mi sala de exploraciones o acostúmbrate a que acapare todo tu aire.

Tras decir esto, extiende el brazo por encima de nuestras cabezas y apunta el conducto del aire acondicionado hacia ella mientras resopla de enfado.

Mientras el avión empieza a despegar, considero mis opciones. Dejar que esta médica me examine y seguramente me mande al banquillo durante toda la temporada... o dejar que se siente a mi lado, haga pedazos la comodidad de mis rutinas establecidas hace mucho y tire por la borda mi concentración con ese olor tan maravilloso que desprende.

Joder.

Capítulo 24
Rachel

¡Un shutout! Los Rays de Jacksonville van ganando a los Hurricanes de Carolina 4-0 en su primer partido de la temporada. Esta noche los chicos están que se salen. Aunque son el equipo visitante, el ambiente en el estadio es electrizante con todos los fans emocionados por ver al nuevo equipo de la NHL en el hielo. Claro que los han abucheado cada vez que los Rays marcaban, pero Kinnunen se ha marcado unos cuantos paradones espectaculares que han hecho que los fans de Carolina gritaran en sus asientos de frustración y de asombro.

Y yo lo he visto todo en primera fila. Bueno, técnicamente estaba de pie detrás de la primera fila. He intentado hacerme todo lo pequeñita que he podido, encajada en la esquina del banquillo de los jugadores, viendo a los chicos pasarse el disco y estrellar al otro equipo contra las vallas.

No voy a mentir, al ver a Jake Compton en el hielo, mis partes femeninas han sentido cosas impuras. Ha estado riéndose y bromeando durante todo el calentamiento, lanzándome miraditas con esos ojos castaños de «fóllame». Pero en el momento en que se ha quitado el jersey de entrenamiento y ha salido patinando por debajo de la música y los focos, ha sido como si se convirtiera en otra persona. No era mi divertido Chico Misterioso. Era el número 42, Jake Compton, y era letal.

Cuando no estaba viendo a los chicos en el hielo, pasaba la

mirada por el otro extremo del banquillo de los jugadores, donde Caleb estaba trabajando duro. Jerry y él estaban en constante movimiento: pasando sticks, cambiando cuchillas, tendiendo botellas de agua y toallas. Me sentía culpable por mi papel, que era estar de pie en una esquina ocupando el menor espacio posible mientras rezaba para que no me necesitaran.

Segundos antes del bocinazo final, los Rays estallan en vítores y el disco queda olvidado mientras se desliza por el hielo. Los fans del Carolina nos aplauden por nuestra primera victoria como equipo en la NHL.

El banquillo se va despejando mientras los chicos vuelven a los vestuarios. Tienen un horario muy ajustado y todos conocen su función. La mayoría del equipo correrá a ducharse y se deshará de los uniformes todo lo rápido que pueda para que los jefes de equipo terminen de guardarlo todo. Los chicos que necesiten tratamiento médico y fisioterapia la tendrán, mientras que al menos un par de ellos tienen que ir con los entrenadores a la rueda de prensa.

—¿Y bien, Chica de Seattle? —pregunta Jake con una amplia sonrisa, tiene el rostro empapado de sudor—. ¿Te ha gustado tu primer partido de la NHL?

—Eres increíble, Jake. De verdad —digo sonriéndole.

Se inclina, su cuerpo es el doble de grande con todo el equipo.

—Joder... Dios, qué ganas tengo de besarte ahora mismo.

Me aparto mientras me río.

—Ni en sueños, 42. Hueles como un tejón moribundo.

—Tú estás preciosa esta noche, nena.

—Ajá. —Estoy intentando que mi estúpido estómago deje de dar vuelcos.

—¿Qué hace falta para que lleves mi jersey a un partido? —pregunta inspeccionando mi polo de los Rays—. Pero claro, deberás dejar el desfibrilador a mano porque ver un 42 enorme en tu espalda podría matarme. —Vale, debería estar prohibido que se le dé tan bien ligar—. No podría quitarte los ojos de encima. Vas a tener que ponerte una bolsa de papel en la cabeza para que no me distraiga en el siguiente partido.

Entorno los ojos.

—A mí me parecías muy centrado.

—Se me da genial hacer varias cosas a la vez —responde—. ¿Te parece que continuemos con esta conversación más tarde junto a una copa? A lo mejor te puedes sentar desnuda en mi regazo y me sigues contando lo increíble que he estado esta noche.

Le doy un empujón.

—Vete, 42. Dúchate antes de que atraigas a los buitres.

—No me voy a rendir con lo nuestro, Seattle. Somos inevitables.

—Sí, claro. Cámbiate antes de que Caleb se enfade.

Eso hace que se le borre la sonrisa.

—Ah, mierda... sí. Y esta noche tengo que ir a la rueda de prensa. ¡Te veo en el autobús!

Se va corriendo al vestuario y yo recorro el pasillo hasta la sala que nos han dejado para fisioterapia. Por dentro está bien equipada, con un tanque de frío y calor, camillas de masaje, equipo para hacer estiramientos y bicicletas estáticas. Walsh y Karlsson llegan todo duchaditos y oliendo a limpio. Los dos van directos a las camillas para que les den un masaje en las piernas. Entran un par de chicos más, saltan a las bicicletas y empiezan a mover las piernas para evitar la acumulación de ácido láctico. Uno o dos solo quieren algo de espacio para hacer algunos estiramientos.

Entonces aparece Kinnunen hablando en susurros con el entrenador Tomlin. Es otro sin la equipación. Sigue pareciendo un oso, pero ahora parece más fácil acercarse a él, más humano. La única vez que lo he visto hoy ha sido en el avión y, madre del amor hermoso, a este hombre sí que le queda bien un traje. A ver, todos los chicos están geniales, pero Ilmari emana unas vibraciones de jefe de la mafia vikinga que haría que cualquiera se derritiera como mantequilla. Qué pena que tenga que ser un cabrón todo el rato.

Ahora lleva el uniforme de entrenamiento de los Rays: pantalones cortos, camiseta de técnico y zapatillas. Sigue teniendo el pelo mojado de la ducha y recogido en un moño alto.

Dejo mi enfado a un lado y lo llamo.

—Oye, Kinnunen, buen partido.

—Esa última parada le ha provocado una torsión de rodilla —dice Tomlin.

Le miro enseguida las piernas entornando los ojos. Sus cuádriceps son gruesos y están bien definidos, envuelven bien la parte superior de las rodillas. Ya he leído su historial médico a conciencia. Al igual que le pasa a la mayoría de los chicos, sus rodillas han recibido una buena paliza a lo largo de su carrera. Ha tenido varios tirones en los isquiotibiales y ligamentos. No me sorprendería que tuviera problemas con el menisco. Es imposible hacer el rango de movimiento constante que hace un portero sin destrozarse el menisco.

—¿Cuál es el problema?

—Me he dejado caer demasiado rápido —explica Kinnunen—. Me he inclinado demasiado y se me ha torcido la rodilla.

—Vamos a echarle un vistazo.

Se sube a la camilla y yo me pongo a trabajar, empezando con un examen visual. No veo ni enrojecimiento ni hinchazón en ninguna de las rodillas. Primero le palpo la derecha para buscar algún tirón o calor excesivo.

—¿Te duele? —murmuro, me pongo de rodillas y levanto la cabeza para mirarlo.

—No.

Me cambio a la otra rodilla y no veo ninguna diferencia. Le hago algunas pruebas de rango de movimiento estándares en las dos rodillas y no parece que le duela nada.

—En una escala del uno al diez, ¿cuánto te dolía en el hielo?

—Seis.

Vuelvo a levantar la mirada.

—¿Y ahora?

—Tres.

Levanto una ceja.

—¿Y cuánto te duelen esas rodillas en reposo?

Por sus ojos azules pasa algo, pero oculta lo que sea que esté pensando.

—Tres —masculla—. Estoy bien.

Suspiro y me pongo de pie.

—Bueno, no siento que haya ningún daño obvio. Tu rango de movimiento es bueno. Todavía no lo tienes hinchado ni agarrotado, pero no le quitaremos el ojo de encima —añado para que lo escuche Tomlin, que está de pie y mira por encima del hombro del jugador como si fuera una mamá pato nerviosa—. Si persiste el dolor, puede que tengamos que hacer alguna prueba...

—Nada de pruebas —dice Kinnunen—. Me pondré hielo en el hotel. El entrenador solo está exagerando.

—Lo único que queremos es que estés lo más sano posible y que te duela lo menos posible —respondo—. No sé si lo sabes, pero eres una especie de partidazo.

Su cara cambia a algo que podría ser casi una emoción antes de marcharse. La prensa está deseando oírle hablar de shutout, un partido en el que no le han metido ningún gol.

Son casi las once cuando llegamos al aeropuerto y nos metemos en el avión. No diría que una revisión de rodilla es una prueba física en sí, pero fue mejor que nada. Y me siento generosa, así que le he dejado a Ilmari sus preciados asientos en la fila 20 y he buscado un sitio unas cuantas filas más atrás, al lado de Morrow, que ya está dormitando contra la ventana.

Tengo la cabeza agachada con el móvil en la mano, mientras le envío a Tess fotos del partido.

—¿Qué estás haciendo?

Levanto la cabeza de repente y veo a Kinnunen, que parece un vikingo billonario, mirándome desde arriba.

—¿Qué?

—Tienes que sentarte conmigo.

Juro por Dios que la única razón por la que creo que esas palabras las ha dicho en voz alta es porque veo que se le han movido los labios.

—Ilmari, ¿qué narices...?

—Venga —masculla y se da la vuelta.

—No, gracias —le digo.

Vuelve a girarse y me mira fijamente.

—Esto es culpa tuya. Tienes que venir. Rápido, antes de que nos hagan sentarnos para despegar.

Abro los ojos como platos mientras paso la mirada de un Morrow confundido al enorme portero.

—¿De qué coño estás hablando? Me hiciste que me moviera en el último vuelo. Dijiste que la fila 20 es tuya. Dijiste que no podía sentarme a tu lado. ¿Cuál es tu problema ahora?

—Eres su amuleto de la suerte —dice Langley desde el otro lado del estrecho pasillo, con los ojos clavados en su Nintendo Switch.

—¿Su qué?

—Oh, mierda.... Sí. —Está de acuerdo Morrow, que se mueve en su asiento junto a la ventana—. Doctora, tienes que ir. Mars te necesita.

Me cruzo de brazos y resoplo.

—¿Alguien puede explicarme por favor esta locura de los asientos antes que me niegue a sentarme y me quede de pie durante todo el vuelo?

—Si lo rompes, pagas, doctora —dice Langley encogiéndose de hombros.

—¿El qué he roto?

—Su patrón —responde Morrow—. Has roto su patrón al quitarle el asiento y sentarte en su fila. Nadie se sienta con Mars. Ni en las comidas ni en el autobús. Y, por supuesto, no en el avión. Es su cosa. Lo mantiene centrado. Te sentaste con él. Rompiste su patrón. Y esta noche ha hecho un partidazo con otro shutout y no le han metido ningún gol.

—Así que ahora tiene que saberlo —añade Langley con los ojos todavía clavados en su Mario Kart.

—¿Saber qué?

—A lo mejor que no le metieran ningún gol es una combinación de su habilidad y malas tiradas a puerta —explica Morrow.

—Pero a lo mejor fue suerte —añade Langley—. A lo mejor fuiste tú que rompiste su patrón.

Al final lo entiendo y suelto un gruñido de hastío.

—Ay, Dios, ¿esto es como lo de «no puedo lavarme los calcetines»? —Levanto la mirada hacia Ilmari, que sigue ahí plantado con el ceño fruncido en su bonita cara.

—Básicamente —responde Morrow—. Mars necesita saber si le das suerte. Tienes que ir a sentarte con él.

—Hala... espera —digo mientras levanto la mano—. ¿Qué pasa si ganamos mañana? —Vuelvo a mirar a Kinnunen—. ¿Qué pasa si no consigues un shutout? ¿Y si perdemos? Vas a culparme a mí, ¿no? Será todo culpa mía, de tu asqueroso amuleto de la mala suerte, ¿verdad?

—Básicamente —dice Langley—. Eres dura, doctora. Tú puedes con ello.

—Pero no puedes sentarte aquí —dice dándome un codazo—. Lo siento, doctora. Hay que hacer felices a los porteros.

Mientras murmuro algo para mí misma, recojo mis cosas y me pongo en pie. Camino por el pasillo hacia Kinnunen.

—Dime una cosa, cuando me tire de este avión por ti, ¿mi mochila tendrá paracaídas? Solo quiero saber cuáles son mis oportunidades de sobrevivir.

No responde, pero juro que veo el más leve destello de movimiento en la comisura de su boca mientras me da la espalda. Supongo que esa es la versión de reírse de Ilmari.

Lo sigo por el pasillo y nos sentamos en la fila 20. Jake y Caleb también están en los mismos asientos. Caleb ya tiene los ojos cerrados, está apoyado contra la ventana, pero Jake asoma la cabeza.

—Eh, Seattle. ¿Qué estás...? —Su mirada vuela de mí al señor Surly, que se está abrochando el cinturón—. Oooh. —Resopla—. Así que ahora eres su amuleto de la suerte, ¿eh?

Vuelvo a gruñir y entierro la cara cansada entre las manos. ¡Estúpidos jugadores de hockey supersticiosos!

Capítulo 25
Rachel

¡Otro shutout! Sexto partido de la temporada y los Washington Capitals no saben ni lo que ha pasado. Los Rays han jugado increíbles. Sully y su línea defensiva ha mantenido el disco en la zona, por lo que la lucha se ha desarrollado toda la noche con el portero de los Capitals. Durante el primer periodo, nos hemos enfrentado con ellos con fuerza para mantener el marcador 0-0. Pero no ha podido hacer las paradas en el segundo tiempo, y ha dejado que Karlsson meta dos goles seguidos.

En el tercer tiempo, los Capitals estaban ansiosos por meter un gol. Han sido salvajes, han dado codazos y han lanzado a los chicos contra las vallas. El número de penaltis ha aumentado. He tenido que tratar a Langley por una ceja rota y Sully se ha llevado un buen golpe de un defensa que parecía un ogro y que lo ha dejado en el banquillo durante el resto del partido. Me sorprende que no se haya roto ninguna costilla.

Pero Kinnunen ha sido el rey del hielo. Era el dueño de la red, protegía con furia su puesto. He observado sorprendida que Jake y el resto de los defensas venían en su ayuda una y otra vez, sacaban el disco de las esquinas y lo lanzaban por el hielo. Les han dado una buena paliza, pero los Rays han salido adelante, han mantenido el marcador a 2-0 y Kinnunen se ha ganado una ducha de cerveza en el vestuario.

El entrenador jefe Johnson está fuera haciendo la entrevista posterior al partido con Kinnunen y Karlsson, mientras que el resto de los chicos termina de cambiarse. Vamos a pasar otra noche en Washington D.C. Nuestro vuelo a casa sale a primera hora de la mañana.

—Vale, ¡he hecho una reserva en el Club 7 a las once! ¡Ya nos tienen preparada la zona VIP! —grita Poppy en el vestuario.

Se ha tapado los ojos con la mano como si tuviera miedo de lo que podría ver. Dios, es preciosa. Hemos conseguido conocernos un poco mejor la una a la otra a lo largo de las últimas semanas. Es bastante divertida cuando recupera el aliento y es más dulce que la miel.

—Solo tenéis que quedaros una hora, pero quiero que hagáis una buena demostración —dice con la otra mano en la cadera. Está en modo negocios total, con un elegante abrigo largo, una falda de lápiz y unos tacones de casi ocho centímetros—. La casa invita a la primera ronda de bebidas. ¡Y no os olvidéis de haceros fotos!

La veo hacer su tarea con los brazos cruzados mientras me apoyo contra la pared del pasillo exterior. En cuanto Sully se haya duchado y cambiado, tengo que hacerle una revisión. Y probablemente Langley necesite un par de puntos en ese corte tan feo que se ha hecho en la ceja.

—¿Vas a salir esta noche con el equipo? —me pregunta Poppy mientras se da la vuelta. Su sombra, Claribel, está pegada a ella, con los ojos fijos en el móvil y los pulgares moviéndose a toda velocidad mientras escriben.

Claribel es la nueva gerente de redes sociales de los Rays. Se da unos aires de chica gótica buenorra, así que desentona muchísimo con el aspecto pijo estadounidense de un equipo de la NHL. Tiene el pelo teñido de negro con las puntas de color violeta. Lleva una raya en el ojo bien gruesa y tiene dos piercings en el labio inferior. Verla con un polo de los Rays y unos pantalones caquis es un tanto desconcertante.

—Oh, por favor, dime que irás —me pide Poppy agarrándome del brazo—. Claribel es menor de edad, así que no puede entrar.

—Ya te he dicho que no es ningún problema —masculla Claribel con los ojos aún clavados en el móvil.

—No vamos a saltarnos ninguna ley, señorita Desagradable —contraataca Poppy con una mirada asesina—. Y no quiero que Sanford sea el único adulto razonable que esté ahí aparte de mí. Por favor, Rachel —me ruega—. Por favor, ven conmigo. Por favor, por favor...

—Vale, está bien —acepto con una carcajada y le aparto la mano.

—Eh, doctora —saluda Langley, que sale del vestuario con chándal. Se señala el reluciente corte rojo.

—Sí, ¡ahora mismo voy! —le respondo y lo saludo con la mano.

—Estate preparada a las diez y media en el vestíbulo —me grita Poppy a la espalda—. ¡Y que parezca que no eres alcanzable! ¡Tenemos una marca que construir!

Sonrío para mí misma. Puede que sí o puede que no haya metido en la maleta un atuendo especial para este viaje. Ya sabes... en caso de que lo necesite.

Capítulo 26
Jake

Mierda.

Estoy de pie en el vestíbulo del hotel con algunos de los chicos cuando las puertas del ascensor se abren y sale mi chica de Seattle. Lleva el vestido. El vestido. El que ha estado atormentando mis sueños durante casi tres putos meses. Es un mono muy sexi con un escote en forma de V en la parte delantera y la espalda al descubierto. Lo llevaba la noche que nos conocimos.

Menuda tía, te lo juro por Dios... Llevo semanas haciendo el tonto, jugando a las damas con mis estúpidas fotos de tacos y mis preguntas interminables solo para sacarle algo. Nada. Me deja en leído el noventa y nueve por ciento de las veces. Diría que no me duele, pero sería mentira. Esta distancia me destroza. No estoy durmiendo bien, no estoy comiendo. Estoy distraído dentro y fuera del hielo. Caleb se ha dado cuenta, está claro. No deja de preguntarme qué me pasa y odio mentirle.

Pero ahí viene mi chica, sale del ascensor como si flotase y, cuando se aparta el pelo, sé que ella está jugando al ajedrez. Quiere que siga persiguiéndola. Esa es la única razón por la que se ha puesto ese traje. No es por ella. Sin duda no es por cualquier tío que pueda conocer esta noche en la discoteca... Dios, solo de pensarlo lo veo todo rojo. No, es por mí.

Joder, qué guapa es. Tiene el pelo negro suelto y rizado, con un toque dorado en las puntas. Y lleva una mezcla de joyas doradas, además de su piercing del septum. No la he visto llevarlo desde que llegó a Jax. «Te he echado de menos, preciosa» me gustaría decirle a ese anillo de metal retorcido.

En realidad, nunca me han gustado los piercings en la cara, pero por el de ella estoy dispuesto a arrodillarme. Mi polla tiembla de desesperación. Estoy a tope con lo de la victoria y esta noche necesito un maldito alivio. Y sé que ella sabe exactamente lo que me está haciendo. Me está dejando sin aliento, está esperando a que explote.

Bueno, tic, tic, bum, nena.

Unos cuantos chicos sueltan silbidos lobunos y aplauden. Solo entonces vuelvo a centrar la vista y veo que no está sola. Poppy St. James camina a su lado como si fuera un aperitivo a tamaño real envuelto en un vestido azul. Quiero decir que también está preciosa. Bueno, o lo que sea. Me da igual. Solo me importa Seattle. Si alguno de los chicos la mira esta noche, aunque sea de soslayo, a lo mejor tengo que romper unos cuantos dientes. Ya estoy a su lado antes de que me dé cuenta de que me he movido.

—Eh, Compton —saluda con esos labios pintados de rojo. Quiero que ese color me manche la polla esta noche—. Tienes buen aspecto —añade.

Por supuesto que tengo buen aspecto. Soy un tío en lo más alto de su condición física con unos pantalones de Armani. Pero no me importa lo que tenga que ver conmigo. Esta noche no salgo para tirarme a lo que sea. Esta noche voy a por mi chica. La única chica. Salgo porque si esta noche tengo que respirar, quiero que sea el aire de Rachel.

Le ofrezco la mano y me la toma, mientras se cambia el bolso a la otra. En realidad, estoy luchando con la urgencia de pedirle sujetárselo. Dios, estoy coladísimo por esta tía.

Novy está justo detrás de mí, ofreciéndole el brazo a Poppy. El grupo sale por las puertas hacia los tres ubers que nos esperan, y nos montamos. Casi empujo a Langley para que se aparte porque quiero ser el siguiente que entre en la furgoneta después de Rachel. Soy demasiado grande como para que quepa una tercera persona en esta fila de asientos, así que los tenemos para nosotros solos. Poppy y Novy se ponen en los asientos de en medio y Langley, en el asiento del copiloto. Nuestra furgoneta arranca y Langley empieza a poner música.

Siento que todo se mueve a cámara lenta. Rachel está a mi lado, el aroma de su perfume se burla de mí. Nuestras piernas se tocan de la cadera a la rodilla cuando se inclina hacia delante, se ríe y le dice algo a Poppy por encima de la música.

Toda su espalda queda al descubierto para mí. Tiene ese tatuaje en el hombro de tres líneas de coordenadas. Nunca le pregunté de qué eran. Supongo que son sus padres y su hermano. Como son mellizos, también serían las suyas.

Tiene otro debajo de las costillas que desaparece por el borde de la prenda. No puedo verlo, pero sé que está ahí. Dejo caer la mano del respaldo del asiento hasta que le acaricio la espalda con la punta de los dedos. Las costillas se le estremecen un poco, pero no deja de hablar con Poppy.

Sonrío. Sí, me desea. Ahora está inclinada con su brazo en mi pierna. Para cualquier otra persona, solo está inclinada hacia delante para hablar con su amiga. Pero yo sé lo que está haciendo.

Está muy oscuro dentro de este vehículo y los asientos están en medio. Poppy no puede ver nada de nada y Novy está hablando por teléfono. Dejo que mi mano serpentee un poco más por su espalda hasta que le acaricio el borde de la parte superior con la punta de los dedos. Con un leve movimiento, me meto por debajo del dobladillo y acaricio con los dedos la curva exterior de su pecho.

Me muevo en el asiento, mi polla grita, y entonces dejo que mi mano se deslice del todo y le cubra el pecho por completo. Joder, me encanta sentir su pecho. Tan pesado y lleno. Quiero arrancarle el top ahora mismo y succionar sus pezones rosados. Quiero lamerlos con la lengua hasta hacerla gemir, pellizcarlos con los dientes hasta que ella me meta los dedos por el pelo y tire de él.

Dejo que el dedo pulgar y el corazón suban, pellizco el pezón duro hasta que Rachel me aprieta el brazo con el suyo y me clava el codo en el cuádriceps. Con una sonrisa, me aparto y dejo que mi mano salga de su top y vuelva a su lado justo cuando el conductor aparca en la puerta de la discoteca.

La puerta se desliza y Langley, Novy y Poppy salen.

—¿Vas a bajar del coche, Compton? —pregunta Rachel con esa voz tan seductora—. ¿O primero necesitas un minuto?

Le aguanto la mirada. La química que tenemos es de otro mundo.

—¿Te gusta saber que tengo la polla dura por ti, nena?

Traga saliva y el labio inferior se le mete un poco hacia dentro cuando se lo muerde.

Me inclino hacia delante, le aparto el pelo del hombro con una caricia y le susurro al oído:

—Dime que ahora mismo no estás húmeda por mí y saldré.

Vuelve a estremecerse y hace que me tiemble la polla.

—Jake...

—Miénteme —gruño.

Se retrepa en el asiento mientras me mantiene la mirada.

—No estoy húmeda por ti.

Entonces, esta bruja tramposa casi hace que me explote la polla cuando me coge la mano y se la pone entre las piernas, encerrándola entre sus muslos. Ay, maldita sea, puedo sentir su calor. Lo irradia.

—No me derrito por ti, Jake Compton —murmura mientras me sostiene la mirada—. Ardo.

Con esas palabras, se desliza por mis rodillas y sale del vehículo como un rayo.

Oh, nena, la caza ha comenzado.

Capítulo 27
Rachel

Esta discoteca está abarrotada. Es moderna y elegante, con una planta principal para bailar y unos cuantos reservados. La planta superior tiene forma de U y alberga todas las zonas VIP. En un escenario que se encuentra al frente hay un DJ pinchando temas mientras gente en una serie de cajas baila. Su silueta se ve en una cortina, como si fuera algo sacado de *Moulin Rouge*.

La música dance no es mi favorita, pero la energía es genial y me apetece moverme. En cuanto pedimos algo de beber, la mayoría de los Rays sube a la zona VIP. Pero entrelazo mis dedos con los de Jake y lo arrastro a la pista de baile. Ni siquiera sé si le gusta bailar, pero es imposible que no me siga.

Odio mantenerlo a distancia todo el rato. Aunque no es que se le dé demasiado bien mantenerse alejado. La mayoría de los tíos interpretaría que el silencio de una tía es desinterés, pero creo que a Jake esto lo pone cachondo. Me escribe todo el día, todos los días, y a veces me llama. También es astuto. Por lo general suele incluir ofertas para ir a tomar algo de comer o deja claro que también habrá más gente. Y, eh, las chicas tienen que comer.

Si no bajamos el ritmo, se van a pispar de que somos algo más que compañeros de trabajo. Pero ya me preocuparé de eso mañana. Esta noche, solo quiero bailar. Le doy un trago a mi mojito y tiro de él. La música suena y la energía es atávica, mientras Jake y yo nos balanceamos por el borde de la pista de baile. Tiene la mano en mi cadera, sus dedos se deslizan con facilidad por el borde de la tela.

Nos metemos en la esquina oscura bajo el saliente del balcón superior y me coloca una mano en la cintura mientras que con la otra sujeta la cerveza. Me atrae hacia él y mi culo rebota contra su cadera. Sigue estando durísimo, tiene la polla hacia arriba, metida por el cinturón de sus pantalones de color carbón. Parece un sueño, con esa camisa blanca de manga corta con el primer botón del cuello desabrochado. La camisa se ajusta perfectamente a sus músculos, dándole forma a esos bíceps que quiero lamer.

«Contrólate, tía».

Sigue teniendo su mano en mi cadera cuando empezamos a balancearnos con la presión de otros cuerpos humanos. Mantengo el mío pegado contra su dureza mientras bailamos. Levanto el brazo para envolverlo alrededor de su cuello. Con los dedos recorre la piel de mis costados mientras me balancea al ritmo de la música. Prácticamente, estamos follando con la ropa puesta.

He mentido como una bellaca en el coche. Si me mete la mano en las bragas, sentirá lo húmeda que estoy por él. Estoy luchando contra las ganas de arrastrarlo al baño. Quiero que se ponga de rodillas. Quiero que se ahogue en mi coño y quiero gritar su nombre mientras me corro.

Ni siquiera sería una pregunta. Si lo digo, diría que sí. Demonios, probablemente me cargaría al hombro como un hombre de las cavernas y usaría sus habilidades de defensa para apartar a la gente de su camino. Sonrío para mí misma al imaginarlo.

Dios, daría lo que fuera por que jugara conmigo un poquito con el uniforme puesto. Nunca he visto el espectáculo que supone que los chicos se pongan todo el equipo. Tengo curiosidad por saber cómo funcionan todas las piezas... cómo se quitan...

—¡Oye, Compton!

Jadeo y me aparto de mis pensamientos calenturientos cuando veo a Langley abrirse paso a codazos hacia nosotros.

Jake está tenso, su brazo sigue en mi cintura.

—¿Qué?

—Alerta Aspen —grita Langley señalando hacia el extremo más alejado del balcón.

Jake pasa de estar cachondo a estar cabreado en un suspiro.

—¿Qué? —ladra mientras se da la vuelta. Entorna los ojos mientras mira por encima de las estrambóticas luces moradas y azules de la pista de baile.

Yo también me vuelvo.

—¿Qué está pasando?

—Oh, joder, no. ¡Esto no está pasando, joder!

—Lo ha arrinconado, tío. Ha ido directo hacia él —dice Langley—. Tenía que saber que estaba aquí. Ha sido una táctica de fan loca total.

—¿De qué está hablando? —grito intentando ver a través de las luces parpadeantes.

—Súcubos a la vista —me grita Langley al oído.

—A las dos en punto —añade Jake—. Reservado de los Rays. La rubia que está hablando con Caleb.

Y entonces la veo. Alta y de piernas largas, embutida en un vestido negro ajustado con brillos. Lleva una cola de caballo larga y lisa. Cuando los miro, se la echa por encima del hombro y sonríe mientras habla con Caleb. Tiemblo por dentro porque mi primera emoción son los celos. Aquí estoy, prácticamente montándomelo con Jake por encima de la ropa y ¿me siento territorial cuando otra mujer se atreve a hablar con Caleb?

—¿Quién es? —le pregunto.

—La ex tóxica de Caleb —responde Jake—. Venga. Tengo que salvarle el culo.

Entrelaza nuestros dedos y tira de mí para sacarme de la pista de baile. Sigue a Langley por el lateral de la planta principal, directo a las escaleras. El segurata comprueba nuestros sellos y nos deja pasar.

En las escaleras hay menos ruido, así que aprovecho para preguntar:

—¿Qué está pasando?

—La fan loca de las tetazas que está hablando con Caleb es Aspen Albright —responde Jake—. Estuvieron saliendo como un año en la universidad. Era su novia cuando los dos nos graduamos y nos mudamos a Pittsburgh para empezar a entrenar con los Penguins. Él se rompió la rodilla en el primer partido y ella no esperó ni dos semanas para subirse a la polla de otro jugador.

—Es una zorra, tío —dice Langley—. Solo ven un coto de caza.

—¿Ella lo dejó a él? —le pregunto.

—Sí, mientras aún estaba en el puto hospital —responde Jake.

Cuando llegamos a lo alto de las escaleras, puedo ver mejor la zona VIP de los Rays. Caleb ya no está de pie. Está sentado en un sillón con un vaso entre las manos de lo que parece vodka con tónica. Pero en las últimas semanas he descubierto que no bebe.

La Barbie Zorra está de pie delante de él, parloteando con las manos, riéndose y sonriendo como si fuera la ganadora de un concurso de belleza. He conocido a grupis y cazafamosos suficientes para saber exactamente lo que está haciendo. No quiere a Caleb. Solo lo está usando. Está de pie delante de él para lucirse. Para quien se está pavoneando de verdad es para la mesa que está detrás de él. La mesa de los Ray. Veo a Morrow, a Novy y a Karlsson. Incluso J-Lo y Sully están ahí. Los dos están casados, pero estoy segura de que no es una chica picajosa.

—¿Cómo narices ha acabado aquí arriba? —gruñe Jake. Está inclinado hacia delante, dispuesto a lanzarla por la barandilla del balcón.

Lo agarro del brazo.

—Oye... espera... —La mente me da vueltas a toda velocidad con una idea y sonrío despacio.

Vuelve a girarse y me mira.

—¿Qué?

—Deja que yo me encargue de ella —digo.

Llevo un mes esperando tener una oportunidad para enmendar el desequilibrio cósmico de proporciones épicas que hay entre Caleb y yo. Esta parece la oportunidad perfecta. Es pan comido, en realidad. Puedo deshacerme de las grupis con los ojos cerrados.

—¿Qué vas a hacer? —dice Jake levantando una ceja.

Le doy un trago a mi mojito.

—Una sencilla extracción de zorra. —Suelto la copa—. Langley, sujétame el mojito.

—Oh, mierda —dice, pero coge la copa con una amplia sonrisa de niño—. Esto no me lo pierdo por nada del mundo.

En los ojos de Jake destella tal mirada de hambre que juraría que a lo mejor me he quedado embarazada. Sí, creo que le ha gustado que dé la cara por su mejor amigo.

—Mirad y aprended, chicos —digo y voy allá.

—No les hagas daño, doctora —grita Langley a mi espalda.

Conforme me acerco, la Barbie Zorra se inclina y acaricia el hombro de Caleb. Lo veo estremecerse, tiene una mueca tensa en la cara. Está tan incómodo que me duele el corazón. Está claro que quiere que esta tía lo deje en paz.

Entra Rachel.

Capítulo 28
Caleb

La maldita Aspen Albright. Por si esta noche no podía empeorar. Yo ni siquiera quería salir. Estoy agotado y odio las grandes multitudes. Jake me ha obligado a venir y luego el muy cabrón me ha abandonado en cuanto Huracán ha salido contoneándose del ascensor.

Joder, el vestido que lleva hoy debería ser ilegal. A ver, supongo que se lo tapa todo. Tiene más tela que todos los armarios de la mayoría de las zorras. Y, aun sí, no deja nada a la imaginación. Su cuerpo es dinamita. No me sorprende que Jake casi se tropezara consigo mismo para ser él quien le ofreciera el brazo.

Tienen una química brutal y ni siquiera intentan esconderlo. Son como un par de imanes. Él se mueve cuando lo hace ella. Me alegro por él, si ir a por Rachel significa que superará lo de su chica de Seattle. No quiero que se quede plantado esperando a un fantasma.

Aun así, no puedo dejar de sentir que los celos me empiezan a crecer en el fondo del estómago. El tío podría haber elegido a cualquiera. ¿Por qué ha tenido que ser Huracán? Los veo en la pista de baile, casi están follando con la ropa puesta. Son hipnóticos. No puedo apartar la mirada.

No sé qué demonios me está pasando. Rachel Price está muy lejos de mi alcance. Las chicas como ella no se pillan por antiguos atletas de pro acabados y enfurruñados que tienen mal las rodillas y problemas con el alcohol. No, se puto pillan por tíos como Jake. La típica estrella del hockey en lo más alto de su carrera que se baña en dinero y en los elogios.

Una pareja poderosa, se dice así, ¿verdad?

Ya me he bebido dos vasos de agua con gas, mientras rezo para que se convierta en vodka por obra y arte de un milagro. Y entonces aparece Aspen.

No me puedo creer que perdiera un año de mi vida con ella. Jake intentó advertirme, pero yo era un crío estúpido. Estaba tan ocupado con el hockey y con ir a clase que no vi las señales... o decidí no verlas sin más. Nunca tuvimos mucho en común, siendo sincero. Era extrovertida, divertida y muy sexi. Por no hablar de que me chupaba la polla como una aspiradora. ¿Qué más querría un chico de diecinueve años?

—¿Qué estás haciendo aquí, Aspen? —mascullo, y aparto la mirada de Rachel y Jake. Mi erección se encoge como un gusano en una acera al sol ahora que Aspen me bloquea las vistas.

—No puedo creerme que estés aquí, Cay. ¿Ahora trabajas con los Rays? ¿Qué tal estás? —Habla alto que te cagas.

—Cansado.

—Eres un abuelo cascarrabias, Cay —me tienta—. Oye, ¿quieres bailar?

—No, gracias —digo y le doy vueltas al hielo de mi bebida.

Odio que use mi apodo. Ya no estamos saliendo. Ni siquiera somos amigos. No somos nada. No quiero que lo diga.

Se vuelve a echar la coleta por detrás del hombro.

—Oye, ¿por qué no me presentas a tus amigos?

Levanto la cabeza y la miro.

—No, gracias.

Antes de que pueda responder, una nueva voz hace que los dos nos giremos.

—¡Ahí estás! Dios, te he estado buscando por todas partes, amor.

Abro los ojos como platos cuando Huracán se acerca a grandes zancadas, el escote que lleva muestra un pequeño tatuaje en el esternón. Ni siquiera llego a registrar sus palabras cuando se abalanza hacia mí y casi tira a Aspen cuando se acomoda en mi regazo. Me rodea los hombros con el brazo y entonces se inclina para darme un beso en la frente con esos labios rojos como un camión de bomberos.

Detrás de nosotros, los chicos se ríen y aúllan.

—¡Di que sí, Sanny!

—¡Marchaos a un hotel!

—¡Bésala bien, Sanford!

Le abro la cintura por instinto y la sujeto en mi regazo. Apenas me doy cuenta de que este traje no tiene espalda. Estamos piel con piel y le acaricio con los dedos las costillas.

Se ríe.

—Ups. Lo siento, amor.

Mete el dedo gordo en mi vaso de agua con gas y me lo restriega por la frente para limpiarme la marca de pintalabios.

Dios.

—Eeeh... ¿tú quién eres?

Los dos levantamos la cabeza para mirar a Aspen que está ahí plantada con una mano en la cadera.

Huracán se mueve y casi me da con la teta en la cara. Siento el leve y cálido aroma floral de su perfume contra su piel y me tiene muy cerca. Mierda, se me va a poner dura si sigue así.

—¿Perdona? —dice Rachel con una de sus cejas oscuras levantada.

No, no va a parar. Es una bruja. Miro por donde ha venido y veo a Jake y a Langley ahí plantados. Langley está sujetando una cerveza y un cóctel. Sonríe como un idiota. Pero Jake está impávido, es imposible de leer.

—He preguntado que quién eres —repite Aspen mientras se le desmorona la sonrisa.

—Soy Rachel —responde Huracán extendiendo la mano—. La chica de Caleb. ¿Y tú quién coño eres?

No sé quién está más sorprendido... Aspen o yo. Me doy prisa por controlar mis emociones.

Aspen cruza los brazos por debajo de las tetas.

—Ah, ¿sí? ¿Y cómo os conocisteis...? No, espera... déjame adivinar —dice con una dulzura bobalicona—. ¿Eras su enfermera? ¿O quizás su fisioterapeuta?

Sin vacilar ni un segundo, Rachel se ríe y se pasa el pelo negro por encima del hombro, imitando el movimiento de Aspen.

—En realidad soy médica. Medicina deportiva. Pero Caleb nunca ha sido mi paciente. Bueno, salvo cuando a veces nos apetece hacer algún jueguecito de rol. ¿Verdad, Naricita? —dice mientras me restriega la nariz contra la mía con una risilla seductora—. Pero las revisiones que nos hacemos el uno al otro son muy poco éticas, sin duda —añade guiñándole un ojo a Aspen—. A ver, tampoco es que me queje. Al chaval se le da genial usar las manos —dice fingiendo un susurro.

Entonces mi alma se marcha de mi cuerpo mientras ella se contonea en mi regazo, como si me cabalgara con el culo pegado a mi entrepierna. Me coge las manos por las muñecas, me las coloca en sus caderas y entrelaza sus dedos con los míos.

Como estamos sentados ahora, no me costaría nada acariciarle con los labios el hombro descubierto. Siento el modo en que se tensa y no es por la duda. Dios, ¿qué coño me está haciendo? Muevo el brazo para acercarla un poco más, hasta que toda su espalda está pegada a mi torso.

Aspen resopla.

—Por favor, puedes dejar de actuar, guapa. Sé que no eres su novia.

Rachel entorna los ojos, me acaricia ligeramente con los dedos el brazo tatuado.

—Ah, ¿sí? ¿Y cómo lo sabes?

Aspen aprieta los labios.

—Porque conozco a Cay. Hace años que somos amigos.

Falso. Salíamos sin ir muy en serio hasta que me rompí la rodilla. Se folló a mi compañero de equipo antes de que firmara los papeles del alta del hospital.

—Y lo sigo en todas sus redes sociales —añade.

Eso es nuevo para mí. La bloqueé hace años. Además, nunca uso las redes sociales.

—Lo sabría si estuviera saliendo con una doctora misteriosa. —Me mira achinando los ojos—. En realidad, ¿de quién es novia, Cay? ¿De Compton? ¿De Novy? Es muy amable por su parte que te la dejen para que no parezcas un pringado delante de tu ex. Pero en realidad, cariño, eso ya lo entendí hace mucho tiempo.

Rachel se queda quieta en mi regazo. Cualquiera pensaría que se acaba de convertir en piedra, pero yo sé la verdad. Huracán acaba de entrar en modo cobra y está a punto de atacar. Siento que sus manos se tensan en mis brazos, aunque no deja que la sonrisa se le borre de la cara.

—¿Cómo decías que te llamabas? ¿Aspersor?

—Aspen...

—Bueno, lo que sea. —Hace un gesto con la mano—. Mira, corazón, esto es patético, ¿vale? Todos sabemos que has hecho algo más que restregarle la mano al segurata para poder subir esas escaleras contoneándote para volver a saludar a tu rollo de la universidad.

Aspen gruñe.

—Mira, zorra, tú no me conoces...

—Sí que te conozco, Alfalfa. He conocido a chicas como tú toda mi vida. Caleb se rompió la rodilla y lo tiraste a la basura. Pero bueno, por suerte para él, llevarse la hostia contigo fue lo mejor que podría haberle pasado. Porque ahora me tiene a mí.

Se inclina hacia delante, lo que hace que su culo se apriete más contra mi entrepierna.

—Tuviste una oportunidad con un tío genial y la echaste a perder, Asteroide. Se ha ido y no va a volver. Estás tan lejos de este radar ahora que muy bien podrías estar perdida en el espacio. Y que tampoco se te ocurra ni por un segundo que va a desperdiciar saliva presentándote a cualquiera de los chicos tan geniales que tenemos detrás de nosotros —añade—. ¿Quieres un consejo? Ve a darle vueltas a otra zona VIP. Esta es privada. Solo para Rays.

A Aspen se le han puesto rosas las mejillas, los ojos le brillan de la rabia.

—¡Eres una zorra asquerosa!

Huracán se ríe sin más, sigue pasándome las manos por los brazos.

—Sí, sí que lo soy. Y estoy muy satisfecha. ¿Verdad, Naricita? —Se gira en mi regazo y me da un beso en la punta de la nariz.

—Controla a tu chica, Cay —dice Aspen—. ¡Necesita un bozal y una correa!

Siento el pecho más ligero, respondo acariciándole el pelo a Rachel y me río contra la cálida piel de su hombro.

—Eso no es mala idea. Te quedaría genial una correa, Huracán. Algo con pinchos.

Me lanza una sonrisa pícara.

—Ay, papi, no me tientes.

—Dios, ¡sois los dos unos psicópatas! —grita Aspen y se marcha a grandes pasos con sus tacones de medio kilómetro.

—¡Adiós, Aguacate! —Le dice Rachel a su espalda, despidiéndose con la mano como si fuera una zorra total.

Los chicos que están a nuestra espalda tardan dos coma siete segundos en estallar en carcajadas. Silban y jalean golpeando la mesa con los puños.

Unos cuantos gritan y le dicen adiós a Aspen con la mano.

—¡Hasta luego, Alcachofa!

—¡Adiós, Asteroide!

—¡No se permiten zorras!

Langley viene corriendo, salpica con la bebida de Rachel cuando se la devuelve.

—Joder. Ha sido la pelea más encarnizada que he visto en mi vida. Era como el ataque de un tiburón en un documental, pero con tacones y sacudiéndose el pelo...

—¡La has destruido! —se burla Novy.

—Nos arrodillamos ante el maestro —dice Morrow haciendo un falso amago.

Novy le da un codazo.

—Es maestra, gilipollas.

Intercambian un par de puñetazos más mientras Gerard los rodea.

—Sanford, si no te casas con ella lo haré yo —le dice dándole unas palmaditas en el hombro.

Sully le da un golpe en el pecho.

—J-Lo, tío. Tú ya estás casado.

—¿Verdad? A eso me refería. Así de en serio voy —responde Gerard con ese acento francocanadiense y los ojos llenos de inocencia mientras se encoge de hombros.

Los chicos vuelven a sentarse y le hacen gestos a una camarera para la cuenta, entonces Rachel se inclina.

—Siento el numerito —murmura por encima de la música—. Jake creía que teníamos que salvarte.

Miro de repente a mi izquierda y veo que Jake sigue ahí de pie, apoyado contra un murete bajo que rodea nuestro reservado VIP. Tiene los brazos cruzados y nos mira sin más.

Ella sigue en mi regazo. Me gusta sentirla entre mis brazos. Me gusta su olor. Me gusta el modo en que me toca, el modo en que me ha defendido. Sin duda, Jake y ella tienen una química magnética. Pero ella y yo tenemos... algo. No sé qué es, pero es algo más que nada.

Antes de que pueda darle más vueltas, Jake viene hacia nosotros. Su mirada sigue siendo indescifrable.

—¿Quieres bailar?

Le ofrece una mano a Rachel. Es un movimiento muy cabrón. Me la está quitando, la está haciendo elegir delante de mí.

Sabía que estaban tonteando, pero siento que esto es diferente. Esto es territorial. Tío, lo tienes crudo. El idiota se ha puto pillado por la médica del equipo y ni siquiera ha pasado un mes. ¿Qué narices está haciendo? ¿Primero la chica de Seattle y ahora Huracán?

Rachel vuelve a mirarme con la duda dibujada en el rostro. Ahí también hay una pregunta. Sigo inmóvil, sin ofrecer nada.

Te toca a ti, Huracán.

La devastación se acerca de un modo u otro.

Toma la mano de Jake, deja que la levante de mi regazo y suelto el aire. Me parece justo. Él es la mejor opción. Qué narices, yo también lo elegiría a él. La estrella buenorra de la NHL. Rico, guapo, brillando en el centro de atención. Yo solo soy el tío cojo que le cambia las cuchillas.

Pero entonces Rachel me deja con el culo torcido porque enseguida se vuelve hacia mí y me ofrece la mano.

—Ven, Naricita —dice con una sonrisa—. Ven a bailar con nosotros.

Mi mirada vuela a Jake. Está tan sorprendido como yo. Baja la mirada hacia mí, sus emociones se están agitando. Siempre ha sido muy fácil de leer. Siempre lo lleva todo escrito en la cara. Frustración, hambre, celos, necesidad. Lo veo todo.

Poco a poco, los hombros se le relajan y suelta una risa.

—Naricita..., esas son las mierdas que se acaban quedando.

Rachel también se ríe. Aparto la mano de mi rodilla, ella tira de mí y hace que me ponga de pie. Con una mano en el hombro de Jake y la otra entrelazada en la mía, Rachel le grita a Novy:

—¡Oye! ¡Vigila a Poppy! ¡Que empieza a ser Shirley Temple a medianoche!

Novy asiente con la cabeza, ya tiene los ojos de halcón clavados en la jefa de redes sociales, que se está desmelando en la pista de baile.

Jake encabeza la marcha hacia las escaleras y Rachel me arrastra con ellos. El corazón me va a mil por hora. No tengo ni idea de qué coño estoy haciendo. Yo no bailo. Sobre todo, no bailo con el puto Jake Compton. Puede que sea queer, pero lo mío es en plan mamadas en el baño. Queer en plan estar colgado en secreto de tu mejor amigo, pero sin admitirlo nunca.

Pero Huracán me ha dado la mano y ni por todo el oro del mundo la voy a soltar.

—¡Mueve el esqueleto, Sanford! —grita Morrow por detrás de nosotros.

—¡Diviértete, Naricita! —añade Langley.

Los demás se ríen.

Y no pasa nada. Esta noche les daré algo para que se rían. Pero juro por todos mis muertos que el primero que me llame Naricita mañana, va a perder la maleta en todos los vuelos durante el resto de la temporada.

Capítulo 29
Rachel

¿Qué narices estoy haciendo? Tengo la mano en el hombro de Jake mientras nos conduce por las escaleras y tiro de Caleb detrás de nosotros. ¿Voy en serio con lo de ser el jamón en un sándwich de jugadores de hockey?

Los dos están guapísimos esta noche. Puede que Caleb ya no juegue, pero, madre mía, sigue en forma. Jake es mi ángel vestido con camisa blanca y pantalones negros, mientras que Caleb es mi diablo vestido de negro con un polo ajustado y unos pantalones que le marcan todo.

Jake dobla la esquina, me quita la mano que le he puesto en el hombro y tira de mí por las oscuras escaleras. Ni siquiera ha bajado cuatro escalones cuando se da la vuelta. Apenas me da tiempo a respirar cuando ya lo tengo envolviéndome la cara con las manos y el beso que me da me deja sin sentido. Nos separan dos escalones, así que prácticamente estoy a la altura de su cara. Le pongo las manos en los hombros y me agarro con fuerza mientras él me gira y sube un escalón para apretarme contra la pared.

Suspiro contra sus labios enfebrecidos, los persigo con desenfreno mientras él me desliza las manos por la mandíbula y entre el pelo. Aprieta las caderas contra mí. Lo siento. Todo él. Su necesidad, su hambre, el poder que mantiene a raya. Quiere liberarse conmigo. He estado toda la noche tentándolo. Esto lleva forjándose desde hace semanas. Este es Jake al borde de su límite.

Rompo el beso para coger aire. Parece que la cara le brilla con tonos violetas por culpa de las luces de la pista de baile que se encuentra por debajo de nosotros y que se reflejan por la línea de su mandíbula. Tiene los labios húmedos de mis besos.

Su mirada vuela a la derecha y yo también me vuelvo. Caleb está ahí, a unos pocos centímetros. Nos ha visto besarnos. Su expresión es imposible de descifrar.

Siento que el cuerpo me vibra como si estuviera borracha, pero solo me he tomado medio mojito. Es por ellos. Por su fuerza, por su presencia. Me consumen. Incluso cuando Caleb ha sido un gilipollas gruñón, me he sentido atraída hacia él. En el ring de práctica, siempre lo estoy buscando, esperando que me dedique ese gesto de tío guay que hace con la cabeza y que significa aceptación. Es impecable en su trabajo: organizado y eficiente. Cualquiera pensaría que afilar cuchillas y arreglar palos rotos no es muy atractivo, pero todo lo que hace Caleb lo es.

Quiero sacarlo de quicio. Quiero zarandearlo. Quiero ser su Huracán. Lo agarro por el polo y tiro de él para que baje un escalón. Al mismo tiempo, yo subo otro. No va a ser él quien dé el primer paso. Tengo que darlo yo. Sea lo que sea está energía que hay entre nosotros, entre nosotros tres, dejo que me arrastre.

Nuestros labios colisionan y él abre la boca con un leve gemido. La música resuena mientras nosotros seguimos en la oscuridad, vertiendo nuestra necesidad reprimida el uno en el otro. Me envuelve la cintura con su brazo tatuado, me envuelve la cara y me echa hacia atrás con la fuerza de su beso ansioso.

Los besos de Jake son como lava fundida, me derriten de dentro hacia fuera. La pasión que siento por él es abrasadora e incontrolable. Pero besar a Caleb es electrizante. La piel me chisporrotea de energía cuando me tienta con su lengua, que se mueve rápido y me posee antes de morderme el labio.

Jadeo, me aparto y me llevo una mano temblorosa a los labios; mientras me los acaricio, llevo la mirada de Caleb a

Jake. Están de pie, hombro con hombro, encajonándome; Jake está dos escalones por debajo.

Parece que los dos van a comerme viva. Si Jake está enfadado conmigo por besar a Caleb, no deja que se le note. De hecho, lo único que siento es que está cachondo.

Que le den. Venga, me lanzo de cabeza. Lo agarro por la camisa blanca abrochada hasta abajo, tengo a cada uno en una mano, como si los reclamara. Mi ángel y mi diablo. A ver qué tal se les da compartir. Tiro de él hacia delante con una sonrisa y abro los labios para darle otro beso fiero. Jake me agarra por el pelo, cierra el puño con tanta fuerza que me estremezco. El punzante dolor me va directo al centro. Gruño como si fuera una criatura desesperada y me derrito contra él.

Pero entonces doy un tironcito de mi diablo. ¿Estará dispuesto a jugar? No hemos hablado de esto. Siempre puede marcharse...

Bum.

Los fuegos artificiales estallan en mi pecho cuando se aprieta contra mí, me aparta el pelo del hombro y hunde la boca en mi cuello. Me arqueo contra él y me pongo de puntillas cuando los dos se aprietan contra mi cuerpo. El calor de la boca de Caleb contra mi pulso va directo a mi clítoris y ahora vibro de necesidad. Quiero esto. Los quiero a los dos.

Rompo el beso con Jake. Meto los dedos entre el pelo de Caleb, lo aparto de mí y entierro mi lengua en su boca con los labios todavía húmedos de los besos de Jake. Él responde y su mano se desliza por la cinturilla de mi mono sin espalda para agarrarme una nalga.

—Dios —jadeo cuando me separo para coger aire.

—Ay, madre mía...

—¡Eh!

Los tres nos tensamos y volvemos la cabeza hacia el pie de las escaleras.

—Arriba o abajo, tortolitos —ladra el segurata. Está abajo, de pie, custodiando el cordón de terciopelo que indica que las escaleras son privadas.

Ay, madre, habría sido muy fácil que alguien nos hubiera visto desde el cordón si hubiera levantado la cabeza. Entonces nos habrían visto. Por lo menos está oscuro. Pero las cámaras de los móviles tienen flash. Jake se ha puesto en modo protector, ha bajado un escalón para impedir que el segurata me vea.

—Joder —masculla Caleb.

Jake me coge de la mano.

—Vamos.

Me arrastra tras él y entrelazo los dedos de la otra mano en los de Caleb. Pasamos por al lado del segurata y llegamos a la pista de baile. Los martillazos de los bajos de la música me recorren entera, me sacuden los huesos mientras las luces estroboscópicas se apagan. Destellos de rosa, azul y verde me ciegan.

Los chicos me encajonan, se me pegan bien por delante y por detrás mientras Jake encabeza la marcha por la pista de baile. Con lo grande que es, puedo esconderme tras él y moverme entre la multitud sin levantar la cabeza. Si alguien nos hace una foto ahora, solo conseguirán una toma de mi cortina de pelo oscuro.

Jake nos conduce por un pasillo oscuro que lleva a los baños. Hay varias chicas apoyadas contra la pared esperando para entrar. Aparto la cara para que no me vean mientras avanzo con mis tacones por la oscuridad. Jake agarra el pomo de una puerta en la que pone «Solo empleados» y lo gira. La puerta se abre hacia dentro y revela un almacén abarrotado: sillas apiladas, una estantería llena de productos de limpieza y cajas de cerveza y licor amontonadas en una torre un tanto achispada que llega hasta el techo.

—Entrad —gruñe.

Apenas he dado un paso dentro cuando llego a la estantería y me giro mientras él cierra la puerta. El efecto es instantáneo, la música queda amortiguada hasta convertirse en un rugido sordo en lugar de un asalto a todos los sentidos. Se apoya contra la puerta y cierra el pestillo con un clic. Caleb está entre nosotros, los ojos le arden de deseo.

—¿Qué es esto? —pregunta Jake.

—No lo sé —admito.

Sigo sintiendo que el calor me recorre todo el cuerpo por culpa de la emoción de haber estado entre sus brazos. Dios, al parecer es suficiente con que estos dos hombres respiren cerca de mí para que yo me olvide de todo. Nuestros trabajos. Los contratos que hemos firmado. Mis aspiraciones como médica. Su reputación.

Puede que alguien nos haya hecho una foto a Jake y a mí cuando estábamos bailando hace un rato. Pero, claro, eso podemos pasarlo por alto. Poppy lo esquivará sin problemas. Dos compañeros de trabajo soltándose la melena, divirtiéndose, celebrando una victoria. Pero ¿los tres metiéndonos la lengua hasta la campanilla en una escalera?

—Rachel..., ¿qué quieres que pase aquí? —insiste Jake—. ¿Me deseas?

Sus palabras interrumpen el torrente de mis pensamientos. Hasta el último centímetro de mi cuerpo se ablanda ante la mirada que me lanza. Ay, mi dulce Chico Misterioso, siempre dudando de sí mismo.

—Jake, sí —respondo y me acerco a él.

Le envuelvo el rostro con las manos y me pongo de puntillas para besarlo una vez, dos.

—Te deseo —murmuro contra sus labios—. Te deseo. Sé que sí.

Él me sujeta por los codos.

—Pero también lo deseas a él..., ¿verdad?

No parece ni enfadado ni dolido. Solo necesita saberlo.

Madre mía, ¿será posible? ¿Ya han hecho algo así antes? No me había parecido que Jake fuera de los que comparten. Caleb es impredecible, siempre resulta complicado leerlo. Está ahí de pie vestido de negro, con esos ojos oscuros ardiendo como dos ascuas mientras espera que yo decida su destino. Lo que tenemos es nuevo y sin duda es muy diferente a la conexión que tengo con Jake.

Me giro entre los brazos de Jake y levanto la vista hacia su mejor amigo. Esta es una de esas situaciones que es mejor encarar directamente. Tengo el corazón en la garganta cuando separo los labios y digo cuatro palabritas.

—¿Y tú me deseas?

Capítulo 30
Rachel

Caleb me sostiene la mirada, no a su mejor amigo.

—Sí.

Jake me acaricia los costados y las caderas. Tira de mí hacia él y se inclina para besarme el hombro.

—Dinos qué quieres, nena. ¿Qué pasa ahora?

Sigo teniendo los ojos clavados en Caleb. Nos está observando juntos, estudiando el modo en que las manos de Jake me recorren. Su hambre hace que me desespere. Siento un escalofrío en la nuca cuando me doy cuenta de lo que sucede.

—Os deseo a los dos —admito—. Quiero teneros a los dos al mismo tiempo.

—Sabes que yo estoy limpio —dice Jake.

Mete la mano por debajo de la tela elástica de mi blusa para envolverme el pecho. Lo sopesa, me besa el cuello y me toquetea el pezón hasta que me arqueo contra él. Se detiene, su mano sigue en mi teta y mira a su mejor amigo por encima de mi hombro.

—¿Cay? ¿Tú estás limpio?

Caleb asiente con un breve gesto de la cabeza.

—¿Te has roto? —se burla Jake.

Caleb sacude la cabeza.

—No.

Resopla y se ríe.

—Bueno, yo no voy a salir de este cuarto hasta que no se corra. Así que acércate y ayúdame o largo.

Como si quisiera demostrar que está dispuesto a compartir, tira de la tela de mi blusa, lo suficiente para enseñarle a su mejor amigo mis tetas.

—Mierda —masculla Caleb.

Cubre los pocos pasos que nos separan y estrella la boca contra la mía, me aprieta contra Jake, que ya está apoyado contra la puerta.

Jadeo ante el beso de Caleb y arqueo la espada cuando me envuelve los pechos con las manos.

Jake me desliza los dedos por la nuca, por debajo del pelo, mientras juguetea con el nudo de la blusa. Los deshace y dos trozos de tela triangular caen y cuelgan por mi cintura, dejándome con el torso al descubierto. Caleb rompe nuestro beso y su boca dibuja un camino desde el cuello y el escote hasta el pecho. Succiona y mordisquea, cosa que me vuelve loca.

La mano de Jake se desliza entre los dos y se sumerge dentro de mis pantalones. Acaricia con los dedos la seda de mi ropa interior, justo por encima del clítoris.

—Joder, qué mentirosilla eres —me gruñe al oído—. Estás empapada, nena. Dinos lo que quieres. A no ser que Cay sea un pervertido, dudo que tengamos lubricante.

—No hay lubricante —masculla Caleb. Me envuelve la mejilla con las manos y pasa la mirada de mí a Jake—. Pero a lo mejor quieres ver lo que tengo entre manos antes de invitarme a jugar —admite.

Me quedo rígida con la espalda apoyada contra Jake.

—¿Qué?

Como respuesta, Caleb se desabrocha el cinturón y se baja la cremallera. Me coge la mano y la desliza dentro para dejarme sentir su polla dura. Su...

—Me cago en todo —jadeo y dibujo una sonrisa—. Joder, Caleb.

Lo acaricio de la base a la punta y gime mientras lleva una mano a mi hombro. La mía envuelve su polla. Bueno, los piercings de su polla. Los cuatro. Paso el pulgar por las cuatro barras de metal rígido con bolitas en cada extremo.

—¿Qué pasa? —quiere saber Jake, está claro que está preocupado—. ¿Has tenido un accidente o algo, tío?

Resoplo, la sonrisa cada vez se me ensancha más.

—Oh, no —respondo—. Está bien.

Clavo los ojos en Caleb mientras le doy otra embestida y le acaricio la punta con el pulgar. Se retuerce entre mi mano. Lo quiero en mi boca.

—Vas a tener que esforzarte mucho más para asustar a un Huracán.

—Bueno, yo sí que estoy asustado —dice Jake.

La sonrisa de Caleb es un reflejo de la mía cuando se inclina.

—¿Por qué no la sacas? Enséñasela a Jake.

Nunca he estado con un tío que tenga piercings en la polla. El coño se me aprieta de la excitación y los nervios. Le coloco las manos en la cadera y le bajo los pantalones unos pocos centímetros para sacar a la luz esa preciosa polla. Los piercings están perfectamente alineados.

Jake se queda rígido a mi lado.

—¿Qué estás? ... Ay... joder... —Jadea y se lleva la mano a la boca—. ¿Cuándo cojones te has hecho eso? ¿Cómo te lo has hecho? ¿Por qué te lo has hecho?

Su mirada vuela al rostro de Caleb.

—¿Quieres que responda a todo eso ahora? ¿O quieres que nos follemos a nuestra chica antes de que nos echen de aquí? —Caleb se aparta impasible.

—Bueno... las dos cosas —admite Jake—. Es decir, ¿ayuda?

Vuelvo a resoplar.

—¿Que si ayuda a qué? ¿A mantener el equilibrio? Lo dudo.

Jake entorna los ojos.

—Me refiero al sexo. ¿Hace... que el sexo sea una locura o algo así?

Casi puedo ver su competitividad burbujeando bajo la superficie. No quiere que Caleb y su maravillosa polla con piercings lo superen.

Me doy la vuelta y le rodeo el cuello con las manos.

—¿Crees que tú no me puedes dar placer, ángel? ¿Te preocupa que finja un orgasmo? ¿Que grite tu nombre mientras sueño con esa polla ribeteada?

A mi espalda, Caleb se ríe mientras me acaricia los hombros descubiertos.

Jake nos mira a los dos frunciendo el ceño.

—No.

Pero sus ojos lo delatan. Sí.

Aprieto los labios, me está costando no sonreír.

—Voy a decirte una cosa, ángel —digo lanzándole a Caleb una mirada pervertida por encima del hombro—. Caleb va a dar un paso atrás con su bonita polla en la mano y nos va a mirar. Enséñale lo bien que me haces sentir. —Le paso las manos por el cuello hasta la cintura de los pantalones—. Él no me va a tocar hasta que tú no te hartes.

Detrás de mí, Caleb casi está gruñendo y se acerca.

Ahora es Jake el que sonríe.

—Ay, nena, no tienes ni idea de lo que acabas de empezar.

Paso la mirada del uno al otro.

—¿Qué?

—A Cay le gusta mirar —responde—. Le gusta mangonearme... o al menos le gustaba en la universidad. Hace mucho tiempo que no hemos tonteado con una chica.

Me giro entre los brazos de Jake, agarro el polo de Caleb y lo acerco más. Esa sensación que tengo en la nuca parpadea como la llama de una vela.

—¿Es eso cierto? ¿Quieres ver cómo me monta? ¿Quieres ver cómo me folla la boca?

—Sí.

Sonrío y lo empujo por los hombros hasta que recula.

—Dejaré que me uses. Ya me he puesto húmeda solo de pensarlo. Pero a mí también me gusta mangonear —añado. Lo aparto de nuevo hasta que golpea con la espalda la estantería, que repiquetea. Llevo las manos hasta su cinturón y lo desabrocho de un tirón.

Gruñe, todavía le sobresale la polla por la cintura de los pantalones.

—¿Qué quieres, Huracán?

—Quiero que me anheles —respondo mientras lo cojo por las muñecas.

—Hecho.

Pero sacudo la cabeza mientras chasqueo la lengua.

—No sabes lo que significa esa palabra. Aún no.

Tras decir esto, le envuelvo las muñecas con el cinturón y se las levanto por encima de la cabeza.

Me deja hacerlo y relaja los brazos para descansarlos encima de la cabeza. Es tan alto que no llego mucho más arriba.

—Ay, mierda... Nena, ¿qué estás haciendo? —dice Jake detrás de mí.

—Puede mirar, pero no puede tocar —respondo de puntillas para atarlo a la estantería.

Caleb me sonríe como una serpiente le sonreiría a un conejo y tengo que luchar contra un escalofrío de hambre. Este hombre tiene capas. Me imagino que un poquito de bondage ligero solo es el principio. No le costaría nada soltarse las manos, pero sé que no lo hará.

—Puede mangonearnos —digo mientras le bajo las manos por el pecho—. Hasta que baje las manos, haremos lo que nos diga. —Una vez establecidas las reglas, le acaricio la cadera con el pulgar y se estremece—. ¿Das tu consentimiento, Caleb?

Asiente con la cabeza.

Miro a Jake con una ceja levantada a modo de pregunta.

—¿Estás de coña? Joder, sí. Me muero de ganas.

Los ojos también le arden cuando mira a Caleb, espera la primera orden. Es un buen jugador de hockey, está acostumbrado a seguir las órdenes de su entrenador. Y está claro que le gusta jugar. Tengo la ligera sospecha de que estos dos van a ser mi ruina.

Caleb está ahí de pie, atado a la estantería con su propio cinturón, los pantalones desabrochados y bajados hasta las caderas, con la polla fuera y dura. Las luces parpadean por encima de nuestra cabeza. Esto es rudo y sucio, pero qué ganas tengo de ver lo que hace. Sus ojos oscuros echan fuego.

—Bésala. Esos labios perfectos y las tetas. Hazla gemir.

Mi centro se tensa de la excitación mientras Jake me envuelve con los brazos y hace lo que le ha dicho. La emoción de su sumisión ante Caleb me tiene a punto de correrme y eso que nadie ha empezado todavía a tocarme el clítoris.

Jake cae sobre mí y me lo dice todo con esas manos y esos labios tan ansiosos. Dios, qué bien besa. ¿Cómo he podido estar tantos meses sin esto? ¿Cómo pude alejarme de él en Seattle?

—Tócale el clítoris —ordena Caleb—. A ver lo húmeda que está.

Con un gemido ansioso, Jake desliza la mano por mis bragas, sin dejar de besarme en ningún momento. Me abre los labios del coño con sus largos dedos y se desliza entre mi humedad, tan resbaladiza y cálida, tan preparada para él. Los dos gemimos de anhelo cuando arrastra el dedo corazón hacia el clítoris y lo rodea con la punta.

—¿Está húmeda? —pregunta Caleb.

—Joder que sí —responde Jake, que rompe el beso con un jadeo entrecortado. Se aparta para observarme mientras introduce un dedo en mi interior.

—Enséñamelo —gruñe Caleb.

Me quejo por la pérdida cuando Jake lo saca. Pasa los relucientes dedos por delante de la cara de Caleb.

—Pruébalo.

Jake no duda a la hora de chuparse los dedos húmedos y suelta un gemido de satisfacción.

—Buen chico.

Ay, madre mía. Me estremezco cuando Jake hace lo propio. Esto nos está poniendo tanto a los dos que podríamos llegar al orgasmo si ninguna estimulación.

—Mírame, Huracán —ordena Caleb—. Las manos encima de mí. Mírame mientras te folla con los dedos. Jake, no pares hasta que se corra.

Jake me da la vuelta y casi me tambaleo hacia delante, coloco las manos sobre el pecho de Caleb. Jake está justo ahí, envolviéndome con su cuerpo mientras vuelve a deslizar la mano dentro de las bragas y me hace un dedo hasta que tiemblo. Con la otra mano me retuerce los pezones para tentarme. Me besa: en el cuello, en el hombro, en el lóbulo de la oreja.

Todo ello mientras me aprieta con las caderas para que sepa lo duro que está por mí.

Y Caleb observa, con esa mirada oscura tan ardiente y pesada mientras respira por la boca entreabierta. Le mantengo la mirada mientras me corro con un gemido, con los dedos de Jake en mi coño y su pulgar en mi clítoris, con su cálido aliento contra mi oreja.

—Qué chica tan buena. Me estás apretando muy fuerte.

—Joder, métesela —gruñe Caleb. Dobla los brazos y pone a prueba la sujeción del cinturón—. Necesito ver cómo te la follas. Huracán, ni te atrevas a apartar la mirada.

Sonrío. Está perdiendo el temple. Juro que voy a romper a este hombre.

Jake está detrás de mí, primero se encarga de sus pantalones y luego de los míos, el mono me cae hasta los tobillos. Estoy de pie entre los dos, todavía en la cresta de la ola por el orgasmo y solo llevo puesto el tanga y los tacones. Jake me pasa las manos por el culo, los dedos se le enroscan alrededor de la cuerda del tanga. Le da un fuerte tirón y me lo arranca de una. Extiende el brazo y se lo mete a Caleb en el bolsillo.

—Ábrete para mí, nena —murmura.

Aparto los pies mientras él presiona contra mi espalda y hace que me incline un poco. En este ángulo estoy mucho más cerca de la cara de Caleb.

—Eres preciosa —dice Jake, que extiende el brazo entre mis piernas para meterme los dedos. Sé lo que está haciendo: está usando mi flujo para lubricarse la polla. Estoy preparada para correrme otra vez. Quiero a este hombre dentro de mí. Quiero que Caleb mire.

—Dios, me vuelve loco, nena —jadea.

—Menos hablar y más hacer —gruñe Caleb con los ojos todavía clavados en mí.

—¿Quieres que yo también deje de hablar? —lo provoco—. ¿Por qué no le das algo que hacer a mi boca?

—Si no hablas de más, conseguirás exactamente lo que quieres —responde con los ojos en llamas.

—No te muevas —jadea Jake—. Joder... nena... —Tiene la mano y la polla entre mis piernas, está restregando la punta contra mi entrada, antes de que yo abra las piernas un poco más y pueda meterse.

Jadeo mientras me deslizo por su punta.

—Oh, justo ahí...

—Joder... estate quieta... —Jake saca la mano, dobla las rodillas y luego se levanta y, de repente, me empala con su polla.

Su plenitud me atraviesa y hace que me ponga de puntillas. Grito, me muerdo el labio para tragarme el sonido y le clavo las uñas a Caleb en los hombros. A mi espalda, Jake se estremece, tiene las dos manos en mis caderas y empieza a moverse mientras me balancea.

Lo siento a mi alrededor y dentro de mí, no puedo evitar contener el amasijo de emociones que se me aglutina en el pecho. Mi Chico Misterioso. Mi Jake. Ay, madre mía, es mío. Cabalgo en la espiral de mi siguiente orgasmo, siento el flujo del calor por todo mi cuerpo.

—Oh, por favor —digo una y otra vez. Estoy rogando, pero no sé para qué.

Luego Jake me pone la mano en el pelo y cierra el puño, me tira la cabeza hacia atrás y me dobla el cuello. Grito y arqueo la espalda mientras me penetra una y otra vez. Me voy a correr. No puedo aguantarlo.

—Por favor, Cay —jadea Jake a mi espalda, me golpea el culo con las caderas mientras me folla como los ángeles. Me encanta estar entre los dos. Tan solo me gustaría...

—Chúpame la polla, Huracán.

Me muero.

El segundo orgasmo me sacude mientras Jake gruñe como demostrando su aprobación. Recula mientras me baja la cabeza, pues todavía tiene las manos enredadas en mi pelo. Él también quiere esto. Quiere verme encima de Caleb. Quiere que hagamos esto juntos. Me encanta el modo en el que me domina, aunque se someta a Caleb, para doblarme hacia delante hasta que puedo envolver con mi ansiosa boca la punta de Caleb.

Agarrada a Caleb por las caderas, me llevo hasta el fondo su miembro, envolviéndolo con mi cálida boca. El metal de cada piercing repiquetea contra los dientes de arriba y me lo trago y chupo hasta que grita.

Mi coño estrangula la polla de Jake mientras se la chupo a Caleb; me encanta esta sensación de plenitud. El ácido semen de Caleb me cubre la lengua y sé que está a punto de correrse. Deslizo la mano por dentro de sus pantalones y le cojo los huevos.

—Joder... mierda...

Tira del cinturón y se liberas las manos. Luego las baja hasta mi cabeza, aunque teniendo el cinturón enrollado en una muñeca. Entierra los dedos en mi pelo y le toma el relevo a Jake. Me mete la polla hasta el fondo, la noto golpear mi garganta mientras me ahogo, pero me encanta cada segundo de esta sensación. La estantería que tiene a su espalda repiquetea cuando la golpea con las caderas. Siento las bolitas de los piercings por toda la lengua. Solo puedo imaginarme lo que sería sentirlas en mi coño.

—Oh, nena, me voy a.... —jadea Jake detrás de mí.

Todavía alrededor de la polla de Caleb, gimo a modo de aprobación para darles a los dos mi consentimiento. No vamos a parar hasta que todos nos hayamos corrido. Quiero que se derritan.

—Joder... estás tan prieta... tan perfecta, joder...

Jake me golpea con las caderas dos veces más y luego grita mientras su cálida corrida me llena.

Chupo a Caleb hasta que él también se deja llevar y su semen me llena la boca. Me lo trago mientras me aparto para coger aire. Cuando creo que nunca me voy a recuperar de este temblor de piernas, Jake desliza la mano por mí y me toca el clítoris, lo que me provoca un último temblor de placer que me estremece. Es un eco de mis otros dos orgasmos, una réplica, un desmoronamiento.

Me dejo caer hacia delante, con la frente apoyada en el abdomen de Caleb. A mi espalda, Jake sale de entre mis piernas. El vacío que siento me deja hueca y llena al mismo tiempo. Es una sensación muy extraña. Siento el sabor de Caleb en la boca y el semen de Jake entre las piernas. Me encanta. No hay nada comparado con la sensación de que dos hombres te usen a la vez.

La adrenalina me empieza a abandonar, mi sangre pasa del fuego al hielo. Me estremezco, siento que de repente me he quedado sin huesos. Es una sensación que anhelo casi tanto como el orgasmo. La de estar hueca y llena a la vez. No dura mucho. Necesito saborear cada segundo.

Caleb me levanta con cuidado entre sus brazos, me sostiene y me envuelve en un abrazo. Es una sensación extraña estar desnuda mientras ellos dos están vestidos de la cabeza a los pies. La próxima vez que lo hagamos, quiero que se desnuden los dos. Son demasiado guapos como para esconderme esa piel tan perfecta.

Jake hinca una rodilla en el suelo y empieza a subirme el mono por las piernas para taparme. Cuando llega a las caderas, me sube la cremallera.

—Vamos —murmura Caleb y me levanta hasta que me quedo sobre los pies.

Me estudia con la mirada antes de pasarme los pulgares con cuidado por debajo de los ojos. Solo puedo imaginarme las pintas que debo de tener: el pelo enredado por sus manos, el maquillaje corrido por las lágrimas de atragantarme con su polla. Pero me da igual. Me mira como si fuera su razón de ser y, en este momento, quiero serlo.

El sonido de la discoteca vuelve a oírse al otro lado de la puerta. Hasta las paredes parecen vibrar con él. Hay voces en el pasillo. Siento la pulsante música del bajo en el pecho.

La estoy perdiendo. Esa sensación de vacío.

A mi espalda, Jake me ata con cuidado la blusa y me aparta el pelo para que no se enrede con los tirantes. Siento que mi ropa es como una armadura. La realidad va tomando su lugar. Estoy sola con uno de mis jugadores y el jefe de equipo en el almacén de una discoteca abarrotada. Acabamos de follar. Los tres. Juntos. Mi decisión de mantener a Jake a raya no ha durado ni un mes.

Ay, madre mía, es que es imposible.

No puedo rechazarlos. No puedo escapar.

—Vamos, preciosa —murmura Caleb mientras vuelve a meterse el cinturón por las hebillas del pantalón.

—Te acompañaremos al hotel —añade Jake.

Cuando llevo la mirada del uno al otro, la rotunda verdad se impone. Deseo a Jake Compton. Y deseo a Caleb Sanford. Por separado. Juntos. Los deseo a los dos. Voy a contar las horas hasta que esto pueda volver a suceder.

Capítulo 31
Jake

No hemos recorrido ni un kilómetro con el uber cuando casi me da algo por la necesidad que siento de hablar.

La animada música pop coreana que está escuchando la conductora sale de los altavoces, pero, por sorprendente que pueda parecer, es una banda sonora que encaja muy bien con el caos de mis pensamientos. Por la cabeza se me están pasando todos los segundos de las dos últimas horas como si fuera uno de esos proyectores antiguos que había en los colegios. Las imágenes dan vueltas y vueltas...

—¿Qué significa esto? —suelto.

A mi lado, Rachel se queda rígida y oigo a Caleb mascullar «su puta madre». ¿Qué? ¿De verdad esperan que me monte un trío en el armario de las escobas y que luego no haga ningún comentario? ¿Es que no me conocen?

—Te aguantas, Cay. Nos hemos acostado y quiero hablar de ello.

—A lo mejor hay que esperar hasta que estemos a solas, gilipollas —masculla Caleb.

—Yo no voy a decir nada —grita la conductora desde el asiento delantero con una voz cantarina.

—¿Lo ves? Melanie no va a decir nada —añado con un gesto de la mano.

La mirada de Rachel vuela de mí a la conductora y abre la boca horrorizada.

—¿La conoces?

—¿Qué...? No... Su puto nombre está ahí. —Señalo la tarjetita plastificada de color rosa chillón que tiene pegada en el salpicadero y que dice: «Hola, soy Melanie» en cinco idiomas.

Rachel gruñe y es oficial: entro en pánico. Se arrepiente. Se va a echar atrás. Dios, ¡no puedo ganar con esta chica! Siempre damos un paso hacia delante y cinco hacia atrás.

Aunque bueno, lo de Caleb ha sido una buena sorpresa. Estaba siendo tan huraño y gilipollas desde el accidente que empezaba a preguntarme si había renunciado al romance del todo. No me sorprende que esté interesado en ella porque es su tipo al cien por cien. Y no me sorprende para nada que a ella le interese él porque, una vez más, en cierto modo es su tipo completamente...

Y ahí es cuando el corazón se me sale del pecho.

«Jake Compton, eres un puto idiota».

Voy a recordar este momento toda la vida, sentado en el asiento trasero de un uber con mi mejor amigo y el amor de mi vida mientras *So Hot* de las Wonder Girls suena en la radio. Este es el momento en que me doy cuenta de que soy yo. Yo soy el problema. No quieren hablar sobre la posibilidad de que haya más porque los dos quieren menos. Una persona menos.

Con el corazón hecho añicos, los miro. Ni siquiera me he dado cuenta de que Caleb la ha cogido de la mano. Tienen los dedos entrelazados encima de la rodilla de mi amigo.

—Vale —digo—. No pasa nada. Lo pillo.

No voy a darles el placer de verme desmoronarme en este puto uber. En cuanto vuelva a la habitación del hotel, voy a llamar a mi hermana Amy. Un tío duro puede llorarle a su hermana melliza sin miedo a que lo juzguen.

Y por la mañana hablaré con mi agente. Seguro que hay algún equipo de la liga que estará abierto a hacer un intercambio a mitad de temporada. Porque una cosa sí que tengo clara: ya fue bastante difícil marcharse de Seattle sabiendo que no volvería a ver a Rachel otra vez. Ni por todo el oro del mundo voy a vivir en la misma ciudad, jugar en el mismo equipo y tenerla siempre al alcance de la mano.

Que le den a lo de ser amigos. Lo quiero todo o nada. Si ella no quiere mi todo, tendré que ser lo bastante fuerte para vivir sin nada.

Capítulo 32
Rachel

Le lanzo una mirada punzante a Jake cuando me doy cuenta de que su comportamiento ha cambiado de repente.

—¿Qué pasa? —digo, y le coloco la mano en la rodilla. Se queda quieto.

—Jake...

—No —masculla—. Por favor... tan solo... —Me quita la mano de la rodilla y siento como si me hubiera dado un puñetazo en el bajo vientre.

—¿Qué narices te está pasando? —insisto—. Acabas de decir «no pasa nada». ¿Y eso qué significa?

—Tú no quieres esto —responde, todavía sin mirarme—. No quieres estar conmigo. Él es la opción correcta, lo pillo.

Con la boca abierta de la sorpresa, miro enseguida a Caleb, que gruñe.

—Jake, eres un puto idiota...

—Si lo vuelves a decir me bajo del coche —escupe Jake, de repente me parece que sus hombros son el doble de anchos. Se inclina por encima de mí y lo señala a la cara con el dedo.

—No me obligues, Cay. Hala... para...

Extiendo las manos a ambos lados.

—¡¿Qué dices?! —grita la conductora del uber—. ¿Que pare aquí?

—No —decimos los tres a la vez.

—En realidad, sí —dice Jake—. Déjame salir. Haré andando el resto del camino.

—Oki doki —dice la dulce rubia, y para.

—Jake, no —grito—. Esto es una locura...

Pero se baja antes de que pueda agarrarlo por los hombros y me cierra la puerta del coche en las narices. Caleb ya ha abierto la de su lado y lo está siguiendo.

—Vaya, está bastante enfadado —murmura la conductora con los ojos abiertos como platos mientras mira a Jake salir como un vendaval y a Caleb corriendo detrás de él—. ¿Quieres que espere? ¿O solo te llevo a ti al hotel?

—No —respondo—. Tendré que encargarme de esto.

Salgo por la puerta que Caleb ha dejado abierta y los sigo.

Casi es la una de la madrugada. Todos los restaurantes y negocios de la calle están cerrados. Unos cuantos tienen letreros que brillan: comida china para llevar, una lavandería, un garito. La música rock se filtra por una puerta abierta cuando paso por delante mientras persigo a mis jugadores de hockey.

Los tacones repiquetean en la acera. Dios, los pies me están matando. Estoy a un pelo de mandarlos a la mierda y correr descalza.

—¡Lo has entendido al revés, tío! —grita Caleb detrás de Jake.

—No me digas lo que he visto con mis propios ojos.

Caleb lo alcanza y coge a Jake por los hombros.

—No lo hagas. No te cierres en banda. Si quieres hablar, pues vamos a hablar...

—No quiero hablar —gruñe Jake—. No puedo hacerlo aquí. No ahora.

Yo también los alcanzo, jadeando.

—Jake, habla conmigo antes de que grite. ¿Qué coño ha sido eso? —Señalo a donde todavía está aparcado el uber—. Estábamos pletóricos por nuestro orgasmo a tres bandas y ahora sales corriendo como si te persiguiera un fantasma. Explícamelo.

Me aguanta la mirada, esos preciosos ojos castaños están llenos de dolor.

—Rachel, ya no puedo seguir haciendo esto.

Me quedo sin aliento y las cejas oscuras de Caleb se fruncen confusas.

—¿Hacer el qué? —dice mirando a uno y a otro.

Jake me mira, esperando a que le dé permiso. Incluso ahora está dispuesto a que lo nuestro siga siendo un secreto. ¿O a lo mejor es una prueba? Quiere saber cuánto vale para mí nuestro secreto. ¿Estoy dispuesta a contarle a Caleb la verdad? El dolor que veo en su rostro me hace dar un paso al frente y lo cojo de la mano.

—Sé que esto ha sido difícil para ti. Para mí también lo ha sido. Nunca esperé que sucediera esto. Ninguno de los dos se lo esperaba.

—¿Esperaba el qué? —dice Caleb, sus ojos obsidiana vuelan del uno al otro—. ¿Desde cuándo hay algo entre vosotros dos?

—Desde hace unos cuatro meses —respondo con los ojos todavía fijos en Jake.

Espero a que Caleb lo pille. No me creo que Jake no le hablara de mí. Solo tengo que aguardar cinco segundos antes de que Caleb se ponga a maldecir hacia el cuello de su camisa.

—Oh, joder —masculla. Le lanza una mirada a Jake—. ¿Me estás tomando el pelo, gilipollas? ¿Es tu chica de Seattle?

Despacio, Jake asiente con la cabeza con los ojos todavía clavados en mí.

—Ay, joder —repite Caleb y se lleva las manos al pelo enmarañado—. ¿Por qué ninguno de los dos me ha dicho nada?

—Ella me dijo que no lo hiciera —dice Jake con una voz monótona.

Caleb le da un puñetazo en el brazo.

—Sí, pero yo soy tu puto mejor amigo. ¡Y estoy bastante seguro de que los secretos se van a la mierda cuando me invitas a follarme la boca de la chica de tus sueños en un armario!

—Ella no quería que nadie lo supiera —dice Jake y mira hacia donde estoy.

—¿Por qué coño no?

Jake se encoge de hombros.

—Tendrás que preguntárselo a ella. Es Rachel la que toma las decisiones, al parecer. Pero yo creo que se avergüenza de mí.

Sus palabras me dejan sin aire. Jadeo y me llevo la mano al pecho.

—Jake... ¿Qué coño? ¿Estás hablando en serio? ¡Dime si es así antes de que grite delante del bar Mr. Chen!

El letrero medio encendido que anuncia empanadillas chinas parpadea encima de su cabeza cuando se cruza de brazos.

—Dime que me equivoco.

—¡Te equivocas!

—Dijiste que no podíamos estar juntos por los contratos que has firmado —dice y me levanta un dedo delante de la cara—. Pero hablé con Vicki y me dijo que solo había que firmar un formulario en plan «estamos juntos» y no puedes ser mi médica.

Abro los ojos como platos.

—¿Le preguntaste a Vicki sobre mí? ¿Cuándo?

—¡El día que apareciste en mi puto aparcamiento! No es para tanto, Rachel. Si destruimos un contrato y firmamos otro, podemos estar juntos. Y creo que eso lo sabes —añade—. Así que no quieres estar conmigo, así de simple.

¿Por qué no me di cuenta de hasta qué punto le estaba haciendo daño? Siempre está de tan buen humor: siempre sonriendo, siempre bromeando y riendo y mandándome fotos de tacos y de pelícanos y de todas las tazas de café que se toma. Pero ha estado ocultando su dolor durante todo este tiempo.

—Jake, lo siento.

Se tensa, sus últimas esperanzas se tambalean.

—Espera..., no... —Me lanzo hacia él y lo cojo del brazo—. No quería decir que... Jake, siento haberte hecho daño. Por no darme cuenta de lo difícil que era esto para ti.

—¿Difícil? —gruñe—. Joder, ha sido insoportable, Rachel. ¿Sabes lo difícil que fue despertarme en Seattle y ver que te habías ido? ¿Sabes cómo me sentí cuando te volví a ver? ¿Cuánto he sufrido sabiendo que estabas en mi ciudad, en mi pista de hielo, en mi autobús, en mi gimnasio, en mi avión...? Estás en todas partes. Todo el día. Todos los días. ¡Y no puedo ni tocarte, joder! No puedo besarte. No puedo sentir este corazón latiendo bajo mis manos. —Me pone las manos en el pecho—. No estoy comiendo, Rachel. Ni durmiendo. No puedo concentrarme ni dentro ni fuera de la pista. Pregúntaselo a Cay, él lo sabe —añade—. Lleva semanas detrás de mí tocándome las narices porque quiere saber lo que me pasa. Tú eres lo que me pasa.

Levanto una mano y lo agarro de la muñeca.

—Jake...

—Estoy enamorado de ti, Rachel. Y me puedes decir que es una locura, pero no soy un tonto enamoradizo que se pilla de cualquier tía la primera vez que aletea las pestañas. Cuando te diste la vuelta en aquella barra de bar de Seattle lo supe sin más. Eras tú.

Ahora estoy llorando y sacudo la cabeza.

—Jake, ni siquiera me conoces...

—Sí que te conozco —contraataca y me envuelve el rostro con las manos—. Te conozco y tú me conoces a mí. Eso lo demostramos en Seattle. Puede que no sepa el nombre del instituto al que fuiste o tu aliño de ensalada favorito, pero puedo aprender. Quiero aprenderlo. Dame una oportunidad, nena, por favor.

Vuelvo a cogerlo por las muñecas y le aparto las manos de mi cara.

—Jake, no quieres estar conmigo —digo mientras sacudo la cabeza.

—No —ruge—. No vuelvas a apartarme.

—No puedo dejar que estés conmigo —digo—. No en público, en cualquier caso.

—¿Por qué coño no?

—¿No en público? —añade Caleb con los brazos cruzados y mirándome—. ¿Qué eres, Huracán? ¿Una geisha?

Lucho contra las lágrimas que están desesperadas por seguir cayendo.

—No puedo estar contigo en público porque eso te arruinaría la vida —admito al fin—. Te arruinaría la vida... Igual que ya he arruinado la mía.

Capítulo 33
Caleb

La cabeza me va a mil. Hace una hora, tenía a esta chica sentada en mi regazo y me estaba sorprendiendo por su exhibición de amistad. Treinta minutos después, me estaba follando su boca y me corría en su garganta mientras veía a Jake empotrarla por detrás. Los dos son la perfección personificada.

Yo quería volver al hotel para echar otra ronda. Quería que esta chica tan guapa me cabalgara la polla, darles unos azotes a esas caderas voluptuosas...

Joder, concéntrate.

Ahora estoy de pie en la esquina de una calle cualquiera uniendo los cabos que debería haber unido hace un mes. Rachel Price es la chica de Seattle de Jake.

—Rach, ¿qué quieres decir con que tu vida está arruinada? —dice Jake—. Eres una médica excelente. Tu carrera está en alza...

—Siempre estoy bajo el radar, siempre estoy a una indiscreción de la ruina total —responde—. No puedo exponerte a eso, Jake. No puedo arrastrarte conmigo.

—¿Arrastrarme? —Me lanza una mirada punzante—. No lo entiendo.

El movimiento que hay en el callejón a unos pocos escaparates me tiene en vilo.

—No deberíamos estar en la calle —mascullo.

Bajamos por la acera un par de manzanas y nos metemos en una estrecha cafetería veinticuatro horas que está casi vacía, salvo por un grupito de chicos de fraternidad que están golpeando tortitas contra el mostrador.

—¡Sentaos donde queráis, corazones! —grita la camarera—. ¡Voy en un segundo!

Jake encabeza la marcha hacia la mesa que está en la esquina, junto a la ventana.

Rachel es la primera que se sienta. Jake me sorprende cuando toma asiento delante de ella. Yo me deslizo al lado de él.

La camarera se acerca con un par de jarras de café.

—¿Normal o descafeinado, corazones?

Los tres pedimos descafeinado y ella nos llena las tazas blancas hasta el borde.

—¿Vais a comer algo?

—Solo café —respondo.

En cuanto la camarera se marcha, me inclino por delante de Jake y cojo el plato de los paquetitos de crema.

—Está bien, Huracán. Escupe.

Ella también coge un paquetito de crema, lo vierte en el café y le da vueltas con una cuchara.

—Ninguno de los dos me ha buscado en Google, ¿verdad?

Nos miramos el uno al otro. Está claro que no lo hemos hecho. Googlear a una persona que te gusta me parece muy de fan loca.

—No —respondo por los dos.

Ella sujeta la taza con las dos manos.

—No puedo creer lo que he hecho esta noche. Cualquiera nos podría haber hecho una foto besándonos en las escaleras. O saliendo del armario. He sido una imprudente y nunca lo soy. Pero vosotros dos... Dios... me volvéis loca —dice y le da un sorbo al café.

—¿Por qué estás tan preocupada por unas fotos? —insiste Jake. Deja la taza en la mesa de fornica verde azulado.

—Porque no sería mi primera indiscreción —admite en voz baja—. Y la prensa es implacable. La habrían puesto por todas partes. Habrían dicho las cosas más horribles... —Se interrumpe y vuelve a darle un sorbo al café.

Jake y yo intercambiamos una mirada de preocupación.

—¿La prensa? —dice mi amigo.

La miro levantado una ceja.

—¿Eres una princesa de incógnito o qué?

Se encoge de hombros y suelta una risilla.

—Algo así... en cierto modo, supongo.

—Por lo que más quieras, suéltalo ya —gruño.

Ella le da unos golpecitos a la taza con los dedos.

—¿A alguno de los dos os suena el nombre de Halston Price?

La cabeza me da vueltas.

—¿Halston Price? —repite Jake—. Espera... ay, mierda... espera... —Jadea y se inclina hacia delante con los codos apoyados en la inestable mesa—. ¿Halston Price como Hal Price? En plan, ¿Hal Price, el cantante de los Ferrymen?

Rachel asiente con la cabeza y le da otro sorbo al café.

—¡Madre mía! —chilla Jake.

—Tranquilo —digo y miro hacia la barra. Los chicos de fraternidad están mirándonos.

—¿Qué? —pregunta mi amigo riéndose—. Lo siento, pero esto es una locura. Los Ferrymen son uno de mis grupos favoritos de toda la vida. —Se vuelve hacia Rachel sonriendo—. Los vi en un concierto en Ámsterdam, con Amy. Hal Price es una leyenda. ¡Es la realeza del rock!

—Sí, ese es papi.

Jake vuelve a reírse.

—Ay, madre mía, que le llama «papi» a Hal Price. Me muero.

Coge la taza con las dos manos y le da un buen trago. Ahora todo tiene sentido. Que quisiera mantener el anonimato en Seattle, esas camisetitas de giras tan sexis que se pone cuando sale a correr, su vida de cuna de oro con un chófer, el tatuaje de la guitarra eléctrica que tiene en el antebrazo. Me apuesto lo que quieras a que es la firma de Hal.

La miro achicando los ojos.

—Entonces, ¿papi Hal es un dios del rock y has estado toda la vida en el punto de mira? ¿Eso es lo que tanto te duele, Huracán?

Asiente con la cabeza, tiene una expresión solemne.

—La prensa ha despedazado a mi familia una y otra vez. Mi padre le puso los cuernos a mi madre cuando éramos pequeños. Él se arrepintió y quiso recuperarla. Pero había una foto como prueba del delito y eso que fue en los noventa, cuando el divorcio aún era un tabú. Lo arruinó durante mucho tiempo. Pagó con creces la culpa de su infidelidad.

—Lo siento —dice Jake y extiende el brazo por encima de la mesa para cogerle la mano.

Ella levanta la vista y nos mira, tiene los ojos llenos de lágrimas.

—El constante escrutinio de la prensa casi hace que perdiéramos a Harrison.

—Qué mierda —dice Jake. Yo lo miro con una pregunta en los ojos—. Su hermano mellizo —responde.

¿En serio? Sacudo la cabeza y le doy un sorbo a mi café de mierda. Por supuesto, los dos tienen mellizos. Seguro que fue lo que los unió cuando se conocieron en Seattle. A lo mejor por eso Rachel y él parecen imanes.

—¿Qué pasó? —digo.

Me lanza una mirada dura.

—La prensa lo obligó a salir del armario.

—Me cago en todo —masculla Jake—. Nena, eso es horrible.

—No sabes ni la mitad —responde ella—. Un par de gilipollas de su instituto escondieron una cámara en su habitación y lo pillaron con otro chico. Le vendieron el vídeo a la prensa rosa. —Se detiene con los ojos clavados en la taza de café—. Mis padres se enteraron de que era gay cuando su primer vídeo porno se hizo viral. Pasaron como dos años hasta que conseguimos una orden judicial para que lo retiraran todo.

—Lo siento muchísimo, nena —murmura Jake—. ¿Qué le pasó a Harrison?

—El acoso que le hicieron en el instituto fue tan malo que intentó suicidarse. Se tomó un armario entero de pastillas. Le tuvieron que hacer un lavado de estómago. Estuvo varios días inconsciente en el hospital. Creíamos que no iba a salir —termina con las lágrimas cayéndole.

—¿Y qué hay de ti? —digo.

Coge la taza de café.

—¿De mí?

—Sí. Papi Hal es el dios del rock y tiene un problema de infidelidad. Tu hermano es un gay expuesto. ¿Qué te hizo a ti la prensa?

—Me atosigaron más que a Harrison. Las chicas siempre se llevan la peor parte —añade—. Y era un tanto buscona en mi juventud. Negué mucho tiempo cómo me afectaba la fama a mí. Así que me porté fatal. Tomé muchas malas decisiones. Y la prensa estuvo allí en cada una de ellas. Buscadme en Google y lo veréis.

—No vamos a googlearte —digo con amabilidad.

—Rachel, todos tenemos un pasado —añade Jake—. Me da igual si eras la princesa malcriada de una estrella del rock que se metía de todo y se tiraba a tíos imbéciles en las caravanas de las giras de papá.

—Más bien me metía de todo, me tiraba a esos tíos y encallaba un yate de tres millones de dólares en la costa Amalfitana. O me emborrachaba y me vomitaba encima celebrando la Pascua en la Casa Blanca. En esa tenía once años —añade.

Mierda. Cuando yo tenía once años, todavía vivía por jugar al hockey.

—Desperdicié tres años intentando llegar a modelo cuando cada segundo de esa vida me hacía miserable: morirme de hambre, perder sueño, perder amigos. Eso me hizo rebelarme y comprometerme con un fotógrafo de moda que tenía veinte años más que yo. Papá tuvo que volar a París y arrastrarme a casa, literalmente. —Deja la taza vacía y la aparta—. Pero al final todo salió bien. Me metió en rehabilitación y reaccioné. Una de las mujeres que estaba allí era una cirujana de cardiología alcohólica. Nos hicimos amigas y me dijo que sería una gran médica. Tenía la motivación y la inteligencia, solo me faltaba alguien que me guiara. Así que terminé la rehabilitación y fui a la universidad. Nunca miré atrás. Me gradué en kinesiología, conseguí una buena residencia y me dieron la beca Barkley. Hace tres años que soy la doctora Rachel Price... y la prensa no ha informado de nada de eso. Solo les importaba verme caer. Eso es lo que quieren de mí y de los hijos de los famosos. Quieren que el tren descarrile, el caos de la borrachera, la modelo anoréxica que toma laxantes. Ya no les doy lo que quieren, así que me dejan en paz.

Jake y yo nos quedamos en silencio. No tengo ni idea de qué decir. Está claro que su vida ha sido muy diferente a la de un par de chicos del hockey.

—¿Crees que estar conmigo te dará mala prensa? —dice Jake levantando una ceja.

Sacude la cabeza.

—No, ángel. Creo que estar conmigo te dará mala prensa a ti —lo corrige—. Sobre todo, si nos pillan haciendo lo que hemos hecho esta noche —añade.

Y joder, no sé si tiene razón. Hemos sido unos insensatos. Podríamos haber hecho que a Jake le costara todo.

Pero Jake está sacudiendo la cabeza.

—No. Podríamos hacer que funcionara.

Ella se inclina con los codos apoyados en la mesa y los ojos entornados.

—¿Crees que destrozaron a Harrison por ser gay? Entonces, ¿qué harían con esto? —dice señalándonos a los tres—. ¿De verdad crees que los fans de la NHL aceptarían que estuvieras con la hija descarriada de una estrella del rock a la que le gusta que tu amigo le folle la boca mientras tú miras? Porque estoy aquí para decirte que te enterrarían vivo, Jake. La prensa deportiva es tan brutal como la prensa rosa.

—A ellos no les importa con quién paso el tiempo libre —gruñe Jake.

—Poppy no estaría de acuerdo —contraataca ella—. Llama a tu agente. Estoy segura de que él tampoco estaría de acuerdo.

Mientras habla, se saca el teléfono del bolsillo y toca la pantalla un par de veces. Luego lo deja encima de la mesa.

—Ahora eres una figura pública, Jake. Si me arrastras al foco de atención, me alumbrará a mí y a mis dos décadas de bagaje. ¿Crees que nos haría algún bien que apenas lleve un mes en mi nuevo trabajo y que ya me esté follando a mi paciente y a su jefe de equipo...?

—Cuatro meses —gruñe Jake—. Y nos conocimos cuando no era tu paciente.

—¿Te refieres a cuando nos enrollamos en el bar de un hotel? No hacía ni cinco minutos que nos conocíamos y ya nos estamos metiendo la lengua hasta la campanilla en un ascensor. ¿Quieres contarle esa historia a la prensa? ¿Crees que eso ayudaría a nuestra imagen?

—No fue así y lo sabes —suelta.

—Ah, ¿y te crees que a la prensa le importa cómo fue la historia en realidad? ¿Te crees que querrán verificar los detalles con nosotros antes de imprimir sus lascivos cotilleos?

—Pues entonces nos adelantamos —contraataca él, que cada vez se está poniendo más nervioso—. Contamos la historia a nuestro modo, controlamos el relato.

—Eso es imposible. Retuercen todas las palabras para dibujar la historia que quieren ver. Y cuando se trata de Rachel Price y la prensa, la única historia es el caos...

—¡A mí me importa una mierda la prensa! —ladra Jake. Da un puñetazo en la mesa y las tazas y los cubiertos repiquetean.

Los chicos de la barra se giran para mirarnos con las cejas levantadas por la curiosidad.

—No pierdas los nervios —le digo por lo bajini a Jake. Resopla y sacude la cabeza.

Huracán le da unos golpecitos al móvil, lo coge y nos enseña la pantalla.

—Cincuenta y tres segundos —murmura, la aplicación del cronómetro muestra el número en un brillante tono rojo—. He tardado cincuenta y tres segundos en sacarte de quicio, Jake.

—No me has sacado de quicio, solo estoy enfadado...

—Sí y lo entiendo —responde ella—. Mira, llevo toda mi vida enfrentándome a esta mierda. Desde hace veintisiete años siempre ha sido la familia Price contra el mundo. Al final hemos aprendido que el mejor modo de sobrevivir a la prensa es mantener la cabeza agachada, no hay más. Nos guardamos los secretos los unos a los otros. Sin dramas. Sin compartir el centro de atención con otros famosos... o figuras públicas —añade con cuidado.

Él. Se refiere a Jake. No compartir el centro de atención con una estrella de la NHL si eso puede acarrearle a él mala prensa. El aludido gruñe, se retrepa en la silla y se cruza de brazos.

—Por favor, créeme cuando te digo que te estoy protegiendo, Jake. No quiero hacerte daño. Y no quiero ser la razón por la que resultes herido.

—Tiene razón, colega —añado—. La prensa montará una fiesta si se filtra alguna foto de los tres en la discoteca. Debemos tener más cuidado. Podrías perder el puesto de titular. Qué demonios, podrías perder el contrato. Hay carreras que se han hundido por mucho menos.

—Entonces, ¿dónde me deja eso? —pregunta sin apartar la mirada de ella—. ¿Esto se ha terminado, Rachel? Te digo que te quiero delante de un puesto de comida china para llevar, mi semen sigue pegado a tus piernas y ¿te vas a quedar ahí sentada y a decirme que se ha terminado? Supongo que tengo que coger mi amor y atragantarme con él.

Una idea se me pasa por la cabeza. Y como, al parecer, no tengo filtro cuando se trata de estos dos, las palabras me salen de la boca a trompicones.

—Creo que deberíais iros a vivir juntos.

Jake se atraganta con el café y se le escapa por la nariz cuando tose.

—Joder... au...

Rachel se gira despacio hacia mí, tiene la sombra de ojos oscura emborronada por culpa de haberme comido la polla hace un rato. Separa los labios por la sorpresa.

—¿Qué has dicho?

—Huracán, deberías irte a vivir con Jake.

Capítulo 34
Rachel

—¿Irme a vivir con él? —chillo. El pulso me resuena en los oídos cuando me inclino sobre la mesa—. ¿Has escuchado algo del discurso que he soltado durante la última media hora?

—Sí —responde Caleb—. Y también he escuchado a Jake. Chicos, la habéis cagado de verdad —dice mirando a Jake y luego a mí—. Habéis empezado la casa por el tejado y luego os la habéis follado. Sin condón, al parecer, lo cual, tío... —Le da un puñetazo a Jake en el brazo—. Eres un puto psicópata. Póntelo, pónselo, ¿recuerdas?

—Au... cabrón —Jake gruñe y le devuelve el puñetazo—. Se lo dije en Seattle, pero se me puso en plan «los condones son menos efectivos» y sentaba tan bien hacerlo a pelo que yo...

—Shhh —siseo y lanzo una mirada rápida por encima de sus hombros.

—¿Más café, corazones? —grita la camarera, que ni siquiera espera a que respondamos para servirnos más descafeinado—. Avisadme si necesitáis algo más —dice.

—Como iba diciendo —masculla Caleb mientras abre otra tarrina de crema y la vierte en el café—. Los dos la habéis cagado y ahora tenéis que dar marcha atrás. Tranquilizaros y conoceros el uno al otro fuera de la presión del trabajo.

Bufo.

—Claro y ¿crees que irnos a vivir juntos es la forma de tranquilizarse? ¿Qué ha pasado con lo de salir de vez en cuando sin compromiso o con, ay, no sé, salir sin más?

Extiendo la mano para coger un paquetito de crema del alijo de Caleb y casi me bufa como un dragón.

—Dame uno, monstruo avaricioso.

—Los necesito —dice mientras echa el tercero en un café que ahora es de un color beige tan asqueroso que incluso una tienda de pinturas descatalogaría.

—Joder... Toma... —Jake se da la vuelta y con sus largos brazos agarra la cestita de sobrecitos de crema que está en la mesa que tenemos detrás. La desliza por encima de nuestra mesa hacia mí, fuera del alcance de Caleb—. No va a compartir y te va a clavar un tenedor en la mano si vuelves a intentar robarle uno sobrecito.

—Arisco —mascullo.

Caleb le da vueltas a su crema con café haciendo ruidito con la cucharilla.

Yo sujeto mi taza entre las dos manos y respiro hondo.

—Mirad, chicos. Soy feliz por primera vez en mi vida, ¿vale? Tengo un trabajo que me encanta y tengo esta estupenda oportunidad de dar un gran paso en mi carrera. Y lo estoy consiguiendo sin hacer trueques con el nombre de mi padre o su fama. ¿Sabéis cuánto significa eso para mí? ¿Podéis imaginaros lo que es tener el espectro de ser la hija de Hal Price acosándote día y noche?

»Pero a la MCAT le dio igual que yo fuera la hija de Hal Price —continúo—. Y a la beca Barkley. Lo único que me ha traído aquí es mi talento. Mi trabajo duro. Y si soy sincera, ahora mismo no quiero que una relación eclipse mi trabajo. ¿Me gustaría veros más y reírme más con vosotros y existir sin más allá donde estéis? Por supuesto que sí. Me ha encantado cada minuto que hemos pasado juntos —digo, y le cojo una mano a cada uno. Caleb se tensa, pero Jake enseguida entrelaza sus dedos con los míos—. ¿Y me gustaría follar más veces? —añado con una sonrisa—. Demonios, sí. Los dos me volvéis loca y, Dios, me cuesta pensar cuando estoy cerca de vosotros.

—El sentimiento es mutuo —murmura Jake.

—Pero ¿eso significa que estoy dispuesta a poner mi vida patas arriba y anteponeros a mi carrera... o arriesgarme a dañar las vuestras? —añado—. Ni hablar. No estoy preparada para enfrentarme al caos de la prensa. —Cojo mi café y le doy otro trago—. Así que, lo siento, Cay. Pero creo que irme a vivir con Jake es la peor idea del mundo mundial. Solo acabaría haciéndole daño... y ya le he hecho bastante.

Una vez expuesto mi caso, me retrepo en el asiento, me contento con terminarme el café y volver al hotel.

Ellos dos están pensativos, han girado los hombros ligeramente mientras intercambian unas miradas penetrantes. He escuchado a los otros chicos referirse a ellos como PDH. Pareja de hecho. Caleb sería mucho mejor esposa para Jake que yo...

Me quedo más que quieta, pasando la mirada del uno al otro, leyendo su lenguaje corporal. Ahí es cuando caigo. Toda esa curiosidad y confusión que siento adquiere sentido de repente. Se comportan como si fueran una pareja de hecho. Se comportan como amantes. Como almas gemelas.

Contengo el aliento, siento que lo que acabo de comprender me sacude.

—A ver, podríamos hacerlo —murmura Jake.

Caleb frunce el ceño.

—Pero ¿tú...?

Jake se encoge de hombros.

—Es mejor que nada, ¿verdad?

—Está bien —admite Caleb—. Tú decides, tío.

Los dos se giran hacia mí.

Jake me perfora con esos preciosos ojos castaños.

—Seattle, quiero que te vengas a vivir conmigo.

Ahora me toca a mí quedarme ahí sentada como una estúpida con cara de sorpresa. Mientras recupero la lucidez casi me atraganto.

—¿Qué cojones?

Capítulo 35
Rachel

—¿Y bien? —digo, la voz me sale aguda y chillona—. Si acabo de decir que irnos a vivir juntos es la peor idea del mundo...

—Tendrás tu propia habitación —añade Jake enseguida—. Tu propio baño y todo, y tiene pestillo, y podrás ver el océano desde tu ventana.

—Está a dos calles de la playa —añade Caleb—. Es precioso. Te encantará, Huracán.

—Y hay aparcamiento exterior para tu camioneta —dice Jake—. Y tengo un gimnasio en casa y una terraza para ver el atardecer. Puedes cocinar todo lo que quieras. O no cocinar. Durante la temporada, tengo contratada una empresa que me hace la comida para que pueda seguir la dieta. Pero hay dos frigoríficos y puedes llenar el otro de todo lo que quieras.

Me siento como si hubiera entrado en una extraña dimensión donde me salen las palabras, pero no se me entiende.

—Jake, no me estás escuchando. No puedo jugar a las casitas contigo. Acabo de decir que...

—Cay también va a venir —añade señalando con el pulgar a su amigo.

Me echo para atrás en el asiento con las manos apoyadas en la pegajosa mesa de formica.

—¿Qué?

—Claro, has dicho que querías más de los dos —insiste Jake—. No es una relación, si eso es lo que te acojona —añade—. Pero yo no puedo seguir con esto, Seattle. No puedo tenerte en mi ciudad y en mi equipo y no estar cerca de ti. Necesito más. Y haré lo que sea para conseguirlo. ¿Quieres follarme? Di hora y lugar. ¿Te lo quieres tirar a él? —Vuelve a señalar a Caleb con el pulgar—. Pues a él. Conmigo ahí, sin mí, yo mirando desde una esquina con una botella de agua con electrolitos. Te garantizo que él no va a decir que no y yo tampoco.

Miro a Caleb y él me devuelve el gesto sin pestañear.

—Pero esto no es solo sexo para mí, Rachel —añade Jake con un gesto solemne—. Qué demonios, en este mundo, me conformaría con solo respirar tu aire. Te daré masajes en los pies sentados en el sofá después de un largo día. Te lavaré la ropa. Te sujetaré el bolso mientras compras frutos secos. Así de loco estoy por ti. Tengo que ser yo y esto es lo que soy. Así es como me siento. Vente a vivir conmigo y a estar conmigo. Con nosotros. Da igual como quieras que sea, ya lo resolveremos. Tan solo te pido que me des algo más que nada. No puedo soportar otro segundo de nada.

Tía, aguanta el tipo.

Este tío habla en serio de verdad. Me quiere. No me conoce todavía, pero me quiere de todos modos. Los miro a los dos.

—No entiendo las prisas de irnos a vivir juntos. Podemos hacer todas esas cosas, Jake. Podemos pasar tiempo juntos y comprar comida basura y explorar la ciudad. Podemos cocinar en tu casa o en la mía y... ¿Qué?

Caleb bufa mientras Jake sacude la cabeza sin más.

—¿Qué me estoy perdiendo?

—Jake es un jugador de hockey de élite, Huracán —responde Caleb.

—Sí...

—Y yo soy jefe de equipo. Y tú eres la médica del equipo. Y la temporada acaba de empezar...

Levanto una ceja.

—¿Sí? ¿Y?

Se saca el móvil.

—Tío, enséñale tu horario —le murmura a Jake.

Jake también saca su móvil y ambos me muestran sus calendarios de la próxima semana. Es una locura de puntos y barras de colores que marcan actividades. Solo en el calendario de Jake hay una complicada matriz de prácticas, entrenamientos, fisioterapia, viajes, partidos, relaciones públicas y videoconferencias. El calendario de Caleb está igual de abarrotado.

—Te apuesto lo que quieras a que el tuyo no es mejor —dice Caleb, mientras vuelve a guardarse el móvil en el bolsillo—. ¿Quieres tener un jugador de hockey de élite en tu vida mientras está de temporada? Tienes que irte a vivir con él. Si no, no lo verás nunca.

Miro a Caleb.

—Entonces... ¿qué? ¿Tú también vas a irte a vivir con Jake?

Se encoge de hombros.

—Ya hemos vivido juntos antes. No es para tanto.

Lo miro entornando los ojos.

—Ya, lo de pareja de hecho, ¿no?

—Dios, ese mote nos persigue —masculla Jake, que sigue toqueteando el teléfono.

Pero Caleb me aguanta la mirada.

—Algo así —dice en voz baja.

—¿Y qué ganas tú aquí, Naricita? ¿Te vas a mudar a casa de Jake con tu perro mono y tu tabla de surf y... qué? ¿Nos das masajes en los pies y nos compras frutos secos?

—Oye, no te burles, Seattle —dice Jake—. Cay da unos masajes de pies maravillosos. Mejores que los míos, en realidad. Pero yo cocino mejor. Lo único en lo que podemos confiar es que no va a destrozar el desayuno. Es un tío de solo huevos, beicon y tostadas. —Se inclina hacia delante con los codos apoyados en la mesa—. Tienes que recurrir a mí si quieres pasta carbonara con panceta crujiente, gambas a la plancha con arroz de coco... o, ya sabes, necesitas ayuda en la ducha.

Sacudo la cabeza.

—Estáis tarados. Locura no, lo siguiente.

—Sí, una locura inteligente. Vamos, Seattle. Hazme el hombre más feliz de la faz de la tierra y vente a vivir conmigo... y con Caleb... y Poseidón. No podemos olvidarnos del mejor perro del mundo —añade con una sonrisa.

Mierda, me había olvidado del perro. Ay, madre mía, esto no está pasando. ¿El encanto de los achuchones perrunos ilimitados es lo que de verdad acaba de inclinar la balanza en favor de los chicos?

—Vale —me oigo decir a mí misma.

Los dos me miran parpadeando, como un par de búhos sexis. Entonces, Jake casi se atraganta.

—Espera... ¿acabas de decir que vale?

—Acaba de decir vale —masculla Caleb.

—Ay, madre mía. Vale. Respirad, gente —dice Jake con las manos encima de la mesa y una sonrisa de oreja a oreja—. Vamos a hacer esto, joder. Nos vamos a vivir juntos. Los dos os venís a mi casa. Mañana.

Caleb se pone en pie y me tiende una mano.

—Tres follamigos platónicos y un perro hiperactivo. ¿Qué podría salir mal?

Capítulo 36
Rachel

Estoy en la cola al pie de las escaleras y me cambio la correa del bolso de hombro. Apenas son las siete de la mañana y todo el equipo está nervioso en la pista de aterrizaje esperando para subirse al avión. El móvil me vibra en la mano.

JAKE (07:04): Eh, compi *emoticono de ola* ¿A qué hora debería pasarme para ayudarte a hacer las maletas?

JAKE (07:04): El café del avión es una mierda, por cierto

JAKE (07:04): Por cierto, voy a intentar poner de mi parte para ahorrar agua, así que tendremos que asignar compañeros de ducha

No puedo evitar sonreír mientras le envío la respuesta.

RACHEL (07:05): ¡Me pido a Poseidón! El señor moca de menta y tú podéis divertiros *emoticono de ducha * *emoticono de berenjena* *emoticono de jabón*

Levanto la cabeza y veo a Caleb trabajando duro, está cargando las maletas con otros chicos del equipo. Está centrado en el trabajo, no mira hacia donde estoy. No puedo evitar fijarme en las profundas líneas de su espalda cuando se le tensan los músculos bajo esa camiseta de técnico de los Rays...

—¿Hola? Tierra llamando a doc. —Langley se ríe y me da un suave codazo.

—¿Eh? —Me sobresalto y casi tiro el móvil.

—La cola está avanzando, doc.

Corro hacia delante y me reprendo a mí misma por dentro. ¿Por qué tengo cero control cuando se trata de ese maldito jefe de equipo? Me agarro a la barandilla de metal con una mano y levanto la maletita de ruedas con la otra. Luego subo las escaleras corriendo y entro en el avión.

Las azafatas me saludan cuando paso por su lado. En realidad, no les presto atención; mientras intento meterme el móvil en el bolsillo, me doy cuenta de que mi maleta golpea con algo. Casi me caigo de morros, pero una mano firme me coge del hombro e impide que me escoñe.

—Mierda... Lo siento, doctora —masculla Sully, mientras aparta su enorme pie del pasillo sin apartar los ojos de la Nintendo Switch.

Jadeo, agarro mi equipaje y miro a mi espalda. Ilmari está ahí disfrazado de Thor en la gala de los Oscar. Tiene el moño despeinado como siempre y un par de mechones le enmarcan la cara. Lleva un traje de tres piezas de color granate. Puedo verle la tinta negra que le asoma por el cuello. Todavía no he podido ver bien hacia dónde va esa tinta.

—Gracias —murmuro.

Lo veo recorrer con la mirada toda la longitud de su brazo hasta la mano y levanta una ceja, como si le sorprendiera que esté ahí. Me suelta.

Me tambaleo y me aclaro la garganta antes de avanzar por el pasillo. Ilmari sigue con su rutina de «siéntate conmigo si quieres seguir viva», así que voy directa a la fila 20. Jake ya está sentado al otro lado del pasillo con los auriculares puestos y los ojos clavados en su Nintendo. Aprendí pronto que casi todos los chicos juegan una y otra vez al Mario Kart durante los vuelos. En realidad, me parece adorable. Se sabe cuándo empieza a calentarse la cosa porque todos se ponen a maldecir y a gruñir por todo el avión.

Veo que hay un compartimento superior abierto y me agacho para coger mi maleta.

—Déjame —masculla Ilmari, todavía detrás de mí.

Vuelvo a mirar por encima del hombro.

—¿Qué?

—Déjame la maleta.

—Soy una mujer adulta, Mars. Puedo levantar mi propio equipaje... oye...

Se acerca un paso y extiende el brazo para agarrar el asa de mi maleta de ruedas. La levanta con una, al mismo tiempo que levanta la suya con la otra, y las mete las dos en el compartimento superior.

Doy un paso atrás, suspiro y señalo nuestros asientos.

—Después de ti.

—Espera.

Se quita la chaqueta del traje. La dobla con cuidado de dentro a fuera y la deja encima de las maletas. Al estar tan cerca de él, capto el leve aroma de su colonia y contengo un gemido. Su olor es tan bueno como su aspecto. Pero no sabría decir a qué huele. Es como a madera y fresco. Me recuerda a las noches de otoño en el rancho familiar de Montana. Papá lo compró para que fuera un lugar donde escapar del mundo. Me imagino a mí misma con un jersey de lana y unos vaqueros desgastados, con la cabeza echada hacia atrás y mirando el manto de estrellas del cielo.

Paz. La palabra aparece en mi mente sin invocarla. Ilmari huele a eso: a la paz y a la tranquilidad de las noches de Montana, a la silenciosa calma del otoño...

—Perdona —dice mientras se desliza en el asiento.

Parpadeo y contengo el aliento. Vaya, ¿es posible que un olor sea tan poderoso? Ni siquiera me he dado cuenta de que Ilmari también se ha quitado la camisa. Ver a Ilmari Kinnunen en mangas de camisa interior hace que me palpite el corazón.

¡Qué bíceps tan abultados, Batman!

Y lo siento, pero ¿este tío también tiene un tatuaje en la espalda? Cuando se gira y se mete en el asiento, la fina tela se estira y revela una sombra oscura a lo largo de la espalda. La tinta sobresale por los hombros descubiertos y por el cuello. Ahora puedo ver una parte más grande del diseño superior. Son unas alas de pájaro.

Me aclaro la garganta, me siento y rozo sin querer la piel descubierta de los tonificados brazos de Ilmari mientras me acomodo. Meto los auriculares y el Kindle en el bolsillo del asiento y me cruzo de brazos, lo que intento es evitar mirarlo.

Los tatuajes son arte. Se supone que son para verlos y apreciarlos. Tuvo que haberse sometido a varias sesiones: color de base, relleno y retoques. Una obra de ese tamaño debe estar cargada de un propósito y un significado para él y, madre mía, quiero verlo.

—¿Puedo ver tu tatuaje? —suelto.

Se queda rígido y levanta la vista del móvil.

—¿Qué?

Ay, mierda. Bueno, ya lo he dicho.

—El tatu de la espalda —explico—. ¿Puedo verlo?

Me mira con una ceja levantada.

—Estamos en un avión.

—¿Sí? ¿Y?

—Me estás pidiendo que me quite la ropa en un avión.

Ahora me estoy riendo.

—Lo siento, pero ¿casi todos los tíos de este avión no te han visto ya el culo como unas mil veces? En la ducha, en los vestuarios...

—Tú no eres mi compañera de equipo y esto no es una ducha —dice seco.

Mierda. ¿Por qué ahora me lo estoy imaginando?

«Porque eres una perra calenturienta», me dice la voz de Tess en la cabeza.

Madre mía, quiero meterme debajo del asiento y esconderme con el salvavidas hinchable.

—Vale —murmuro—. Olvida que lo he preguntado.

La azafata se nos acerca y nos ofrece algo de beber. Yo pido una Coca-Cola Light e Ilmari, leche. Ni cereales ni galletas para acompañar. Solo un vaso de leche. No me acuerdo de la última vez que me bebí un vaso de leche sin nada más. Los únicos lácteos que consumo vienen en forma de helado y queso.

Nos quedamos en nuestros asientos con nuestras bebidas y las azafatas empiezan su demostración de seguridad mientras el avión comienza a moverse. En menos que canta un gallo, estamos en el aire y estoy preparada para seguir con mi rutina de leer en silencio y fingir que no existo. Después de todo, Ilmari no quiere que yo esté aquí, es solo que no puede dejar que no esté aquí.

Miro a la derecha y sonrío. Sí, Caleb ya se ha dormido, tiene la cara aplastada contra la ventana y los labios un tanto abiertos, entre los que se le escapa un suave ronquido que puedo oír por encima del rugido del avión. Parece un niño cuando duerme, tiene el pelo despeinado y las defensas completamente bajadas.

A su lado, Jake mueve los pulgares con furia sobre los controles de la videoconsola, un Yoshi verde vuela por encima de la senda arcoíris.

Si Caleb es un cubo de Rubik, Jake es un Bop It. Y no lo digo en el mal sentido. Es así exactamente. No hay artificios con Jake. Ni complicaciones. Es divertido y gracioso y me hace sentir bien.

Quiero vivir con ellos.

La sencilla honestidad de mis pensamientos calma mi marabunta de emociones. Quiero esto. ¿Es lo correcto? ¿Es lo inteligente? Y yo qué narices sé. Pero solo se vive una vez y ellos dos me hacen feliz, así que voy a hacerlo. Me mudo a la casa de la playa de Jake Compton.

Se lo contaré a Tess en cuanto aterricemos y lo haré oficial. *Carpe diem*. Voy a aprovechar al máximo este día. Y ¿sabes qué? Que le jodan a Ilmari Kinnunen y sus rarezas. No me voy a quedar aquí sentada como una planta y a purificarle el aire a cambio de nada. Agarro mi botella de Coca Cola Light y me giro para mirarlo.

—Bueno, háblame de ti, Kinnunen.

Capítulo 37
Ilmari

Tengo el móvil entre las manos, pero no lo estoy mirando. No puedo concentrarme. No puedo dejar de revivir los momentos del partido de anoche. Fue otro shutout, no me metieron ningún gol, pero casi no lo consigo. Cada parada me ha costado cara. Estuve más tiempo en estilo mariposa que descansando. Me dolía cada vez que bajaba.

Antes de fichar por los Rays, ya tenía una de las puntuaciones más altas en el rango de shutouts de la Liga. Mi tamaño ayuda, y mi habilidad. No estaría en la NHL si no fuera hábil. Pero los shutouts no solo dependen de que el portero haga su trabajo. Necesito un equipo. Pero esta gente todavía no es un equipo. Estos primeros partidos lo han demostrado. Necesitamos más tiempo sobre el hielo, más tiempo jugando cuando de verdad importa. Y yo solo no puedo cargar con todo el peso...

—Bueno, háblame de ti, Kinnunen.

Parpadeo y levanto la mirada. Está sentada a mi lado. La doctora Price. Rachel. Me gusta su nombre. Tiene musicalidad. En finés diríamos Raakel. Se parece mucho a *rakas*. Cariño mío. Querida mía. Tan suave, tan femenino y dulce.

Pero la mujer que tengo sentada al lado no tiene nada de dulce. Las imágenes de anoche me inundan la cabeza: la forma en la que caminó por el vestíbulo del hotel como si le perteneciera. Sus pechos perfectos cubiertos por ese vestido negro y esos labios de cereza abiertos en una sonrisa sexi cuando Compton salió corriendo para ofrecerle el brazo. Yo vi toda la escena desde donde estaba sentado en el bar del hotel.

No hay muchas cosas que me llamen la atención más allá del hockey o un buen libro, pero ella sí. Y no me gusta. No me gusta que esté sentada a mi lado. En realidad, no me gusta poder oler las delicadas notas de su perfume cada vez que se inclina para ajustar el aire acondicionado. Me abruma. Siento que no tengo control. ¿Por qué fui a por ella? ¿Por qué hice que se sentara conmigo? ¿Por qué me aterra la idea de que se siente en cualquier otro sitio?

Maldita sea, sigue mirándome. No lleva el piercing de la nariz. Anoche sí lo llevaba. Fue en lo primero en que me fijé. En eso y en el tatuaje que se le veía en el escote, entre los pechos.

—¿Qué? —Sé lo que ha dicho.

Aprieta los labios. Ella también lo sabe.

—He dicho que me hables de ti —repite y luego le da un trago a su refresco.

Yo también tomo mi bebida, pues quiero hacer algo con las manos.

—Ya sabes lo suficiente.

Resopla.

—Sé cómo te llamas: Ilmari Kinnunen. Sé que eres finés. Eres portero en la NHL. Conozco tus estadísticas. Pero no te conozco a ti.

Esto nunca se me ha dado bien. La cháchara insustancial. Si hubiera un premio a la conversación más corta del mundo, lo ganaría siempre. Hablo tan poco que la mayoría de los chicos asumen que no entiendo el inglés. Estadounidenses estúpidos. Hablo mejor que ellos.

Como si me pudiera leer la mente, las siguientes palabras que salen de su boca son:

—No eres muy hablador, ¿verdad?

—No —respondo.

Suelta una risita y se coloca un mechón de pelo oscuro detrás de la oreja.

—Vale, pero dime la verdad... ¿Cuántas veces finges que no sabes el idioma para librarte de hablar con la gente?

Hago una mueca y me cruzo de brazos.

—Muchas.

Veo que se le mueve la garganta cuando vuelve a darle un trago a la bebida.

—Vale, pues un nuevo juego.

—¿Juego?

—Sí. —Gira el tronco y me clava los ojos oscuros. Son castaños con unas brizas de oro alrededor del iris—. Tienes que hacerme tres preguntas.

—Necesito concentrarme —mascullo y vuelvo a bajar la mirada al móvil.

—Oooh, no tienes que hacerlo. —Extiende el brazo y me tapa la pantalla del móvil con la mano—. No me voy a tragar tus mierdas de «tengo que dar lo mejor de mí», Kinnunen. Has conseguido otro shutout. Lo cual fue increíble, por cierto —añade, y me da un golpecito en el hombro—. Puedo respetar que antes de los partidos necesites dar lo mejor de ti. Pero ahora estamos volviendo a casa y no tienes otro partido en cinco días. Puedes ser humano un ratito.

Tuerzo la boca.

—¿Estás insinuando que no soy humano?

Ella achica esos preciosos ojos marrones.

—Aún no lo he decidido. Por eso quiero que me hagas preguntas. Pregúntame lo que quieras y te responderé.

—No tengo preguntas.

Pierde la cabeza y de repente me entran ganas de reprenderme a mí mismo. La estaba haciendo sonreír y ahora ya no sonríe.

—¿No puedes fingir durante cinco minutos que te importa alguien o algo que no sea el hockey?

Sus palabras me escuecen. No es la primera vez que alguien me acusa de estar demasiado centrado en mi forma de jugar. Pero uno no llega a mi nivel siendo complaciente. La obsesión es una necesidad. El ímpetu. La tenacidad. Son casi tan importantes como tener talento natural en el hielo.

—Te he estado observando, ¿sabes? —continúa—. Siempre vas a tu bola.

—Los porteros tienen diferentes horarios.

—Tampoco vas a las cenas. No participas en los grupos de chat. Ser jugador de hockey requiere algo más que jugar los partidos, Mars.

—¿Y tú cómo lo sabes? No estás en el grupo de chat.

—Los jugadores de hockey son famosos por lo charlatanes que son. Exceptuando lo presente —añade—. Quieren conocerte, Ilmari. Te guste o no, eres parte de este equipo. Durante los próximos años, Jax es tu hogar y los Rays también. Lánzales un hueso. De vez en cuando, di que sí a una cena.

Suspiro y me rasco la nuca, le doy a la parte superior con el codo.

—¿Eso es una recomendación médica oficial de mi doctora?

Se ríe y le da otro trago a su refresco.

—¿Sabes qué? En realidad, sí que lo es. Porque pienso que es poco sano que vayas a tu rollo y te aísles tanto del resto de los chicos. El hockey es un deporte de equipo, Mars. Y tampoco hace falta que seas portero todo el tiempo —añade—. Estás tan ocupado evitando que el disco entre en la red que creo que no te das cuenta de que también estás dejando fuera a todos los demás. Te vendría bien que de vez en cuando dejaras a alguien entrar. Deja el stick, quítate el bloqueador y permítenos que seamos amables contigo... Déjanos conocerte.

—Soy una persona reservada —respondo—. No sé ser de otro modo.

—Eso puedo entenderlo. Yo soy muy protectora hacia mi familia y mi vida privada. Pero no puedes quedarte ahí sentado atrapado en tu silencio toda la temporada, Mars. Yo soy una persona muy charlatana y no me duermo en los aviones. Y no he sido yo quien ha pedido esto —añade señalándonos a los dos—. Eres tú quien me obliga a sentarme aquí, aunque está claro que prefieres que salte del avión...

—No es lo que quiero —añado enseguida. Se me acelera el pulso solo de pensar en la idea de hacerle daño. Cuando la he visto tropezarse en el pasillo, he actuado sin pensarlo.

Me mira fijamente.

—Bueno... pues gracias por no querer que me mate.

Lo estoy fastidiando. De algún modo, estoy consiguiendo que cada vez se enfade más conmigo.

—Te propongo un trato, Kinnunen. Hazme tres preguntas, ¿te parece bien? Yo las responderé y luego te dejaré tranquilo durante lo que queda de vuelo. ¿Trato hecho?

Tengo el corazón en la garganta. Me da miedo preguntarle nada.

Hablar parece que está empeorando la situación, no mejorándola. Además, tengo la mente en blanco.

—¿Y si no lo hago?

Frunce más el ceño.

—Bueno, si no me puedes demostrar el más mínimo interés, me cambio de asiento. Esto me resulta muy incómodo, ¿vale? No puedo sentarme aquí sin más, Mars. Me siento... encadenada a ti. O como que en cierto modo no tengo nada que hacer cada vez que fomento tu tic al quedarme aquí sentada como si fuera una planta, purificándote el aire para que no te dé un yuyu.

—¿Qué es yuyu?

Hace un gesto con la mano.

—Da igual. ¿Me quieres hacer una pregunta antes de que me estrese del todo y me beba tu vaso de leche?

Suelto el aire despacio, mi mente es una habitación vacía. ¿Cuánto tiempo pueden dos personas estar sentadas en un avión, mirándose sin pestañear y sin decir ni una palabra?

Piensa una pregunta, Ilmari.

¿Por qué no te pones el piercing de la nariz siempre?

No, demasiado invasiva. A una mujer no puedes preguntarle sobre su cuerpo. Y no es solo una mujer, es tu médica.

¿Qué perfume usas?

Maldita sea, no. ¿Quieres que sepa que ahora también la olisqueas?

—Yo... No me sale nada.

—Genial —murmura ella—. Hasta luego. —Va a desabrocharse el cinturón con las dos manos, pero la detengo.

—No... por favor...

No quiero que se marche.

Se me queda mirando sin parpadear con esos ojos marrones clavados en mí.

—Eh, ¿Mars? —murmura. Tiene una voz muy dulce. Sus

ojos me atraen a las profundidades, como si fueran dos piscinas oscuras en las que quiero nadar.

—¿Eh?

—Quítame la mano de la entrepierna.

Bajo la mirada y veo que tengo la mano encima de su cinturón, lo que significa que la tengo en su regazo...

—*Mitä vittua* —maldigo y aparto la mano.

Ahora se está riendo.

—¿Estás bien, grandullón? ¿Vas a superarlo?

Resoplo y dejo caer la mano en mi regazo.

—Seré clemente, ¿vale? —bromea—. Dos preguntas. Hazme dos preguntitas de nada y luego te dejaré tranquilo durante lo que queda de vuelo.

Sacudo la cabeza y me permito devolverle la mirada.

—¿Tú... siempre bebes Coca-Cola Light?

Se le cae la sonrisa y entorna los ojos. Estoy preparado para su decepción.

—¿En serio, Kinnunen? ¿Puedes preguntarme lo que sea y esa es tu pregunta? No, no siempre bebo Coca-Cola Light. De hecho, has estado sentado justo a mi lado mientras yo pedía todo tipo de bebidas como café, agua o ginger-ale.

Tiene razón. Por supuesto que sí.

—Vamos a considerarla tu pregunta de calentamiento, ¿vale? Inténtalo otra vez —dice con más amabilidad. Como si supiera que esto me resulta difícil, añade—: Puedes hacerlo, Ilmari. Si te ayuda, imagina que soy tu médica. Este consejo médico gratuito puede ser tuyo, amigo mío. O podemos hablar de libros, música, películas, comida...

Consejo médico.

El corazón se me acelera y cierro los puños encima de las rodillas. ¿Sería así de fácil? ¿Podría conseguir al final la ayuda que tanto miedo me ha dado pedir?

—O podemos hablar de...

—¿Cuál es la forma más efectiva de tratar un tirón en la entrepierna?

Capítulo 38
Rachel

Parpadeo, las palabras *cultura pop* se mueren en mis labios.

—Ah... ejem... Sí, claro. Si quieres podemos hablar de tirones en la entrepierna. —Me coloco un mechón de pelo detrás de la oreja—. ¿Estás...? —Bajo la mirada. Menudo error. Ahora estoy mirando la entrepierna de Ilmari Kinnunen. Me aclaro la garganta y enseguida vuelvo a mirarlo a la cara—. ¿Es que... te preocupa que puedas tener uno?

—He tenido varios en el pasado —responde—. Es una de las lesiones más comunes en hockey.

—Sobre todo en los porteros —añado.

He estado investigando desde el momento en que me ofrecieron la beca Barkley. El hockey sobre hielo machaca las principales articulaciones. Sobre todo, en el caso de los porteros, las carreras acaban por culpa de la cadera y las rodillas. Roturas de menisco y del ligamento cruzado anterior, sobrecarga de los flexores de la cadera, tirones en la entrepierna. Es brutal.

—Bueno... ¿cómo tratarías uno? —murmura.

Sé que lo estoy empujando para salir de su zona de confort al obligarlo a hablar conmigo. Pero al observarlo en las últimas semanas me he dado cuenta de que puede que yo sea la única que presiona a Ilmari Kinnunen. Los entrenadores lo presionan cuando práctica, por supuesto, pero también está claro que creen que el sol sale y se pone por su cara bonita. Es difícil discutirles eso cuando hace que parezca que el hecho de que no te metan ningún gol es tan fácil como respirar.

—Bueno, así que tirones en la ingle —continúo—. ¿Dices que te ha pasado antes?

Asiente con la cabeza.

—¿Fue muy malo?

—Con uno, toda la parte interior de la ingle y la parte superior del muslo se me quedaron negras y azul, me estuvo doliendo durante semanas cada vez que me tocaba la zona. Casi perdí tres meses de la temporada antes de que pudiera volver a patinar.

—Sí, suena a que fue de los malos. A menos que sea un desgarramiento total del músculo que requiera cirugía, tiene que pasarse solo. Siempre he odiado sentir que tengo las manos atadas, pero en realidad depende del deportista hacer el trabajo, o en este caso el no-trabajo, y dejar que el cuerpo se cure por sí mismo.

Asiente, me escucha con atención.

—¿Qué te recomendó entonces el médico del equipo? —le pregunto—. ¿Qué plan de tratamiento seguiste?

—Me pusieron en el banquillo —responde—. Hielo durante veinte minutos cada cuatro horas durante la primera semana hasta que bajó la inflamación y vendas de compresión en el muslo durante el día.

Le doy un trago a mi Coca-Cola Light.

—Vale, eso suena bien. ¿Estás haciendo un buen régimen de estiramiento y fortalecimiento del abdomen? ¿Te gusta el trabajo que el doctor Avery realiza contigo?

Se queda quieto. Su expresión se vuelve sosegada, completamente impávido. Tengo la sensación de que eso puede ser algo propio de Ilmari. Le molesta algo sobre Avery o el derrotero que están tomando las preguntas.

Miro a mi alrededor. La mayoría de los chicos llevan unos auriculares enormes de cancelación de sonido y bien están durmiendo o jugando a algo en el móvil. Nadie nos está prestando atención.

—¿Quieres hablar de ello? —murmuro mientras me acerco más.

—No.

—Mars...

—He dicho que no —repite con la expresión fría como el hielo—. Avery es genial. Todo está genial.

—Ilmari, no tienes que...

—Tú me has obligado a hacer esto —ruge y me señala a la cara con un dedo—. Tú me has hecho preguntas y ahora he terminado. Cámbiate de asiento si quieres.

Sé lo que está haciendo. Está en modo portero, me está dejando fuera. Pero no soy un disco que puede apartar con un giro de la muñeca. Oh, no, yo soy muuuucho peor. Soy la doctora Rachel «mira cómo me doy cabezazos contra una pared» Price. Y esta conversación no ha terminado. Ni de lejos.

Hemos puesto en marcha un sistema bastante bueno para cuando volvemos de los partidos de fuera. Nos mezclamos todos en la gran sala multiusos que hace las veces de cafetería. El cocinero prepara un gran brunch para todos los jugadores y el personal con tartas saladas, fruta fresca y tortitas para parar un tren. Es el día libre de los chicos, así que se están poniendo las botas con el doble o el triple de todo.

Mientras tanto, los fisioterapeutas y el personal médico nos quedamos cerca por si hay que hacer alguna revisión. Nos han puesto en una esquina con un puesto de masajes. Varios chicos han empezado a pasarse un balón en círculo y más de una vez he tenido que esquivar algún que otro pelotazo.

—Ups... ¡Lo siento, doctora! —grita Langley, que persigue el balón mientras una de las hijas de J-Lo le pisa los talones.

Intento echarle un ojo a Ilmari mientras examino un par de rodillas amoratadas y ayudo al becario de fisioterapia a ponerle hielo a Karlsson en el hombro.

—Sí, justo ahí —murmuro mientras sujeto el extremo de la venda hacia abajo y Teddy le da vueltas.

Miro enseguida a la derecha cuando veo que Ilmari se ha escabullido.

—Vale, solo hay que ponerle esparadrapo... Oye, ¿puedes terminarlo tú?

—Eso creo —masculla Teddy, toda su concentración está puesta en el vendaje. Todavía no ha superado la fascinación que supone este trabajo: mirar a los ojos y tocar a atletas profesionales.

Le doy unas palmaditas en el hombro.

—Te irá genial. Karlsson, Teddy se va a poner ahora con la amputación, ¿vale? Tú respira.

—¿Qué? —grazna Teddy y Karlsson suelta una carcajada.

Me alejo e intento evitar que parezca que estoy acosando a Kinnunen. Cojo unas cuantas uvas de la mesa del bufé antes de meterme por la misma puerta por la que ha salido él. El complejo de entrenamientos es enorme. Podría estar en cualquier parte. Curioseo por ahí mientras avanzo despacio hacia el gimnasio.

El suave zumbido de la música despierta mi interés. Sigo el sonido conforme se va haciendo más fuerte. Dios, es intenso, alguna especie de death metal. Las guitarras chirrían mientras un hombre con una voz profunda gruñe y chilla al micrófono.

Giro la esquina que lleva a la sala de estiramiento y me detengo en el umbral de la puerta. Solo hay una hilera de luces encendidas, por lo que la habitación está sumida en una acogedora penumbra. Está enmarcada con espejos entre paredes y junto a la puerta hay una serie de baldas con herramientas de estiramiento: bolas de equilibrio de varios tamaños, bandas de goma, balones medicinales, cintas, rollers.

Pero me centro en el hombre que se encuentra en medio de la estancia. Ilmari está solo en las colchonetas, en cuadrupedia, moviendo las caderas al ritmo de la música. Sé lo que está haciendo, es un ejercicio para fortalecer los músculos de la ingle. Todos los jugadores lo hacen. Pero no voy a mentir, ver a Ilmari Kinnunen hacerlo solo en la oscuridad me parece algo casi pornográfico.

Levanta la cabeza y nuestras miradas se cruzan en el espejo.

—*Mitä helvettiä* —maldice y detiene la música cuando se yergue sobre sus rodillas—. ¿Qué estás haciendo aquí?

Me está dando la espalda, así que le aguanto esa tempestuosa mirada en el espejo.

El silencio que hay entre nosotros es ensordecedor.

—Buscándote —admito.

—Me has encontrado —masculla—. Pero me gustaría tener algo de privacidad.

Asiento con la cabeza y me cruzo de brazos mientras me apoyo contra el marco de la puerta. No voy a irme.

—Enséñamela.

Levanta una ceja.

—¿Qué?

—Tu rutina de estiramiento. Enséñamela.

—No eres mi fisioterapeuta.

Dibujo una sonrisa.

—Puede que no..., pero soy una fisioterapeuta. Tengo formación en kinesiología y medicina deportiva, un máster y licencia para practicar fisioterapia. Estoy especializada en lesiones deportivas de la cadera y la rodilla y me he pasado los dos últimos años trabajando en uno de los mejores centros privados de rehabilitación deportiva del país. No te estoy pidiendo que me enseñes cómo te lo montas en la esterilla porque me ponga cachonda, Kinnunen. Te pido que me enseñes tu rutina de estiramientos como médica profesional a la que este equipo le paga para proteger a los jugadores.

Seguimos en un punto muerto mientras su reflejo me mira sin pestañear desde el espejo.

Doy un paso en la estancia y quito de una patada el tope que sujeta la puerta de cristal. Esta se cierra con un leve chirrido a mi espalda. Él sigue mis movimientos con la mirada.

—Ahora voy a hacerte un par de preguntas —murmuro—. Tú las respondes si te apetece, ¿de acuerdo?

No replica nada. Lleva una camiseta de los Rays y unos pantalones cortos de Nike. Las deportivas son del mismo estilo que las del resto del equipo y tienen su número bordado en el talón: 31. Se está comportando como una presa, pero los dos sabemos que eso no es así. Él siempre es un depredador. Me triplica en tamaño y es puro músculo. Y yo lo he acorralado. El zorro ha hecho que el oso se ponga en guardia. Si doy un paso en falso, me comerá viva.

—En una escala del cero al diez, ¿cuánto te duele ahora mismo?

Traga saliva y se le ensombrecen los ojos.

—Cuatro.

Asiento con la cabeza.

—Y durante el último partido..., ¿cuánto te dolía?

—Ocho.

—¿El dolor se limita a un punto en concreto?

—Sí.

Me siento con las piernas cruzadas en las esterillas que hay detrás de él. Me permito recorrer con la mirada la anchura de sus hombros y bajo hasta las caderas.

—¿En qué lado es?

Despacio, mueve la mano y se lleva la palma a la cadera derecha.

Asiento con la cabeza. Sabía que tenía que ser la cadera. No estaría tan pancho de rodillas si tuviera un dolor de ocho en el menisco o ligamento cruzado anterior.

—¿Desde cuándo? —digo mientras le aguanto la mirada a su reflejo.

—Desde hace un tiempo.

—Maldita sea —mascullo—. ¿Se lo has dicho a alguien? ¿O solo te has dedicado a mentir y a compensarlo tú solo?

No dice nada, lo cual ya es respuesta suficiente.

—¿Me dejarás que te examine?

—No.

Aprieto los dientes, veo en el espejo que por mi cara cruza la frustración.

—Mars, tú...

—He dicho que no —escupe mientras coge el teléfono y se pone de pie—. Estoy bien y esta conversación nunca ha sucedido.

Yo también me pongo en pie.

—Oh, ¡no me vas a dejar aquí! —Lo agarro del hombro y se atreve a pasar de mí—. Te vas a quedar en esta habitación y vas a hablar conmigo.

—No, no lo voy a hacer —masculla mientras avanza hacia la puerta.

Lo persigo.

—¡Mars!

Agarra el picaporte de la puerta. Sin pensarlo, salto.

—*Saatana... paska...* joder... —gruñe—. Suéltame...

—No —gruño. Le estoy rodeando el cuello con los brazos y envuelvo las piernas alrededor de su cintura. Vaya, este hombre es una columna de puro músculo.

Hace fuerza en mis piernas con sus dedos de hierro y yo me retuerzo, casi lo ahogo mientras aprieto más las piernas.

—Bájate...

—Si sales de aquí, vas a tener que explicarle a todo el mundo por qué me llevas a cuestas como un koala —gruño.

—Estás loca...

Se gira y me doy con la cadera en la repisa de balones medicinales. Enseguida se caen sobre las esterillas y salen rodando en todas direcciones.

—Au... mierda... ¡Estoy intentado ayudarte, gilipollas!

—No necesito tu ayuda.

—¡Estás lesionado, idiota! ¡Deja de luchar contra mí!

Se detiene, el pecho le sube y le baja como si fuera un toro cabreado.

Nos observo en el espejo y no puedo evitar echarme a reír. Tiene una mano en mis brazos, con los que le rodeo el cuello, y otra en mi tobillo, donde ha intentado abrir la presa de mis piernas... las cuales ahora mismo tengo más apretadas contra él que la corteza a un árbol.

—Necesitas ayuda —jadeo—. Déjame que te ayude. Déjame hacer mi trabajo.

Cierra los ojos.

—No puedo —susurra y sacude la cabeza—. No puedo hacer esto. Es demasiada presión. Todo lo que quería... todo por lo que he trabajado... No puedo dejar que me lo quites.

Parece muy roto por dentro. No es un oso enfadado dispuesto a vapulearme. Y no es un deportista inmortal e intocable con su equipación y su máscara. Solo es un hombre. Y está asustado.

Los ojos se me llenan de lágrimas.

—Ay, Mars. —Relajo mi presa—. Te juro que... Oye, mírame —le ruego.

Poco a poco, clava su mirada de acero en mi reflejo.

—Haré todo lo que esté en mi mano para ayudarte..., pero tienes que dejarme. Tienes que confiar en mí. ¿Me das una oportunidad?

Capítulo 39
Ilmari

La doctora Price está agarrada a mí, tiene la curva de sus muslos encima de mis caderas. Su peso ejerce tanta fuerza que casi me he distraído del todo. Siento su cálido aliento abanicarme la nuca. Estoy luchando contra la urgencia de lanzarla a la otra punta de la habitación... o de soltarla sobre las esterillas y meterla debajo de mí y...

Gruño y sacudo la cabeza. Si nos quedamos así mucho más tiempo, no podré esconder el efecto que provoca en mí. Relajo el cuerpo y ella relaja el suyo. Poco a poco aflojo mi agarre sobre sus brazos y ella se baja sola de mi espalda, cae sobre las esterillas.

Se aleja de mí y me deja tambaleándome. Me froto la cara con una mano y me acaricio la barba con un leve gruñido.

—Bueno... —dice sin aliento—. Eeeh... ¿Eso es un sí? ¿Dejarás que te ayude?

Me giro y me enfrento a su mirada por primera vez sin la barrera del espejo.

—No tienes ni idea de la presión que tengo encima.

—Sé lo de los reclutadores de las Olimpiadas —responde mientras se cruza de brazos. Lleva un polo de los Rays de color azul turquesa con unas mallas negras y el pelo sujeto en un moño como el mío. Un par de mechones oscuros le enmarcan la cara. Quiero recogérselos. Siento que las manos se me retuercen de la necesidad. Cierro los puños y los mantengo a ambos lados.

Tampoco es que nunca haya jugado lesionado. Podrías preguntárselo a todos los jugadores de este equipo y todos te señalarán como mínimo una parte del cuerpo que les duele. Es cuestión de equilibrio. ¿Hasta qué punto puedes estar lesionado y seguir jugando? He jugado con dedos rotos, con una costilla magullada, con una contusión leve...

—Ilmari —murmura, me acaricia el antebrazo—. El hockey no es lo único que importa, eso lo sabes.

Me aparto de ella.

—No soy nada si no puedo jugar.

—Solo es un juego...

—No lo entiendes. —Le doy la espalda.

Resopla.

—¿Crees que no entiendo la presión que supone hacer algo? Soy médica, Mars. En mi trabajo hay vidas en juego, literalmente. He estado delante de una mesa de operaciones con una persona abierta en canal desde la ingle a la cadera, con todos los huesos a la vista. ¿Tú puedes decir lo mismo?

Bajo la mirada y la observo.

—Yo llevo sobre los hombros el peso de todo el partido. Lo que significa que yo cargo con todos: mi equipo, mis entrenadores, tú, la gente que vende las entradas, los tíos que venden los perritos calientes. Decenas de miles de personas, cada partido, cada noche. Yo soy el portero. Todo depende de mí. —Enfatizo cada palabra de la última frase y me inclino más hacia su cara.

Ella me pone la mano en el pecho y aprieta un poquito.

—No estás solo, Ilmari.

—¡Sí que lo estoy! Eso es lo que significa ser portero. Un hombre en la red y ese soy yo. Tengo que poder jugar...

—No, en realidad no. Tienes que poder vivir. ¿De verdad te satisface machacarte el cuerpo contra el suelo para hacer lo que seguramente sea un daño irreparable? Es un dolor y un daño con el que puede que tengas que vivir toda la vida...

—No hay nada peor que el dolor de no jugar —escupo—. ¡El hockey es lo único que importa!

Se aparta con los ojos como platos y sacude la cabeza de incredulidad.

—Te lo juro por Dios, ¡sois peores que los drogadictos! Te piensas que no hay nada más en la vida que perseguir esa emoción que crees que solo puedes encontrar en el hielo. Pero te voy a dar una noticia, Kinnunen: las carreras en el hockey son cortas. ¡Pero la vida es larga!

Ahora no quiero escuchar esto. No puedo escucharlo ahora.

—Has tenido una carrera impresionante para un portero —continúa—. Ya tienes treinta. Imagino que a lo mejor te quedan unos dos años antes de que te obliguen a retirarte. Cuatro si tienes suerte. —Se inclina hacia delante con la voz plana—. Pero los dos sabemos que al ritmo al que estás machacando esas caderas y esas rodillas, no vas a ser de los afortunados.

Me giro, estoy desesperado por bloquear esas hirientes palabras.

—Te van a poner en el banquillo —me amenaza—. Tendrás que ver que un tío más joven y patoso que tú ocupa tu lugar. No te van a obligar a retirarte enseguida porque eres Mars Kinnunen, el ojito derecho de la NHL, el primer jugador que fichó por los Rays de Jacksonville. Eres su estrella. Ayudarás a vender muchísimas entradas... mientras coges polvo en el banquillo.

—Para —le gruño.

—Como un guardapolvo acabado...

—¡Que pares de hablar!

—¡Entonces deja tú de meter la cabeza en el suelo! ¿Qué vas a hacer cuando se te acaben los dos años? ¿Eh? ¿Quién será Ilmari Kinnunen cuando tenga treinta y dos años y esté retirado? ¿Quieres ser el cuarentón que tiene un trasplante de cadera doble? ¿Quieres vivir en una casa de una sola planta porque no puedes ni subir las escaleras?

—No voy a dejar que me pongan en el banquillo —afirmo, aunque sé muy bien que no es algo que esté en mi mano—. Los reclutadores tienen que verme jugar. ¡Eso lo es todo para mí! Toda mi vida me ha traído a este momento. El legado de mi familia es jugar en la Selección Nacional finesa. Mi abuelo jugó y mi padre también. Ahora me toca a mí. Es lo que siempre he querido. Antes nunca había sido el momento, pero esta es mi oportunidad. Mi última oportunidad. Por favor, Rachel...

Esto la calma, la cruda verdad ha salido a la luz. Odio desnudarme así delante de una extraña, pero no va a dejar de azuzarme hasta que me abra en canal.

—Ayúdame —le ruego mientras le aguanto la mirada—. Ayúdame a seguir en el hielo y haré todo lo que tú digas.

Resopla y recorre con la mirada la sala en penumbra. Al final, me mira con las manos en las caderas.

—Si esperas que te ayude a seguir en el hielo, lo de hacer todo lo que yo digo empieza ahora mismo. Aquí no puede haber medias tintas, Mars. Te estás arriesgando al jugar lesionado y yo me estoy arriesgando al ayudarte a ocultarlo.

Asiento con la cabeza, ya noto que el peso de este secreto es algo más liviano en el pecho. Se lo he dicho a alguien. Rachel lo sabe. Ya no tengo que cargar con esto yo solo.

—Dime lo que tengo que hacer.

—Bueno, lo primero es hacer una revisión. Ya sabes, la que te has estado saltando durante el último mes —añade con una mirada asesina—. Asumo que esa es la verdadera razón por la que tus horarios eran tan incompatibles, ¿no? ¿Estabas evitándome?

Vuelvo a asentir. Debería sentirme avergonzado, pero no es así. Soy un hombre desesperado. Haría cualquier cosa por seguir en el hielo, incluso esconderme de mi propia médica en el cuarto de la limpieza... cosa que hice la semana pasada... dos veces.

Ella suelta el aire despacio.

—Esto es una locura. Ni siquiera sé cómo hacerlo. Necesitamos pruebas...

—Nada de pruebas —gruño—. Eso haría que fuera oficial.

Hace un sonido ahogado.

—Bueno, ¿y cómo coño esperas que haga esto sin ninguna prueba? Te duele la ingle, ¿verdad?

Asiento una tercera vez.

—Claro, el problema es que fácilmente puede haber unas cincuenta cosas que se pueden presentar como dolor en la ingle —responde—. Puede que tengas una rotura muscular o puede que no. Podría ser algo muchísimo peor que eso, Mars. Podríamos estar enfrentándonos a un tirón del flexor de cadera, un desgarro labral, bursitis. Podrías necesitar cirugía...

—Vale —la apaciguo colocándole una mano en el hombro—. Tú respira.

Se aparta.

—¿Que respire? ¿Estás de coña? ¡Estás intentando tranquilizarme a mí cuando eres tú el que tiene una lesión que no se ha tratado correctamente!

—No me duele fuera del hielo —digo—. Y lo he estado compensando en la red intentando no usar tanto el estilo mariposa. Si abro mucho la pierna derecha me duele, así que he estado gravitando hacia el poste izquierdo. De ese modo, puedo estirar la izquierda para llegar al poste derecho. Creo que está funcionando. Es...

—Es una locura —suelta—. No puedes pretender proteger solo la mitad de la red y esperar que nadie se dé cuenta.

Ambos nos quedamos callados. Ella está hirviendo. Yo, esperando.

Despacio, vuelve a respirar para tranquilizarse.

—Vale, no puedo enfrentarme a esto ahora mismo. Me estoy muriendo de hambre y necesito cafeína. Esto es lo que vamos a hacer. —Me señala con un dedo—. Vas a llevarme a comer a alguna parte lejos de ojos y oídos indiscretos. Me vas a dar de comer y me vas a dar cafeína y luego vamos a pensar un plan.

—Vale.

—Bien. Porque no voy a dejar que hagas esto solo ni un segundo más. ¿Me has escuchado? En este edificio, todo el mundo se preocupa primero por el partido, incluso tú. Pero yo no. Tú eres mi prioridad, Mars. Tu salud. Tu bienestar. Vamos a solucionar esto.

La veo alejarse y me fijo en el suave vaivén de sus caderas. El torbellino de emociones que siento me está destrozando. Ningún médico me ha puesto a mí primero. Siempre van primero las necesidades del partido. Cuando llevas tanto tiempo en este negocio, empiezas a sentirte como un engranaje en una máquina enorme, completamente remplazable.

Esta médica solo ha necesitado un discurso apasionado para arrancarme de la máquina y ponerme a salvo entre sus manos. Es fiera. Mi leona de pelo oscuro.

—*Leijona* —murmuro para el cuello de mi camisa.

Ahora mismo no tengo más remedio que confiar en ella. Y ella también se está arriesgando. Está tan segura entre mis manos como yo en las suyas. Se lo contaré todo.

La mantendré a salvo. Ahora lo juro: Rachel Price no se arrepentirá de haberme ayudado.

—Rachel —la llamo.

Se gira en la puerta con la mano en la barra de apertura.

—Gracias —digo en voz baja. Siento que por primera vez desde hace semanas no me cuesta respirar.

Me mira con los ojos achicados.

—Más te vale que no me arrepienta de esto, Kinnunen. Ahora, vamos. Voy a meterme entre pecho y espalda la fuente más grande de alitas de pollo que hayas visto en tu vida.

Mun leijona. La sigo con una sonrisa.

Capítulo 40
Rachel

Fiel a su palabra, Ilmari me lleva a un bar con parrilla en la playa que sirve alitas de pollo y chips de boniato frito con forma de gofre. Al parecer, este hombre no entiende el concepto de *día de saltarse la dieta* porque mientras yo pido mi propio peso en alitas de pollo, patatas y apio con queso azul, él se pide un filete del salmón a la plancha con brócoli al vapor y ensalada de arroz. Ni siquiera toma una cerveza. ¿Qué jugador de hockey no se toma una cerveza el día de saltarse la dieta? En cambio, está bebiendo agua con limón como si le fuera la vida en ello.

Nos quedamos en el bar durante unas dos horas. Hace muy buen tiempo y nos hemos sentado en la terraza. La brisa marina me despeina el pelo mientras lo interrogo sobre todos los aspectos de su dolor y de su estrategia de automedicación. Al final se ha abierto y está respondiendo a todas las preguntas que le planteo con algo más que asentimientos de cabeza y monosílabos.

Nos marchamos del restaurante y nos vamos hacia la sala de reconocimientos que hay en el pabellón de entrenamiento. Cierro la puerta.

—¿Por qué no te tumbas? Te haré una revisión y comprobaré tu rango de movimiento, ¿te parece?

No dice nada, pero ya he aprendido que en Ilmari eso significa que da su consentimiento. Cuando me doy la vuelta, el enorme oso que es este hombre ya está tumbado en la camilla. Relaja la espalda y se pone el brazo encima de la cara mientras respira hondo un par de veces.

Me froto las manos para calentarme las palmas.

—¿Tienes algún hematoma visible en la zona?

—Esta mañana no.

Aprieto los labios. Estudio con mirada clínica el corte de sus musculosos muslos.

—A veces los hematomas pueden tardar uno o dos días en salir a la superficie. Si te has desgarrado algún músculo en el último partido, no lo veríamos de inmediato. ¿Puedo comprobar si hay hinchazón o descoloración?

Asiente con la cabeza.

Solo lleva unos pantalones de deporte cortos. Esto va a ser fácil. Me aclaro la garganta.

—Necesito... trabajar dentro de tus pantalones un poco. ¿Te supone...?

Antes de que pueda terminar mi frase, baja las dos manos a los pantalones y tira de ellos.

—Ay, no... Mars, no hace falta que....

Pero es demasiado tarde. Ilmari se baja los pantalones de la cadera con una mano mientras que con la otra hace todo lo que puede para taparse. El tío tiene unas manazas, pero aun así consigo ver lo que se lleva entre manos.

Ave María purísima.

Me acerco un paso a la camilla y estudio rápidamente con la mirada la piel de la ingle y el muslo superior. No hay hematoma. Ni hinchazón.

—¿Te duele?

Le palpo con cuidado el pliegue de la ingle con los dedos.

—No —dice con el cuerpo rígido.

—Intenta relajarte.

Gruñe y masculla algo en finés. Es algo que hace mucho. Me imagino que es algún tipo de maldición... probablemente dirigida a mí.

Muevo los dedos por la línea del músculo abductor.

—¿Y esto?

—No.

—¿Cuánto te duele ahora mismo?

—Tres. Siempre estoy en tres —aclara.

—Puedes volver a subirte los pantalones. —Mientras lo hace, añado—: No veo descoloración, pero eso no significa que no vaya a haberla en un par de días. La zona está un tanto caliente al tacto, lo cual puede ser un indicio de tensión. Así que está claro que tienes que seguir con la rutina de hielo que hemos comentado.

Asiente con la cabeza y respira hondo. Mira a todas partes menos a mí. ¿Le estoy haciendo sentir incómodo? Por lo general, le preguntaría si quiere que haya otra persona presente para hacer este tipo de revisiones, pero teniendo en cuenta que soy la única a la que le ha confiado su problema, me imagino que su respuesta será un no rotundo.

—Me gustaría hacerte algunas pruebas de rango de movimiento para acotar si el núcleo del dolor es de verdad la ingle o si se encuentra más adentro en la articulación de la cadera —le explico.

—Lo que haga falta, doctora.

Le hago unos cuantos ejercicios de rango de movimiento básicos y le pido que me detenga cuando sienta dolor. Ya he visto su rango de movimiento en el hielo. Puede abrirse de piernas por completo.

—Vamos a hacer una prueba de compresión de cinco segundos.

Antes de que pueda explicarle de qué trata, ya ha doblado las rodillas y ha apoyado los pies en la camilla. Este movimiento ha hecho que los pantalones cortos se le hayan deslizado hasta la entrepierna, y ha dejado al descubierto toda la longitud de esos muslos que parecen troncos de árbol.

Le lanzo una sonrisa.

—Esta no es mi primera exhibición de vacas —dice.

Resoplo, pero me sale más bien una risa ahogada que hace que él me mire con el ceño fruncido.

—¿Qué?

Sacudo la cabeza.

—Se dice *rodeo*. Este no es mi primer rodeo.

—Vale —murmura—. Bueno, pues no lo es. Puedes meterme el puño, doctora. No me importa.

Y ahora es cuando de manera oficial mi profesionalidad ha abandonado el edificio.

Estoy llorando de la risa.

Ilmari se incorpora. Me mira con el ceño fruncido.

—¿Qué he dicho ahora? Así es la prueba de compresión de cinco segundos, ¿no?

Me pones el puño entre las rodillas y aprietas. Me lo han hecho mil veces.

Madre mía, y ahora está poniendo mala cara. No le gusta que le hagan bromas. Me aclaro la garganta.

—Sí, campeón, así es como funciona la prueba de compresión. Ahora, túmbate y déjame que te meta el puño. —Vuelvo a contener la risa porque, al parecer, tengo doce años.

Él se tumba y se queda quieto.

—Es algo sexual, ¿verdad?

Suelto una risilla y le golpeo las rodillas. Las vuelve a levantar y deja los pies planos en la camilla.

—Sí, Mars. Es sexual.

Me mira con una ceja levantada.

—¿Vas a contármelo?

—Ni hablar —respondo con una carcajada y le coloco el puño entre las rodillas—. Tómatelo como si fueran los deberes. Oye, esa podría ser tu contribución al grupo de chat de esta semana: pídeles a los chicos que te expliquen lo de meter el puño. Venga, aprieta —añado.

Entorna los ojos y ejerce muchísima presión en mi puño cuando aprieta todo lo fuerte que puede.

—No es difícil imaginarse lo que significa. Supongo que es cuando coges el puño y lo metes dentro de...

—Vaaaaaale, y eso son cinco segundos. —Hablo por encima de él y le vuelvo a dar unos golpecitos en la rodilla—. ¿Cómo ha ido?

—Puede que un cuatro.

Asiento con la cabeza y tomo nota mental.

—De acuerdo, puedes ponerte en pie. Por ahora hemos terminado.

Se sienta, pero no se levanta de la camilla.
—¿Y bien?
—No quiero ponerme a especular sin fundamento.
—¿Es especular sin fundamento cuando eres experta en cadera y rodilla? Alguna opinión debes tener.
Lo miro.
—Vale, bien... ¿mi primera impresión? La verdad es que no creo que sea un tirón inguinal.
Su cara de esperanza se desmorona.
—Crees que es algo peor.
—No, no tiene por qué ser peor, tan solo... diferente —respondo—. Creo que el problema está más adentro, en la cadera. Creo que podría ser el labrum. Es una lesión común en el hockey sobre hielo y en el fútbol, teniendo en cuenta que siempre estás en hiperextensión. Y eso puede hacer que sientas que tienes como un tirón en la ingle, pero en realidad no tienes los síntomas externos de un tirón —añado.
—¿Requiere cirugía?
—No siempre.
—Pero ¿a veces sí?
Asiento con la cabeza.
—Pero algunos tirones inguinales también la requieren —añado—. He visto ambos casos. Si un desgarro empeora lo suficiente, hará falta cirugía para solucionarlo. Eso es lo que tenemos que evitar de ahora en adelante. Si tu desgarro labral no está tan mal, podemos hacer rehabilitación y ponerte en un estricto plan de fortalecimiento y acondicionamiento para que esas caderas sean lo más fuertes posibles.
—Haré todo lo que me digas, doctora —responde.
Sonrío.
—No quiero que te preocupes, ¿de acuerdo? Tenemos un plan. Y esta semana has jugado genial. Ve a casa y descansa. Y para el entrenamiento del lunes vas a decir que estás enfermo, ¿vale?
Asiente con la cabeza, pero su expresión se oscurece.
—Hablaré con tu equipo de fortalecimiento y acondicionamiento y les diré que estás trabajando conmigo. El miércoles es el día que viajamos a Pensilvania, así que ahí también pue-

des descansar —añado contando los días con los dedos—. El viernes y el sábado son los días de partido. En realidad, me gustaría que te saltaras el primero...

—No —masculla.

—Davidson se pone la equipación por algo, ¿sabes? Es un portero bastante bueno...

—Es un colador.

—¡Es tu compañero de equipo!

Ilmari se cruza de brazos y me mira.

—Tengo que empezar yo.

Yo me limito a sacudir la cabeza.

—En tu conciencia queda.

Asiente y baja la mirada a las manos que tiene dobladas sobre el regazo.

—Oye —murmuro acercándome más. Levanta la cabeza de manera brusca, tiene esos ojos azules de tormenta entrecerrados—. Yo te estaré mirando, ¿vale? No estás solo, Mars. Tienes mi apoyo.

Me sostiene la mirada durante unos segundos. No tiene para nada esa apariencia de niño guapo que tiene Jake ni la de cachorrito mono de Langley. No, Mars Kinnunen es todo un hombre. Es rudo y anguloso y no es mi tipo. Y, aun así, me resulta imposible explicar lo atraída que me siento hacia él.

Entonces se baja de la camilla y todo el aire de la habitación parece desvanecerse. Me saca más de una cabeza. Su historial dice que mide un metro noventa y ocho. Acorta el espacio que nos separa y me sorprende cuando me envuelve en un fuerte abrazo.

Me quedo rígida, su olor inunda todos mis sentidos cuando me pasa esos fuertes brazos por los hombros y apoya la barbilla en mi coronilla. Una vez me recupero de la sorpresa, yo también estiro los brazos y lo abrazo con menos fuerza.

—Gracias, Rachel.

Es la segunda vez que lo dice hoy. Luego se aparta y me deja anhelando esa calidez y ese aroma que me recuerda al olor de la casa que siempre he soñado.

Capítulo 41
Rachel

Cuando vuelvo a mi apartamento, ya son casi las cinco de la tarde. Dejo las maletas en la cocina y paso la mirada por el diminuto espacio. Jake ha hecho que el móvil me vibre unas cuantas veces a lo largo de la tarde. Y he visto una llamada perdida de Caleb cuando he terminado el reconocimiento físico de Ilmari.

Les debo unas cuantas explicaciones sobre lo que ha pasado hoy, pero no puedo dárselas. Ilmari confía en que no voy a decir nada. Los chicos tendrán que entenderlo.

Avanzo hacia la barra, me siento en el taburete y saco el móvil que llevo sujeto en la cinturilla de las mallas. Estoy desesperada por darme una ducha, pero primero tengo que hacer una llamada. Siento que esta situación me tiene con la soga al cuello. Soy la única persona a la que Ilmari le ha confiado su secreto. Necesito llamar a la única persona a la que yo puedo confiarle el mío. Él sabrá qué hacer.

Me deslizo por los contactos, me detengo en su nombre y respiro hondo antes de darle al botón de llamada. Para mi eterna sorpresa, sí que me coge el teléfono.

—¿Price? Esto sí que no me lo esperaba —dice su voz profunda.

—Hola, doctor Halla. Siento llamarle así, pero... —En realidad, no esperaba hablar con él directamente.

Ya tenía pensado el mensaje que le iba a dejar en el contestador.

—¿Pasa algo malo?

Me aclaro la voz.

—Eeeh... La verdad es que necesito su consejo para un tratamiento. Es... bueno, es una situación complicada. ¿Tienes un par de minutos para hablar?

Se queda callado un segundo.

—Por supuesto. —Me llega su respuesta—. Cuéntame el caso.

Respiro hondo.

—A ver... no sé por dónde empezar.

Una hora después, salgo de la ducha con una toalla envuelta en la cabeza. Me pongo una camiseta de pijama de seda de color verde esmeralda y unos pantalones a juego. El calor de la ducha me ha ayudado a relajar los músculos. Qué ganas tengo de dejarme caer en el sofá de Jake con una copa de vino. A lo mejor me da uno de esos masajes de pies que me ha prometido.

No pienso llevar todas mis cosas de una vez. Lo he decidido en la ducha. Estoy demasiado cansada para encargarme de eso esta noche. Me pasaré por allí, me disculparé por haber pasado de ellos durante todo el día y espero poder gorronearles algo de comer.

Cojo el teléfono del tocador y compruebo los mensajes. Jake me ha enviado antes su dirección... y una foto del sushi que se ha comido por el día de saltarse la dieta. Creo que en otra vida Jake fue un rollito de sushi. Sonrío solo de pensarlo y le escribo un mensaje rápido, mientras voy de la habitación a la cocina.

RACHEL (18:17): Hola, salgo de aquí en diez minutos. Porfa, dime que tienes comida.

Puede que tenga el estómago vacío, pero que le den. Mamá necesita una copa de vino después de la maratón que ha sido esta semana. Entro en la cocina y enseguida suelto un grito cuando el teléfono se me cae de las manos y se estrella contra el suelo.

—¿Qué coño haces aquí, Caleb?

Este gilipollas está ahí plantado en mi cocina, apoyado contra el horno con los brazos cruzados.

—Vaya, estás viva. Está bien saberlo.

Me agacho y cojo el móvil para hacer inspección de daños.

Jake ya ha respondido.

JAKE (18:18): ¡¡¡¡SÍÍÍ!!!! *emoticono de confeti*

JAKE (18:18): ¿La pizza te parece bien?
Estoy precalentando el horno.

JAKE (18:18): Oye, creo que Caleb todavía no ha
salido. A lo mejor podéis venir juntos.

Con el corazón acelerado, miro a Caleb.

—¿Ahora te dedicas a colarte en los pisos de las chicas? ¿Cómo narices has entrado aquí?

Levanta una ceja oscura con los brazos aún cruzados.

—¿En serio? Me diste una llave, ¿te acuerdas?

Vaya, sí que se la di. Me parece que ha pasado toda una vida, no solo un par de semanas. Resoplo y abro la puerta del frigorífico para sacar mi chardonnay frío.

—Sí, pero era para emergencias. ¿Hay alguna, Caleb?

—Me he quedado sin conchas —masculla, y señala el cuenco de cristal que hay encima de la barra.

Abro el armario y saco una copa de vino y me sirvo una generosa porción.

—Entonces, ¿a qué viene lo de la capa y la daga? —digo, y le doy un sorbo.

Sigue mirándome de esa forma con los brazos cruzados.

—Has cambiado de opinión.

Me detengo con la copa de vino a medio camino de los labios.

—¿Es eso lo que piensas?

Asiente con la cabeza, esa energía que desprende de «que le den a todo» parece hervir a fuego lento. Después del día que he tenido, la Rachel Dragona está preparada para salir y echarse unos bailecitos. Jake nunca me daría el tipo de lucha que está deseando, pero Caleb es otro cuento. En mí hay una oscuridad que veo reflejada en él.

Dos viejas glorias hastiadas de todo lo que podrían haber sido, obligados a permanecer a la sombra de los focos de otra gente. Pero nosotros nos hemos dado cuenta de que preferimos la oscuridad a cualquiera de las cosas que habríamos tenido compartiendo la luz.

Dejo la copa en la encimera. Todavía llevo la toalla en la cabeza. El pijama de seda, con su camisa de tirantes y sus pantaloncitos, no dejan nada a la imaginación. Estoy segura de que está viendo todas mis curvas. Y está mirando. Yo también lo estoy observando, se le está calentando la mirada.

Me cruzo de brazos y me apoyo contra la encimera.

—Así que crees que he cambiado de idea. He tardado menos de doce horas en decidir que puede que vivir con dos coleguitas de hockey no sea la mejor decisión de mi vida. Eso es lo que quieres pensar, ¿verdad?

—No quiero pensarlo —me corrige—. Es solo que no me sorprendería que lo hubieras hecho. Es mucho para cualquiera. Jake es mucho. Pero he venido a ver si te lo piensas mejor.

Levanto una ceja.

—Ah, ¿sí? ¿Y qué vas a ofrecerme, Caleb?

Respira hondo y deja caer las manos a los lados.

—Yo me retiro.

Ahí está. Como un reloj.

Cojo la copa de vino, le doy otro sorbo y no digo nada. Lo mejor es darle a la gente toda la cuerda posible cuando está decidida a ahorcarse sola. Y a Caleb le encanta el bondage. Quiere esto. Apuesto lo que sea que ahora mismo se le está poniendo dura, está puesto de su propio martirio de mierda.

—Mira... es que todo esto es demasiado —sigue mientras se rasca la nuca—. A Jake no le viene bien distraerse al principio de una nueva temporada con un equipo completamente nuevo. Y está claro que tú tampoco necesitas más complicaciones. Quiero decir, que llevas entre la espada y la pared desde el principio. Intentaste pasar de Jake en Seattle, así que sé que tienes tus dudas. Yo no quiero ser parte de ellas.

Oh, Caleb, eres un conejito asustado.

—Ajá —digo y doy otro trago—. Entonces... has decidido que, si quiero cortar por lo sano y salir por patas, es mejor que solo le haga daño a Jake, ¿a que sí?

—No —ruge—. No quiero hacerle daño a Jake.

—¿Estás seguro de que todo esto es por Jake? A mí me parece que quieres acabar con esto antes de que empiece para mantenerte tú a salvo. Para ahorrarte el dolor de que te dejen atrás. Ese es el miedo que tienes, ¿verdad?

—No... Yo... Joder, esto no está saliendo bien —protesta y baja la mirada.

—No, lo estás haciendo genial —digo impasible—. Vamos a poner toda esta mierda encima de la mesa.

Le brillan los ojos como si se le estuvieran derritiendo.

—¿Te crees que es divertido?

—Para nada —contesto—. También creo que en realidad esto va sobre mí y mis problemas de lealtad —añado—. Porque está claro que esto no trata sobre Jake. Si buscas *constancia* en el diccionario, verás una foto de Jake Compton levantando los pulgares.

Sacude la cabeza y se pasa una mano por el pelo despeinado.

—Por cierto, ya le he escrito y le he dicho que estaba de camino —continúo—. Es lo que estaba haciendo cuando me has dado un susto de muerte.

Mira mi móvil, que está vibrando sobre la encimera, y frunce las cejas.

—¿De verdad?

—Sí, Caleb, de verdad. Hoy no tenía la intención de pasar de ninguno de los dos. Tan solo me ha surgido trabajo. Lo he solucionado lo más rápido que he podido y estaba preparándome para ir a veros. Pero dado que estás aquí plantado en mi cocina, podemos solucionarlo ahora.

Entorna los ojos.

—¿Solucionar el qué?

Resoplo y vuelvo a dejar el vino a un lado.

—¿De verdad esperas que me crea que has usado la llave por primera vez para entrar aquí y decirme que te retiras? ¿No tienes ni la más mínima curiosidad por ver hacia donde lleva esto?

—No puede ir a ninguna parte. Tú misma lo dijiste.

—Dije que no podía ser público —lo corrijo—. Por un montón de razones, tenemos que mantenerlo en secreto. Pero hay mucho espacio para bailar en la oscuridad, Caleb. Sobre todo, para ti.

Frunce más el ceño.

—¿De qué coño estás hablando?

Me encojo de hombros.

—Bueno, esta es tu oportunidad de ver todos tus sueños hechos realidad.

Aprieta más los brazos, que sigue teniendo cruzados.

—No te sigo.

—¿No? Entonces déjame que te lo explique. —Me acerco un paso—. Tu mejor amigo ha encontrado al amor de su vida. Así que ahora estás un tanto aturdido. No sabes qué hacer. Porque no es una fan loca rubita que se llama Kelsey y que quiere casarse con él y tener los hijos que le corresponda para ponerles trajecitos de Gucci.

Veo que le tiembla la comisura de la boca.

—Ah, ¿no?

Me quito la toalla de la cabeza y la tiro al suelo. El pelo mojado y despeinado me cae por los hombros.

—Nop. Le gusta la comida tailandesa, trabaja con pijama, maldice como un marinero y es una doctora que está buena que te cagas. Es una roquera de pura cepa que se crio metiéndose de todo detrás de los amplificadores en los conciertos de papá.

Me acerco un paso más y veo que se tensa. Ahora mismo está luchando consigo mismo más que yo. Tiene a su propio monstruo bien encadenado.

«Ven a jugar conmigo, nene».

Apenas nos separa un brazo de distancia. Extiendo la mano y le acarició el pecho levemente con la punta de los dedos. Se tensa ante mi roce y se agarra con las dos manos a la cocina.

—La nueva chica de Jake le ha ganado la guerra a la adicción, a la depresión y a la dismorfia... Todo ello antes de cumplir los dieciocho años —continúo—. Los dos sabemos que es mala para él... y demasiado buena.

Cubro el espacio que nos separa, sigo teniendo la mano extendida en su pecho.

—Es fuerte. No se traga sus tonterías. Y su brillo no la ciega como a otras mujeres. Puede manejarlo, protegerlo y hacer algo más que igualarlo en fuerza.

Me inclino hacia él, puedo contarle las pecas que le salpican las bronceadas mejillas, y susurro:

—¿Y quieres saber qué es lo mejor de la nueva chica de Jake?

Se le tensa la mandíbula cuando baja la mirada hacia mí y veo que algo destella en sus ojos oscuros.

—¿Qué?

Sonrío.

—Que también es la chica de Caleb.

Se queda rígido como una estatua mientras yo deslizo los dedos por encima de mis pantalones de pijama sedosos y me los bajo hasta que caen al suelo. Me quedo de pie junto a él, desnuda de cintura para abajo.

—A tu chica le gusta que la compartan, Cay. Le gusta que se la follen. Por separado, juntos. Quiere que los dos la devoréis.

—Joder, Rachel —masculla, agarrado con tanta fuerza a la cocina que me sorprende que no esté rompiendo el metal.

—No, no —digo mientras le pongo un dedo encima de sus labios tan carnosos—. Cuando estamos solos, no tienes que llamarme así. —Le aguanto la mirada, a la espera.

—Huracán —dice en voz baja.

Me enciendo por dentro mientras levanto la mano y le aparto el pelo de la frente.

Cierra los ojos, como si le doliera que lo tocara.

—Quieres irte por la salida de emergencia porque tienes miedo —digo—. Miedo de desear. Miedo de ser deseado.

Se estremece ante mis palabras, sigue apretando la mandíbula con fuerza.

—No me conoces.

—Te conozco lo suficiente.

Sacude la cabeza.

—Jake te quiere y yo confío en Jake —digo sin más—. Y tú quieres a Jake —añado—. ¿Puedo confiar en ti para que sigas queriéndolo? ¿Serás capaz de aprender a compartirlo conmigo, Cay? Tiene mucho amor para dar. El suficiente para mantenernos a los dos, creo.

—Yo no soy bueno para ti —masculla—. Para ninguno de los dos. Voy a acabar con esto...Voy a... —Se traga el resto de las palabras que iba a decir.

—Caleb...

—Lo voy a estropear —dice—. Deja que me vaya. Déjame que me marche ahora, antes de que...

Se sume en un silencio que me rompe el corazón.

Las palabras no consiguen salir de su boca. Tengo que recurrir a un poco de acción para enseñarle lo que podríamos ser. Le aguanto la mirada mientras lo cojo por las muñecas tatuadas y guío sus manos hacia mi entrepierna.

Contengo el aliento y tiemblo de alivio cuando me toca. Ambos bajamos la mirada al punto en el que estamos conectados.

—Joder —jadea. Encuentra mi centro con los dedos y los mete, lo que hace que me ponga de puntillas. Con la otra mano me envuelve la cintura y me mantiene quieta.

—Jake es nuestro ángel —jadeo yo, aprieto las manos sobre sus hombros mientras mete y saca los dedos muy despacio—. A los dos nos hace sentir vivos y resplandecientes. Nos ve por todo lo que somos.

Le pongo la mano sobre la barba, en la mejilla, y le aguanto la mirada una vez más. Caleb detiene los dedos en mi interior.

—Pero creo que podrías verme por todo lo que escondo —susurro—. Estás en esto, Cay. Conmigo. Con nosotros. Sé mi diablo. Ven a bailar conmigo en la oscuridad.

Me saca los dedos del coño y me deja vacía y deseando

más. Poco a poco, levanta los dedos mojados y me los pasa por los labios.

—¿Es eso lo que necesitas, Huracán? ¿Quieres probar mis sombras?

Lo agarro por la camiseta, a la altura del pecho.

—¿Solo probar? Cariño, más vale que me ahogues...

Me besa antes de que pueda terminar la frase. Me mete las manos entre el pelo mojado, me clava los dedos con fuerza y me echa el cuello hacia atrás mientras posee mi boca. La abro con ganas, gimo mi necesidad mientras bajo las manos a su cintura y engancho los dedos en las trabillas del cinturón.

Nos damos la vuelta y me aprieta el culo desnudo contra la barra del horno. Los pantalones me rozan la piel cuando su polla dura se aprieta contra mi centro. Yo también aprieto contra él. Me tiene atrapada con las caderas mientras sus manos me recorren, siento que sus callosos y duros dedos le prenden fuego a mi piel. Me acaricia el cuello por encima de la clavícula, hasta que agarra los tirantitos de la camiseta de seda. Tengo su lengua en la boca y su polla apretada con fuerza contra mí, envuelve con el puño los tirantitos y tira hasta arrancarlos. Jadeo cuando la camiseta se me cae hasta las caderas. Me envuelve los pechos con la mano, me pellizca los pezones con fuerza hasta que grito y rompo el beso.

Me encanta mezclar el dolor con el placer. Me acelera los nervios y hace que el centro se me apriete. Estoy ardiendo, mi cuerpo vibra de necesidad.

Cojo el borde de su camiseta con las dos manos y le doy un tirón.

—Quítatela.

Deja de besarme con un gruñido y se quita la camiseta con una mano. La tira a un lado, se agacha y cierra la cálida boca alrededor de mi pezón erizado. Da golpecitos y succiona, me lleva justo al límite.

Le paso las manos por los hombros. Tiene unos músculos firmes y duros sobre su ancha complexión. Casi puedo sentir el persistente calor del sol en su piel bronceada. Entierro los dedos en su pelo de surfero y le araño la nuca con las uñas hasta que gruñe.

—Joder —jadea contra mi piel enrojecida.

Vuelve a llevar una mano a mi entrepierna y me abro para él, me da igual que me esté clavando los fogones en el culo. Me acaricia el clítoris con el pulgar y entierra dos dedos en mi centro húmedo. Me suelta el pecho con un sonido de succión y se endereza para aguantarme la mirada. Con la otra mano me envuelve la mejilla, me sujeta para que me esté quieta y ve como me cambia la expresión mientras me folla con el dedo.

Me estoy deshaciendo en pedazos entre sus brazos, me tiemblan las rodillas.

—Nene, estoy a punto —jadeo, me siento desesperada y débil.

Sonríe y los ojos oscuros le brillan.

—He pensado en este momento desde la primera vez que te vi. Me he imaginado qué ruidos harías para mí, cómo sabrías en mi lengua.

Su tacto se vuelve más suave y me acaricia el cuello hacia la columna.

Me arqueo ante su caricia, jadeo entre los labios entreabiertos, mientras siento que mi liberación se va acumulando.

—Por favor...

—Has entrado en mi vida con un vendaval de caos. Has hecho todo añicos. Estoy en caída libre, joder. Sin paracaídas. Sin nadie que me coja.

Le agarro la cara con las dos manos y el cuerpo se me arquea por la necesidad.

—Cay... Mírame, nene.

Me clava su mirada obsidiana y eso hace que mi última brizna de control se haga añicos.

—Yo te cogeré —jadeo—. Déjame que yo te coja. Cae sobre mí. Nunca dejes de...

Y entonces volvemos a besarnos, nuestras manos van a la parte delantera de sus pantalones. Nos peleamos por el botón y lo abrimos de un tirón. Baja los andrajosos vaqueros de las caderas al suelo.

Deslizo la mano por dentro de sus calzoncillos y envuelvo su dura polla. Es larga y esbelta, tiene menos contorno que Jake, pero joder, esos piercings ya me tienen salivando. Se le escapan unas gotitas por la punta y la humedad se me desliza por la palma de la mano. No puedo evitar que un sonido de deseo se me escape de entre los labios mientras provoco a su boca y nuestras lenguas se entrelazan.

—Joder, para —gruñe.

Se me acelera el pecho cuando lo veo bajarse los calzoncillos por los muslos para liberar la polla. Estoy desesperada por correrme, literalmente, pero ahora no quiero hacerlo hasta que no esté dentro de mí.

Se pellizca la punta para evitar eyacular mientras me entierra la otra mano entre el pelo húmedo una vez más.

—Dime lo que quieres —dice levantándome la barbilla.

—Quiero que me folles —le respondo mientras lo agarro con fuerza de las caderas—. Cay, hazme tuya. Por favor, nene... ah... —Jadeo cuando me rodea el cuello con la mano libre.

—No soy tu nene —aúlla mientras me aprieta la garganta—. Eres mi puto Huracán imparable. El caos en una botella de color castaño. ¿Y quién soy yo? ¿Quién te espera en la oscuridad?

Hago una mueca de dolor, aunque sonrío. El monstruo que hay dentro de él por fin ha salido a jugar. Trago saliva contra su mano, me encanta la exquisita tensión que siento al respirar. Mientras tanto, mi coño está desesperado por conseguir algo de atención.

—Por favor, papi —lloriqueo. Me encanta el modo en que le brillan los ojos con hambre y triunfo.

Oh, sí, el fetiche de Cay es que lo llame papi. Mi friki del control. El Señor Lo Arreglo Todo.

—Te necesito. Fóllame bien. Hazte con este coño antes de que grite...

Chillo cuando me agarra y me levanta por el cuello mientras se gira. Avanza dos pasos y me deja de manera brusca en el borde de la única parte de la encimera que no tiene armarios arriba: la pequeña barra en la que desayuno. Jadeo y bajo las manos para apoyarme. Sin querer, le doy con el codo al cuenco de conchas, que se tambalea hasta el borde. Se estrella contra el suelo y las conchas salen volando por todas partes mientras Caleb me abre las piernas, coloca la punta de la polla en mi entrada y se me clava hasta la empuñadura con un solo golpe.

Grito, me invade un espasmo por todo el cuerpo cuando de repente siento que me destroza. Aprieto el coño alrededor de su polla y entonces empieza a moverse, golpeándome.

—Oh... Dios...

Siento que los cuatro piercings de Caleb son el condón tachonado más lujoso del mundo. Lo juro, debo tener el alma flotando por encima de mí. Tener una polla con piercings no es suficiente para conseguir lo que Caleb me está haciendo ahora mismo. Este hombre me está follando con todo lo que tiene. Sentir las curvas del metal solo es un plus de deliciosa perversión para lo que de por sí ya sería un polvo para explotarte la cabeza.

—Oh —grito y me agarro al primer trozo de su carne que consigo alcanzar. Ni siquiera puedo pensar, porque me tiene las caderas sujetadas con tanta fuerza que seguro que me está haciendo moratones mientras me destroza el voraz coño. Siento su empuñadura golpearme una y otra vez hasta que siento otra oleada de liberación que se apodera de mí y que supera a la primera, aunque esa nunca llegó a culminar.

—Dios... estás increíble —gruñe—. Tan húmeda y prieta. Voy a follarme este coño todos los putos días.

—Sí...

—Voy a poseerte, niña dulce. Voy a hacer que te agaches para clavarte la polla. Y también la de Jake. Nos vas a follar a los dos juntos. En este coño, en este culo. Nos vas a rogar que paremos incluso cuando estés pidiendo más.

—Hazlo —le ruego. El cuerpo me tiembla tras el shock del doble orgasmo... y él aún no ha terminado.

Con un gruñido de desesperación, sale de mí y me arranca del borde de la encimera. Casi me caigo en sus brazos y me tambaleo contra él cuando me da la vuelta de manera brusca.

—Agáchate. Enséñame ese culo tan perfecto.

Con gusto apoyo los codos en la encimera y se me dibuja una sonrisa en el rostro cuando él entierra la mano entre mis piernas. Con la otra mano me masajea la nalga y me da un fuerte azote que siento que va directo a mi clítoris.

—Me vas a llevar a lo más profundo —me ordena, mientras presiona con las caderas y su polla húmeda por mi corrida, luego se desliza entre mis piernas.

—Por favor —gimoteo.

—Quieres que me corra dentro de ti, ¿verdad? —me tienta mientras me mordisquea con cuidado el lóbulo de la oreja—. Eres una niña necesitada que quiere que la llenen con semen. Apuesto a que puedes meterte dos pollas a la vez, ¿verdad, Huracán? ¿Quieres que Jake y yo nos metamos en ese coño juntos?

—Sí —jadeo, me encanta sentir las caderas apretadas contra la encimera. El duro borde se me está clavando, pero me da igual.

—Termina conmigo, Cay. Tómalo todo.

Con un gruñido, me empuja por las lumbares y se coloca en mi entrada.

—Dime que lo quieres.

—Sí —grito—. Te deseo. Por favor... Dios... Fóllame hasta que no quede nada.

Y entonces, lo hace. Me penetra una vez más y, con este nuevo ángulo, los piercings me rozan justo el punto G y siento que estoy en el séptimo cielo. Me siento como un trapo, tiemblo y gimoteo contra la encimera, me corto en las caderas con cada embestida, pero me da igual. Me está arruinando en el mejor de los sentidos posibles.

Estoy tumbada con las palmas contra la encimera y los sensibles pezones aplastados contra la fría superficie. Me levanto arqueando la espalda y abro la boca para ir formando poco a poco un gemido mientras él me folla con tanta fuerza que creo que se me van a romper las caderas.

Los dos gritamos cuando llegamos al éxtasis y yo me aprieto contra él, estrangulándole la polla. También lo aprieto con las piernas para rogarle sin palabras que se quede enterrado en mí. Siento el calor de su semen mientras gime y su cuerpo bañado en sudor doblado sobre el mío.

No sé durante cuánto tiempo nos aferramos a ese momento de nuestro orgasmo compartido. El tiempo me parece insignificante mientras mi cuerpo se va soltando poco a poco de su colocón y siento que solo quedan las exquisitas réplicas del terremoto.

Al final, su agarre se vuelve más débil y sale de mí. Me coge con las manos mientras se aleja de la encimera. Yo me quedo ahí, temblando de la cabeza a los pies. Siento que la encimera es como hielo contra mi piel ardiente. Me aparto y hago una mueca cuando siento el dolor de las caderas.

Noto el cálido aliento de Caleb contra mi cuello cuando se inclina y me envuelve entre sus brazos, luego me levanta y me da la vuelta en la encimera. Me acurruco contra su pecho y dejo que cargue con la mayor parte de mi peso. Los dos estamos temblando. Me aparta el pelo de la cara y me besa en la frente.

—No te apartes de mí —murmuro—. De nosotros. Por favor, quédate.

Detiene la mano con la que me estaba dibujando círculos en la espalda.

—No voy a irme a ninguna parte —responde.

Suelto el aire aliviada y sonrío contra su piel cálida.

—Llévame a casa, Cay. Jake nos está esperando.

Capítulo 42
Rachel

—Hala —murmuro al mirar por el parabrisas del jeep de Caleb cuando aparca junto a una sexi y moderna casa de la playa. Es alta y estrecha, tiene un aire industrial, pues está hecha de metal y cristal.

—Es preciosa.

Poseidón mete la cabeza entre los asientos y me suelta un caliente alientazo de perro en la cara. Sonrío y lo acaricio debajo del cuello.

Caleb deja el coche en la puerta del garaje doble.

—También hay sitio para aparcar al volver la esquina. Podemos venir juntos cuando nos encajen los horarios: si no, yo puedo aparcar ahí y tú puedes dejar tu monstruoso camión en la entrada.

Gruño. De verdad que odio esa maldita camioneta. Pero no puedo mencionarlo delante de Jake, eso lo tengo claro. Tiene pinta de ser una persona a la que le encanta hacer regalos extravagantes.

Caleb se baja del coche de un salto y Poseidón lo sigue. El perro corre hasta la parte delantera del jeep y sube el caminito hasta la puerta de entrada mientras ladra emocionado.

No puedo evitar reírme mientras me paso por el hombro la bolsa de viaje.

—Parece que le gusta estar aquí.

Caleb gruñe y se cuelga al hombro su propia mochila.

—Es un traidor con pelo.

—Jake os nombró a los dos en Seattle —digo mientras cierro la puerta—. Ya sabes... la noche que nos conocimos.

—Ah, ¿sí?

—Sí, dijo que Sy lo prefiere a él. —Pretendía hacer una broma, pero, en cuanto lo digo, me doy cuenta de que he metido la pata.

Caleb pierde la sonrisa y se queda pensativo.

—Todo el mundo lo prefiere a él —murmura.

Doy un paso al frente, le paso el brazo por la cintura y me acurruco contra él.

—Eh. —Tiro de él para que se pare—. Mírame, Cay.

Baja la mirada y sus ojos me parecen negros bajo esta luz. Tiene el pelo alborotado y un ligero rubor en las bronceadas mejillas. Sí que tiene una estructura ósea preciosa. No puedo evitar pensar en que es un ser feérico de un libro de fantasía. La barba incipiente y oscura le da un toque y le hace parecer algo mayor.

—¿Cuántos años tienes?

—Veintiocho —responde—. ¿Y tú?

—Veintisiete. ¿Cuántos tiene Jake?

—Los mismos que tú. Su cumpleaños es a finales de abril.

Seguimos caminando hacia la puerta.

—Sí, nuestra diva cabezota —digo con una carcajada.

—Dios, qué tauro es —responde Caleb, me ha pasado el brazo por la cintura de forma casual.

—Espera... ¿y cuándo es tu cumpleaños? ¿Qué signo eres?

Aprieta los carnosos labios y entrecierra los ojos.

—No te lo quiero decir.

Suspiro.

—Te juro por Dios que puede que me largue si eres virgo. No puedo estar con un tauro y un virgo.

—No soy virgo —responde.

Jadeo y tiro de él para que se pare. Abro los ojos como platos y sonrío como una lunática. Le levanto el brazo con el que me rodea, lo agarro por la muñeca y le doy la vuelta.

—¿Qué estás...?

—¡Ajá! —grito triunfante. Acaricio con el pulgar el tatuaje que tiene en el interior del antebrazo. Es un arco y una flecha—. Eres sagitario, ¿verdad?

—No —dice apartando el brazo.

—Sí, sí que lo eres —canturreo—. Eres un sagitario taciturno, temperamental y emocional. Madre mía, esto lo explica todo. Qué sagitario eres.

—¡Para! —gruñe.

—Me apuesto lo que quieras a que también eres un artista, ¿a que sí? —lo provoco—. Así que ¿cuál es tu placer oculto, papi? ¿Las acuarelas? ¿La música? Ay, por favor, dime que es la poesía...

—Te pago si te callas —gruñe.

—¿No vas a preguntarme qué signo soy yo?

—No —responde mientras sigue caminando hacia la puerta.

—Oh, ¡venga ya! ¡Pregúntamelo!

—Ya lo sé —grita por encima del hombro.

Lo sigo.

—¿Cómo?

Se detiene en la puerta y me mira.

—Tienes la constelación de cáncer tatuada en el brazo, justo por encima del codo.

—¿Qué...? —Me agarro el brazo e intento retorcerlo para verlo—. Mierda...¡Me había olvidado completamente de ese! Dios, me lo hice cuando tenía quince años. Harrison y yo nos los hicimos a juego.

Sube los escalones hasta la puerta, que tiene una elegante cerradura con botones. Mete los dígitos para desbloquear la puerta y esta se abre. Poseidón entra como un rayo dando un saltito de emoción.

—Después de ti —murmura—. Hogar dulce hogar.

Paso primero a la casa y enseguida me recibe un diseño industrial con madera cálida, metal oscuro y cristal. La entrada tiene unas escaleras abiertas que hacen zigzag a lo largo de tres pisos.

Caleb cierra la puerta detrás de nosotros y me coge la bolsa del hombro.

—¡Eh! —Oigo la voz de Jake al fondo de la casa.

Cruzo la entrada y la planta baja da paso a una enorme estancia: es un cómodo salón con un sofá esquinero y una televisión puesta en el canal de deportes; hay una zona de comedor enmarcada a ambos lados por unos cristales que van del suelo al techo con una bonita mesa que parece de madera reutilizada; y una enorme cocina sacada de un programa de master chefs.

Enseguida miro hacia el frigorífico doble porque justo delante está Jake. Solo lleva unos pantalones de chándal grises de talle bajo, el pelo despeinado, como si se acabara de despertar de una siesta. Sus músculos son como mármol tallado, tiene una tableta de chocolate que conduce a una V que estoy ansiosa por tocar.

—Ahí estáis —grita—. Dios, dijisteis que estabais de camino hace dos horas. Estaba a punto de llamar a una partida de búsqueda y... Dios... Vosotros dos habéis follado.

Pasa la mirada del uno al otro y pierde la sonrisa conforme va entornando los ojos.

Me quedo rígida.

—Por eso habéis llegado tan tarde, ¿verdad? Sí... Lo veo en la cara de culpabilidad de Cay y... oh, no me jodas... Te ha follado con su polla androide, ¿verdad?

—Tranqui —gruñe Caleb.

Pero Jake abre los ojos como platos y se mete las manos en los bolsillos del pantalón de chándal, el cual no deja nada de nada a la imaginación.

—Bueno, ¿y cómo ha ido?

Miro a Caleb por encima del hombro. Esto es territorio nuevo para los tres.

—Eeeh... ¿De verdad quieres saber los detalles?

—Por supuesto que sí —chilla Jake—. Madre mía, ha sido increíble, ¿a que sí?

Gruñe y se restriega las manos por la cara.

—No es justo. Él es el listo y tiene ese aire raro de vampiro surfista y una polla tachonada. ¿Cómo se supone que un tío puede competir con un Edward Cullen surfista bronceado?

Ahora tanto Caleb como yo nos estamos ahogando de la risa, mientras Poseidón revolotea a nuestros pies.

La petulancia de Jake solo le da alas a mi atolondramiento.

—¿Te crees que esto es divertido, Seattle? ¿Piensas dejarme de lado por Caleb y su extraña polla klingon?

Estoy llorando de la risa cuando me llevo las manos a las caderas.

—Bueno, ¿y qué vas a hacer al respecto, guapo?

Con un rugido feroz, echa a correr hacia delante, me agarra por la cintura y me carga sobre su hombro. Me ha pillado completamente por sorpresa, mis tiernas caderas chillan de dolor, pero él me lleva escaleras arriba mientras me da unos buenos azotes.

—Jake... suéltame...

—Ni hablar —responde mientras continúa corriendo por las escaleras y Poseidón nos sigue—. ¡Cay, saca la pizza del horno! —grita por encima del hombro.

—Gracias por calentármela, corazón.

—¡Si te la comes te mato, gilipollas! —ladra Jake. Nos sube corriendo por las escaleras, cada brinco que da con los escalones es una puñalada para mis caderas.

—Bonita casa —jadeo con las manos apoyadas en su espalda.

—Luego te hago una visita guiada —responde y me lleva directo por el pasillo a lo que solo puedo suponer que es su dormitorio. Me baja y me tambaleo cuando me quedo en pie.

—¡Fuera, Sy!

Poseidón se aleja por el pasillo y Jake cierra de un portazo.

Doy una vuelta rápida para fijarme en todo. La única luz que hay proviene de la lámpara de la mesilla de noche. Es una habitación preciosa cuyo estilo encaja con el resto de la casa: masculina, maderas oscuras y metales fríos. La cama parece revuelta, como si de verdad se hubiera estado echando una siesta. Las sábanas son de un blanco impoluto, un gran contraste con el gris claro de la colcha.

Se coloca detrás de mí y me envuelve con sus brazos, mete la cabeza en la curva de mi cuello y aspira mi aroma.

—Te he echado de menos —murmura contra mi piel.

Tiemblo entre sus brazos mientras sus labios buscan el pulso.

—Me has visto hace un par de horas. —Le rodeo los antebrazos con las manos.

—No es lo mismo —responde, mientras me coge los pechos y se cambia al otro lado para seguir dándome besos suaves en el cuello—. Te he echado mucho de menos, nena. Durante semanas. Meses. Te necesitaba. Dios, qué increíble es tenerte aquí conmigo.

Me apoyo contra él, cierro los ojos y me permito sentirlo todo. Su aura está por toda la habitación, su olor; ese suave aroma a madera que me humedece el coño. Quiero meterlo en una botella. Si huele así por el gel, se lo voy a robar. Quiero que este olor siempre esté pegado a mi piel.

—Te necesito —susurra—. Pero no sé cómo funciona esto. Con Cay, yo...

Los dos nos quedamos quietos. Poco a poco, me doy la vuelta entre sus brazos. Le coloco las manos sobre el pecho descubierto y lo miro a los ojos.

—Pregúntame lo que quieras —digo.

—¿Cómo funciona esto? ¿En plan... «me la pido»?

Levanto una ceja.

—¿Me la pido?

—Sí, en plan que como él ya te ha tenido esta noche, ¿ahora yo no puedo? ¿O tengo que esperar o algo?

Yo resoplo.

—¿Como cuando tienes que esperar treinta minutos después de comer para meterte en la piscina?

—Bueno, no lo sé —dice y se pasa una mano por el pelo—. Estoy intentando ser respetuoso cuando en realidad estoy acojonado porque en lo único en que puedo pensar es en: «¡Maldita sea, está aquí! ¡Está en mi habitación! ¿Por qué no estoy dentro de ella ya?». Estoy intentando acallar esa voz y centrarme en tener «la conversación» o lo que sea esto —dice señalándonos a los dos—. Pero es que... es que te he echado muchísimo de menos, joder. Y no quiero volver a echarte de menos.

Le envuelvo la cara con las manos.

—Estoy justo aquí, ángel. Y no hay reglas en lo que respecta al tiempo o quien me tiene, al menos para mí. Pero si te hace sentir incómodo pensar que he estado con Caleb antes... Si quieres esperar o si quieres que primero me duche... —Me muerdo el labio para no seguir hablando y bajo las manos cuando siento que las mejillas se me calientan un poquito.

Jake baja la mirada hacia las mallas negras y de cintura alta que llevo puestas.

—¿Te ha follado a pelo?

Asiento con la cabeza.

Suelta otro gruñido bajo.

—Dios, ¿por qué eso me pone tanto? —Se inclina, me pasa un brazo por la cintura y me acaricia la frente con los labios. —¿Ahora mismo estás chorreando el semen de mi mejor amigo, Seattle?

—Puede que un poco.

Juguetea con las manos en mi pelo y tira para echarme atrás la cabeza y besarme.

—Cómo me pone, joder.

Suspiro contra su boca, me encanta la sensación de sus labios sobre los míos. Los dos besan genial. No me importa que se hayan vuelto así de buenos a través de años de práctica con fans locas del hockey porque ahora me estoy cobrando los beneficios. Le envuelvo la cintura con las manos y deslizo los dedos por dentro de la cinturilla de sus pantalones para agarrarlo del culo. Jake Compton tiene un culo que no se rinde para nada.

—Espera... espera... —murmura mientras se aparta.

Cojo aire y lo miro parpadeando.

—Nena, estás despedida —dice.

—¿Qué?

Sonríe.

—Tengo que despedirte. Ya no eres mi médica. Veré a otro. Qué demonios, compraré otro médico y me lo llevaré a todos los entrenamientos y partidos.

—Jake...

—Hablo en serio, nena. No voy a fastidiar las cosas, ni para mí ni para ti.

¿Tenemos que firmar la cosa esa del formulario? El corazón me da un vuelco.

—¿Qué?

—No hace falta que se lo digamos a nadie más, aparte de a Caleb y a Recursos Humanos —añade—. Nadie tiene que saberlo, si de verdad es eso lo que quieres. Pero quiero que todo esto sea legal. No quiero que esto acabe dándote por culo más adelante. Yo soy el único que puede hacer eso —añade con otra sonrisa lobuna.

Suelto el aire, la cabeza me va a cien por hora. Me da la sensación de que firmar un formulario es muy oficial. Qué narices, se firman licencias de matrimonio. Pero la expresión de esperanza que tiene en la cara está derribando todos mis muros. Me está dejando sin armadura. Poco a poco, le envuelvo la cara con las manos.

—Vale.

Abre los ojos como platos.

—Espera... ¿En serio?

—Sí, vale. Firmaremos los formularios. Se lo diremos a Vicki.

Sonríe como un lunático y me envuelve entre sus brazos.

—Ay, ya estás en la calle. Ya no soy tu paciente, doc. No voy a ir a tu consulta ni por un simple padrastro. Nunca más. —Me recorre todo el cuerpo mientras me susurra al oído—: Voy a ser muy profesional. Nos darán el premio a los «más compañeros de trabajo».

Resoplo y arqueo el cuerpo bajo sus manos porque estoy deseando que me dé algo más.

Pero entonces me pone la mano en la mejilla y me levanta la cara para que lo mire a los ojos.

—Pero cuando volvamos a casa, a la mierda todo. No somos compañeros de trabajo. Dilo.

—No somos compañeros de trabajo —respondo con un jadeo.

—No me vas a ignorar.

Sacudo la cabeza.

—No te voy a ignorar.

Suaviza los ojos y sonríe.

—Vamos a echar unos polvos tan increíbles que vas a creer que has muerto y has ido al cielo de los coños. Qué bien te voy a tratar, nena. Y luego cocinaremos e iremos a la playa y haremos las mierdas que hacen las parejas. Eres mía.

—Tuya.

Sellamos la promesa con un beso, me sigue acariciando y me desliza las manos por los hombros.

—Dime la verdad —murmura contra mi boca—. ¿Qué tal la polla con piercings?

Suelto otra carcajada y me aparto.

—¿Tanta curiosidad sientes de verdad? Te aseguro que te dejará jugar con ella. Podrías saber de primera mano todo lo que quieras...

—Seattle —ruge—. Me muero de ganas.

Me muerdo el labio, le estoy dando vueltas a cómo decir de manera considerada que mi primer polvo con Caleb y su mágica polla ribeteada me ha explotado la cabeza y ha sido lo mejor que me ha pasado. Todavía me laten las caderas por haber estado doblada y aplastada contra la encimera.

—Eeeh...

—Que le den.

Jake vuelve a cogerme en brazos y con un par de zancadas recorre la habitación hacia el baño.

—Jake..., ¿qué estás haciendo...?

—Le tenemos que recordar a ese coño lo que puede hacer un hombre completamente natural.

Me da otro azote antes de dejarme en el suelo de su enorme baño de azulejos negros. Tiene una bañera enorme. Es lo bastante grande para que entren dos personas sin problema. La ducha también es enorme, tiene un cabezal de doble función con opción de lluvia.

Jake toquetea los grifos y el agua empieza a caer con un ruido de cascada que inunda la habitación.

—Quítate la ropa, Seattle.

—Ah, ¿sí? —digo con los brazos cruzados—. ¿Qué va a pasar si lo hago?

Se baja los pantalones grises hasta el suelo. Es la única prenda que lleva puesta. Así que ahora estoy de pie delante de un Jake Compton desnudo de la cabeza a los pies. Dios, tiene una polla maravillosa. Soy una de esas mujeres a las que las pollas sí le parecen bonitas. Jake me ha hecho algo. Estoy salivando, estoy desesperada por tener más de este hombre.

Da un paso adelante, con la mano alrededor de su preciosa polla, y los ojos le arden de deseo.

—Vas a meterte en mi ducha, Seattle. Y voy a empotrarte contra la pared y a comerte el coño hasta que grites. Y cuando te me corras en la cara, te voy a recordar lo bien que estamos juntos y cuánto te gusta esta polla. Sabes que te mueres por mí igual que yo me muero por ti. Ahora, quítate la ropa.

Solo estoy fingiendo que soy una persona tranquila. Por dentro, soy un volcán en erupción. Poco a poco, me quito la camiseta de tirantes y la tiro al suelo. Él me mira al hacerlo con una expresión de calma y seguridad. Sabe que no hay ningún universo en el que no me metería en esa ducha. Es mi imán. Estamos hechos para colisionar.

Me quito las zapatillas deportivas de una patada y me meto los pulgares por la cinturilla de las mallas y tiro de estas y de las bragas juntas, hasta abajo. Me desprendo de ambas prendas y me enderezo.

—Nena..., ¿qué...?

La sonrisa perezosa de Jake desaparece en un parpadeo y da un paso al frente.

—¿Qué ha pasado?

Mi sonrisa también se desvanece cuando bajo la mirada. Cuando estás desnuda delante de tu amante lo último que quieres escuchar es que te diga: «¿Qué ha pasado?».

Me pasa las manos por las caderas, pero apenas me roza la piel con los pulgares.

—¿Qué? —digo, e intento mirar hacia abajo.

Me da la vuelta para que pueda verme en el espejo.

—Oh... mierda —murmuro. Me están empezando a salir moratones en las caderas donde Cay me ha empotrado contra la encimera.

—¿Qué has hecho? ¿Te duele? —dice Jake. Está serio, se lo noto en la voz, mientras mira mi reflejo desnudo y sus manos revolotean por mis caderas.

—No —añado enseguida—. Eeeh... No pasa nada.

Achica los ojos.

—Aaah....

Veo el momento en que todo encaja en su cabeza.

Adiós a su autocontrol.

—Será cabrón. Voy a matarlo... ¡Cay!

—¡Jake, no!

Me doy la vuelta y lo cojo del brazo cuando intenta salir desnudo para ir a por Caleb. Si soy sincera, no sé quién ganaría si estos dos se pelearan. Es cierto que Jake es un jugador de la NHL en forma, pero es posible que Caleb vaya a clases de artes marciales en secreto.

—Jake, estoy bien...

—¡Si parece que te ha intentado partir por la mitad!

—Yo se lo pedí —admito y le coloco una mano en el pecho para apaciguarlo—. Fue una cosa nuestra. Teníamos algunas cosas que aclarar. Lo hicimos y ahora estamos bien y los dos estamos aquí. —Levanto la mano para ponérsela en la mejilla—. Mírame, ángel.

La expresión se le suaviza cuando me mira. Me coge por la muñeca.

—En Seattle hice las maletas mientras lloraba —susurro, le cuento toda la verdad—. Me fui de esa habitación de hotel...Te dejé... y, en cuanto cerré la puerta, me dejé caer en el suelo del pasillo y lloré. Tenía muchísimas ganas de volver a entrar. Pero había dejado las dos llaves en la habitación, así que no pude hacerlo. Tampoco quería despertarte...

—Deberías haberlo hecho —masculla—. Yo no había terminado. Una noche no era suficiente. Nunca será suficiente para mí.

—Creo que te piensas que eres el único que me ha echado de menos —continúo—. Piensas que esto solo va en una dirección..., ¿verdad?

Su silencio es toda la respuesta que necesito.

—Puede que Cay haya aparecido y haya sacudido nuestros cimientos, pero todo lo que somos, todo lo que tenemos, sigue estando aquí. —Le cojo la mano y me la pongo sobre el pecho como hice hace tantos meses en Seattle—. Estoy justo aquí, Jake. Sea lo que sea, vaya donde vaya, estoy aquí. Crearemos nuestras propias reglas, ¿vale? Definiremos la felicidad con nuestros propios términos. Pero os deseo a los dos. Y aquí nadie gana. No hay primero ni segundo puesto.

Ni trofeos ni elecciones. Yo no soy un premio que hay que ganar.

Asiente despacio. Madre mía, ¿esto está pasando de verdad? ¿Esto le parece bien? ¿De verdad le vamos a dar una oportunidad?

Me mira a los ojos.

—Pero tú ya no puedes mantenerme alejado, Rach. No puedo soportarlo. Te necesito conmigo, ¿vale? Tienes que responder a mis mensajes. No vuelvas a dejarme en leído. Tu silencio me desgarra el corazón. Llámame pesado, me da igual. Tengo que ser yo...

—Y yo quiero que seas tú —digo mientras le acaricio la mejilla con el pulgar—. Mi Jake —murmuro—. Eres mío. —Le paso los dedos por la boca—. Estos labios... esta barbilla... —Voy bajando la mano—. Este corazón tan fuerte... —La extiendo por encima de su pecho—. Lo quiero todo. Sé mío, Jake.

Me envuelve con un abrazo y apoya la frente en la mía mientras aspira mi aroma.

—Soy tuyo, nena. Lo fui desde el momento en que te giraste en aquel taburete.

Le paso los brazos por los hombros y me pongo de puntillas. Su dura polla está entre los dos, ejerciendo presión contra el moratón de mi cadera. El dolor se apodera de mí. Pero Jake también ha estado viviendo con dolor. Sus magulladuras no se ven, pero están ahí. Yo las he provocado.

Lo cojo de la mano y lo conduzco a la ducha. Me pongo debajo del chorro de agua caliente, me giro y vuelvo a ponerle las manos en los hombros.

—Quiero hacerte sentir bien. Se acabaron las preocupaciones. Se acabaron los mañanas perdidos. Vuelve conmigo. Vuelve a encontrarme otra vez como hiciste en Seattle...

Acalla mi petición con un beso, me recorre todo el cuerpo con las manos con ansias, mientras nos derretimos el uno en el otro. Nuestros cuerpos parecen haberse memorizado. Sé cómo encajar en él. Y él me conoce. Nos besamos mientras nos tentamos, yo tengo la mano alrededor de su polla y la muevo despacio. Ejerzo la presión justa y le voy acariciando la sensible punta con el pulgar.

Gruñe cuando lo toco y hace fuerza con las caderas. Sumerge la mano entre mis piernas, con los dedos encuentra mi centro, que todavía está pegajoso de mi propia humedad y del semen de Caleb. La ducha se lo lleva mientras respiramos el aire del otro.

Entonces me hace caminar hacia atrás, hasta que me doy con el culo contra la pared alicatada. No espera ni un segundo para ponerse de rodillas. Siento sus manos cuidadosas en las caderas cuando me deja un par de besos en la piel amoratada. Va bajando con los labios besando mi coño desnudo, dándole pequeños lametones para provocarlo. Gruñe para demostrar lo ansioso que está y siento que la vibración me llega justo al clítoris.

Mi cuerpo es un cable de alta tensión. Chisporroteo como si la electricidad corriera por debajo de mi piel. Se restriega la cara contra mí y hace un poco más de presión con las manos cuando vuelve a gruñir.

—Joder, te he echado mucho de menos.

No puedo evitar reírme y relajar el cuerpo contra la pared cuando me doy cuenta de que en realidad no está hablando conmigo.

—¿Crees que él también te ha echado de menos? —lo provoco.

—Se que sí —responde con seguridad. Luego me abre y me pasa la lengua por el clítoris—. Mmm, este precioso coño rosa es todo mío, joder. Te juro que tienes el coño más bonito que he visto en mi vida.

La risa se me muere en la garganta cuando lo atrapa con la boca y va moviendo las manos hasta agarrarme las nalgas.

—Por favor —murmuro abriendo un poco las piernas. Quiero que Jake me coma el coño como si fuera su última cena.

Sumerjo las manos en su pelo mojado y cambio el peso de pierna cuando me coge la derecha y se la pasa por encima del hombro. Entonces empieza a trabajar. Está famélico, me demuestra con la lengua y con los labios todo lo que me ha echado de menos. En nada de tiempo ya estoy a punto de correrme.

En cuanto sumerge los dedos dentro de mí, me corro, y las paredes de mi vagina se ciñen con fuerza a su alrededor. Mientras tanto él me sigue el ritmo, succionándome el clítoris y dándole golpecitos con la lengua hasta que deja de sentir que lato sobre sus dedos. Me da unos cuantos besos más en el coño con dulzura. Luego saca los dedos y se los lame mientras se pone de pie.

Pasamos por debajo del chorro de agua caliente cuando lo llevo hasta el asiento de azulejos y lo empujo por los hombros para que se siente. Lo hace sin dejar de recorrerme los costados con las manos para luego agarrarme de las tetas. Me subo sobre su regazo con cuidado, a horcajadas, con las rodillas clavadas en el banco de azulejos. Jake me ayuda a colocarme y me levanta por las costillas mientras me coloco su polla en la entrada y me deslizo poco a poco. Recibo su longitud en mi interior con una suave exhalación.

Tiene los ojos inundados de anhelo mientras me mira de arriba abajo y me ayuda a balancearme en su regazo. Su polla perfecta me llena por completo. Lo siento en todas partes. Nos sumimos el uno en el otro, somos dos almas entrelazadas en una mientras corremos hacia el orgasmo. Cada vez lo embisto más rápido y le clavo los dedos en los músculos de los hombros cuando arqueo la espalda y echo la cabeza hacia atrás con un gemido bajo.

—Jake, estoy a punto...

—Yo también, nena. Joder, qué guapa eres —murmura—. No sé cómo dejar de desearte. Te quiero tanto. Voy a ser tan bueno contigo...

Sus dulces palabras me llevan al límite y me corro otra vez. He perdido ya la cuenta de cuántos orgasmos he tenido esta noche. Estoy destrozada. Arruinada sin remedio. Me dejo caer contra Jake con la frente apretada contra su cuello mientras siento que me embiste con las caderas y grita cuando se corre dentro de mí.

Nos sujetamos el uno al otro, respirando al unísono, mientras nos dejamos llevar por la espiral de placer. El vapor me viene bien para los pulmones, siento que se me abre el pecho. Me aparto con cuidado apoyada en sus hombros para mirarlo.

—¿Te apetece comer pizza en la cama?

Él sonríe.

—Es la mejor idea que has tenido en tu vida.

Capítulo 43
Jake

—Vamos —lo provoco—. Será divertido.

Sigo a Caleb alrededor de la isla de la cocina mientras él coge sus llaves, se llena el termo de café y agarra un plátano del frutero. Poseidón me revolotea en los pies.

—No, tío —resopla Caleb mientras se mete el plátano en el bolsillo.

Esta semana tenemos unos horarios completamente opuestos. Rachel ya se ha marchado hace una hora. Está haciendo no sé qué formación de fisioterapia en el hospital. Cay se está preparando para pirarse y me apuesto lo que sea a que no volveré a verlo hasta la cena. Sin embargo, yo tengo el día libre. El único problema es que todos los demás están ocupados. Novy tiene dentista y Morrow se ha ido a Orlando en coche para ayudar a su madre con la mudanza. Los que están casados nunca quieren salir en los días libres. Supongo que me quedo a solas con Sy.

Joder, ya estoy aburrido.

Si Caleb aceptara el juego que le he propuesto, podría ocupar la mente ideando un plan.

—¿Por qué no quieres jugar?

—Porque no es un juego —dice—. Ella no es un trofeo, Jake.

—Eso lo sé, gilipollas —resoplo—. Pero es divertido. Venga, cada uno elegimos una noche de esta semana para sacarla por ahí y que se lo pase bien. Ganamos puntos cada vez que rompa su regla sobre lo de nada de mostrar afecto en público. ¿Qué te parece? Quizás podemos poner un punto por un beso, cinco por un trabajo manual y diez por una mamada.

Se queda quieto.

—¿Y cuántos puntos vale un polvo?

Me río.

—¿De verdad piensas que puedes conseguir que Rachel folle contigo en público?

Se encoge de hombros.

—Tan solo pienso que hay que asignar cuántos puntos vale.

—Está bien —acepto—. Cincuenta puntos por un polvo completo de polla dentro de coño.

Con esto nos estamos viniendo muy arriba, porque nuestra chica lo dejó claro clarinete. Nada de toqueteos de ningún tipo fuera de las cuatro paredes de esta casa. Nada de follar con la mirada. Ni besos. Ni abrazos tiernos. Nada. Tenemos que comportarnos bien y ser profesionales en todo momento.

Lo cual me parece que está bien delante de los Rays. Pero siento que sus reglas son un poco demasiado estrictas para el público general. Es que, a ver, ¿nada de besarse? ¿Nada de nada? ¿Ni siquiera cuando estemos dando un paseo por el monte donde solo pueden vernos los árboles? ¿Ni trabajillos manuales en un coche aparcado mientras vemos el atardecer?

Pero, claro, a Caleb le parece bien, por supuesto. El señor «nada de demostraciones de afecto en público» no tiene ningún problema en seguir las reglas. Durante todos los años que llevamos siendo amigos, la única vez que lo he visto intimar con una persona ha sido cuando yo estaba en la misma habitación. Creo que por eso me sorprendió tanto lo que pasó en la discoteca. Dejó que fuera ella misma quien lo desnudara. Se le derritió un poco el cerebro, pero ahí también vi la verdad. Le gustó. Le encantó. Está deseando que vuelva a pasar. Él también quería que Rachel lo reclamara delante de los chicos igual que hizo delante de Aspen. Y está claro que le gustaría que lo hiciera delante de mí.

Puede que Cay se piense que no le gustan las demostraciones de afecto en público, pero yo lo conozco mejor. Por eso se me ha ocurrido este juego. Nada le gusta más a Caleb que un poco de competición. Y no hay nada que yo desee más que hacer que Rachel se suelte la melena. Creo que entre los dos podemos romperla. Quiero que esa chica me bese con voracidad. La quiero en todas partes: con la mano en mis pantalones, con sus labios en los míos, gimiendo mi nombre mientras una señora mayor pasa corriendo por delante de nosotros en el pasillo de los cereales.

Vale, a lo mejor no hace falta que nos pongamos cariñosos en un supermercado. Pero, aun así, es imposible que se refiera a que no haya ninguna demostración de afecto en público nunca... ¿verdad?

—Jake, tienes que tranquilizarte —me advierte Cay y me lanza una de sus miradas serias—. Rachel ha puesto sus límites y nosotros tenemos que respetarlos.

Bufo.

—Lo dices porque sabes que vas a perder.

Entorna los ojos y echa a andar hacia la puerta principal.

—Hasta luego, gilipollas.

—Venga —grito mientras lo sigo—. ¡Juega y ya!

—¿Por qué iba a molestarme en jugar cuando sé que se te dan fatal las tías? —me pica mientras se calza.

—Ah, ¿quieres apostarte algo?

Vuelve a resoplar.

—Te apuesto diez mil dólares a que esta noche duerme en mi cama —digo clavándome el pulgar en el pecho con una sonrisa engreída—. Y voy a cerrar la puerta. Tú te puedes quedar tumbado en tu cama escuchándonos gemir mientras ella se corre con mi polla.

Todavía no hemos hablado de cómo nos vamos a organizar para compartir. En lo que a mí respecta, he dejado la puerta abierta. Si quiere unirse, puede hacerlo. Pero cuando él la ha tenido en su habitación, la puerta estaba cerrada. Ya veremos si le gusta.

—No me voy a apostar nada contigo, Jake...

—Claro, porque no tienes dinero —lo pico mientras me cruzo de brazos.

Caleb se detiene con las manos en los cordones. Se los ata y se levanta despacio.

—Y hablando de eso...

Me rodea y se va.

Se me cae el mundo a los pies cuando mi cerebro se da cuenta de lo que acaba de decir mi estúpida boca.

—Cay... ¡Espera! ¡Lo siento! —Corro hacia la puerta y la cierro de golpe mientras él la abre.

—Apártate, Jake —masculla sin ni siquiera mirarme.

—Mierda... no....

Le pongo una mano en el hombro. Él se sacude y me la quita.

—Cay, no es lo que quería decir. Ya sabes que a veces suelto mierdas sin pensar. Lo siento. Te juro que no pretendía que sonara así. Me rindo. Nada de apuestas.

—Aparta —dice otra vez.

—No hasta que no me mires —le ruego desesperado por sentir sus ojos sobre mí—. No hasta que no me perdones. Lo siento...

Caleb gruñe, se da la vuelta y me apunta con el dedo en la cara.

—Tanto tú como yo sabemos que no necesito el dinero ni los coches relucientes ni un puto casoplón en la playa para quitártela delante de las narices.

Resoplo, intento fingir que no me intimida para nada esa mirada mortífera que tiene de vampiro.

—A ver qué sabes. Le gusta ponerse arriba...

Sip, es demasiado tarde. Las palabras ya han salido de esta boca de estúpido certificado que tengo. Madre mía, va a matarme. O a dejarme. No sé qué situación sería peor. Ya ha vuelto a agarrar el pomo de la puerta.

—¡No! —chillo y me lanzo hacia ella con más fuerza—. Joder... maldita sea... por favor, ¡no me la quites! —le ruego.

Caleb se queda quieto y me mira.

—¿De verdad te preocupa que lo haga?

—¡Por supuesto que sí! Los dos sois listísimos. Ella es médica y tú te graduaste en Química en la universidad. Ganaste todos esos premios —añado con un gesto de la mano—. Tienes muchísimo más en común con ella que yo, Cay. En cuanto te dejes esas mierdas de tío duro a un lado e intentes de verdad ir a por ella, se va a enamorar de ti. Sin remedio. Y entonces la perderé. Irá directa a tus brazos de papi macizo. Yo seré quien lleve los anillos en vuestra boda.

El muy gilipollas tiene la suficiente confianza en sí mismo para lanzarme una sonrisa de superioridad.

—Ya tienes algo con lo que entretenerte en tu día libre. Quédate ahí sentado con esa horrible sensación de saber lo frágil que es tu posición en realidad. No puedes ganarte a esta chica gastando pasta. No es una fan loca, Jake.

—Lo sé...

—Tampoco quiere que nosotros juguemos a nada ni que la pongamos en medio.

Me mira fijamente con esos ojos negros.

—Lo sé. De verdad. Ha sido una idea absurda.

—Y a mí se me ha permitido tener un tiempo para averiguar qué coño estoy haciendo aquí —añade—. Se me ha permitido cerrar la puerta y quedármela para mí un par de horas.

—Lo sé —repito asintiendo con la cabeza.

—Si tan duro es para ti o sientes que necesitas restregármelo por la cara cada vez que intento... intento tener intimidad con ella, Jake...

—¡Lo sé!

—Vosotros dos ya tuvisteis vuestro momento «es el destino» en Seattle. Y tenéis la cosa rara esa de los mellizos. Si incluso respiráis al mismo tiempo, como si estuvierais haciendo submarinismo. Casi termináis las frases el uno del otro. ¿Crees que eres el único que siente que lo están dejando de lado? Estar en una habitación con vosotros dos es estar fuera, Jake.

Su confesión me desgarra. No tenía ni idea. Es un puto libro cerrado.

—Cay...

—Ya estás metido hasta el fondo —continúa—. Nunca va a dejar que te marches. Deja de preocuparte y de intentar controlar esto. Sucederá como tenga que suceder. Yo lo estoy haciendo a mi modo. Me estoy tomando mi tiempo y estoy averiguando cómo va esto. Y si no te gusta, entonces puedo llevarme mis mierdas esta tarde...

—¡No! —digo y lo cojo por el hombro—. Cay, lo siento. He sido un capullo. Vamos a empezar de cero. Vamos a olvidarnos de la apuesta.

—Buena idea —me suelta.

—Dime que me perdonas —le ruego—. Por favor, Cay.

Resopla y sacude la cabeza.

—Perdonado.

Suspiro de alivio.

Pero entonces se inclina, los oscuros ojos le brillan.

—Pero a menos que ponga a prueba los límites de tus pesadillas, ten mucho ojito con lo que dices cuando hables conmigo. ¿Entendido?

—Sí —le respondo y asiento con determinación—. Tendré muchísimo cuidado. No volveré a decir nada que te moleste, Cay, lo juro. Palabra de scout —añado y levanto dos dedos.

Caleb entorna los ojos, abre la puerta de un tirón y se marcha.

Joder, esto no se le va a olvidar. Cay perdona, pero no olvida. Y, si quiere, puede ser diabólico. No sé cómo, pero va a encontrar un modo de hacerme pagar por haberme ido de la lengua. Y, joder, no me lo mereceré.

Capítulo 44
Rachel

Menuda semana de locos. Entre todo el día de viaje por el partido y el ciclo de talleres de fisioterapia que se celebra en la universidad pública al que Poppy fue tan generosa de ofrecerme como voluntaria para ayudar, estoy muerta. Los chicos también están agotados. Si soy sincera, apenas los he visto esta semana. Parece que el único momento en que los tres estamos en casa en los días en que no hay viajes es entre las nueve de la noche y las seis de la mañana. El pobre Jake suele estar tan cansado que se queda frito enseguida.

Por eso me sorprende que hayan dicho que esta noche les apetece salir. Caleb me ha enviado un mensaje mientras estaba terminando la última hora en el curso de fisioterapia de entrenamiento. Vamos a ir a un restaurante que se llama Riptide's Bar & Grill. Poppy ya me ha dicho que ella también va. Y unos cuantos chicos más: Novy, Langley, Sully y su esposa y Shelby.

Termino con Fiona, la coordinadora del programa, y me ayuda a llevar las bolsas con el material al aparcamiento. Cuando salimos por las puertas automáticas, aparece el jeep de Caleb. Los dos van en los asientos delanteros con las gafas de sol puestas y las gorras hacia atrás. La tabla de surf de Caleb está enganchada en los rieles superiores.

—Estamos buscando a un huracán —grita este—. ¿Alguna de vosotras ha visto a uno por aquí?

Resoplo y entorno los ojos por la frase tan cursi que ha soltado.

Fiona mira a su alrededor, confundida.

—No, eeeh... Bueno, hoy el cielo está despejado. Aunque dan lluvia para este fin de semana...

—Déjalo, Fiona —digo—. Te está tomando el pelo. Ha venido a recogerme.

—Aaah —dice con una risilla—. Entonces, ¿los dos sois jugadores?

—Él sí —dice Caleb señalando a Jake con el pulgar por encima del hombro.

—Vaya. ¿Sabéis? La doctora Price ha sido un gran fichaje para nuestro programa —dice—. Tenéis mucha suerte de tenerla.

—Oh, lo sabemos —dice Jake con una sonrisa.

—Estamos muy agradecidos de que esto haya podido salir adelante —añade volviéndose hacia mí—. ¿Quizá podríamos repetirlo el semestre que viene?

—Claro —respondo.

Es un programa que está muy bien, ofrece a los estudiantes universitarios una experiencia práctica que no suelen ver hasta la residencia.

Mientras nos despedimos, Jake se baja del jeep, me coge las bolsas y las carga en el maletero. Luego me abre la puerta del coche para dejarme subir al asiento trasero. En cuanto Fiona vuelve a entrar en el edificio, Caleb arrancha el jeep y nos marchamos.

—Así que hay fiesta en Rip's, ¿eh? —grito por encima del rugido del viento y de la radio.

—¡Sí! —grita Jake—. ¡Es el día de saltarse la dieta y quiero comerme mi peso en hamburguesas y patatas!

Cuando aparcamos junto al enorme bar de la playa, siento que el humor de Jake cambia.

—Espera... ¿qué día es hoy? —dice con la mano helada sobre la correa del cinturón de seguridad.

—Jueves —respondo. Mañana nos vamos otra vez para jugar un partido—. ¿Por qué?

—Oh... mierda —masculla. Le lanza una mirada a Cay.

—Tío, no me hagas esto. Te juro que he aprendido la lección. Dijiste que me perdonabas.

Mientras tanto, Caleb sonríe como si nada y deja el jeep en el aparcamiento.

—Y te perdoné. Pero de vez en cuando hay que dejar un recordatorio para que la lección cale del todo.

Jake abre los ojos como platos.

—¿Qué tengo que hacer para acabar con esto?

—¿Qué me estoy perdiendo? —digo mientras saco la cabeza entre los dos asientos—. ¿Por qué os estáis comportando de una forma tan rara?

Caleb dibuja una sonrisa de suficiencia.

—No es nada, Huracán. Jake está aprendiendo una importante lección sobre memorizar los días de la semana.

Tras esa críptica explicación, los dos se apean del jeep y cierran la puerta al mismo tiempo. No tengo más remedio que seguirlos.

La música en directo flota sobre el aire otoñal de la playa. Una multitud se reparte entre las muchas mesas con sombrillas que hay. Dentro también hay un montón de sitio, pero el encanto de Rip's es la terraza de fuera. La gente puede venir directa de la playa y pedir algo de comer y beber. Surfistas, familias con niños con la cara llena de arena, parejas que dan un paseo vespertino.

Encajonada en una cabaña individual junto al bar está el escenario cubierto. Arriba ya hay un grupo que está tocando versiones de otras bandas. Cuando giramos la esquina, me quedo helada. La mujer que está cantando micrófono en mano esta particular versión de *That Don't Impress Me Much* de Shania Twain no es otra que la propia Shelby O'Sullivan de los Rays.

Jadeo con los ojos abiertos como platos por la emoción y agarro a Jake del brazo.

—Espera... ¿esta noche hay karaoke?

Él suspira, no parece para nada el chico animado que es siempre.

—Sip. Y ha sido un placer conocerte, Seattle.

—¿Qué...?

Echo a andar detrás de él, me callo cuando me doy cuenta de que el resto del equipo nos ha visto y nos hacen señas para que nos acerquemos. Montamos todo un espectáculo para jalear a Shelby cuando termina de cantar. Luego se nos acerca dando saltitos y se sienta en el regazo de Sully.

Los Rays han juntado unas cuantas mesas y ya hay algunos platos de ensaladas, alitas de pollo, pepinillos fritos y algo que creo que podría ser cola de cocodrilo frita. Jake y yo nos sentamos en los asientos que hay libres en el extremo de la mesa de Sully y Shelby, mientras Caleb va a estrecharles la mano a Novy y Langley.

—¡Hola, doc! —me saluda Shelby con la mano—. Parece que vienes directa del trabajo.

—Sí, estaba haciendo un cursillo de entrenamiento en el centro —explico mientras cojo un pepinillo frito de la cestita—. Estos dos me han recogido de camino.

—Qué majos son —dice lanzándoles una mirada.

—Aquí se aparca fatal —masculla Jake mientras se sirve agua—. Es más fácil venir en un solo coche.

Independientemente de si se ha tragado o no nuestra excusa de mierda, enseguida se distrae porque llegan Poppy y otros dos jugadores más.

—Espero que en la gala benéfica del hospital haya la misma participación el fin de semana —les grita Poppy a los chicos lanzándoles una mirada asesina mientras se sienta.

Mierda, es cierto. No ha sido nada sutil a la hora de insistir en que se espera que todos asistamos a esa cena elegante y a la subasta silenciosa que se celebra el día después de que volvamos de Boston. Estos actos de relaciones públicas nunca acaban, de verdad. No sé de dónde saca Poppy las energías para hacer tantas cosas. Yo estaría destrozada.

En poco tiempo, los Rays se han apoderado de la mitad del Rip's. La banda sigue tocando las versiones de las canciones y más gente se anima a coger el micrófono. Novy pierde cuando lanza una moneda con Langley y decide hacer una versión horrible de una canción de los Backstreet Boys. Luego Poppy canta bastante bien *Jolene* y todo el bar la jalea y le silba.

Cuando miro a la mesa hacia Jake, todavía sigue melancólico, está sujetando su segunda cerveza con las dos manos. Me acerco a él y le doy un toquecito en el hombro.

—¿Qué estás haciendo, ángel?

—Contemplando las consecuencias de mis acciones —responde.

—¿Qué...?

—¡Oye, Doctora Buenorra! —me grita Langley desde otra mesa—. Vas a cantar, ¿a que sí? ¡Siendo la hija de una leyenda del rock, tienes que subir y cantar!

—Sí, que cante —me animan Sully y Shelby—. ¡Que cante!

—Oh, no —respondo levantando las manos—. Ese gen no me tocó. Creedme, si me subo ahí a cantar, necesitaréis atención médica de inmediato.

La mayoría del grupo se ríe.

Antes de que Langley pueda responder, el guitarrista se hace con el micrófono. Es un tío grande con la cabeza rapada, puede que tenga cuarenta y tantos.

—Hola a todo el mundo, ¿cómo estáis esta noche? —grita.

El público silba y brinda con los vasos de cerveza.

—Bienvenidos al Riptide's Bar & Grill —sigue diciendo y recibe más vítores—. Por si no os habéis dado cuenta, hoy es noche de karaoke en Rip's y somos los Jacksonville 5 —añade mientras señala a la banda—. Durante la siguiente hora, más o menos, vamos a estar aquí tocando. Stacey tiene la lista, está al final de la barra... Stac, saluda.

Detrás de la barra, una rubia muy guapa sonríe y saluda con la mano, en la otra lleva una tableta

—Pero primero... —Se pone la mano sobre la frente a modo de visera—. Me han dicho que esta noche tenemos aquí a Caleb Sanford.

Los Rays golpean las mesas.

—¡Di que sí, Sanny!

—¡A por ellos, Sanford!

Me quedo rígida al ver que incluso hay más gente entre el público que se ha vuelto loca jaleando a Caleb. A mi lado, Jake gruñe.

—Sanford, sube aquí —lo llama el guitarrista—. Sujétame esta mientras yo hablo con esa pelirroja tan guapa de la barra.

El público se vuelve loco al ver que una mujer de unos cuarenta años con el pelo rojo se pone colorada. Mientras tanto, en nuestras mesas siguen jaleando a Caleb.

—¡Sanford! ¡Sanford!

—¡A por ellos, Sanny!

—¡Canta *Freebird*!

Caleb me mira antes de fijarse en Jake. Ahora mismo está pasando algo. Estos dos tienen alguna competición entre mano.

Me imagino que sobre mí. Por la seguridad que transmite Caleb y los ojos de cachorrito atropellado que pone Jake, diría que va ganando Cay. Poco a poco, se levanta de la mesa y el público vuelve a vitorearlo. Saluda mientras avanza entre nuestras mesas y le da unas palmaditas a Jake en el hombro al pasar. Jake gruñe otra vez.

¿Voy a tener que meterme yo en medio?

—¿Qué te pasa? —digo y le doy otro codazo a Jake.

—Estoy aprendiendo una lección —responde Jake. Mientras el público está distraído, se vuelve hacia mí y me pone una mano en el muslo.

—Seattle, venga. Nos largamos de aquí.

—¿Qué? —grito—. No podemos irnos sin más...

—Te daré diez mil dólares para que te vayas de aquí conmigo ahora mismo —insiste.

Lo miro entornando los ojos.

—Pero ¿acaso sabe tocar la guitarra? —pregunto distraída mientras observo a Caleb subir al escenario y estrecharle la mano al guitarrista antes de aceptar el instrumento.

—¡Caleb Sanford, gente! —le grita el guitarrista al micrófono y recibe más vítores.

Caleb se dedica un minuto a afinar la guitarra y le da la espalda al público mientras habla con la banda. El pelo de color cobrizo oscuro está despeinado y alborotado por el viento de ir en el jeep. Lleva una camiseta negra, unos vaqueros rotos y los pies descalzos llenos de arena. No puedo evitar sentir un pequeño aleteo en el estómago cuando se acerca al micrófono. Ay, sí, a Rachel le gusta esto.

Acerca la boca al micrófono y con una voz profunda dice:

—Para los Rays de Jacksonville, que han venido hoy a pasárselo bien... —Nuestros chicos aúllan y aplauden—. Me gustaría dedicarle la siguiente canción... a la doctora más buenorra de la NHL.

Caleb me mira directamente y los Rays se vuelven locos.

—¡Toma! ¡La doctora Price!

—¡Doctora Buenorra!

—No les hagas daño, doctora.

—Rachel Price —dice Caleb por encima del jaleo—, esta es para ti.

Siento que mi corazón da un salto mortal y los Rays se vuelven locos cuando Caleb respira hondo y empieza a cantar a capela, con las dos manos acunando el micrófono con cuidado.

—Put your lovin' hand out, baby... Cause I'm beggin'...

El público grita cuando la banda se une. Caleb rasga la guitarra, la batería suena y se lanzan a hacer una versión épica de Måneskin.

—I'm beggin', beggin' you... So, put your lovin' hand out, baby...

Abro la boca de la sorpresa y juro que el chocho me ha empezado a arder. Tiene una voz tan sexi... es grave y baja, incluso pecaminosa. Y el tío sabe tocar. Sabe lo que se hace con la guitarra y mueve los hombros mientras la rasga. Me mira directamente y extiende la mano mientras canta.

Lo estuve picando hace un par de noches precisamente sobre esto y resulta que el sagitario gruñón es músico. Llevamos varios días revoloteando el uno sobre el otro, intentando una forma de pasar de nuestra conexión física volcánica a algo más profundo. Quiero conocerlo. Quiero ver lo que esconde tras sus muros, lo que hay detrás de su dolor. Es mucho más que su trauma. Él también es consciente de ello, pero no sabe cómo dejarme entrar.

Pero bueno, ahora mismo está subido en ese escenario usando la letra de una canción para desnudarse el alma.

Put your loving hand out. «Extiende tu amorosa mano», es lo que dice la canción.

Quiere que me quede. Quiere que siga intentando encontrarlo. Sonrío mientras toca e intento usar mis poderes mentales para enviarle un mensaje claro.

No me voy a ir a ninguna parte.

Mi pulso late al mismo ritmo que rasga la guitarra. Tiene muchísimo talento. Ahí de pie parece un roquero perfecto y melancólico salido de mis fantasías. Sé que he sido yo la que ha establecido las leyes respecto a lo de las demostraciones de afecto en público, pero juro por Dios que, si este hombre me arrastra al baño esta noche, romperé todas las reglas.

Capítulo 45
Rachel

—Madre del amor hermoso —jadea Poppy—. ¡Rachel, tía, estás impresionante!

Sonrío y me paso las manos por la parte delantera del vestido de Chanel. Hace años que lo tengo y me lo habré puesto una docena de veces. Es de seda color champán que se une en dos puntos en mi clavícula, con dos tirantes que me suben por los hombros y me bajan por la espalda descubierta. La seda cae alrededor de mis tobillos, lo que hace que el vestido tenga un movimiento precioso. Es una de mis posesiones favoritas.

—Gracias —digo con una sonrisa—. Tú también estás preciosa.

Y de verdad que sí. Lleva un impresionante vestido rojo con una raja en el muslo que podría detener el tráfico. Esta noche se ha puesto un maquillaje más oscuro, más atrevido, y se ha recogido el pelo en una coleta de caballo alta y bien peinada. Tiene un aspecto pecaminoso en todo su metro cincuenta y ocho.

Miro alrededor de la galería de arte.

—Está todo precioso, Poppy.

—Ah, no es nada —dice con un aspaviento de la mano—. Estoy segura de que has estado en bastantes acontecimientos de estos.

Me limito a sonreír, no respondo. He perdido la cuenta de

cuántas veces he asistido a una subasta benéfica, literalmente. En lo único en que puedo pensar ahora mismo es en que tengo hambre, que me duelen los pies y que me he olvidado de coger ropa interior. Ha sido un día tan caótico que me he peinado y maquillado en el baño de chicas antes de conducir directa hacia aquí.

Me he vestido para impresionar, pero esta noche yo no soy el foco de atención. Los jugadores son el verdadero cebo. A los asistentes les da igual el salmón de la cena o ganar un viaje a una bodega en subasta silenciosa. Solo quieren codearse con un jugador que ha ganado dos veces la Copa Stanley: Ilmari Kinnunen. Quieren acercarse y hacerse amigos del entrenador jefe del equipo olímpico de Canadá: Hodge Johnson.

Y hablando de Kinnunen... Sonrío cuando lo ubico en una esquina, veo su enorme corpachón inclinado sobre la mesa de subastas silenciosas. Ha sido el último paciente que he visto hoy. Nos hemos pasado como una hora trabajando en unos ejercicios para fortalecer la cadera como parte de su nuevo régimen de fisioterapia.

Durante las últimas semanas, he aprendido a leerlo mejor. Para lo fácil que es encontrarlo entre una multitud, es una persona muy sutil. Sus movimientos son leves; sus opiniones, infravaloradas; sus acciones, deliberadas. Es como si su aura ocupara tanto espacio que lo intenta compensar haciendo que el resto de las piezas que lo conforman sean más pequeñas. Creo que me gustaría ver a Mars Kinnunen soltarse la melena. ¿Cómo sería verlo fuera del hielo intentando dominar la situación?

Vaya, por todos los cielos. Ahora me estoy imaginando a Mars Kinnunen dominando las cosas.

Echa el freno, psicópata.

Es culpa del esmoquin. Está tan bueno que lo echaría en las tortitas.

Esa chaqueta entallada le queda como un guante. Rachel lo aprueba.

Tranqui, tía.

Detrás de él hay unas cuantas personas, están susurrando y lo observan como si fuera un extraño animal en una exposición. Se lo hacen mucho. Sin duda su tamaño es intimidante y tiene esa aura de «que le den por culo a todo». Puede que sea una de las personas menos accesibles que he conocido.

Pero, por supuesto, voy directa hacia él y agarro una gamba envuelta en beicon de una bandeja en el camino.

—Eh, Mars.

Se vuelve para mirarme y me estudia con sus ojos azules.

—Estás diferente —masculla.

Resoplo y mastico mi gamba. ¿Eso es un cumplido? Es imposible saberlo con la forma tan seca que tiene de hablar.

—Sí, es el corrector. Hace maravillas, ¿eh?

—¿Qué?

—Nada —respondo y le cojo a un camarero una copa de vino tinto—. ¿Vas a pujar por algo?

Sin decir nada, señala el papel.

Me inclino un poco más, incapaz de evitar percibir un atisbo de su embriagadora colonia. Contengo el aliento cuando leo el papel.

—Yo... Mars... ¿qué narices es eso? —Dejo la copa a un lado—. Esas cosas son para hacer ofertas en la subasta. ¿Lo entiendes? No tienes que adivinar el precio de la organización. En este caso, te están pidiendo que dones la cantidad de la puja a la organización. Es una especie de patrocinio.

—Lo sé —responde.

—Tú... —Lo miro boquiabierta y le echo otro vistazo al papel—. Mars, ¿quieres donar medio millón de dólares a un fondo de conservación de una tortuga marina?

—Sí.

Es una broma, ¿verdad? Está de coña. Pero su expresión me dice que no está de guasa. Creo que Mars Kinnunen no sabría hacer una broma.

—Eh... bueno, es una gran inversión, Mars. ¿Has investigado algo sobre esa organización?

—La señorita St. James la ha aprobado, ¿no?

—Bueno, es que... —Mi respuesta más sincera es sí. Poppy es implacable. Estoy segura de que ha aprobado los objetos de la subasta después de una investigación concienzuda. Pero no es eso lo que me confunde.

—Lo siento... es que los chicos están por ahí comiéndose su peso en canapés gratis —digo señalando a donde Sully, Hanner y J-Lo se están llenando unos platitos diminutos—. Y ¿tú estás aquí donando quinientos mil dólares para la conservación de una tortuga marina como si nada?

—¿No va de eso el acto? —pregunta.

—Bueno... sí —respondo mientras recupero la copa de vino—. Pero lo que quiero decir es que podrías ganar la puja donando solo cinco mil dólares.

—¿Y cuánto tiempo crees que durará en la organización esa ínfima cantidad? —contraataca—. ¿No sería mejor darles fondos que de verdad puedan invertir en planear el futuro?

—Bueno... sí —repito, parezco un disco rayado.

—Y si yo me encuentro en una posición en la que puedo ayudar a esta organización, ¿por qué no debería hacerlo? Tengo el dinero, estoy dispuesto a desprenderme de él y me fascina la causa. ¿No debería hacer la donación?

—Por supuesto que sí —digo enseguida.

Por extraño que parezca, creo que se siente aliviado al oír mi respuesta. ¿Le importa lo que yo pienso?

—¿Puedo preguntar... por qué has elegido las tortugas marinas?

Él se encoge de hombros sin más.

—¿Por qué no?

—Podrías haber elegido cualquier cosa. —Señalo la mesa con la mano—. Un hospital infantil, una unidad de quemados, un programa de deportes extraescolares para jóvenes poco favorecidos. Y aun así has decidido hacer la mayor donación de la noche a un montón de tortugas marinas. Dime por qué.

Me recorre el rostro con la mirada y lucho para no ponerme colorada.

—Vas a juzgarme por mi respuesta —dice.

Me quedo rígida.

—Te prometo que no.

Vuelve a encogerse de hombros.

—Gano millones como deportista profesional. Y tiene un precio que nunca voy a pagar.

—¿Qué quieres decir? —Me acerco un paso.

—Quiero decir que mantengo una industria que prospera a base de destruir el medio ambiente. Me paso un tercio del año viajando y viviendo de una forma para nada sostenible. Juego en estadios que crean un montón de basura. Todos los días. Todos los partidos. Durante toda mi vida, ha sido así. Hago daño, Rachel. Daño activo.

—Ay, Mars —murmuro—. Entonces, vas a hacer la donación a las tortugas marinas. Estás protegiéndolas... de ti.

Asiente con la cabeza.

—A fin de cuentas, es una cantidad insignificante. Pero me he apuntado el nombre del contacto de la organización —añade—. Si me gusta su modelo de negocio, intentaré hacerme mecenas. Los financiaré por completo.

Suspiro y sacudo la cabeza. Por supuesto. Mars Kinnunen, damas y caballeros. Tan guapo, rico, talentoso, consciente del medio ambiente y autocrítico a más no poder que te destroza. Sí, debería alejarme ahora mismo.

—¿Tú vas a pujar por algo? —dice cuando me doy la vuelta. Suelto una carcajada, sigo intentando ordenarme las ideas.

—Eeeeh, bueno, esperaba poder pujar por un viaje en yate al Caribe o un mes gratis de clase de salsa.

Antes de que él pueda responder, Poppy llega corriendo. Puede que ella sea la única empleada de los Rays, aparte de mí, que no le tiene miedo a este hombre.

—Mars, cariño, no puedes esconderte en una esquina toda la noche. Tienes que mezclarte entre la gente. Ah, y Rachel, ¿puedes localizar a los demás y traerlos aquí?

—Claro, Pop —digo con una sonrisa y la observo mientras se lleva a rastras por el brazo al reticente Mars.

No pierde el tiempo en presentárselo a un grupo de señoras con el pelo gris que no hacen más que decir «oooh» cuando se acerca. Salgo corriendo antes de convertirme en la siguiente a la que arrastra por el brazo. Giro la esquina y me adentro en el museo. Camino detrás de Langley y Novy, los dos van comiendo canapés.

—Te digo que esto es arte —dice Langley.

—Imposible —responde Novy—. Eso no es arte.

—Está colgado en un museo de arte, gilipollas.

Echo un vistazo entre los dos para ver qué están mirando. Parece un lienzo en blanco. Sonrío de lado cuando veo que en la placa que hay al lado pone: «Lienzo en blanco».

—¡Hola, doc! —me saluda Langley—. Vaya... estás preciosa.

Sonrío. No puedo evitarlo. Langley es muy dulce y sincero.

—Gracias, Langley. Tú también estás guapo.

La verdad es que sí. Todos te quitan el hipo con sus trajes de gala. Langley señala el cuadro que queda a su espalda.

—Oye... ¿esto es arte?

Me acerco un paso y le robo una miniquiche del plato.

—Bueno, ¿cómo te hace sentir?

—Eeeh... ¿confundido? —pregunta encogiéndose de hombros.

—Aburrido —añade Novy.

—Aquí me siento como un pez fuera del agua —añade Langley mirando a su alrededor.

Me río.

—Creo que, en el fondo, se supone que el arte solo tiene que hacernos sentir algo. Y parece que los dos estáis sintiendo bastante.

—Vaya —masculla Langley, mira el lienzo en blanco con los ojos como platos—. Alucinante.

—Por cierto, Poppy os estaba buscando —digo.

—¿Qué? —Novy resopla —. A mí... ¿Por qué?

Lo miro con curiosidad.

—No... no solo a ti, Nov. Quiere que todos os quedéis cerca. Se supone que os tengo que arrear como a un rebaño. ¿Hay alguno más por aquí? —añado mirando a mi alrededor.

—Creo que Compton estaba por allí —responde Langley señalando a una arcada.

Camino hacia donde Langley ha señalado. Esperaba poder pillar a Jake aquí. Entre la noche del karaoke y el día del viaje por el partido, no hemos podido tener un momento a solas. Los tacones resuenan por el suelo de madera mientras avanzo por la exposición de arte moderno y entro en la sala de obras más neoclásicas.

Me da un vuelco el corazón cuando veo a Jake. En una mano tiene una copa y la otra la tiene metida en el bolsillo del esmoquin. Está observando un cuadro enorme con una expresión seria. Está guapísimo... el pelo oscuro le cae sobre la frente. Debería llevar esmoquin siempre. Se acabaron las sudaderas grises y los uniformes de hockey. Solo esmóquines, todo el tiempo.

—Hola, ángel —digo en voz baja.

Me lanza un vistazo rápido y vuelve a su cuadro con el ceño aún más fruncido.

—¿Qué pasa?

—Es el caballo.

Me acerco un paso más a él y observo el cuadro. Es grande y tiene un marco dorado llamativo. Muestra el que posiblemente sea el hombre más feo que he visto en mi vida a lomos de lo que asumo es un caballo. Pero parece que tiene la cara poseída... y un tanto aplastada.

—Siento que me está siguiendo —murmura balanceándose un poquito—. Cuando me muevo, mueve los ojos. Me está acojonando.

Resoplo y me acerco para leer la placa.

—Al parecer el cuadro se titula *El caballero feo y su caballo aún más feo*... Bueno, no es un título muy bonito —añado riéndome—. Pintado por lord George Corbin en 1804.

—Pues Corbin era una mierda. —Jake le da un trago a su copa.

Me vuelvo hacia él para mirarlo.

—Jake... ¿podemos hablar?

—¿De qué?

Suspiro.

—Cay me contó lo de la discusión que tuvisteis el otro día.

—Sí, bueno, pues debería tener la boca calladita —masculla, le da vueltas al hielo de la bebida.

Doy un paso al frente y le coloco una mano apaciguadora en el brazo.

—Eh, tú no eres así. Mi Jake no se esconde por galerías de arte ni hace pucheros durante la noche de karaoke. Y mi Jake me mira cuando le hablo —murmuro y le doy un apretón en el brazo—. Cuando ve un vestido como el que llevo puesto intenta convencerme de que me lo quite.

Veo que le tiembla la comisura de la boca cuando me lanza una mirada.

—No puedo soportar que os peléis —digo—. No por mí. Vuestra amistad significa demasiado como para arriesgarla. Y los dos significáis demasiado para mí como para que me interponga entre vosotros...

—Estamos bien —dice enseguida—. En realidad, no fue por ti. Fui yo que me comporté como un idiota. Yo lo estaba forzando. Está todo en mi cabeza porque dije una mierda que no quería decir. Es solo que... tengo la cabeza hecha un lío por Cay. Y a veces hablo sin pensarlo...

—Lo sé —respondo con amabilidad y le acaricio el antebrazo—. Te perdona.

Resopla.

—¿Por eso decidió pavonearse en el karaoke?

—Lo está intentando, Jake —respondo—. Es solo que has sido el único que ha estado en su corazón durante muchísimo tiempo. No ha sido fácil hacerme hueco a mí. Pero quiere hacerlo —añado—. Los tres podemos sentirlo. Sabes que lo que tenemos es especial, ¿verdad? No solo lo que pasa entre tú y yo, sino entre los tres.

—Sí —murmura, y le da de nuevo vueltas a la copa—. Sí, es especial.

Vuelve a mirarme, pero esta vez se detiene un poco más para escanearme de arriba abajo. Le empiezan a destellar los ojos de apreciación.

Sonrío, lo conozco muy bien.

—¿Es eso lo que necesitas? ¿Necesitas un poquito de confirmación física? ¿Quieres que te lleve al hueco de la escalera y te haga una mamada?

—No me provoques —dice y le da un trago a su copa.

—¿Quién está provocando? —respondo—. Eres mío, Jake. Mío para que me preocupe por ti, mío para que te ame. Ahora mismo, estás molesto. Y estoy intentando arreglarlo. Tengo la sensación de que llevo días sin verte.

—Lo sé —suspira—. ¿Cómo es posible que te eche de menos si estás de pie justo delante de mí? Pero es así. Te echo de menos, nena. No puedo evitarlo. Siento como si entre nosotros todavía se interpusiera la distancia y lo odio, joder.

—Bueno, pues quítala.

—¿Que quite el qué?

—La distancia.

Frunce el ceño y señala a su alrededor.

—Estamos en público, Rachel. Nada de demostraciones de afecto en público, ¿te acuerdas?

—Odio cuando me llamáis así —murmuro.

—¿Cómo? ¿Por tu nombre?

—No quiero ser Rachel para vosotros. —Me acerco un paso—. Quiero ser tu chica de Seattle —digo acariciándole con los dedos la tela de la solapa—. Tu nena... tuya.

Suspira y cierra los ojos.

—Me está costando contenerme.

—Pues no te reprimas—susurro—. Jake, no te contengas.

Abre los párpados, echa llamas por los ojos.

—Te deseo, Jake —jadeo—. Te necesito. Encuéntrame otra vez. Por favor, ven a encontrarme...

Me calla con un beso y me acerca más a él con la mano libre. Me abro para él y echo la cabeza hacia atrás mientras saboreo el alcohol de su lengua. En unos segundos, se aparta de mí con un gruñido.

—Joder, no podemos hacerlo aquí —masculla acariciándome la frente con los labios.

—¿Por qué? ¿Qué pasa?

—Es que... siento que el caballo me está observando —admite y vuelve a mirar la pintura.

Con una risa, lo cojo de la mano que tiene libre.

—Vamos.

—¿Qué estás haciendo? —pregunta mientras me sigue.

Los tacones resuenan por el suelo mientras lo arrastro al hueco de las escaleras y dejo que la puerta se cierre a nuestra espalda con un clac. Pero no hay forma de cerrarla, así que tendremos que arriesgarnos.

—Cay me contó que vuestro jueguecito era intentar romper mi prohibición de demostraciones de afecto en público

—digo mientras le quito la copa de la mano y la dejo en los escalones junto a la mía.

—Sí, oye...Lo siento, Seattle. He sido un capullo competitivo. Todo esto es nuevo para mí y me preocupaba lo que le dije a Cay, y te echaba de menos y me comporté como un capullo...

Doy un paso al frente y le pongo los dedos en los labios.

—Voy a saltarme mi prohibición —declaro—. Si no te tengo ahora mismo, voy a gritar. Así que explícame cómo va el sistema de puntos y me aseguraré de que salgas de esta escalera como ganador. ¿Te parece bien?

Me mira con una sonrisa de satisfacción.

—¿Qué hiciste con Cay en el baño del Rip's? No te pienses que no me di cuenta de que los dos estuvisteis desaparecidos durante quince minutos.

Le respondo con una sonrisa, no me da vergüenza. Fue una noche divertida.

—Me comió el coño encima del lavabo —contesto, mi cuerpo responde cuando Jake me mira y mueve las manos hacia mis caderas—. Y luego yo se la comí a él.

Frunce las cejas mientras echa cuentas.

—Pues... creo que eso son veinte puntos. Diez puntos por cada trabajito oral.

Levanto la mirada hacia él.

—Vale, tienes tres minutos exactos para reclamar la puntuación más alta. ¿Qué vas a hacer, ángel?

Me pone la espalda contra la pared, junto a la puerta.

—Por cincuenta puntos, voy a follarte rápido y duro —jadea con sus labios contra los míos—. Ese dulce coño que tienes se va a correr con mi polla. Y luego vamos a volver a esa aburrida fiesta mientras mi semen te chorrea por los muslos.

Oh, sí, ese es mi Jake. Vuelve al partido. Por fin.

—Haz lo que quieras —lo provoco—. Pero tápame la boca cuando grite.

Gruñe y se lleva las manos a los pantalones.

—Quítate las bragas y guárdatelas. Cada vez que te mire esta noche, vas a apretar los muslos, ¿entendido?

Me agarro el vestido con las dos manos y me lo levanto.

—Es una pena, ángel. Porque no llevo ropa interior.

Se queda rígido con una mano en la polla. Gruñe, da un paso al frente y me agarra la cara con la mano libre.

—Eres un puto sueño hecho realidad.

—Lo sé —respondo con una sonrisa y le envuelvo la polla con la mano—. Ahora, penétrame.

—Nena.

Alguien me está zarandeando. ¿Esto es un sueño? No... espera... ¿estoy soñando?

—Nena, despierta.

Me doy la vuelta mientras suelto un gemido somnoliento, parpadeo, abro los ojos e intento orientarme. Estoy desnuda en la cama más cómoda del mundo. Jake está aquí, me agarra por el hombro. Me aparta el pelo de la cara y me besa en la frente.

—Nena, mira. Ha venido. No quería perdérselo.

Lo dice con una voz alegre y ansiosa. Me da un último empujón para despertarme y sale de la cama.

Dios, ¿qué hora es? Anoche, cuando volvimos de la gala benéfica arrastrándonos, nos encontramos a Caleb dormido con el perro en el sofá. Nos metimos en su cama y nos quedamos durmiendo enseguida. Ni siquiera estoy segura de si me quité las lentillas.

Esta habitación es muy diferente por el día. Está bañada por la blanquecina luz de la playa. Con los labios apretados veo que Jake, desnudo, camina de puntillas hasta la pared de cristal con el teléfono en la mano. Hay también una puerta de cristal que conduce a un balcón.

Jake me mira por encima del hombro sonriendo como un niño pequeño, y luego señala algo fuera. Ahí, sentado en la barandilla, hay un pelícano enorme. Es tan feo que resulta mono, tiene las plumas marrones y unos ojos pequeños y brillantes. Jake levanta el teléfono y le veo todo el culo desnudo mientras le hace fotos.

Al verlo, me sobrecoge tal oleada de emociones que me quedo sin aliento. Trago saliva con lágrimas en los ojos.

—Eh —lo llamo en voz baja.

—¿Hmm? —dice con los ojos aún clavados en el móvil.

—Te quiero.

—¿Qué? —chilla mientras se da la vuelta. La combinación de este movimiento y su voz debe de asustar al pelícano, porque se va volando.

—Oh... mierda... —Se gira y lo ve volar —. Tío, nunca se había acercado tanto.

Resoplo, siento que el corazón se me sale del pecho cuando veo que mi dulce ángel está haciendo pucheros porque su pelícano no le está poniendo las cosas fáciles.

—Espera... ¿qué coño acabas de decir?

Cruza la habitación y lanza el teléfono a los pies de la cama.

—Me has escuchado —respondo, soy plenamente consciente de que las sábanas solo me cubren hasta la cintura y de que le estoy enseñando las tetas.

Su sube a gatas a la cama.

—Necesito que lo repitas.

Intento escaparme, pero es inútil. Se abalanza sobre mí y me inmoviliza bajo las sábanas.

—Dilo —gruñe, luego entierra la cara en mi cuello y aspira.

Le paso las manos por la espalda y le doy un azote juguetón en el culo.

Se tensa con la cara enterrada entre mis pechos.

—Vamos, Seattle. Por favor, dilo otra vez. Dilo o me tiro por el balcón.

Entierro los dedos en su pelo y le tiro la cabeza hacia atrás hasta que lo miro a los ojos.

—Te quiero, Jake.

Levanta las cejas con una sonrisa que podría alumbrar toda la ciudad.

—Nena, estoy enamorado de ti hasta las trancas. Te lo juro por Dios, lo eres todo para mí. Te quiero más que al sushi. Más que al café.

—¿Más que al hockey? —lo provoco y me vuelvo a tumbar mientras me cubre los pechos de besos. La incipiente barba matutina me roza la piel, pero me da igual.

—Joder... ¿aceptarías la verdad de que no quiero elegir? Os quiero a los dos. Quiero tomarme un sándwich de hockey y Rachel todos los días de mi vida.

Me río.

—Me parece justo. —Arqueo la espalda con un suspiro de satisfacción cuando me lame el pezón erizado y lo succiona un poquito.

Apenas ha empezado a provocarme cuando se detiene.

—Vamos, nena. Hoy es el día de saltarse la dieta y me muero de hambre. A ti también te ruge el estómago.

Lucho contra las ganas de hacer un puchero. Estaba a punto de tomar una comida revitalizante. En el menú había un jugador de hockey de un metro noventa y dos... espero que con jefe de equipo como acompañamiento.

—¿Qué tenías pensado?

—Vamos a encontrar la pila de tortitas de plátano más grande y ridícula del mundo y a pedir una torre de beicon al lado. Y café —añade mientras rueda para quitárseme de encima—. Un volquete de café.

Me río y me estiro como un gato perezoso.

—Si esas tortitas de plátano llevan caramelo, me apunto.

Se levanta de la cama de un salto.

—Genial. Vístete. ¡Voy a decírselo a Cay!

Capítulo 46
Rachel

Esa misma noche. Los Rays de Jacksonville contra los Penguins de Pittsburgh. Faltan veinte minutos para que termine el partido y seguimos en la mierda. Primero, Walsh se tropezó con un cable eléctrico mal colocado de camino al entrenamiento y se fastidió la rodilla. Todavía la tiene hinchada. Lo tengo en el vestuario poniéndose hielo.

Por otro lado, J-Lo tiene algún virus estomacal. Lleva una hora echando los higadillos. Y ahora Karlsson está preocupado por el dedo que tiene sobrecargado. Por no mencionar que todos estos tíos son una panda de mapaches a los que les gusta garrapiñar mi botiquín. Me ha desaparecido toda la cinta deportiva.

—Oye... Avery —digo cuando me lo encuentro en el pasillo—. ¿No te quedará cinta deportiva?

Resopla y pasa de mí.

—Mi trabajo no es ir detrás de ti sujetándote el kit de primeros auxilios, Price. Yo tengo mi propio trabajo.

—No te estoy pidiendo que me sigas, Avery. Es solo que necesito cinta...

Se da la vuelta y se me acerca con aire intimidante. Odio que mi reacción natural sea encogerme. Él lo ve y sonríe con suficiencia.

—Escucha, princesita. No sé a quién le comiste la polla

para que te dieran la beca y, sinceramente, no me importa. Pero no voy a dejar que tu constante incompetencia afecte al modo en que dirijo mi programa de fisioterapia. Haz tu trabajo o búscate a otro que te lo haga.

Tras esas palabras, se marcha como un vendaval.

Estoy tan aturdida que ni siquiera puedo emitir palabra. ¿De verdad Avery acaba de acusarme de hacer favores sexuales para ganarme la beca? Durante las dos últimas semanas, le he dado al muy gilipollas un montón de oportunidades para demostrar que no es un cerdo sexista. Pero ya estoy harta. Estoy más que harta. Cuando me lo vuelva a encontrar, no me voy a quedar callada. Le voy a dar bien por culo.

Corro hacia el final del pasillo y echo humo por las orejas mientras me centro en buscar en el botiquín de repuesto. Avery me frustra muchísimo. Y me muero de hambre. Y tengo que mear.

—Eh, Huracán.

Miro por encima del hombro y veo a Caleb plantado con una caja de cuchillas entre las manos.

—Pareces más apurada de lo normal —dice. Está claro que puede leer el cartel de «vete a tomar por culo» que tengo colgado del cuello.

—Si no vas a ayudarme, piérdete, Cay —digo rebuscando en la bolsa.

—Oooh, apurada y salada. Como un pretzel sexi y demoníaco —me provoca—. Mis favoritos.

—Que te den —suelto y cierro la cremallera de la bolsa—. ¿Dónde coño está la cinta deportiva?

Suelta una carcajada.

—¿Los chicos te han robado tus cosas?

Me aparto el pelo de la cara.

—No es nada que no pueda solucionar.

En cuanto lo digo, más bien estoy pensando en Avery que en la cinta perdida.

Me mira con los ojos oscuros achicados.

—¿Cuándo ha sido la última vez que has bebido algo? ¿O comido? Pareces feroz...

—Estoy bien —le suelto.

Ahora tiene una sonrisilla de suficiencia y me dan ganas de darle un puñetazo.

—Ese enfado es del hambre.

—Ni estoy enfadada ni tengo hambre, Cay. Solo estoy ocupada. Estoy trabajando. ¡Y hoy todos me lo estáis poniendo imposible! —Cojo aire temblando y miro a mi alrededor—. Tengo que encontrar la cinta —mascullo. Al parecer, ya mearé cuando esté muerta.

Le doy un golpe cuando paso por su lado, pero extiende la mano.

—Eh, eh. Tranquila, asesina. ¿A dónde vas?

—Voy a buscar a los de las ambulancias y a pedirles que me dejen rapiñar sus botiquines...

—Nop. Vamos —dice y me empuja por el pasillo.

—Caleb, suéltame —resoplo—. Sé cómo hacer mi puto trabajo. ¿Acaso eres tú médico?

—Nop. —Le tiende la caja de cuchillas a Jerry cuando pasamos por su lado—. Pero he estado veinte años jugando al hockey y ahora soy el jefe de equipo de un equipo de la NHL. ¿Sabes lo que significa eso, Huracán?

—¿Qué? —digo con un suspiro y dejo que me lleve hasta los vestuarios.

—Significa que soy el jefe de equipo —dice guiñándome un ojo.

Me empuja al vestuario abarrotado. La música rock resuena mientras los chicos se preparan para el partido. La sala está abarrotada, llena de ruido y vibra de la emoción. Jake nos ve enseguida y nos lanza una sonrisa.

—¡Novy, apaga la música! —grita Caleb.

Novikov agarra su teléfono móvil y baja el volumen a la mitad.

—¿Qué pasa, Sanny? —grita uno de los chicos.

—¡Guau, la Doctora Buenorra en el vestuario! —chilla otro y toda la sala empieza a aullar y a silbar.

Entorno los ojos. Falta tan poco para que empiece el partido que todos llevan capas de camisetas interiores que absorben la humedad, suspensorios, rodilleras, pantalones cortos de hockey, calcetines, protectores de tórax y jerséis. Lo único que veo digno de un espectáculo erótico son los dedos... y aun así algunos incluso llevan puestos los guantes.

—¿Qué pasa, doctora? —dice Sully, cosa que hace que la mitad de los chicos se partan el culo.

Caleb agarra una papelera de plástico y grita:

—¡Está bien, desembolsad! Devolvedle a la doctora toda la cinta deportiva. Ahora.

Las quejas y los gruñidos llenan la habitación mientras los chicos se mueven.

—Hacedlo o me tiraré una semana sin lavaros las toallas de los entrenamientos —ladra—. ¡Las cosas se van a poner muy feas por aquí, amigos!

Como si fueran una sola persona, toda la sala se mueve al unísono: los chicos rebuscan en las mochilas o en las estanterías para coger la cinta deportiva. Caleb recorre toda la habitación y deja que la cinta repiquetee cuando cae en el plástico. Sacudo la cabeza con los labios apretados del enfado cuando incluso Jake se encoge de hombros y lanza un rollo de cinta. Parece que el único que no me ha robado ha sido Ilmari.

Caleb me trae la papelera con una sonrisa de suficiencia.

—Y así es como se hace. ¿Tienes algo que añadir, doctora?

Lo miro y me está haciendo señas con los ojos hacia el vestuario abarrotado.

Ah, vale. Establecer dominancia. Los chicos del hockey siguen un fuerte liderazgo.

Me aclaro la garganta y le quito la papelera a Caleb.

—Muy bien, ¡escuchad! El próximo que me robe algo del botiquín va a recibir un regalito en forma de cinta. Aquí el amigo Teddy —señalo con el pulgar al aludido becario que me mira con los ojos como platos— os va a momificar las joyas de la corona con toda la cinta que hayáis robado. ¡Vuestras chicas se van a divertir mucho ayudándoos a quitárosla después del partido!

Los chicos se vuelven locos, se ríen y le dan codazos a Teddy, que tiene las mejillas arreboladas con un adorable tono rosa salmón.

Caleb tiene una sonrisa burlona y me pasa el brazo por los hombros.

—Vamos, Huracán. Voy a enseñarte algo. —Me conduce fuera de los vestuarios hacia el cuartel general del jefe de equipo.

—Esto es un secreto, ¿vale? Si se lo dices a alguno de los chicos, vamos a tener a un montón de pandas de la basura robándonos a nosotros también.

Levanto una ceja.

—¿Ni siquiera a Jake?

—Sobre todo a ese gilipollas. Nunca le dejaría entrar. —Señala una cajita negra en la que hay una etiqueta: «Patinaje artístico».

Le lanzo una mirada mordaz, pero él se limita a sonreír más.

—Ábrela.

Levanto la tapa y jadeo de placer. Está llena de todo tipo de snacks y ninguno está aprobado por los dietistas: barritas de cereales cubiertas de chocolate, palitos de cecina con salsa teriyaki, chocolatinas, tartaletas de avena. Me parece legítimo llorar.

—Ay, madre mía.

—Vuélvete loca —dice Caleb y me da un apretón en el hombro—. Nos vemos por ahí.

Faltan cuatro minutos para que termine el segundo tiempo y ya he tenido que encargarme de un labio ensangrentado y dos placajes que han tirado a los chicos al hielo. Los dos están bien, pero lo van a notar por la mañana.

Mis ojos no pueden evitar seguir a Jake con la mirada mientras corre de arriba abajo por el hielo. Es una máquina, saca el disco de la zona defensiva de los Rays y lo lanza por la pista. Ha estado mucho tiempo con Novy y parece que los dos trabajan bien juntos. Cada vez que termina su cambio, corre al banquillo y salta las vallas para descansar e hidratarse.

Puede que ahora mismo yo sea invisible para él, pero no me importa. Me encanta verlo en su elemento. Su intensidad es magnética. Es precioso por dentro y por fuera...

—No, ¡no!... ¡Cubridlo! —grita Jake poniéndose de pie.

«Oh, mierda». Los Penguins tienen la posesión del disco delante de la red. Ilmari se tira al suelo con las rodilleras contra el hielo. Se mueve de derecha a izquierda mientras los jugadores se disputan el disco delante de él.

—¡Sacadlo!

—¡Sacad el disco!

Todo el banquillo está gritando mientras los Rays pelan por la posesión del disco. Es una locura. La nieve le salpica a Ilmari en la cara.

Disparo a gol.

Le da a Ilmari en la almohadilla de la rodilla y rebota, pero los Penguins lo recuperan.

—¡Venga yaaa!

Tengo el corazón en la garganta al ver a Ilmari y al defensa luchar por el disco. Los Penguins son fieros. Quieren meter ese gol y están dispuestos a dejarse la piel para conseguirlo.

—¡Sacadlo del área del portero!

El banquillo se está volviendo loco, igual que el público. Todo el estadio está en pie, gritando para que los Penguins marquen ese gol. Jake y Novy tienen ya una pierna sobre las vallas, preparados para saltar al partido, pero tienen que esperar a que termine esta trifulca. Morrow y Hanner van a su bola. Es un caos.

Y mientras tanto, yo solo veo a Ilmari. Está en estilo mariposa, custodiando su red como si le fuera la vida en ello. Jugar este partido lo significa todo para él. Pero ¿cuál será el precio final?

Trago saliva, el corazón me late desbocado cuando puedo respirar. Los Rays han alejado el disco de la red. No hay gol. Los fans de los Penguins están gritando de frustración y abucheando mientras el disco avanza por el hielo.

Morrow y Hanner corren al banquillo mientras Jake y Novy ya están volando para unirse a la refriega. Enseguida, Morrow mete la cabeza entre las piernas y vomita. Solo es agua con electrolitos. Se recuperará y exigirá volver al hielo cuando termine el cambio de Jake.

Respiro hondo y vuelvo a centrarme en Ilmari. Se reincorpora en los patines y siento un pinchazo cuando me doy cuenta. No se encuentra bien.

—Sacadlo del hielo —susurro, aunque sé que nadie puede oírme. El público está loco. Querían un gol antes del descanso.

Mi mirada vuela a la pantalla gigante. Queda menos de un minuto. Pero los Penguins tienen el disco y corren a toda velocidad por el hielo. Ilmari se pone en posición.

Los Rays los alcanzan y se enfrentan en el área del portero para despejar el disco.

Ilmari vuela a la izquierda, siguiendo al delantero, pero el alero lanza el disco entre las piernas de Jake hacia el tío que lo está esperando al otro lado.

Disparo a gol. Gol justo antes de que acabe el periodo.

Ilmari está demasiado a la izquierda. El disco entra por la esquina desprotegida de la portería, se encienden las luces y suena la sirena, mientras todo el estadio estalla en vítores.

Ha terminado el periodo y, oficialmente, los Rays van perdiendo 0-1. Los jugadores abandonan el banquillo para el descanso, conmocionados. Yo espero observando al número 31 recoger su botella de agua y deambular por el hielo, solo está empujando con el patín izquierdo.

Se levanta la máscara cuando se acerca y veo la rabia latente en su rostro. Está enfadado consigo mismo. Son su defensa. Los porteros pueden ser muy egocéntricos, se toman cada gol como si fuera algo personal.

Tomlin le abre la puerta para que pase.

—Bien, no pasa nada —dice y le da unas palmaditas en la hombrera—. Estábamos trabajando en los rebotes. Solo tenemos que hacer que los defensas despejen el disco mejor y todavía nos queda el tercer periodo...

Tomlin sigue parloteando, pero Ilmari no le hace ni caso. Está demasiado ensimismado. Si la pantalla gigante se cayera del techo, ni siquiera se inmutaría. Tomlin se desliza delante de él y encabeza la marcha hacia los vestuarios.

—¡Eh! —grito corriendo para alcanzar a Ilmari. Le pongo la mano en el brazo.

Se da la vuelta y casi me rompe la cara con el extremo del stick. Está bañado en sudor y tiene las pupilas negras.

—Ah... —susurro. Es peor de lo que pensaba—. Ilmari...

—Estoy bien —masculla, se aparta y sigue avanzando.

—¡No te alejes de mí! —grito mientras lo persigo—. ¡Mars!

Gira la esquina para meterse en el túnel, bajo el cerco de

los fans de los Penguins que lo abuchean y los pocos fans incondicionales de los Rays. Están gritando su nombre. Pasa de todos.

Corro detrás de él y lo vuelvo a coger por el brazo en cuanto la oscuridad nos cubre.

Los ruidos del estadio resuenan a nuestras espaldas, pero estamos solos en este estrecho pasillo, suspendidos entre la oscuridad que separa el ring del vestuario. Rodeados de basura: filas y filas de sticks de colores y botellas de agua.

—Eh... espera. ¡Habla conmigo!

Es enorme cuando lleva toda la equipación. Los patines le añaden unos cuantos centímetros que no necesita, así que me saca más de una cabeza. Los anchos hombros, los pantalones de hockey acolchados, las protecciones de las piernas. Lo único que consigo verle tras esta gruesa armadura es su rostro e incluso así está sumido en una profunda sombra.

Me acerco un paso con una mano en su bloqueador.

—¿Cuánto te duele ahora mismo?

—Seis —masculla.

—¿Y si no estuvieras intentando hacerte el valiente delante de mí para que puedas seguir en el hielo? ¿Cuánto?

Se quita el bloqueador, pero no se aparta.

—Ocho.

—Ay, Mars... Déjame que te ayude —le ruego.

—Me estás ayudando.

—No, déjame que te ayude de verdad. Déjame que te haga un escáner...

—No.

—¡No podemos seguir haciendo esto! Necesito saber lo que pasa. Y tengo una idea...

—He dicho que no —ruge.

Respiro hondo. Está en modo lucha. Pues bien, yo también soy una luchadora. Me llevo las manos a las caderas y levanto la barbilla.

—Bueno, pues yo digo que sí.

Resopla y me da la espalda.

—Si te alejas de mí, Kinnunen, atente a las consecuencias.

Da una zancada hacia mí acorralándome.

—¿Me estás amenazando, doctora Price?

—Estás en lo cierto —respondo con un rugido—. Creo que no entiendes en qué posición te encuentras, Mars. Vas por ahí patinando como si tú tuvieras la última palabra. Pero la que está al mando soy yo —digo señalándome con el pulgar en el pecho—. ¿Te has olvidado de que soy yo la que firma tus informes médicos? La FIHA quiere tu historial, Mars. Soy yo la que se los tiene que enviar. Pero lo que escriba en esos informes depende de ti. Así que ¿tienes un desgarro labral que requiere cirugía inmediata y que te dejará en el banquillo durante el resto de la temporada? ¿O tienes un leve tirón y te vas a quedar sentado dos semanas solo por precaución?

—No puedes mandarme al banquillo. Tengo que jugar...

—No, idiota. Tienes que vivir —grito y le agarro el jersey con las dos manos—. Puede que tengas pintas de ser un Thor del hockey, pero no eres un dios, Ilmari. Eres de carne y hueso y te estás machacando tú solo en el hielo. Y yo no voy a permitirlo.

—¿Y eso qué significa? —gruñe.

Le aguanto la mirada para causar efecto.

—Significa que has terminado. Estás en el banquillo, Mars...

—¡No!

—Durante el resto de este partido y para el partido del martes como mínimo —añado.

—*Saatana* —maldice y le da un puñetazo a la pared de cemento. Dudo que lo sienta con el bloqueador—. Confiaba en ti. Recurrí a ti para que me ayudaras.

—Y te estoy ayudando —contraataco, pero no cedo ni un milímetro.

—Me dijiste que seguiría en el hielo...

—Dije que lo intentaría —lo corrijo—. Solo piensas en el partido. Hasta la última persona de este estadio está pensando solo en el puto partido. Yo estoy pensando en ti...

Apenas he pronunciado las palabras cuando desliza el enorme brazo acolchado por mis hombros y me atrae hacia él. Se agacha de repente, me acerca más a él y me besa. Su incipiente barba me hace cosquillas en la boca. Sabe a sal y sudor, y algo dulce con especias, miel y mentol.

Oh... estoy respondiendo al beso.

Sip, está claro que estoy moviendo los labios. Lo estoy saboreando. Le estoy agarrando el jersey.

Estábamos de pie en la oscuridad, gritándonos el uno al otro, y ahora nos estamos besando. Jadeo y le doy un golpe en las protecciones mientras echo la cabeza hacia atrás para romper nuestro beso. Cuando me suelta, doy un paso atrás.

—¿Qué coño ha sido eso?

Le cuesta respirar y tiene los ojos clavados en mí.

Me siento como un zorro estúpido que se ha metido en la guarida de un oso dormido.

«No azuces al oso, Rachel». No azuces a un hombre oso, tan atractivo como desesperado, y que es un imán sexual.

—Lo siento —dice entre dientes.

Suelto el aire temblando y me paso los dedos por los labios.

—No vuelvas a hacerlo o mi opinión médica oficial requerirá amputación... y castración —añado con una mirada seria.

Cierra la boca con la mandíbula bien apretada y asiente levemente.

—Lo vamos a hacer a mi modo, Mars. Nada de partidos. Nada de entrenamientos. Vamos a hacer pruebas y vamos a conseguir respuestas. Y te prometo que haré todo lo que esté en mi mano para que vuelvas al hielo a tiempo de que te vean los reclutadores olímpicos.

Sacude la cabeza.

—Eh, hice una promesa y la voy a cumplir —digo—. Te protegeré, Ilmari. Aunque eso signifique que te tenga que proteger de ti mismo. Ódiame si quieres, pero tú vas primero que nada. Has terminado con este partido.

No le doy la oportunidad de contradecirme o de que me empotre contra la pared y vuelva a darme un beso que me deje sin aliento, me alejo y voy directa hacia el vestuario. A los entrenadores tampoco les va a gustar, pero he tomado una decisión.

Capítulo 47
Jake

Hemos perdido. 1-4. No debería sorprenderme. A Mars lo han mandado al banquillo durante el descanso, así que nos hemos tenido que conformar con Davidson en la red. No es malo, pero no es Kinnunen. J-Lo se ha quedado en el vestuario echando hasta los higadillos durante todo el partido. Y a Karlsson lo han sacado porque se ha hecho un esguince en el dedo. En serio. Un puto esguince en el dedo. En la liga junior, jugué todo un torneo con dos dedos rotos y no me quejé.

Por no hablar de que Novy la ha cagado cometiendo una infracción al principio del tercer periodo y que lo han mandado a la caja de castigo durante cinco putos minutos. Los Penguins nos han marcado dos goles mientras ha estado allí.

No debería estar dándole tanta importancia. He perdido muchísimos partidos antes. Y los Rays volverán a perder. Cómo odio perder, joder. Por extraño que parezca, siento que eso hace que el equipo se me haga más real. También hace que sea más real por lo que estamos luchando.

Tenemos que empezar a jugar mejor como equipo. Estamos dejando demasiado peso en los hombros de los porteros. Mars es uno de los mejores de la Liga y lo hemos agotado. Ahora mismo está en el banquillo porque no hemos podido evitar que el disco llegara hasta la puerta principal. No hemos podido protegerlo.

Me culpo a mí mismo. Soy el Demoledor, no puedo evitarlo. Y, en cualquier caso, a lo mejor tengo algo de trasfondo por dejar que los chicos resulten heridos cuando me tocaba protegerlos. Intento no pensarlo. No puedes dejar que las pérdidas se apoderen de ti. Jugamos tantos partidos que tienes que poder quitártelos de encima y seguir adelante. Si cargas con esa mierda, te arruinas el partido de mañana.

Gruño, me cambio el paquete de hielo de la rodilla cuando me avisa el temporizador del móvil. Ya han pasado veinte minutos. Es hora de pasar a la otra rodilla. Joder, me estoy haciendo viejo. Pronto estaré en el pasillo de los suplementos de fibra buscando ofertas y pidiéndole a Cay que me traiga alguna crema para la dentadura.

Me siento, me coloco el hielo en la rodilla cuando alguien llama con cuidado a la puerta. Toco la pantalla del móvil. No hay ningún mensaje. Por lo general, los chicos suelen escribir antes de venir a tu habitación. Hemos aprendidos muchas lecciones sobre las fans locas que nos acosan. Y no le he pedido nada al servicio de habitaciones...

Toc. Toc. Toc.

—Jake, abre —dice la voz de Caleb.

Lanzo la bolsa de hielo a un lado, paso las piernas por encima de la cama y corro descalzo hacia la puerta. Quito la cadena y el pestillo y, cuando abro la puerta, me encuentro a Caleb y a Rachel en el pasillo. Él lleva una sudadera gris con la cremallera medio subida, el pecho desnudo se le ve por debajo. Sigue teniendo el pelo mojado en la nuca. Seguro que acaba de volver del estadio.

Miro a Rachel. Lleva entre las manos una caja rosa y una mochila colgada del hombro. Viste unas mallas negras de yoga y una sudadera gris con la cremallera medio subida, a juego con Caleb. Lleva el pelo recogido en un moño despeinado y se ha vuelto a poner el piercing de la nariz.

—Déjanos entrar. Tenemos contrabando —dice con una sonrisa de oreja a oreja.

Doy un paso atrás al segundo y les sujeto la puerta. La cierro cuando entran mientras se acomodan como si estuvieran en casa. Caleb se desabrocha la sudadera y la tira encima de mi maleta. Luego se quita las chanclas y se lanza sobre la cama con un gruñido.

—¿Habéis dicho que teníais contrabando? —digo acercándome a Rachel y envolviéndola con los brazos. Dios, volverlos a ver es como un subidón de serotonina. Ya me siento más relajado. Estoy más feliz. Sumerjo la cabeza en su pelo y aspiro su aroma.

Se ríe con suavidad y ladea el cuello para que la pueda besar en ese punto donde se le nota el pulso. Primero la acaricio con los dedos y luego con los labios. Sabe que me gusta besarla ahí. Me encantan los aromas entremezclados de su champú y su perfume. Joder, es que hace que se me retuerza la polla. Llevo dos días sin poder tenerla por culpa de los horarios de los partidos y los viajes. Desde la noche de la gala. Mi cansancio se disipa enseguida, sustituido por el interés.

Abre la mochila.

—Vayamos por partes. Esto ha sido idea de Cay —añade—. Ha dicho que era tu favorito. —Saca el néctar de los dioses: una botella helada de batido de chocolate.

Jadeo y se la arranco de las manos. Técnicamente no puedo volver a saltarme la dieta hasta el domingo, pero mataré a quien intente arrebatarme esto. Le quito el tapón en cuestión de segundos y le doy un buen trago. Joder, está tan bueno que podría llorar.

—Y esto ha sido idea mía —continúa. Coge la caja rosa y levanta la tapa.

Dentro hay un surtido de seis galletas diferentes rellenas de frosting. Una está cubierta de pizquitas de chocolate. Sonrío de lado. Las pizquitas de chocolate son como la heroína para Caleb. Si toco esa galleta en concreto, me arrancará la mano de un bocado. Otra está salpicada de chispas de colores.

—Ay, joder —murmuro, y cojo esa

—Cay, dijiste que querías la de pizquitas de chocolate, ¿verdad? —le dice.

—Sí —respondemos los dos al mismo tiempo.

Entorno los ojos cuando Caleb se levanta para reclamar su galleta con doble relleno de chocolate.

—¿Y si me das un trago? —dice señalando con la cabeza mi batido de chocolate.

—¿Y si te mueres? —respondo mientras me lo termino de dos tragos más. Aplasto la botella y la tiro a la papelera.

Rachel se agencia también una galleta.

—¿Cómo están hoy esas rodillas? ¿Te has puesto hielo?

—Revueltas —respondo con la boca llena de galleta y footing suficiente para cubrir una tarta—. No te creas que no sé lo que estás haciendo —añado mientras me limpio una migaja de la barbilla.

Me mira con una de sus cejas oscuras levantada, se atreve a poner carita de inocente.

—Ah, ¿sí? ¿Qué estoy haciendo, ángel?

—Reconozco la comida de compasión cuando la veo, chicos. —Me meto el resto de la galleta en la boca—. Me pondría petulante, pero es que estas galletas son orgásmicas —añado mientras me lamo los dedos para limpiarme el frostring.

Rachel me observa, se ha olvidado de la galleta que tiene en la mano.

—¿Qué?

—¿Hmm? Oh, nada —responde y devuelve la galleta a la caja—. Es solo que teníamos otra cosa para ti. Pero viendo que te duelen las rodillas y acabas de correrte con una galleta, dudo que te interese mucho.

Me animo un poco.

—¿Qué? No, me interesa. ¿Qué más me habéis traído?

Encima de la cama, Caleb suelta una risilla.

—No sé si podrá soportarlo, Huracán.

Paso la mirada del uno al otro.

—¿Qué pasa? Decídmelo. No es justo que él lo sepa y yo no.

Rachel se encoge de hombros.

—Está bien. Pero que sepas que tú lo has pedido. —Busca dentro de la mochila y saca algo. Lo gira despacio para enseñármelo.

«Tranquilo, puto corazón pervertido».

Mi chica está de pie en mi habitación de hotel con un enorme vibrador morado con forma de tentáculo.

Capítulo 48
Jake

Abro la boca mientras miro fijamente el enorme juguetito que tiene Rachel entre las manos. Mide como unos treinta centímetros. La punta es estrecha y se vuelve más ancho en la base. Es como un bote de Pringles. Mierda, si se mete esa cosa, le hará cosquillas en las amígdalas.

—¿Va en serio? —digo pasando la mirada de ella a Caleb.

Sigue sonriendo.

—¿Estás demasiado cansado para jugar, ángel? Siempre puedes mirar.

Doy un paso al frente, le envuelvo la cara con las manos y la beso con torpeza. Necesitaba a mi chica como necesitaba el aire. Los viajes y la locura de horarios son la peor parte de la vida del hockey. Solo quiero dormir en mi cama todas las noches con su cálido coño creando un dulce hogar para mi polla. Ella se aparta un poco, deja la polla de calamar en el escritorio y me agarra con las dos manos la camiseta. Me la quita por la cabeza, me pone las manos en el pecho y me las pasa por los músculos.

—Cay, ven aquí —lo llamo.

Ella me sonríe, su mirada es cálida y sensual. Me encanta el pucherito que ha formado con los labios. Se los acaricio con el pulgar mientras Cay se levanta de la cama y se coloca detrás de ella.

—¿A qué quieres jugar, nena? —pregunto apartándole de la cara los mechones de pelo.

Gira la cara entre mis manos y me besa la palma.

—Tengo algunas ideas.

—¿Quieres compartirlo con el equipo?

Ella intenta alcanzar las manos de Caleb, lo acerca más a ella mientras le lleva las manos hacia la cremallera de la sudadera para que se la baje. Luego es ella la que vuelve a colocarme las manos en el pecho mientras él le baja la cremallera.

Cuando bajo la mirada, veo que su sujetador deportivo también tiene una cremallera frontal.

—Una más, Cay.

La recorre subiendo las manos, encuentra la cremallera y la baja. Separa los dos trozos de tela y la tela elástica deja que los pechos de Rachel caigan por su peso natural.

—Joder, eres perfecta —mascullo mientras envuelvo uno. Me encanta su tamaño, lo llenos que están, el color rosa oscuro de sus sensibles pezones.

Se arquea bajo mi mano, sonríe y echa la cabeza atrás mientras Caleb le quita la ropa y la piel de su torso desnudo queda al descubierto.

—¿Qué quieres? —vuelvo a decir.

Tiene la mirada cargada de lujuria.

—Te quiero a ti —responde—. Jake, debo tenerte. —Me baja las manos por el pecho acariciándome los abdominales con la punta de los dedos, y se detiene en la cinturilla de los pantalones.

Ya tengo la polla durísima. Esta chica me tiene hecho un lío. Cay también. Quiero que esté aquí. La idea de compartirla, de que haya dos pollas que la vuelvan loca, me provoca algo. Me está estallando la cabeza, porque aparte de compartirla con Cay, me pone furioso la idea de que otro hombre la mire dos veces. Pero ¿Caleb corriéndose en su boca mientras yo le follo el coño? Al parecer, cada vez que lo pienso se me pone más dura que el acero.

Rachel me baja los pantalones por las caderas y libera mi polla. Enseguida me la envuelve con la mano, siento su suave piel mientras me la acaricia y me hace gemir.

Veo que Caleb se acerca a ella y le aparta el pelo para besarla en el mismo punto del cuello donde a mí me gusta hacerlo.

—Ponte de rodillas, Huracán —le susurra al oído—. Demuéstrale cuánto te gusta esa polla de niño bueno que tiene —añade mientras me guiña un ojo.

Ay, mierda, ¿por qué siempre me olvido de lo que tiene él entre las piernas? Sigo sin creerme que se lo hiciera. Ventajas de no ser un jugador de élite que tiene que enfundarse la polla en una coquilla seis días a la semana. ¿Es una ventaja? Sigo sin decidirme. Y Rachel ha sido muy reservada al respecto.

Me sonríe como si estuviera esperando que dé mi consentimiento.

Tengo el corazón en la garganta. Siento que todo es más sensible si Caleb está aquí mirando. Asiento y se inclina hacia mí mientras emite un ruidito de satisfacción. Se toma su tiempo, va bajando mientras me deja besos por el pecho, todavía con la polla agarrada. Al final, se pone de rodillas entre los dos y levanta la cabeza para mirarme. Maldita sea, y es ella la que me acusa a mí de mirarla con ojos de «fóllame». Se inclina y siento que su cálido aliento me acaricia la punta. Me estoy retorciendo entre su mano. Entonces me da un lametón para provocarme. Poco a poco, abre esos labios arqueados y se mete solo la punta, mientras la va rodeando con la cálida lengua hasta que gimo.

—Cay —murmura mirándolo por encima del hombro.

Han avanzado mucho durante las últimas semanas. Como si supiera justo lo que quiere, Caleb da un paso adelante y le mete las manos en el pelo. Ella se relaja al sentir su tacto y abre la boca, dejando que sean las manos de él quienes la guíen en mi polla.

Ay, joder.

Bajo las manos a sus hombros, mientras Cay sigue con las manos en su cabeza.

—Así es —canturrea en voz baja, mientras mueve la boca para que mi polla entre más—. Relaja la garganta y métetela hasta el fondo. Siéntela bien adentro. Eres una buena chica. Chúpasela más fuerte.

—Joder, si no dejas de decir guarradas, no voy a aguantar

—jadeo, ya siento esa espiral de sensaciones que se vuelve más intensa.

Rachel me succiona la polla, se encarga de mi punta con su talentosa lengua mientras Caleb la mueve.

—Nena, voy a... mierda...

Bufo y la empujo por los hombros hasta que sale de mí. ¿Tengo la respiración acelerada después de una mamada de dos minutos? Sí, es oficial, estoy hecho un lío. Tiro de ella para que se levante, le bajo las mallas y la ayudo a quitárselas.

—Es hora de que nos enseñes tu juguete, nena. Túmbate en la cama y ábrete de piernas para nosotros.

Se pone de puntillas y me besa, me pasa la lengua por el labio inferior antes de darse la vuelta, poner las manos con cuidado sobre el pecho de Caleb y besarlo a él también.

—¿Te vas a unir a la fiesta, diablo? —le pregunta. Entonces se aleja de nosotros y salta encima de la cama.

La observo con el corazón en la garganta, cómo gatea por la cama y no enseña ese culo tan redondo.

—¿Hay lubricante en esa mochila mágica?

Cay agarra el juguete y me lo tiende mientras mete la mano en la mochila.

—Estoy esperando —dice ella.

Los dos nos volvemos a mirarla. Rachel está apoyada sobre los codos con las rodillas dobladas. No apartamos la mirada de ella, que mantiene esa suave sonrisa cuando deja caer las piernas y nos permite ver su resplandeciente coño.

—Oh, que le den —gruño y le lanzo el juguete a Caleb. Cruzo la habitación y me lanzo a la cama, luego entierro la cara en su entrepierna.

Ella grita y me aprieta la cabeza con los muslos hasta que se relaja y se abre de nuevo. Entonces la devoro sin preámbulos. Al parecer, no a todos los tíos les gusta cómo sabe un coño. Muchas de las conversaciones que se hacen en el vestuario lo pintan como si fuera un fastidio. Joder, viviría arrodillado por un buen coño. Y Rachel tiene un sabor delicioso. Dulce y femenina. Quiero darle la vuelta. Quiero que me cabalgue la cara. Quiero ahogarme.

Pero entonces el colchón se hunde y Caleb se encarama a

la cama a mi lado. Tira sobre el edredón el vibrador y un bote de lubricante. Tengo dos dedos dentro de ella, estirándola, sintiendo las paredes interiores para encontrar ese punto que hace que enrosque los dedos de los pies. Se arquea ante mi tacto, tiene los ojos abiertos y nos mira a los dos.

—Pruébala, Cay —digo apartándome—. Prueba a nuestra chica.

Con un rugido de hambre, él se apoya en los codos y se coloca a mi lado mientras cierra la boca alrededor del coño.

—Oh... —Ella se arquea contra él.

Con dos dedos de la mano izquierda, la abre y deja al descubierto el clítoris. Ella tiembla ante su tacto y se pone un brazo encima de los ojos.

—Escúpele en el clítoris —me ordena Caleb—. Mójala.

Ella gime ante sus palabras.

Me inclino hacia delante apoyado con los codos, escupo y dejo que se deslice por su reluciente clítoris. Con un gruñido de satisfacción, Caleb lo restriega. Lo veo tomar mi saliva y llevarla al límite. Es cautivador. Mientras sigue masajeándole el clítoris con los dedos, me inclino hacia delante y vuelvo a escupir, lo veo caer entre sus dedos y deslizarse por su coño. Ni siquiera tengo que tocarla. Me voy a volver loco solo de mirar.

—Joder —masculla él, antes de bajar la boca para probarla, succionarle el clítoris cubierto con mi saliva hasta que prácticamente ella se aplasta contra su boca. Entonces, él se aparta.

—Jake, haz que se corra mientras yo lubrico el juguete.

No tiene que decírmelo dos veces. Me pongo encima de ella, vuelvo a enterrar la cara en ese dulce coño y le meto la lengua.

—Oh, Jake...

Me agarra el pelo con las manos mientras me mueve la cabeza y aplasta las caderas contra mi barbilla. Y así, sin más, estoy a punto de explotar de nuevo. Dios, es la mejor tortura del mundo. Cambio mi peso y le meto tres dedos, doblándolos por sus paredes interiores. Subo la boca hasta el clítoris y succiono con fuerza. Estoy haciendo ruiditos obscenos, pero me da igual, porque en unos pocos segundos mi chica se está haciendo pedazos y su flujo me cubre los dedos mientras alcanza el orgasmo.

No hay mejor sensación que esta. Que este exacto momento en la que la siento sumirse en una caída libre contra mi boca.

El orgasmo femenino es algo precioso. Me gusta ganármelo. Es el deportista que hay en mí. Quiero aprender las reglas de Rachel y jugar para ganar.

Primer punto: Jake Compton.

La he dejado sin aliento y tiene una mano encima del corazón mientras se recupera.

—Acabamos de empezar, Huracán —la provoca Caleb—. Llevo esperando esto desde el día en que nos conocimos —dice sujetando el enorme vibrador de pulpo. Le da al botón y enseguida cobra vida el juguete, vibra y se retuerce contra su mano.

Se me contrae la polla de interés y Caleb y yo compartimos una sonrisa malvada.

Ay, esto va a ser muy divertido.

Capítulo 49
Caleb

El vibrador tentáculo vibra contra mi mano mientras la punta dibuja círculos. Bajo la mirada hacia Rachel.

—¿Tienes un programa favorito?

Parece la reina depravada de los corazones rotos, tumbada en la cama con las piernas abiertas para nosotros, con el brillo de su orgasmo todavía resplandeciéndole en los ojos. Suelta una bocanada de aire para apartarse de la frente los mechones de pelo oscuro.

—El número tres —admite lanzándome una sonrisa que lo dice todo.

—En el aeropuerto me dijo que nunca lo había usado —le explico a Jake—. Pero esa misma noche, cuando se encaramó al balcón como un lémur, me dijo que me había mentido. —Me vuelvo a mirarla—. Bueno, ¿y qué va a pasar cuando le dé al botón dos veces más? ¿Qué sonido hace?

Aprieta los labios mientras me sostiene la mirada. Sé que estoy siendo un cabrón, pero me da igual. Quiero que me cuente todo lo que le gusta de este juguete.

—Es un zumbido alto —responde—. Y la punta no da vueltas, sino que se mueve hacia delante y hacia atrás.

—Ahí está ella —murmuro con una sonrisa. Aprieto el botón dos veces más y, fiel a su descripción, el tentáculo zumba con fuerza y la punta ha dejado de bailar el hula Hoop para moverse en zigzag.

—Ay, mierda —masculla Jake sin apartar los ojos del juguete.

—¿Quieres hacer los honores? —le digo tendiéndoselo.

Se levanta apoyándose en las manos y las rodillas y me quita el juguete.

—¿Estás preparada, nena?

Ella suelta un corto suspiro y asiente.

Jake sujeta el tentáculo por la base y se lo acerca al coño, deja que zumbe y vibre contra los labios y el clítoris.

Ella tiembla y se muerde los labios para no gemir de las ganas que tiene. Verlos juntos me la pone durísima. Jake coloca la punta en su entrada y lo desliza.

—Respira y relájate, nena.

Mantiene el juguete quieto para que ella se acostumbre antes de meterlo más adentro. Ya se lo ha metido diez centímetros y todavía queda un buen trecho.

—Ábrela bien, con cuidado y despacio —le advierto—. Déjale entrar, Huracán. Si eres una buena chica y te metes bien el juguete, podrás tener nuestras dos pollas a la vez.

—Oh, Dios —gimotea.

—¿Eso te gustaría? ¿Te gustaría sentir que Jake y yo nos follamos ese dulce coño al mismo tiempo? ¿Quieres que nos enterremos dentro de ti al mismo tiempo?

—Sí —sisea mientras arquea la espalda.

—Nos vas a estrangular bien, Huracán. Estás hecha para que te follemos. Eres nuestra.

—Vuestra —jadea, y suelta el aire al sentir que Jake introduce más el juguete.

—Te vas a sentar en mi polla, Huracán. Bien adentro hasta la base. Luego dejaremos que sea Jake el que te abra. Se abrirá paso dentro de ti, su polla nos follará a los dos al mismo tiempo.

—Joder, Cay —masculla Jake. Sé que se ha puesto cachondo.

—Oh... sí —jadea Rachel. Coloca los brazos por encima de la cabeza, lo que nos permite verle las tetas con los pezones de punta.

No puedo evitarlo. Tengo que probarla. Me acerco a gatas a su lado, levanto el codo cuando cierro la boca alrededor de su pezón, succiono y muerdo mientras siento que se mueve contra el juguete que Jake está introduciendo más adentro.

—Oh —grita, su voz es un gimoteo roto que me vuelve loco. Me mete una mano en el pelo, me sujeta contra su teta mientras mueve las caderas contra el juguete, buscando su propio placer. Se me disparan todos los sentidos. Me hace sentir vivo. Joder, me hace sentir querido. Bajo las manos entre sus piernas y me encargo del clítoris mientras Jake mueve el juguete, lo inclina en su interior hasta que casi la hace levitar.

—Oh... oh... Dios...

—Córrete para nosotros, nena. Estalla, joder —le ordena retorciendo el juguete—. Estás aceptando muy bien el juguete. Cabálgalo como cabalgarías nuestras pollas.

Grita cuando se corre y la observamos mientras le tiembla todo el cuerpo con el segundo orgasmo. Es mucho más fuerte que el primero. Se está curvando sobre el juguete, hace fuerza mientras Jake lo sujeta firme.

—Sí... sí... —jadea ella a través de los dientes apretados, el orgasmo sigue desgarrándola—. Aaah... —Cae de espaldas y se retuerce para sacarse el juguete.

Jake lo saca y me lo lanza, y baja la cabeza para recoger sus flujos. La toca con cuidado, la sujeta con ternura por las caderas. Ella se relaja por completo, el cuerpo se le queda flácido sobre la cama.

Él se coloca a su lado y se tumba. La besa mientras le envuelve la cara con las manos. Ella suspira y le tiemblan las manos mientras lo busca. Son dos obras de arte. Y son míos.

Apago el juguete, lo lanzo a un lado y agarro el lubricante. Necesitamos hacerlo rápido antes de que se le relaje el cuerpo.

—Ayúdame, Jake. Muévela.

Me dejo caer en la cama al lado de Rachel y agarro los cojines para usarlos de respaldo.

—Vamos, Huracán. El gran final.

Se da la vuelta, está extasiada gracias a los orgasmos. También está aturdida, ni siquiera entiende lo que le estoy ordenando. Se limita a impulsarse con los codos para levantarse y se mete mi polla en la boca. Joder, qué buena chica es. Nunca he tenido una pareja sexual tan ansiosa. Me muerdo la lengua para evitar dejarme llevar por un juego de degradación. Las cosas que quiero decirle, el modo en que quiero verla avergonzarse. Sé que a ella le gustaría, pero no es el rollo que llevamos esta noche.

Le dejo que juguetee con mi punta hasta que estoy bien duro.

—Ven, sé buena chica. Súbete a mi polla y mira a Jake.

La ayudo a incorporarse y a girarse hasta que me está cabalgando. Jake se mueve en la cama y se coloca de rodillas entre mis piernas abiertas.

—Ayúdala —le ordeno—. Guíala por mi polla.

Rachel se está recuperando rápido, se le agudizan los sentidos por segundos.

Recupera el control mientras Jake la ayuda a echarse hacia delante.

—Tienes que poder abrir las piernas —le digo—. Como si estuvieras sentada en una silla. Si no, no vas a tener un buen ángulo.

Jake asiente y la ayuda a abrir las piernas. Luego él la sujeta mientras ella se coloca en la punta de mi polla.

—Ahí... justo ahí... —mascullo. Respiro hondo y me preparo para la sensación de sentirla metérseme hasta el fondo. Dios santo.

Nada te prepara para lo que se siente en la primera penetración. Es algo mágico todas las veces. Vuelvo a respirar hondo, dejo que su peso caiga contra mi pecho mientras ella gimotea, esperando para mover las caderas. Tengo su culo perfecto aplastado contra mi entrepierna. Estoy bien enterrado hasta el fondo en ella.

—Caleb —gimotea, mientras se apoya en la cama con las palmas.

—Qué bien estás, nena. Me encanta estar dentro de ti. —Sonrío, el corazón se me expande en el pecho—. Abre las piernas, Huracán. Deja que Jake nos vea así. Deja que vea lo bien que me montas.

Abre las piernas mientras yo la sujeto en el sitio.

—Joder —masculla Jake—. Chicos, yo nunca he hecho esto —admite y me lanza una mirada rápida.

—¿Y quieres hacerlo? —pregunto con el corazón en la garganta. Por favor, que diga que sí. Lo deseo. Necesito sentirlo.

Levanta una ceja oscura y se ríe.

—¿Estás de coña? Mírame —dice señalándose la polla dura—. Estoy a punto de correrme ahora mismo, joder.

Rachel gimotea y le tiende los brazos.

—Jake, te necesitamos.

—Ve despacio —le advierto—. Está abierta por el juguete. Pero si te duele, Huracán, o quieres parar, paramos —añado y le beso el hombro—. Sin hacer preguntas, ¿vale?

Asiente.

—Hazlo, Jake. Por favor, nene. Os quiero sentir a los dos dentro.

Jake se inclina hacia delante arrodillado y reclama sus labios con un beso abrasador. Luego se acerca más.

—Échate para atrás, Huracán —murmuro—. Que tenga un buen ángulo.

Se deja caer a ciegas contra mi pecho.

Mi polla está desesperada por sentir ese primer apretón de la polla de Jake abriéndose paso.

—Tómate tu tiempo —digo—. Empieza con la punta, igual que en el sexo anal.

Suelta el aire despacio mientras se acerca más con la polla en la mano.

—¿Estás preparada, nena?

Ella asiente con la cabeza, noto que su cuerpo es elástico entre mis manos.

—Mmm.

Los dos nos tensamos al sentir que empuja en su entrada. Me roza la polla con los nudillos mientras la tantea con la punta en busca del espacio en el que puede introducirse.

—Relájate, Huracán —la tranquilizo—. Respira hondo. Déjalo entrar.

Ella suelta un suspiro tembloroso y gime cuando él vuelve a embestir.

—Oh..., Jake, ahí...

Me voy a morir. Puedo sentirlo. Está metiendo la punta y se desliza contra mi polla resbaladiza.

—Oh... oh —gime ella—. Oh, Dios, sí...

Jake está conteniendo el aliento y mueve las caderas para meterse más adentro.

—Joder... Cay, ¿estás bien?

—De puta madre —asiento y echo la cabeza hacia atrás.

—Qué prieta estás, nena. Dios, los dos sois increíbles. Me voy a volver loco.

—Mueve las caderas —digo—. Fóllanos a los dos. Toma el control.

Se mueve hacia delante y cambia de ángulo mientras baja las caderas. Se mete otro centímetro a lo largo de mi polla y estoy a punto de correrme. Cuando empieza a mover las caderas con ansias, mi alma se va del puto edificio.

—Cay, siento tu polla tachonada —gruñe Jake—. ¡Madre mía! Que nadie se mueva, joder. —La agarra por las caderas con las dos manos mientras la penetra. Nos hacemos pedazos mientras él ladra: —Vamos. Correos los dos. Ahora.

¿El niño bueno quiere dominarme? Joder, voy a tope con eso. Grito cuando me corro, al mismo tiempo que Rachel lo hace entre los dos. Le llenamos el coño con nuestro semen. La presión de su orgasmo sobre nuestras pollas me hace tocar el cielo. Pierdo toda sensación de control mientras los tres nos sumimos en una espiral por el cosmos, nuestros cuerpos se hacen con el control mientras nosotros cabalgamos la ola de una corrida a tres bandas. Es una magia muy diferente a cualquier cosa que haya sentido antes.

No sé cuánto tiempo nos quedamos ahí sentados antes de que Jake salga. Le tiembla el cuerpo cuando se aparta a trompicones de mis piernas y gatea por la cama hasta que se deja caer a mi lado. Me muevo un poquito, ruedo hacia él para permitir que Rachel se baje. Ella se deja caer en la cama entre los dos, medio encima de Jake. Me aparto para dejarle más sitio, pero me busca a tientas con la mano y me acerca más. Me acurruco junto a ella, que tiene el cuerpo pegado al mío. Entrelaza nuestros dedos y tira para que le pase el brazo por encima y la agarre entre las tetas. Luego enreda las piernas con las de Jake.

—Dios —dice Jake y suelta una bocanada de aire, se ha quedado sin aliento. Nos pasa el brazo por encima a los dos y emite un gruñido de agotamiento—. Ha sido el mejor polvo de mi vida. Vamos, equipo.

Me da un azote en el culo y otro a ella.

Rachel es lo bastante coherente como para resoplar.

—La próxima vez, más vale que uno de los dos se quede con el tentáculo —nos advierte.

Y ahora me estoy imaginando a Jake a cuatro patas, a Rachel lubricándole el culo para que yo pueda deslizarle dentro el vibrador retorciéndose. Mierda, no se me puede levantar otra vez. Estoy agotado. Los tres estamos demasiado cansados.

A lo mejor cuando volvamos a casa...

A mi lado, Rachel suelta un leve ruidito de satisfacción.

—Os quiero, chicos —murmura levantando las manos que tenemos entrelazadas para darme un beso en los nudillos.

Jake rueda hacia nosotros y desliza la mano por debajo de la colcha para abrazarnos a los dos. Las callosas puntas de sus dedos me acarician la piel desnuda de la cadera y encienden un fuego que se me extiende por todo el cuerpo.

—Y yo —responde.

Y así, sin más, dejo de respirar. No sé si se lo quería decir solo a ella o si también está implicado que me quiere a mí, pero lo acepto, joder.

Capítulo 50
Ilmari

A pesar de todas las cosas que detesto de vivir en Estados Unidos, acepto que tienen una buena televisión de mierda. Cada programa es peor que el anterior. Esta mañana ya me he visto un episodio de cocina para niños en el que los adultos les gritan y los obligan a hacer un menú de cuatro platos. Luego he visto uno en el que buscan casa y una mujer ha rechazado doce casas porque no le gustaba la pintura.

He acabado con un programa en el que un tipo compra trasteros y los subasta a ciegas sin ni siquiera saber lo que hay dentro. Uno tenía un cocodrilo disecado y una Harley vintage. Es lo peor de lo peor. Estoy en el banquillo por un tirón en la ingle, me tengo que poner hielo en la entrepierna cada dos horas y me tomo las pastillas para el dolor como si fueran caramelos.

Por lo menos Rachel les contó una mentirijilla a los entrenadores. Le restó importancia a la lesión. Maldita sea, está intentando protegerme incluso a pesar de que crucé la línea. Estaba muy enfadado. La culpé a ella porque era más fácil que culparme a mí mismo.

Y ese beso...

Mentiría si dijera que no llevaba semanas pensando en hacerlo. Es preciosa. Inteligente. Fuerte. Pero no me conviene. Yo no le convengo a ella.

Tengo que disculparme. Es la opción profesional. No me arrepiento, pero esa no es la cuestión. Necesito decir las palabras y luego distanciarme. Pediré trabajar con otros traumatólogos. Creo que pensaré con mayor claridad si después de las pruebas médicas no tengo que hacerme una paja en la ducha...

Para.

Respiro hondo. Solo pasó una vez. Necesitaba sacármelo de dentro. Ya está hecho. No hay que volver a tocar a Rachel Price. No la deseo. La odio. Está tirando mi carrera por la borda. Se está metiendo en mis asuntos y fingiendo que le importa. En este negocio, nadie trabaja para los jugadores. Todo se reduce al equipo, al juego.

Rachel me está comiendo la oreja. «Me preocupo por ti». No hago más que recordar una y otra vez su seductora voz. El calor de su mirada. El modo en que respondió al beso...

No, no lo hizo.

Gruño y me quito el paquete de hielo de la entrepierna. El hielo no sirve de nada para aplacar el fuego de mi sangre. Bajo la mirada. *Saatana*, me estoy poniendo cachondo. ¿Por qué sigue provocando que se me ponga dura? Sé controlarme.

Me suena el móvil. Se ha estado volviendo loco durante la última media hora. No hago más que recibir notificaciones de los grupos de chat de los que siempre me salgo. Al parecer, los chicos han quedado esta mañana en la playa. Están organizando la comida, la bebida y los juegos.

Me muevo para silenciar el teléfono cuando veo el nombre que aparece en la pantalla. Agarro el móvil.

DOCTORA PRICE (10:14): Eh, Mars. Unos cuantos vamos a ir a pasar el día a la playa. Deberías venir.

Suena un segundo mensaje. Una ubicación con la localización.

Ni hablar. Lo último que me apetece es pasarme la mañana en la playa viendo a los chicos jugar al fútbol. Es lo único que hacen. O jugamos al hockey o se ponen en círculo para darle patadas a un balón.

DOCTORA PRICE (10:16): Estoy segura de que has decidido no venir, pero de verdad que tenemos que hablar. Tengo un plan para hacerte las pruebas. Ven a la playa y te lo cuento.

Con un gruñido, escribo la respuesta.

KINNUNEN (10:17): Explícamelo por mensaje.

DOCTORA PRICE (10:17): Ni hablar. No es negociable. Sigo siendo tu médica, ¿recuerdas? Soy yo la que manda y hoy te prescribo vitamina E. Vente.

Arrugo la nariz al acordarme de todos los años que me he pasado tomando suplementos.

KINNUNEN (10:18): ¿Vitamina E?

DOCTORA PRICE (10:18): Sí, vitamina Equipo. Estás en uno, Mars. Compórtate como si fuera así. Ven a la playa y diviértete.

KINNUNEN (10:19): La playa no es divertida.

DOCTORA PRICE (10:19): Pues entonces ven a la playa y no te diviertas, cangrejo viejo y malhumorado *emoticono de cangrejo* *emoticono frunciendo el ceño*

Gruño. No puede obligarme a ir, ¿verdad? Haré caso omiso. Sigo adelante con mi plan. El lunes, cortaré lazos con Rachel Price.

Me suena el móvil otra vez. Ya lo tengo desbloqueado y en la mano, así que miro el mensaje. Es el puto grupo del equipo.

NOVIKOV (10:21): Hala, ¡Doctora Buenorra a la vista!

Me incorporo en el sofá, miro el móvil con los ojos entornados porque el muy gilipollas ha enviado una foto. Es Rachel, de pie entre las olas con un sombrero y unas gafas de sol enormes. Lleva un bikini azul. Se le ven todas las tetas perfectas. Tiene curvas en todos los lugares donde debe tenerlas. Hay bastante donde agarrarse, bastante donde sumergirse y...

—*Saatana* —maldigo y me paso la mano por la barba.

Siento que me late la polla dentro de los pantalones cuando cojo aire por la nariz y aprieto el teléfono.

Otro de los chicos ha enviado otra foto de ella. Es de un ángulo diferente. Lleva una especie de falda vaporosa que le ondea a la altura de los muslos. Está sonriendo a mitad de una frase, pues está hablando con otra mujer pelirroja.

Los chicos empiezan a parlotear, quieren saber el nombre de su amiga. Compton le echa la bronca a Novikov y le dice que deje de hacer fotos. Compton tiene razón. No es una fan loca que esté pidiendo que la usemos como entretenimiento. Es doctora. Es la médica del equipo Mi médica. Mi...

Joder.

¿Por qué me estoy levantando?

¿Por qué estoy caminando hacia la puerta? ¿Por qué tengo las llaves en la mano?

Porque me voy a la playa.

Capítulo 51
Rachel

Tess le da otro trago a su enorme vaso de té helado. Lleva un bikini rojo de cintura alta que hace juego con su melenas de rizos rojos como el atardecer.

—Vale, tía, vuélvemelo a explicar.

Estamos de pie entre las olas, alejadas de los chicos, que están entretenidos montando el campamento base de la playa. Jake ha enviado un mensaje por el grupo y ahora la idea loca que se me ha ocurrido de ir a pasear con Tess se ha convertido en una fiesta grupal en la playa un domingo por la mañana. La mitad del equipo ya está aquí y seguro que la otra mitad está de camino.

Miro por encima de mi hombro. Jake y Caleb están peleándose con Novy, le están lanzando arena a patadas y tirándole balones de fútbol a la cabeza. Él sale corriendo mientras se burla y la cerveza le salpica en la mano. A su espalda, Langley ayuda a Sully y a Shelby a colocar un toldo enorme. Los tres hijos de Sully ya están en el agua con cubos y palas, excavando en la arena mientras Poseidón corretea a su alrededor.

Suspiro y vuelvo a mirar el agua.

—Sus miedos no son infundados. He visto el modo en que los equipos tratan a los jugadores. La prioridad es el cuidado físico, pero se suelen olvidar del cuidado emocional en la ecuación. Tendríamos que tratar a la persona en su totalidad y eso es lo que intento hacer.

—Entonces... ¿te vas a llevar a este tío a Cincinnati para hacerle unas pruebas supersecretas? ¿Y el doctor H está dispuesto a ayudarte?

Entorno los ojos tras las gafas de sol.

—No hay ninguna razón para que lo digas con tanto escepticismo. No conoces al doctor Halla como yo. Es una buena persona, Tess. Entiende mejor que nadie que los jugadores están atrapados entre la espada y la pared. Los dos estamos intentando amortiguarle el golpe, nada más.

Asiente.

—Sí, tiene sentido. ¿Y tu portero está dispuesto a hacerlo?

Me muerdo el labio.

—Eeeh...

—Hala, tía. —Se ríe—. ¿Lo has organizado todo con el doctor H sin aclararlo primero con el portero?

—Quería que le resultara lo más fácil posible decir que sí —respondo a la defensiva—. Si todo está organizado y lo único que tiene que hacer es subirse en un avión, lo hará, ¿no?

—A ver, yo lo haría, pero no soy una deportista de élite. No tenemos ni idea de lo que está pensando y cómo gestiona este tipo de estrés. —Da un paso adelante y me coge del brazo—. Pero ya basta de hablar de trabajo, quiero que me cuentes esa jugosa vida amorosa que tienes.

Tira de mí hacia delante y caminamos por la arena mojada, mientras las olas revolotean en nuestros tobillos.

—Ay, madre mía, no sé ni por dónde empezar —mascullo.

—¿Y si empiezas por la sesión manual con la que me he topado esta mañana en la cocina?

—¡Tess! —grito y le aprieto el brazo mientras ella se ríe—. ¡Creía que estabas durmiendo arriba!

Ni siquiera ha sido algo para mayores de trece años...Vamos, creo que no. Caleb estaba preparándose su asqueroso café en la encimera y estaba muy para comérselo con el pelo alborotado. No he podido evitar abrazarlo y provocarlo un poco metiéndole la mano entre los pantalones del chándal. Jake ha entrado y se nos ha unido, pegándose detrás de mí.

Nadie se ha quitado ninguna prenda. Ni siquiera nos hemos besado. Pero aun así ha sido un orgasmo a tres bandas forjado a fuego lento. Yo me he encargado de hacérselo a los dos, mientras Jake me lo hacía a mí y Caleb tenía las manos sobre la encimera. Y los tres hemos llegado al clímax respirando al unísono.

Ha sido increíble. Solo de pensarlo me dan ganas de arrastrarlos detrás del puesto de helados hawaianos para volver a hacerlo.

—Tía, no sabes dónde te has metido —dice Tess riéndose—. Esto es ya algo serio. Sobre todo para ti —añade y me lanza una de esas miradas omniscientes de Tess.

—Solo nos estamos divirtiendo —digo—. Explorando lo que podría ser. Como estamos en plena temporada, es más fácil vivir juntos —explico encogiéndome de hombros.

—A mí me parece que estás disfrutando de la mayor fantasía de cualquier chica a la que le guste el hockey —responde—. Esos tíos te veneran, Rachel. Están enganchados a la gatita de gama alta y ahora te van a seguir a donde quieras ir.

—Tess...

—Oye, que no te estoy juzgando para nada —añade—. Si tú eres feliz, Tess es feliz.

—Pero ¿de verdad podemos ser felices? —digo. Ahora que estoy a solas con mi mejor amiga puedo expresar mis miedos en voz alta—. ¿Cómo mantengo esto si quiero que sea algo privado? No se alegrarán mucho de ser mis secretillos sucios toda la vida. No es justo para ellos.

—Hmm... bueno, ¿y qué quieren ellos? ¿Quieren que el mundo sepa que sois un trío imponente? ¿Están preparados para capear la tormenta mediática que acarrea la experiencia Rachel Price?

—Creo que nos conformamos con cómo están las cosas ahora mismo. A lo mejor terminamos la temporada y... —Suspiro—. Ni siquiera lo sé. Ni siquiera sé qué demonios estoy haciendo. Pero parece que no puedo parar.

—Lo que estás haciendo es enamorarte de dos tíos al mismo tiempo, Rach. Y está claro que ellos también están enamorados de ti —añade.

Me giro para mirarla.

—¡Pero si solo los conoces de hace dos segundos!

—No hace falta más tiempo para darse cuenta de que están locos por ti —dice riéndose—. Además, ninguno de los tres os habéis esforzado mucho por ocultármelo. A ver, me recogiste en el aeropuerto y me llevaste a casa de tu amante y va él y te recibe en la puerta con un beso, mientras tu otro amante nos estaba haciendo la cena y te ponía ojitos de cordero degollado durante toda la noche.

Miro por encima de mi hombro.

—¿Ahora mismo somos igual de obvios?

Antes de que Tess pueda responder, las dos nos ponemos a chillar cuando un balón perdido la golpea en toda la nuca. Se da la vuelta y el té helado salpica desde el vaso.

—¡Oye, ten cuidado!

Langley se acerca corriendo, tiene el terror pintado en la cara.

—Halaba. Lo siento, señora.

Tess le lanza una mirada asesina y se le dilatan las aletas de la nariz mientras se masajea la nuca.

—Langley, dime que no acabas de llamarla señora —bromeo.

Atrapa el balón antes de que se lo lleve una ola. Mientras se endereza, se vuelve para mirarla.

—Hala —dice conteniendo el aliento.

Tanto Tess como yo dibujamos una sonrisilla de satisfacción cuando Langley me mira.

—Doctora, ¿quién es esta?

—Está delante de ti, Langley. Pregúntaselo tú mismo.

Sacude la cabeza.

—No me atrevería.

Tess ladea la cabeza, sus salvajes rizos rojos ondean ante la brisa marina.

—¿Por qué no? —Me río.

—Porque ningún mero mortal se atrevería a hablar con semejante diosa —responde. En cuanto suelta las palabras, dibuja una sonrisa de chico perfecto.

—Oooh, qué frase tan buena —ronronea Tess batiendo las pestañas. A su lado, yo gruño y entorno los ojos.

—¿Te ha gustado? —dice con esa sonrisa de niño.

—Ajá.

—¿Y qué soy yo? ¿El trol del puente? —mascullo.

—Nah, sabes que sigues siendo nuestra Doctora Buenorra —responde mientras se coloca el balón debajo del brazo—. Pero estás fuera de mi alcance. Y aún más lejos de la liga en la que yo juego. Las dos lo estáis.

Tess se lleva la mano a la cadera.

—¿Cómo te llamas, bonito?

—Langley... eeeh... Ryan —añade, mientras se pasa una mano por los rizos rubios como la arena—. ¿Y tú?

—Dulzura, tú puedes llamarme lo que quieras, siempre y cuando me llames para cenar —bromea y le guiña un ojo.

Le tiembla la sonrisa mientras parpadea, está obnubilado por su astucia. No me sorprende, Tess es un diez y medio. Con ese bikini de cintura alta y ese escote es un quince. Langley me mira a mí.

—Espera... ¿podemos hacerlo? Es que... está vetada, ¿no?

—¿Por qué la estás mirando a ella? —resopla Tess con las manos en sus voluptuosas caderas—. Rachel no es mi madre. Si quieres invitarme a cenar, hazlo.

Parece un niño en Navidad cuando balbucea:

—Eh... ¿quieresiracenarconmigo?

Ahora me estoy riendo.

—Tess, creo que lo has roto.

Tess resopla y se cruza los brazos por debajo de las tetas. Sabe muy bien lo que está haciendo, atraer la mirada del pobre chaval hacia ahí.

—¡Langley!

—¡Langers!

—¡Que tienes el balón, tío!

Los chicos le gritan y él les hace un gesto con la mano y se gira para lanzarles la pelota. Se vuelve de nuevo hacia nosotras y clava los ojos en Tess.

—Encantado de conocerte, Tess. Hasta luego, doctora —añade mirándome a mí. Luego se va corriendo y esos músculos tan bien dibujados brillan bajo el sol.

—Vale —dice Tess mientras se levanta las gafas de sol

para verlo alejarse a la carrera—. No estoy enfadada. Es mono, ¿verdad? Como un cachorrito en la playa. A lo mejor necesita encontrar a una nueva dueña...

—Ni lo toques —le digo dedicándole mi mejor mirada asesina.

Resopla.

—¿Por qué?

—Porque eres una diosa de proporciones épicas que se lo va a comer vivo.

—Todas las diosas tienen que comer —responde—. Te apuesto lo que quieras a que está delicioso.

—Langley tiene como unos veinte años. Es un crío, Tess.

—Eso solo significa que tiene estamina —murmura mientras observa a los chicos pasarse la pelota—. Lo has visto entrenar. Te apuesto lo que quieras a que se corre dos kilómetros en cinco minutos sin ni siquiera sudar. Mmm... Me gustan los corredores.

Ahora me estoy riendo y liberando la tensión.

—Eres lo peor. Y este fin de semana no te vas a liar con un Ray.

Resopla y se echa el pelo hacia atrás.

—¿Cómo voy a hacerlo si ya los tienes a todos encerrados en el Palacio de los Polvos Price? —Cuando lo dice, lanza una patada y me salpica agua.

Chillo y la salpico también.

—¡Rachel! —grita Jake haciéndome gestos con las manos—. ¿Quieres un perrito o dos?

Me quedo seria de repente y Tess se parte de la risa. Se tapa la boca con la mano como si tuviera doce años y responde a gritos:

—¡Quiere dos!

Capítulo 52
Rachel

El día de playa es todo un éxito. Casi todo el equipo está aquí, lo cual es genial porque significa que por fin voy a conocer a más esposas, novias y familiares. Unos cuantos han traídos a sus perros, así que Poseidón se lo está pasando bomba corriendo y jugando. Tess está entretenida haciendo la ronda, flirteando un montón con todos los tíos que la miran dos veces. Que son todos. Todos la miran dos veces. Langley sigue merodeándola como si se hubiera electrocutado con una valla eléctrica.

—Así que... la amiga de nuestro Huracán es un tornado —reflexiona Caleb mientras me tiende una botella de agua con gas de la neverita que tiene junto a la silla.

Entorno los ojos.

—No me hagas empezar.

Se limita a sonreír con suficiencia y le da un trago a su agua con lima.

—Joder —masculla mientras se levanta las gafas y observa algo por encima de mi hombro.

—¿Qué?

—Ha venido Mars.

Me doy la vuelta y lo miro de inmediato achicando los ojos. Es imposible no verlo. Lleva unas Ray-Ban oscuras, una camiseta blanca y unos pantalones cortos de deporte.

—Nunca acude a nada —dice Caleb y le da un trago a su bebida.

—A lo mejor solo quiere ser parte del equipo —propongo. Odio sentir que le estoy mintiendo.

—¿Qué está pasando aquí? —dice.

Me vuelvo hacia él para mirarlo.

—¿Qué está pasando dónde?

—Contigo y con Mars. ¿Lo has invitado?

Jugueteo con las gafas de sol.

—No hay un Mars y yo.

Asiente con la cabeza y vuelve a mirar por encima de mi hombro.

—¿Y él lo sabe?

—Caleb, yo...

Justo entonces, Tess se planta a mi lado con una sonrisa de loca en la cara.

—Tía, ¿quién es ese?

Miro a mi alrededor.

—¿Quién?

—¡¿Quién?! —grita incrédula—. Él, Rach. ¡El doble buenorro de Ragnar Lothbrok!

—Disculpadme. —Caleb se levanta de su silla plegable y se marcha.

Suspiro y entorno los ojos mientras Tess se agencia su silla.

—Gracias, eh —mascullo.

—¿Por qué? —quiere saber mientras rebusca en la neverita un refresco.

—Da igual.

—Venga, escupe. ¿Quién es? —insiste mientras abre la lata de Coca-Cola Light.

—Es Mars Kinnunen.

—¿El portero? —Jadea—. Oh... espera... en plan... ¿ese portero? El que tú... —Mueve los dedos y deja la frase sin terminar.

De momento, Tess es la única persona que sabe lo del beso en el pasillo. No sé por qué se lo conté, pero se lo dije. Sentía que tenía que decírselo a alguien. No significó nada. Estaba enfadado y lo pagó todo conmigo. Eso es todo.

—Tía, te está mirando como si fueras la merienda —murmura Tess.

Me quedo helada.

—No.

—A ver, está ahí plantado. Pero en espíritu, está justo detrás de ti pasándote un cubito de hielo por el cuello.

—Para —siseo y me inclino hacia delante en la silla—. Estás loca, Tess.

—¿Yo? ¿Acaso Tess Owens se equivoca en estas cosas?

Se inclina hacia delante con el codo en el brazo de la silla.

—Vamos a recapitular, ¿te parece? Prueba A: te dije que aquel enfermero de la clínica estaba colado por ti y no me hiciste caso y luego intentó seguirte a nuestro edificio. ¿Te acuerdas de lo divertido que fue?

—Tess...

—Prueba B: tu honor —dice pisándome—. Te dije que el tío de Trader Joe's estaba tonteando contigo, no me creíste y luego te escribió su número en un recibo.

Me río mientras sacudo la cabeza.

—¿Y el tío ese del bar con los tatuajes y el piercing en el labio? Te avise que intentaba llevarte a casa y me contestaste: «No, creo que es gay» y luego te acorraló en el baño y os lo montasteis en un cubículo. ¿Te acuerdas de ese?

—Vale, está bien —mascullo—. Admitiré que a veces... en raras ocasiones... y normalmente motivada por el alcohol... llegas a deducciones fundadas sobre las intenciones de los hombres en lo que a mí respecta.

—No tengo nada más que decir —responde retrepándose en la silla—. Bueno, ¿qué está pasando aquí?

—No hay ningún aquí —respondo por segunda vez.

—Ajá... Entonces, ¿por qué te estás poniendo colorada? ¿Lo saben los chicos? ¿Quieren compartir...? Maaadre mía, compartir a tres bandas. —Se da una palmada en la frente con la boca abierta de estupefacción—. Ni siquiera... ¿cómo funcionaría? Supongo que tenemos tres agujeros..., pero no sé cómo podría...

—Tess —siseo, y le doy en el brazo—. ¿Quieres dejar de hablar de orgías? Esto es un día de playa en familia. Con énfasis en la familia. —Señalo a las decenas de caras que salpican la arena delante de nosotras.

Ella se limita a reírse.

—Tía, más vale que seas tú y no yo. No sé si me gustaría ser un sándwich humano, me da igual lo guay que parezca en los libros. Cuando estoy con un hombre, quiero dedicarle toda mi atención. Y te digo que quiero toda su atención en mí.

Sigo su mirada y frunzo el ceño.

—Tess —la advierto—. Esto no es la protectora de animales. Deja de mirar a ese cachorrito ahora mismo. No está disponible para adopción.

Resopla y aparta la mirada de Langley.

—Oye, si tú te puedes tragar tres perritos calientes a la vez, yo puedo sacar a esa hamburguesa perfecta para una cena de nada.

—Y hablando de eso... —digo y me levanto de la silla.

—Sí, ve a por él —me provoca—. ¡Invítalo a una escapada relámpago en la encantadora Cincinnati!

Entorno los ojos y cruzo la arena hacia donde se encuentra Ilmari de pie, mirando a algunos chicos jugar al vóleibol.

—¿No te apetece jugar? —le digo colocándome a su lado.

—No puedo —responde—. No quiero arriesgarme.

Asiento con la cabeza y le doy un sorbo a mi bebida. Ni siquiera puedo ofrecerle un trago para romper la tensión porque ya tiene en la mano una botella de agua.

—Ven a conocer a mi amiga Tess —digo.

Me sigue caminando a mi lado y nos acercamos hacia la sombrilla de playa con rayas arcoíris. Tess está tumbada en una toalla. Tiene los ojos cerrados, pero en la cara se le dibuja una sonrisilla. Sé que la muy farsante me ha estado mirando mientras hablaba con él.

—Hola, Tess —saludo—. Te presento a Mars.

Se levanta sujetándose el sombrero con una mano.

—Vaya, hooola —canturrea—. Madre mía, sí que eres alto, ¿no?

Él me mira.

—Lamento tu dolor y sufrimiento —digo por toda explicación.

—Ven a sentarte, Mars —cacarea.

Se sienta en la silla en la que estaba Tess hace tan solo dos segundos y yo recupero la mía.

—¿Por qué no te quitas la camiseta y te quedas un ratito? —dice apoyada sobre los codos.

Este ángulo le favorece muchísimo a sus curvas.

—No puedo —responde.

Intercambio una rápida mirada con Tess, que hace la pregunta que las dos tenemos en la cabeza.

—¿No puedes quitarte la camiseta en la playa?

—Tengo un tatuaje. El sol es malo —explica y le da un trago al agua.

—Pues qué bien que estés a la sombra —lo provoca señalando la sombrilla.

—Tess, ¿quieres dejar al chiquillo en paz? Mars, no tienes que...

Demasiado tarde. Deja la botella de agua a un lado, agarra la camiseta con una mano y se la saca de los pantalones. Intento con todas mis fuerzas no mirar, de verdad, pero Tess no hace ningún esfuerzo. Se lo come con los ojos sin ninguna vergüenza con la boca fruncida como muestra de que aprecia lo que ve.

—No lo entiendo. No veo ningún tatuaje.

—Lo tengo en la espalda —responde.

Yo sí lo veo. Bueno, en parte. Y tenía razón, casi le cubre toda la espalda.

Tess, en su papel de Tess, se acerca a gatas al otro lado de la silla y lo empuja por el hombro en una silenciosa petición de que se eche hacia delante.

—¡Oh, santas pelotas! Mars, es precioso. Rach, tienes que ver esto. ¿Qué es esto?

Miro. No puedo evitarlo. Tiene un tatuaje que le cubre toda la espalda, desde la base del cuello, por los hombros y hasta la cintura. Es increíblemente intrincado, representa varias escenas. Es una especie de paisaje fantástico turbio que trata sobre la muerte: calaveras, lobos, un oso con la boca abierta que parece rabioso, un rey demonio, un cuervo volando en lo alto. Esas son las puntas de las alas que le veo cuando lleva la camiseta puesta.

—¿Qué es? —digo.

—Historias del *Kalevala* —responde.

—¿El kalequé? —dice Tess.

—*El Kalevala* —repite—. Es el libro del folclore finlandés. Nuestra mitología. La creación del mundo, Ilmarinen y cómo forjó el martillo de Ukko, el poderoso Otso protegiendo su bosque, la muerte del dios en su trono.

—Es precioso —murmuro luchando con las ganas de extender la mano y tocarlo. Por alguna razón, está haciendo que me emocione. Significa algo para él. Le importa tanto que no quiere que le dé el sol. A él tampoco le gusta compartir. El arte no está pensado para consumirse. Es un trozo de su alma que lleva en la piel.

Y de repente sé sin ninguna duda que no nos lo han enseñado porque Tess lo haya picado para que se quite la camiseta. Lo está enseñando porque sabía que yo quería verlo aquel día en el avión.

Quiere que yo lo vea. Antes no quería. Ahora sí. Joder, sí que estoy en un buen lío.

Capítulo 53
Rachel

—¿Quieres que vaya a Cincinnati?

Ilmari está de pie en el aparcamiento de la playa, al lado de su camioneta azul con los brazos cruzados por encima de su enorme pecho. Lo he seguido hasta aquí y he dejado al resto del grupo atrás. Es la única oportunidad de tener un momento a solas de verdad en toda la tarde.

Me arrebullo más en la sudadera blanca.

—Conozco a un especialista en la clínica de Cincinnati donde hice la residencia. Nos vamos tú y yo, te hacemos las pruebas y nadie se entera. Estaremos fuera del radar de la NHL. Y también del de la FIHA, lo que más te importa, creo.

Asiente con un breve gesto de la cabeza.

—Por favor —le ruego—. Te estoy pidiendo que confíes en mí. Ven a Cincinnati conmigo. —Le tiendo la mano y espero a ver si me la coge.

Poco a poco, descruza los brazos y los deja caer a los lados. Entonces levanta la mano derecha y me la estrecha.

—Confío en ti.

Suspiro aliviada.

—Gracias, Mars. Dios, tenía miedo de que dijeras que no. Vale, ya está todo organizado. Nos vamos mañana, ¿vale? El vuelo sale por la mañana y nos vamos directos a la clínica. Si las pruebas son claras y respondes bien a la rehabilitación, deberías volver al hielo la semana que vengan los ojeadores de la FIHA.

Se queda callado por un momento, sigo sin poder descifrar su expresión. Voy a soltarle la mano, pero él me la sujeta.

—Rachel... Doctora Price —se corrige—. Lo siento.

Escudriño su agreste rostro. Ay, mierda. Se refiere al beso. No le veo los ojos por culpa de las gafas de sol. Miro nuestras manos, que siguen unidas.

—No pasa nada...

—No, fue una grosería imperdonable —insiste—. No volverá a pasar.

Asiento e intento controlar el aleteo confundido de mi corazón. «Imperdonable» es una extraña elección de palabras. Apasionado. Posesivo. Son las palabras que mejor describen nuestro beso. Puede que para él el beso no significara nada en realidad...

Ayer lo hubiera creído. Pero hoy no estoy tan segura.

—¿Que te vas a Cincinnati... con Mars Kinnunen? —dice Jake mientras deja el tenedor encima de su enorme bol de espaguetis.

Hace un buen rato que se ha terminado el día de playa, y Jake, Caleb y yo nos estamos comiendo en la cocina los espaguetis que hemos pedido para llevar. Caleb y yo estamos sentados en los taburetes, mientras que Jake está de pie al otro lado de la isla, esperando que el pan de ajo se caliente en el horno.

Tess ha salido por ahí. Un amigo de la universidad la ha recogido y se han ido a St. Augustine a cenar y a hacer un tour de leyendas de fantasmas. Estoy segura de que habrá alcohol implicado. Me imagino que nos llamará a medianoche esperando que alguno de nosotros la traiga a casa.

—Ajá —digo y le doy un mordisco a la ensalada.

—¿Qué pasa en Cincinnati? —dice Caleb.

Me detengo y bajo la mirada hacia la comida. No tengo permiso para hablar del historial médico de Ilmari con sus compañeros de equipo.

—Oh, mierda —murmura Jake, que ha llegado él solito a esa conclusión—. Es por el tirón en la ingle, ¿a que sí? ¿Se va a quedar fuera todo lo que queda de temporada? ¿Necesita cirugía? ¿Le pasó durante el último partido?

—Para —le ruego—. Jake, no puedo hablar de su situación médica...

—¿Y de su situación sentimental? —insiste Caleb—. ¿Puedes hablar de eso? ¿O eso también es confidencial?

Le lanzo una mirada.

—Vale, es la segunda vez que haces un comentario mordaz sobre Mars y yo. Pregúntame sin rodeos lo que quieras.

—Bien. —Suelta el tenedor, que repiquetea—. ¿Te lo estás follando?

Abro los ojos como platos.

—¿Qué? ¡No!

—Pero ¿quieres hacerlo? —insiste.

—Caleb...

—Porque me juego el cuello a que él sí quiere follarte —añade.

Me cruzo de brazos.

—¿Qué te hace pensar que Mars Kinnunen quiere follarme?

Le lanza una mirada a Jake y luego vuelve a centrarse en mí.

—¿En serio? ¿Estás hablando en serio? ¿Quieres que te hagamos una lista? Tenemos una con unas diez razones. Tu lista es más corta que la de él, pero va creciendo cada día.

—Espera... ¿estáis haciendo una lista? ¿Tú también? —chillo mirando a Jake.

—Pues sí. Siempre estamos hablando de ello —dice encogiéndose de hombros.

—Mirad, chicos. Lo he estado ayudando con la lesión, eso es todo. Quiero llevarlo a Cincinnati para que vea al doctor Halla. Es un experto y puede hacernos unas pruebas de manera extraoficial. Unas pruebas que no tienen que ir a ningún archivo oficial de la NHL.

Los dos intercambian una larga mirada, pero podrían haber intercambiado tantas palabras como tiene una novela.

Es Jake quien rompe el silencio.

—¿Lo estás ayudando de manera extraoficial? ¿Eso no es ilegal?

Resoplo.

—Nadie va a ir a la cárcel por hacerle una resonancia a Ilmari.

—Pero no es la normativa —aclara Caleb—. Se lo estás ocultando al equipo, a los entrenadores, cosa que te podría meter en un buen lío. Te podrían despedir, Rachel. Podrían rescindir el contrato de Mars.

Me encojo de hombros.

—A veces, lo que más le conviene al equipo no es lo que más le conviene al jugador.

Jake asiente, su expresión es solemne, mientras que Caleb se limita a mirarme como si estuviera masticando cristales.

—Mira, le juré a Mars que lo ayudaría —explico—. Me da igual si es lo mejor para el equipo, es mi paciente. No quiero que su carrera termine antes de lo que debería.

—¿Por qué te preocupas tanto por Mars Kinnunen y su carrera? —dice Caleb.

—Porque yo soy la médica —le suelto—. ¿De verdad no se te ha pasado por la cabeza ni por un segundo que también habría movido cielo y tierra para ayudarte a ti si fueras tú el jugador lesionado que entra en mi consulta? ¿O tú? —añado girándome hacia Jake.

—¿Es muy grave? —murmura Jake.

Sacudo la cabeza y dejo el tenedor, se me ha quitado el hambre.

—Aún no lo sé —admito—. Ahora mismo se presenta como un tirón inguinal. Pero no puedo ponerle el tratamiento adecuado sin hacerle pruebas y le aterra que estas lleguen a los ojeadores del equipo olímpico de Finlandia. Es su sueño, chicos —añado pasando la mirada del uno al otro—. Jugar con Finlandia en las Olimpiadas. Su abuelo jugó y su padre también. Esta es su oportunidad. Solo estoy ayudándolo a aprovecharla. ¿Mi modo de hacerlo es el correcto? Y yo qué narices sé. Pero estoy siguiendo a mi corazón y de verdad que apreciaría que me apoyarais en lugar de despellejarme.

Despacio, Jake asiente con la cabeza.

—Que lo ayudes es algo bueno, Seattle. Ve a Cincy y haz las pruebas.

Le sonrío aliviada.

Pero a mi lado, sigue forjándose una tormenta.

—Eso no aclara el otro tema —masculla Caleb.

—¿Qué otro tema?

—Lo de que «Mars Kinnunen quiere follarte con su polla de vikingo» —aclara Jake.

Contengo el aliento e intento controlar la espiral de emociones.

—Mira, Seattle, tienes que contárnoslo —insiste Jake—. ¿Qué narices está pasando entre Mars y tú? Es que, a ver, te sientas a su lado en todos los vuelos, en todos los autobuses.

—Sí, porque él me obliga —contraataco—. ¿No os acordáis de que todos me obligasteis a cambiarme de sitio?

—Cuando el equipo está en el hielo, no dejas de mirarlo en todo el partido —añade Caleb con su mirada de obsidiana.

—¡Porque ha estado jugando lesionado y me aterraba que empeorara!

Caleb aparta el taburete y se levanta, rodea la isla para ponerse al otro lado. Cada paso que da es un abismo que se abre entre nosotros y que me desgarra el corazón.

—Habla contigo —continúa Jake.

—¡También habla con Tomlin! Y con Davidson y con el entrenador Johnson. Y habla contigo en el hielo todo el rato, Jake. Y contigo, Cay.

Jake sacude la cabeza.

—Es parte del trabajo. Cuando termina el trabajo, es libro cerrado. Se abre ante ti, Seattle. Solo para ti.

—¿De verdad que te vas a quedar ahí sentada diciéndonos que no hay nada entre vosotros? —escupe Caleb con los brazos cruzados.

Los dos están de pie delante de mí ahora, mi ángel y mi diablo. Jake lleva una camiseta blanca y Caleb, una negra. Jake parece alerta. Caleb está cabreado.

—Ay, madre —gruño. Apoyo los codos en la encimera y entierro la cara entre las manos—. ¡No lo sé! —Levanto el rostro y lo sacudo mientras les confieso la única verdad que tengo—. No lo sé, ¿vale? No sé lo que me está pasando. Yo no... ¡miradnos! —grito y señalo con la mano la cocina de Jake—. ¡Esto es una locura! ¿Qué estamos haciendo aquí, chicos? ¿Qué es esto? ¿A dónde va todo esto?

—Creía que era bastante obvio —responde Jake, que sigue cruzado de brazos.

Me río. Es un ruidito ahogado que se me queda atascado en la garganta.

—¿Obvio? Nada de esto indica que sea obvio, Jake. Llevamos semanas dándole vueltas, pero sin decir nada. ¡Vivimos juntos! Vamos a la compra y cocinamos como si fuéramos un trío felizmente casado. Follamos como locos. Solo he dormido dos veces en mi habitación desde que me mudé. Y aun así entre nosotros no hay más que paredes. Cosas que no estamos diciendo, sentimientos que no estamos expresando, verdades que no estamos confesando. Esto es una maldita carrera de obstáculos y los tres estamos tropezándonos en la oscuridad y me está volviendo loca.

Cuando termino de hablar me doy cuenta de que también me he levantado y que estoy agarrando con las manos la encimera de granito blanco.

Ahora los dos tienen los brazos cruzados y pasan la mirada de mí al otro.

—Bueno, pues vamos a solucionarlo —dice Jake—. Muerte súbita. Lo decidimos en el hielo.

Capítulo 54
Rachel

Cojo aire temblando y paso la mirada entre los dos chicos. Muerte súbita.

Dejamos que el hielo decida.

Jake mira a Caleb.

—¿Cay? ¿Muerte súbita?

Caleb asiente con la mandíbula apretada.

—Genial... Pues ¿quién empieza?

Jake se mete las manos en los bolsillos de los pantalones de chándal grises.

—¿Lanzamos una moneda o...?

—Besé a Mars —confieso—. Bueno, técnicamente, él me besó a mí, pero...

—¿Cuándo? —gruñe Jake, se le está endureciendo la expresión—. ¿Dónde?

—En el partido contra los Penguins. Estaba saliendo del hielo y lo retuve para decirle que lo sacaba del partido. Creo que lo hizo solo para callarme —añado—. Estaba enfadado y la pagó conmigo. Se disculpó. Pero ahora, entre que me estáis acorralando y Tess... es que... creo que él quería hacerlo. Creo que quería...

—Por supuesto que sí —suelta Caleb—. Quiere follarte, Rachel. Lo que te estamos preguntando es si lo va a conseguir. ¿Este trío está a punto de convertirse en un cuarteto? Porque nos gustaría tener algo que decir.

Muerte súbita. No hay donde esconderse.

—Aún no lo sé, esa es mi respuesta sincera.

Los dos se cruzan de brazos con fuerza. Se les da estupendamente bien compartir el uno con el otro, pero está claro que la idea de hacerlo con otra persona es un no rotundo.

—¿Cómo funcionaría? —quiere saber Jake—. Mars es portero. No juegan en equipo, ¿sabes lo que quiere decir? Es imposible que le parezca bien compartirte. ¿Acaso sabe lo nuestro ya?

—No, por supuesto que no lo sabe. Hasta ese beso, todo ha sido estrictamente profesional. E incluso a pesar de ese beso, de verdad que creo que en parte fue que no supo encontrar otro modo de gestionar su frustración.

Jake entorna los ojos color avellana.

—¿Y qué pasará cuando por fin te haga perder la cabeza con su encanto vikingo y su polla monstruosa? ¿Qué vas a hacer cuando te diga que elijas... entre él o nosotros? ¿Cuánto vas a tardar en hacer las maletas, Seattle?

Me aparto de la isla.

—Muy bien, vamos a aclarar esto ahora mismo. —Lo señalo con el dedo—. No eres mi dueño, Jake Compton. Y tú tampoco lo eres, Cay. No soy suya y no soy vuestra, soy mía. Soy mi propia persona y yo decidiré los límites de mi propia felicidad. No estaría aquí si no os quisiera. A los dos. Y mi amor no es finito, Jake. Que te quiera a ti no tiene nada que ver con que lo quiera a él —digo, y señalo con el pulgar a Caleb—. Y es así —insisto—. Os quiero a los dos. Es una locura decirlo en voz alta, porque hace muy poco tiempo que nos conocemos, pero ¿estoy loca? —Nos señalo a los tres—. ¿A vosotros esto os parece una locura? ¿O os parece que está tan bien que os da miedo?

—A mí me aterra perderte —admite Jake—. Cay es mucho mejor para ti, nena. Es inteligente como tú y raro como tú. Yo me retiro. Incluso de nosotros tres, soy consciente de que yo soy el eslabón débil.

—Jake —susurro, se me rompe el corazón.

—Sé que no va a quedar sitio para mí —dice encogiéndose de hombros— si añades a Mars a la ecuación con su encanto europeo y su moño estúpido y sexi despeinado, por no hablar de su enorme pollón... —Cuando termina de hablar, su rostro muestra el dolor que lo tortura.

No puedo evitar dibujar una sonrisa.

—¿Te pasas mucho tiempo mirándole la polla, ángel?

Me observa fijamente, mientras que a su lado Caleb me hace un gesto de advertencia.

—Tú también se la has visto.

—Soy el jefe de equipo, Huracán. Me gano la vida preparando y ordenando los vestuarios. Todos hemos visto el monstruo que hay entre las piernas de Kinnunen.

Pero ahora mismo no es para nada el momento de pedir detalles. En cambio, rodeo la isla hacia Jake. Se queda rígido cuando me acerco. Se ha quitado la armadura y ha compartido su verdad. No se siente cómodo compartiéndome como ha estado diciendo. No porque no le guste, sino porque no quiere que lo dejemos de lado.

Le paso las manos por los brazos.

—Jake... Mírame, ángel —murmuro cogiéndolo por la barbilla—. No vuelvas a dudar nunca de lo que significas para mí —digo, hablo bajo la emoción—. Jake, llevo diciéndote casi desde el momento en que te conocí que eres mi alma gemela. ¿De verdad puedes olvidarte de lo que compartimos en Seattle? El universo nos unió esa noche. Ahora tengo una soga alrededor del cuello entrelazada en las costillas y que me conecta contigo.

Poco a poco, levanta las manos y me coge por las muñecas.

—Te quiero, Jake Compton. Me encanta que me escribas mensajes todo el rato. Me encantan tus fotos de pelícanos y de sushi y de tacos. Me encanta que me des el parte meteorológico todas las mañanas, aunque tenga la aplicación del tiempo en la pantalla de inicio —añado con una leve sonrisa—. Me haces reír. Me haces feliz. Haces que tenga esperanzas en el futuro. Haces que mi vida sea divertida, Jake. Y haces que vivirla sea menos solitario. Y puede que tú también encuentres a otra persona...

—Imposible —dice sacudiendo con ganas la cabeza—. Lo eres todo para mí, nena. No necesito a nadie más.

—No digas eso —le pido, me da mucho miedo mirar por encima de su hombro y ver el dolor en el rostro de Caleb—. No tienes ni idea de lo que el universo te tiene guardado —digo en cambio—. Ni siquiera habíamos soñado nunca con encontrarnos el uno al otro, pero nos encontramos. Me da igual quién más aparezca en tu vida, Jake, yo estaré ahí. Quiero estar ahí. No te limitaré ni te negaré todo el amor y toda la alegría que mereces. Deja de dudar de ti mismo y del lugar que ocupas en mi corazón. —Me inclino hacia delante, todavía tengo las manos en su rostro—. No se me da bien poner etiquetas y encasillar —admito—. La idea de ser la novia o la esposa de alguien me aterra. A veces pienso que tengo algún cable cruzado. Todo el mundo quiere casarse, ¿no? Todo el mundo quiere la vida normal que ofrece la monogamia y tener los hijos que toquen. El perro y la valla blanca. Pero yo nunca he querido esa vida —digo mientras sacudo la cabeza.

—¿Qué quieres, Rachel? —me pregunta.

—Quiero el mundo —respondo—. Quiero recorrerme la costa de Phuket haciendo toples en un yate. Quiero follar en los jardines de Versalles y que me persiga la policía francesa. Quiero comer pizza a todas horas y beber vino directamente de la botella, tambalearme por las calles de Roma a las dos de la mañana. Quiero bailar en una fuente, Jake. Quiero ser médica y viajar por el país viendo a hombres en lo más alto de su carrera jugando deportes peligrosos. Quiero sentir su sudor y oler su sangre en el hielo. Quiero vivir. Y no quiero tener que rechazar nunca una oportunidad por el miedo de no conformarme con ese sueño de normalidad. Porque no soy normal, Jake. No somos normales. Somos extraordinarios. Sé extraordinario conmigo.

Poco a poco, expulsa el aire y me envuelve con su cuerpo, hasta que nuestras frentes se tocan. Me suelta las muñecas y me aprieta la cintura mientras aspira mi aroma. Ese perfecto olor suyo a madera me llena los sentidos y me sumerjo en su abrazo.

—Te quiero muchísimo, Seattle. —Levanta la cabeza para poder mirarme a los ojos—. No quiero enjaularte. A veces soy un desastre y puedo tener la cabeza metida en el culo... Cay puede decírtelo. Pienso demasiado las cosas... o no las pienso, no hay un término medio. Pero no quiero darle muchas vueltas a esto, Rachel. Me quieres...

—Sí. Te quiero, Jake. Estoy loquita por ti.

—Bien —dice con un suspiro.

Me muerdo el labio y hago la pregunta que me está comiendo viva.

—Pero tengo que saberlo... ¿Te duele compartirme con Caleb?

Se aparta con los ojos como platos.

—¿Qué?

—No —ruge—. Joder, no. Es mi puto mejor amigo. Lo necesito en mi vida. Y compartirte con él me proporciona los mejores polvos que he echado en la vida. No hay ni un solo hueso de mi cuerpo que se arrepienta de haber convertido esta pareja en un trío, Seattle. Creo que tú sientes lo mismo, ¿verdad, Cay? —Jake lo mira por encima del hombro y por fin me permito yo hacer lo mismo y observar a Caleb.

Mi príncipe feérico de ojos oscuros está ahí de pie vestido de negro, viendo que nos confesamos nuestro amor el uno al otro y veo que esos retazos de sí mismo que sigue escondiendo se rompen. Ha llegado su turno de la muerte súbita. Pero depende de él cuánta verdad confiese.

—El sexo está bien —masculla.

—Está bien para ti, pero podría ser genial —le digo—. Si dejaras de resistirte a nosotros...

Jake me mira.

—¿Qué quieres decir, Seattle?

—Quiero decir que Caleb no se está arriesgando. Tiene miedo de enseñarnos lo que de verdad quiere, miedo de pedírnoslo, miedo de que salgamos corriendo. Pero en realidad, eso lo único que hace es que el cobarde sea él.

Aprieta la mandíbula aún más fuerte y me mira.

—¿Es eso cierto, Cay? —pregunta Jake—. Mira, tío, yo también soy nuevo en esta cosa grupal. Si hay algo que estoy haciendo o que no estoy haciendo, tienes que decírmelo.

Veo la sombra que parpadea en los ojos de Caleb y se me ocurre una idea. Muerte súbita, ¿recuerdas? A Caleb se le da mejor hacer que decir. Con mano firme, empujo a Jake por el pecho.

—Da un paso atrás, ángel.

Me deja que lo empuje hasta la encimera.

—¿Qué estás haciendo?

Caleb se está preguntando lo mismo, porque me mira con los ojos negros entornados.

—Muerte súbita —repito—. Es el turno de Caleb.

Caleb se cruza de brazos.

—Siento decepcionarte, pero no tengo ningún secreto oscuro oculto. Me gusta el sexo. Me gusta vivir aquí. Te puedes follar a quien quieras, Huracán. No es asunto mío. Si quieres que alguien te ponga crema protectora en las tetas cuando esté en ese barco en Tailandia, cuenta conmigo. Cuando te canses de follar conmigo, me avisas y ya está.

Sus palabras me escuecen. Por supuesto que sí. También quiere que sea así.

—¿Sabes? Para ser sagitario, se te da muy bien hacer de escorpio —le suelto—. Es una pena para ti, porque soy cáncer por partida doble. Necesitarías una torre petrolera en alta mar para perforar mi caparazón. Así que ¿qué te parece si te dejas de mierdas y volvemos a lo de muerte súbita?

Le brillan los ojos.

—Acabo de decir que no tengo nada que ofrecer.

—Dime que me quieres.

Se queda rígido, pasa la mirada de Jake a mí, una y otra vez.

—No lo mires a él —escupo—. No puede ayudarte ahora mismo. Esto es entre tú y yo, Cay. Mírame y dime la verdad. Muerte súbita. ¿Me quieres?

—No puedo hacer esto —masculla y da un paso atrás.

—¿Que no puedes qué? —lo desafío—. ¿No puedes quererme? ¿O no puedes admitirlo? Porque son dos cosas muy diferentes.

No responde, sigue apretando la mandíbula con fuerza.

—Llevas tu rabia como si fuera un escudo —digo acercándome un paso más—. Estás enfadado con el mundo por las oportunidades que has perdido, con el tipo que te empujó después del partido por aplastar todos tus sueños, contigo mismo por no haberlo visto venir. —Tengo los ojos llenos de lágrimas—. Tienes muchísima rabia, Cay. Necesitas liberarla. No puedes cargar con todo eso solo, deja de intentarlo. Déjame que te ayude.

Sacude la cabeza.

Me trago los nervios para mantener mi posición.

—Te quiero, Caleb Sanford, y no me da miedo tu oscuridad. Tienes que hacer algo más que romperte una rodilla y volverte alcohólico para bailar toda la noche con mis demonios. Te reto a que me dejes entrar —lo desafío—. Si no..., déjalo salir a él. Me gustaría conocerlo. Creo que Jake también debería conocerlo.

Vuelven a brillarle los ojos y en ellos veo cautela.

—¿Dejar salir a quién? —pregunta Jake en tono áspero. Nos mira fijamente mientras jugamos al gato y al ratón en su cocina.

—No sé lo que me estás pidiendo —dice Caleb en voz baja.

El corazón me late desbocado mientras el centro se me aprieta de necesidad, de la anticipación de una pelea fraguándose. Me muevo rápido, agarro el bol de espaguetis de Jake que no se ha terminado y se lo lanzo a Caleb a la cabeza. Lo esquiva sin problemas y el recipiente se estrella contra el armario, la porcelana se rompe y los espaguetis caen de la encimera al suelo.

—¡Oye! —chilla Jake—. Seattle, ¿qué coño haces?

—No me presiones, Rachel —ladra Caleb señalándome con un dedo.

No me achanto. Jake no es mi prioridad ahora mismo. Caleb es el que está en la red en esta ronda de muerte súbita y yo voy a disparar a puerta. Me quito la andrajosa camiseta de un grupo de rock, la tiro al suelo y avanzo hacia él por la cocina con los pechos al aire.

—No —gruñe Caleb.

Lo agarro por el cuello con las dos manos y me aprieto contra él, me engancho a su boca para darle todo lo que tengo. Siento sus manos en mi cuerpo, acariciándome la piel de la espalda. Salto y me agarra. Envuelvo las piernas alrededor de sus caderas mientras da la vuelta y me sienta en el borde de la isla.

Aprieto el coño contra su entrepierna mientras lo beso sin aliento, atrapando cada beso y le muevo la lengua con las provocaciones de la mía. Estamos gruñendo en la boca del otro como si fuéramos animales hambrientos. Entonces rompo el beso, lo empujo con fuerza por los hombros para apartarlo.

Se echa para atrás, pero me sigue agarrando las caderas. Sigo estrechándolo con fuerza por la cintura, con los tobillos cruzados encima de su firme culo. Levanto la mirada hacia él. Tiene los labios rosas y húmedos de mis labios, y los ojos tan dilatados que parece que los tiene negros.

—¿Me quieres, Caleb? —murmuro mientras escudriño su rostro. Necesito saberlo. Esto no puede suceder si antes no lo sé. No podría soportarlo si no fuera así.

—Sabes que sí —masculla.

Cojo una buena bocanada de aire, levanto la mano y le doy una bofetada.

Bien fuerte.

Se tambalea y gruñe, pero enseguida vuelve a mirarme con los ojos como si fueran dos carbones ardiendo.

—Bueno. —Jadeo—. Entonces fóllame como si me odiaras.

Capítulo 55
Rachel

Caleb me clava los dedos en el pelo por la nuca y tira con fuerza para echarme la cabeza hacia atrás.

—¿Qué acabas de decirme?

Sonrío.

—He dicho que me folles como si me odiaras. Vamos, papi. Sabes que quieres rajarme —lo provoco—. Haz que Jake lo vea. Enséñanos a los dos quién lleva la voz cantante...

Me silencia con un fiero beso, su boca domina la mía, y me mete la lengua bien hasta el fondo. Me envuelve los pechos con las manos y me arqueo hacia él, desesperada por más. Pasa de amasarme a pellizcarme los pezones, aprieta con el índice y el pulgar y los retuerce hasta que siseo y le doy una palmada en la mano para que se aparte. El aire frío se me cala en los huesos y me estremezco, tengo los pelos de los brazos de punta.

Jake da un paso hacia delante.

—Chicos, ¿qué estáis...?

—Cállate —ladra Caleb rompiendo nuestro beso para mirarlo—. ¿Quieres quedarte?

Jake me mira y luego vuelve a mirar a Caleb con la mandíbula apretada. Asiente con la cabeza.

—Bien. Quédate aquí de pie a mi lado y no digas ni una palabra —le ordena Caleb señalando un punto en el suelo.

Levanto una ceja, siento curiosidad por ver qué pasa a continuación.

Poco a poco, Jake da un paso hacia delante, le arde la mirada de vernos. Puedo sentir la energía protectora que emana de cada poro de su piel.

Tengo la sensación de que esto le va a encantar o lo va a odiar. Lo averiguaremos enseguida, a juzgar por lo rápido que Caleb se aparta de mí y le da un puñetazo en la mandíbula.

Vuelvo a centrar mi atención en Caleb.

—Pues venga, papi. —Bajo la mano entre nosotros dos, le agarro la polla dura y le doy un apretón—. Dame lo peor de ti.

Me agarra por el pelo y me baja de la encimera de un tirón. Jadeo y me agarro a él hasta que consigo mantener el equilibrio. Tira de mí hacia delante, nuestras narices se rozan, su cálido aliento me abanica la boca.

—De rodillas, Huracán. Cuando a una mujer le gusta que se la follen, se pone de rodillas y lo suplica.

Gracias a Dios.

Su demonio quiere jugar. Mi coño hace un bailecito de la victoria mientras me pongo de rodillas de buena gana. Se acabó ser una niñata. Voy a ser muy buena con él. Y, a cambio, él bajará esas murallas y por fin me dejará entrar.

—¿Qué quieres? —gruñe.

—Quiero complacerte —respondo levantando la cabeza para mirarlo desde donde estoy a sus pies—. Quiero tu polla. Por favor, papi.

Se ríe sin alegría.

—¿Te crees que vas a conseguir mi polla solo porque quieras? Así no es cómo funciona esto, zorrita codiciosa. Además, tú no quieres mi polla. Tú solo quieres algo con lo que atragantarte. Abre la boca.

El corazón me late desbocado a mil kilómetros por segundo y el coño se me aprieta mientras aparto los labios para él.

Me mete dos dedos en la boca.

—Chupa.

Se me escapa un leve gemido mientras le chupo los dedos, usando la lengua y los dientes para tentarlo. Me mete un tercer dedo y lo acepto, la saliva me cae por la barbilla mientras va moviendo la mano a su propio ritmo. Me lleva al pelo la mano que tiene libre y me mantiene la cabeza bien quieta y empuja los dedos aún más al fondo hasta que me entran ganas de vomitar y los ojos se me llenan de lágrimas.

—Qué buena chica eres, joder —murmura—. Qué boca tan húmeda y mojada tienes. ¿Y qué me dices del coño? ¿Estás húmeda por mí, Huracán?

Asiento con la cabeza y parpadeo para apartar las lágrimas. Me está llamando Huracán y me voy a aferrar a eso. Romperé todos sus muros. Que entre mi aire, que caiga la lluvia. Este hombre es mío. Lo arrastraré al ojo de mi huracán.

Me entran arcadas cuando me mete los dedos en la garganta para obligarme a abrir la boca. Enseguida saca la mano y jadeo para recuperar el aliento. Las endorfinas me corren por las venas, me dejan con esa sensación de vibración y zumbido. Su dominación me emborracha.

—Jake, ponte de rodillas y comprueba cómo tiene el coño —le exige—. A ver si está chorreando por nosotros.

El estómago me da un vuelco de excitación cuando Jake se pone de rodillas, buscando mi rostro con la mirada. Le sonrío para tranquilizarlo.

—Por favor, nene —murmuro, mientras abro más las piernas para él.

Sigo llevando los pantalones cortos del pijama y las bragas, pero Jake sortea los obstáculos con facilidad, me mete la mano por la cintura, sus dedos me acarician el coño mientras busca mi centro húmedo. No puedo contener un gemido cuando mete los dedos dentro de mí y los saca arrastrándolos con cuidado para dibujar círculos sobre el clítoris.

—¿Y bien? —gruñe Caleb.

—Está mojada —responde Jake con la voz ronca.

—¿Cuánto? Enséñamelo.

Jake saca los dedos de entre mis pantalones y se los tiende a Caleb para que los vea. Destellan bajo la brillante luz de la cocina.

—Déjame probarlo —ordena Caleb.

Jake levanta más el brazo y yo los observo, hipnotizada,

mientras Caleb se mete los dedos de Jake en la boca y los lame hasta que los deja limpios.

—Joder —masculla Jake. Caleb lo suelta y Jake deja caer la mano a su lado, todavía tiene los ojos vidriosos por la inesperada excitación.

—Levántate, Jake. Sácate la polla.

Jake me aguanta la mirada y se levanta. Vuelvo a asentir con la cabeza para tranquilizarlo y se lleva las manos a los pantalones grises y se los baja. Delante de mi cara aparece su polla liberada.

—Vaya, mírate —me gruñe Caleb, me da un tirón en el pelo para reclamar mi atención—. Estas salivando por darle un mordisquito a su polla. Te apuesto lo que quieras a que esa boca se follaría cualquier cosa. —Me acaricia el labio inferior con el pulgar.

Respiro despacio y controlando el ritmo, me empiezan a doler las rodillas de los duros ladrillos de la cocina.

Caleb se agacha.

—¿Quieres atragantarte con algo más grande que un par de dedos?

Asiento con la cabeza.

—Habla.

—Sí —susurro.

—¿Sí qué?

—Sí, quiero su polla. Por favor, papi. Necesito más.

Abre las aletas de la nariz mientras mira a Jake.

—Está pidiendo una polla con la que atragantarse. ¿Se la vas a dar?

Despacio, Jake asiente con la cabeza.

—Maldita sea, tú también no —gruñe Caleb—. Responde con palabras, Compton.

—Sí —masculla—. Quiero dársela.

Caleb sonríe, está claro que le encanta esta sensación de control que le estamos dando. ¿Jake nunca ha jugado a estos juegos antes? Lo dudo. No a este nivel.

Caleb me dirige la cabeza hacia la entrepierna de Jake.

—Chúpale la polla a Jake, Huracán. Enséñale cuánto te gusta que te llenen. Sé buena para nosotros. Métela bien dentro.

Acato sus órdenes de buena gana. Clavo los ojos en Jake mientras abro la boca y saboreo su punta, luego lo provoco con la punta antes de metérmela. Caleb sigue sujetándome la cabeza con la mano enredada en mi pelo, guiando mi ritmo. Con un gruñido, Jake me coloca las manos en los hombros, me acaricia con los pulgares la piel sensible del cuello.

—¿Qué se siente, Jake?

—Como si fuera el puto cielo —masculla con los ojos cerrados y la cabeza echada para atrás.

—Huracán, te gusta chuparle la polla, ¿verdad?

Asiento con la cabeza un «mmm», pues sigo teniendo la polla metida en la boca.

—Ya basta —gruñe Caleb tirándome hacia atrás.

Jake abre los ojos de repente y se fija en Caleb, la brillante polla se le retuerce de necesidad. Mi coño también la anhela. Que la gratificación se aplace es la parte más difícil de este tipo de juegos, pero hace que la liberación final sea aún más dulce. Tengo la sensación de que Caleb es el rey de los finales. No sé si mi coño podrá soportarlo.

—Mírate, ahí de rodillas —canturrea Caleb pasándome la mano por la cara—. Joder, qué guapa eres. ¿Quieres más?

Asiento con la cabeza.

—Por favor, papi. Quiero tu polla. Quiero hacerte sentir muy bien.

—Pues entonces sácamela.

Extiendo las manos sin vacilar, le bajo los pantalones de deporte hasta el suelo, alrededor de los tobillos. Tengo su hermosa polla en la cara, dura y gloriosa. Las bolitas plateadas de los piercings reflejan la luz de la cocina.

Se la agarra con la mano y se la sujeta en la base mientras da un paso hacia mí.

—Abre. Enséñame lo que sabe hacer esa boca tan lista.

Abro la boca, levanto la mirada para verlo mientras me coloca la punta entre los dientes. Lo tanteo con la lengua y la deslizo por los piercings. Me encanta sentirlos incluso contra la lengua. Contengo un escalofrío cuando mi coño se contrae y no encuentra nada. Esta sensación de vacío me está volviendo loca. No voy a aguantar mucho más.

Caleb gruñe mientras me acaricia el pelo con la mano.

—Qué chica tan buena, joder.

A su lado, Jake maldice para el cuello de su camisa.

Caleb se tensa y me aparta.

—¿Tienes algo que decir? —le pregunta con una ceja levantada.

Jake sacude la cabeza.

—Creo que tu fetiche son las alabanzas —lo provoca Caleb con la voz oscura y afilada—. Cada vez que digo que es una buena chica, te estremeces. ¿Estás celoso, ángel?

—Joder —masculla Jake, la polla se le contrae, aunque lucha con las ganas de tocársela.

Caleb casi se está carcajeando cuando extiende una mano y agarra a Jake por el pelo para acercarlo más a él.

—Quizás quieres una cucharada de su misma medicina. ¿Es eso? ¿Tú también quieres comérmela, Jake? Los dos sabemos que te encanta recibir órdenes. Podrías ser un chico muy bueno para mí —ronronea y ahora Jake y yo somos un desastre, temblando de la cabeza a los pies—. ¿Quieres ganarte un orgasmo en mayúsculas por una vez en tu vida de niñato malcriado?

Muy despacio, Jake asiente y mi coño está preparado para salir ardiendo.

Caleb sonríe como si fuera la reencarnación del diablo.

—Bien. Entonces ponte de rodillas de una vez.

—Ay, Dios —masculla Jake y se pone de rodillas a mi lado.

Caleb sigue teniendo una mano en cada cabeza, con los dedos enredados entre el pelo.

—Besaos —ordena—. Jake, métele los dedos en el coño, pero no te atrevas a hacer que se corra. Méteselos y aguanta. Si se estremece, aunque sea un solo milímetro, se los sacas, ¿lo entiendes?

Gimoteo de frustración mientras Jake me aguanta la mirada, su expresión está más caliente que un volcán. Jake me coloca una mano en la nuca y me acerca más a él, me besa como si fuera a perder el sentido. Dios, qué bien besan mis chicos. Aventura la otra mano dentro de mis pantalones y me mete dos dedos. Los mantiene ahí, quietos, tal y como le ha dicho Caleb, sin ofrecerme nada. Es la tortura perfecta.

Pero la lengua no la contiene. Está tan rabioso como yo y con esa boca desesperada reclama toda la pasión que no le va a dar a mi coño. Nuestras manos deambulan mientras nos aferramos el uno al otro. Y mientras tanto, Caleb sigue sujetándonos por la cabeza. Cuando la cosa empieza a caldearse, nos aparta tirando del pelo. Dejamos de besarnos y nos quedamos jadeando.

Jake la tiene tan dura que la punta de la polla empieza a chorrearle. Una gota de líquido preseminal a punto de caer al suelo. Yo gimoteo y me muerdo el labio de necesidad.

Caleb, que no se pierde nada de lo que pasa, me tira con más fuerza del pelo.

—Recógela. Ahora, antes de que se eche a perder.

Voy a poner la boca sobre Jake, pero Caleb no deja que me mueva. Así que extiendo la mano, paso el dedo por la punta de Jake y el líquido se me desliza entre los dedos. Me llevo el dedo a la boca y hago una mueca cuando Caleb me tira aún más fuerte del pelo.

—¿Qué te crees que estás haciendo? —gruñe—. Eso no es tuyo. No te lo has ganado, codiciosa. Dámelo.

El corazón me da un vuelco cuando levanto la mano. Jake nos mira mientras le doy a Caleb la gota. Caleb suelta un gemido de satisfacción contra mi dedo y me lo chupa hasta limpiarlo.

—Mmm, no sabes lo que te estás perdiendo, Huracán.

Ahora es Jake quien está retorciéndose y tiene la mano alrededor de la polla, ha sido incapaz de no tocarse.

—¿Te estás impacientando, ángel? —le pica Caleb—. ¿Quieres más?

—Sí —dice conteniendo el aliento—. Por favor —añade, y creo que es posible que Caleb se haya muerto y se haya ido al cielo.

—Entonces, sé mi niño bueno perfecto y chúpame la polla.

Ay, Dios, ha llegado. El momento de la verdad. Da igual lo que hayamos hecho hasta ahora, este es el verdadero momento de muerte súbita. Espero y observo a Jake decidir lo que va a hacer. Me mira, desesperado, quiere que yo lo guíe. Parece tan nervioso, tan inocente, cuando es de todo menos eso.

Pero para él esto es algo completamente nuevo. Ni siquiera tengo que preguntarlo. Jake no se ha comido una polla en su vida. Nunca ha querido hacerlo... hasta ahora.

—Estoy justo aquí, ángel —murmuro para transmitirle mi consentimiento, aunque no lo necesita.

—Joder.

Se mueve un poco para girarse y quedarse delante de Caleb. Extiende las dos manos y se las coloca indeciso sobre las caderas. Tiene la polla dura de Caleb justo en la cara y la punta le gotea.

Levanto la mirada, veo desesperación en los ojos de Caleb, el anhelo, la necesidad bruta.

Jake gruñe y levanta la cabeza.

—No lo he hecho nunca, Cay. No...

Y ahí es cuando el corazón se me sale del pecho. No quiere hacerlo mal. Quiere que esto sea algo que le dé placer a su mejor amigo. Extiendo la mano para colocársela a Caleb en la muñeca y pedirle algo en silencio. Está tan sintonizado conmigo que lee mi lenguaje corporal. Me suelta y deja caer la mano a un lado.

—Déjame que te enseñe, ángel —digo, mientras avanzo hacia delante y sujeto a Jake por la cintura. Le doy un beso en el hombro y le sonrío.

—Nos encargaremos de él juntos. Trabajo en equipo, ¿vale? —añado y le guiño un ojo.

—Sí... trabajo en equipo.

A Caleb se le levanta el pecho mientras sigue ahí de pie, quieto, viéndonos arrodillados delante de él.

—Sujétalo por la base —le indico haciéndole un gesto con la cabeza.

Jake quita la mano derecha de la cadera de Caleb y le envuelve con ella la base de la polla.

Caleb gruñe y yo sonrío. Qué rápido han cambiado las tornas para él. Pero está a punto de tener uno de los mejores orgasmos de su vida, así que más vale que no se queje. Supongo que no puedo evitar estar encima, aunque sea desde abajo.

—Es mejor empezar provocándolo un poco —explico—. Lame la punta y luego succiónala. Así.

Entonces se lo demuestro: succiono la punta de la polla ribeteada de Caleb mientras Jake me la sujeta bien firme. Lo suelto con una sonrisa y me inclino para besar a Jake en la comisura de la boca.

—Ahora inténtalo tú, ángel. Vuelve loco a nuestro Cay.

Sonríe y me pasa la mano libre por la cintura. Luego se vuelve hacia Caleb y se mete la polla en la boca.

Capítulo 56
Caleb

Jake tiene la boca alrededor de mi polla y me muero. Esto es la muerte y me he muerto. Debe de ser el cielo, porque Rachel también está aquí.

Están los dos de rodillas y le está guiando para que me chupe la polla como un campeón.

Esta mujer. Esta diosa. Está haciendo conmigo lo que quiere... con los dos. Y eso que está de rodillas, joder. Y ahora me muero otra vez. Hasta aquí. Me rindo. La seguiré a donde sea. Ahora soy nómada, porque me ha destrozado.

—Eso está muy bien, ángel —le susurra a Jake. Lo tiene agarrado por la polla, le está haciendo una paja mientras él me la come. Jake tiene la lengua cálida y mojada y no puedo hacer nada más que seguir de pie.

—Métela más adentro —canturrea ella, tiene la otra mano enredada en el pelo de Jake y lo está acariciando como si supiera que lo necesita—. Relaja la garganta y deja que se te deslice por la lengua. Mmm... justo así.

«Me cago en la puta». Si no deja de narrar las cosas, voy a estallar. No puedo permitir que la primera mamada que me haga Jake Compton se termine en sesenta segundos. Tengo que bajar el ritmo. Tengo que durar.

—Lo estás haciendo muy bien —le dice—. Mírate, tomando a Cay. Agárrale las pelotas, nene. Sabes cuánto te gusta a ti. Apriétalo un poquito.

—Oh, Dios... No puedo... Oh, joder...

Y entonces su mano está justo ahí. Jake Compton me está agarrando el escroto mientras me está chupando la polla con la boca.

—Está perdiendo el control —lo provoca Rachel, ahora me acaricia el muslo con la mano—. Si no tienes cuidado, va a soltar su semen caliente y te va a bajar por la garganta.

—Joder, sí —aúllo, por fin he encontrado las palabras—. Y mi chico bueno se lo va a tragar todo. Te voy a llenar a base de bien.

—No, no lo vas a hacer —contraataca ella. Se inclina y le susurra algo a Jake al oído—. Le vas a dejar que se te corra en la boca, ángel. Pero no te lo vas a tragar. Asiente si estás de acuerdo.

Jake gruñe y la vibración de su garganta me recorre la polla. Joder, juro que no aguanto esto mucho más. Está asintiendo con la cabeza con mi polla en su boca, y no necesito más. Ahora sí que me rindo, joder. Entierro la mano entre su pelo y embisto con las caderas. Gruñe alrededor de mi polla, levanta los ojos hacía mí. No le ha gustado la intromisión, así que vuelvo a embestir. Me agarra por las caderas, tiene los dedos duros como el acero, y controla el ritmo para que no pueda atragantarlo como quiero hacer. Me parece bien. Puede hacer todo lo que quiera conmigo siempre y cuando me permita correrme en su boca.

—Joder, qué buen chico eres —mascullo para elogiarle, ya que se lo ha ganado—. Mírate, de rodillas por mí. Tan precioso, tan poderoso. Me la estás comiendo a las mil maravillas, nene. Dios, qué talento tienes.

No deja de gemir con mi polla en la boca y quiero que esta sensación dure para siempre.

—Ahora mismo eres mi dueño —digo—. Tienes todo el control. Soy tuyo, Jake. Termina conmigo de una vez. Tómalo. Tómalo todo.

Gruñe, extiende los brazos y me da un azote y, santo Dios, me corro con tanta intensidad que siento que estoy en el séptimo cielo. Grito, todos mis sentidos se dejan llevar mientras Jake Compton permite que le llene la boca con mi semen y le dan arcadas mientras lucha con las ganas de tragar.

Estoy temblando, la mano también me tiembla entre su pelo mientras me corro.

Abro los ojos y bajo la mirada. Me encuentro a mis dos amores de rodillas delante de mí. Rachel está mirando hacia arriba con lágrimas en los ojos. Ha hecho posible que me pase esto. Aún no me ha dejado de lado, pero sabe lo que quiero y conoce a Jake lo suficiente para creer que podría tenerlo.

Nunca, ni en mis sueños más locos, había imaginado que estaría de pie desnudo en la cocina de Jake, con las manos sobre los dos amores de mi vida, viéndolos darme placer. Me parece surrealista. No puedo...

—Oh, joder —mascullo, porque Jake se ha apartado de mí, el pecho le sube y le baja, tiene las pupilas dilatadas cuando se gira hacia Rachel. Mi semen le chorrea por la barbilla.

—Escúpemelo en la boca, ángel —dice ella mientras le acaricia la mejilla—. Y luego ponte de pie y déjame que te haga una mamada con su semen.

¿Es posible morir cuando ya estás muerto? Porque me acaban de clavar otra flecha en el pecho.

Jake se transforma en una especie de bestia salvaje que la agarra por el pelo y pega su boca a la de ella. Yo miro aturdido cómo Jake le escupe mi semen en la boca. Se aparta de ella, coge una bocanada de aire y se limpia con el reverso de la mano mientras se pone en pie a trompicones. Extiende la mano y se me agarra al antebrazo para mantener el equilibrio. Sigue aferrado a mí mientras ella nos mira desde abajo, desnuda y preciosa, rebosante de seguridad en sí misma.

La asombrosa verdad me golpea de nuevo: habría seguido a esta mujer al borde de un precipicio. ¿Quiere navegar por Phuket? Ya me encargo yo de construir el puto barco. ¿Quiere bailar desnuda en una fuente? Cerraré una manzana entera de Roma y le tenderé un flotador. Mi Rachel va a conseguir todo lo que ella quiera. ¿Quiere que Mars Kinnunen se la folle con su polla de dragón? Bueno, pues yo miraré porque si ese tío tiene la menor idea de qué hacer con ese material, la va a desgarrar viva. Y quiero verlo. Me haré una paja. Yo estaré en el culo de Rachel mientras ella acepta su semen y se me ponga tan dura que apenas pueda respirar.

La pura verdad es que, en realidad, no me importa. Puede follarse a Mars. Qué narices, puede follarse a todo el equipo. Esa es su decisión. Pero, en cualquier caso, es mía. Jake es mío. No se van a ir a ninguna parte, ni tampoco yo. Tengo todo lo que siempre he querido o necesitado justo aquí, en esta cocina.

Veo a Rachel ponerse de rodillas y agarrar a Jake por las caderas mientras se mete la polla en la boca.

—Oh, nena. Joder, sí —gruñe él. Le acaricia el pelo, la sujeta con ternura mientras ella se desliza por su polla y mi semen hace las veces de lubricante.

—Miraos —susurro con el corazón abierto en canal—. Os quiero —digo, las palabras me salen solas sin que sea consciente de que las he pensado—. Os quiero muchísimo a los dos. Me muero sin vosotros. —Me acerco un paso con una mano en un hombro de cada uno—. Nunca me dejéis atrás —susurro, y hago el disparo a puerta que nunca había esperado hacer. Muerte súbita, ¿no? Hostia puta, qué vértigo me da—. Sed extraordinarios juntos, apoderaos del mundo, pero dejadme que vaya con vosotros.

Rachel lloriquea sobre la polla de Jake, aparta la mano derecha de su cadera y la envuelve en la mía. Jake le suelta el pelo y me pasa la mano hasta la espalda. Mientras los tres nos tocamos, Jake echa la cabeza para atrás y se corre en la boca de Rachel, mientras me agarra con fuerza por el hombro.

Rachel se saca de la boca la polla de Jake. Despacio, se pone en pie. Está desnuda e imponente. Es fuerte por dentro y por fuera. Los tres sabemos quién tiene el control en realidad. Está ahí de pie como una reina, con los ojos vidriosos por la lujuria, y respira con fuerza por la nariz. Levanta las dos manos, chasquea los dedos y señala el suelo a modo de orden silenciosa.

Jake y yo caemos de rodillas a sus pies, como si fuéramos piedras. Tengo que mantener el equilibrio, solo toco el suelo con la rodilla derecha y la otra la tengo doblada como si estuviera a punto de ser armado caballero.

Ella nos levanta la cabeza por la barbilla, en sus ojos se refleja la orden tácita. No lo dudo ni un puto segundo. Abro la boca y ella se inclina con una sonrisa. Deja que me caiga en la boca la mezcla de nuestros sémenes. Me lo trago con un gruñido y dejo que el sabor salado me cubra la lengua. Es mío y es de Jake. Es de ella. Es de nosotros tres juntos. El comienzo de algo completamente nuevo.

Se vuelve hacia Jake con otra sonrisa y él tampoco lo duda. Abre la boca mientras ella se inclina hacia él y deja que el semen le gotee por los expectantes labios. Jake traga y se lame los labios con un suave gemido. Ella se traga el resto. Luego nos pasa una mano por el pelo al mismo tiempo y sonríe.

—Qué chicos más buenos sois —canturrea—. Qué guapos estáis arrodillados ante mí.

La sorpresa debe de ser evidente en mi rostro porque suelta una risilla y sonríe, como una reina triunfante. Cuando empezamos esta escena, era yo quien tenía el control. Ahora estoy de rodillas y me encanta. Estoy dispuesto a suplicar más.

Me acaricia con los dedos la mejilla y repite el mismo movimiento en Jake.

—Y ahora... ¿quién va a ser el primero que me lleve arriba y me folle el culo hasta que grite?

No podemos ponernos en pie lo bastante rápido.

Capítulo 57
Rachel

Resulta que viajar de incógnito con Mars Kinnunen es más difícil de lo que parece. El tío es un vikingo tatuado de un metro noventa y ocho. Sobresale entre la multitud, aunque no fuera un deportista de élite. Mientras avanzamos por el aeropuerto, no hace falta que la gente sepa que es uno de los mejores porteros de la NHL para que todos los ojos se giren hacia nosotros.

Al parecer, su idea de disfrazarse a lo Clark Kent es llevar gafas de sol con el pelo suelto. Nunca lo he visto con el pelo suelto. Es espeso y voluminoso, como la melena de un león rubio que le llega hasta los hombros. Ha rematado el atuendo con unos pantalones de vestir negros con el dobladillo remangado y una camiseta gris bien planchada que le abraza todos los músculos. El tío emana riqueza y sofisticación sin ningún esfuerzo.

Sin embargo, yo no hago más que corretear a su lado con mi uniforme: mallas de yoga hasta la cintura, una camiseta corta y unas chanclas negras que me costaron cinco dólares. Da igual, esto es el aeropuerto. No sabía que el código de vestimenta para el viaje era casual como para un reportaje de la revista GQ. Agarro más fuerte la correa de mi bolsa de viaje.

—¿Sé puede saber por qué vamos corriendo?

Baja la cabeza para mirarme y baja el ritmo hasta que nos detenemos. No le veo los ojos por culpa de las Ray-Ban oscuras.

—¿Qué?

Suelto el aire de una vez y me aparto los mechones de pelo alborotado de la cara. La gente que pasa por nuestro lado lleva un ritmo más relajado, con sus maletas de ruedas y persiguiendo niños.

—¿Hay algún fuego o algo de lo que no me he enterado? ¿Vas corriendo al baño antes de que tengamos un accidente?

Las cejas rubias se le levantan por detrás de la montura de las gafas.

—¿Qué?

—Dios... más despacio, Mars —resoplo y me dejo de bromas—. No puedo seguirte el ritmo.

Parecemos un pony en miniatura detrás de un caballo Clydesdale.

—¿Qué? —dice por tercera vez, en esta ocasión con los labios fruncidos.

Suelto una carcajada.

—Olvídalo —digo y hago un gesto con la mano—. Ve a tu rollo, Kinnunen. De todos modos, ya tenemos los billetes. Nos vemos en la puerta.

—¿Quieres que camine sin ti?

—Bueno, ¡es algo inevitable si vas a seguir caminando tan rápido!

Veo que por fin lo entiende.

—Ah —dice—. Mis disculpas. —Dios. Supongo que al final lo hemos conseguido—. Solo estaba andando —añade.

—Ya, bueno, pues sigue andando —digo señalando la terminal—. No te preocupes por mí, Mars. Tú sigue y ya te pillaré.

—Pero yo quiero caminar contigo —dice en voz tan baja que también podría imaginarme que no lo ha dicho. Antes de que pueda responder, tres tíos se nos plantan detrás con sus maletas de ruedas.

—Hostia, tíos, ¿qué os había dicho? —grita el grandullón de delante—. Es Mars Kinnunen. Eh, tío. ¡Eres increíble!

Ilmari se queda tenso por unos breves segundos antes de transformarse. Es como si se hubiera metido dentro de un armario para cambiarse rápidamente y saliera transformado en Mars, el portero de la NHL. Dibuja una extraña sonrisa falsa que no le llega a los ojos y les da las gracias a los chicos, les firma algo a cada uno y los deja que se hagan una foto con él.

Mientras tanto, no me permite que me aleje de él más de un brazo. Lo he intentado dos veces, pero las dos se ha limitado a extender la mano y cogerme por el brazo para que me quede cerca. Los despide con educación y relaja la mano que me sujeta.

—Por eso tengo que caminar rápido —masculla—. No me paran cuando camino rápido.

Asiento, ahora entiendo su dilema. ¿Cuántas veces he corrido por un aeropuerto al lado de mi padre con los abrigos encima de la cabeza para evitar las fotos de los paparazis? Cojo mi bolsa y me paso la correa por el hombro.

—Está bien, grandullón. Vamos allá.

Nos ponemos en marcha, él andando a toda velocidad con sus patas de jirafa y yo corriendo a su lado.

Cuando llegamos a la puerta, ya han empezado a embarcar. Mars se pone las manos en la cabeza para revisar su billete.

—Comienza el embarque de todas las filas, todos los pasajeros para el vuelo 1647 con destino a Cincinnati en la puerta C5 —avisan por megafonía.

—Esos somos nosotros —digo sacando mi propio billete del bolsillo delantero de la bolsa.

Él encabeza la marcha hacia el mostrador y entramos. No se me pasa por alto el modo en que la gente se arremolina junto a la puerta para mirar sin ningún disimulo. Unas cuantas personas levantan los teléfonos móviles y le hacen fotos mientras está de espaldas. Doy un paso atrás por instinto y alejo la mirada de los objetivos de cualquier cámara.

La azafata le coge la tarjeta de embarque y se la escanea.

—Gracias, señor Kinnunen. Su asiento es el 2A.

Masculla un gracias y avanza hacia la pasarela de acceso. El siguiente billete que escanea es el mío.

—Señorita Price, usted está en el asiento 17B.

—Gracias —murmuro—. Pues ya está —le digo a Mars cuando me reúno con él en la puerta.

Avanzamos por la pasarela hasta el avión. Llega a su fila de primera clase y se desliza hacia el asiento de la ventanilla.

—Te veo cuando aterricemos —le digo alegre mientras me voy poniendo un auricular en la oreja izquierda.

—Espera..., ¿qué? —gruñe—. ¡Rachel!

Me detengo y lo miro por encima del hombro.

—¿Sí?

—¿A dónde vas? —Me está mirando como si estuviera loca.

El sentimiento es mutuo cuando le devuelvo el gesto.

—A mi asiento, Mars. Es lo que se hace en los aviones —añado—. Venga ya, tú deberías saberlo mejor que nadie.

No me devuelve la sonrisa. No, de hecho, parece cabreado. Tiene las cejas rubias fruncidas sobre esos ojos azules.

—¿Por qué tú no te sientas en primera clase?

—Porque compré los billetes en el último minuto, literalmente. Aterrizaremos en unos noventa minutos —añado encogiéndome de hombros con indiferencia—. Ni siquiera da tiempo a ponerse cómodo.

Ante su mirada de molestia extrema, no puedo evitar entornar los ojos. También quiere que me siente con él en este vuelo. ¿En serio?

—No puedes jugar la carta del portero en un vuelo comercial, Kinnunen. Y no es para tanto, ¿vale? Te veo en un ratito.

La gente se está apelotonando detrás de mí, así que corro por el pasillo en busca de mi asiento para que ni siquiera tenga la oportunidad de responder.

Capítulo 58
Ilmari

Que no es para tanto dice. Sí es para tanto. Me están sudando las manos de saber que va montada en este avión y no va a mi lado. Quiero a Rachel a mi lado. Quiero a Rachel.

El asiento 2B sigue vacío. ¿Por qué no se puede sentar aquí? Pagaría con gusto. Cuando voy a darle al botón para llamar a la asistente de vuelo, aparece un tío que sé que se va a sentar en el hueco libre. Es un hombre de negocios: polo de golf, pelo peinado hacia atrás, Rolex.

Me mira directamente y me ignora mientras se deja caer en el asiento de Rachel.

—Ajá. No... Chuck... He dicho que le digas a Danny que le envié los detalles el viernes.

Está hablando por teléfono, bueno, está gritándole a un auricular. Yo, por mi parte, me siento como si me estuvieran arrancando la piel.

No podré hacer nada una vez que se cierre la puerta y despeguemos.

—Ya te dije que lo aceptarían. Ajá. —Mi compañero de asiento acepta una mimosa que le tiende la azafata sin decir nada y sin ni siquiera mirarla.

Yo la despido con un gesto educado.

—Bueno, pues dile a Danny que ya me ocuparé yo cuando vuelva.

Gruño y me inclino hacia él.

—Disculpa.

—Sí... —Se gira para mirarme, tiene las cejas oscuras bajadas, un gesto que demuestra que le ha molestado que lo interrumpa—. Sí... Espera, Chuck. No... Espera, Chuck. ¿Puedo ayudarle? —me dice.

—Mi compañera de viaje y yo nos hemos separado —le explico—. ¿Le importaría cambiarse de asiento con ella?

Mira a su alrededor.

—¿Está en primera clase?

—No.

—Entonces, no, amigo... Sí, Chuck, sigo aquí... —Continúa parloteando por el teléfono mientras yo siento que mi ansiedad va en aumento.

—Le pagaré quinientos dólares si se mueve —lo vuelvo a interrumpir.

—Espera, Chuck —gruñe—. Tío, ¿qué te pasa? —me dice.

—He dicho que te pagaré para que te cambies de asiento con ella —repito—. Quinientos dólares en efectivo.

Resopla.

—Mira, tío, gano quinientos dólares la hora. Es un vuelo corto. Hazle un dedo a tu chica en el baño si tan cachondo estás.

Tenso los hombros. No me gusta que hable de Rachel así. Si fuera un jugador, se habría ganado un puñetazo en la cara. Pero esto no es el hockey. Tengo que hablar un idioma que entienda.

La asistente de vuelo le pide por segunda vez que cuelgue la llamada. Me estoy quedando sin tiempo. En cualquier momento dirán que vamos a despegar.

—Te daré mil dólares para que te cambies —le ofrezco interrumpiéndolo por tercera vez.

—Madre mía... No, gilipollas —me suelta—. Si me sigues acosando haré que te echen del avión.

Me trago un gruñido de frustración y agarro la bolsa que he dejado debajo del asiento.

—Pues aparta.

—¿Qué?

—Déjame salir. Aparta.

—Mira, ya te llamaré cuando aterrice, Chuck. El tío que tengo al lado es un capullo. —Se desabrocha el cinturón y se pone de pie.

—Señor, tiene que sentarse. Estamos a punto de despegar —le advierte la asistente de vuelo.

—Díselo a este tío —dice señalándome con el pulgar.

—Señores, los dos tienen que sentarse —repite.

Pero no la estoy escuchando. Dejo atrás al gilipollas y avanzo por el pasillo de turista, escaneando los asientos en busca de Rachel.

La azafata me sigue.

—Señor, tiene que regresar a su asiento...

Veo a Rachel. Está mirando el teléfono, puede que le esté escribiendo un mensaje a su amiga, la pelirroja esa tan mandona.

—Señor, he dicho que tiene que sentarse... ¡Señor!

Me acerco a la fila de Rachel y, cuando me ve, abre los ojos como platos.

—Mars, ¿qué estás haciendo?

Hay un chaval sentado a su lado. Lleva una gorra de baloncesto hacia atrás y una camiseta de los Buffalo Sabres. Abre los ojos tanto o más que Rachel cuando me ve acercarme.

—Hala... —grita sonriendo como un idiota—. ¿Mars Kinnunen? ¿De verdad?

Rachel gruñe.

—Hola —le digo a su compañero de asiento—. ¿Te gustaría sentarte en primera clase?

—Mars, esto es ridículo —grita Rachel al mismo tiempo que el chaval pasa la mirada del uno al otro y dice:

—Eeeh...

—Señor, por favor, vuelva a su asiento —dice otra vez la azafata—. Ahora. O le bajaremos del avión.

—Este es mi sitio —digo señalando al crío—. Él se va al 2A.

—Madre mía —murmura Rachel sacudiendo la cabeza.

—Bueno... sí, claro —dice el chaval desabrochándose el cinturón—. Oye... ¿Puedo hacerme una fotillo superrápida contigo?

—Señores, vayan a sus asientos —ordena la asistente de vuelo.

El crío se levanta del estrecho asiento. No les tiene miedo a las amenazas de la asistente de vuelo, pues se saca el teléfono, se inclina y se hace un selfi conmigo.

Yo me siento y encajono mi enorme complexión en ese espacio tan estrecho.

—Madre mía, Mars —murmura Rachel—. ¿Ya estás contento?

Sí, ya estoy contento.

—Au... Dios... Espera, mamotreto. —Me clava el codo de manera brusca mientras levanta el reposabrazos que hay entre nosotros. Eso nos da unos cuantos centímetros más—. Por eso tú tenías el asiento de primera clase. Se supone que los jugadores de hockey profesionales no viajan en turista.

Busco con la mano el otro extremo del cinturón.

—Mars, deja de tocarme el culo.

—Pues no haberte sentado en mi cinturón —mascullo mientras tiro para sacarlo de debajo de su muslo. Intento no clavarle el codo con demasiada agresividad en el proceso.

—Dios, solo llevamos una hora de viaje y estás empeñado en volverme loca —masculla mientras se aparta de mí para que yo pueda abrocharme el cinturón.

El avión empieza a moverse y las asistentes de vuelo comienzan con su demostración de seguridad. Me acomodo en el asiento y suelto un suspiro bajo.

—Mars, ¿por qué narices has hecho eso? —murmura Rachel. Ha levantado la cabeza para mirarme con esos ojos marrones salpicados de motitas de oro.

—Porque quería sentarme a tu lado —respondo. La cojo de la mano, entrelazo nuestros dedos y dejo nuestras manos unidas encima de mi rodilla.

—Nadie más que yo se sienta a tu lado, *rakas*.

—¿*Rakas*? —repite con una ceja levantada—. ¿Qué...? ¿Es como se dice Rachel en finés?

—No.

No ha intentado apartar la mano, lo cual considero que es buena señal. No tengo ni idea de qué coño estoy haciendo. Ilmari Kinnunen es metódico. Observo y espero. Sopeso mis opciones. Pero con Rachel Price, no hay ningún plan. Solo hacer.

Ahora mismo, lo que estoy haciendo es cogerla de la mano. Y es una sensación increíble.

Me mira con la cabeza levantada. Sus ojos oscuros me escanean para conocerme.

No puedo quitarme a esta mujer de la cabeza. Llevo días intentándolo. Semanas. Todo mi ser me dice que me aleje. Es mi médica. Pedirle más no sería nada profesional. Y si algo soy es profesional. Hago mi trabajo. Saco adelante el curro. Me dejo el pellejo en el hielo. No permito que las emociones me nublen el juicio.

Aun así, aquí estoy, metido en un avión en mi día libre porque ella me ha pedido que lo haga. Viajando a una ciudad desconocida para reunirnos con un médico que no conozco solo porque ella confía en él para que me ayude. Ofreciéndole mil dólares a un tipo para que se cambie de asiento porque no puedo estar en un lugar en el que ella esté sin tenerla a mi lado.

Y ahora la estoy cogiendo de la mano y ella me deja hacerlo. No me atrevo a bajar la mirada. No me muevo. Solo respiro. A su lado. Su mano parece pequeñísima entre la mía. Lucho contra la urgencia de dejarme caer y apoyar la cabeza en ese lugar de su cuello donde sé que su olor es más dulce.

¿Qué perfume lleva? Su aroma es suave y cálido. Me recuerda al musgo de las rocas secándose al sol en un día de verano. Cuando pones la mano encima y sientes un calor que no te quema. Pero se te filtra por la piel y te calienta de todos modos.

—¿Mars? —dice otra vez, me está acariciando el brazo con la otra mano—. ¿Estás bien?

—No —respondo, le confieso la verdad más sincera.

No estoy bien. Nada está bien. Estoy en guerra conmigo mismo. Una parte de mí quiere soltarle la mano e irme. Basta de Rachel Price. ¿Cuántas veces me lo he dicho ya? Esto tiene que terminar. Tengo que poner distancia entre nosotros. Pero la idea de alejarme me duele como si fuera algo físico. No más distancia. Quiero cercanía. Quiero contacto. Quiero arrastrarla por el pasillo del avión y follármela en el galley. Quiero que nos dejemos caer al suelo, agotadísimos, con mi semen pegado entre sus piernas. La abrazaré con fuerza y dejaré fuera al resto del mundo.

Ella suspira y se retrepa en su asiento.

—Ya... Yo también estoy nerviosa —admite, y me da un pequeño apretón en la mano—. Pero no pasa nada. Lo superaremos juntos, ¿vale?

Se cree que lo que me preocupa son las pruebas. Piensa que me inquieta que salgan mal, que me quede fuera toda la temporada y pierda la oportunidad de participar en las Olimpiadas de Invierno. Estoy preocupado. Por supuesto que sí. Pero ¿qué me pasa para que ahora me preocupe más que las pruebas estén bien?

Sin que eso nos una, no tenemos nada. Sin que ella se preocupe por mi salud física, no tengo ningún punto en común con Rachel Price. Ninguna razón para llamarla, ninguna razón para buscarla. Tendré que verla marchar y que centre toda su atención en otros jugadores.

Saatana, me enfado solo de pensarlo. No puedo verla reírse con otro hombre o compartir sus sonrisas si este flirtea con ella sin ninguna vergüenza. Ya estoy a punto de darle una paliza a Compton. La mira como si la hubiera visto desnuda. Los he observado cuando están juntos. Las intenciones de él son más que obvias, por cómo busca excusas para tocarla cuando pasa por su lado. Él también la desea.

Al final, me permito bajar la mirada a nuestras manos entrelazadas. No ha intentado apartarse. Ni una vez. Con este ángulo, puedo verle los tatuajes que tiene en el interior del brazo. Uno es una guitarra eléctrica con una firma a lo largo del traste. Le gustan los tatuajes. Le gusta hablar de ellos. A lo mejor habla conmigo...

—¿Qué significa este? —murmuro acariciándola con la otra mano por encima de la firma.

Baja la mirada y no se me escapa que se estremece un poquito ante mi tacto.

—Ah, eh... vale, bueno, es el modelo favorito de Gibson Les Paul —explica—. Y esta es su firma —añade resiguiendo la letra irregular.

—¿Es músico?

Intenta contener una sonrisa.

—Sí, Mars. Es músico. —Se vuelve hacia mí para mirarme directamente—. La verdad es que mi padre es Halston Price. Es el cantante de...

—Los Ferrymen —termino por ella.

Sonríe de lado.

—Sí... ¿los conoces?

¿Que si los conozco? Es mi grupo de rock favorito. De joven entrenaba con su música. Los he visto en concierto una docena de veces en toda Europa.

Rachel Price es la hija de Hal Price. ¿Por qué no me había dado cuenta antes?

—Escucha, Mars. —Se mueve en el asiento—. Hay otra cosa que quería decirte. Algo que me parece justo que sepas antes de que... antes de que aterricemos —termina.

Los dos sabemos que en su cabeza la frase no terminaba así.

—Dime —le pido sin soltarle la mano.

—Estoy con Jake Compton —dice y suspira. Tiene los ojos oscuros bien abiertos y cargados de esperanza cuando me mira—. Estamos juntos, Mars.

Siento que los dedos se le han vuelto de hielo entre mi mano cuando me aparto y ella deja la mano abierta, descansando en mi rodilla. Está con Compton. Están juntos. Y ahora todo tiene sentido. El tío se ríe con ella, le hace bromas, la mira como si la hubiera visto desnuda... porque así ha sido. Jake Compton besa a Rachel. Se folla a mi Rachel. Y de repente mi mundo se desmorona. Está pillada. Por supuesto que sí. Nunca iba a ser mía. Me he estado engañando a mí mismo.

—Mars...

—No pasa nada. —Me paso la callosa mano por la cara y por la barba—. No es asunto mío. Por favor, no vamos a hablar de ello.

—Creo que sí es asunto tuyo —responde—. Te mereces la verdad, Mars. No quiero ocultarte nada ni darte falsas esperanzas cuando no puedo ofrecerte lo que tú quieres.

¿Por qué demonios sigue hablando?

—Y Jake y Caleb están de acuerdo conmigo —continúa—. Mereces conocer todos los hechos. Si de verdad crees que estás interesado en mí, es mejor que sepas dónde narices te estás metiendo. Porque no puedo ofrecerte exclusividad y los chicos están bastante seguros de que para ti eso sería un factor decisivo. Ya sabes, por toda esa movida de «los porteros trabajan solos»...

—¿Caleb? —La interrumpo—. ¿El jefe de equipo? ¿Compton y tú habláis con él sobre mí?

Asiente con la cabeza y se muerde el labio mientras me mira a los ojos.

—Sí... eso es lo otro que quería contarte. En cierto modo, también estoy con Caleb.

Capítulo 59
Rachel

Esto es un desastre. Ay, madre mía, ¿por qué lo he hecho? ¿Por qué he sacado esta conversación ahora, en medio de un avión lleno de gente?

«Porque si no hubieras pisado el freno, te habrías morreado con él aquí mismo, en el asiento», me dice esa mordaz voz de mi cabeza.

Ella no sabe nada. Lo tengo todo bajo control. No es que haya estado aquí sentada con el corazón a mil por hora memorizando la forma de la boca de Ilmari mientras hablaba. No lo estoy cogiendo de la mano, ni nuestras piernas se rozan de la cadera a la rodilla, mientras me pregunto si se habrá dado cuenta de que he apoyado la mejilla en su hombro y he aspirado su olor.

«Sí, todo bajo control».

Ay, maldita sea. Que sí, todo controlado. No sé qué tiene este hombre que me descoloca del todo. Su fuerza me inspira, su tranquilo silencio despierta mi curiosidad. ¿Qué pasa tras esas gruesas murallas? ¿Quién es Ilmari detrás de las defensas que lleva puestas? Es un portero que vive y respira y nunca se pasa de la raya, literalmente. Mantiene todo y a todo el mundo al otro lado de esa raya, todo el tiempo. Debe de ser agotador. Y solitario.

A lo mejor solo es que soy muy terca, pero quiero hacer un

disparo a puerta en su portería. Pero cuanto más estamos en contacto, más aprendo de él y más dudo de que vaya a jugármela. Porque tengo una fuerte corazonada que me dice que, si me meto en la red de este hombre, no hay forma de salir.

Caleb dice que esto es una operación de reconocimiento. Tengo preguntas y necesito respuestas. ¿Es solo atracción física? ¿O es más? Creo que Jake y él todavía ven a Mars como el portero extravagante. Ven su silencio y sus manías, y creen que esto solo es sexo para él. Me desea y yo lo deseo, y los dos nos sentiremos mejor cuando nos hayamos quitado esta espinita. Una noche loca.

Pero ahora no estoy tan segura.

Pero tengo que proponérselo. A los chicos y a mí nos pareció bien. No puedo dar un paso adelante con Ilmari si no sabe lo que de verdad hay entre nosotros. No sería justo ni para él ni para ellos. Al menos será discreto. Si hay una sola persona en los Rays a la que puedo confiarle mi secreto y que no irá por ahí rajando, ese es Ilmari Kinnunen. No se lo dirá a nadie.

Pero la expresión que tiene ahora mismo hace que me den ganas de darle al botón de rebobinado. Se está apartando, está apilando los ladrillos de esas gruesas murallas que ya miden más de un kilómetro. Supongo que esta respuesta es más que suficiente. No le interesa compartir. Ya me dijeron que no le gustaría. Debería habérmelo imaginado y no haber albergado esperanzas.

O...

A lo mejor sus dudas son más bien cortesía. Hay reglas tácitas en el hockey, después de todo. Reglas sagradas. Como no ir a por la chica de otro compañero de equipo. O a por su hermana. A ojos de Ilmari, Jake ya ha reclamado su derecho. Su única opción es retirarse.

—Estoy segura de que tienes preguntas —murmuro y veo que se tensa al escuchar mi voz.

—No.

—Mars...

Se gira en redondo hacia mí, sus ojos azules son tan profundos como el mar.

—Fóllate a quien quieras, doctora Price. A mí no me metas en eso.

Sus palabras son frías y su tono de voz, impasible. Me hundo en el asiento, lejos de él.

—Entonces... ¿vuelvo a ser la doctora Price? Qué conveniente.

Se cruza de brazos intentando reducir los puntos en los que nos tocamos.

—Te llamaré doctora Price porque eso es lo que eres —contraataca—. Y cuando volvamos a Jacksonville, creo que nuestra relación profesional tendrá que terminar. Buscaré a otro proveedor de asistencia médica.

Gracias al cielo que la señora que está a mi lado, en el asiento de la ventanilla, está dormida como un tronco, porque de verdad que no quiero tener público cuando me eche a llorar. Me miro las rodillas y pestañeo para alejar las lágrimas que me niego a derramar.

—¿Cómo hemos llegado hasta aquí? —murmuro—. Hace un minuto estabas corriendo por el pasillo, desesperado por tener la oportunidad de cogerme de la mano sin más. Y al siguiente eres frío como el hielo y estás cortando todos nuestros lazos como si fuera muy fácil. —Levanto la mirada, intento verle la cara de perfil—. Tengo una vida, Mars. La vivo y no me voy a disculpar ante ti por ello.

—Nunca he dicho que tuvieras que hacerlo —replica, todavía muy frío.

—Sí, pero me estás juzgando por ello. No puedo ni imaginarme lo que me estás llamando en tu cabeza ahora mismo. Estoy segura de que no es «doctora» o como se diga en finés. Solo estoy intentando ser sincera contigo. No voy a mentirte ni a darte falsas esperanzas...

Baja la mirada para estudiarme, la expresión que tiene dibujada hace que me trague las palabras.

—Lo entiendo. Ya me lo has contado y ahora lo sé. Domino lo suficiente bien tu idioma como para entender todo el significado, Rachel —más bien gruñe—. Estás con Compton y su DPV. Lo cual significa que no hay nada más que decir.

Me estremezco, sus palabras me duelen como una bofetada. En algún lugar, detrás de esas murallas, se está agitando, los mares están hirviendo mientras un volcán dormido en el fondo de su océano empieza a calentarse. Siempre he preferido el fuego al hielo.

—Vale, señor Especialista en Idiomas —digo y me inclino hacia delante con una mirada a juego con la suya—. En primer lugar, el término es PDH, pareja de hecho. Y, sí, estoy con los dos. Los quiero a los dos y son míos. Pero ellos no son mis dueños y ellos no me pertenecen. Y mi interés por ti no tiene nada que ver con ellos... a menos que tú quieras —añado con una sonrisa provocativa—. Lo que nos conduce al segundo punto. —Levanto dos dedos delante de su cara—. DPV es doble penetración vaginal, Mars. ¿Sabes lo que significa?

Me lanza una mirada, tiene un músculo en el cuello que le está latiendo.

Joder. Le estoy tocando las narices a este oso.

Me acerco más y bajo la voz:

—Imagina que tienes tu polla enterrada hasta el empeine dentro de mi coño, Mars. Entonces, Caleb se desliza dentro con su polla llena de piercings y te lleva al borde de la euforia. Ahí es cuando mi coño empieza a estrangularos a los dos y los tres nos corremos juntos, temblando, en un amasijo sudoroso de brazos y piernas y semen chorreando. Eso es la doble penetración.

Me cruzo de brazos mientras nos miramos el uno al otro. Se remueve en el asiento con un suave gruñido. Cuando bajo la mirada, se me dibuja una sonrisa en los labios. No hay duda de por qué de repente se siente tan incómodo. Se le ha puesto dura. Cada vez más dura.

Poco a poco, vuelvo a levantar la mirada hacia su rostro y veo que echa humo y tiene la mandíbula apretada por debajo de su barba rubia.

—¿Estás bien, Kinnunen? Las cosas pueden estar muy estrechas en turista. Tuviste tu oportunidad en primera clase. Y renunciaste a ella por sentarte conmigo. Y, si te acuerdas, fuiste tú quien me besó en aquel pasillo, no al revés. Tú has empezado esto, Mars. Haznos un favor a los dos y admítelo de una vez: tú también me deseas...

Antes de que pueda terminar la frase, levanta la mano derecha, me agarra por la mandíbula y me levanta la cara con fuerza. Contengo el aliento con los ojos como platos, mientras se inclina hacia delante y me gira la cabeza. Arqueo el cuello para él, esperando... deseando.

Siento su cálido aliento en mi piel mientras me acerca la cara al oído y la punta de su nariz me acaricia el lóbulo como lo haría una pluma. Aspira mi aroma despacio llenándose los pulmones, y suelta el aire contra mi piel, lo que me obliga a contener un estremecimiento de deseo.

—Ten cuidado, *rakas* —me susurra al oído. El sonido ronco de su voz me envía una corriente eléctrica por el pecho directa a mi anhelante coño—. No soy de esos tíos a los que les gustan que los provoquen... o mangoneen. —Apoya la frente en mi sien, me sigue sujetando la mandíbula con fuerza—. Estás intentando manejarme —añade—. Crees que, si me doblegas a tu voluntad, aplacarás esa sensación de que el suelo se está desmoronando bajo tus pies.

Se me corta la respiración cuando me giro para aguantarle esa penetrante mirada. ¿Tan bien cree que me conoce?

—Te gusta el control —añade, su mirada me perfora el alma—. Estoy seguro de que esto ya lo has hecho antes. Estoy seguro de que los hombres caen de rodillas ante ti. Estoy seguro de que tienes a Compton y a Sanford bien agarrados por la polla y que te siguen tan alegres porque tu coño rosado les sabe muy dulce.

Mientras habla, curva la mano izquierda sobre mi pierna, justo por encima de la rodilla y la desliza hasta el muslo. Evito gimotear mientras la otra mano me baja por el cuello para rodearme la garganta. No hace presión, pero su mano se queda ahí, acariciándome con los dedos el pulso acelerado.

—Pero tienes que saber una cosa, *rakas* —dice en voz baja—. Yo no me doblego. Yo no me pongo de rodillas. Y no comparto lo que es mío. Yo he empezado esto y está claro que fue un error. Así que lo voy a terminar. Aquí. Ahora. Ya no queda nada.

Tras decir esto, me suelta y me deja aturdida en el asiento mientras se aparta.

Capítulo 60
Ilmari

«Tú también me deseas». Escucho sus palabras una y otra vez durante el resto del vuelo. Me desea. Según lo que ha dicho, lo admite. Me desea, pero también a Compton y a Sanford.

Ya tiene una relación con ellos.

Aun así, me busca a mí. Y ambos lo sabemos.

Esa es la parte de todo esto que me confunde. Compton sabe que esta mujer me desea. ¿Es que el tío no tiene orgullo? ¿Tampoco le importa que le sea infiel? No debe de importarle, porque ella ha admitido sin ninguna vergüenza que también tiene una relación con Sanford. ¿Es posible que disfruten compartiéndola de ese modo? ¿De verdad pueden soportar que otro hombre la bese o la toque?

Es un concepto completamente extraño para mí. Solo de pensar que le ponen las manos encima hace que me remueva en el asiento, estoy desesperado por largarme. No puedo estar aquí sentado sintiendo su presencia tan cerca de mí mientras estoy pensando en que otros hombres la tocan. Otros hombres la están haciendo gemir. La están haciendo correrse.

Y no son solo unos hombres cualesquiera. Compton es mi compañero de equipo. Estamos en el hielo juntos todos los días. Es mi espada y mi escudo. Es un jugador bastante bueno. Y para colmo de males, es una buena persona. Es... majo.

Siempre intenta incluirme en todo. Sé que es él quien siempre vuelve a añadirme a los grupos. Novikov me lo dijo. Compton siempre tiene una palabra amable cuando no consigo parar un gol. Me da ánimos.

Pero se está follando a mi Rachel. Y sabe que esta me desea.

Han hablado de ello.

Apoyo la cabeza en el respaldo, cierro los ojos con fuerza y respiro para ignorar esta profunda sensación de necesidad y anhelo que me cruza el pecho. No puedo hacer esto. No puedo satisfacer la curiosidad de Rachel. Quiere que echemos un polvo, solo eso. No me desea. ¿Por qué iba a hacerlo cuando tiene a Compton y a Sanford? Me está ofreciendo una degustación, nada más. Pero ¿qué mortal podría limitarse a tomar solo un sorbo de ambrosía? Si no la puedo tener entera, no la tendré. La dejaré ir.

Me alejaré. Ni una sola gota de su esencia volverá a traspasar mis labios.

Decidido, cruzo los brazos y cierro los ojos para fingir que duermo hasta que aterrizamos.

—Maldita sea —la oigo mascullar. Tiene la vista clavada en el móvil mientras camina a mi lado por el aeropuerto hacia la recogida de equipajes.

—¿Qué? —digo intentando dejarle espacio. Caminar tan despacio es raro.

—Ah, solo que tendremos que coger un taxi hasta la clínica —responde sin levantar la vista del móvil mientras escribe un mensaje—. Mi amiga Tess iba a recogernos, pero tiene una crisis en el curro. —Suspira y levanta la mirada del móvil—. ¿Te parece bien ir directamente a la clínica? ¿O prefieres dejar las cosas en tu hotel primero?

Está intentado parecer todo lo despreocupada que puede, caminando a mi lado como si estuviéramos hablando del tiempo, no del potencial fracaso de una carrera de hockey que ha durado ya dos décadas. Pero mi mente se centra en otra cosa que ha dicho.

—¿Mi hotel?

—Ajá. Te he reservado una habitación en el Cincinnatian —dice. Vuelve a fijarse en el móvil mientras nos conduce hacia el tren subterráneo del aeropuerto que conecta con la terminal principal—. Está muy bien. Yo me he quedado ahí un par de veces. Y está en la misma calle que la clínica, a un par de manzanas.

El tranvía empieza a moverse y salimos despedidos hacia delante. Me agarro a la barra de metal. Ella se apoya solo con el hombro, todavía con los ojos en el móvil. ¿Esto es otra táctica? ¿Un juego? ¿Por qué no me mira?

—¿Dónde te quedas tú? —mascullo, siento que cada vez estoy más molesto.

—Con Tess —responde—. Antes de mudarme a Jax, vivíamos juntas. Ha convertido mi habitación en el cuarto de invitados.

Entonces, ¿va a llevarme a la clínica, esperará a que su médico me haga las pruebas y luego me dejara en el hotel? Eso es lo que yo quiero, ¿no? Distancia. Quiero estar solo. Quiero alejarme de su apabullante presencia. Antes de que haga algo de lo que me arrepienta, como agarrarla por el pelo y besarla como si no hubiera un mañana en este mismo tranvía.

—No pasa nada —acepto—. Primero la clínica.

Caminamos hasta la parada de taxis, donde el hombre de negocios de primera clase está esperando. Sigue hablando por teléfono y haciendo aspavientos con las manos.

—Sí, Chuck. Ya estoy de camino... Sí, espera... Oye —me dice cuando ve que estamos detrás de él. Me lanza una sonrisa perfecta mientras apaga el auricular para colgar la llamada—. El crío me ha dicho quién eras. Así que un portero importante de la NHL, ¿eh? Mola, tío. Un colega mío juega con los Bengals.

Su mirada vuela a Rachel y lucho contra las ganas de colocarme delante de ella, pues quiero impedir que la vea.

—¿Quieres firmarme algo para mi crío? —añade, mientras se palmea los bolsillos en busca de un trozo de papel.

—No —respondo y siento que Rachel se tensa a mi lado. Entorna los ojos bajo esas cejas oscuras.

—¿No quieres firmar algo para un niño? Pues menuda

actitud de mierda. Una de esas que te podrían meter en un buen lío —añade dejando claro que lo que pretende es amenazarme.

—Hazlo —le reto—. Repórtame a la Liga. A ver si les importa que un gilipollas no haya podido conseguir un autógrafo.

—Mars —murmura Rachel, me coge de la muñeca. El tipo vuelve a mirarla y dibuja una sonrisa de superioridad que lo dice todo, está apreciando sus curvas.

—Muy guapa —dice—. Ya veo por qué querías pagarme. Deberías escuchar a tu chica, tío.

—*Suksi vittuun* —lo maldigo cuadrando los hombros para intimidarlo. Mido metro noventa y ocho de puro músculo. Este tío como mucho mide metro setenta y seis. Si no se echa atrás, lo haré picadillo.

—Señor, ¡ya está aquí su taxi! —lo llaman desde el mostrador.

El señor Negocios me observa durante un buen rato antes de darse la vuelta mientras masculla:

—Cretino de mierda. —Luego se mete en el taxi y se aleja de nosotros mientras se acerca otro.

—¿Conoces a ese tío? —murmura Rachel, me sigue cogiendo de la muñeca.

—Estaba sentado a su lado en primera clase.

Doy un paso al frente para abrirle la puerta del taxi y le cojo la bolsa del hombro. El chico del mostrador me ayuda a ponerla en el maletero y luego voy hacia la otra puerta para meterme dentro. Rachel ya le está dando la dirección al taxista.

Rachel se mueve, cruza la pierna derecha sobre la izquierda y mueve el cuerpo para acercarse un poco a mí.

—¿A qué se refería con lo de que querías pagarle?

—A nada —mascullo, y me centro en mirar por la ventana.

—¿Has...? —Se queda callada.

El silencio llena el vacío que nos separa. Un silencio incómodo. No puedo evitarlo. Tengo que mirarla.

Me mira con la cabeza levantada y una expresión dulce.

—Intentaste pagarle para que se cambiara de asiento, ¿verdad? ¿Para que yo pudiera sentarme en primera clase? —Ante mi silencio, asiente con la cabeza—. Pero no ha querido aceptar el dinero.

—Da igual —digo.

—¿Cuánto le has ofrecido?

—He dicho que da igual.

—Mars...

—Mil dólares —respondo con los ojos clavados en las señales verdes de la autovía.

Ella suelta el aire despacio.

—Ay, Mars... —Nos quedamos en silencio unos minutos—. ¿Qué le has dicho?

Vuelvo a levantar la mirada.

—¿Eh?

—En finés. Le has dicho algo. No sonaba muy agradable —añade con una sonrisilla.

—No lo era —respondo—. Le he dicho que se vaya a la mierda.

Resopla.

—Sí, parecía imbécil. Dilo otra vez.

Levanto una ceja.

—¿Por qué?

Me mira entornando los ojos.

—Porque quiero escucharte hablar en finés, obviamente. Me gusta oírte hablar. Y es un idioma muy bonito.

—Lo estaba maldiciendo, *rakas*. Puedo decir cosas más bonitas en finés.

—Ay, no te contengas ahora —dice ensanchando la sonrisa—. Dame un poquito de todo. Dulce y picantón. Vuelve a decir las palabrotas.

—*Suksi vittuun* —repito.

—*Súksi fi*... ¿qué?

—*Vittuun* —vuelvo a decir, incapaz de controlar la sonrisa.

Levanta las cejas oscuras mientras abre su lata de refresco. Siempre está bebiendo algo, ya sea Coca-Cola Light o café. ¿Esta mujer bebe agua alguna vez?

—¿Qué? ¿Por qué sonríes? ¿Lo he dicho mal?

—No, está bien. Lo has pronunciado bien. Pero lo que has dicho significa «esquiar en un coño».

Escupe el refresco, se está ahogando y riendo.

—Ay, madre mía... au... ¿En serio? *Suksi vittuun* significa «esquiar en un coño»?

—Literalmente, sí. Pero se dice con el sentido de vete a la mierda.

Vuelve a reírse.

—Vale, esa me gusta. *Suksi vittuun.* Ahora dime algo más bonito.

Ya está más relajada. Le gusta hablar. Le tranquiliza los nervios.

A mí nunca me ha gustado hablar, pero con ella resulta más fácil. Y sin duda siento que es más fácil hacerlo en finés. Usando su ignorancia como escudo, me permito observar los llamativos rasgos de su rostro y digo lo que siento:

—*Oot kaunis, rakas.* —Bajo la mirada al arco de sus labios, deseando recorrerlo con los dedos, con la lengua—. *Mun leijona... Mä kuulun sulle.*

Se pone colorada y se muerde el labio por dentro, un gesto que hace a menudo. Levanta la mano en la que tiene tatuados los corazones y se coloca el pelo detrás de la oreja.

—Y... ¿eso que significa? —pregunta en voz baja, casi sin aliento. Hay cosas que no hace falta traducir.

Vuelvo a mirar por la ventana para evitar su mirada.

—Significa «eres preciosa» —respondo, aunque solo le cuento parte de la verdad.

—Gracias —dice con voz suave. Después de un minuto, añade—: Yo también creo que eres precioso, Mars... Si es que eso significa algo para ti.

¿Que si significa algo para mí?

Todo.

Estamos delante de la clínica y Rachel se ha transformado ante mis ojos. Mientras íbamos en el coche, se ha cambiado de zapatos y se ha puesto unos más profesionales con la punta cerrada y con tacón. Luego se ha quitado la sudadera con cremallera y la ha cambiado por una blusa blanca transparente y como de seda con cuello y botones. Le queda ancha y se ha remangado para que se le vean las pulseras de oro que lleva en ambas muñecas.

La veo retorcerse en el asiento para meterse la camisa por la parte de delante de las mallas. Por último, se ha deshecho el moño y se ha dejado el pelo suelto. Tras añadirse un toque de color rojo en los labios, parece una persona diferente cuando el coche se detiene.

—Vale, primero vamos a hacer un reconocimiento físico y luego las pruebas. Este equipo es genial, así que por eso no tienes que preocuparte —dice. Ha entrado en modo doctora completamente.

Bajo del taxi, le cojo al conductor las maletas de los dos mientras Rachel me espera en la acera. Los sonidos de la ciudad resuenan a nuestro alrededor. El día está nublado, es un clima mucho más frío que el tropical de Florida. No me importa. De hecho, prefiero el frío.

—Le acabo de escribir al doctor Halla, sabe que acabamos de llegar —continúa. Sus tacones resuenan en la acera mientras me conduce hacia la puerta principal y la abre.

Me distraigo observando el leve contoneo de sus caderas al andar. Estamos cruzando la puerta cuando registro lo que me ha dicho. Siento una opresión que se me instala en el pecho y me detengo justo en el umbral de la puerta de la resplandeciente sala de espera de la clínica.

—Espera... Rachel... ¿Qué apellido has dicho?

—He dicho... ah... ¡Doctor Halla!

Sale corriendo y extiende la mano para saludar a un hombre alto que lleva un pijama de médico de color azul marino.

—Muchísimas gracias por acceder a esto —dice estrechándole la mano con las dos—. No tiene ni idea de lo agradecidos que estamos los dos.

Pero el doctor no está mirando a Rachel. Yo tampoco estoy mirando a Rachel. Lo estoy mirando a él. Esto tiene que ser una broma. Una cruel broma cósmica. ¿Ella está en el ajo? ¿Lo sabe ella? ¿Cómo demonios iba a saberlo?

Rachel le sujeta la mano y se gira, tiene una ceja alzada por la confusión. No entiende mi frialdad.

—Doctor Halla, este es mi amigo, Ilmari Kinnunen, portero de Los Rays de Jacksonville. Mars, este es el doctor Benjamin Halla.

No me muevo. Esto no puede estar pasando. No aquí. No ahora.

Despacio, suspira, pues está claro que siente la guerra que estoy batallando conmigo mismo.

—Hola, hijo —dice en finés—. Me alegra verte de nuevo.

Capítulo 61
Rachel

Algo no va bien. Ilmari lo tiene escrito en la cara. Está blanco como la cal. No tarda ni un segundo en volver a pertrecharse bajo sus gruesas murallas. Es como verlo desaparecer, todo el cuerpo parece convertirse en hielo. Y de repente ya no está, su rostro es una máscara en blanco.

El doctor Halla está hablando. Tardo un momento en darme cuenta de por qué estoy confundida. No está hablando en inglés. Ilmari le responde en lo que solo puedo asumir que es finés, habla con voz ronca y palabras cortas.

Sabía que el doctor Halla era europeo, pero no sabía de dónde. Si soy sincera, nunca se me había ocurrido preguntar. Tampoco es que nos hayamos contado la vida. En realidad, no hablábamos si no era sobre el cuidado de algún paciente. Dudo que sepa nada más de mí, aparte de que me gustan los bagels de queso y que necesito café en vena para superar un turno de noche.

—¿Vosotros dos os conocéis? —pregunto pasando la mirada del uno al otro.

Y ahí es cuando el corazón se me cae al suelo. El doctor Halla es un hombre alto y de hombros anchos. Tiene el pelo rubio corto salpicado de canas en las sienes, y unos profundos ojos azules. Paso la mirada de Ilmari al doctor Halla, una y otra vez. Es el puente de la nariz lo que confirma mis sospechas. El ligero pliegue hacia abajo que tienen en la comisura de los ojos. Esos labios finos que comparten mientras intercambian unas cuantas frases cortas en finés.

—¿Vosotros dos sois familia? —digo por encima de ellos, porque sé que tengo razón.

—No —responde Ilmari, al mismo tiempo que el doctor Halla dice: «Sí». Ilmari parece una piedra, no deja que nada traspase a su rostro.

—Soy su padre —explica Halla.

—No eres mi padre —suelta Ilmari—. No eres nada para mí y nunca lo has sido.

El cerebro me va a toda máquina mientras estos dos hombres siguen mirándose fijamente el uno al otro.

—No lo entiendo —consigo decir mirando a Mars—. Creía que habías dicho que tu padre era jugador de hockey. ¿Todo esto no era por eso? —añado haciendo gestos a nuestro alrededor—. Dijiste que las Olimpiadas eran el legado de tu familia...

—Es el legado Kinnunen —dice Halla con una expresión decidida—. Ilmari no es un Kinnunen.

—Sí que lo soy —contraataca Ilmari. Da un paso al frente, echa fuego por los ojos—. Mi padre es Juhani Kinnunen. ¿Cómo llamas si no al hombre que me crio? No eres nada para mí, Halla...

—Porque tu madre nunca me dio una oportunidad...

Ilmari interrumpe a Halla con una retahíla de frases vehementes que escupe en finés y que solo puedo asumir que son maldiciones muy originales destinadas a que el doctor Halla sepa a dónde puede irse. Y entonces Halla le responde con un tono más controlado, como si se negara a rebajarse a las obvias provocaciones de Ilmari.

Como siento que la tensión está aumentando entre ellos, me pongo en medio.

—Vale... —Levanto una mano delante de cada uno—. Me he olvidado el traductor universal en la Enterprise, así que necesito que los dos os paséis al inglés, ¿vale? Estoy segura de que podemos resolver esto...

—No. Yo he terminado —dice Ilmari—. Esto se ha acabado.

—Hijo, no seas tonto. Necesitas esas pruebas —responde el doctor Halla—. Déjame ayudarte...

—No quiero tu ayuda —suelta Ilmari—. No quiero nada que venga de ti.

Y ahí es cuando la verdad que he estado pasando por alto hasta este momento me cae sobre la cabeza como si fuera un yunque. Esto no es una absurda coincidencia. El doctor Halla sabía lo que estaba haciendo. En cuanto dije el nombre de Ilmari por teléfono, comprendió que estaba hablando de su hijo. Quería que lo trajera. Me ha usado para llegar a Ilmari.

Y solo me basta mirar a Ilmari para saber cuánto le ha dolido esto. No tiene ninguna relación con este hombre y tengo que asumir que es a propósito. Confío en Ilmari. Confío en sus razones. Mi instinto de protección se despierta.

Ilmari coge las bolsas del suelo y se da la vuelta como si pretendiera marcharse.

—Ilmari, espera —lo llamo.

—Price, esto no fue lo que acordamos. —Al doctor Halla se le están poniendo rojas las mejillas por la vergüenza de que Joanne, la enfermera de recepción, esté viendo todo esto—. Dijiste que podrías traerlo. Dijiste que me vería.

La cabeza me da vueltas.

—Yo...

Ilmari se gira despacio y ahora me está lanzando una mirada asesina.

—¿Que dijiste qué? —Da un paso hacia mí—. ¿Has hecho esto aposta? ¿Me has traído a él?

—Bueno, sí... pero solo para ayudarte...

—¿Lo sabías? —dice mirándome como si fuera una hidra con diez cabezas—. ¿Te lo contó?

—¿Qué? —grito—. Mars... por Dios... ¿te parece que alguien que está en el ajo se quedaría con esta cara? —digo señalándome lo que espero tener en la cara de tonta y sorprendida, una expresión de estupefacción.

—Dijiste que podrías traerlo —insiste Halla—. Me prometiste una cena con mi hijo.

Veo que la cara de Ilmari se descompone y luego se da la vuelta.

—¿Qué narices...? Oh, ¡venga ya, Mars...! ¡Espera! —lo llamo—. Mars...

—Price, haz que vuelva —me ladra el doctor Halla. También le grita algo en finés a Ilmari.

Ilmari le suelta una respuesta mientras abre la puerta de cristal con el hombro y se marcha. Sin embargo, yo me he quedado a medio camino entre el doctor Halla y la puerta, con los sentidos alborotados y el corazón latiendo a toda velocidad.

Me giro, tengo los ojos llenos de lágrimas de enfado.

—¿Está de broma? ¿Qué coño estaba pensando? ¡Esto es muy poco ético en muchísimos sentidos!

—Price...

—Ah, no me venga con «Price» —suelto—. Sabía lo que estaba haciendo. Ha jugado conmigo, gilipollas. Lo llamé a usted porque ese hombre está aterrado —grito señalando la puerta de entrada—. Está solo y tiene miedo y ha confiado en mí para que lo ayude. Y yo confié en usted. ¡Y usted se ha cagado en toda esa confianza!

—Ten cuidado, Price —ruge Halla. Está claro que no le gusta que la que fue su residente le eche una reprimenda en su propia clínica. Pero me importa una mierda. Le doy la espalda y me vuelvo a colgar el bolso al hombro.

—Price, ¿a dónde vas?

—¡Tengo que ir a por él! Tengo que encontrarlo y disculparme e intentar enmendar el daño que ha sufrido por culpa de la granada emocional que usted acaba de lanzarle.

—Convéncelo —me ruega, mientras me sigue hasta la puerta—. Razona con él. Necesita hacerse esas pruebas. Puedo ayudar, Price...

Resoplo y me alejo de él.

—¿De verdad se cree que lo voy a traer aquí otra vez? ¿Conoce a Ilmari Kinnunen? Es imposible obligar a ese hombre a hacer algo que no quiere hacer.

—Lo hará por ti —grita a mi espalda mientras empujo la puerta—. Está claro que se preocupa por ti, Price. Usa eso.

Me doy la vuelta otra vez.

—Ni se atreva, joder —le gruño—. Es usted especialista en

lesiones deportivas, no un puto terapeuta de parejas. No se meta en nuestros asuntos.

Sonríe con suficiencia, como si le hubiera hecho un cumplido.

—Así que yo estaba en lo cierto. Estáis juntos, ¿a que sí? —Asiente como si ya supiera que tiene razón—. Le vendrás bien, Price. Incluso sois igual de testarudos.

—No finja que me conoce. O que lo conoce a él. No sé qué le hizo a ese hombre, pero parece que tiene muy claro lo que siente. Y creo que estoy de acuerdo con él. ¡Váyase a esquiar en un coño!

No espero que me responda, me giro sobre los talones y abro la puerta para salir corriendo a la fresca tarde de octubre en busca de mi portero rebelde.

Capítulo 62
Rachel

—¡Mars!

Corro por la acera con los tacones.

Lo diviso casi al segundo. Camina en dirección al hotel, todavía lleva nuestras dos bolsas de viaje. Debería considerar que es buena señal que no haya lanzado la mía en medio de la calle bajo los coches o que no la haya tirado a un callejón oscuro.

—¡Ilmari, vamos! ¡Deja de caminar tan rápido, joder!

Pero no baja el ritmo, por supuesto. Corro detrás de él, me arrepiento muchísimo de la decisión que he tomado de quitarme las chanclas. La Rachel idiota de hace quince minutos pensaba que era importante tener un aspecto profesional. Quería que el doctor Halla me viera como una igual, no como la residente que está por debajo de él. Sí, bueno, esto es lo que consigues por intentarlo: tiritas en todos los dedos de los pies.

Alcanzo a Ilmari delante de una lavandería.

—¡Mars, para!

—Vete.

—No...

—Necesito estar solo —me suelta—. Dame espacio...

—No hasta que haya dicho lo que tengo que decir. —Lo agarro con fuerza por la muñeca y me niego a ceder, literalmente, porque no me muevo de la acera—. Dios, estás siendo muy aries ahora mismo. ¡Me estás arrastrando contigo, literalmente! ¡¿Quieres parar?!

Con un gruñido, se da la vuelta. Siento que se cierne sobre mí cuando me mira desde arriba.

—¿Qué? ¿Qué mensaje te ha obligado a transmitirme ahora?

Parpadeo, abro los ojos como platos y la boca, jadeo de lo cansada que estoy por el esprint que me acabo de meter.

—¿Qué...? ¡No...! —Lo agarro más fuerte de la muñeca—. Mars, que le den. Lo acabo de mandar a esquiar en un coño. Él me da igual.

Luego su expresión cambia por un segundo.

—¿De verdad?

—Por supuesto que sí. Se lo he dicho tal cual. Mira, Mars, por favor, créeme —digo—. No tenía ni idea. Te lo juro por Dios, recurrí a él de buena fe. Hemos estado dos años trabajando juntos, pero ni siquiera sabía que era finés. El tío es un libro cerrado. Creo que eso y el puente de la nariz es lo único que tenéis en común —añado señalándole la nariz con la mano libre.

Ilmari me pone mala cara.

—Halla es finés, Rachel.

Hago un gesto inútil con el brazo libre, pues lo sigo sujetando de la muñeca por si quiere echar a correr.

—Bueno, ya sabes, Mars, no soy un diccionario con patas de apellidos fineses. Así que vas a tener que perdonarme por no haberme fijado en una pista clave.

Sigue agarrando las maletas, mirándome estoico. Pero al menos no está despotricando en finés ni corriendo despavorido, así que me lo tomaré como una victoria.

Me acerco un poquito más y relajo la presa de la muñeca.

—Te lo juro, Ilmari. Te he traído aquí porque la Clínica Deportiva de Cincinnati es una de las mejores de la nación para las lesiones de cadera de los atletas de élite. Ódialo si quieres, pero el doctor Halla también es uno de los mejores. Y no sabía que era tu padre. ¿Cómo iba a saberlo? —añado y me vuelvo a encoger de hombros, aunque no sirva para nada—. Si lo hubiera sabido, nunca habría accedido a esto, Mars. Ni siquiera te lo habría ofrecido. Esto es poco ético en todos los sentidos y él lo sabe.

Mars se limita a sacudir la cabeza.

—Estás diciendo que te engañó.

—Sí.

—Te ha usado para llegar a mí.

—Sí. Y le pueden dar por culo. Bien fuerte. Con un dildo de lija.

Veo que le tiembla la comisura de la boca y tengo que intentar probar suerte. Tengo que rogarle al universo que permita que Ilmari me escuche. Me acerco un poquito más y le deslizo la mano por el antebrazo.

—Mars, nunca te haría daño a propósito. Y no es porque sea médico y haya hecho un juramento —añado levantando la vista para mirarlo directamente a esos ojos de un azul profundo—. Me preocupo por ti, Ilmari. No quiero verte sufrir. Pero sea cual sea la historia que tienes con ese hombre, te ha hecho daño. Lo cual significa que me gustaría verlo despedazado. Me da igual si se gana la vida ayudando a otros deportistas. Tu dolor es mi dolor y no permitiré que te vuelva a hacer daño. Nunca más.

Suelta una suave exhalación y los hombros se le relajan un poquito.

—Pero quieres que vuelva. Eso es lo que no me estás diciendo.

—Esto no se trata de lo que yo quiero, Mars —digo apartando la mano—. Y sin duda no se trata de lo que quiera ese imbécil confabulador —añado señalando con el pulgar hacia atrás—. Si hubiera querido reconciliarse contigo, hay mil formas mucho más éticas de abordarlo. Que le den.

Me mira con una de sus cejas rubias levantada.

—¿Pero?

—Pero ya estamos aquí —digo señalando a nuestro alrededor—. Y él puede ayudarte. Y tú tienes algo que él quiere. Lo que te digo es que lo uses. Usa esas máquinas sofisticadas y esa enorme cantidad de conocimiento y experiencia para conseguir las respuestas que necesitas. Es lo único que importa aquí, Mars. Tú. —Doy un paso atrás—. Pero eso es decisión tuya.

Me mira entrecerrando los ojos.

—¿Decisión mía?

Me cruzo de brazos.

—Sip. Tú estás al mando, caballero. Voy a quedarme aquí a esperar hasta que te aclares las ideas. ¿Quieres que te hagan un escáner en la cadera? Dilo sin más. ¿Quieres volver al hotel y emborracharte con chupitos de tequila? Pues eso es lo que haremos. Tú decides, Mars.

Espero con la vista alzada al gigante rubio que tengo delante.

Poco a poco, veo que en la comisura de la boca empieza a formársele una sonrisa.

Levanto una ceja.

—¿Has tomado una decisión? Qué rápido.

—Ha sido la decisión más fácil de mi vida.

—¿Y bien? ¿Cuál es el plan, Mars? ¿Qué quieres?

—Quiero que me beses.

Capítulo 63
Ilmari

—Bésame —repito, el cuerpo me tiembla de la necesidad.

El destello de deseo que le pasa a Rachel por los ojos es remplazado enseguida por la sorpresa. Los abre como platos, como dos pozos oscuros en los que me gustaría hundirme.

—¿Qué?

La he pillado con la guardia baja. Me encanta que esto no se lo espere.

—Me has preguntado que quería —digo—. Quiero que me beses como si te fueras a morir si no lo hicieras. Bésame y volveré ahí dentro. Bésame y me haré las pruebas.

Resopla como si estuviera indignada, pero veo el fuego que arde en su interior.

—¿Estás extorsionando a tu médica para conseguir favores sexuales, Mars? No tiene buena pinta.

—Ha dejado de importarme.

—Estamos en la calle —intenta convencerme señalando lo que nos rodea.

—Me da igual.

—Bueno... un beso por salvarme la vida no es un precio muy alto —añade, tiene una ceja levantada y sonríe.

—Demuéstramelo.

Mi cuerpo ya está reaccionando al suyo y ni siquiera me ha tocado aún. Los dos sabemos que lo va a hacer. Nos morimos de ganas por volver a besarnos. La primera vez se sorprendió. No lo pidió.

Tenía miedo de que el sentimiento fuera recíproco, tenía miedo de que la pillaran. Ahora, estoy dejando el poder en sus manos. Va a besarme y lo va a ver venir. Ella será la que lo empiece.

Sé el momento exacto en que toma la decisión. Estoy preparado para ella y dejo caer las maletas al suelo. Ella tira el bolso al mismo tiempo. Me pone las manos en los hombros y salta. No me cuesta cogerla y me envuelve las piernas alrededor de la cintura y los brazos alrededor del cuello.

Y entonces nos besamos. Rachel se aprieta contra mí y abre los labios mientras gime su necesidad en mi boca. Tiene los labios muy suaves y la lengua cálida cuando la mete y me provoca.

Tengo que colocar el brazo izquierdo debajo de su culo para sostener su pecho mientras que le paso el derecho por los hombros. No voy a soltarla. Que le den a lo que le he dicho en el avión. Nada ha terminado entre nosotros. Si acabamos de empezar. Esta mujer es mía.

Relaja los brazos que me rodean el cuello, pues sabe que no la dejaré caer. Luego me coloca las manos a ambos lados de la cara y me acaricia la barba con la punta de los dedos. Gruño cuando me muerde el labio inferior, la polla se me pone más dura con cada segundo que pasa. Los dos estamos jadeando, necesitamos respirar, aunque estemos desesperados por seguir besándonos. Me ha metido las manos entre el pelo para apartármelo de la cara.

Alguien nos silba y los dos nos quedamos quietos. Rachel se aparta, tiene los labios abiertos cuando resopla y me mira a los ojos. Esos ojos oscuros con motas doradas han penetrado mis barreras. La deseo como nunca he deseado nada.

Me empuja por los hombros, aflojo mi agarre y dejo que se deslice por mi cuerpo hasta el suelo. Nos quedamos ahí plantados. Tiene las manos en mi pecho y yo en sus caderas, mientras la ciudad se mueve a nuestro alrededor.

—Ahí lo tienes —murmura—. Has conseguido lo que querías, ¿no?

Asiento con la cabeza, soy incapaz de producir palabras.

—Bien. Ahora coge esas maletas y vamos. Hay una máquina de rayos X que tiene tu nombre.

—Has vuelto —dice Halla pasando la mirada de Rachel a mí.

—Como ves —respondo. Doy las gracias por tenerla a mi lado transmitiéndome su fortaleza en silencio.

Antes hemos pasado por el hotel y hemos dejado las maletas en la consigna. Luego me ha obligado a pasar por una cafetería. Ha dicho que no podía volver a enfrentarse a Halla sin el apoyo de la cafeína, si no se podría pasar la noche en la cárcel.

—Esto es lo que va a pasar —dice mirándolo con los ojos entrecerrados, sujetando bien su vaso de café para llevar con una mano—. Le harás un reconocimiento físico. Y queremos rayos X y una resonancia. Si confirmamos que es un desgarro labral, quiero...

—Esperas que le administre inyecciones de cortisona para reducir el dolor de la articulación —dice, está claro que está molesto—. Lo sé, Price. Esta es mi consulta, ¿recuerdas? —Me mira—. ¿Y qué obtengo yo a cambio?

Rachel está delante de mí, a unos centímetros, y la veo cuadrar los hombros ante su antiguo jefe.

—Tú obtienes esa sensación tan satisfactoria de saber que no has sido un gilipollas integral con mi paciente lesionado —responde por mí.

A Halla le tiembla la comisura del labio como si estuviera impresionado. No me sorprende. Es una leona. Y es mía. Ni siquiera me molesto en luchar contra las ganas de acercarme un centímetro más a ella.

—¿Y la cena que me prometiste? —dice pasando la mirada de mí a ella.

Resopla.

—Madre mía, ¿quieres dejar de decir eso? Nunca te prometí una cena con Ilmari. Tú fuiste el que lo sugirió. Yo solo pensaba que estabas siendo majo, joder. No sabía que cenar marisco podría implicar tantas condiciones.

—Iremos a cenar —digo mientras le acaricio a Rachel la lumbar con los dedos. En realidad, no quiero tener que sujetarla cuando decida arrancarle los ojos a Halla.

Se relaja un poquito y deja caer los hombros. Da un paso diminuto hacia mí y noto sus hombros rozándome el pecho.

Halla pasa la mirada del uno al otro y ensancha la sonrisa.

—Está bien. Tenemos un trato.

Nos pasamos el resto de la tarde en la clínica. Halla me realiza un reconocimiento físico completo, con pruebas de estrés y ejercicios de rango de movimiento. Me hace caminar y correr sobre una cinta antes de que le enseñe la rutina de estiramiento que hago antes de los partidos. Cuando intento abrirme de piernas por completo, me duele tanto la cadera derecha que gruño.

—Vale, ya basta —dice Rachel dando un paso al frente—. No queremos empeorar el desgarro.

—Estoy de acuerdo —masculla Halla—. He pedido el resto de las pruebas.

Horas después, he sobrevivido a una serie de radiografías y a una especie de resonancia que implicaba infiltrarme un colorante en la cadera. Son casi las cinco de la tarde cuando regresa Halla.

—Ya tenemos los resultados —dice mirando a Rachel—. ¿Te gustaría verlos conmigo, doctora Price?

Ella se levanta de la silla de un salto y deja a un lado la bolsa de pretzeles y la Coca-Cola Light que se estaba tomando.

—Sí, señor. Gracias.

—Yo también quiero verlos —digo, y también me pongo en pie.

—Tú no eres médico, hijo —dice en finés.

—Es mi cuerpo —respondo en el mismo idioma—. Y no soy tu hijo.

—En inglés —nos interrumpe Rachel, que me lanza una mirada asesina.

—Está bien. Venid conmigo, los dos —accede en inglés.

Nos conduce por el pasillo a una sala de imágenes y le

enseña a Rachel las pruebas de mi cadera. Hablan en voz baja, señalando varias partes de las imágenes en blanco y negro. No parecen preocupados. Rachel se limita a asentir mientras él habla, por cómo frunce las cejas marrones, sé que está concentrada.

—Esto es lo que tienes que ver —dice señalando una nueva imagen que ha aparecido en la pantalla.

—Ahí está —murmura ella. Suspira de alivio cuando se inclina para seguir con el dedo la cabeza del fémur—. Mars, ven aquí. —Me coge de la mano para que me acerque—. Mira esto. ¿Ves ese punto negro? Ese es el desgarro que tienes en el labrum.

Entorno los ojos, vislumbro un puntito negro en una línea blanca que recubre la cabeza del fémur. Llevo metido en este deporte el tiempo suficiente para conocer los peligros de un desgarro labral. Es una lesión común entre los porteros, pero es la primera que tengo.

—Es pequeño —añade Halla—. No creo que haga falta cirugía. Por lo menos aún no.

—Estoy de acuerdo —murmura ella—. ¿Le va a administrar la cortisona?

—Sí, eso debería aliviarle. —Se vuelve hacia mí—. La cadera ya se está recuperando por su propia cuenta. Y no me gusta tener que intervenir cuando no hace falta. Lo que necesitas es moderar la actividad física mientras te curas. No hagas nada que ponga en riesgo esa cadera. Compénsalo poniéndote hielo siempre que puedas. Confío en Price para que te haga el seguimiento.

La aludida asiente con la cabeza, la expresión de determinación que tiene me dice que ya no me voy a librar de ella.

—Deberías saltarte por lo menos una semana de entrenamientos y partidos, si puedes —añade—. Si los corticosteroides te alivian y ves que el dolor está controlado, puedes jugar. Si empeora, te haremos más pruebas. Puede que tengamos que intervenirte con artroscopia para solucionarlo.

—En ese caso, ¿cuánto tiempo estaría fuera del hielo? —pregunto, sigo con la mirada clavada en ese puntito negro que se ve en la resonancia.

—En realidad, eso depende de la extensión de la lesión, pero cuatro meses es una buena estimación. Puede que seis —añade—. Voy a ir preparando la inyección de cortisona.

Se marcha y me quedo a solas con Rachel. Levanta la cabeza y me mira, tiene el rostro relajado. Sigue sujetándome de la mano.

—Ahora lo sabemos —murmura y levanta una mano para colocarme el pelo detrás de la oreja—. ¿No te sientes mucho mejor ahora que ya lo sabemos? Podemos pensar un plan. Podemos arreglarlo, Mars.

Lucho contra las ganas de dejar caer la cabeza sobre su mano. Sí, ya lo sé. Pero ahora mismo no estoy pensando en la lesión. En la cabeza le estoy dando vueltas a un plan muy diferente.

Capítulo 64
Rachel

Este restaurante está muy bien. Está junto al río, el perfil de la ciudad brilla ante nosotros con sus luces amarillas, blancas y naranjas. Está cayendo una ligera lluvia que hace que las luces parezcan emborronadas a través del cristal. Un grupo de jazz toca en una esquina mientras una mujer canta. Tengo una copa de vino tinto caro en una mano y un hombre guapo sentado a mi lado.

Debería sentirme ligera como el aire, relajada por haber conseguido por fin las respuestas que llevo semanas buscando. Pero no es así. ¿Cómo podría estar tranquila cuando el ambiente entre Ilmari y el doctor Halla está tan tenso que se podría cortar con un cuchillo?

Me aclaro la garganta y le doy un sorbo al vino. Al parecer, los fineses se sienten a gusto en el más incómodo de los silencios. Ninguno de los dos ha hablado en los últimos tres minutos. Puede parecer que no es demasiado tiempo, pero prueba a sentarte delante de otra persona sin mover ni un músculo durante tres minutos y ya verás qué rápido crece la tensión.

A lo mejor yo soy la única que la siente. ¿Soy la única que se está retorciendo en su silla?

—Me cuesta creer que te sorprendieras tanto de verme hoy —dice el doctor Halla al fin, sin apartar los ojos de Ilmari.

—No entiendo por qué —responde Ilmari.

Halla aprieta los labios un tanto molesto y deja a un lado el vaso de vino. Ha pedido una botella para todos. No me sorprende que Ilmari solo beba agua.

—Venías a Cincinnati a ver a un especialista en cadera y rodilla —dice Halla—. ¿De verdad no te habías planteado que podría ser yo?

Tiene razón. Yo también me lo pregunto. Miro a Mars.

—Para eso tendría que haberme acordado de ti en algún momento —responde Ilmari—. Cosa que no ha sucedido.

La frialdad que hay en el aire nos hiela a todos.

El doctor Halla se aclara la garganta.

—¿Ni siquiera cuando ibas a ver a un especialista? ¿Nunca se te ocurrió preguntar el nombre del médico? —Se gira despacio hacia mí—. ¿No te pareció importante informar a tu paciente de a quién iba a ver?

—Confié en mi médico —responde Ilmari por mí—. Y la última vez que supe algo de ti estabas en San Francisco.

—Eso fue hace cinco años —responde Halla, y da un trago a su vino—. He intentado estar en contacto contigo desde entonces. He enviado tarjetas de Navidad y de cumpleaños. Y me dijeron que recibiste mi regalo cuando fichaste por los Rays.

—No necesito tu dinero, nunca lo he necesitado —contraataca Ilmari, casi parece aburrido de toda esta conversación—. Lo doné a una organización benéfica. Ahora tu generoso regalo está preservando el hábitat de las tortugas marinas.

Me escondo detrás de la copa de vino para intentar no sonreír. Mars y sus tortugas marinas.

—Bien —murmura Halla—. El dinero era para que hicieras lo que quisieras con él. Me alegro de que lo usaras para una causa tan noble.

Paso la mirada del uno al otro, me sorprende que Halla haya podido darle la vuelta a eso con tanta elegancia. Pero está claro que Ilmari está molesto. Quería haberle hecho más daño.

—¿Cómo está tu madre? —quiere saber Halla.

Ante esta pregunta, Ilmari se queda helado y extiende la mano para coger el vaso de agua.

Lo levanta de la mesa y le da un trago.

—Muerta —responde y deja el vaso con un sonoro repiqueteo.

Tanto el doctor Halla como yo nos movemos incómodos.

—¿Cómo? —murmura—. ¿Cuándo?

Ilmari lo mira.

—Cáncer. Hace trece años.

Echo cuentas rápido. Sé que ahora tiene treinta años, lo cual significa que todavía era un crío cuando sucedió, solo tenía diecisiete años. ¿Su propio padre no sabía que su madre había fallecido? ¿Ilmari lleva trece años solo?

—¿Tienes hermanos o hermanas, Mars? —le pregunto.

—No.

—¿Más familia?

—Tengo a los Kinnunen —responde—. Juhani me adoptó y pagó mi formación de hockey.

Al otro lado de la mesa, el doctor Halla gruñe y se le oscurece la mirada.

—Que te pagó la formación de hockey... Os enviaba dinero a los dos todos los meses, el doble de lo que hacía falta. Nunca me salté ni un mes.

—Y nunca lo quisimos ni lo necesitamos —insiste Ilmari—. Mi madre no se quedó ni un solo euro. No te debo nada. No hay nada entre nosotros.

Veo que a Halla le duelen estas palabras. Aunque estoy cabreada con él porque me engañara, siento un pinchazo de simpatía por él. A lo mejor solo estaba desesperado. Ilmari no le está dejando que se acerque a él.

—Estás decidido a ver lo peor en mí —masculla Halla y sacude la cabeza con un gesto de cansancio—. No eres nada amable, Ilmari. Nunca lo has sido.

Ilmari cierra el puño encima de la mesa.

—Nos abandonaste...

—La dejé a ella —lo corrige Halla y mira a su hijo achicando los ojos azules—. Mi intención nunca fue abandonarte a ti. Pero a veces la gente nos decepciona, Ilmari. Comete errores. Se comporta de manera egoísta. ¿Cuánto tiempo vas a castigarme por mis pecados? ¿Nunca vamos a llegar a un término medio en el que aceptes que sigo siendo tu padre, aunque pueda que tenga defectos?

Ilmari no dice nada, pero puedo sentir la tensión que bulle en su interior.

Halla sacude la cabeza otra vez.

—Ahora comprendo que mi falta de perfección es un pecado imperdonable para ti. Después de veintitrés años intentándolo, puede que por fin me hayas convencido para que deje de intentar tener una relación con mi único hijo.

—Bien —masculla Ilmari.

Finge que le da igual, pero siento su dolor. No puedo ni imaginarme lo que debe de sentirse al estar tan solo. Como tengo un hermano mellizo, la idea de vivir en un mundo sin Harrison me provoca dolor físico.

—Mars —murmuro, no puedo evitarlo. Le acaricio el muslo y se tensa.

—¿A ella la vas a destrozar del mismo modo? —pregunta Halla señalándome. Ilmari se queda rígido.

—¿Qué?

—Cuando te decepcione —aclara Halla—. Cuando cometa un error y te demuestre que no puede ser perfecta. A lo mejor ya lo ha hecho —añade—. Dios sabe que tiene un humor de perros...

—No hables de ella así —ruge Ilmari para defender mi honor con valentía.

A mí me basta para soltar una risilla. Ahora sí que tengo la mano en su muslo y le doy un apretón.

—No pasa nada, Mars. El doctor Halla tiene razón. Tengo un humor de perros y hablo como un camionero. Y estoy segura de que mi pasado te haría salir por patas.

Ninguno de los dos se ríe ante mi pobre intento de restarle importancia. Oculto un pequeño gruñido tras la copa de vino cuando el camarero se acerca con nuestras ensaladas, les echa pimienta por encima y le rellena a Ilmari su vaso de agua con limón.

En cuanto se marcha, el doctor Halla vuelve a llevar la mirada de uno a otro con una expresión de tristeza. Eso remueve algo en mi interior. Él también está solo. Maldita sea, quería odiarlo por la jugarreta que nos ha hecho hoy. ¿Por qué me está haciendo sentir simpatía? Me muevo en la silla y espero que aparte la mirada.

—No la trates como me has tratado a mí, Ilmari —dice con una nota de ternura en la voz.

Ilmari se queda inmóvil con el tenedor de la ensalada en la mano, no nos está mirando a ninguno de los dos.

—Hace frío en el crudo invierno de tu odio —continúa su padre—. Yo puedo soportarlo, soy finés. Ella no.

Poco a poco, Ilmari levanta los ojos para mirar a su progenitor. El doctor Halla cambia al finés y le hace una pregunta. No la entiendo, pero ojalá. Ilmari se queda callado un buen rato antes de responder con una palabra que dice en voz muy baja.

—*Joo*.

Cuando nuestro uber se detiene delante de la puerta del hotel Cincinnatian, le suelto la mano a Ilmari. Sigue lloviendo..., aunque es más bien una leve bruma. Abro mi puerta al mismo tiempo que Ilmari abre la suya. Rodea el coche en pocos segundos y camina a mi lado mientras nos protegemos de la llovizna. Entramos corriendo por las puertas hacia el reluciente vestíbulo del hotel. Mis tacones resuenan en los ladrillos.

—Solo necesito coger mi equipaje —murmuro con el teléfono en la mano. Como está lloviendo, cogeré otro uber para llegar al apartamento de Tess. Le he estado escribiendo cuando he podido para informarla de las novedades, igual que a los chicos. Todos están deseosos de saber más detalles sobre el giro digno de una telenovela que ha resultado ser el descubrimiento de que el doctor H es el padre perdido de Ilmari.

Por otro lado, hay una fuerte tensión entre Ilmari y yo. Es muy difícil de leer. No sabría decir lo que quiere de mí, lo que está sintiendo. El resto de la cena ha sido llevadera, pero por los pelos.

Caminamos hasta el mostrador y la recepcionista nos sonríe.

—Hola, hemos dejado un par de maletas en la consigna. El apellido es Kinnunen.

—Muy bien, déjenme comprobarlo —dice alegre y le lanza a Ilmari una sonrisa encantadora mientras sale por una puerta abierta.

Entorno los ojos. Si tuviera energías para enfadarme cada vez que una mujer le lanza una mirada de admiración a uno de mis hombres, viviría en un estado constante de agitación. Pero nadie tiene tiempo para eso.

Ilmari es guapísimo, de esos tíos que los ves y piensas «me lo desayunaría», pero en un sentido inalcanzable. Y ni siquiera lo intenta. Él se limita a soltar el aire. La tía puede mirar todo lo que quiera.

La recepcionista vuelve con las manos vacías.

—Lo siento, señora Kinnunen. Parece que aquí no están las maletas. ¿No se las habrán subido ya a su habitación?

Suspiro. No tenemos tiempo para darle vueltas a que me haya llamado «señora Kinnunen» delante de un portero temperamental y posesivo. Es como si la recepcionista me hubiera quitado una gabardina enorme y resultara que yo solo llevo puesto el jersey de Ilmari... sin nada más.

Miro por encima del hombro y veo que está a dos pasos de mí con una expresión hambrienta.

—Mars, ¿has pedido que envíen las maletas a tu habitación?

—Me pareció prudente —responde encogiéndose de hombros—. Puede que lleves cosas de valor.

Por supuesto. Suelto otro suspiro y me vuelvo de nuevo hacia el mostrador de recepción.

—Gracias.

—No se preocupe —dice la chica—. Si va a la habitación y no están allí, llámeme, ¿de acuerdo?

Su alegría desentona muchísimo con el calor lento que emanamos nosotros dos.

—Genial —digo, me aparto del mostrador y camino hacia los ascensores.

Ilmari me sigue de cerca. Cuando nos alejamos de recepción, me giro.

—¿Vas a por mi bolsa mientras llamo a otro uber?

Ilmari aparta los ojos de mi cara y me recorre el cuerpo. Me está desnudando con la mirada y no puedo hacer nada para impedirlo. Me quedo quieta con el corazón en la garganta. No quiero que vea que estoy nerviosa. Vuelve a mirarme a los ojos, los suyos echan humo.

—No.

Jadeo.

—¿Qué? ¿De verdad vas a tener mi maleta como rehén? ¿Necesitas líquido para las lentillas y unos calcetines de pandas suavecitos para dormir?

—No.

Me cruzo de brazos y le lanzo mi mejor mirada.

—No me respondas con monosílabos, Mars. No estoy de humor. ¿Es porque no te lo he pedido con educación? Por favor, ve a por mi bolsa.

Invade mi espacio personal, levanta una mano y me pasa el pulgar por los labios.

—Si la quieres..., ven a por ella.

Sin esperar a que responda, se gira sobre los talones y camina hacia los ascensores.

Capítulo 65
Rachel

El ascensor emite un ding y las puertas se abren. Mars entra sin mirar atrás para ver si lo estoy siguiendo. Aunque es así, por supuesto. Se coloca al fondo del ascensor y se da la vuelta. Se cruza de brazos y me observa parada en el umbral, tiene una expresión que no consigo descifrar.

Con el corazón en la garganta, entro y me doy la vuelta enseguida.

—¿Qué piso?

—Tres.

Aprieto el número tres con el pulgar y se ilumina con una luz blanca. El ascensor empieza a moverse enseguida. Cierro los ojos y comienzo a contar mis latidos cuando Mars se coloca detrás de mí, siento su sobrecogedora presencia. No me toca, pero se echa hacia delante y noto su cálido aliento contra la piel.

Lo siento en todas partes, todos los sentidos se me agudizan. Me muerdo el labio y lucho contra las ganas de dejarme caer contra él. El ascensor emite otro ding y las puertas se abren. Casi salgo corriendo para romper la conexión que hay entre nosotros. Me adelanta y avanza por la alfombra del pasillo. Corro detrás de él y me fijo en el contorno de su cuerpo atlético enfundado en una camiseta gris ajustada y unos pantalones negros de vestir con los bajos doblados.

Se mete la mano en el bolsillo para buscar la llave y luego abre la puerta de su habitación. Lo sigo y lo miro pasar por delante de nuestro equipaje, que está en el suelo junto al armario. Entra hasta el fondo de la habitación y se da la vuelta despacio. Se agarra a los bordes del escritorio mientras se apoya en él sin dejar de mirarme, esperando.

Cruzo el umbral. Con una mano sujeto la puerta abierta y con la otra agarro el tirante del bolso que llevo colgado al hombro. Es una habitación cómoda con una cama grande de matrimonio en una pared y un minibar debajo de la gran televisión de pantalla plana. Mi bolsa de viaje está al fondo de la habitación por lo que tengo que dar otro paso para alcanzarla. Y a menos que quiera parecer una idiota redomada agarrada a la puerta con una mano y extendiendo el cuerpo, tendré que dejar que la puerta se cierre a mi espalda.

Mars me observa, sigo sin descifrar su expresión. No me va a echar una mano. Esta es mi elección. Si esta puerta se cierra a mi espalda, los dos sabremos lo que va a pasar. Dios, quiero que pase. Lo deseo. Llevo semanas deseándolo.

Muerte súbita, Rachel. Aprovecha la oportunidad y asume las consecuencias. Y ya sé cuáles van a ser estas. Si extiendo la mano, me la va a coger. Una vez tomada la decisión, doy otro paso dentro y suelto la puerta. Se cierra sola a mi espalda y encaja en su sitio con un clic.

La habitación está sumida en la penumbra, melancólica, solo la alumbra una lámpara que hay en una esquina. Ilmari está apoyado contra el borde del escritorio con la calma despreocupada de un leopardo cazando. Mientras lo observo, se saca algo del bolsillo. Levanta las dos manos para apartarse el pelo y recogérselo en un moño alto encima de la cabeza. Se le abultan los bíceps cuando dobla los brazos y flexiona los dedos alrededor del coletero con el que se sujeta el pelo. Al hacerlo, se le ve la parte que tiene rapada a ambos lados de la cabeza hasta la coronilla. También tiene rapada la nuca.

Durante todo este tiempo, no deja de mirarme, se le han dilatado las pupilas por el deseo. Los ojos son lo único que lo delatan. Eso y la tensión que hay en la habitación, que es tan densa que podría cortarse con un cuchillo.

Se me acelera el pulso mientras observo la potencia y la elegancia de su poderosa fuerza.

—¿Qué tal estás? —murmuro—. ¿No te duele el pinchazo de cortisona?

—No —responde. Entonces se quita los zapatos.

—Puede que sientas la cadera entumecida durante un día o dos —balbuceo—. Algún... eeeh... bulto. Pero es normal.

—No quiero hablar de la cadera.

Se lleva las manos al dobladillo de la camiseta.

—Ilmari... —digo conteniendo el aliento. No hay nada más que decir.

Nos mantenemos la mirada el uno al otro. Lo único que se oye es el leve murmullo del aire acondicionado. El calor de su mirada me va a reducir a cenizas.

—Dime que pare —me pide.

Lucho contra un escalofrío y susurro:

—No.

Se quita la camiseta, la tira al suelo y madre del amor hermoso. Abro los ojos como platos mientras admiro las vistas. Casi parece etéreo bajo la tenue luz dorada de la lámpara. Macizo no, lo siguiente. Sus anchos hombros son puro músculo. Tiene unos pectorales bien definidos y una tableta de chocolate que conduce hasta la V de sus caderas. Sigo con la mirada el ángulo que se dibuja hacia abajo y que termina donde empiezan los pantalones. Ya tiene ahí las manos.

Él tampoco puede apartar los ojos de mí.

—Rachel, dime que pare.

Suelto el bolso en el suelo y me quito los zapatos de una patada.

—No.

Mientras se desabrocha los pantalones, yo me encargo de todos los botones de la blusa blanca y me la quito. Cae al suelo al mismo tiempo que él se baja los pantalones y se queda solo con un bóxer ajustado bien apretado.

No dudo, me quito el top y lo lanzo a un lado, dejando al descubierto mis pechos desnudos. Tengo los pelos de punta por los nervios, la piel de gallina me recorre los brazos y los pezones se me endurecen como dos puntas afiladas.

Mis mallas son las siguientes. Me desprendo de ellas y las dejo caer al suelo sin apartar los ojos de la abrasadora mirada de Ilmari. Estamos a unos pocos metros y lo único que llevamos puesto es la ropa interior. Las mías son unas bragas de color rosa.

Me escanea de la cabeza a los pies y asiente con un gesto mientras estudia todas mis curvas.

—Eres preciosa, *rakas* —murmura.

—Tú también —respondo.

Me mantiene la mirada y el pecho se me expande con cada profunda y rítmica exhalación.

—Dime que pare —me pide por última vez.

—No —susurro. He sellado mi destino. Solo tengo que darles un tirón a las bragas para que se deslicen y caigan al suelo. Doy un paso al lado y me quedo completamente desnuda delante de él.

Con un gruñido bajo, se aparta del escritorio y cruza la habitación. Estoy preparada para él, mi cuerpo se derrite contra el calor de su pecho mientras casi me echa para atrás y me roba el aliento con un beso desesperado. Suspiro en su boca y le acaricio con la punta de los dedos el pelo rapado de la nuca antes de ponerle las manos sobre las mejillas, en la barba.

Me abro por completo a él, no me guardo nada, y él me responde. Huele como los ángeles: a esa colonia que me recuerda las noches de verano en el rancho de mi familia en Montana. Entre sus brazos, siento que la luz de las estrellas y la luz de la hoguera se mezclan en una, el frío y el calor, lejano y muy presente. Lo experimento todo al mismo tiempo, vivo en mi piel y ardiendo de necesidad.

Ilmari me recorre el cuerpo con sus callosas manos. Se amoldan a la curva de mis hombros y se deslizan para acariciarme todas las costillas. Me encanta sentir sus manos sobre mí, explorándome, aprendiéndome. Me envuelve los pechos con un gruñido y los sopesa entre sus manos. Me estremezco de deseo cuando me pellizca los pezones con el pulgar y el índice. Un estallido de necesidad se me arremolina en lo más profundo de mi ser.

—Dilo —gruñe rompiendo nuestro beso.

Soy incapaz de pensar.

—Por favor, Ilmari —gimoteo contra sus labios.

—Dilo —repite mientras baja la boca por mi cuello. Me vuelve loca cuando me succiona en ese punto donde me late el pulso y me envuelve el culo con las manos para apretarme con fuerza contra él.

Siento el grueso bulto de sus calzoncillos restregándose contra mi cadera.

—Ah... Te deseo... —digo. Me agarro a sus hombros con fuerza mientras sigue bajando la cara y llega con la boca a los pechos. Empieza a lamerme la punta de los pezones y desencadena oleadas de placer que van directas a mi anhelante coño. Luego empieza a mordisquearme hasta que jadeo.

Se endereza, me envuelve la cara con las dos manos mientras me mira directamente al alma.

—Dilo.

Le aguanto la mirada y bajo la mano para agarrarle la polla y... me cago en todo... Caleb y Jake tenían razón. Ilmari tiene un monstruo entre las piernas. Es gorda y larga. La palpo mientras él gruñe y se aprieta contra mi mano porque quiere que ejerza más presión. Me abro en canal y le digo todo lo que siento.

—Te deseo, Mars. Dios...Debo tenerte. Te deseo desde hace mucho. Te ansío... estoy tan húmeda por ti... tan desesperada por ti...

—*Oon sun* —susurra. Apoya la frente en la mía y mientras gruño deslizo la mano dentro de sus calzoncillos y le envuelvo la polla sin ninguna tela de por medio.

—Dilo, *rakas* —me ruega una vez más. Ahora sé lo que quiere escuchar, aunque solo puedo adivinar lo que significa.

—*Oon sun* —repito intentando imitar su pronunciación. Gruñe, me agarra del pelo y me echa la cabeza hacia atrás.

—Eres mía.

—*Oon sun* —vuelvo a decir—. Soy tuya

—*Mä kuulun sulle* —murmura apartándome el pelo con una caricia. Luego baja una mano para envolver mi coño—. *Haluun tätä.* —Su voz es poco más que un gruñido—. Quiero esto.

Suspiro de alivio porque por fin se ha acabado la espera y presiono las caderas contra su mano.

—Es tuyo. Tómame. Fóllame, Mars. Y no te contengas. Dios... por favor... deja de contenerte. Déjame resguardarme del frío —susurro, sigo teniendo una mano en su polla mientras le paso otra por el pecho—. Quiero entrar, Mars. Por favor, déjame entrar...

Le chisporrotea el cuerpo de la electricidad cuando me coge por la barbilla con fuerza y me levanta la cara para mirarme a los ojos. Nadie hace las cosas con tanta intensidad como Ilmari Kinnunen.

—No voy a ser cuidadoso —ruge.

—Bien. Mi coño ya está desesperado.

Como si quisiera demostrar que lo que dice es cierto, me mete dos dedos, que se deslizan con facilidad por mi humedad. Grito, ese primer estremecimiento de placer por estar llena me recorre el cuerpo hasta los pies. Entra y sale, permitiéndome ajustarme a sus gruesos dedos.

—No voy a ponerme condón —añade—. Te estoy reclamando, *rakas*. Quiero verte chorrear mi semen por todos tus orificios.

—Sí —digo conteniendo el aliento. El corazón me aletea como un pájaro salvaje atrapado en una jaula. Sonrío, todavía cabalgo sobre sus dedos mientras paso la mano una y otra vez por toda su longitud y le dibujo círculos en la punta de la polla para recoger su cálido líquido preseminal y extendérselo por el miembro.

—Basta de hablar. Hazlo, Mars. Voy a ser muy buena para ti. Enséñame lo que te gusta y me aseguraré de cumplir todos tus sueños.

Acerca más la cara.

—Agáchate. Agárrate los tobillos.

Mi coño chilla mientras me doy la vuelta entre sus brazos. Aprieto el culo contra el bulto de los calzoncillos, él gruñe y me da tal azote en la nalga que me duele. Jadeo y siento el calor de la bofetada que me llega hasta lo más profundo de mi ser. Al mismo tiempo, me agarra la garganta con la mano y me acerca a él mientras me susurra al oído.

—Haz lo que te digo, *rakas*. Demuéstrame lo bien que te doblas.

Sonrío. Este hombre preferiría morirse antes que hacerme daño. Sé que estoy a salvo. Sé que respetará mis límites. Y se gana la vida usando su intuición. Quiero ver si puede leerme igual de bien que lee el disco. Levanto una mano y le doy unas palmaditas en la muñeca. Enseguida me quita la mano de la garganta y me la coloca en la curva de la cadera. Me doblo hacia delante y hago una de las posturas de yoga mientras me agarro los tobillos y mi culo desnudo queda a su total disposición.

—Perfecto —murmura acariciándome con las dos manos las redondeadas curvas de mi culo—. Ábrete más.

Me sujeta por las caderas mientras yo me coloco bien. Entonces deja que los calzoncillos se le caigan hasta el suelo, mientras se pajea con una mano, antes de doblar las rodillas y colocar su punta en mi tensa entrada.

—Respira —dice. Me pone las manos en las caderas mientras empuja un par de veces para meterme su miembro dentro de mi apretado coño, que está aún más estrecho debido al ángulo.

—Oh, por favor —gimoteo, pues me encanta sentir que presiona por meterse más dentro—. Más.

—¿Quieres más? —dice acariciándome el culo con la mano derecha.

—Sí —ruego.

A los pocos segundos estoy gritando mientras hace dos cosas al mismo tiempo. Me agarra con fuerza la cadera izquierda para que me quede quieta, mientras empuja con sus propias caderas y entierra su monstruosa polla varios centímetros dentro de mí. A la vez me da un azote con la mano derecha. Bien fuerte. Me encanta esta sensación de estar tan llena. La sangre se me va a la cabeza y me estoy mareando.

—Fóllame —gimoteo—. Mars, por favor...

Y entonces, deja de contenerse. Me sujeta bien por las caderas, me embiste y sus caderas me golpean el culo mientras mi orgasmo empieza a arremolinarse firme y rápido. Me corro antes de que pueda avisarlo, pues mis palabras se convierten en un gemido ininteligible cuando mi coño se estrecha sobre su polla y late a su alrededor.

De repente, sale y me deja vacía.

—Arriba —ordena—. Levántate.

Contengo el aliento y me incorporo. Poco a poco, me doy la vuelta entre sus brazos.

—Mars...

—A la cama —ordena—. Bocarriba. Abre las piernas.

Como tengo curiosidad por seguir jugando a su juego, hago lo que me dice. Me subo a gatas a la cama y me dejo caer de lado antes de darme la vuelta y quedarme bocarriba. Mientras él me mira, abro las piernas y le muestro mi coño una vez más.

Él también se sube a la cama como he hecho yo y, sin perder el tiempo, deja caer la boca sobre mi clítoris y succiona. Cuando añade la lengua a la mezcla, sé que estoy perdida. Me agarro a las sábanas con las rodillas separadas mientras Mars Kinnunen me devora. Me hace cosquillas con la barba, pero no me quejo. No puedo centrarme en eso cuando me lo está comiendo tan bien con esa poderosa lengua. No se detiene hasta que no me hace gritar otra vez, hasta que no me tiemblan las piernas y arqueo el cuerpo contra la cama y me aprieto contra su cara.

—Madre mía —jadeo. Vuelvo a caer sobre la cama cuando él se aparta. Tengo que respirar hondo un par de veces, todo el cuerpo me vibra.

Sigue entre mis piernas, apoyado en los codos, mirándome como si se estuviera muriendo de hambre.

—No he hecho más que empezar, *rakas*.

Sonrío aturdida y me tumbo en la cama.

—Demuéstramelo.

Ilmari gruñe, trepa por mi cuerpo a gatas para llegar a mi boca. Me besa, nuestras lenguas se provocan mientras saboreo lo dulces que son sus labios. Me encanta la sensación de su peso haciendo presión encima de mí y lo acuno con las caderas mientras su gruesa polla se aplasta contra mi coño desnudo. Le araño la nuca y bajo hacia los hombros mientras se él se arquea contra mí.

—Joder, sí —jadeo moviendo las caderas debajo de él—. Mars, me gusta sentirte...

Me desliza la mano derecha por el muslo para abrirme y luego vuelve a hundir dentro de mí su enorme polla. Esta vez se entierra del todo. Gimo y me aferro a él mientras empieza a empujar con las caderas y me empotra contra la cama.

—No pares —le ruego—. Dios, qué dentro estás. Por favor, no pares...

Gruñe y entierra la cara en mi cuello mientras nos movemos juntos. Lo agarro por los hombros. Arqueo la espalda para que la profunda presión de su penetración me lleve de nuevo al éxtasis. Entonces, desliza una mano entre nuestros cuerpos y empieza a encargarse de mi clítoris.

—Córrete otra vez —ruge.

—Estoy a punto...

Sigue martilleándome y cambia el ángulo subiéndome la pierna izquierda.

—Tómame, *rakas*. Vuelve a correrte con mi polla. Necesito sentirlo.

La espiral de mi orgasmo se tensa más. Siento que está a punto de romperse como las olas cuando se estrellan contra las rocas.

—Estoy a punto...

—Córrete para mí —me ordena—. *Oot niin timmi, rakas*. Qué prieto. Vamos.

—Córrete conmigo —gimo. Retuerzo las caderas mientras me masajea el clítoris y lo presiona con el dedo pulgar—. Oh, Dios —grito y todo mi cuerpo convulsiona con un espasmo debido al intenso orgasmo. Mi vagina lo aprieta con todas sus fuerzas mientras late para liberarme una y otra vez. Lo único que puede hacer es aguantarlo porque tengo la visión emborronada por los destellos.

—Joder...

Aumenta el ritmo mientras me penetra y me mantiene al límite, luego su propia libración me llena. Gruñe y vuelve a enterrar la cara en mi hombro, mientras su enorme cuerpo se estremece encima de mí.

Siento que me hundo, no puedo mover el cuerpo. Suspiro

y le paso las manos por los anchos hombros. Le acaricio con los dedos la tinta negra que le recorre el cuello: son las delicadas plumas del ala de un cuervo.

Con un gruñido, sale de mí y se baja de la cama.

—Abre las piernas —gruñe—. Enséñamelo, *rakas*.

—Mars —jadeo levantándome apoyada en los codos. Veo que Ilmari está estudiando mi coño agotado con los ojos cargados de anhelo.

—Es precioso.

Me rocía el interior del muslo con besos y la barba me hace cosquillas en la sensible piel. Me pasa la mano por el coño desnudo y se detiene justo encima de mi hueso púbico.

—Aprieta para mí, *rakas*. Enséñame lo bien que me has tomado.

Lucho contra el corazón acelerado mientras aprieto los músculos del coño, que está embriagado por su polla. Al mismo tiempo, Ilmari presiona con cuidado justo encima de donde tiene la mano.

—Ilmari —gimoteo. Cojo una bocanada de aire cuando siento que su cálido semen sale de mí. Es obsceno y sucio y cómo me pone. Le arden los ojos y no puedo evitar provocarlo.

—¿Te gusta lo que ves, nene?

Se ha quedado sin habla. Desliza los dedos entre mis piernas temblorosas y vuelve a penetrar mi coño tembloroso.

—Estás chorreando, *rakas*.

—Es tuyo —digo con un suspiro y me estiro en la cama. Resulta que mi portero calladito tiene un fetiche y yo no podría estar más contenta. Si le gusta verme gotear después de una ronda, no quiero ni imaginarme cómo se sentirá al verme después de que me usen tres hombres a la vez. Ni siquiera me molesto en ocultar mi sonrisa de satisfacción. Quizás todavía hay esperanza para él.

—Date la vuelta —dice. Me rompe la burbuja rosa en la que me había sumido al pensar en un festival del sexo a cuatro bandas.

—¿Eh?

—A cuatro patas, *rakas*.

Suelto una risita y se me mueven las tetas cuando levanto

la cabeza para mirarlo. Ya se está saliendo de la cama para ponerse de pie.

—¿Lo dices en serio? ¿No necesitas descansar un poco?

Bajo la mirada del centro de su pecho hacia donde su mano está bombeando despacio la dura polla.

Ay, por todos los cielos.

—¿Ya parece que hablo en serio? —dice, su rostro es como una máscara sombría de determinación—. No hemos terminado. En el borde de la cama. A cuatro patas. Ahora.

Capítulo 66
Rachel

—Oh, Dios... —susurro mientras me levanto. No puedo apartar la mirada de la orgullosa longitud de su polla—. Sí, estás preparado —digo con una sonrisa cada vez más amplia—. ¿Alguna vez has oído hablar del período refractario, Kinnunen?

Se limita a mirarme desde arriba, el calor de su mirada me rompe y me derrite por dentro y por fuera. Soy un pegote de malvavisco.

—Tú te vas a cansar mucho antes que yo, *rakas*. Ahora, no me hagas repetirlo. Ponte en el borde de la cama.

Lucho contra las ganas de temblar mientras hago lo que me pide. Empiezo a tener la sensación de que estoy hasta el cuello.

—¿Qué vas a hacer? —murmuro mientras me doy la vuelta en el borde de la cama y me dejo caer a cuatro patas. Miro por encima del hombro.

—¿Mars?

Me está mirando desde arriba, estudiando las líneas de mis hombros, de mis caderas, de mi culo. Casi resulta perturbador el modo en que me codicia sin tocarme. Necesito que me toque. Pero de repente se da la vuelta y me deja en la cama.

No me importa. Me da la oportunidad de respirar. También me permite ver sin ningún obstáculo el precioso tatuaje que tiene en la espalda. Le cubre toda la superficie de su musculosa piel, se extiende hacia las lumbares y termina en el culo.

—Mars, qué...

No dice nada y se apoya sobre una rodilla para sacar algo de su mochila. Luego vuelve a acercarse a la cama con una botella de lubricante tamaño viaje.

—Vaya, si es el señor Preparado —digo con una sonrisa.

—Quiero esto. —Levanta la mano derecha para envolverme la nalga.

Me roza la raja con el pulgar y me presiona el orificio.

Jadeo y me aprieto por instinto.

—Mars...

Vuelve a apoyarse sobre una rodilla y tira el bote de lubricante sobre la cama mientras me abre bien las nalgas. Su cálida boca cubre mi orificio mientras me tantea con la lengua.

—Oh... joder... Dios...

Estoy temblando. Me caigo hacia delante apoyada sobre los hombros cuando añade dos dedos dentro del coño, que todavía me chorrea.

—¿Me das tu consentimiento? —masculla, no deja de recorrerme con el pulgar y de hacer que me estremezca.

—Mars... yo...

—Dime que pare y paro —me dice levantando las dos manos—. Si no puedes manejarlo, *rakas*...

—No te atrevas a parar, joder —jadeo—. Es solo que... ¿va a entrar?

Sé que es una pregunta estúpida, pero son las únicas palabras que ha conseguido juntar mi cerebro, que sigue ebrio de su polla. Tengo razones de peso para estar preocupada.

Dibuja una sonrisa de satisfacción mientras se levanta y coge el bote de lubricante.

—Entrará.

Nunca me he metido una polla tan grande por detrás. Jake tiene mucha circunferencia y longitud, pero esto es como comparar una enorme y deliciosa bratwurst con un salami de un kilo. Es imposible que entre. Por dentro ya me siento descolocada. Pero debo estar loca, porque al parecer estoy asintiendo.

—Hazlo —murmuro—. Mars, tómame.

Se encarga de mí despacio, se toma su tiempo para jugar y dilatarme. Se convierte en una ronda completamente nueva de preliminares. Se divide entre darme placer con los dedos en el culo y acariciarme el clítoris con la mano libre, mientras también mete los dedos en el coño lleno de semen, lo cual quiere decir que me posee con las dos manos.

Desde que quiere colocar su gruesa polla en la puerta de atrás, estoy temblando y desesperada por volverme a correr. Me dice que respire y me relaje mientras empuja. El lubricante hace que me resbale, pero aun así sigue entrando justa.

—Qué bien me recibes —me alaba con un murmuro. Me acaricia las caderas con las manos mientras se introduce más adentro.

—Por favor —gimoteo—. Más fuerte, Mars. Necesito que me des más fuerte.

No hace falta que se lo diga dos veces. Ahora que está dentro, pretende reclamarme. Empieza a mover las caderas con ansia, mi culo golpea contra sus muslos mientras follamos. Me deshago en gemidos. Me encanta sentir que mi siguiente orgasmo se está forjando en mi interior y se me expande por el pecho hasta las puntas de los dedos.

Necesito más. Necesito sentirme conectada a él en todos los sentidos. Me levanto y me arqueo para cambiar el ángulo en el que estamos. Levanto el brazo derecho a ciegas para cogerlo del cuello y acercarlo más a mí. Sigo teniendo el culo bien apretado contra sus caderas. Luego arqueo la espalda y miro por encima del hombro, fijándome en los rasgos de su duro rostro.

—Bésame..., Ilmari, por favor...

Me coloca una mano en la cara mientras me envuelve un pecho con la otra. Entonces me besa y vierte su pasión dentro de mí con todo su cuerpo. Nos mecemos juntos, compartiendo el aire, moviéndonos como uno solo.

—Voy a correrme otra vez —gimoteo contra sus labios—. No pares, estoy...

Mis palabras mueren cuando me monto en otro orgasmo. Este es profundo y está lleno de oleadas latientes que hacen que me tiemble todo el cuerpo. Aprieto a Ilmari con todo lo que tengo, estoy desesperada por que él vuelva a correrse conmigo.

En pocos segundos se pone a gemir y mueve las caderas contra mí, perdido en el espasmo de su liberación.

—*Mä tuun* —gruñe—. *Rakas*...

Siento el calor y la humedad en mi culo, me llenan.

Tras un momento de euforia suspendida, caemos sobre la cama a cámara lenta. Solo está encima de mí en parte, pero es suficiente para sentir que su peso me hunde. El tío es un armario empotrado.

—Date la vuelta —masculla. Me levanta lo suficiente para que pueda girarme como un pez para quedar frente a él. Entonces me mete la mano izquierda entre las piernas y desliza los dedos por la entrada de mi coño. Levanta un par de dedos brillantes hacia mis labios, envueltos en una mezcla de nuestras corridas.

—Pruébalo.

Me meto los dedos en la boca y los lamo con un suave gemido, mientras degusto el sabor del sexo puro en mi lengua.

Me mira con muchísima ternura. Apenas consigo creerme que tengo a Ilmari Kinnunen desnudo entre mis brazos.

—Ahora tu cuerpo es mío —entona—. Mi semen ha reclamado todos tus orificios, *rakas*. Eres mía.

Levanto la cabeza para mirarlo a esa preciosa cara y sonreírle. Me siento muy a gusto entre sus brazos. Muy segura y satisfecha. Durante mucho tiempo me he sentido como un barquito a la deriva en un mar peligroso. Ilmari Kinnunen, ese portero oso cerrado y malhumorado, ha llegado a mi vida montado sobre sus patines. Sonrío, pues ahora tengo clarísimo que encaja con nosotros. Es mi puerto seguro.

Jake es mi alegría. Caleb es mi consuelo. Ilmari es mi descanso. Los deseo a los tres. Los necesito a los tres.

—Soy tuya —repito, mientras le paso las manos por los pectorales—. *Oon sun*.

Sonríe y me coloca el pelo detrás de la oreja.

—Pero también soy de Jake —digo, y veo que pierde la

sonrisa—. Y soy de Caleb. Para mí no ha cambiado nada en lo que respecta a ellos. Los quiero, Mars. Pretendo seguir queriéndolos. Pero mi amor no es finito. Hay espacio para ti en mi vida, en mi corazón... si quieres estar ahí.

Gira sobre sí mismo y se aparta, aunque sigue teniendo un brazo por debajo de mí, y se queda mirando el techo.

Me muerdo la lengua y le dejo procesar la espiral de pensamientos y emociones.

—No sé cómo sentirme al respecto —admite al fin—. Pensar que te tocan... que te aman... No me hago a la idea. —Se pasa una mano por la cara y gruñe—. Nunca he hecho algo así, *rakas*.

—Nosotros tampoco —digo—. No hay reglas, Ilmari. Aparte de la sinceridad —añado enseguida—. Estamos averiguando cómo funcionar. Jake y Caleb también tienen su propio viaje. Yo los apoyaré, pase lo que pase. Y esto no tiene que ser una competición. Me haces feliz. Jake y Caleb también me hacen feliz. Nos hacemos felices los unos a los otros. Por separado. Juntos. Y no es solo sexo —añado—. Compartimos toda una vida, Mars. Vivimos juntos.

—¿Qué? —gruñe y gira la cabeza para mirarme—. ¿Vives con Compton y Sanford?

—Y Poseidón —añado—. No te puedes olvidar del perro.

Gruñe y vuelve a girar la cabeza.

—El perro lo puedo tolerar. Es a Compton y a Sanford a quienes quiero tirar por un precipicio.

—Si lo haces, me tendrás que tirar a mí también —le advierto—. Y eso no significa que me vaya a poner en plan «ellos estaban primero» —añado—. Aunque tú hubieras aparecido primero, es que soy así, Mars. Soy... complicada. Ojalá hubiera una forma más fácil de describirme, pero ahora ya está dicho y sigo adelante con ello. Rachel Price tiene muchas facetas —continúo—. La idea de que una sola persona pueda satisfacer todas ellas y sea mi pareja perfecta... es algo que no creo que sea posible, así de simple. Me haces feliz, Mars. Caleb hace feliz a otra parte de mí completamente diferente. No es más o menos felicidad, solo es diferente. Al sentir tanta felicidad con vosotros tres, siento que consigo la mejor versión de mí misma, la más plena. ¿Estoy diciendo algo que tenga sentido?

Su rostro se muestra estoico mientras respira despacio a mi lado, sin decir nada.

—Es mucho —admito—. Y lo entiendo si necesitas que esto sea un polvo de una sola noche. Quiero decir que... no pasa nada... si esto es lo único que puede ser para ti. Puedo aceptar que...

Se pone de lado y me coloca tres dedos en la boca para callarme.

—Rachel...

—¿Hmm? —digo bajo mi mordaza.

Su mirada se suaviza en cierto modo.

—No voy a irme a ninguna parte.

Con el corazón en la garganta, me levanto apoyada en un codo y estudio su expresión.

—¿Estás seguro?

Asiente con un breve gesto de la cabeza y yo suspiro.

—Esto es algo muy importante, Mars. Voy a necesitar algo más que un asentimiento.

Se queda callado un buen rato, buscando las palabras exactas antes de hablar al fin.

—Estoy dispuesto a admitir que tengo curiosidad. Creo que necesito verte con Compton y Sanford. Necesito entender qué es esto, qué tienes con ellos y dónde encajo yo.

Abro los ojos como platos.

—¿Vernos juntos en plan... vernos?

Suelta un gruñido bajo, me aprieta contra él y entrelaza nuestras piernas.

—No me refiero al sexo, *rakas*. No quiero ni pensar en sus enclenques pollas asomando cerca de ti.

No puedo evitar soltar una carcajada.

—Nadie va a obligarte a hacer algo que te haga sentir incómodo —digo con más diplomacia.

Sigue tenso con la mirada clavada en el techo.

—Pero estás con ellos en ese sentido.

—Sí —respondo—. Juntos y por separado. Les encanta compartir... y a mí me encanta que me compartan —admito—.

Y creo que también deberías saber que Caleb es queer. Le gustan los chicos y las chicas. Ha tenido relaciones con los dos sexos. Y Jake ahora mismo está explorando su bicuriosidad —digo con una sonrisilla.

—¿Bicuriosidad? —repite.

—Sí... Creo que Jake está enamorado de Caleb —admito. Siento algo cálido y difuso en el estómago cuando me acuerdo del modo en que Caleb lo miraba con los ojos maravillados mientras Jake estaba de rodillas—. Todavía no es consciente de ello. Pero lo está descubriendo.

—Entonces, ¿están contigo y entre ellos?

—Jake todavía no ha llegado ahí. Pero creo que está en el horizonte.

—¿Y los dos tendrían...? —No termina de expresar en voz alta esa idea, pero sé a dónde quiere llegar.

—Mars, ¿me estás preguntando si los chicos querrán que disfrutes con ellos sin que yo esté ahí?

—Eso no va a pasar —masculla.

—Me parece bien —respondo acurrucándome contra su enorme cuerpo. Dibuja círculos con la mano sobre mi suave piel.

—Tú recorrerás tu propio camino, Mars. Si solo quieres estar conmigo, no pasa nada.

Detiene la mano, siento en su pecho que su respiración es lenta y rítmica.

—¿Tú me deseas? —murmura sin mirarme—. Más allá de esta noche... ¿me quieres en tu vida? ¿En tu cama?

No puedo evitar acordarme de la cena de esta noche, cuando lo escuché admitir que está solo. Sin padre. Sin madre. Sin hermanos ni hermanas. Solo con un trabajo exigente que lo obliga a viajar una y otra vez. Lo dejó todo atrás en Finlandia. Su hogar, su familia adoptiva. Mars Kinnunen está del todo solo.

Sin nadie.

El corazón me retumba cuando las palabras me resuenan en los propios huesos. Nadie se merece ir por la vida solo, sobre todo si se trata de alguien tan maravilloso como el hombre que está tumbado desnudo entre mis brazos.

—Sí —respondo envolviéndole la cara—. Ilmari, sí. —Le doy un beso en la punta de la nariz y en las dos mejillas—. Sí, te deseo —susurro. Voy bajando, dejándole besos por el cuello—. Sí, te necesito.

—Entonces, me tienes —responde enterrando los dedos entre mi pelo.

—Dilo —lo provoco. Deslizo una pierna por su cadera mientras me aprieto contra él y levanto la cabeza para que me bese.

—*Oon sun, rakas* —murmura, su boca acaricia la mía.

—Por supuesto —respondo. Lo empujo por el hombro mientras ruedo para ponerme encima de él, a horcajadas—. Ahora, mete ese bonito culo finés en la ducha. Todavía no he terminado contigo.

Capítulo 67
Jake

—Oh, sí —gruño echando la cabeza hacia atrás con los ojos cerrados—. Sí, justo ahí. Cómo me gusta, joder. No pares...

Caleb me aparta el masajeador de la pantorrilla y lo apaga.

—Tío, tienes que parar.

Abro los párpados y parpadeo. Cay está sentado, y yo tumbado con las piernas encima de un cojín en su regazo. Sy está hecho una bolita al otro lado, observándonos.

Acabo de volver de un entrenamiento matutino brutal y Caleb accedió a darme un masaje con el aparatito en las piernas. Pero, claro, primero he tenido que sobornarlo. Y Caleb Sanford no es barato. Esta noche tengo que hacer filetes para cenar y me tengo que encargar de su colada durante una semana. Pero merece la pena.

Merecía la pena. Ahora ha parado y estoy a punto de amenazarlo con que no volveré a hacer mis mundialmente famosas brochetas de gambas a la parrilla con aliño cajún.

—¿Qué demonios? —lloriqueo.

—Estabas haciendo ruiditos de folleteo —responde mirándome—. Si no te callas mientras te lo hago, haré que esa boca se gane los gemidos.

Me reprimo enseguida con los ojos como platos.

No lo hemos hablado desde, ya sabes, que sucedió. La mamada. Esa noche fue increíble, joder. Cuando los tres nos tambaleamos hasta mi ducha a las tres de la mañana, apenas nos manteníamos en pie. A la mañana siguiente estaba tan cansado que no oí la alarma y me quedé dormido; me salté el estiramiento y la preparación física. Mereció la pena muchísimo.

Rachel es perfecta para mí. Para nosotros. El *nosotros* somos Caleb y yo. Porque la aterradora verdad es que creo que hay un nosotros. Los chicos siempre se han burlado por ello y Caleb siempre se ha encogido de hombros. Nunca ha dejado que los chismorreos le coman la cabeza, ni siquiera cuando jugaba.

PDH es una etiqueta que me atosigaba a mí. Cuando mi último equipo empezó a tomarme el pelo con ella, quise demostrarles hasta qué punto no era gay. Me follaba a fans locas a diestro y siniestro. Tomé decisiones muy estúpidas solo por cumplir con mis ideas de mierda no homo. Soy consciente de que les hice daño a algunas chicas. Y ahora lo tengo claro: también a Cay.

Técnicamente, fui el primero con el que salió del armario y me lancé de cabeza a ser el amigo hetero que lo apoyara. Dejé las mierdas tóxicas y lo respaldé al cien por cien. Incluso me compré una pegatina de un corazón arcoíris en la que pone «soy aliado» para la botella de agua del gimnasio. Los demás pueden reírse, pero voy a estar en el lado correcto de la historia.

Y lo que es aún más importante, quiero estar en el lado correcto de mi amistad con Cay. Nunca me ha pedido nada. En realidad, nunca lo menciona para nada. No es de esos chicos que salen con otra gente. Durante los últimos años, creo que ha subsistido únicamente de quedadas para enrollarse supersecretas.

Entra Rachel.

Nos ha puesto a los dos patas arriba y ahora estamos del revés. Hace un par de meses, mi vida era muy fácil. Lo tenía todo planeado: carrera, casarme con una tía buenorra, niños, retirarme y ser entrenador. Es el manual que siguen muchísimos tíos. Es cómodo. A los deportistas de élite les gusta la rutina.

Y ahora estoy aquí sentado con las piernas encima del regazo de Caleb, esperando a que Rachel vuelva a casa. Porque vivimos juntos. Los tres. Y follamos como dioses. Los tres. Y esto no era lo que tenía planeado para la corta lista que hice de objetivos vitales completamente alcanzables. Tengo la sensación de que fui a Seattle a ver a Amy, pero en cambio encontré a Rachel y de repente me arrancó el boceto de las manos y lo mandó al infierno.

Al parecer, tengo que hacer una nueva lista de objetivos vitales: jugar al hockey profesional, atar mi alma a Rachel Price, que me encante hacerle mamadas a mi mejor amigo y convertir mi casa en la guarida del sexo de un cuarteto; el matrimonio y los niños son opcionales.

¿Quién soy y qué he hecho con Jake Compton?

Ahora mismo, Rachel está volviendo a casa. Con Mars Kinnunen. Al parecer, anoche resolvieron su drama. No nos ha dado todos los detalles de la sorprendente revelación de paternidad, pero sé lo suficiente: follaron. Caleb y yo nos lo esperábamos. En cierto modo, le dijimos que lo hiciera. Pero es diferente saber que sí ha sucedido.

—Oye —masculla Caleb. Tienes esos ojos oscuros clavados en mí, como si me leyera el pensamiento—. ¿Estás bien?

¿Que si estoy bien? No sabría decirlo. Me siento como si me hubiera tragado una pelota y ahora la tuviera atrapada en mi interior, dando vueltas, como en esas máquinas de los recreativos. Quiero que Rachel vuelva. Me siento intranquilo cuando no está. Solo quiero que entre por esa puerta, espero que entonces desaparezca esta opresión que siento en el pecho.

—¿Crees que de verdad le hará pasar por el aro? —musita Caleb.

Me encojo de hombros.

—A ti te puso de rodillas. Te apuesto lo que quieras a que puede manejar a un finés melancólico.

—Yo creo que fue él quien manejó las cosas anoche.

Lo miro entornando los ojos.

—Cierra el pico y sigue con el masaje de piernas. Si no, le daré tus brochetas de gambas a Poseidón.

Sonríe de medio lado y vuelve a encender el masajeador. La cabeza redondeada vibra cuando la aprieta contra mi pierna y me hundo contra los cojines del sofá, dejo que mi PDH cuide de mí.

Creo que debo de haberme dormido encima de Caleb, porque cuando suena la alarma de la puerta principal, contengo el aliento y me levanto de un salto. Poseidón se baja del sofá ladrando y sale corriendo hacia la puerta. Me pongo de los nervios.

Solo hay tres personas que tengan el código de mi puerta principal. Una está en el sofá conmigo y la otra está en Japón. El corazón me da un vuelco en el pecho porque sé que debe ser...

—¡Cachorrito! —chilla Rachel, y el perro se vuelve loco saltando y lloriqueando como un idiota. Esta tía ha vuelto loco a Poseidón. En realidad, se lo hace a todos los perros. Por las tardes lo paseamos por la playa y, cuando nos cruzamos con otro perro, la tía da la misma vergüenza ajena.

Y no solo lo hace con los perros. A veces vemos cangrejos en la arena o delfines más allá de las olas y alguna que otra tortuga de Florida. Cuando eso sucede, a nuestra tranquila y serena doctora se le va la olla del todo. Es adorable que te cagas. El otro día, Caleb tuvo que apartarla a la fuerza de dos señoras que iban montando a caballo durante el atardecer.

Los recuerdos de ella corriendo por la playa con un bikini atrevido van perdiendo fuerza en mi mente cuando la realidad se impone de un plumazo. Si Rachel está en casa, eso significa...

—Mierda, ya estamos —murmuro apartando las piernas del regazo de Caleb.

No nos ven en el ángulo del sofá en el que estamos sentados, pero la oigo hablar junto a la puerta. Una voz profunda responde. A menos que Poseidón haya adquirido el poder del habla en los dos últimos minutos, Mars Kinnunen está en mi casa.

Cay debe de haberse dormido también, porque está girando los hombros y crujiéndose el cuello con el ceño fruncido. Vale, pues ponemos cara de póker. Este es nuestro territorio. No mostréis miedo. Mars Kinnunen va a entrar aquí y a dar la maldita cara. Va a decirme más de tres palabras o que Dios me ayude...

—Tranquilo —masculla Caleb, que siente que estoy entrando en espiral.

Joder, esto se me da fatal. Quiero saltar del sofá igual que ha hecho Poseidón y envolver a Rachel entre mis brazos. Quiero arrastrarla escaleras arriba y enterrarme en su dulce coño y decirle cuánto la he echado de menos. Solo ha estado fuera treinta y dos horas. Tengo que relajarme.

—¡Hola! —dice en voz alta—. ¡Ya estoy en casa!

—Estamos aquí —respondo.

Mierda, ¿habré sonado lo bastante relajado? Conocer al amante de tu amante no es un momento muy relajado..., pero es que ya conozco a Mars. Bueno, en realidad nadie conoce a Mars Kinnunen. Pero somos compañeros de equipo. Lo veo todos los días. Jugamos juntos. Viajamos juntos.

Vino a la playa el otro día. Hablamos junto a la parrilla, fue la conversación más larga que hemos tenido sobre algo que no tiene que ver con el hockey. Le pregunté que solían comer en la playa en Finlandia y la verdad es que me respondió. Dijo cinco frases por lo menos.

—Tranquilo —masculla Caleb un tanto amenazante cuando Rachel aparece.

Joder, solo verle la cara me tranquiliza.

—Hola, nena —saludo y extiendo el brazo por el respaldo del sofá.

Viene directa hacia mí y veo a Mars por primera vez, de pie detrás de ella. Nunca había venido a mi casa. Está ahí plantado, encajonado en la entrada, recorriendo despacio con la mirada el salón abierto. Rachel me impide verlo cuando me coge de la mano y se agacha delante del sofá.

—Hola, ángel —dice sonriéndome.

Mis sentidos se anegan cuando se inclina y me besa. Meto los dedos entre su pelo para marcar territorio. Más vale que Mars esté mirando. Esta chica es mía y la besaré cuando quiera. Huele a ella... es un aroma floral y suave. Pero también huele como él. Hace que me lata la polla y el cerebro me grite. Quiero subirla al sofá, envolverla entre mis brazos y abrazarla hasta que el olor a él se desvanezca. O al menos hasta que el mío vuelva a impregnarla.

Se aparta con una risilla, me mira y me quita el pelo de la frente.

La cojo de la mano como el idiota encoñado que soy.

—¿Esta mañana has tenido un entrenamiento duro? Pareces adormilado.

—Estoy reventado —mascullo—. He llegado a casa y he caído rendido.

Asiente con un «ajá» y mira a Cay.

—¿Os habéis portado bien mientras he estado fuera?

—Mejor que tú —responde mi amigo, que mira por encima del hombro de Rachel a donde Mars sigue plantado como si fuera una estatua gigante.

Ella se endereza, coge la mano que Caleb tiene en el respaldo del sofá y le da un apretón. Joder, nos conoce demasiado bien. Sabe que necesito volver a conectar con ella al instante, la afirmación. Mientras que Caleb sigue perdido en una tierra de nadie emocional. Cuando esté listo para calentar, ella estará allí para él, pero no va a forzarlo.

—Mars, ¿quieres beber algo? —dice por encima del hombro cuando pasa a su lado de camino a la cocina.

—No, gracias —responde el aludido con una voz profunda.

Rachel abre la puerta de la nevera.

—Jake, Cay, ¿vosotros queréis algo?

—Uvas —digo mientras Caleb dice: «Agua».

Me siento como un volcán a punto de estallar. No me gustan los silencios incómodos, pero Mars y Caleb ganarían las medallas de oro y de plata si fuera un deporte. Esto es superinjusto. Voy a quedar como el necesitado y aterrado cuando ya no pueda soportar el pesado silencio ni un segundo más.

Rachel cierra la puerta y se da la vuelta, viene con varias bebidas en la mano y el cuenco con las uvas.

—Ya está —murmura, luego le ofrece a Mars la botella de agua que tiene agarrada con la curva del codo—. Ven a decir hola.

Acepta la botella sin decir ni mu y la sigue al salón.

Rachel le tiende a Caleb una lata de agua con gas antes de ofrecerme a mí las uvas con otra sonrisa suave. Sabe que esto es raro para mí. Por lo menos ella también habla por los codos. Gracias a Dios, joder.

Caleb y yo estamos sentados en la parte más larga que forma el sofá en L. Estoy en la esquina, mientras que él se encuentra en el otro extremo. Rachel rodea el lado más largo y se sienta a mi lado con las piernas cruzadas por debajo de sí misma mientras se abre su propia lata de agua con gas.

Como el rarito que es, Mars no se sienta a su lado. No, se sienta en el enorme sillón, con su botella de agua de persona normal intacta en la mano. Poseidón se sube al lado de Rachel y le restriega la cabeza en busca de caricias.

—Sabes que lo sabemos, ¿verdad? —digo, pues soy incapaz de aguantar el silencio un segundo más.

Mars aparta su melancólica mirada de Rachel y el perro.

—¿Qué?

—He dicho que sabes que lo sabemos, ¿verdad? ¿Sabe que lo sabemos? —añado dirigiéndome a Rachel.

—Sabe que lo sabéis, Jake —responde dándole un sorbo a su agua, rascándole a Sy entre las orejas con la otra.

—No estaría aquí si no lo supiera —añade Caleb, también tiene los ojos oscuros clavados en el finés. A Caleb siempre se le ha dado muy bien calar a la gente—. Tiene curiosidad. Quiere estar con ella, pero quiere que nosotros nos hagamos una bolita y nos muramos para que él pueda tenerla. Quiere tener el camino libre de obstáculos...

—Cay, no seas imbécil —le advierte Rachel.

—Pues que nos diga él si me equivoco —replica pasando la mirada despacio hacia el finés—. ¿Me equivoco, Mars?

Yo también lo observo, expectante. Mars no dice nada.

—De puta madre —masculla Caleb.

—Espera, entonces, ¿cómo va a funcionar esto? —digo, estiro las piernas mientras me meto una uva en la boca—. Mars, ¿vas a mudarte aquí?

—No —responden Caleb y él al mismo tiempo.

—Entonces... ¿qué? —pregunto mirando alrededor—. ¿Tú estás con Rachel y nosotros estamos con Rachel y nunca debemos coincidir? ¿Vas a seguir comportándote como un rarito en los entrenamientos? ¿Vas a evitarnos en los grupos de chat? ¿En plan la Gran Muralla de Kinnunen? Porque tengo que decir que a mí eso no me parece bien.

Rachel, siempre tan pacífica, me coge de la mano y me da un apretón.

—¿Qué te parecería bien a ti, Jake?

Miro fijamente el oso que está en mi salón.

—Bueno, a ver... Mars, tienes que esforzarte más, tío. Ser parte del equipo. Y no me refiero solo a este equipo —añado señalándonos a los cuatro—. Porque nosotros somos un equipo.

—Explícate —dice mirándome con esos ojos azules entronados.

—¿En serio? ¿No te ha quedado claro? Vale... mmm... bien, tienes que hablar más. Quiero frases enteras y expresiones faciales y tal, en ese plan. Y tienes que estar en el grupo de chat. Manda emoticonos y GIF si no quieres hablar. Pero dejarme en leído es la forma más fácil de cabrearme. Pregúntaselo a estos dos —digo señalando con el pulgar a Rachel y a Cay, mientras el cuenco de uvas guarda el equilibrio sobre mi regazo.

Pone cara de acabar de chupar algo amargo, pero asiente despacio.

—No quiero decir que tengas que cambiar toda tu personalidad —añado enseguida—. Solo digo que... nos dejes ver tu personalidad. Debes enseñársela a Rachel. A ella no le interesaría un tío completamente hueco. Es solo que... quiero más —termino encogiéndome de hombros.

Mars mira a Rachel y ella asiente con la cabeza. Él suspira y se vuelve hacia mí.

—No me gusta la carne roja y prefiero leer a ver la televisión. Y tengo un desgarro labral en la cadera derecha.

Respiro hondo. No es que eso sea muy revelador, pero es un comienzo.

—¿Es muy grave?

—Me duele lo suficiente para estar compensándolo en la red. Pero se está recuperando.

—¿Cuánto tiempo llevas jugando lesionado?

—¿Y guardando el secreto? —añade Caleb lanzándole una mirada.

—Toda la temporada —responde—. Lo empecé a notar en verano.

Sacudo la cabeza, cada vez estoy más frustrado. Un montón de traumas de mierda que tengo bien guardados amenazan con salir a la superficie y ahora no es el momento ni el lugar. Respiro hondo.

—Tío, tienes que contarnos esas mierdas. Entiendo que no se lo cuentes al entrenador, pero a mí tienes que contármelo. Soy tu defensa.

—Lo sé —masculla y baja la mirada a la botella de agua que tiene entre las manos.

—Soy yo quien te protege ahí fuera. Hubiera cambiado mi forma de jugar para que no pasaran, te protegería mejor el flanco derecho...

—No —ruge—. Tú no deberías compensarme a mí. Cada uno juega en su propia posición.

—Jugamos en equipo, gilipollas —respondo y veo que Caleb se tensa a mi lado—. Si te duele, se lo dices a tus defensas y nosotros te protegemos lo mejor que podamos. Así es como se hace. No estás solo, Mars. Ni en el hielo ni en esta casa. Ya no tienes que volver a trabajar solo.

—Es una costumbre que es difícil dejar —admite.

—Sí, bueno... nuestras mierdas de los Rays se solucionarán en el hielo —respondo—. Pero si ahora estás con Rachel, estás con nosotros. Con Cay y conmigo. Tienes que confiar en nosotros. Se acabaron los secretos. Cuando estés herido nos lo vas a contar y nos tienes que decir que te ayudemos. ¿Te parece bien?

Asiente despacio.

—Decide aquí y ahora, Mars. Nos aceptas en todo o te largas. —Termino el discurso, señalo por encima del hombro la puerta principal.

Le lanza una mirada a Rachel antes de volver a mirarme a mí.

—¿Qué significa «en todo» para ti, Compton?

A mi lado, Caleb cambia de posición. No puedo evitar que se me dibuje una sonrisa de superioridad.

—Bueno, para empezar, tienes que dejarme dormir con el dedo metido en tu culo. Y sabes lo de los jueves en bolingas, ¿verdad?

—Ay, madre mía —masculla Rachel mientras Caleb resopla.

—Es una broma, ¿verdad? —Mars mira a Rachel con una ceja levantada—. ¿Está de coña?

—Sí, Mars. Solo te estoy jodiendo. Bueno... a ver, eso dependería de ti —añado mientras le guiño un ojo—. Dilo y empezaré a joderte aquí mismo, ahora mismo. Cay y yo estamos deseando verte usar ese torpedo que tienes entre las piernas. ¿Estás escocida, Seattle? —Añado mientras le lanzo una sonrisa provocativa—. No voy a mentir, me la pone dura imaginaros a los dos juntos. De verdad que espero que te guste compartir, Mars. Porque Cay y yo lo hemos echado a suertes y me ha tocado a mí hacerte el primer relevo con Rachel.

Rachel gruñe mientras Mars me mira como si tuviera dos cabezas.

—¿Hablas en serio? —vuelve a preguntar.

Y ahora me río. Me levanto del sofá y le doy unas palmaditas a Poseidón que se ha acercado a mi lado por donde está Caleb.

—La verdad es que sí. En lo de echarlo a suertes. Nos cansamos de ver un programa de hacer tartas. Pero no creo que ahora mismo te apetezca echar una carrera de relevos —añado observándolo—. Y si conozco bien a mi chica de Seattle, anoche no paró hasta que tu polla casi la mató. ¿Me equivoco, nena? ¿Tu dulce coño necesita tiempo para descansar antes de que te la volvamos a meter por partida doble?

Ella se limita a mirarme y a entornar los ojos, pero me deja que me incline por el respaldo del sofá y la bese desde arriba.

—¿Te lo estás pasando bien? —murmura.

—Oye, si no puede soportarlo, que se largue —digo lo bastante alto como para que él me oiga.

—¿Y si dejamos que se vaya acostumbrando poco a poco al caos? —responde acariciándome los brazos con la punta de los dedos—. Vamos a empezar con algo más informal que un cuarteto.

—¿Qué os parece empezar por la cena? —Miro al gigante finlandés—. Mars, te quedas a cenar.

Capítulo 68
Caleb

Mars Kinnunen sigue aquí. Está de pie junto al fregadero con Rachel mientras friegan los platos de la cena. Jake está fuera cuidando su preciada barbacoa. Es un friki de la cabeza a los pies cuando se trata de las barbacoas. A mí me da igual mientras pueda disfrutar de las carnes de su esfuerzo. Esta noche, ha hecho filetes y gambas a la parrilla. Dentro, Rachel ha preparado arroz salvaje y una ensalada. Desde que los chicos están con la temporada, también se comen su peso en brócoli.

Ahora Mars está lavando los platos mientras ella los deja a un lado. La música que ha puesto Rachel se oye por el sistema envolvente, es suave y cursi. Llevan así toda la noche. Se hablan en susurros mientras ella le da un trago a su copa de vino. Ella dice algo, levanta los ojos oscuros hacia él y este se ríe. Ella le da un golpecito con la cadera mientras se ríe y él casi tira un plato. Se le cae en el agua llena de jabón.

Al verlos así en este momento sé la verdad: Rachel ha usado su magia con él.

Joder, no se va a ir a ninguna parte.

Aunque no es que pensara que lo haría. Llevo semanas viendo cómo esto surge entre ellos. Puede que haya desaparecido la tensión sexual explosiva que había, pero su necesidad bullente sigue ahí. Está loco por ella. Y ella está loca por él. Es nuevo. Es emocionante.

Pero esto no va a funcionar para todos si se piensa que tiene que mantener esa relación con ella completamente ajena a la nuestra. Puede que Jake esté de coña con lo de compartir, pero yo no. No voy a esconderlo solo para que él se sienta cómodo. Esta también es mi casa. Mi chica. Mi vida.

Dejo mi vaso de agua con hielo en la isla, cojo de la mesa la cesta del pan y el plato de la mantequilla y los pongo junto al fregadero.

—Gracias, cariño —dice Rachel lanzándome una sonrisa.

El plato de la mantequilla repiquetea en la encimera cuando tiendo las dos manos hacia ella. Le envuelvo la cara con las manos, la acerco a mí y sello nuestras bocas con un beso hambriento. Jadea contra mí y abre los labios. Luego levanta las manos y me agarra por los codos mientras responde al beso.

Todo mi cuerpo se enciende, me encanta sentirla entre mis brazos. Es muy complaciente cuando me besa con descaro delante de Mars. Le acaricio los hombros, bajo por los costados hasta su cintura y la acerco más a mí.

Se deja llevar de buena gana, me pasa las manos llenas de jabón por el pelo antes de dejarlas caer entre nosotros y empujarme por el pecho. Rompemos el beso con las frentes pegadas y ella suelta el aire con una leve risa. Tiene las manos mojadas encima de mi camiseta mugrienta del equipo de hockey de Minnesota.

—Mira quién ha decidido salir por fin de su caparazón —bromea—. Hola, nene.

Me pone la mano en la mejilla y levanta la cabeza para mirarme.

—¿Quieres ayudarme a terminar con los platos? —Mira a Mars por encima del hombro.

Está ahí de pie con los brazos cruzados sobre su pecho de barril, su moño de tío deportivo, su barba rubia y unos pómulos fieros que le dan ese aspecto de vikingo de revista. Me mira, se quita el paño de cocina del hombro y lo suelta.

—Di lo que tengas que decir, Sanford.

Vuelvo a mirar a Rachel y le paso el pulgar por la suave mejilla.

—Quiero follarte, Huracán. Aquí mismo. Ahora mismo. Y quiero que él lo vea.

Contiene el aliento con los ojos como platos.

—Cay...

—No podemos avanzar hasta que no sepamos todos si puede compartir. Y por ahora no lo tiene claro —digo señalándolo por encima del hombro. Me doy la vuelta para mirarlo—. ¿Verdad?

Ella se gira entre mis brazos para mirarlo a él con esos preciosos ojos marrones.

—¿Mars?

Se le tensa un músculo de la mandíbula mientras me mira. No me atrevo a mover las manos alrededor de Rachel. Si el hecho de que la toque hace que él salte como un resorte, ¿qué hará si me la follo delante de él? Tenemos que saberlo.

Y que le den a Jake y a la estúpida mirada que lanzamos anoche. Él es mucho más valioso que yo. No vamos a abrir esta puerta solo para que Mars entre en tromba y deje a Jake inconsciente. Si alguien tiene que recibir el golpe, tengo que ser yo. Mi defensa se merece que alguien lo anteponga a él por una vez.

—Dile la verdad, Mars —digo. Nosotros tres ya la sabemos.

—No —admite y suelta un suspiro bajo—. No estoy seguro. Sanford, necesito que le quites las manos de encima.

Lo dice con muchísima educación, pero su significado está claro. Quiere arrancarme la cabeza de cuajo.

—Mars —susurra ella, se está poniendo tensa entre mis brazos.

—Tranquila, Huracán. —Le acaricio los brazos con las dos manos—. Ni me va a hacer daño ni vamos a parar. Lo llamaremos terapia de exposición. Una cosa es que Mars diga que quiere tenerte. Pero no va a alejarte de nosotros. Y no se va a quedar con una versión bonita y estéril de tu vida en la que el único que te toca en su presencia es él.

Mientras hablo, le paso las manos por los hombros y la agarro por las tetas. Se arquea ligeramente contra mí, su cuerpo responde al calor de la mirada de Mars y a las provocaciones de mis manos. Joder, a esta chica le encanta que la compartan. Le encanta que la observen. Es insaciable. ¿Está dispuesto él a dejar a un lado su maldito orgullo para ayudarme? ¿O esto ha terminado para él antes de que empiece?

—Te encanta cuando follamos, ¿a que sí, Huracán? —susurro mientras le bajo una mano por el vientre y la deslizo dentro de sus mallas—. Siempre estás húmeda para nosotros. Eres una buena chica. Ese coño perfecto es muy suave. ¿Deberíamos enseñárselo? —la provoco mientras le mordisqueo el lóbulo de la oreja.

Se limita a gimotear, así que le bajo las mallas lo suficiente para que quede al descubierto su coño desnudo. Entonces le doy una cachetada que la hace coger aire, mientras aprieta el culo contra mí.

—Cay... —Cierra los ojos, echa la cabeza para atrás y la apoya en mi hombro.

Llevo una mano a su mandíbula y la sujeto bien.

—No te atrevas a cerrar los ojos. Mira a Mars directamente. Hazle saber cuándo hago algo que te gusta.

A medio metro de distancia, está Mars de pie, horripilado y cautivado al mismo tiempo, con los labios abiertos mientras observa mi mano deslizarse bajo la camiseta de Rachel para agarrarle la teta directamente. Mientras tanto, los dedos de mi mano derecha le abren los labios del coño y deslizo el dedo corazón por su humedad.

—Está prieta, ¿verdad, Mars? —Lo provoco mientras ella se retuerce entre mis brazos—. Su coño es el cielo. ¿Ya le has follado el culo? Me parece que eres un tío de culo...

—Deja de hablar —gruñe él.

—No.

Joder, me estoy ganando un puñetazo en toda la cara. Merece la pena por sentirla a ella prieta contra mí. Le meto un segundo dedo y ella se estremece. Aparto la mano de inmediato cuando Mars da un paso hacia delante con porte de protección; en su mirada azul se desata un infierno.

—Jake tenía razón —lo provoco, mientras le acaricio el clítoris con el dedo—. Anoche Mars se metió en tu coño, ¿a que sí, Huracán?

Ella se limita a suspirar ante mi tacto y me deja que juegue con su clítoris.

—¿También se te folló el culo, cariño? Dímelo —gruño. Le envuelvo la garganta con la mano libre.

Eso hace que Mars se tense, se le notan los músculos de los hombros.

—Sí —susurra casi sin aliento mientras le doy placer.

—¿Lo cabalgaste, Huracán? ¿Te lo metiste hasta el empeine?

—Sí.

—¿Se la chupaste?

—No —responde con un gemido. Sé que está a punto, tambaleándose al borde.

Levanto la mirada hacia Mars y sonrío mientras digo:

—¿No se la chupaste? Pero si es tu especialidad. ¿Le enseñamos lo bien que te metes una polla hasta la garganta? Estás guapísima de rodillas. Y los dos sabemos que te encanta comérmela.

Le vuelvo a dar otra palmada en el coño y ella chilla. Tiene el cuerpo tenso por las ganas de correrse.

—Por favor, Cay —susurra intentado girarse entre mis brazos—. Por favor, no me provoques.

Dejo que le dé la espalda a Mars y le pongo una mano firme en la mejilla.

—Ponte de rodillas y cómeme la polla —le ordeno mirando fijamente a esos ojos castaños—. Me la vas a chupar mientras el portero nos mira. Y después de que te tragues mi semen, te voy a subir a la encimera y a sujetarte para que él pueda comerte el coño. No vamos a parar hasta que no te corras en esa estúpida cara tan guapa que tiene. ¿Te parece bien?

Ella asiente con la cabeza, tiene los ojos vidriosos por la necesidad.

—¿Te parece bien? —le pregunto a Mars mirándolo por encima del hombro de Rachel.

Está luchando con todas sus fuerzas contra la urgencia de dar un paso al frente, pero asiente despacio con la cabeza. Tiene curiosidad suficiente como para no matarme... todavía.

Con un suspiro de agradecimiento, Rachel se pone de rodillas delante de mí. Quiere tirarme hacia arriba de la andrajosa camiseta, pero yo ya voy un paso por delante y me la quito con una sola mano y la lanzo sobre la isla. Entonces le meto las manos entre el pelo y tiro hasta que se lo agarro por la coronilla.

Ella aprieta la cara contra mi entrepierna y aspira mi aroma antes de tirar con fuerza de mis pantalones de chándal grises.

No llevo ropa interior, así que mi polla le salta libre a la cara, dura y lista para empezar.

—*Mitä vittua* —maldice Mars con una voz baja y grave—. Sanford... Tu polla.

Tiene los ojos abiertos como platos mientras me mira la polla con los piercings.

Suelto una risilla cuando Rachel me la envuelve por la base. Le tiro del pelo y le aparto la cabeza.

—¿No le has hablado a tu nuevo novio de mí?

Sacude la cabeza y curva los labios en una sonrisa lujuriosa.

—¿Crees que querrá verla desde más cerca? —Miro a Mars por encima de su cabeza. Me saca más de diez centímetros—. ¿Habías visto antes una polla con piercings, Kinnunen?

—No —masculla—. Nunca. *Mitä helvettiä...* ¿Te duele?

—Ahora mismo, lo único que me duelen son las pelotas azules —respondo—. Nuestra chica tenía algo entre manos. Le doy un suave tirón del pelo.

—Enséñaselo, Huracán. Que mire.

Envuelve la boca alrededor de mí y empieza a provocarme con la lengua.

—¿Por qué te lo hiciste? —masculla Mars mientras la ve chupármela—. ¿Por qué soportar tal mutilación?

Suelto una carcajada que casi me sale como un gruñido. Joder, qué bien se le da esto a Rachel.

—Pregúntale a Rachel si fue una buena inversión de tiempo y dolor. —La saco de un tirón—. Huracán, ¿te gusta mi polla tachonada?

Asiente, levanta la cabeza y me mira.

—Sabes que sí. Pero no es razón suficiente para hacerse unos piercings —añade, luego me pasa la lengua por la punta como si fuera una sirena—. Tienes que saber qué hacer con ellos. Pero vosotros eso ya lo sabéis. El tamaño no importa, sino la destreza —provoca. Baja la mano que tiene libre de mi cadera para cogerme por las pelotas.

Gruño, suelto un poco la mano con la que le agarro el pelo mientras permito que vuelva al trabajo.

—¿Qué siente el hombre? —pregunta Mars.

—Dios —jadeo—. Si tanta curiosidad tienes, háztelo y averígualo. O encuentra a otro tío que también se la haya tachonado para que te dé por culo. Entonces lo sabrás.

Rachel pasa la mirada del uno al otro con una sonrisa.

—¿No quieres bajarte aquí conmigo? —le dice batiendo las pestañas.

Él le suelta impasible:

—El tío tiene cuatro barras de metal en la polla, *rakas*. No hay que ser gay para que te parezca fascinante. —Me mira a mí—. ¿Puedo tocarla?

Bueno, pues me muero.

Son dos palabras que nunca esperé que se escaparan de la boca de Mars Kinnunen.

—¿Quieres tocar mi polla dura, Mars?

—Solo si te comportas —responde.

Este tío está hablando completamente en serio. No puedo evitar que se me escape una risa mientras me paso la mano por el pelo, con la otra sigo sujetando el de Rachel encima de su cabeza. Hace un minuto estábamos follando. Ahora supongo que ha llegado el momento de la visita guiada.

—Adelante, joder, Mars. Mi polla es tu polla, al parecer.

Da un paso al frente y se agacha un poco para mirarla desde un ángulo diferente.

—Ahora entiendo dónde sienten más placer las mujeres.

—Ay, no tienes ni idea —lo provoca Rachel, que sigue de rodillas.

Y ahora hemos entrado en alguna realidad alternativa en la que Mars Kinnunen extiende la mano, me pasa su calloso pulgar por debajo de la polla y me acaricia los piercings mientras Rachel sigue sujetándome por la base.

—Resulta un tanto extraño —murmura Mars, su tono es casi académico.

A mi espalda, la puerta se abre de repente. Mars me suelta la polla cuando los tres nos volvemos. Jake está ahí plantado con los ojos como platos, y lleva en las manos las pinzas sucias de la parrilla. Pasa de estar sorprendido a serio en cero segundos.

—¿Qué coño está pasando?

Capítulo 69
Jake

Creo que me acaba de explotar la cabeza. Estoy bastante seguro de que, si me diera la vuelta, me encontraría el cristal de la puerta todo salpicado de materia gris.

Mars le estaba tocando la polla a Caleb. Mi Caleb. ¡Y Caleb lo permitía! Eso es lo que me ha dejado como si me acabara de reventar la cabeza. ¿Caleb se ha estado conteniendo todo este tiempo? ¿Ha estado pillado por Mars en secreto? ¿Todo esto ha sido una estratagema para meterlo en el grupo?

Antes de que pueda seguir ese rastro de miguitas de pan hasta la muerte de mi corazón, Rachel se levanta de detrás de la isla y abre los ojos como platos cuando me ve. Yo le devuelvo la mirada sin parpadear, intentando entender esta nueva realidad.

Vale... así que Rachel estaba de rodillas. Entre ellos. De cara a Cay. Sin duda estaba a punto de pasar algo sexual, pero Rachel estaba en medio...

Entonces, ¿por qué coño Mars estaba tocando a Cay? ¡Estaba claro que le estaba tocando la polla cuando he entrado!

Los tres me miran parpadeando, como tres búhos culpables. Entonces Rachel suelta una risilla nerviosa y se sube las mallas. Caleb hace lo mismo con los pantalones cortos y se guarda la polla ribeteada.

Se me descongelan los pies y puedo levantarlos del suelo,

así que salgo corriendo y la bandeja llena de utensilios sucios repiquetea a cada paso. El corazón me va a mil kilómetros por hora. Siento que se me seca la boca. Estoy pegajoso. Estoy sudando. ¿Qué coño me pasa?

—Me voy fuera dos putos minutos y, cuando entro, ¿Mars te está haciendo una paja? —chillo lanzándole a Caleb una mirada asesina.

El muy gilipollas se limita a encogerse de hombros. Quiero darle un puñetazo en la cara, casi tanto como quiero arrastrarlo por la puerta abierta de la despensa y ponerlo de rodillas. Si se cree que va a ser el follamigo de Mars Kinnunen y que yo no tengo nada que decir, se equivoca de cabo a rabo.

Me doy la vuelta para enfrentarme al finés grandullón. Todo esto es su culpa. Era él quien lo estaba tocando.

—¿Eres bi?

—No —responden Rachel y él al mismo tiempo.

Paso la vista del uno al otro y me quedo mirando fijamente al finés.

—Vale, entonces, ¿por qué le estabas tocando la polla a Cay?

—¿Estás celoso, ángel? —me pica Caleb.

Oh, que le den. Está a punto de sentir la palma de mi mano en su culo.

—Sabes que sí, joder —escupo—. ¡En ningún puto momento hemos hablado de que meter a Mars en esto implicaba que te hiciera una paja en mi cocina!

—Eso no es lo que estaba pasando —dice Rachel—. Mars solo... —Mira a Mars por encima del hombro, está claro que busca ayuda.

—Tenía curiosidad —responde Mars.

—Sí, nunca había visto a un tío con piercings en la polla —añade Caleb con los brazos cruzados y sin dejar de lanzarme esa sonrisilla de suficiencia. Está disfrutando esto como un enano. Sabe que es mi ojito derecho y que haré todo lo que me diga—. Has aparecido cuando las cosas se estaban poniendo interesantes —añade guiñando un ojo.

—¿Poniendo interesantes? —repito—. ¿También estaba a punto de ponerse de rodillas?

Al ver la sorpresa y la preocupación en el rostro de Rachel, respiro hondo y me llevo las dos manos al pelo.

—Madre mía, se me está yendo la olla —mascullo.

—Un poquito —responde Rachel—. Ángel..., intenta decirlo con tus propias palabras...

—¡Estoy celoso!

Rachel abre los ojos como platos.

—Jake, ¿qué...?

—Estoy celoso de ti y estoy celoso de ellos y quiero más —sigo vomitando todo lo que tengo dentro encima del suelo de la cocina.

—¿Más? —Su voz es muy suave y me lo dice todo con la mirada.

—Sí —respondo enseguida y me acerco un paso—. Creo que no puedo quedarme sentado sin más esperando a que llegue mi turno de tenerte —admito, sigo toqueteándome el pelo con una mano.

—¿Puedes explicarte mejor? —responde ella.

—No —digo. Y es cierto. Ni siquiera sé lo que he dicho. Con todo el pánico, ya me he olvidado.

—Inténtalo —me insiste—. La cocina, ¿recuerdas? Se siguen aplicando las reglas de muerte súbita.

Respiro hondo para llenarme todo el pecho de aire y lo suelto mientras miro a Caleb y luego otra vez a Rachel.

—Quiero más —vuelvo a decir.

—¿Más qué?

Rachel se acerca unos centímetros a Caleb para ponerse a su lado.

Por un segundo, estoy seguro de que lo va a coger de la mano. Miro a ese punto que hay entre sus manos con los ojos fruncidos. Quiere tocarlo, pero también sabe que él no quiere. Joder, qué bien lo conoce. ¿A mí también me conoce? ¿Sabe lo que intento decir sin decirlo?

Mientras tanto, Mars está ahí plantado sin más, como un gigante de piedra mirándome mientras se me va la olla. Su presencia me pone nervioso, aunque también me envalentona. No voy a esconderme de él. Esta es mi vida. Mi casa. Y Rachel y Cay son míos. Yo estaba aquí primero. No voy a tener miedo de él ni a sentirme amenazado por él. Si quiere tener a Rachel, va a tener que amoldarse a nuestra vida, no al revés. Y si no le gusta lo que digo o lo que hago, puede coger la puerta él solito.

Con ese fuego que me arde en los huesos, rodeo la isla para colocarme de pie entre Rachel y Cay.

—Más de todo —admito. Me giro hacia Rachel y observo esos preciosos ojos oscuros. Rara vez la llamo por su nombre, pero en este momento me parece procedente—. Rachel... —Me permito sentir la música del sonido—. Te quiero, nena. Y te deseo —digo envolviéndole la cara con las dos manos—. Todas las horas del puto día estoy pensando en ti —continúo—. Estoy obsesionado. Estoy poseído. En el hielo, fuera de él. Lo eres todo para mí. Rachel, eres la única, joder. No tengo ninguna duda.

—Lo sé —murmura con lágrimas en los ojos. Levanta las manos y me coge las muñecas con cuidado. Entonces baja la mirada hasta mis labios.

—¿Pero?

Joder... pero. Me mata que haya un pero.

—Pero estar contigo —empiezo a decir buscando las palabras adecuadas—, ver el modo en que amas a Cay... ver que te pillas por Ilmari como lo estás haciendo... Creo que estoy celoso.

—¿Por qué estás celoso, Jake? —murmura. Su roce es como un ancla para mí, calma la tormenta de mi torbellino de pensamientos y emociones.

—Porque eres libre —admito—. Te quiero con todo mi corazón. Te tengo muy adentro. Nunca pensé que algo así fuera a ser posible. Pero te veo... te veo con ellos —añado señalando a los chicos—. Y sé que es real. —Respiro hondo y dejo caer las manos hasta sus hombros—. Y yo también lo quiero tener. Yo también quiero ser libre.

«Hostia». ¿Qué pasa con esta cocina? Los conductos de aire de este sitio deben de soltar suero de la verdad, porque estoy escupiendo mis secretos más profundos. Quiero más y esa es la verdad. Quiero tener a Rachel. Todo el día. Todos los días. Pero más que eso, quiero lo que tiene Rachel. Yo también quiero ser libre y amar en voz alta. Es imposible que algo que se siente así de bien este mal..., ¿verdad?

Baja las manos y me las coloca en el pecho mientras respira hondo sin apartar sus ojos de los míos.

—Y... ¿cómo eres libre, Jake? ¿Qué quieres tú?

Y ahora no puedo respirar. ¿Quiere que lo diga en voz alta? ¿No puede usar sin más esa telepatía rara que tenemos? Trago saliva y centro toda su atención en su boca mientras digo:

—Quiero más.

—¿Qué es más? —insiste.

Joder, de verdad me va a hacer decirlo. Sé que Mars no se apuntó a lo de la hora de las confesiones, pero me da igual. Estoy luchando por lo que quiero. Y lo que quiero está de pie en esta habitación.

Poco a poco, me giro con el corazón en la garganta. Me quedo sin aliento cuando me enfrento a Cay.

—Quiero más —admito en voz alta—. Estoy cansado de no ser yo mismo para fingir que no es así. No tengo ni idea de qué coño estoy haciendo, pero así es como me siento —termino y me encojo de hombros incómodo.

Soy consciente de que él ya lo sabe. Rachel también lo sabe. ¿Por qué si no fue tan astuta durante nuestra última ronda de muerte súbita? Toda esa cháchara de que yo encontrara a otra persona que amar. Estaba aquí, en esta cocina, al lado de Cay, y me dijo que encontrara mi felicidad con otra persona aparte de con ella. Ella también quiere que ocurra esto..., ¿verdad?

La mirada oscura de Caleb parece un volcán.

—Dilo —masculla.

—Quiero más —repito.

Caleb extiende el brazo tatuado, me pone la mano en la garganta y aprieta para acercarme más a él.

Jadeo, arqueo el cuello ante su contacto mientras le permito que se apodere de mí. La polla se me retuerce dentro de los pantalones. Joder, soy un caso perdido. Lo único que tiene que hacer es bajar la mirada y ver lo duro que estoy por él.

Me sujeta justo delante de él, la presión de su mano es firme en mi garganta.

—Dilo, Jake.

Gruño. Estoy luchando con la urgencia de temblar mientras mi cuerpo responde al sonido de su tono dominante. Ni en un millón de años me habría imaginado que me sumiría ante Caleb Sanford. Pero el recuerdo de estar de rodillas con su polla en la boca hace que me estremezca. Me gustó. Me puto flipó. Llevo dos días seguidos con el subidón de ese momento.

Y quiero más.

Me inclino sobre su mano, lo desafío sin palabras a que aumente la presión.

Lo hace y la polla se me pone aún más dura. Trago saliva contra su garganta.

—Quiero más, Cay —digo en tono áspero.

—Dilo.

—Te deseo.

Bajo la mirada por su rostro, por su pecho, hasta la cinturilla de sus pantalones. Veo con claridad el bulto de su erección. Suelto un pequeño suspiro de alivio contra la presión de su mano. Él también me desea.

Gracias a Dios, joder.

—¿Quieres tenerme? —murmura, el agarre de su mano en mi garganta se afloja un poquito.

—Te deseo —vuelvo a decir, sin una pizca de vergüenza en mis palabras.

Se le forma una sonrisa en la comisura de los labios y el estómago me da un vuelco.

Mierda, allá vamos.

Caleb se inclina hacia delante, sus labios están muy cerca de los míos mientras respira mi aire. Con esa media sonrisilla aún dibujada en la cara, me quita la mano de la garganta, da un paso atrás y me deja aturdido.

—Entonces, suplícamelo.

Siento que todo mi cuerpo está ardiendo, unas llamas diminutas lamen todos los centímetros de mi piel.

—Por favor —susurro con la voz rota—. Por favor, Cay...

—Qué bien se te da suplicar —me provoca, me está penetrando con sus ojos negros—. Dilo otra vez. Esta vez, de rodillas.

Ni siquiera lo dudo. Me pongo de rodillas sin más con la cabeza levantada para mirarlo. Rachel está de pie justo a nuestro lado, observándonos. Quiero que lo vea. Quiero que vea hasta qué punto estoy metido en esto. Necesito que sepa cómo quiero que sea esta dinámica. Todos necesitan saberlo. Porque me he cansado de luchar contra esto. Me he cansado de fingir que no quiero lo que Caleb puede ofrecerme.

—Por favor, Cay —vuelvo a decir. Extiendo las dos manos y lo agarro por las caderas—. Me muero por tenerlo. Quiero probarlo. Quiero más. Por favor...

Caleb me acaricia con cuidado el pelo y tengo que luchar para que no se me escape un gemido.

—Entonces, sé mi puto niño bueno y sácamela —ordena, su suave caricia se convierte en un tirón fuerte y me sobresalto.

Le bajo los pantalones hasta los tobillos. Su dura polla con piercings salta libre delante de mi cara. La punta ya está húmeda y esperándome. Gruño, me estoy comiendo con los ojos las barras de metal que tiene por debajo de la polla. Me fascinan. No me sorprende que Mars también sienta curiosidad. Pero no permitiré que vuelva a tocar a Cay sin mi puto permiso. Nunca pensé que diría esto, pero esta polla es mía.

Levanto la mirada, no estoy seguro de lo que viene a continuación. ¿Puedo probarla? La quiero en mi boca. Pero desconozco las reglas. ¿Espero?

Como si pudiera leerme la mente, su mano me suelta un poco el pelo.

—¿A qué estás esperando? Huracán no puede ayudarte esta vez. Ella tiene su propia polla que chupar. Ahora, abre esa dulce boca y métela bien dentro.

Si pienso demasiado en lo que estoy a punto de hacer, puede que pierda el temple. Estoy de rodillas en mi cocina con la polla de Caleb a unos centímetros de mi boca. Rachel y el puto Mars Kinnunen están justo detrás de mí. Van a verme chuparle la polla.

Joder, ¿por qué eso me pone más? ¿Y quién soy yo? ¿Qué ha pasado con Jake Compton? ¿He sido así siempre... o esta es la persona en la que se suponía que me iba a convertir? Decido que me importa una mierda.

Le agarro la polla por la base con una mano, me encanta el sonido que hace Caleb al suspirar. Con la otra lo sujeto con fuerza por la cadera. La última vez, el muy gilipollas intentó que me atragantara con sus insinuantes embestidas de cadera. Pero hoy soy quien tiene la sartén por el mango. Abro la boca, me inclino hacia delante y le lamo la redondeada punta. Esa primera degustación con la lengua me hace gemir.

Siento un dolor punzante en las rodillas mientras me inclino hacia delante y abro la boca para provocarlo un poquito más. No tengo ni idea de qué estoy haciendo. Solo es la segunda vez que tengo una polla en la boca. La polla de Caleb. Solo esta polla. La idea de cualquier otra polla me da ganas de vomitar. Pero ¿la de Cay?

Vuelvo a gruñir, me la meto más adentro y mi propia polla se pone dura entre mis pantalones cuando me la llevo hasta el fondo. Le doy placer con la lengua, tentándolo mientras siento las bolitas ribeteadas de sus piercings. Empiezo a succionar, me da igual si es fuerte o lo estoy haciendo mal.

—Qué buen chico eres —canturrea acariciándome el pelo con ambas manos. Mueve un poco las caderas, al mismo ritmo al que yo se la chupo. Me gusta. Me gusta sentir que estamos en sincronía.

Si soy sincero, es lo que más deseo de él. Quiero que derribe todos sus putos muros y que estemos completamente en sintonía. Rachel me entiende. Es nuestra cosa de mellizos. No, es la cosa de Rachel y Jake. Respiramos al mismo ritmo, así de simple. Ha sido así desde el principio.

Cay y yo también podemos llegar a ese punto, pero tengo que esforzarme. Y él tiene que rendirse. Nos encontraremos el uno al otro a través del sexo si es lo que necesita. Con suerte, cada vez sus muros estén más abajo y durante más tiempo, hasta que los baje del todo. Se quedará con nosotros así. Nos permitirá que lo amemos y lo necesitemos. Es lo único que quiero.

—Eres perfecto —murmura Cay, me baja las manos a los hombros, casi como si me diera un masaje. Hace que la polla me duela de las ganas que tengo.

—Estás hecho para chuparme la polla. Estás guapísimo de rodillas. Poderoso.

Tiene razón. Esto es poderoso. Cada palabra que sale de sus labios baja sus muros. Quiero que siga hablando, que siga fingiendo que es el dueño de este momento. Pero soy yo quien tiene todo el control. Creo que en el fondo los dos lo sabemos.

Le agarro las caderas con las dos manos y abro más la boca para metérmela hasta el fondo. Ni siquiera me importa atragantarme y que la saliva se me caiga por la barbilla. Rozo con la nariz sus suaves pelos oscuros y aspiro su aroma. Joder, mi polla está supurando. Qué bien huele. Quiero acurrucarme contra su piel y aspirar su olor.

Rachel dice lo mismo de mí. Dice que mi gel de ducha es como miel para su coño. Pues bien, el olor de Cay es la droga de mi polla. Necesito correrme. Necesito un puto alivio. Pero él va a eyacular antes. En mi boca.

Bajando por mi garganta. Lo voy a coger todo. Es mío, joder. Todos lo son.

Miro por encima del hombro y veo a Rachel temblando entre los brazos de Mars mientras se besan y él le toca el clítoris mientras ella gimotea.

—Ponte otra vez de rodillas, Huracán —le ordena Cay—. Cómesela a Mars. Justo delante de mí. Quiero verlo correrse en tu garganta. Termina con él mientras Jake termina conmigo y te comeremos el coño como te hemos prometido.

Caleb me agarra por la nuca con un ademán posesivo para que vuelva a prestarle atención mientras mueve las caderas. A mi espalda, siento que Rachel se pone de rodillas. Joder, eso me ha terminado de poner cachondo. Se está atragantando con la polla de Mars mientras yo se la chupo a Caleb. Estamos juntos en esto. Mars no ha salido corriendo despavorido.

Me dejo llevar por la emoción del momento y agarro a Caleb por el culo, le aprieto las duras nalgas mientras me mete su polla en la garganta. Succiono un buen rato despacio, aferrándolo contra mí mientras maldice y gruñe.

—Voy a...

No llega a terminar la frase porque meto una mano entre sus piernas y lo agarro por las pelotas. Eso termina de rematarlo. Gruñe más alto, aprieta las caderas mientras se corre y su cálido semen me llena la boca. Tiemblo de la cabeza a los pies cuando me aparto y su semen se mezcla con mi propia saliva al caer por mi barbilla. No me lo puedo tragar todo.

Me levanto e intento respirar por la nariz. La polla dura me ha formado una tienda de campaña en los pantalones. Me duele de las ganas que tengo de que me toque. Pero también me siento satisfecho. He cuidado a Caleb. Él me ha dejado que lo cuide.

Me pasa el pulgar por la barbilla manchada. Cuando me lo pone contra los labios, abro la boca y me lo meto y lo saboreo para seguir sintiendo su gusto.

—Eres precioso —vuelve a murmurar con la mirada suave y los muros bajados.

Me pone de pie y me quedo ahí, temblando un poquito. Sus manos sobre mis hombros me estabilizan. Entonces me da la vuelta y me hace ver cómo Rachel se folla a Mars con la boca. Ella tiene la cabeza levantada, mirándolo con una expresión encantadora. Y aun así, sé que no se ha olvidado de que nosotros estamos aquí. Ni tampoco él. La energía que hay entre los cuatro está cargada.

Rachel gimotea, con la otra mano se está tocando el clítoris mientras termina con Mars. El enorme finés gruñe cuando se corre y Rachel se lo traga todo, como si fuera algo que no requiere esfuerzo. Mientras tanto, yo sigo sintiendo que no puedo más.

Caleb se coloca detrás de mí, me desliza la mano por la cadera hasta mi polla dura. Gruño y le aprieto las caderas con el culo, aunque mi polla quiere que ejerza más presión. Caleb se tensa cuando Rachel se pone de pie tambaleándose.

Mientras la miramos, Rachel se quita las mallas. Luego se quita la camiseta y se queda desnuda en mi cocina. Joder, es preciosa. Nos mira a los tres antes de dar un saltito para poner el culo desnudo encima de la isla de mi cocina. Abre las piernas un poco y se toca el clítoris con dos dedos.

—Se me prometió un cunnilingus —dice nuestra diosa encarnada.

Casi uso a Cay de trampolín para llegar el primero y le acaricio con las manos los hombros desnudos. Ella me coge por la mandíbula con una mano y me levanta la cara para que la mire a los ojos. Observo esos ojos marrones, pero no son tan oscuros como los de Cay. Quiere saber si me parece bien que Mars esté aquí. Que quiero esto. Que me parece bien.

A mi modo de ver las cosas, me parece justo. Puede tener a Mars siempre y cuando yo tenga a Cay. Imito su sonrisa y digo por encima del hombro:

—Mars, ven aquí. Sujeta a nuestra chica para que se abra para mí.

Rachel sonríe aliviada y gimotea cuando bajo la mano para tocarle el coño húmedo. Joder, la vamos a destrozar. Quiero que se retuerza en la encimera antes de que hayamos terminado. Y luego alguien se va a poner de rodillas para terminarme a mí. ¿Tanta tensión sexual en una casa todo el tiempo? Si soy sincero, temo por la salud de mi polla.

Mars se coloca detrás de mí. Duda, pero está dispuesto a hacerlo.

—Sujétala —le ordeno y quito la mano del muslo.

Él coloca la suya donde estaba la mía y me lo tomo como una victoria. Cay ya se ha colocado a mi otro lado y la sujeta por el muslo izquierdo. Nuestra chica está abierta de piernas delante de nosotros, le cuesta respirar de la necesidad. Se echa para atrás apoyada en los codos y nos mira como si fuéramos su principio, su medio y su final. Oh, sí. Esto no va a parar hasta que no grite todos nuestros nombres.

Capítulo 70
Rachel

—Oh, Dios... —jadeo—. Me rindo. Ya no más.

Nunca pensé que diría esto, pero es posible follar demasiado. Mars Kinnunen es un animal. El tío no se cansa. Llevamos horas dándole al tema y es oficial: estoy preparada para ondear la bandera blanca. Es la primera vez en la historia de Rachel Price. Giro sobre mí misma y voy a gatas hasta el borde de la cama.

—¿A dónde te crees que vas?

—Lejos —jadeo, estoy sudando y sin aliento—. Muy muy lejos.

Con un gruñido, me agarra por los tobillos y tira de mí.

—¡Ilmari! —grito dando patadas. No sirve de nada. Estoy atrapada en su presa de hierro.

—Si te acercas otra vez con esa polla monstruosa, me pagas la reconstrucción vaginal.

—Será un dinero bien gastado.

Se apoya sobre los codos, me abre los muslos y deja que su boca se dé un banquete en mi coño tembloroso. Estoy chorreando su semen, pero le da igual, su lengua me provoca desde el culo hasta el clítoris.

—¡Madre mía, eres insaciable! —grito. Le aprieto la cabeza con los muslos mientras me retuerzo debajo de él.

—Tú lo has empezado —dice apartando la boca.

—¿Qué? —Le empujo la cabeza con las dos manos, pero es como intentar mover una piedra—. Se suponía que me ibas a llevar del trabajo a casa, ¿te acuerdas? No sabía que en realidad pretendías secuestrarme y traerme a tu casa.

Tampoco es que me haya quejado. El calor de nuestra tensión sexual durante todo el trayecto era tal que se podría haber frito un huevo. Apenas habíamos entrado en esta casita frente al mar cuando ya nos estábamos arrancando la ropa. Estábamos famélicos de las ganas que teníamos el uno del otro. Hemos follado en la mesa de la cocina, en el pasillo y durante todo el recorrido hasta la habitación.

Eso ha sido hace horas. Ahora sus sábanas limpias huelen a sexo y a sudor y a depravación absoluta.

—Te dije que no podrías conmigo —me advierte—. Te ofrecí una vía de escape la primera noche que estuvimos juntos.

Me levanto apoyada en los codos y le aguanto la mirada.

—Ah, ¿así que eso es lo que tú te piensas? ¿Crees que no puedo contigo, Kinnunen?

Dibuja una sonrisa de suficiencia, se pone de rodillas y su polla queda completamente expuesta. Las líneas de sus músculos son tan pronunciadas que podrías romperte un diente. Tiene el pelo suelto y salvaje alrededor de los hombros. Parece más que pecaminoso.

—Eres tú la que se está yendo a rastras —responde seco.

Respiro hondo y suelto el aire con un resoplido. Ay, esto no está pasando. Rachel Price no va a perder una batalla de fuerza de voluntad contra Mars Kinnunen. No mientras me quede aliento en el cuerpo. Balanceo las piernas por el lateral de la cama.

—Muy bien, grandullón. ¿Sigues queriendo jugar? Vale. El gran final. Ven aquí.

Me deslizo por el borde de la cama hasta la mesita de noche y agarro el bote de lubricante. He aprendido enseguida que con Mars es algo imprescindible. Es demasiado grande como para jugar con seguridad sin él.

—¿Qué estás haciendo? —masculla, sigue de rodillas en medio de la cama.

—Ven aquí —vuelvo a decir—. Ponte de pie.

Se mueve hasta el otro lado de la cama y la rodea.

Su enorme corpachón se cierne sobre mí mientras me aparta el pelo de la cara con una mano cuidadosa.

—¿Qué estás haciendo, *rakas*?

Mientras calibro nuestra diferencia de tamaño desde este ángulo, me pongo de rodillas en el borde de la cama y le quito el tapón al bote de lubricante. Me esparzo un poco entre las tetas, le sonrío y lanzo el bote a un lado.

—Ven aquí —digo mientras lo agarro por las caderas.

—¿Qué es esto?

—Te me vas a follar las tetas y te me vas a correr en la cara.

Su expresión parpadea como una televisión rota, cambia tan rápido que no sabría decir lo que está pensando. Me envuelve la cara con las manos y se agacha, le arde la mirada.

—*Mennään naimisiin*.

Me río mientras me restriego el lubricante por las tetas con una mano. El calor de su mirada es suficiente para prenderme fuego. Nunca voy a tener suficiente de este hombre. Me va a matar.

RIP Rachel Price, murió de demasiados polvos increíbles.

No sé qué hora es. Me da igual. Por fin ha terminado nuestro maratón de sexo y Mars está satisfecho. Descansa la cabeza sobre un cojín en mi regazo mientras le aparto el pelo de la cara con suaves caricias. Uno de sus pesados brazos está sobre mis muslos y me acaricia la piel con la punta de los dedos.

—Háblame de este —murmuro mientras le paso el dedo por el tatuaje del hombro.

Se aclara la garganta con un sonido bajo.

—¿El oso?

Giro un poco la cabeza para echarle un vistazo. Supongo que es un oso. Tiene pinta demoniaca: una calavera por cara, los ojos en llamas y unas garras exageradas. Pero ahora veo el patrón de pinos emplumados.

—Ajá.

—Ese es Otso —dice, su voz profunda está amortiguada

por el cojín—. Es el espíritu del Oso, el rey del bosque. Es sagrado para los fineses.

—¿Y el demonio de la calavera que lleva una corona? —pregunto mientras voy bajando la mano, acariciándolo hasta el medio de la espalda.

—Ese es Tuoni, el dios de la muerte, señor del inframundo.

—Este tatuaje es importante para ti —murmuro. Le paso la mano con suavidad por la piel oscurecida. No responde. Pero claro que lo es—. ¿Cuándo te lo hiciste?

—Cuando murió mi madre —responde con el cuerpo rígido.

—Tenías diecisiete años.

Asiente con la cabeza. Se aparta de mi regazo, se sienta y su enorme cuerpo me hace sentir como una enanita cuando se apoya contra el respaldo de la cama.

—¿Cómo murió? En la cena dijiste que fue cáncer...

—Sí. Fue un extraño cáncer cerebral. Se fue rápido, cosa que agradezco.

—¿Y tu padrastro se quedó contigo?

Resopla y sacude la cabeza.

—Juhani nunca fue mi padrastro. Mi madre ya no sé casó después de lo de Halla.

—Entonces...

—Era su vecino —responde antes de que pueda formular la pregunta—. Mi madre se crio en la casa de al lado de los Kinnunen. Juhani y ella tenían la misma edad. Fueron a la escuela juntos, antes de que él empezara la carrera en el hockey junior. Eran amigos.

Me apoyo en su hombro y le acaricio el pecho con los dedos.

—¿Fueron novios?

Me mira, me pasa el brazo por los hombros y me pone la mano en la cabeza, luego me acaricia el pelo con los dedos.

—Nunca hablaron de ello a las claras..., pero yo creo que no.

—¿Por qué?

Se encoge de hombros.

—Creo que a Juhani no le interesaban las mujeres. Ni siquiera ahora está casado. Estuvo en el funeral de mi madre.

Para entonces ya estaba jugando en la Liiga. Me ayudó a vender la casa de mi madre. Me mudé con los Kinnunen ese verano. Justo antes de que yo mismo empezara en la Liiga, adopté el apellido de Juhani. No he mirado atrás.

—¿Lo llamas padre? ¿Te crio?

—Más bien no —masculla—. Lo conocía cuando era pequeño, sin duda. Nos veíamos en las vacaciones y los acontecimientos familiares. Pero no me crio.

—Pero... le dijiste a Halla que sí —digo con delicadeza, ahora le estoy acariciando el brazo con los dedos.

Se queda quieto.

—No quiero hablar de Halla.

Pero yo no estoy dispuesta a dejar el tema. Es muy raro que Ilmari se abra. Y necesito saberlo. Necesito entenderlo.

—Te abandonó. En el divorcio, ¿se marchó?

—Sí.

—¿Volviste a verlo?

—Nunca he querido hacerlo —responde apartándose de mí.

—Mars...

—Empezó a ponerse en contacto poco después de que me uniera a la Liiga —dice mientras se levanta de la cama—. Quería saber por qué había dejado de aceptar el dinero que me enviaba cada mes. Mi madre fue la que se ocupó de eso, ¿sabes? Yo nunca supe que enviaba dinero.

Me pongo de rodillas para colocarme delante de él.

—Pero seguro que el hecho de que nunca dejara de apoyarte económicamente... el hecho de que ahora esté poniéndose en contacto contigo...

Se da la vuelta de forma brusca para mirarme, sigue en su gloriosa desnudez.

—Ah, ¿sí?

Mierda.

—Mars...

—¿Se está poniendo en contacto, Rachel? —insiste—. Porque está claro que conmigo no está contactando. Así que debo asumir que lo está haciendo contigo. ¿Halla te está preguntando por mí?

Dejo caer los hombros y me encojo.

—Solo quiere que le informe...

—No quiero tener ninguna relación con ese hombre —gruñe. Coge los calzoncillos del suelo y se los pone.

—No le he contado nada —le aseguro enseguida—. No lo haría sin tu permiso, Mars. Nunca...

—Pero quieres hacerlo —resopla—. Quieres hablarle de mi progreso.

—Mis padres también se separaron —digo—. Un divorcio siempre es horrible. Y los padres pueden tomar decisiones terribles. Pero sé que si nunca le hubiera dado una segunda oportunidad a mi padre... si nunca hubiera aprendido a perdonar...

—¿Quieres que perdone a Halla por abandonarme? —ruge—. Me privó de tener un padre.

—Y cargará con esa vergüenza y ese dolor hasta que se muera —digo enseguida con lágrimas en los ojos—. Pero, Mars, lo conozco. He estado dos años trabajando con él codo con codo. No te estoy diciendo que tengas que perdonarlo ni que lo dejes ser parte de tu vida. Lo único que digo es que la vida es larga... y el odio que llevas a cuestas es una carga pesada. A lo mejor hay esperanza para un futuro en que aprendas a dejar eso a un lado.

—Quieres que lo perdone —vuelve a decir, su rostro es una máscara de frustración.

—No —digo. Gateo hasta el borde de la cama y le tiendo las manos.

Se queda atrás mirándolas.

—Me preocupo por ti, Ilmari. Tu felicidad, tu futuro, tu paz mental. Odiarlo te hace daño. Es una herida que tienes abierta. Y yo soy médica. No puedo evitar que quiera ayudar a curar una herida cuando la veo —añado encogiéndome de hombros.

Él relaja un poco la postura y da un paso adelante para cogerme de las manos. Despacio, las levanta y me da besos en los nudillos.

—Hace mucho tiempo que convivo con este odio —admite en voz baja.

Asiento con la cabeza y levanto una mano para acariciarle el rostro.

—Lo sé. Pero eso no significa que tengas que vivir así para siempre. Y estoy aquí para ti. Yo también tengo unos hombros fuertes. Puedo ayudarte a llevar esa carga... si quieres —añado con delicadeza.

Me envuelve el rostro con las manos, me observa con una mirada tierna. Asiente despacio. La herida no está curada. Ni de lejos... pero es un comienzo.

Resulta que Ilmari es un friki del cuidado de la piel. Llevo media hora metida en su baño poniéndome una mascarilla facial de carbón nórdico. Miro por la apertura de la puerta del baño abierta y veo las piernas desnudas que tiene extendidas sobre la cama. La última vez que lo comprobé, estaba leyendo en el libro electrónico y comiendo frambuesas como si fueran caramelos.

Mientras me estoy limpiando la cara, suena el timbre.

—¿Estás esperando a alguien? —pregunta desde el otro lado de la habitación.

—No —respondo balbuceando, pues tengo la cara llena de jabón mientras me froto la mascarilla de carbón.

Estoy a punto de quitarle el tampón a un sofisticado tónico europeo cuando lo oigo gritar:

—¡*Rakas*! —Su tono está cargado de urgencia.

Salgo corriendo de la habitación hasta el salón. Mars está sin camiseta delante de la puerta principal, no la trasera, con los brazos cruzados por delante de los pectorales. Echo un vistazo por un lado y veo a Jake, a Caleb y al perro al otro lado de la puerta. Poseidón tiene el hocico aplastado contra el cristal y ladra cuando me ve. No puedo evitar sonreír.

—¿Cómo saben dónde vivo? —masculla Mars.

—¡Que te estamos escuchando, gilipollas! —resopla Jake—. Seattle, oblígalo a que abra la puerta.

—Quiero que conste en acta que yo no tengo nada que ver con esto —dice Caleb.

—Sí, ha sido idea de Sy —añade Jake.

Poseidón vuelve a ladrar y lloriquea mientras da vueltas a sus pies.

—¿Cómo lo saben, *rakas*? —vuelve a decir Mars.

—Porque se lo dije yo, está claro —respondo—. Mars, venga, abre la puerta.

—Vamos —dice Jake—. ¡El helado se está derritiendo!

Con un pesado suspiro, Mars abre la puerta y da un paso atrás.

Poseidón entra como un rayo, desesperado por llegar a mí.

—Hola, mi ángel cachorrito —canturreo—. ¿Quién es el mejor chico del mundo entero?

—Debería ser yo —me provoca Jake—. He comprado helado. —Levanta una bolsa de plástico abultada—. Mars, trae las cucharas.

—¿Por qué estás aquí, Compton? —masculla Mars, vuelve a tener los brazos cruzados.

—El entrenador ha enviado los vídeos para que revisemos el partido del martes —responde metiéndose él solito en la cocina de Ilmari para buscar las cucharas—. Hemos pensado que podríamos verlos contigo. —Mira hacia el salón—. Tienes televisión, ¿verdad?

Con otro suspiro, Mars camina hasta el salón y coge un mando a distancia. Pulsa una tecla y, de un mueble, aparece una televisión por arte de magia.

—Mola —dice Jake mientras ve cómo la tele va subiendo.

Mientras tanto, Caleb saca las tarrinas de helado de la bolsa.

—Coge el tuyo, Huracán...

—Ni hablar —gruñe Jake—. No tan rápido. Mars, ven aquí.

Caleb gruñe y sacude la cabeza, pero se ríe.

—¿Qué pasa? —digo.

—Cay está intentando robarme el protagonismo —responde Jake—. No cree en mi superpoder.

—No es un superpoder —resopla Caleb.

—¡Sí que lo es! Deja de intentar robármelo.

—¿Qué está pasando? —digo pasando la mirada del uno al otro.

Jake se vuelve hacia mí.

—Ah, está enfadado porque no me cree cuando le digo que tengo la habilidad mágica de adivinar el sabor del helado favorito de cada persona con solo echarle un vistazo. Es un sexto sentido —dice encogiéndose de hombros—. Así pues, Mars, ven aquí y ayúdame a demostrar que tengo razón para que pueda restregárselo a Caleb por la cara.

Mars me mira para pedirme ayuda, pero le hago un gesto para que siga adelante con una sonrisa.

Jake saca las cuatro tarrinas de helado y las coloca en fila sobre la isla de la cocina.

—Vale, Mars, elige uno.

Me coloco al lado de Mars y le paso un brazo por la cintura. Él se agacha para leer las etiquetas: chocolate con mantequilla de cacahuete, sorbete de limón, pistacho y menta con virutas de chocolate. La cocina se sume en un silencio sepulcral mientras Mars delibera.

Luego se encoge de hombros, extiende la mano y elige el helado de pistacho.

—Joder —masculla Caleb.

—Ja... ¡Sí! Te lo dije —se alegra Jake.

—Es el superpoder más absurdo del mundo —refunfuña Caleb mientras agarra su helado de menta con virutas de chocolate. Con la mano libre, me tiende el de sorbete y le deja a Jake su chocolate con mantequilla de cacahuete.

—Solo estás enfadado porque tú no tienes ninguno —le pica Jake mientras coge una cuchara.

—¿Siempre son así? —masculla Mars. Se ha olvidado de que tiene el helado entre las manos mientras los observa comportarse en su salón como si estuvieran en su casa: han movido la otomana y están recolocando los cojines.

—Sí —respondo.

Parece derrotado cuando coge su helado y se une a ellos. Ahora mismo no me apetece tomarme mi sorbete de limón, así que lo guardo en el congelador y me sirvo un vaso de agua.

—Ven, Seattle —me llama Jake, se ha puesto un cojín en el regazo y le está dando palmaditas.

Sonriendo como una lunática, observo a todos mis chicos sentados en el salón de Ilmari comiendo helado. Poseidón ya se ha tumbado en la alfombra bien espachurrado contra el suelo. Paso por encima del perro y me dejo caer en el sofá entre Jake e Ilmari.

Jake vuelve a darle unas palmaditas al cojín que tiene en el regazo.

—Ven aquí, nena.

Con un gracioso suspiro, me tumbo de lado y dejo que el pelo recién lavado y secado se esparza por el cojín que Jake tiene en el regazo. También encojo las piernas y acurruco los pies contra el muslo de Ilmari. Ilmari está toqueteando el mando de la tele, lo está conectando al portátil para poder ver la grabación del partido en la gran pantalla.

Me quedo tumbada con la cabeza en el regazo de Jake y sonrío cuando deja de comer cada vez que toma un par de cucharadas para acariciarme el pelo. Los chicos ven la grabación del partido, enseguida quedan absortos y empiezan a señalarse jugadas y a hablar de estrategias. Durante todo este tiempo, Jake nos tranquiliza a los dos con suaves caricias. Sé que ha sido idea suya venir. Necesita estar donde yo estoy, así de simple. El sentimiento es mutuo. Puede que Caleb no diga nada, pero sé que él se siente igual.

Necesito que Ilmari también quiera esto. Necesito que nos acepte. Esta sensación. Este sentido de familia. Mi chico perdido y solitario. Ya no tiene por qué estar solo. Ninguno de nosotros tiene por qué estar solo. Un bonito futuro se extiende justo delante de nuestras narices, solo si somos lo suficiente valientes como para alargar la mano y alcanzarlo.

Capítulo 71
Rachel

—Espera... ¡vas a tener que contármelo otra vez! —chilla Tess. Su voz resuena por todo el interior de mi Toyota RAV4.

Cuando Jake se enteró de que me aterraba conducir mi camioneta, fue directo a las oficinas de los Rays y le entregó las llaves a Vicki. Volvió a casa con este SUV tan cuqui. Es lo bastante pequeño para que no sienta que estoy conduciendo una nave espacial, pero lo bastante grande para que quepan tres jugadores de hockey enormes y sigue habiendo espacio en el maletero para Poseidón, las sillas y una neverita para pasar el día en la playa.

Que es el plan de hoy. Ahora mismo estoy yendo a la otra punta de la ciudad para recoger a Ilmari. Esta semana tiene la camioneta en el taller, así que necesita alguien que lo acerque. Solo acepté llevarlo a hacer la compra si nos aguantaba a los chicos y a mí un día en la playa.

¿Eso es extorsión emocional? A ver, sí. Pero quiero que los tres lleguen a conocerse mejor. Después de la noche de los helados, Mars dijo que lo intentaría. Y yo pretendo facilitarlo a la menor oportunidad.

Y estrangularía a Caleb y a Jake ahora mismo. Se están comportando de una forma extraña. Estoy segura de que Caleb pretende evitar sus sentimientos hasta que exhale el último aliento. Ha sido muy difícil no abrir de un portazo mientras Jake estaba en la ducha y gritarle:

—¡Caleb está enamorado de ti, idiota!

Mientras tanto, Ilmari está usando la mierda de que no tiene coche como excusa para mantenerse alejado. Están todos corriendo despavoridos. De sus sentimientos, de los demás. Bueno, pues eso se acaba hoy. Poseidón y yo tenemos un plan. La operación Día de Playa nos dará a todos la oportunidad de relajarnos sin más. Y estar en un espacio público significa que no habrá oportunidades de que los sentimientos acaben desembocando en acciones. Puede que yo sea una perrilla calenturienta por tirarme a tres tíos al mismo tiempo, pero he dibujado la línea en la indecencia pública.

Y hablando de calenturienta...

—Holaaaaaa —suspira Tess al teléfono—. Tierra llamando a Rachel. ¿Estás ahí? ¡Estas contándome cómo habéis añadido a un puto tercer tío a tu harén del hockey!

Yo resoplo. Tess es la única que sabe lo de los chicos. Se lo he estado ocultando a todo el mundo. Casi le estoy haciendo el vacío a Harrison. Estoy fingiendo que estamos jugando a la partida del pillapilla telefónico más larga y más poco satisfactoria del mundo, pero en realidad me estoy escondiendo. No estoy preparada para romper la burbujita rosa de mi nueva y frágil relación poliamorosa.

—Rachel, te lo juro por Dios...

—Estoy aquí —digo riéndome, y compruebo el tráfico cuando giro en un semáforo.

—Entonces..., ¿qué pasa? Fuiste a Cincinnati con el portero... y me dejaste plantada, por cierto —añade—. Tenía una botella de vino caro y una tabla de quesos de setenta dólares esperándote, zorra.

Yo resoplo.

—Bueno, es que tenía a un vikingo de un metro noventa y ocho diciéndome que me agachara. Dime, a ver, ¿qué habrías hecho tú en mi lugar, Tess?

—Aaaaaay, madre mía —chilla—. ¡No te dijo eso!

—Sí —respondo, siento en el pecho algo cálido y blandito.

—Entonces..., ¿de qué va esto? ¿Los chicos y tú sois ahora

una gran familia feliz? ¿Te estás metiendo tres pollas al mismo tiempo y viviendo el sueño en la casita de la playa con el perro y el sueldo de cuatro personas? ¿Cuándo es la boda? ¿Estoy invitada?

Gruño y agarro el volante con más fuerza.

—Oh, oh. ¿Problemas en el paraíso? No ha pasado ni una semana, Rach. ¿Qué ha ocurrido?

—No lo sé. Hay algo que no están diciendo. Algo que los está reteniendo. Caleb y Jake, por lo menos. Siento que las cosas entre nosotros no pueden estabilizarse hasta que no suelten sus secretos.

—Rach, todo esto es un secreto enorme —responde—. Me obligaste a hacer un juramento de sangre para que guardara silencio. Ellos tienen secretos, tú tiene secretos, y estáis llevando todo esto en secreto. No sé cómo lo estás haciendo, si te soy sincera. Y no sé cómo a ellos les parece bien.

—¿Qué quieres decir?

—Me refiero a que los chicos así... chicos ricos, chicos seguros de sí mismos, chicos acostumbrados a pavonearse con sus chicas y a ser superpúblicos con sus relaciones... debe ser duro para ellos que les pidas que se callen y se escondan en un rincón contigo mientras solucionas tu trama.

Suspiro.

—Tess...

—Lo sé, lo sé —añade enseguida—. Yo no pasé por eso contigo. Y soy consciente de lo duro que has trabajado para rehabilitar tu imagen, pero... —Suspira y se queda callada.

—Pero ¿qué? —insisto.

—Bueno..., al menos una parte de ti tiene que saber lo que estás haciendo, ¿no?

—¿Qué quieres decir?

Resopla.

—Vamos, Rach. Eres consciente de toda la atención mediática que vas a recibir cuando esto saga a la luz. «La hija alocada de Hal Price está saliendo con tres hombres». Los titulares se escribirán solos. Tienes a dos jugadores de la NHL y a su jefe de equipo comiendo de tu mano sexi. Cuando esto te estalle en la cara, y te estallará, porque los secretos de este tipo siempre funcionan así, dejarás en sus vidas un cráter tamaño Rachel. Nunca van a recuperarse, cariño. Ni sus carreras, ni sus corazones. Los vas a dejar abiertos en canal y eso los matará.

El corazón se me acelera mientras miro por los retrovisores para cambiar de carril.

—¿Qué quieres decir con que los matará?

—Bueno...

—Tess... —le siseo al teléfono.

—Está bien —resopla—. Lo voy a soltar sin más, ¿vale? Lo voy a decir. Tienes antecedentes. Nunca te quedas, Rach. En cuanto las cosas se ponen serias, te largas. En cuanto las cosas se hacen públicas, te largas. Si crees que habrá un nanosegundo de escrutinio en tu vida o decisiones por parte de la prensa, te largas. Has perfeccionado el arte de vivir como un ratón en la pared.

—Esto es diferente —añado enseguida.

—¿Por qué es diferente? Lo único que he escuchado es que vives en una ratonera hecha de secretos. Estás viviendo con dos hombres e implicada con un tercero. Los tres tienen vidas de famosos y estás consiguiendo mantenerlo todo bajo llave. Pero eso no va a durar, Rach. Escucha a Tess. Te van a pillar. ¿Qué vas a hacer cuando eso ocurra? ¿Vas a romper con los tres y a largarte otra vez? ¿Vas a elegir a uno y a dejar a los otros dos tirados? ¿O te vas a comportar como una persona adulta y a caminar hacia tu propio foco de atención y a vivir la vida con valentía bajo tus propios términos?

—Pero no es solo mi vida —digo mientras aparco delante de la urbanización de Ilmari—. Ellos no han aceptado embarcarse en mis movidas...

—Sí —insiste ella—. Al elegirte, también han elegido tu bagaje. Así es como funcionan las relaciones entre personas adultas, Rach. No se consigue a la chica sin el drama. Si los tres se están quedando y tú quieres que se queden, tienes que dejarlos hacerlo, cariño. Pero tienes que pensar un plan. Siéntate con ellos, pregúntales lo que quieren y planéalo. Te quiero y no deseo que salgas herida, y de verdad que no quiero verte vivir con el dolor de haberles hecho daño.

Suspiro, apoyo la frente en los nudillos sobre el volante.

—Tienes razón.

—Por supuesto que tengo razón. Soy un puto genio... Además, es un problema de una relación sin complicaciones que tiene una solución supersencilla, así que...

Me río.

—¿Supersencilla?

—Sip —responde ella—. Se llama comunicación, Rachel. Ese es el principio y el final de tus problemas. Ellos necesitan comunicarse entre sí y tú necesitas comunicarte con ellos. No voy a pretender ser la reina de las relaciones poliamorosas, pero sí que sé algo sobre relaciones fallidas y tóxicas... y desequilibradas. Y sin duda sé algo sobre quedarse en una relación mucho después de que haya terminado. ¿Lo que falta en todas ellas? Comunicación abierta. Habla con tus chicos. Haz que hablen entre ellos.

Vuelvo a suspirar y veo por el retrovisor que Poseidón se levanta, mete el hocico entre la parte superior del asiento trasero y me sonríe con esos preciosos ojos azules. A lo mejor la operación Día de Playa ha llegado en el momento oportuno.

—Tess, tengo que colgar —digo rápidamente, se me está ocurriendo un nuevo plan.

—Vale. Bueno, ¡ya me contarás cómo va la cosa!

Colgamos y arranco para avanzar por la urbanización hasta detenerme delante de la casa de Ilmari.

—Vamos, Sy —digo. Salta a los asientos delanteros y sale disparado del coche como un cohete, luego corre hasta la puerta principal de Ilmari. Ladra de emoción y no hace más que saltar cuando Ilmari abre la puerta.

Mientras avanzo por el caminito de piedra, lo veo canturrearle al perro en finés mientras lo acaricia. No puedo evitar sonreír. Lleva unos pantalones cortos anchos y una camiseta de manga corta. Se ha recogido el pelo con su característico moño y se ha colgado al hombro una toalla de playa.

—Hola, *rakas* —me dice extendiendo una mano.

La acepto y me abraza, Sy baila a nuestros pies mientras nos besamos.

—Hola —digo, me pongo nerviosa solo con su tacto.

—¿Qué pasa? —dice al sentir mi estado de ánimo.

Compórtate como una adulta, Rach. Puedes hacerlo.

—¿Te importa si entramos un minuto? —digo.

Sin dudarlo, da un paso atrás y me hace un gesto para que entre.

Poseidón es el primero que entra corriendo, ansioso por explorar. Yo lo sigo.

Ilmari cierra la puerta detrás de mí.

—¿Qué pasa, *rakas*? ¿Qué ha ocurrido?

Respiro hondo y me giro para mirarlo.

—Saca tu teléfono, Mars.

Me mira entornando los ojos.

—¿Por qué?

—Porque quiero que me busques en Google. Hay cosas que mereces saber antes de que esto siga adelante.

Capítulo 72
Caleb

—¿Qué estás diciendo, Huracán?

La miro por encima de las gafas de sol de aviador.

Parece la merienda con ese bikini rosa, el sombrero y las gafas grandes. Le da un trago a su Coca-Cola Light y vuelve a mirarme.

—Justo lo que he dicho. Creo que todos necesitamos comunicarnos mejor. Y creo que necesitamos empezar hablando de las cosas importantes. Las cosas de la temible palabra que empieza por R —añade lazándome una mirada asesina.

—Dios, ¿tenemos que hablar de rábanos ahora mismo? —dice Jake a mi otro lado—. Vamos, Seattle, es el día de playa.

—Esa no es la palabra que empieza por R a la que me refiero y lo sabes —suelta impertérrita.

—Sí, Jake. Está claro que se refiere a refrigerador —respondo retrepándome en la silla con los ojos cerrados mientras el sol me baña.

Esta sirenita nos ha arrastrado a todos a la playa hoy. Es el único día libre en el que coincidimos los cuatro durante las próximas tres semanas. Los chicos están a punto de lanzarse de cabeza a un esprint importante: una semana de cuatro partidos y dos semanas de tres. Va a ser brutal.

Así que hoy estamos sentados en una fila de sillas de playa, Poseidón está corriendo y saltando entre las olas detrás de una pelota de tenis que Jake no hace más que tirarle.

—Ni te sigo —dice Mars desde el otro lado, escondido detrás de la sombra de una enorme sombrilla de arcoíris con su delicada piel finesa—. ¿Cuál es la palabra que empieza por R?

Jake y yo resoplamos.

—Radiación venenosa —digo mientras Jake dice «raqueta».

—¿Quieres dejarlo? —resopla Rachel—. Relación, Ilmari. Estoy diciendo que necesitamos hablar más sobre relaciones.

—¿Nuestra relación? —responde.

—No tiene que ser nuestra relación en plan tú y yo, ni siquiera sobre nosotros —responde señalándonos a los cuatro—. Solo pienso que hay preguntas que deberíamos plantearnos. Nunca he hecho algo así...

—Ninguno de nosotros, Seattle —dice Jake lanzando la pelota de tenis otra vez. Poseidón sale corriendo detrás de ella ladrando como un idiota.

—Cierto, así que no nos hará daño abrirnos y ser sinceros respecto a un par de cosas —dice.

Suspiro, aunque soy consciente de que más bien me ha salido un gruñido.

—¿Como qué, Huracán?

—Como... hijos —dice, y ahora los tres nos quedamos helados en el sitio—. Eh, protestad todo lo que queráis, pero esta conversación va a suceder. —Se inclina hacia delante en la silla, lo que le sienta de maravilla a sus pechos.

—Jake, ¿tú quieres tener hijos?

Abre la boca de la sorpresa.

—¿Contigo, Seattle? Joder, sí, me apunto. Me encantan los críos.

Mars y yo nos tensamos.

—No estaba necesariamente implicado que fuera conmigo —añade ella enseguida, escondiéndose detrás del sombrero.

—Entonces, ¿es rollo hipotético raro? En plan, ¿describo a mi supermujer para tener hijos ficticios con ella? ¿Nuestra casa puede estar encima de un acantilado? Este juego no es tan divertido si no te estoy imaginando debajo de mí, Seattle. Follándote hasta que te quedas embarazada de mí...

—Basta —ruge Mars, que le lanza una chancla a la cabeza.

—Oye... que lo ha preguntado ella, gilipollas —resopla Jake, que se la lanza también. Ahora Poseidón se piensa que es un juego y sale corriendo a por ella.

—Ilmari, ¿y tú? —Rachel se vuelve hacia mí—. ¿Alguna vez te has imaginado queriendo hijos?

—No —responde luchando con el perro para arrebatarle la chancla, y se la vuelve a poner cuando lo consigue.

—¿Eso es una línea roja para ti? ¿Los niños no entran para nada en el plan? ¿No puedes estar con alguien que quiera tener hijos?

Muy despacio, se vuelve para mirarla fijamente.

—Esto iría más rápido si nos dijeras cuál es tu postura al respecto, *rakas*. ¿Tú quieres hijos?

—Esto no se trata sobre mí —vuelve a decir.

—Ni lo intentes, Huracán —digo mientras le quito el sombrero y se lo lanzo a Jake—. Todos sabemos de qué va esto. Nos estás calibrando. Vas a largar a cualquier tío que no cumpla todas las especificaciones de tu lista, ¿a que sí?

Resopla.

—Ni te has acercado, Cay.

—¿No?

—No.

Me inclino sobre la silla y la miro directamente a los ojos.

—¿No?

—¡No!

—Entonces responde a la pregunta. ¿Tú quieres tener hijos, Rachel?

Vuelve a resoplar y cruza los brazos por debajo de las tetas.

—Vale. Está bien. Sí. Creo que me gustaría tener un hijo. No estoy convencida de la idea de niños en plural. Pero lo de los mellizos es cosa de familia, así que hay muchas posibilidades de que tenga dos por el precio de uno.

—Ah, aquí es cuando yo me sacrifico por el equipo —dice Jake con una carcajada, y le lanza el sombrero—. Si me añades a la ecuación, entrenadora, doblaremos esas posibilidades.

Mars se inclina hacia delante.

—¿Tú también eres mellizo, Compton?

—Sip. Mi hermana melliza, Amy, vive en Japón. Es un cerebrito. Una ingeniera robótica increíble. En realidad, así es como Seattle y yo nos conocimos. ¿No sabe la historia? —añade mirando a Rachel.

—La versión resumida —responde.

—¿Sabe que esa noche lo hicimos seis veces? —se burla Jake—. Yo creo que es el detalle más importante de la historia. Oye, Mars... ¿sabes que lo hicimos seis veces? La última vez lo hicimos contra el cristal de la ventana y, te lo juro por Dios, sentí que el alma abandonaba mi cuerpo durante todo un minuto.

—Por favor, haz que se calle —masculla Mars mirando fijamente las olas.

—Si fuera posible... —respondo sacudiendo la cabeza.

Jake me da un puñetazo en el brazo.

—Vuelve a hacerle la pregunta a Mars, Huracán —digo restregándome donde me ha dado en el brazo.

Ella se queda quieta con la lata de Coca-Cola Light a medio camino de los labios.

—¿Qué?

—Hijos, Mars. ¿Sí o no? Bueno, hijo en singular, con el riesgo alto de que salgan mellizos —añado.

Él gruñe.

—Bien.

—¿Ves? Ya está. Siguiente pregunta. Esta vez la primera en responder es Rachel.

—No, no —resopla—. Ni hablar. No vamos a jugar así...

—Matrimonio... ¿Sí o no, Jake? —digo pisándola.

—¿Con Rachel? Joder, sí. En Seattle, estuve a punto de pedir en la recepción un cura vestido de Elvis —añade.

Esto le arranca una carcajada a Rachel.

—¿Dónde pensabas encontrar a un cura vestido de Elvis en Seattle?

—Nena, soy una estrella de la NHL millonaria —dice levantándose las gafas de sol—. No estoy alardeando, es un hecho. Si quiero un cura vestido de Elvis, encontraré uno. Más te vale estar alerta, porque puede que aparezca de detrás de un arbusto y te obligue a decir tus votos.

—Te lo juro por Dios, Jake Compton, si me haces que me case contigo a punta de pistola con un cura vestido de Elvis, te mataré en la luna de miel —responde.

Ahora todos nos estamos descojonando mientras Jake se retrepa en su silla.

—Tomo nota. Así que el tema no es si te casarás conmigo. Sino que es una cuestión de formalidad —razona—. Lo de la espontaneidad queda descartado, está claro. Y nadie vestido de Elvis. ¿Supongo que eres una chica que solo quiere invitaciones con encaje y una tarta de cuatro pisos?

—No me importa un poquito de espontaneidad —murmura—. Pero sin duda no quiero invitaciones con encaje.

—Ella es más de estar descalzos en la playa, solo con familiares y amigos cercanos y brindando con champán de camino al altar —respondo estirando las piernas sobre la cálida arena—. Y quiere un vestido sin espalda para enseñar lo tonificados que tiene los músculos. Ha trabajado muy duro para conseguirlos y quiere recordar lo bien que estaba cuando esté vieja y gris..., ¿verdad, Huracán? —digo lanzándole una sonrisa.

Aprieta los labios y vuelve a cruzarse de brazos.

—No finjas que me conoces, Cay.

—Sí que te conozco —respondo con una sonrisilla de suficiencia—. Además, puede que ayer te dejaras la tableta abierta en el sofá y que yo me sentara encima. Abrí Pinterest con el culo sin querer. —Miro a Jake—. Le flipa la Navidad. En plan mal. Es peor que Amy y tú.

—Toma ya —dice él levantando el puño—. Oye, Mars, ¿a ti te gusta la Navidad? En Finlandia la celebráis, ¿verdad?

Los tres estallamos en carcajadas.

—Sí, Compton. En Finlandia tenemos Navidad —responde Mars con paciencia.

—No puedes ser tan majo con él respecto a todos los temas —le digo a Mars por encima de la cabeza de Rachel—. Tienes que darle un puñetazo; si no, no pilla el mensaje de que está siendo molesto.

—Lo pillo, gilipollas —resopla Jake—. Solo intentaba ser amable con el chico nuevo. Pero, oye, ¿quieres que me quede aquí sentado calladito? Eso también puedo hacerlo.

Rachel y Mars se ríen.

—No, en realidad no puedes —respondo—. Pero se va a venir arriba con la Navidad, así que estad preparados. Ya ha guardo en Pinterest un montón de recetas de Navidad finesas...

—¡Dios, Cay! ¿Tanto has cotilleado? —chilla, y hace pucheros.

—Rach, haz la pregunta que de verdad quieres plantear para que podamos superar la parte de las veinte preguntitas del día de playa —insisto.

—Mira quién habla —escupe ella mirándome con los ojos achicados por detrás de las gafas de diseño.

—Quieres saber hacia dónde va esto —respondo—. No te importan las vagas visiones de futuro que nos imaginamos con esposas buenorras sin rostro y niños malcriados. Quieres saber si te vemos a ti. Si vemos esto... sea lo que sea esto —añado señalando a Jake y a Mars.

—Me aterra arruinaros la vida a los tres —admite—. Tengo mucho bagaje... Hay demasiado escrutinio. Y esto también es...

—¿Único? —propongo encogiéndome de hombros.

—Raro —dice Jake—. Pero guay. En plan, que estoy guay con ello —añade enseguida.

—Es completamente inesperado —dice Mars. Todos lo miramos—. Ninguno de los que estamos aquí sentados nos esperábamos esto —dice—. Me parece oportuno que tengamos esta conversación en la playa —añade mirándonos—. La vida de los cuatro está ahora mismo en arenas movedizas. El acuerdo que tenemos entre nosotros es frágil. La parte más peligrosa es que los cuatro venimos blandiendo martillos. Un solo golpe y todo se vendrá abajo. Yo no puedo controlar vuestros martillazos, igual que vosotros no podéis controlar los míos —añade mirándonos a Jake y a mí directamente. Luego se vuelve hacia Rachel y le coge la mano—. Lo único que necesitamos de ti, *rakas*, es tiempo. Construir unos cimientos sólidos sobre la arena requiere paciencia y tiempo.

Asiente con la cabeza, le cubre las manos con las suyas y le da un apretón.

—Yyyyyy ¡eso es un puto nuevo récord! —dice Jake dando palmadas—. ¡Mars, eso ha sido increíble! En serio, ha sido muy inspirador.

—No seas capullo —mascullo.

—¿Quién está siendo capullo? —dice—. Estoy hablando en serio al cien por cien. Es la vez que más lo he oído hablar. Tío, eres como uno de esos búhos viejos y sabios de una peli de dibujos.

—Qué idiota eres —me río y le quito la gorra de la cabeza.

—Venga —masculla Mars agarrando a Rachel de la mano y levantándola de la silla.

—¿A dónde vamos?

—Esto es una playa, ¿no? —responde quitándose la camiseta y lanzándola a un lado. Deja a la vista este tatuaje de la espada tan perverso y guay—. Vamos a nadar.

—Joder, por fin —dice Jake levantándose de un salto de la silla—. Vamos, Cay. ¡Ponte los flotadores y ven a nadar con nosotros!

Me salpica arena a la entrepierna mientras sale corriendo y Poseidón lo persigue. Mientras los miro, Mars levanta a Rachel con una mano y la arrastra al agua. Jake extiende los brazos y Mars se la lanza. Jake y ella se caen, aplastados por una ola. Poseidón está de pie junto a la orilla dejándose los pulmones ladrando porque está furioso de que lo hayan dejado atrás.

Mientras tanto, mi estúpido corazón de Grinch late y amenaza con crecer el doble de su tamaño mientras una palabra resuena en el espacio vacío que hay en mi hueco corazón. Familia. Podría tener una familia. Una de verdad, no solo gente que me dio la vida y que me crio y a la que veo por obligación un par de veces al año.

Pero Rachel tiene miedo de que no nos quedemos. Tiene miedo de que el mundo se entere de lo nuestro: el equipo, los fans, los medios de comunicación. Tiene miedo de que todo ello nos haga pedazos. ¿Qué haremos cuando la tormenta arremeta contra nuestra casa construida sobre la arena? ¿Permaneceremos juntos y le plantaremos cara? ¿Nos aferraremos a la vida? ¿O permitiremos que nos aparte?

La aterradora respuesta es que no lo sé. Aún no. Esto es demasiado nuevo. Mars tiene razón, necesitamos tiempo. Necesitamos que esta burbuja de privacidad dure un poquito más.

—¡Vamos, Cay! —chilla Jake—. ¡Trae la pelota!

Busco en la bolsa de playa de Rachel, saco la pelota de fútbol y me levanto. Ya tendré tiempo después para contemplar las arenas movedizas. Por ahora, solo quiero estar donde estén ellos.

Capítulo 73
Rachel

En cuanto llegamos a la casa, cada uno nos vamos para un lado. Yo pido comida mexicana suficiente para alimentar a todo el equipo de hockey. Llegará dentro de una hora. Mientras tanto, Jake y Cay están sacando las cosas de la playa e Ilmari ha subido al piso de arriba para darse una ducha.

Estamos todos cubiertos de arena y de la costra del agua salada. Me ajusto el moño despeinado mientras miro mi reflejo bañado por el sol en el espejo de la entrada, que hace lo mismo. Subo las escaleras corriendo, entro en la habitación de Jake. Me quito la ropa pegajosa de la playa y la tiro al suelo del baño antes de abrir el grifo de la ducha doble.

La estancia se llena poco a poco de vapor y me meto debajo del delicioso chorro de agua caliente y hacen que me escuezan los hombros que me he quemado al sol. Enseguida me afano en quitarme la peor parte de la arena que tengo en el cuerpo. La esponjita verde se afana todo lo que puede para librarme de los restos del mar.

Meto la cabeza debajo del chorro y me rasco el cuero cabelludo con las uñas para aplicar bien el champú clarificante. Tengo los ojos cerrados mientras me enjuago el champú cuando la puerta del baño se abre.

—¿Hay sitio para uno más? —grita Caleb.

—Ajá —digo y me giro hacia el chorro para limpiarme el jabón de los ojos.

—Creo que tengo la mitad de la playa metida en la raja del culo —masculla, mientras extiende el brazo para alcanzar la esponja de luffa.

Sonrío y le tiendo el bote de gel.

—¿Dónde está Jake?

—Ha sacado la pajita más corta —responde, hace espuma con la esponja y se la pasa por las piernas llenas de arena.

—¿Y eso qué significa?

—Que está fuera bañando a Sy.

Yo resoplo.

—Puedes hacerte el duro todo lo que quieras diciendo que no te encanta ese perro —lo provoco—. Pero todos sabemos que eres un gatito enamorado.

Levanta una ceja oscura y hace un puchero con la boca.

—¿Un gatito enamorado?

—Sí —respondo y le limpio la espuma de la barbilla. Sé que se ha dejado por mí esa barba de tres días. Levanto las dos manos y las dejo descansar en sus hombros—. He decidido pensar que eres un gato.

—¿Un gato?

—Sí... malhumorado, temperamental, distante, juzgón...

—Eso es genial, Huracán. Tú sí que sabes hacer que un chico se lo pasé bien aquí dentro.

Me río y lo acerco más a mí hasta que su cuerpo enjabonado se desliza contra mi piel húmeda.

—E inteligente, seguro de sí mismo, independiente.

Le beso en una parte de la cara diferente con cada beso.

—Leal hasta decir basta.

Suelta la esponja y me pasa las manos por la cintura.

Esta es mi oportunidad, levanto la mirada hacia él.

—Tienes que decirle a Jake que estás enamorado de él.

—Ya lo he hecho —responde y se inclina para besarme el cuello mojado.

—Le dijiste que lo querías —lo corrijo—. Eso él ya lo sabe. Lo que no sabe es que estás enamorado de él.

Se queda rígido entre mis brazos.

—Rachel...

—Se merece saberlo. Sea lo que sea lo que te hace guardar silencio, tú también te mereces tener voz —lo presiono—. Dile cómo te sientes.

—Es demasiado y demasiado rápido —masculla.

—Está hablando de matrimonio, Cay —contraataco—. Bebés y vacaciones y felices para siempre. Va con todo el equipo, pero no sabe dónde se está metiendo. Os iría muy bien juntos, Cay. Bien para ti, bien para él. Y los dos sabemos que le daría luz a tu vida de formas que yo no puedo...

—Rachel...

—No me estoy poniendo en plan autocrítico —añado enseguida—. Yo sentía que mi corazón no estaba completo sin Mars. Y el tuyo tampoco se siente completo sin él. No me daña los sentimientos saber con total claridad que no soy suficiente para ti, Cay. Somos seres emocionales y complejos que vivimos vidas plenas y preciosas. Pensar que una única persona puede darnos todo lo que necesitamos para vivir mejor esta vida es... bueno, absurdo —añado encogiéndome de hombros.

—Haces que suene muy fácil —murmura.

—Mientras no seas sincero con él, no lo estás siendo con nadie. Punto. ¿Mars ha hablado de lanzar martillos a una casa de cristal? Casa, te presento a Caleb Sanford y a su paralizante miedo a dejar que alguien necesite su amor.

—¿Quieres hablar de martillos y casas de cristal? —me desafía—. Mars.

—¿Qué pasa con él?

—Pasa de todo con él —resopla—. Para nosotros es todo un misterio. ¿Esto le parece bien? ¿Estará dispuesto a compartirte? Y no me refiero solo en el sentido de que «todos nos acostamos contigo por separado». Jake y yo queremos una unidad, Rachel. Queremos un puto equipo. Tiene que entrar o salir.

Me trago los nervios.

—¿Habéis estado hablando de él?

—Todo el puto tiempo. Y Jake y yo estamos en la misma página en lo que respecta a esto. Pregúntaselo si crees que estoy mintiendo.

—No creo que estés mintiendo, Cay —respondo con amabilidad—. ¿Qué necesitáis que haga?

—Demuestra que está dentro de verdad. Deberíamos estar los cuatro juntos en esta casa. Nos da igual que te lo tires, pero no te va a retener durante toda la noche en la otra punta de la ciudad. Y necesita subirse al carro de compartirte —añade mirándome serio—. Estamos hartos de andarnos con mil ojos en lo que respecta a él.

—De verdad que creo que llegará a entenderlo —respondo—. Él también quiere esto. Quiere una familia. Es solo que avanza despacio.

—Bueno, pues ayúdalo.

Saco pecho y lo miro a los ojos.

—Está bien, señor Mandón. Vamos a hacerlo interesante. Yo me encargo de la situación de Mars y tú confiesas que estás coladito hasta los huesos por Jake. Gana el primero que los oiga decir: «Yo también te quiero».

Levanta una ceja oscura y me lanza una sonrisa de autosuficiencia.

—¿Crees que va a ser tan fácil convencer a Mars?

Respondo a su sonrisa y le doy unas palmaditas en la mejilla porque soy competitiva que te cagas.

—Ay, dulce Cay. Me temo que tú solo eres un gato doméstico. Y esto es una batalla para un león.

Suelta una carcajada.

—¿Qué vas a hacer, Huracán?

Me pongo de puntillas y lo beso.

—¿Qué es lo que mejor se les da hacer a los huracanes?

Gruñe y va bajando las manos para agarrarme el culo.

—Lanzan mierda en todas direcciones.

Sonrío contra su boca.

—Maldita sea. Ahora vas a empotrarme contra la pared y a fingir que me follas...

—¿Fingir? —gruñe levantando las cejas de indignación.

—Confía en mí, cariño. No vas a querer estar dentro de mí con lo que viene ahora. No puedo garantizar tu seguridad.

Pierde la sonrisa.

—Ah, ¿y qué coño vas a hacer?

Me encojo de hombros sin perder la sonrisa.

—Es solo que he estado practicando algo y quiero ver si funciona.

—¿Practicando? ¿Qué narices...?

—¡Mars! —lo llamo y mi voz resuena por todo el baño—. ¡Ilmariiiiii!

Caleb gruñe y mira por encima del hombro.

—¿Qué es esto? ¿Estás llamando al kraken?

—Ponte de rodillas, Cay. Cómeme el coño.

—Eres una psicópata —masculla, pero se apoya en la rodilla buena.

Le paso los dedos por el pelo mojado, levanto una pierna y se la paso por el hombro. Echo la cabeza para atrás y se me escapa un gemido, ya que Caleb no pierde el tiempo y empieza a lamerme el clítoris. Dios, a los tres se les da genial hacer cosas con la lengua.

—¿*Rakas*? —Oigo la voz profunda de Ilmari desde la habitación—. ¿Estás aquí?

Respiro hondo y digo la frasecita que he estado practicando:

—*Kulta* —digo con mi mejor voz de sirena—. *Tule tänne.*

Entra corriendo al baño y yo suelto un gemidito de placer. Sé el momento exacto en que ve a Cay a través del vapor porque oigo su gruñido fiero por encima de la ducha.

—*Kulta* —repito—. *Mä haluun sut. Tule tänne.*

La puerta de la mampara de la ducha se abre y Mars entra completamente vestido con pantalones vaqueros y camiseta incluidos. Embiste contra Caleb y lo levanta por un hombro. Yo me tambaleo hasta que me enderezo con las dos manos contra la pared de azulejos.

Lanza a Caleb a un lado y este escupe una maldición ahogada cuando golpea la espalda contra el cristal de la ducha. Entonces Mars me encajona, su nariz está a unos centímetros de la mía, el agua le cae por la cara y le empapa la camiseta.

—¿Qué acabas de decir?

Le sonrío desde abajo y tiro del borde de su camiseta mojada.

—Ya me has oído.

Se quita la camiseta y la deja caer sobre el suelo de la ducha.

—Dilo otra vez.

—*Mä haluun sut* —murmuro mientras bajo la mano por en medio de su pecho—. Te deseo, Ilmari.

—No, lo otro —gruñe.

—*Kulta* —repito con una sonrisa, mientras levanto la mano para enredarla en su pelo dorado—. *Kultaseni*...

Las palabras apenas han abandonado mis labios cuando ya me está besando y envolviéndome con los brazos. Los dos luchamos por quitarle los pantalones. Los vaqueros están pegados a esos enormes troncos de árbol que tiene como piernas. Se los conseguimos bajar hasta que se quedan atrapados alrededor de los tobillos.

Su polla orgullosa sobresale entre nosotros y la cojo con las dos manos y la aprieto con fuerza. Maldice en finés y mueve las caderas contra mis manos. Luego me agarra bien la cintura con las dos manos.

—Salta —masculla.

Con un jadeo, me impulso en el suelo mientras me levanta. Me empotra con las caderas contra los azulejos de la pared mientras me clava la polla en el coño y deja que me deslice por ella. Arqueo la espada mientras me agarra de las caderas y se entierra más dentro de mí.

—¡Ay, madre mía! —grito y echo la cabeza hacia atrás mientras embiste con las caderas contra mí.

Cuando me acuerdo de cuál era mi objetivo, abro los ojos y extiendo una mano.

—¡Cay! —grito—. Cay, nene, por favor. Mars, también quiero tenerlo a él —jadeo con cada embiste de sus caderas—. *Kulta*, por favor. Lo necesito a él también. Os necesito a los dos. Llenadme. Folladme. Por favor...

Caleb está parado a unos metros de nosotros, apoyado contra el cristal de la mampara.

—¿Qué dices, Mars? Antes sentías curiosidad por mi polla. ¿Y si te la meto en ese culo de niña y te dejo sentir estas cuatro barras de una forma muy cercana y personal?

Jadeo, quieta entre sus brazos, esperando a que se decida.

—Sí —gruñe—. Sanford, ven.

—Esto no es el vestuario de los Rays —responde Cay sin moverse—. Si quieres mi polla, llámame por mi nombre. Y mírame cuando me la pidas —añade.

Contengo el aliento y veo que Mars se vuelve para mirar a Cay.

—Caleb —dice con una voz profunda—. Ven.

Con una sonrisa lobuna, Caleb se aparta de la pared de cristal y se pone al otro lado de donde estamos. Levanta el brazo hasta la balda de arriba para coger el bote de lubricante.

—Date la vuelta para mí.

Me agarro a los brazos y a las piernas de Mars con más fuerza, mientras me aparta de la pared y todo mi peso recae en sus brazos, mientras me sigue empalando. Dios, esto no me lo he pensado mucho. Esto va a estar muy justo. Va a ser...

—Oh... joder... —gimoteo y se me tensan los músculos mientras Caleb me mete por el culo dos dedos llenos de lubricante.

—Calma, nena —intenta tranquilizarme Caleb—. Relájate para nosotros. Ya estás muy apretada con Mars dentro de ti. ¿Cómo estás?

Me tranquilizo al oír su voz.

—Muy bien —susurro. Mis palabras se pierden entre el ruido del agua de la ducha al caer.

—Pero no estás satisfecha, ¿verdad, Huracán? —me pica Caleb—. Te encanta que te follen. Te encanta que te compartan. Te encanta que te observen.

—Sí —suspiro y mi cuerpo se relaja mientras me dilata. Lo único que Mars puede hacer es sujetarme y dejar que Cay haga lo suyo.

—Quieres a todos tus hombres, ¿verdad? —dice Caleb acariciándome el hombro con los labios mojados—. Quieres que te llenemos tres veces. Mars en ese coño apretado que tienes, yo en tu culo y Jake embistiendo esa boca tan lista. Dios, pareces una reina. Vas a chorrear nuestro semen por todos los agujeros.

Ante sus guarradas, Mars gruñe.

—Date prisa, joder, San... Caleb.

Caleb suelta una risilla.

—¿Has escuchado algo que te guste, Mars? ¿Quieres ver a nuestra chica llena con tres pollas?

—Deja de provocarla y hazlo —gruñe.

—¿Ahora solo la estoy provocando a ella? —responde, es un liante sin remedio—. Pareces muy interesado, Mars. ¿Es el semen? ¿Te gusta la imagen mental de tu chica chorreando por todos los orificios?

Mars se retuerce dentro de mí y Caleb me saca los dedos del culo.

—Ay, mierda... —murmura—. Te gusta, ¿a que sí? Mars, ¿te gusta jugar con el semen? Mierda, podríamos divertirnos muchísimo si tanto te gusta mancillar a nuestra chica. Deberías haberlo dicho antes.

—Cállate y métesela en el culo —ordena Mars.

—Sí —responde Caleb, se echa lubricante en la polla y lo esparce—. Respira, nena —dice mientras la punta de su polla empieza a tocar a mi agujero prieto—. Respira como una niña buena. Vamos a enseñarle a tu portero por qué es más divertido con tres. Mars, dobla un poco las rodillas. No todos somos unos gigantes —lo provoca.

Los chicos hacen las maniobras necesarias para que Ilmari quede pegado contra la pared, la cual usa para mantener el equilibrio mientras dobla las rodillas. Caleb se acerca un paso. Gimo cuando siento que se abre paso en mi interior. Me provoca moviendo las caderas para entrar y salir, y esas barras me masajean bien. Me deshago en jadeos cuando embiste hacia delante y su polla se mete aún más dentro.

—*No niin* —gruñe Ilmari, echa la cabeza hacia atrás cuando siente por primera vez que la polla con piercings de Caleb se desliza por su miembro—. Joder... No puedo...

—Aguanta, tío —resopla Caleb—. No te muevas, joder. Sujétala bien y os haré tocar el cielo a los dos.

Se me agarra con fuerza a las caderas y se pone manos a la obra, entrando y saliendo. Se desliza casi fuera del todo antes de volver a enterrarse hasta el empeine una y otra vez.

Mars masculla maldiciones y yo estoy a punto de gritar.

—¡Me corro! —grito—. Cay... nene...

Pero no puedo contenerme, no puedo evitarlo. El orgasmo

se apodera de mí y acabo latiendo alrededor de mis chicos, estrangulándoles las pollas, y mi interior vibra mientras se contrae una y otra vez. Siento que soy de gelatina, mi cuerpo se derrite contra Mars mientras grita al correrse y su cálida semilla se vierte en mi coño codicioso.

—Casi... estoy... joder —jadea Caleb embistiendo con las caderas contra mí hasta que grita y su semen me llena el culo.

Gruño mientras persigo esa perfecta sensación de estar tan llena. Mi orgasmo está en su punto álgido. Lo único que falta es bajar flotando. Caleb sale de mí y recula tambaleándose hasta la pared de azulejos, el pecho le sube y le baja mientras recupera el aliento.

—Ayúdame —masculla Mars. También está destrozado y no puede bajarme con cuidado.

Caleb da un paso al frente, apoya las manos en mis caderas y los dos me levantan y me ponen de pie. Me balanceo como un junco, siento muchísimo calor y el vacío me palpita entre las piernas. Me limpian entre los dos.

Caleb cierra el grifo y Mars me envuelve en un albornoz. Me coge entre sus brazos y me lleva a la enorme cama de Jake. Nos dejamos caer los tres sobre ella. Mars y Caleb están desnudos cada uno a mi lado, y el pelo mojado se me extiende contra la almohada, que huele a Jake.

—¿Y bien, Mars? —dice Caleb jadeando—. ¿Ya te has cansado de fingir que no te gusta compartirla?

Una sonrisa adormilada se me dibuja en los labios cuando levanto la vista hacia el precioso rostro de Ilmari.

—Sí —masculla.

El corazón me da un vuelco y me acurruco contra él con la cara aplastada contra su cálida piel.

—Bien —responde Caleb con un suspiro cansado—. Quédate con nosotros. Ahora tu sitio está aquí.

No sé si Ilmari responde. Estoy demasiado cansada y bendecida como para seguir despierta un segundo más.

Capítulo 74
Jake

¡Es día de partido y estoy que me salgo! La ventaja de jugar en casa es que el público de Jacksonville está rugiendo. Los cánticos de «Duuuuuval» llenan el aire mientras los Rays se deslizan por el hielo.

Ya he marcado un gol y una asistencia de gol. Como defensa conocido por lanzar a los tíos contra las vallas, para mí es raro disparar a puerta. Pero vi un hueco en el segundo periodo y me lo llevé hasta la red. Mi asistencia de gol fue un disparo abierto que tuve suerte de lanzarle a Sully al principio del tercer periodo. La metió entre las piernas. El portero de los Panthers ni se ha dado cuenta de lo que ha pasado.

Le quedan dos minutos a este partido y ya vamos ganando por dos. Los Panthers lo han dado todo, pero nuestra ofensa está jugando con más ganas que nunca. Toda la acción se está llevando a su zona. Lo cual es genial porque Mars sigue fuera de la red. Su gran regreso será el viernes por la noche.

Céntrate. Pasa el disco. Sigue calentando el ambiente.

Novy y yo hacemos buena pareja. Patina rápido y es duro como una piedra. Lanza al número 15 sobre las vallas y me tira el disco. Me muevo rápido y se lo vuelvo a lanzar a Langley por el hielo. Pero entonces un defensa enorme de los Panthers se abalanza sobre él y le hace caer sobre el hielo con un crujido brutal.

Lo veo todo rojo y me salgo de mi línea para ocupar su lugar en la pelea. Nos chocamos por los hombros y gruñimos mientras nos debatimos el disco que tenemos a nuestros pies. Muerdo el protector dental y gruño mientras le doy un empujón con todas mis fuerzas y salgo pitando con el disco.

Cuando estoy a punto de pasárselo a Sully, su otro defensa me cubre y me obliga a retroceder. Tomo una decisión movido por mi instinto y salgo corriendo por la izquierda hacia el centro, pero me llevo el disco conmigo. Estoy buscando a alguien..., a quien sea..., para pasárselo. Pero las tornas han cambiado y todos mis delanteros se han convertido en defensas y están luchando con los Panthers para despejarme el camino.

Sucede en segundos. Patino directamente hacia el área del portero, el hielo se vuelve azul bajo mis pies. Si me acerco más, le daré un beso al portero. Siento los tíos que están corriendo detrás de mí. Me van a empotrar contra el portero. Y entonces tendré a una pila de Panthers encima de mí con los guantes quitados y dándome de puñetazos.

Regla número uno en el hockey: no tocar nunca al portero.

Entro en pánico y el hielo salpica por todas partes. Hago amago de ir a la derecha, pero corro a la izquierda para despejar la red. Con un golpe del stick, envío el disco a la esquina de la red justo cuando el defensa de los Panthers choca con su propio portero, pues iba demasiado deprisa como para detenerse a tiempo.

Las luces se encienden, las sirenas rugen y el estadio irrumpe en júbilo mientras Bruno Mars canta *Uptown Funk* a través del sistema de sonido por segunda vez en toda la noche. Esta es mi canción. La canción que ponen cuando marco un gol.

El equipo se acerca patinando y me rodea. Están hablando al mismo tiempo, mientras me dan palmaditas en las hombreras y me felicitan. Estoy tan puesto de adrenalina que estoy temblando como una hoja. Pero tengo que centrarme. Queda un minuto de partido.

El entrenador pide el último cambio y salgo del hielo con Novy, me dejo caer en el banquillo mientras los gritos de júbilo del público siguen resonando a través del plexiglás que hay a mi espalda. Todos los demás defensas del banquillo me dan palmaditas en la espalda y me felicitan. Es raro jugar de una forma tan ofensiva. No estoy acostumbrado a recibir atención.

Veo los últimos treinta segundos de partido. Los Panthers intentan rascar más de un disparo a puerta. Pero no servirá de nada. Hemos ganado. Me quito el casco y agarro una botella de agua que aplasto con una mano mientras dejo que el agua fría como el hielo apague el fuego de mi sangre.

Cuando miro al banquillo, veo a Caleb de pie en la esquina con los brazos cruzados y sonriéndome. Sé que está impresionado. Qué demonios, me he impresionado yo también.

La sirena anuncia el final del juego y los fans de los Rays se vuelven locos. Camino sobre una nube hasta los vestuarios mientras los chicos me rocían con cerveza y Sully me da el disco del partido. El entrenador Johnson me saca a rastras de las duchas para la rueda de prensa y sigo temblando.

Mientras tanto, la estoy buscando en todas partes.

Hoy Rachel no estaba en el banquillo. ¿Habrá visto el partido? Dios, espero que sí. No puedo evitarlo. Soy uno de esos chicos que quieren que su chica esté en las gradas con su jersey puesto animándolo, poniéndole ojitos a través del plexiglás.

Me escapo de la zona de prensa. De camino al vestuario, me cruzo con Avery.

—Eh, tío, ¿has visto por aquí a la doctora Price?

—¿Te parezco su niñera? —responde, y se aleja.

Sacudo la cabeza. Este chaval siempre está encabronado por algo. Algunos chicos están empezando a quejarse. Langley ni siquiera trabaja ya con él. No le doy mayor importancia y, cuando giro por otro pasillo, la veo. Rachel acaba de salir por una puerta que hay al final del pasillo y lleva una caja de material entre las manos.

—Eh —la llamo.

Su expresión cansada desaparece cuando me ve y se le ilumina la cara.

—¡Eh! Esta noche has estado increíble, Jake. De verdad...

La callo con un beso y la envuelvo con mis brazos aplastando lo que sea que se interpone entre nosotros.

—Jake... —jadea contra mis labios—. Alguien puede vernos.

—Me da igual —gruño—. Estoy cansado de esconderme. Cansado de fingir que no estoy contigo cuando sí lo estoy.

—Jake —suspira—. Ya hemos hablado de esto.

—Nada de hablar —gruño y aprieto los labios contra los suyos—. No ahora. Bésame como si hubiera ganado yo solito un partido de la NHL.

Se ríe contra mis labios.

—¿Te sientes muy bien? ¿Esta noche eres el hombretón?

La recorro con las manos, cuelo una por la parte trasera de sus pantalones y con la otra le envuelvo la mejilla.

—Seattle, te necesito —digo bajando la cara a su cuello y aspirando su aroma.

Dios, qué bien huele. Ahora hacemos la colada juntos, así que nuestra ropa ha empezado a oler igual. No sé qué detergente usamos, pero ahora lo huelo cada vez que me pongo una camiseta. Es ella, soy yo. Somos nosotros. Y nunca voy a tener suficiente.

—Estamos trabajando —me reprende, mientras mantiene en equilibrio la cajita con cintas y vendas.

—Me importa una mierda. Nena, te necesito. Necesito estar dentro de ti. —La aprieto contra mí para que pueda sentir que estoy hablando en serio.

—Jake... —dice mi nombre como si fuera un suspiro y una plegaria, y necesito oírla otra vez. Necesito estar dentro de ella cuando lo diga.

Esta semana ha sido una locura con los horarios incompatibles y los partidos. Estamos desincronizados y lo odio. La necesito. Necesito que volvamos a estar sincronizados.

Me empuja por los hombros.

—Estamos en un pasillo.

—Entonces piensa rápido, porque no voy a parar —gruño. Meto la mano por la camiseta para cogerle la teta por encima del sujetador.

Jadea y se le cae la caja de material al suelo. Las vendas salen desperdigadas y las cintas se van rodando.

—Jake...

—Es que me muero por ti —gruño—. Te necesito, Seattle. Te echo de menos. Necesito follarte. Ahora.

—Ay, Dios —jadea—. Vamos.

Me agarra de la mano y me arrastra por el pasillo hasta la puerta que conduce al almacén. Hay varias estanterías con baldas de metal llenas de todo tipo de material, desde cosas para primeros auxilios hasta productos de limpieza y cajas y más cajas de cordones para patines y cinta adhesiva.

En la esquina hay un montón de sticks viejos y un par de rollos de red de portero apiladas, aunque algunos están descosidos.

La puerta se cierra a nuestra espalda y ella se da la vuelta entre mis brazos mientras lleva las manos a mi cuello.

—¿Te encuentras bien hoy?

—De puta madre —mascullo persiguiendo sus labios con los míos.

—¿Sí? ¿Quieres seguir disfrutando de la adrenalina un poquito más? —me provoca, mientras me mete la mano en los pantalones y me agarra la polla. La tengo dura como una piedra—. ¿Quieres follarme, ángel?

—Todas las horas de todos los días —gruño metiendo la mano bajo su camiseta para desabrocharle el sujetador. Eso me permite algo más de espacio para agarrarla por las tetas. Le levanto el polo de los Rays junto con el sujetador y dejo al descubierto su pezón erizado. Hundo la boca en él con un gemido, lamiendo y provocándola como sé que le gusta.

—Tómame, Jake —jadea, se baja los pantalones hasta la mitad del muslo y me coge la mano para ponérmela entre sus piernas—. Hazme tuya, joder. Enséñame por qué soy tuya.

—Joder —gruño y deslizo los dedos por su humedad. Bajo el ritmo, cojo aire con los ojos cerrados para permitirme sentirla. Su presencia, su cálido aliento en mi mejilla, el calor de su centro. Desde que nos conocimos en Seattle, no se ha desvanecido en mí esta sensación de estar en el lugar exacto, esta sensación de querer estar donde esté ella.

Es mi chica. Mía. Y yo soy suyo. Y me he cansado de esconderme.

—Ven aquí. —La cojo por los hombros y la hago caminar hacia atrás hasta que se choca con la pila de porterías viejas—. Date la vuelta —gruño—. Pon la mano en el travesaño.

Se gira, se apoya en la barra horizontal de la portería mientras yo le bajo más los pantalones sin dejar de acariciarle con mis duras manos las curvas redondeadas de su culo. Vibra de necesidad, apretada contra mí.

Desesperado por sentir este momento de conexión, libero mi polla dura como una roca. Mientras me la machaco con fuerza, me acerco un paso a ella.

—Ábrete más, nena —jadeo y doblo las rodillas para colocarme en el ángulo correcto. Me encanta follármela desde atrás. Puedo meterla más adentro y ella está más prieta. Trabajamos en equipo para ponernos en posición, mi polla está justo en su entrada y empujo.

—Sí —sisea, deja caer la cara entre los codos mientras me meto hasta el fondo.

Los dos gruñimos y nos tiembla el cuerpo al sentir por primera vez la conexión. Jadeo y la agarro de las caderas mientras entro y salgo. Su humedad cubre mi duro falo.

—Nena, qué bien estás... —mascullo mientras la balanceo—. Te quiero tanto. Cuánto te necesito. Quiero que todo el mundo lo sepa.

—Jake... —Se le cortan las palabras cuando oímos un ruido a nuestra espalda que nos hace jadear a los dos.

La puerta del almacén se abre con un chillido y da paso a Mars, que se queda ahí plantado con la ropa del precalentamiento puesta. Lleva entre las manos la caja con provisiones médicas que tenía antes Rachel. Esta jadea y todo su cuerpo se tensa contra mí. Sigo enterrado hasta el empeine en su coño, mientras la tengo empotrada contra un montón de porterías.

Ay, mierda...

La puerta se cierra con un clic detrás de Mars, que se mueve con la mirada ardiente clavada en nosotros. Deja que la caja caiga al suelo, le da igual que lo que hay dentro salga desperdigado.

—En la cara no —gruño, pues no estoy seguro de lo que va a pasar a continuación.

Pero él pasa de mí y se coloca al lado de ella, y le envuelve la cara con las dos manos mientras se agacha para besarla como si no hubiera un mañana. Me quedo ahí, viendo que ella vierte toda su pasión en él. La trata con fiereza, la agarra del pelo y le tira de la cabeza para atrás. Ella gime contra su boca y se arquea apoyada en el travesaño, mientras a mí me golpea las caderas para mover el coño por mi dura polla.

Oh, joder, quiere que siga.

Me perdí el trío de la ducha, lo que hizo que Cay se ganara un desayuno con huevos salados y beicon quemado a la mañana siguiente. Desde entonces, he visto a Mars besar a Rachel y hubo un momento juguetón en el sofá durante el que nos la pasamos de mano en mano durante una calenturienta sesión de magreo, pero todos estábamos cansados para hacer mucho más.

Todavía no la ha compartido conmigo. No así. No por partida doble. Quiero poner a prueba sus límites, así que le doy un azote a Rachel, que gime y me aprieta más con el coño.

—Buena chica —gruño—. Qué bien me follas.

Él se tensa y un gruñido bajo se le escapa de la garganta. Eh, si va a aprender a compartir conmigo, más le vale acostumbrarse a que haya narrador, porque soy de los que hablan. Deja de besar a Mars y este se endereza. Se le oscurece la mirada mientras me observa empotrarla contra la portería.

Ella se arquea contra mí, le está encantando cada segundo de esto.

Le acaricio la espalda por debajo del polo.

—Te encanta que te observen. ¿Verdad, nena?

—Sí —ronronea y su coño me aprieta aún más fuerte.

—Qué chica tan buena, joder. Este coño es el cielo. Qué prieto y cálido. ¿Verdad, Mars? —añado mirándolo. Sé las ganas que tiene ella de que pase esto y quiero hacerlo posible para ella. Quiere que los cuatro estemos juntos. —Creo que nuestra chica podría necesitar más —digo—. Le encanta que la llenen.

La embisto en cada frase y sé que está a punto. A Mars más le vale decidir de una vez lo que va a hacer.

—¿Esta vez solo quieres mirar, hombretón? ¿Quieres que yo te enseñe cómo se usan esas porterías?

Con un gruñido, la agarra del pelo y le echa la cabeza hacia atrás para que lo mire.

—¿Quieres más, *rakas*?

—Sí. Por favor, Mars. Oh, Dios, por favor...

Bajo el ritmo cuando él da un paso al frente y la aparta del travesaño. Tenemos que movernos arrastrando los pies, pero luego Mars se baja los pantalones lo suficiente para liberar a la bestia. Gruño, me encanta este ángulo porque puedo ver a mi chica follárselo con la boca. Mars la sujeta por los hombros meciéndose contra ella. Yo también muevo las caderas para seguirle el ritmo hasta que la poseemos por los dos extremos.

Nunca me había planteado que querría compartir a mi chica con otro tío, pero tiene algo verla así que me pone. Rachel no hace más que gemir, chupando y atragantándose con su enorme polla mientras me folla como los ángeles. Su coño cálido me aprieta y me lleva al límite.

—Nena, voy a correrme —gruño. La embisto con las caderas una vez, dos, y luego la lleno mientras me aprieta con mucha fuerza buscando su propio orgasmo.

Mars nos sigue y detiene las caderas mientras eyacula. Veo que Rachel se atraganta y le entran arcadas cuando se lo traga. Después de un rato, Mars la suelta y ella aspira una bocanada de aire. Se agarra al travesaño de la portería con una mano temblorosa.

Salgo de ella con cuidado y la sujeto por las caderas para darle estabilidad. Me apresuro a enderezarme y le subo los pantalones a toda prisa por ese culo desnudo, todavía con mi semen entre las piernas. Mars hace lo mismo. Al menos si alguien entra ahora, no nos pillará en mitad del polvo. Pero Rachel sigue doblada sobre la portería, delirando mientras recupera el sentido.

Ahora que me he quitado de encima el calentón, se impone la cabeza fría. Joder, esto ha sido una temeridad. Cualquiera podría haber entrado. De hecho, alguien ha entrado. Solo hemos tenido suerte de que fuera Mars. Podría haber sido

Avery. Ese gilipollas se habría recorrido todo el estadio para delatarnos.

Mars se inclina sobre ella, le susurra algo que no consigo entender mientras le aparta el pelo de la cara con una caricia. Ella asiente y él le da un beso en la frente. Entonces, él da un paso atrás.

—Esta noche has jugado bien —me dice, mientras se apoya sobre una rodilla para recoger el material médico. Me tiende la caja.

—Gracias —digo, pero sigo sintiendo que me falta la respiración mientras cojo la caja.

Él sigue sujetándola y me mira a los ojos.

—Me caes bien, Compton.

Parpadeo, miro a Rachel y luego vuelvo a centrarme en el gigante finés.

—Y tú a mí, Mars.

—Me caes bien por Rachel —añade.

—Lo mismo digo —respondo, pues no estoy seguro de a dónde quiere llegar con todo esto.

—Bien —dice con una voz profunda—. Por favor, tómate esto como la única advertencia que te voy a dar: si te vuelves a follar a mi chica contra una de mis porterías, te cortaré esa pollita tan pequeña y mona que tienes. ¿Entendido?

Yyyyyy ahí es donde va con todo esto.

—Por supuesto, Mars —respondo con un gesto pícaro. Él entorna los ojos y me da la espalda.

—Oye, ¿eso también se aplica a tu taquilla de los vestuarios?

Gruñe, pero no se da la vuelta.

—Vale, espera. Escucha una cosa —digo, aunque sé que me voy a ganar un puñetazo—. ¿Y en el hielo a mitad de partido? ¿Crees que eso podríamos hacerlo? ¿O ponernos de acuerdo en hacer un gesto con la mano para que te apartes?

La puerta se cierra de un portazo detrás de él.

Rachel resopla y se levanta apoyándose en el travesaño.

—Qué ridículo eres. Te va a soltar un puñetazo si no te dejas de bromas.

—Merece la pena —respondo con una sonrisa y doy un

paso al frente para abrazarla de nuevo—. No finjas que no te gusta lo estúpido que soy.

—Sí —responde, se le ensombrece un tanto la mirada mientras me aparta el pelo de la frente con la punta de los dedos—. Jake, de verdad que sí.

Capítulo 75
Rachel

Estoy hecha un manojo de nervios. Esta es la primera vez que no he estado en un partido desde que ha empezado la temporada. Es raro no estar ahí abajo en los túneles con los chicos, corriendo como una loca pidiendo más cinta y más vendas a gritos.

Para ser especialista de cadera y rodilla, estoy segura de que me he pasado mucho tiempo administrando primeros auxilios básicos. Diría que algunos de estos tíos están hechos de cristal por lo rápido que se hacen moratones y empiezan a sangrar. ¿Y el viejo estereotipo sobre los jugadores de hockey y los dientes que les faltan? Sí, no es solo un estereotipo. Entre los entrenamientos y los partidos, yo misma he tenido que encargarme de cuatro dientes rotos y tres arrancados de cuajo.

—Hola, corazón —saluda Poppy con la mano. Se está abriendo paso entre el público con un cubo enorme de palomitas y un refresco—. Ay, tía, ¡estás increíble! Kinnunen se va a morir cuando vea que esta noche llevas su jersey.

No puedo evitar sonreír. Se supone que es una sorpresita para él porque es la primera noche que vuelve al hielo. Cuando se entere, lo más probable es que Jake vaya a estar un mes poniendo mala cara, pero no todos los días vienen los ojeadores de las Olimpiadas a verte jugar. Ilmari se ha esforzado mucho por esto. Esta noche se merece un caramelo para los ojos.

—Esto es muy emocionante —dice Poppy—. ¿Sabes que este es el primer partido que consigo ver como espectadora? Esta temporada he tenido que ir a destajo.

—Yo igual —respondo y le robo unas cuantas palomitas de la parte superior de su cubo.

—Me apetecía disfrutar al máximo del día de juego, en plan experiencia inmersiva —me explica—. Así que, después de las palomitas y el refresco, ¡nos pasamos a los perritos calientes y a la cerveza!

Me río.

—Suena bien.

—¿Estás preparada? Leo, el de la taquilla, nos ha agenciado unos buenos asientos en primera fila.

—Sí... Espera —respondo—. Estamos esperando a alguien más.

Me pongo de puntillas y miro alrededor. Llega tarde, por supuesto. Apuesto lo que sea a que lo han arrastrado para que solucione alguna crisis. Oigo un grito familiar a mi espalda que me hace darme la vuelta. Cuando lo veo, no puedo evitar sonreír aún más.

Caleb se acerca saludando con la mano, mientras hace malabares con una bandeja de nachos y un refresco enorme. Parece cualquier otro fan de los Rays: gorra hacia atrás, jersey de los Rays, vaqueros, chanclas. Cuando me ve, se queda rígido y lo veo recorrerme con la mirada, desde el pelo rizado hasta los vaqueros ajustados y las botas altas, pasando por el jersey de Kinnunen. Abre la boca ligeramente de la sorpresa.

No puedo evitar hacer lo mismo, al ver que tiene un 42 enorme en ambos hombros. Si cree que no me voy a burlar de él por llevar el jersey de Jake, es que no tiene ni idea.

Cuando vuelve en sí, se acerca a toda prisa.

—¡Eh, Caleb! —lo saluda Poppy—. Hala, ¡nachos! ¿Por qué no se me había ocurrido a mí?

Puedes decirme que soy una esnob de la comida, pero mi hermano mellizo es chef y tiene una estrella Michelin. No voy a comer queso congelado sobre un cartón salado. Sin embargo, me dejaría convencer para comprar almendras garrapiñadas alemanas. Su delicioso olor a canela tostada impregna los pasillos y me llama como si fueran cánticos de sirena.

—Rach, ¿quieres compartir unos nachos cuando lleguemos a la parte de los perritos calientes? —pregunta Poppy.

Vuelvo a reírme.

—Tía, que pesas cuarenta kilos, ¿dónde vas a meter todo eso?

—Ah, no te preocupes por mí —responde—. Los St. James somos glotones profesionales. Aquí el amigo Caleb va a estar harto antes de que yo haya empezado. Ahora vamos, ¡no quiero perderme ni un minuto del espectáculo prepartido! ¿Tenéis idea de cuánto tiempo y energía dedico a la puesta en escena de los partidos que celebramos en casa? —Como la bala perdida que es, Poppy echa a correr y nos deja atrás.

—Jake va a flipar cuando te vea con eso —masculla Caleb colocándose detrás de mí.

—Va a flipar mucho más cuando te vea a ti con eso —me burlo mirándolo de arriba abajo.

Aparta una mano de la bandeja de nachos y me acaricia la palma con los dedos mientras nos abrimos paso entre la multitud. Durante las semanas que llevo viviendo con él, he aprendido a tratarlo como a un gato. Es quisquilloso con dónde se sienta y qué come. Si no quiere mimos o estar cerca de alguien, te lo hace saber, lo cual sucede la mayoría del tiempo. No le gusta acurrucarse, a menos que esté durmiendo, y está claro que no le gustan nada las demostraciones de afecto en público. En ese sentido, Jake y él son como la noche y el día.

Incluso Ilmari es más cariñoso que Caleb en el ámbito físico. A Mars le gusta el contacto visual. Y le gusta cuando siento que me está observando. Cuando estoy en el trabajo y me ve, se para y espera a que me fije que está ahí y se pone otra vez en movimiento con un aire casual cuando nuestras miradas se cruzan, como si no pasara nada. Es como si hubiera salido de una maldita novela de Jane Austen. Me pone a cien todas las veces.

Pero Caleb nunca parece querer consuelo físico, más allá del sexo. Por eso, que me lo esté ofreciendo ahora significa que casi salto para responderle y entrelazo los dedos con los suyos mientras caminamos hacia nuestros sitios. Me aprieta la mano.

—¿Estás bien, Huracán?

Asiento con la cabeza. Cuando estoy a punto de hablar, Poppy aparece como una flecha por la esquina y Caleb me suelta la mano, como si fuera una patata caliente.

—¡Vosotros dos, daos prisa!

Ambos respiramos hondo y la seguimos hasta nuestros asientos.

Capítulo 76
Ilmari

Noche de partido. Los Rays contra los Kraken. Jugamos en casa. Es mi primer partido en tres semanas. El pinchazo de cortisona me ayudó a reducir la inflamación y Rachel añadió la semana pasada unas infiltraciones de gel. La lubricación de la articulación ha mejorado mi rango de movimiento de manera considerable. Los dos tratamientos, combinados con el descanso, me hacen sentir que he vuelto al ochenta por ciento. Es suficiente. Tiene que serlo porque por fin han venido los ojeadores de la FIHA.

Hemos terminado el calentamiento y todo el mundo se está preparando para lanzarse al hielo. En la taquilla de al lado, Morrow maldice.

—Puto pedazo de mierda. —Se levanta y va cojeando hasta el otro lado del vestuario, mientras se queja del cordón de un patín que tiene deshilachado.

En cuanto se larga, Compton se desliza por el banquillo y me da un codazo.

—¡Eh! ¿Cómo estás hoy?

—Bien. —Me centro en ajustar las tiras de las protecciones.

—¿Hay algo que tenga que saber? —insiste en voz baja—. Ya sabes, antes de que salgamos ahí fuera... ¿algo que necesite hacer o no hacer?

Lo miro. Me está desconcentrando. No me gusta parlotear

antes de los partidos. Y, la verdad, tampoco me gusta que dude de si estoy listo para jugar. Me señalo las protecciones.

—¿Quieres que me quite esto, Compton? ¿Quieres llevarlas tú? ¿Es eso? ¿Crees que puedes jugar en mi posición mejor que yo?

—Oye, tío, no te pongas a la defensiva. Solo estoy intentando ayudarte. Sé que es un partido importante para ti porque han venido los ojeadores. Así que dime cómo puedo echarte una mano para que deslumbres...

—Limítate a hacer tu trabajo —mascullo.

Él resopla, está claro que está molesto por lo borde que he sido.

—Ya, ¿sabes una cosa? Creo que me voy a limitar a hacer solo mi puto trabajo.

Justo cuando creo que está a punto de marcharse por donde ha venido, se acerca un poco más y baja la voz.

—¿Esto es por lo del otro día en el almacén? ¿Sigues enfadado por lo de la portería? Porque si no te mola compartir, eso sí que es algo que tenemos que saber.

Me quedo rígido. Lo último en lo que necesito pensar ahora mismo es en Rachel. O en Rachel y yo. O en Rachel, Jake Compton y yo follando como campeones contra mis porterías.

En ninguna versión de mi futuro me habría podido imaginar siquiera considerar que compartiría una esposa y una vida con un compañero de equipo. Y sin duda no con un defensa optimista, divertido, irritante y fanático del sushi.

Es la razón por la que tengo reservas respecto a Rachel. Puede que una parte de mí siempre supiera que me iba a complicar la vida más allá de los cuidados médicos. Ahora ha hecho que Jake Compton intente tratarme como algo más que un compañero de equipo. El tío está intentando ser mi amigo.

Pero a mí esto no se me da bien. Soy callado y complicado. Vivo ensimismado. Rachel no intenta sacarme de ahí a la fuerza. Se limita a meterse dentro de mí. La tengo dentro y no puedo sacármela. Incluso Caleb parece entenderme. Nos llevamos bien. Era así incluso antes de que apareciera Rachel. Ambos apreciamos el silencio y el orden.

Pero Jake Compton es ruidoso y extrovertido y caótico. Se

hace amigo de cualquiera y de todo el mundo. Siempre se está riendo, siempre está haciendo bromas, siempre está con la sonrisa dibujada en la cara. Esto no puede salir bien. Se hartará de mi estado de ánimo y de mi melancolía y me obligará a salir.

No es que Caleb sea la alegría de la huerta, pero es la pareja de hecho de Compton. No se va a ir a ninguna parte. Es imposible que Compton tolere a un segundo tío en su vida con el que es tan complicado vivir. Así que yo seré el que se vaya fuera. Esto no puede durar. Compton no quiere que dure y no lo culpo. Ni de coña va a dejar que me quede con lo que choca nuestra forma de ser.

—Apártate, Compton —mascullo.

—Dios —resopla—. Pues buena suerte, gilipollas.

Cierro los ojos y respiro hondo. Ahora mismo no puedo pensar en él. No puedo pensar en Rachel... en que la voy a perder por él. Esta noche, tengo trabajo que hacer.

—¿Estáis listos, chicos? —pregunta el capitán desde la otra punta del vestuario—. ¡Vamos a patearle el culo a los Kraken!

Como si fuéramos una sola persona, todo el equipo se pone en pie. Es hora de jugar.

Capítulo 77
Rachel

—¿Y si no le gusta que esté aquí? —murmuro de pie en nuestros sitios, dos filas por detrás del plexiglás. Estamos casi en la diagonal de la portería. Si Ilmari gira la cabeza a la izquierda, seguro que nos ve—. ¿Y si lo distraigo? Quizás debería irme...

—Ni te atrevas, joder —gruñe Caleb cogiéndome por el codo—. Tú te quedas aquí, Huracán. Los dos queremos que nuestros chicos te vean así.

Mira a mi izquierda, pero Poppy no nos está haciendo ni caso. Está metida a tope en modo social, riéndose y charlando con los abonados de la temporada que están sentados justo detrás de nosotros. Te juro que esta mujer podría hacerse amiga de un parquímetro.

—¿Por qué quieres que nos vean así?

—Porque necesitan la motivación —responde.

Me río y le robo un trago a su bebida. Coca-Cola normal, por supuesto. A tope de azúcar.

—Ah, ¿sí?

Me mira entornando los ojos

—Déjate de mierdas, Huracán. Sabes que pareces la mujer de un jugador de hockey. Pareces su mujer —añade, y su mirada vuela al número 31 que tengo en el hombro.

Trago saliva, de repente siento que me falta el aire. Le devuelvo el refresco.

—¿Por qué crees que importa que esta noche lleve el número de Ilmari y no el de Jake?

—Porque así Mars estará motivado para ganar —responde—. Va a estar pensando en ti durante todo el partido. Cada disparo a gol, cada parada. Estará pensando en arrancarte de cuajo ese jersey y en follarte como si no hubiera un mañana. Si esta noche intentamos ponerte una mano encima, nos morderá como el hombre oso que es.

—¿Llevar un jersey es para tanto? —digo con una ceja levantada.

—Es para tanto —responde con solemnidad—. Si yo todavía lo tuviera, también me gustaría verte con él —admite—. Pero ¿verte con el jersey de otro tío? Bueno, eso sí que es una tortura muy turbia. Solo con echarte un vistazo, Jake va a jugar el mejor partido de la temporada.

Oculta de la prensa tras otros fans que están de pie, lo cojo de la mano y le doy un suave apretón.

—¿Sí?

Dibuja una sonrisa de satisfacción.

—¿Te crees que nuestro tauro mimado es todo dulzura y mimos? Ya verás cuando no consiga lo que quiere. Más vale que los delanteros de los Kraken sean toreros.

—Ay, madre mía —digo justo cuando se apagan las luces.

A mi lado, Poppy está dando saltitos y me coge de la mano mientras grita. La música empieza a sonar y se encienden las luces otra vez, le dan al hielo un aspecto muy chulo de arrecife tropical. Las luces y el vídeo trabajan al unísono creando una experiencia visual en la pista que resulta hipnotizante. Es como si estuviéramos corriendo por un arrecife de coral, avanzando a toda velocidad como si fuéramos peces. Los colores del agua ondulante bailan delante de nuestras narices.

—Mola muchísimo —murmura Cay a mi lado, está impresionado, aunque a regañadientes. Ninguno de los dos hemos llegado a ver el espectáculo de antes del partido desde este ángulo.

Le cojo la mano con una sonrisa y me pongo de puntillas.

Cuando la música empieza con sus crescendos y la máquina de niebla se pone a trabajar, el público se vuelve loco cada vez que se anuncia a cada jugador. Los Rays entran en el hielo como un rayo cada vez que dicen sus nombres, empezando por los delanteros. Langley, luego Karlsson y después nuestro capitán, Sully. Nosotros tres también lo estamos dando todo y los vitoreamos cuando anuncian a Novikov y a Compton en la defensa. El último que pisa el hielo es Ilmari. El público se vuelve aún más loco con él mientras patina despacio hacia su portería, completamente concentrado.

Se encienden las luces y, cuando los Kraken entran arropados por una horda de abucheos, ambos equipos hacen los últimos calentamientos antes de que caiga el disco.

—Vamos a llamar su atención —se burla Caleb. Dios, ¡qué liante que es! ¿Por qué se ha venido tan arriba con esto? Su entusiasmo debería disuadirme, ¿verdad?

Jake y Novy pasan por delante de nosotros y Caleb grita.

—Que no —chillo agarrándolo del brazo—. He cambiado de idea...

—Oye, 42... ¡das asco! —grita todo lo fuerte que puede con las manos alrededor de la boca.

Dos cosas pasan al mismo tiempo. Los dos chicos que están de pie delante de nosotros se agachan para coger las cervezas. Al mismo tiempo, Jake mira a su alrededor, alertado por el sonido de la voz de Caleb. Yo me quedo ahí plantada como un cervatillo delante de los faros de un coche mientras detiene los patines sin ningún esfuerzo y nos mira. La luz se le refleja en el visor, por lo que no llego a distinguirle los ojos, pero me juego el cuello a que puedo ver que aprieta la mandíbula.

—Ay, mierda —masculla Cay y me pasa una mano por la cintura mientras Jake se acerca como un rayo.

—Haz que pare, haz que pare —digo con la voz áspera tirándole del brazo. Él se limita a reírse y me mantiene en el sitio.

Jake se acerca justo hasta las vallas y aplasta las manos contra el plexiglás. Los chicos que tenemos delante gritan de la sorpresa y uno escupe la cerveza mientras su amigo se ríe.

—¿Qué coño haces, Seattle? —grita Jake mientras me mira.

A mi lado, Poppy chilla:

—Compton, ¿qué estás haciendo?

—Quítatelo —me ladra él.

El público que nos rodea se está fijando en nosotros y todos los ojos nos miran. Ay, esto es malo, muy malo. Ha sido una mala idea. ¡Qué estúpida, Rachel!

—A lo mejor, si juegas muy bien esta noche, se pone tu jersey el sábado —le pica Caleb, está disfrutando de este momento, de ser un cabrón como la copa de un pino.

La gente que nos rodea se ríe mientras Jake nos mira como si se le acabara de reventar el bazo.

—Lo siento —digo a través del cristal, de repente me arrepiento de todas las decisiones estúpidas que he tomado en mi vida. La expresión de tortura que tiene su preciosa cara me está destrozando. Quiero trepar por el plexiglás y darle un abrazo.

Pero Caleb no está por la labor.

—No se arrepiente en absoluto —se burla—. ¡Vete por ahí a patinar, cretino! ¡Intenta no avergonzarla!

Si fuera posible que Jake entrara en combustión espontánea, este sería un buen momento para hacerlo. En lugar de ello, se gira despacio y se aleja sobre los patines con los hombros cuadrados en una pose de determinación.

—Voy a matarte —le siseo a Caleb al oído y le doy un codazo.

—No, no lo harás —dice, está claro que está disfrutando de este momento—. Sonríele al portero.

Jadeo y centro mi atención en la portería, donde Ilmari está de pie. Me está mirando fijamente a través de la rejilla de su máscara con los ojos perdidos en las sombras. Poco a poco, se la levanta y se la echa para atrás, quiere verme sin ningún impedimento.

Los chicos que tenemos delante se ríen y me señalan, incluso se apartan para que pueda verme mejor. Puede que no tengan ni idea de con qué se han tropezado, pero están más que felices de ayudar a Caleb a remover esta gran olla de mierda.

La expresión de Ilmari casi me derrite.

—Ay, madre... —susurro sin aliento.

Ahí es cuando Caleb me quita la mano de la cintura y me pasa el brazo por los hombros, para acercarme más a él y darme un beso con babas en la mejilla. Mars observa todo el proceso y, despacio, se vuelve a colocar la máscara sobre el rostro, enterrándose a sí mismo bien al fondo de su armadura.

—Sí que tienes ganas de morir esta noche, ¿no? —mascullo.

—Merece la pena —responde.

Los chicos de delante se ríen y yo empujo a Caleb para alejarlo. Poppy chilla:

—Ay, madre mía, ¿qué está pasando ahora mismo? ¡No queremos que nuestros chicos se molesten antes del gran partido!

Caleb también se ríe y apara la mano de mí.

—No te preocupes, Pop. Solo es un ejercicio para forjar lazos entre el equipo.

Me guiña un ojo y vuelve a cogerme de la mano. Solo nosotros sabemos la verdad: el equipo del que está hablando no son los Rays. Para nada.

Capítulo 78
Jake

Lo voy a matar. Caleb Sanford es hombre muerto. Él ha sido el que la ha metido en esto, lo sé. Apuesto lo que sea a que ha sido él quien le ha comprado el puto jersey. ¡Con mi tarjeta de crédito! Se cree que es muy gracioso ponerme en esta tesitura. Apenas consigo ver mientras me coloco en mi puesto.

Ya estaba de un humor de perros por culpa de Mars. Justo cuando creo que estoy haciendo progresos con ese gilipollas, me empuja con ganas. Sé que Rachel está enamorada de él, pero si no deja a un lado esa rutina del señor Helado, voy a tener que hacerle una intervención.

A ver si puede mantener la cabeza fría después de un retiro de yoga intenso con Amy Compton. Ya ni me importa. Estoy más que decidido a obligarlo a que se abra. Me los llevaré a todos a Japón y nos encerraremos en un baño termal toda una semana. No vamos a salir de la sauna hasta que Mars no afloje esos estúpidos puños de acero. Sake, estiramientos y vapor. Es el combo mágico para descorchar a este finés tan arisco.

¡No me puedo creer que se haya puesto su jersey! A ver, sé que los ha unido mucho el trauma de su lesión. Y ahora han venido los ojeadores del equipo olímpico de Finlandia. Pero yo estaba aquí primero. ¡Debería llevar el mío!

Lo juro por lo que sea, Caleb está detrás de esto. Y mierda, ¿por qué le queda también mi jersey? Lo he visto a él primero y, lo juro por Dios, la polla se me ha retorcido dentro de la coquilla. Nunca se había puesto uno de mis jerséis. Nunca.

Está tramando algo. Bueno, ese mierdecilla tan astuto va a recibir su merecido. Pero tendrá que esperar. Ahora mismo, hay trabajo que hacer. Y como no puedo arrancarle ese jersey de cuajo a Seattle, ni darle una patada a Cay en las pelotas, más vale que los Kakren tengan cuidadito conmigo. Mi intención es que alguno acabe sangrando.

Capítulo 79
Rachel

—¡Ay, madre mía! —grito aferrada al brazo de Caleb. Los jadeos y los vítores de medio estadio se hacen eco de mi voz cuando Jake le hace un placaje a un delantero de los Kraken y lo lanza por el hielo.

Caleb está sonriendo como si fuera Navidad. Solo llevamos ocho minutos del primer periodo y los Rays ya han marcado un gol. Hoy la ofensiva está patinando como si fueran una línea de verdad y Jake y el otro defensa están enviando a los Kraken a las vallas a diestro y siniestro. Por lo general, este nivel de agresión se guarda para más adelante en el partido, pero la otra pareja de defensa está alimentando la energía caótica de Jake.

Cuando los Kraken intentan llevar el disco hasta nuestra zona, le hace un placaje brutal contra las vallas justo delante de nosotros y los fans que nos rodean golpean el cristal mientras el delantero y él se disputan el control del disco. Sus gruñidos y el sonido de sus protecciones golpeándose contra el plexiglás llenan el aire.

Poppy casi pierde el control de su cubo de palomitas.

—¿Por qué está tan cabreado?

Caleb se limita a reírse, me da un codazo en las costillas y me guiña un ojo.

—¡Sacadlo!

—¡Pelea!

—¡¡Pelea!!

Los fans que nos rodean están rabiosos y le dan alas a la manía de Jake. Le da un buen empujón con el hombro que aplasta al otro tío contra el plexiglás antes de disparar, mover el disco con su stick y pasárselo a Langley.

Volvemos a dejarnos caer en los asientos, el público que nos rodea maldice y se queja de que no haya habido pelea.

—¿Ves? —dice Cay con una sonrisa—. Hoy lo está dando todo. Van a ganar y te lo deben todo a ti, Huracán.

Me cruzo de brazos con fuerza por encima de mi jersey de Kinnunen. Esto ha sido un error monumental.

El tercer periodo ha empezado de manera oficial y estoy hecha un manojo de nervios. El marcador sigue atascado en 1-0, los Rays siguen llevando la delantera. Este partido ha escalado enseguida a una trifulca. Los Kraken no han tenido suficiente con los golpes y los porrazos de Jake. Han sacado del banquillo a un tiarrón que da miedo. Debe de ser uno de los tíos del montón. Ni siquiera está intentando hacerse con el disco. Ha salido para encargarse de Jake. Le alegra demasiado perseguirlo por el hielo y coincidir con él placaje tras placaje.

Si me tengo que tragar un grito más, juro que voy a atragantarme con la lengua. No sé cómo Jake sigue teniendo fuerzas. En cada cambio, se deja la piel en el hielo y, cuando vuelve al banquillo, sigue pendiente, observando la acción, esperando a sumarse a la refriega.

E Ilmari está siendo una máquina. Los Kraken han empezado a entrar en calor en el segundo periodo, sedientos por marcar un punto antes del descanso. Durante todo ese tiempo, ha estado en la portería más alejada. Lo único que yo he podido hacer ha sido gritar y darle la mano a Caleb mientras lo veía batallar de rodillas, usando su cuerpo como muro para detener ese disco una y otra vez.

Ahora ha vuelto a la parte de la pista donde estamos nosotros y el medio de los Kraken está lejos después de un mal contraataque que ha hecho. El tío es pequeño y rápido como una bala, se escapa a toda velocidad de Karlsson. Jake y Novy se esfuerzan por zafarse de sus bloqueadores para acudir a ayudar a Ilmari. Jake corta el hielo. El ruido de sus cuchillas deslizándose por la pista resuena en mis oídos cuando toma impulso para coger más velocidad.

—No lo va a conseguir —grita Caleb apretándome la mano—. Mars está solo... ¡venga ya, Mars! ¡Vamos!

—¡Bloquéalo!

Todos los que nos rodean están gritando y yo estoy congelada en el tiempo, viendo que Ilmari se encara a ese delantero de pies cortos. El tío se pone creativo para distraer a Mars con una combinación de juego de pies y manejo del disco mientras corre por el hielo. Todo sucede muy deprisa. El delantero dispara por la izquierda mientras desliza el stick por detrás de sí mismo e intenta marcar un gol en la esquina derecha de la portería de Ilmari.

Pero Ilmari no se ha dejado engañar. Sus instintos están afinados a la perfección y se queda quieto, la mano enguantada vuela para cubrir el hueco por el que el delantero pensaba marcar el gol.

Siento calor en el pecho y me olvido de respirar ahí, de pie entre la multitud, sin despegar los ojos de Ilmari. Parece que todos hemos parpadeado al mismo tiempo y nos lo hemos perdido. Con toda la naturalidad del mundo, llmari baja el guante y tira el disco a sus pies.

Salvado.

Sin despeinarse. Es un dios en el hielo.

Sully se adelanta para coger el disco, gana la pelea y lo lanza para atrás, a Jake, que lo está esperando. Este avanza hacia delante como un cañón, cruza la línea roja, va directo a la portería. Juro que me voy a morir de estrés mientras Caleb me sigue estrangulando y gritándole a Jake que haga un pase.

Jake mueve el disco, se lo pasa por delante de un Kraken a Langley, que lo está esperando y lo lanza al fondo de la red.

Gol.

Los Rays 2. Los Kraken 0.

Y así, sin más, nuestro furioso triturador se ha ganado

una asistencia. El público se vuelve loco. A ambos lados de mí, Caleb y Poppy están saltando.

—¡Dios, me puto flipa el hockey! —grita Caleb, me pasa el brazo por los hombros y me da un beso en la mejilla.

No puedo evitar sonreír y me dejo llevar por la euforia de un estadio lleno de fans ardientes de los Rays. Pero entonces me quedo rígida, siento que una presencia me llama. Mi mirada vuela a donde está el solitario Ilmari protegiendo su puesto. Me está mirando directamente. Me está observando, esperando a que me fije en él. Mi portero quiere que lo vean. Quiere que yo lo vea.

Los Rays vuelven a su campo sobre el hielo e Ilmari se mueve, preparado para felicitar a Langley por su gol. Langley le da unas palmaditas al casco de Ilmari mientras los demás le dan palmaditas en los hombros. Los observo con el pulso acelerado, porque al siguiente que se acerca Mars es a Jake y sus cascos se tocan. Se abrazan durante más tiempo que Mars y Langley. Despacio, Jake asiente con la cabeza. Entonces se aleja hacia el banquillo e Ilmari vuelve a su posición, listo para proteger su red.

Es en ese momento cuando se me pasa por la cabeza la idea más deliciosa del mundo. ¿Cómo dice el refrán? ¿Dos jugadores de hockey y un disco?

Entrelazo el brazo con el de Cay.

—Cuando termine el partido, cámbiate el jersey conmigo.

—¿Qué?

—Ya me has oído —digo con una sonrisa.

Me mira desde arriba con las cejas oscuras fruncidas. Intenta adivinar lo que estoy tramando, casi le veo los engranajes moverse a toda prisa. Su sonrisa casual se convierte en una mueca pilla, igual que la mía, cuando se inclina.

—Ay, sí que estás intentando arreglarlo todo para que esta noche me mate.

—No te preocupes —canturreo—. Puede que los chicos te permitan suplicar clemencia.

Capítulo 80
Ilmari

Otro shutout. Ni un solo gol. Los Rays ganan 3-0. Nos hemos ganado la victoria a pulso, como a mí me gusta. Hemos tenido que trabajar juntos para evitar que los Kraken marcaran un gol. Sé que he jugado un buen partido, pero cuando mi equipo destaca, yo también destaco.

Hacia el final del tercer periodo, los Kraken están como perros rabiosos. Los disparos a puerta han volado por ambos lados. Han sacado a su portero para tener un hombre más, pero no les ha servido de mucho. Sully ha marcado en la red descubierta cuando quedaba menos de un minuto de partido. La sirena ni siquiera había sonado cuando los fans ya lo estaban celebrando.

Vuelvo a los vestuarios aturdido. Me ducho aturdido. En cierto modo, me veo arrastrado por el pasillo hacia la rueda de prensa. Los ojeadores de la FIHA me estarán esperando allí, y la prensa finesa. Quieren verme, hablar conmigo.

Compton va caminando por delante de mí, sigue con los puños apretados clavándose las uñas, frustrado porque Rachel llevaba mi jersey. Yo solo estoy cabreado. Me he tenido que pasar todo el partido sabiendo que Rachel estaba siguiendo todos mis movimientos. Y Caleb estaba a su lado, provocándome. No ha dejado de tocarla, de acariciarle el hombro, justo donde estaba mi número, casi como si esperara borrárselo.

Imposible. Es mía.

No sé si esto es un nuevo juego, pero no es divertido. Lo último que necesito ahora mismo es que Compton encuentre una razón para que me eche de patitas. A mí me parece que el hecho de que Rachel llevara mi jersey es razón suficiente para vengarse un poquito.

Pero ahora no puedo pensar en eso. Las luces se encienden y nos alumbran cuando nos sentamos en la mesa, yo en un extremo, él en el medio y el entrenador Johnson al otro lado.

Jake no está de humor para aguantar a la prensa, pero es un profesional y responde a la primera pregunta que le hacen sobre su despiadada forma de jugar.

—Bueno, ya sabes, es para darle emoción desde que el disco toca el hielo. Queríamos que los Kraken se lo ganaran a pulso.

Dejo de escuchar, pues veo unos cuantos rostros familiares entre la multitud. Torben Korhonen está de pie en mi lado de la mesa con un pase de prensa colgado del cuello. Trabaja para la Liiga finesa. Lleva años cubriéndome aquí, en Estados Unidos. Detrás de él hay un grupo de hombres vestidos con trajes europeos. Los ojeadores de la FIHA. Están muy callados, observando cómo se desarrolla la rueda de prensa.

La voz de Korhonen hace que vuelva a centrarme en él.

—Esta es una pregunta para Kinnunen —dice—. ¿Puedo hacerla en finés?

Me inclino hacia delante y le presto toda mi atención.

—*Joo*.

Cambia a finés y siento que puedo respirar.

—Este es tu primer partido en tres semanas. La información que han dado los entrenadores y el personal médico de los Rays ha sido muy escasa. ¿Los fans deberían estar preocupados por tu salud?

Le mantengo la mirada, respondo a la pregunta que sin ninguna duda han hostigado los ojeadores de la FIHA.

—Si no estuviera en forma para jugar, no estaría en el hielo. A los entrenadores y el personal médico de los Rays les interesa sobre todo la salud general y el bienestar de todos sus jugadores —respondo—. Estoy agradecido de jugar para un equipo que antepone mi salud y se centra en mi longevidad de juego, no solo en que juegue cada partido.

Korhonen asiente y la mujer que está a su lado aprovecha la oportunidad para hacer una pregunta. El entrenador se acerca al micrófono, preparado para responder. Me quedo ahí sentado, escuchando la complicada respuesta que da sobre una posible victoria y Compton se queda rígido como una piedra a mi lado. Entonces me da en el brazo, tiene la mirada clavada en algo que está entre el público. Sigo la dirección de su mirada.

Es entonces cuando lo veo. Se han colado al fondo de la sala de prensa usando los pases del equipo. Rachel y Caleb están de pie juntos, él le pasa el brazo por los hombros a ella. Se me acelera el corazón mientras la observo. Bajo la mirada de su preciosa cara, por sus hombros y hasta... me quedo helado.

No es mi número. La brujilla lleva ahora el número 42. Miro enseguida a Caleb y veo que el 31 está en su hombro. Se han cambiado el jersey. El gilipollas tiene las agallas de lanzarme un beso y saludarme con la mano. Rachel le da una cachetada para que la baje.

Voy a matarlo. Echo la silla para atrás como si fuera a levantarme, pero Compton me pone la mano en el brazo y me detiene. «Aquí no», dice sin palabras. No ahora. No delante de los ojeadores de la FIHA. Tengo que quedarme sentado y dejar que se burlen de mí.

¿Por qué Compton parece igual de cabreado? Ha conseguido lo que quería. Ahora Rachel lleva su jersey. Lo miro, está echando fuego por las orejas. Pero ya no la está mirando a ella. Sino a Caleb.

Suspiro al darme cuenta y me retrepo en la silla. Así que se trata de mi jersey. No quiere que ninguno de los dos lo lleve. Quiere que los dos sean solo suyos. Mientras los miramos, la pareja nos saluda con la mano con sonrisitas dibujadas en la cara y luego se larga. Compton y yo giramos la cabeza para verlos desaparecer. Si no estuviéramos atrapados en esta rueda de prensa, saldríamos corriendo detrás de ellos. O por lo menos él. No sé si le parecería bien que yo interfiriera.

La rueda de prensa sigue adelante, Compton y yo tenemos

que responder a dos preguntas más cada uno. Nuestra representante de relaciones públicas da por terminado el acto y Compton se pone de pie y me agarra por el brazo.

—Vamos —gruñe.

Korhonen da un paso al frente como si estuviera a punto de robar otra pregunta, pero ni siquiera lo dudo. Giro sobre mis talones y dejo que Compton me lleve a rastras por los túneles.

—Se cree muy graciosillo —masculla Compton cuando pasamos por delante de los de seguridad hacia el vestuario—. Sé que ha sido él quien la ha metido en esto.

—Ella no parecía estar quejándose —añado en tono sombrío.

—Ah, ya protestará —resopla—. Cuando les arranque esos putos jerséis y les dé una buena azotaina. Vamos.

Me quedo quieto y abre los ojos como platos mientras lo observo retirarse. No entiendo lo que está pasando. ¿Por qué está invitándome a que vaya con él? ¿Por qué no me está apartando?

Cuando se da cuenta de que no lo estoy siguiendo, se da la vuelta.

—¿Te has roto, Mars? ¡He dicho que vamos!

—¿A dónde?

—A casa. Y te lo juro... conduces tú, tío. Yo estoy temblando. Estrellaría el coche.

A casa. Quiere que lo lleve a casa.

Cogemos nuestras bolsas del vestuario y salimos por la entrada del equipo hasta el aparcamiento. Compton sigue a mi lado, abre él mismo el maletero y suelta su bolsa. Hago lo mismo y desbloqueo las puertas. Los dos nos subimos, el motor ruge cuando lo arranco y nos dirigimos a la salida.

—¡Ha sido idea de él! —Tiene los brazos cruzados y mueve la rodilla nervioso—. Te lo juro, cuando lleguemos a casa, vamos a atarlo y a vendarle los ojos mientras los dos nos follamos a Rachel hasta que nos pida clemencia.

Me centro en la carretera y aprieto las manos en el volante.

—¿A vendarle los ojos?

—Sí, A Cay le gusta mirar —masculla—. Bueno, pues ya

veremos si le gusta estar en la habitación y no ver ni una mierda. Añade una mordaza. Hoy no quiero oír sus guarradas. ¡Quiero que se ponga de rodillas, joder!

Conduzco por la interestatal y Compton saca su móvil, que está vibrando.

—Ay, mierda... —sisea.

—¿Qué?

—Es Cay. Está intentando hacerme una videollamada. ¡Joder!

Los dos sabemos que solo hay una razón por la que Caleb quiere hacer una videollamada.

—Contesta —le gruño.

Las brillantes luces de la ciudad se desvanecen a nuestra espalda mientras avanzamos por la carretera hacia la playa. Compton le da al botón verde de la pantalla y acepta la llamada.

—Cay, ¿qué coño pasa?

—¡Hola, hola! —dice Caleb con un falso tono de alegría—. ¿Ya estáis llegando a casa? Llevamos mil años esperándoos.

Y una mierda. Solo han salido veinte minutos antes que yo, como mucho.

—Cay, no lo hagas, joder —gruñe Compton.

—¿Que no haga el qué? ¿Empezar sin ti? Demasiado tarde, guapito.

—¿Dónde está ella? —digo intentando mantener la vista en la carretera—. ¿Qué está pasando?

—Creo que él está en las escaleras.

—¡Sip! Es que necesitaba un par de cosas del piso de abajo —dice la voz de Caleb—. Hielo, una vela, sirope de chocolate. No me decido, no sé por dónde empezar. Creo que por el hielo. Apuesto a que a nuestra chica le gusta jugar con la temperatura. Le voy a restregar un cubito por el clítoris y luego a lamerlo, para calentarla enseguida y hacerle gemir mi nombre...

—¡Joder! —grita Compton y le da un puñetazo a la puerta—. Cuando lleguemos a casa, ¡te vamos a atar a la ducha y a darte una buena friega de agua fría!

Caleb se limita a reírse porque, al parecer, tiene ganas de morir.

—Ah, ¡no te atrevas a hacerlo! —chilla Compton—. ¡Cay! ¡Esa es mi habitación!

—Sí, Huracán dice que tu cama es la más cómoda. ¿Estás cómoda, nena?

Oigo su voz amortiguada y el corazón me martillea en el pecho. La necesito como el aire. Necesito llegar a donde esté ella. Piso el acelerador, la camioneta ruge mientras avanzamos y cruzamos el largo puente de la autopista de la costa.

—Si la tocas en mi cama, ¡te daré una buena patada en el culo! —grita Compton. Se le está yendo la pinza—. Oh... joder... —De repente se queda sin aliento y lo veo hundirse en el asiento.

—¿Qué? Compton, ¿qué está pasando?

Poco a poco, le da la vuelta al móvil y me enseña la pantalla. Le echo un vistazo rápido y vuelvo a fijarme en la carretera. El corazón se me cae al suelo y tengo que volver a mirar. Rachel está tumbada desnuda, estirada en medio de la cama con los ojos vendados y los brazos y las piernas atados a las cuatro esquinas.

—*Voi helvetti* —mascullo. Respiro fuerte por la nariz mientras avanzo por el tráfico.

—Escúchame, gilipollas —le ladra Compton al teléfono—. Casi estamos en casa y, cuando lleguemos, más te vale esconderte. O eso o me esperas de rodillas para que te atragante con mi polla, porque me he cansado de que me tomes el pelo hoy. Cansado, joder.

No permite que Caleb responda y cuelga antes.

—¿Estás bien? —digo después de un rato.

—Tú conduce.

Me centro en la carretera, los dos estamos furiosos. Cuando giro en la A1A, lo miro.

—Los amas a los dos.

Me mira como si tuviera dos cabezas.

—Por supuesto que sí. ¿Qué mierda de pregunta es esa? Reformulo.

—Los amas a los dos como la amas a ella.

Vuelve a clavar los ojos en el parabrisas con las oscuras cejas bajadas.

—Sí.

—Los deseas a los dos.

—Sí.

—Quieres que los dos te deseen.

—Sí —respira, su voz es profunda, apenas puede controlarla de la emoción.

—¿Y yo?

Vuelve a mirar en mi dirección.

—¿Qué pasa contigo, Mars?

—¿Qué quieres tú de mí? ¿Dónde encajo yo en este triángulo amoroso?

Resopla y sacude la cabeza.

—¿En serio? ¿Por eso has sido tan cabrón esta semana? Estabas pensando que esto es un triángulo amoroso y que tú, ¿qué? ¿Nos visitas alguna vez? ¿De vez en cuando formamos un cuadrado?

—Compton...

—Aquí has sido tú quien ha llevado la voz cantante, Mars. No nosotros —grita—. Soy yo quien se comporta como si fuera parte de un equipo. Quería que te vinieras a vivir con nosotros. Lo dije el puto primer día. Si estás en esto, tienes que estar en todos los sentidos. No hay forma de hacer que esto funcione.

—¿Quieres que esté en esto?

Resopla y se cruza de brazos.

—Rachel quiere que estés, Mars. Y haría cualquier cosa por esa chica. Es mía. Es nuestra. Te invité a que te vinieras a vivir con nosotros. Y Caleb llevaba puesto tu jersey esta noche, por si no te habías dado cuenta. ¡Aquí estamos todos intentando construir una pirámide y tú estás atascado con un lápiz y un papel preguntando dónde encajas tú en el triángulo!

Lo miro con intensidad.

—Nunca me has invitado a mudarme...

—¡Sí lo he hecho! —grita—. El primer día dije, y cito textualmente: «Mars, ¿vas a mudarte aquí?». Y tú dijiste que no.

Lo miro parpadeando y reduzco la velocidad del coche hasta que nos detenemos en un semáforo en rojo.

—Eso no fue una invitación a que me mudara con vosotros.

—Bueno, perdón por no tener flores ni una caja de bombones, Mars —dice entornando los ojos—. Creía que todo había quedado solucionado el día de la playa después de ese discurso tan chulo que te marcaste sobre construir cimientos en arenas movedizas —añade—. Por eso necesitamos la pirámide. Un triángulo de arena se desmorona. Una pirámide no. Pregúntaselo a Egipto. Nos empujaste a construir una pirámide y ahora te estás haciendo el tonto y yo estoy hasta los cojones.

Estoy temblando con el corazón acelerado. Él quiere que yo forme parte de esto. Compton quiere que esté involucrado en todos los sentidos. Vuelvo a mirarlo.

—No quiero follar contigo, Compton. Si es eso a lo que te refieres con lo de «en todos los sentidos», entonces...

Me mira fijamente, es imposible leerle la expresión.

—Me estás tomando el pelo. Lo dices de coña.

—No —respondo—. No quiero molestarte ni...

—¡No quiero follar contigo, Mars! —grita—. Dios, es que tienes que estar tomándome el pelo, fijísimo. Lo dices de coña. Estáis todos en el ajo y me estáis gastando una broma.

Gruñe, se pasa las dos manos por el pelo y apoya los codos en las rodillas, mientras se sujeta la cabeza con las manos.

—No es una broma —murmuro.

Levanta la cabeza y me mira.

—Mars, tengo cero interés en follarte o en que tú me folles. ¿Estás de coña? Me aterra la idea de tu polla monstruosa acercándose lo más mínimo a mí. Si te soy sincero, no sé cómo lo hace Rachel. Yo no tengo valor para que me la metas y no tengo ningunas ganas de morir mientras tú intentas metérmela a mí. —Nos señala a los dos haciendo un gesto frenético con la mano—. Así que ¿estamos bien? ¿Hemos terminado? ¿Necesitas que esta conversación superrara se alargue un poquito más?

Sonrío de lado, tengo la mirada clavada en el parabrisas mientras avanzamos hacia el fondo de su calle.

—No. Todo bien.

Ya se está desabrochando el cinturón.

—Bien, porque necesito que me apoyes en esto. Caleb la paga, ¿te parece bien? Le vamos a amordazar la boca a ese mierdecilla y luego le vamos a hacer mirar mientras nos encargamos de nuestra chica una y otra vez. No vamos a parar hasta que no esté chorreando por todos los orificios.

Aparco delante de su garaje y abre la puerta antes incluso de que apague el coche.

Coge nuestras bolsas del maletero, me lanza la mía y se pasa la suya por el hombro.

—Vamos a acabar con esto de una vez.

Capítulo 81
Rachel

Gimo y arqueo la espalda contra la cama mientras tiro con fuerza de mis ataduras.

—Sí... Cay, nene, voy a correrme...

Caleb aparta la boca de mi coño y deja que la espiral del orgasmo se apague y se desvanezca, mientras yo me quedo jadeando en la cama. Ha estado acabando conmigo durante los últimos diez minutos, desde que le ha colgado la llamada a Jake.

—Por favor —digo con un suspiro, soy incapaz de verlo porque llevo una venda en los ojos. Me encanta que me priven de mis sentidos, es como si los demás se agudizaran. Su sabor en mi lengua es cálido y acogedor. El tacto de sus manos en mi cuerpo mientras me explora, la suavidad de las sábanas de no sé cuántos mil hilos de Jake. El tío es un friki cuando se trata de la ropa de cama. Juro que es como dormir en una nube. Ahora mismo, atada al colchón, me siento como un ángel corrompido. Y me encanta.

La unidad de seguridad de la pared emite un chirrido y ambos nos quedamos quietos.

Unos segundos después, la puerta principal se cierra de un portazo.

—Oh, oh... —lo provoco—. Alguien está metido en un buen lío... ah...

Su lengua en mi clítoris me acalla. Jadeo cuando me abre, siento sus manos ásperas mientras me obliga a separar las caderas un poquito más y me rozo los tobillos contra las cuerdas. Me dejo llevar por la sensación de su boca sobre mí, devorándome.

—¡Caleb!

La voz de Jake resuena por la casa mientras que, al fondo del pasillo, Poseidón gimotea y rasca la puerta de la habitación de Caleb. Es demasiado inocente para presenciar lo que está sucediendo aquí dentro.

—Más te vale estar escondido o de rodillas —grita Jake, ahora su voz se oye por las escaleras.

Con la boca aún en mi coño, Caleb se ríe. Dios, este hombre no tiene miedo. Quiero que lo pillen, quiero que lo castiguen. Mientras tanto, el pulso se me acelera, tengo el corazón en la garganta. Sé el momento exacto en que Jake nos ve tirados en su cama.

—¡Cay! —brama.

Caleb aparta la boca de mí y me llena el muslo de besos rápidos.

—Ha sido un placer conocerte, Huracán —se ríe.

No puedo ver nada cuando Jake e Ilmari entran en la habitación, pero siento su energía fiera mientras el peso del cuerpo de Caleb abandona la cama.

—Por fin —dice Caleb—. Perdón que no hayamos... hala... joder.

Chillo cuando oigo el sonido inconfundible de una pelea.

—Chicos, parad —grito, aunque sé que no hay nada que yo pueda hacer.

—Eres hombre muerto —gruñe Jake. Su voz se oye amortiguada, pues están peleándose en el suelo.

—Au... mierda... das puñetazos como si jugaras al golf —lo provoca Caleb.

—Cógele el... el brazo...

—Guau...

—Paska...

—No... en la cara no —gruñe Caleb.

Ay, madre mía, lo van a matar. Al final ha permitido que

esa boquita suya lleve la broma demasiado lejos. Se oye algo de forcejeo, suena como si lo estuvieran derribando hasta el suelo.

—Sujétalo —masculla Jake mientras Caleb se ríe. Ilmari dice algo en finés con voz sombría.

—¿Te crees que ha sido divertido, gilipollas? —grita Jake, su voz se mueve conforme se acerca al armario—. Tu jueguecito del cambio de jersey te va a salir muy caro. Tendrás suerte si no acabas durmiendo en las dunas de la playa.

Me quedo quieta, espero que Caleb confiese la verdad de que ha sido idea mía lo de cambiarse los jerséis. Pero sé que no va a decir nada. Se está divirtiendo demasiado. Y aceptó enseguida hacer el cambio.

—Nadie lleva mi número, solo Rachel —ruge Ilmari—. Solo vas a volver a llevarlo si te lo tatúas en la frente. ¿Te parece bien?

Caleb gruñe y solo puedo imaginar que lo está sujetando contra el suelo, con el gran peso de Ilmari sobre él.

—Agh... de acuerdo.

—Levántalo —dice Jake desde el armario—. Vamos a atarlo.

—Oooh, ¿te pones en plan malote, ángel? —lo pica Caleb.

—Ciérrale el pico.

Más refriega.

—Chicos, no —ruego preparada para entregarme y ofrecerme como tributo a su clemencia.

—Ay, venga ya, tío. El calcetín no —gruñe Caleb—. No el... maaaaagh...

Me arqueo, intento desesperada ver algo a través de la venda. Han amordazado a Caleb, que está gruñendo mientras ellos se ponen de pie. Se oye un repiqueteo en el vestidor. Madre mía, ¿están intentando esconderlo ahí?

—Véndale los ojos —gruñe Ilmari.

Cuando Caleb protesta sin palabras, oigo que Ilmari se ríe. Ese sonido me provoca un escalofrío por todo el cuerpo. Estos dos ya no están jugando a ningún juego.

—¿Quieres saber lo que pasa ahora, Cay? —se burla Jake—. Escucha con atención y usa esa imaginación tan viva que tienes.

Caleb gruñe y sé que también deben de estar vendándole los ojos con algo. Es una extraña forma de torturar a un hombre al que le encanta mirar y provocar con sus palabras. Ahora tiene que quedarse ahí, el único sentido que tiene intacto es el oído, así que puede ser un testigo auditivo del circo que están a punto de montar con mi cuerpo.

Como si necesitara que me lo recordaran, Jake levanta la voz:

—No creas que a ti no te hemos visto flirtear con nuestros jerséis y volviéndonos locos con esas sonrisas tontas. ¡Eres la siguiente, Seattle!

—Nosotros somos los siguientes —lo corrige Ilmari.

Todo mi cuerpo se enciende de las ganas. Estamos todos juntos en esto. Estamos todos. Los cuatro. Me lleno los pulmones de aire cuando oigo que sus ropas caen al suelo. Sea cual sea el castigo, lo quiero.

—Yo me encargo de ella primero —dice Jake—. Voy a dilatarla antes de que la ataques con esa anaconda. Necesito que aguante toda la noche. Toda la noche. Espera... ¿en Finlandia tenéis serpientes?

—Nada de cháchara —gruñe Ilmari y yo no puedo evitar sonreír.

—¿Quieres follarme, ángel? —lo llamo—. ¿Vas a darme una lección por ser una niña mala?

Siento el peso al pie de la cama y algo que me acaricia las espinillas.

—Jake...

—¿Lo sientes, nena? —dice con esa voz profunda y aterciopelada que le hace cosas innombrables a mi interior—. ¿Qué tengo en las manos?

Jadeo, sé muy bien lo que se ha quedado tirado en el suelo con las prisas de desnudar a Cay antes. Se me dibuja una sonrisa en la boca mientras él me pasa la tela por los muslos.

—Tu jersey —susurro.

—Muy bien, joder —ruge, deja caer su cuerpo sobre el mío y me mete dos dedos dentro del coño.

Grito, intento arquear las caderas contra sus dedos que me exploran, pero tengo los tobillos atados y el jersey se interpone entre nosotros. Las tiras de cuero se tensan y me rozan la piel. Es el mejor dolor posible.

—Jake...

Pero me silencia con su boca, me roba el aire mientras me besa como si fuera la primera y la última vez que nos besamos. Gimo contra él, me arde el cuerpo de la cabeza a los pies mientras sigue moviendo los dedos dentro de mí. Nos besamos como locos, como si intentáramos devorarnos el uno al otro.

Se aparta jadeando, y siento su cálido aliento en la cara.

—Si esa chica lleva mi número, esa chica es mía. ¿Eres mía, Rachel?

—Jake...

—Y no me refiero solo a que te follo y te sujeto y te hago orbitar como si fueras un satélite —añade—. Me refiero a que eres mía, joder. Eres mi chica de Seattle.

Me agarra con fuerza por la mandíbula y me sujeta mientras jadeo.

—Si llevas mi jersey, más te vale estar preparada para llevar mi anillo y mi nombre, porque ahí es a donde quiero que vaya esto. No me vuelvas a provocar a menos que tú también quieras llegar hasta ahí.

Jadeo, pero ahoga el sonido con otro beso. Sus dedos siguen dándome placer, su pulgar hace presión contra el clítoris hasta que gimo, desesperada por correrme. Jake me quiere. Jake quiere casarse conmigo. Me tomaba el pelo con lo del cura disfrazado de Elvis, pero esto es diferente. Va con todo el equipo.

Se aparta con un gruñido y se queda de rodillas entre mis piernas abiertas.

—Mars, ¿algo que añadir sobre los jerséis antes de que nos pongamos al lío?

—Sí, yo voy a tirarlo a la basura —dice despacio.

Me quedo rígida, muevo la cabeza lentamente en dirección a su voz.

—¿Por qué? —susurro.

—Porque mi mujer no lleva un disfraz comprado en una tienda con mi número —responde—. Lleva mi jersey. Eso es lo que llevas, *rakas*.

—Estoy de acuerdo, joder —dice Jake—. Pues entonces está decidido. Vamos a quemar estos jerséis en la hoguera y vamos a asar malvaviscos —añade tirando el jersey al suelo—. Ahora, vamos al lío. Vamos a tomar tu cuerpo y a hacerlo nuestro, nena —gruñe, con una mano me envuelve el coño y la otra me la coloca en la teta—. Eres nuestra, Rachel. Cay no te puede tocar. No te puede mirar. No hasta que nosotros no lo digamos. —Usando la humedad que tengo entre las piernas, me frota el pezón erizado—. Mars, pruébalo —le ordena.

Tengo el corazón en la garganta. Espero esa perfecta sensación de la cercanía de Ilmari, de él uniéndose a esto del todo. La cama se hunde a mi izquierda y todos mis sentidos se anegan de su olor a colonia.

Me pasa la nariz por la mandíbula, su barba me hace cosquillas.

—Dime que pare, *rakas*.

—No pares —susurro—. No pares nunca.

Cierra la boca en torno al pezón y suspiro contra él. Se me ponen los pelos de punta cuando Jake se coloca de rodillas y entierra la cara en mi coño. Trabajan juntos. La enorme mano de Ilmari me agarra el otro pecho y me provoca. La sensación de dos hombres dejándose el corazón y el alma en mi piel, provocándome, atesorándome. Es más de lo que puedo soportar.

Las lágrimas me inundan los ojos detrás de la venda mientras me retuerzo, desesperada por tocarlos, por responderles con mis manos y mi boca. Los quiero en todas partes.

—Suéltale las piernas —ordena Jake, aparta la boca de mi clítoris antes de que pueda correrme.

Mars cambia el peso y se levanta de la cama para hacer lo que le han ordenado. No sé qué ha ocurrido entre ellos para que Jake se haya hecho con el papel dominante, pero no me importa ni lo más mínimo. Me encanta Jake en plan mandón. Está claro que a mi coño también, porque tiembla de necesidad para que él tome el control.

Las manos de Ilmari me sueltan las ataduras de los tobillos con ternura, uno cada vez, y me besa el interior de cada tobillo con reverencias mientras me libera.

Mientras tanto, Jake sigue provocándome con los dedos y la boca, llevándome al límite.

—¿Se ha corrido ya? —le dice a Caleb.

—No —dice Caleb a través de la mordaza improvisada.

—¿Estás bien? —le pregunto yo con la voz quejumbrosa y sin aliento.

Vuelve a gruñir y pasa los puños contra los cajones del vestidor. Supongo que, si de verdad quisiera, podría ponerse en modo Hulk y sacar los cajones de los goznes con un buen tirón. No puedo evitar sonreír, me lo estoy imaginando desnudo, atrapado en una telaraña que él mismo ha tejido. No pretendo que se quede ahí toda la noche, pero es importante que aprenda la lección de que sus acciones tienen consecuencias. Puede que lo de cambiarse el jersey haya sido idea mía, pero siempre está removiendo mierda y saliéndose de rositas como el diablillo malvado que es. Además, los chicos tienen que saber que pueden hablar entre ellos y que yo no interferiré.

En cuanto tengo las dos piernas libres, Jake me aparta las caderas. Siento su peso encima de mí mientras vuelve a buscar mi boca. Las abro para él y respondo a su beso mientras suspiro porque siento que volvemos a estar en sincronía. Este hombre es parte de mí. Me desenredé en Seattle y sus hilos me volvieron a atrapar. Ahora somos parte del mismo tapiz y estamos creando un nuevo diseño juntos, un diseño precioso.

—Por favor, ángel —le ruego—. Te necesito.

—¿Me necesitas? —jadea contra mis labios.

—Muchísimo.

—¿Eres mía, Rachel?

—Tuya —digo tirando de las ataduras de las muñecas.

Apoyo las plantas de los pies en la cama, levanto las caderas y le golpeo la polla con mi húmedo centro.

—Por favor, Jake. Ven a encontrarme. Te necesito. Encuéntrame. Encuéntrame... ah...

Embiste contra mí y su polla se desliza bien dentro. El movimiento de mis caderas lo atrapa y nos mecemos juntos, cabalgando a nuestro placer. Envuelvo las piernas a su alrededor. Me ayuda, cambia de peso mientras se coloca encima de mí. Entonces nos ponemos los dos a suspirar, a respirar por la boca mientras movemos las caderas al unísono.

—No esperes, nena —dice contra mis labios—. Córrete conmigo. Córrete ahora. Una y otra vez —jadea—. Toda la noche. Córrete para nosotros. Quédate con nosotros, nena.

Con los ojos vendados, me resulta muy fácil sumirme en mi propio éxtasis y dejar que me siga dando placer mientras desliza una mano entre nosotros y se encarga de mi clítoris. El calor se me extiende por todo el cuerpo, me hormiguea por el pecho, me baja hasta las puntas de los dedos. Me quedo sin aire y luego siento que vuelo y me caigo, dando vueltas en el aire. Mi coño se aprieta con fuerza mientras el orgasmo le prende fuego y se extiende por todo mi interior, zarandeándome por dentro.

—Sí —gruñe Jake con la cara enterrada en mi cuello mientras se mete más dentro de mis caderas y aguanta ahí, dejando que mi vagina lata contra él mientras se corre. Ahí es cuando la euforia que compartimos cae sobre nosotros como una cascada, como la lluvia que pintó el cielo la primera noche que estuvimos juntos en Seattle.

—Te quiero —susurro sin aliento y agotada—. Jake, te quiero.

—Y yo a ti —repite besándome el cuello, el hombro, envolviéndome la cara con las manos con ternura para girarla y que pueda reclamar mis labios—. Te quiero, Rachel. Nunca me dejes marchar.

Asiento con la cabeza, pues sé en mi corazón que eso es imposible. Marcharme me rasgaría el alma, es algo que ahora mismo me parece impensable.

Sale de mí y se deja caer a un lado. Sigue teniendo el brazo atrapado entre mi espalda y el colchón mientras recupera el aire.

—Mars —lo llama—. Es toda tuya.

Los pies de la cama se hunden cuando mi portero se pone de rodillas entre mis piernas abiertas. Apoya las manos en el colchón, justo a la altura de mis caderas, a ambos lados, y nos hunde. Tiemblo al sentir las cosquillas de su barba en la piel sensible de mis muslos mientras me besa las caderas. Primero una, luego la otra. Mete los dedos bien dentro de mí y gruñe mientras empuja el semen de Jake.

—Suéltale las manos —dice y siento que Jake rueda a mi lado y gatea por la cama.

Mientras Jake me libera, Ilmari me estudia con las manos, con el rostro, con la lengua. Va alternando, unas veces me acaricia con la punta de la nariz y otras dibuja mi contorno con la lengua... por los huesos de la cadera, por debajo del ombligo, por encima del clítoris.

Gimoteo, dejo caer la mano izquierda sobre la cabeza de Ilmari mientras Jake me libera la muñeca de sus ataduras. Siento los dedos dormidos mientras le acaricio la barba.

Ilmari se arquea ante mi contacto, buscándolo. Le paso el pulgar por la sien rapada, por encima de la oreja. Cuando mi mano derecha queda libre, también la bajo y le paso las dos manos por el pelo.

—*Kulta* —digo con un suspiro, envolviéndole la barba y las mejillas con las manos—. *Kultaseni*. Por favor. *Mä haluun sut. Oon sun*.

Son las únicas palabras en finés que sé, pero son efectivas, ya que su cuerpo me cubre y sus labios reclaman los míos.

Me envuelvo a su alrededor con todo su cuerpo, me siento muy pequeñita entre sus brazos. Pequeña, pero fuerte. Es el más grande de los tres, pero no me trata como si fuera una flor delicada. Se agarra a mí, hunde su cuerpo contra el mío hasta que se deja caer sobre los codos y me permite aguantar su peso. Me encanta sentir su presión encima de mí.

—*Mä kuulun sulle* —murmura con sus labios contra los míos—. Dilo, *rakas*.

—*Mä kuulun sulle* —repito—. ¿Qué significa?

Me mete el pulgar por debajo de la venda y me la levanta con cuidado.

Abro los ojos, parpadeo, su hermoso rostro cubre todo mi campo de visión. Sonrío al ver esa expresión de amor y anhelo que se refleja en sus ojos. Mi calladito. El que más necesita que lo vean.

—¿Qué significa? —vuelvo a decir.

Me mira desde arriba con esos ojos de un color azul profundo.

—Te pertenezco. —Mientras lo dice, encaja la polla entre mis piernas y ejerce presión.

Me arqueo contra él ensanchando las caderas para recibirlo.

—Dilo otra vez.

—*Mä kuulun sulle* —repite—. *Mä rakastan sua*.

Mueve las caderas y se hunde más que antes. Mi cuerpo se ajusta a su tamaño. Me desliza una mano por la cadera, me aparta el muslo para que pueda meterse hasta el fondo y los dos gemimos.

Me pierdo en esta nueva sensación de estar llena mientras sigue hablando. Vuelca todo su corazón en finés, hablándome en voz baja mientras me besa y nos movemos juntos. Una lágrima me cae por la sien cuando echo la cabeza hacia atrás. Mi piel está pegada a su piel, su polla se mueve muy dentro de mí.

De repente gruñe y sus brazos me envuelven mientras se incorpora. Grito sin moverme mientras él me balancea en el regazo de sus rodillas abiertas. Me ha empalado del todo, tengo las piernas a su alrededor, mientras sujeta todo mi peso con los muslos. Cuando vuelve a moverse, echo la cabeza atrás con los ojos cerrados y grito.

Está muy dentro. La gravedad me empuja hacia abajo, así que casi que lo siento en el pecho. Nos mecemos juntos, sus brazos fuertes me sujetan mientras movemos las caderas en sincronía. Está usando toda su fuerza para sujetarme así, como si no pesara nada. Arqueo la espalda y me botan las tetas mientras lo cabalgo. Es una sensación increíble.

—¡Ay, madre mía! —grito, siento que el orgasmo se forma bien dentro y poco a poco. Por lo general, necesito estimulación en el clítoris para llegar hasta ese punto. Este ángulo hace que eso sea imposible, pero lo siento de todos modos. Acecha, está al alcance de la mano.

—*Kulta* —gimoteo. Le paso las manos por los brazos tatuados para subirlas hasta las mejillas—. Enséñame a decirlo. —Sé que sabe a qué me refiero. Creo que lo ha estado diciendo. Le aguanto la mirada mientras nos movemos juntos—. Ilmari, por favor...

Esos ojos azules tan intensos me miran hasta el alma cuando se detiene dentro de mí con la polla bien enterrada.

—*Mä rakastan sua* —murmura. Me agarra las caderas con las manos y me acaricia con los pulgares la piel más sensible—. *Mä rakastan sua* —vuelve a decir más despacio.

—*Mä rakastan sua* —repito.

—*En voi elää ilman sua* —dice él hundiéndose dentro de mí con las caderas—. *Oon sun* —jadea.

—*Vain sun* —repito arqueando la espalda.

Lucho contra un grito mientras mi cuerpo se rinde ante la sensación de que este hombre que me ama me abra en canal. Entonces él también grita con los labios pegados a mí mientras se corre. Sentir su cálida corrida despierta algo en mí y de repente me veo arrastrada por otro orgasmo y el centro se me aprieta con todas las fuerzas que me quedan.

Cuando las olas del placer se desvanecen, los dos estamos temblando con los cuerpos sudorosos. Se inclina hacia delante con cuidado, tiene un control excelente del abdomen, y me coloca con delicadeza encima de la cama. Entonces sale. Siento la cálida mezcla de sus sémenes entre las piernas. Estoy tan llena de los dos que quiero más. Quiero tener a Caleb.

Permito que mi mirada vague hasta él por fin. Lo han atado al vestidor de Jake por las muñecas con lo que parecen corbatas. Otra le tiene sujeto el calcetín de la boca y le han puesto el jersey de Ilmari por encima de la cabeza. Está ridículo.

—Suéltalo —le digo a Jake—. Por favor, ángel. Déjale que venga con nosotros.

Jake rueda para levantarse de la cama e ir a liberar a Caleb, mientras yo vuelvo a centrar mi atención en Ilmari. Me coloca las piernas a un lado con cuidado y se tumba junto a mí. Su enorme figura me hace sentir muy protegida y amada. Me gira la cara hacia él y siento sus largos dedos ligeros sobre mi piel. Me acaricia el piercing del septum con la punta del dedo y sonríe.

—*Mä rakastan sua* —vuelve a decir en voz baja—. ¿Me entiendes?

Asiento con la cabeza y le acaricio el antebrazo.

—Sabes que yo también te quiero, ¿verdad? Soy suya, de

ellos. Me han reclamado y no me voy a ir a ninguna parte. Pero tú eres mío. Yo te reclamo a ti, Ilmari. No vas a ir a ninguna parte —susurro mientras sacudo la cabeza.

Me atrapa la mano mientras le acaricio el pecho y se la lleva a los labios mientras asiente con la cabeza.

Jake acerca a la cama a Caleb, el primero le tira del hombro y el segundo está melancólico.

—¿Está guapa nuestra chica, Cay? Está llena de nuestro semen. Lo está chorreando. Es una señal de que ha sido reclamada. Amada. Es mía. ¿Tú también quieres ser mío, alborotador?

La mirada oscura de Caleb me recorre el cuerpo, estudiándome desde la frente sudorosa hasta la entrepierna pegajosa. Asiente despacio.

Jake le desliza el brazo por el pecho desnudo y tira hacia atrás, hacia él, mientras le susurra algo al oído lo bastante fuerte como para que todos lo oigamos:

—Entonces, ponte de rodillas y límpiala a lametazos... mientras yo me follo ese culito tan prieto que tienes.

Capítulo 82
Rachel

Jadeo, tengo el corazón en la garganta cuando veo que Caleb se queda rígido entre los brazos de Jake. No tengo ni idea de cuáles son los límites de su sexualidad. Le gusta dominar, le gusta el control. ¿Está dispuesto a ceder ese control?

Poco a poco, Caleb se da la vuelta entre los brazos de Jake para mirarlo a los ojos.

—¿Es eso lo que quieres, Jake?

Obligar a Jake a dar otro paso fuera del armario es una distracción magistral. Veo que Jake coge aire y lo suelta antes de asentir con la cabeza.

A Caleb se le dibuja una sonrisilla en la cara.

—Nunca he hecho algo así. ¿De verdad quieres ser el primero?

Entonces Jake lo coge por la cara con las dos manos. Están tan cerca que casi están compartiendo el aliento. Intercambian miles de palabras sin hablar. No puedo respirar, no puedo parpadear esperando a ver si Jake hará lo que está claro que está deseando hacer. Baja la mirada de los ojos de Caleb a su boca y me trago un gimoteo. Quiero que se besen. Quiero que dejen de negar lo que quieren los dos. Lo que necesitan.

Jake se inclina un poquito más cerca y acaricia con el pulgar los perfectos labios de Caleb, que dibujan un puchero.

—Pretendo ser tu primero y tu puto último.

Se frotan la narices y Jake cierra los ojos antes de decir en tono áspero:

—Ahora, ponte de rodillas de una vez.

Entonces le da un empujón a Caleb.

Caleb se deshace del abrazo de Jake y pasa a la cama. Ilmari se tensa, pero sigue teniendo las manos encima de mí. Me ayuda a moverme con él, para dejarles más espacio a los otros dos a los pies de la cama.

Caleb se pone de rodillas, se dobla sobre mí con un gruñido hambriento mientras me besa los pechos y baja por el estómago y las caderas.

—¿Cómo te sientes, Huracán?

Sonrío y levanto la mano para acariciarle la mejilla.

—Preparada —susurro.

Jake se mueve para colocarse a los pies de la cama con el lubricante en la mano.

—Trae aquí ese culo —gruñe y tiende los brazos hacia las caderas de Caleb.

Sin dejar de mirarme a los ojos, Caleb recula en la cama y hace una mueca cuando siente algo de presión en la rodilla mala.

A su espalda, Jake se echa lubricante en la polla dura.

—No va a pasar nada hasta que no te encargues de nuestra chica —declara con la otra mano apoyada en la cadera de Caleb.

Con un gruñido, Caleb deja caer los codos entre mis piernas abiertas, me acaricia el interior del muslo con besos mientras se abre paso entre mis piernas temblorosas. Si no quisiera hacer esto, diría algo. Caleb Sanford no hace nada que no quiera hacer.

Respiro hondo cuando pasa a mi clítoris por primera vez. Suelta un gemidito y me tienta con los labios mientras me pasa la lengua. Todo su cuerpo se detiene y aspira una fuerte bocanada de aire contra mi coño. Levanto la mirada para averiguar por qué. Jake acaba de meterle un dedo en el culo.

—Has tenido suficientes experiencias anales para saber cómo va esto —lo provoca Jake aplastándole el culo—. Tienes que relajarte, Cay. Suelta el aire. Vamos, sé mi puto niño bueno. Si quieres que sea el dueño de este culo, tienes que mostrarme cuánto lo deseas.

Caleb gruñe, saborea mi coño con la boca mientras Jake empieza a abrirlo, metiendo y sacando los dedos. Echo la cabeza hacia atrás y miro a Ilmari. Está viendo cómo se desarrollan los acontecimientos con una expresión hambrienta en el rostro. Sabía que le gustaría compartir una vez que lo probara. Le tiendo la mano libre, pues la otra la tengo en el oscuro pelo castaño de Caleb.

Ilmari se inclina sobre mí, me cubre la boca con la suya y me besa con ganas. Me baja las manos por el cuello, por la línea del esternón, para agarrarme los pechos.

—Joder, necesito más —gruñe Caleb levantando la cara de entre mis piernas—. Mars, ¿cuánto tiempo más necesitas?

Ilmari entrecierra los ojos azules.

—¿Tiempo para qué?

—Para follártela —interviene Jake—. Quiere que te la vuelvas a follar. ¿Cuánto tiempo tiene que pasar hasta que puedas?

Yo resoplo.

—¿Qué? —dice Caleb—. ¿Por qué pones esa cara?

Levanto la cabeza para mirar a Ilmari.

—¿Quieres decírselo tú o lo hago yo?

—¿Decirnos el qué? —quiere saber Jake moviendo la mirada del uno al otro.

—Básicamente, Mars no tiene periodo de refracción —respondo.

—¡¿Que él qué?! —chilla Jake.

—Por supuesto —masculla Caleb sacudiendo la cabeza.

Jake es menos diplomático.

—¿Te estás quedando conmigo, Mars? Ya tienes la altura y la apariencia y el acento... ¿y puedes aguantar toda la noche?

—Sí —responde Mars como si tal cosa.

—Joder, ¡si incluso alardeé delante de ti sobre la noche de las seis veces! —chilla Jake—. ¡No dijiste nada!

—¿De verdad te vas a quejar por esto? —digo enseguida—. Caleb ha preguntado cuándo va a estar preparado y es ahora.

—Es que es injusto que te cagas —masculla Jake.

—Tú lo haces genial —lo provoco.

—Vale, esto es lo que va a pasar ahora —dice Caleb apoyado sobre las rodillas mientras nos señala—. Mars se va a tumbar. Huracán, tú lo cabalgas. Yo me encargo de tu culo mientras Jake se ocupa del mío. ¿Te parece bien?

Miro enseguida a Caleb y a Jake y veo que la expresión de Jake cambia de la confusión al interés y a la emoción.

—Es la cosa más morbosa que he hecho en la vida —dice con una sonrisa—. Mars, por favor, di que te apuntas. Me muero si no. Tenemos que intentarlo.

Mars pasa la mirada del uno al otro.

—Yo me follo a Rachel, ¿verdad? ¿Nadie me folla a mí?

Caleb se ríe otra vez mientras Jake dice:

—A ver, a lo mejor podríamos ponerte mantequilla de cacahuete en los dedos de los pies y traer a Poseidón si sientes que necesitas un poquito de...

—No —ruge Mars mientras Caleb y yo nos reímos.

—Bien, pues manos a la obra —ordena Jake.

Me incorporo sobre las rodillas y me pego a Caleb. Le paso las manos por el cuello mientras lo beso, y luego voy abriéndome camino a besos por su mandíbula hasta la oreja.

—¿Estás bien? —murmuro. Cuando asiente, bajo la cabeza a su pecho y aspiro su aroma.

—Ven aquí, *rakas* —me llama Ilmari.

Miro por encima del hombro y lo veo recostado contra el cabecero haciéndose una paja.

—Mejor tú que yo —se burla Caleb, y me da un azote en el culo.

Siseo y me doy la vuelta entre sus brazos para acercarme hasta Ilmari a gatas. Él se desliza por la cama y me coge con las dos manos. Me agarra por las caderas y me ayuda a colocarme en su regazo. Tengo su enorme polla delante de mí. La cojo con la mano libre y la masajeo de arriba abajo. Al verlo tumbado por mí, me siento como una reina.

Él me hace sentir como una reina. Me mira como si yo pudiera alcanzar la luna y las estrellas, con las dos manos deslizándoseme por las caderas para agarrarme las tetas. Respiro hondo, me arqueo de rodillas y me deslizo la polla entre los muslos para colocarla en mi entrada. La mantengo ahí, jugando con la punta. La sensación de deseo se extiende entre nosotros ya que los dos conocemos la sensación que se apoderará de nosotros hasta lo más profundo.

—Hazlo —gruñe—. Siéntate, *rakas*.

Me estremezco. Me tiembla la respiración mientras me deslizo por toda su longitud y su enorme miembro me llena bien apretada. Nunca me canso de esta sensación. Cada vez es como una pequeña reclamación. Yo lo reclamo a él y él me reclama a mí. Es mío y yo soy suya. Aquí es donde encajamos, donde hemos encontrado nuestro hogar. Los dos soltamos el aire juntos cuando empiezo a mover las caderas para darme placer con él dentro. Él deja caer las manos hasta mis caderas y relaja el cuerpo cuando me ve moverme encima de él y las tetas me botan.

—*Oot kaunis, rakas* —murmura y levanta una mano para recorrer con un dedo el tatuaje de mi pecho.

Me inclino sobre él con las manos aplastadas contra su pecho mientras lo cabalgo.

—¿Y eso qué significa?

—Eres preciosa —responde agarrándome la cadera con más fuerza, hasta que puede tocarme el clítoris con el pulgar.

Gimo y me muerdo el labio inferior mientras arqueo la espalda; me encanta sentirlo tan duro dentro de mí.

Y entonces Caleb se coloca detrás de mí y me pone una mano en el hombro.

—Échate hacia delante, Huracán —dice—. Abajo del todo.

Me pongo aún más cachonda. Bajo y coloco las manos a ambos lados de la cabeza de Ilmari. Nos mantenemos la mirada el uno al otro mientras Caleb empieza a prepararme y me echa lubricante, primero con un dedo y luego con dos. Ambos jadeamos, compartimos el aliento mientras Caleb me agarra de la cadera para controlar mis movimientos.

—¿Te sientes preparada? —dice acariciándome la espalda con la mano. Asiento con la cabeza.

—Palabras, Rachel...

—Sí —jadeo—. Tómame, Cay.

Caleb se acerca más entre las piernas abiertas de Ilmari y me coloca la polla en el culo. Gruño, me relajo para él, preparada para dejarlo entrar. Dejo caer parte de mi peso sobre Ilmari, relajo las caderas y suelto una larga exhalación mientras Caleb se introduce en mí.

—*Saatana* —maldice Ilmari por debajo de mí—. Qué prieta... *Rakas*, ¿te duele?

—No —digo sin aliento.

—Joder... Me había olvidado de su polla —gruñe Ilmari.

—Pero si te gusta, Mars —dice Caleb. Se mueve rápido y con fuerza para que sus piercings le den placer a mis paredes interiores al mismo tiempo que a las de Ilmari. Consigue lo que quiere, los músculos del cuello se le tensan mientras cierra los ojos y la respiración se le hiela en el pecho.

—¿Quieres que Jake me folle dentro de ti, Huracán?

Gimoteo, ya me están temblando los brazos.

—Él me da a mí y yo a ti, lo que hará que Mars vea fuegos artificiales. ¿Estáis preparados?

—Hazlo —responde Mars—. *Rakas*, túmbate encima de mí.

Me ayuda a quitar el peso de mis manos y me tumbo por todo su pecho. Estoy completamente aplastada contra él mientras Caleb se curva encima de mí por detrás, sentado casi en mi culo. La presión es sobrecogedora mientras sus dos pollas me llenan tantísimo. Respiro mientras espero que Jake se una a nosotros.

Caleb gruñe, maldice en voz baja.

—Vamos, Jake. Hazlo de una vez.

—Tienes que relajarte —responde Jake con una voz tranquilizadora.

—Oh, joder —gruñe Caleb.

—Hostia... —gimo yo mientras Jake se introduce en él, pues eso lo acerca más a mí.

—Quién habría pensado que, para ser tan culo inquieto, tendrías un culo tan estrecho —se burla Jake—. Cay, estar dentro de ti es como estar en el cielo, tío.

Caleb se limita a gruñir, pues todavía se está acostumbrando a sentir una polla en el culo.

—¿Estás preparado para más? —dice Jake—. Cay, incorpórate de una vez y ayúdame. Muévete cuando yo me mueva, ¿vale?

—Vale —gruñe Caleb. Tiene una mano en mi cadera y la otra contra el colchón.

Por debajo de mí, Ilmari maldice en finés en voz baja.

—Recuerda que esto ha sido idea tuya —lo provoca Jake.

—Tú solo... ah... joder... —La maldición de Caleb termina en un grito estrangulado mientras Jake nos embiste a todos. Se mueve dentro de Caleb, sujetándole las caderas mientras lo mece hacia delante.

Caleb está bañado en sudor cuando encuentra el ritmo y se une a Jake en un tándem de embestidas, moviéndose dentro de mí. Los piercings se deslizan hacia arriba y hacia abajo de mis paredes interiores, se mueven apretados contra la polla de Ilmari y le provocan una tormenta de maldiciones en finés que dice sin aliento. Mars extiende los brazos hacia atrás y se agarra al cabecero mientras dos jugadores de hockey enormes se mueven encima de nosotros.

Mientras tanto, mi alma asciende poco a poco a un plano de existencia más alto. Me he ido. He fallecido. He muerto de demasiada euforia abrumadora. Mi cuerpo está aplastado entre tres hombres a los que amo y me aman. Todos hemos encontrado nuestro camino hacia los demás de la forma más sorprendente. Están trabajando juntos para darnos a todos placer. Una unidad. Un equipo.

Apenas puedo coger aire para respirar mientras dejo que mis hombres me amen, me abran en canal mientras se introducen cada vez más dentro de todos mis recovecos: mi corazón, mi psique, mi alma. En este momento, algo marca un nuevo cambio. Por segunda vez, estoy experimentando como mi ser se desenmaraña. La primera vez sucedió cuando conocí a Jake en Seattle. Esta es la segunda.

El gran desenmarañamiento de Rachel Price.

Jake amenazó con hacerlo el día que nos topamos en el aparcamiento de los Rays. Ni siquiera se da cuenta de que ya ha conseguido hacerlo dos veces. Ya no soy yo misma. Soy lo que son ellos. Estoy en esto. Y ya no quiero seguir escondiéndome. Quiero reclamar a estos hombres delante del mundo.

Incapaz de aguantarlo ni un segundo más, grito cuando me corro y el orgasmo me desgarra. El calor empieza a aumentar en mi centro, expandiéndose en un torrente de energía que me hace tocar el cuello y todo mi cuerpo se sacude ante su fuerza. Yo soy la primera pieza del dominó que cae. Luego los chicos empiezan a desmoronarse.

Aspirando mi aroma, Mars empuja con las caderas y su cálida semilla se derrama en mi interior, llenando mi coño con más semen. Caleb se corre en mi culo, su peso cae encima de nosotros mientras gime y tiembla, abrumado por nuestras sensaciones mientras Jake termina dentro de él.

Nos quedamos los cuatro tumbados en una maraña de brazos y piernas sudorosos, esperando que nuestras almas vuelvan a nuestros cuerpos. Jake es el primero que se mueve al fin, sale de Caleb y se deja caer en la cama al lado de Mars. Por su expresión, parece que se siente bendecido, y se pasa un brazo por la cabeza mientras respira hondo.

Caleb me agarra por la cadera y sale de mí con cuidado. Entonces se deja caer al otro lado de Mars, que por fin parece tranquilo y saciado. Como no hay más espacio en la cama, me quedo encima de Ilmari con su polla aún medio dura acurrucada en mi interior.

—Ducha —gruñe Jake—. Cambio de sábanas. Helado en la cama.

—Esta cama es demasiado pequeña para cuatro personas —masculla Mars.

—Yo dormiré en mi habitación —dice la voz adormilada de Caleb.

—No —digo yo. Palmeo a mi lado con la mano inerte buscando a Caleb—. Quiero que los cuatro estemos juntos.

—Primero la ducha —dice Mars, y me da una cachetada floja en el culo—. Tengo una idea.

Como podemos, nos tambaleamos hasta la ducha de Jake y nos turnamos bajo los cabezales dobles de la ducha. Los chicos me colocan en medio y me ayudan a ponerme champú en el pelo y a limpiarme con delicadeza entre las piernas. Me apoyo contra Jake mientras el agua deja de caer. Entonces Ilmari me tiende una toalla.

Cuando ya tengo puesto el albornoz y el pelo recogido en lo alto de la cabeza, Ilmari me coge de la mano y me da un beso.

—Ve a por el helado. Nosotros nos ocupamos de esto.

Avanzo por el pasillo y dejo atrás en la habitación a mis tres tíos sin camiseta. Al pasar por delante de la habitación de Caleb, libero a Sy de su prisión. Empieza a dar vueltas alrededor de mis pies a modo de saludo.

—Y trae agua —grita Jake.

—Y mi móvil —añade Cay—. Mierda... ¡y el cargador del móvil!

Bufo mientras sacudo la cabeza. Sy baja las escaleras corriendo conmigo y me ayuda a cogerlo todo. Uso una bandeja para subirlo, así como los bolsillos de mi albornoz. Voy cargada con cuatro botellas de agua, dos teléfonos y dos cargadores, cuatro cuencos, cuatro cucharas y tres botes de medio litro de helado. Los cuencos y las cucharas repiquetean mientras subo las escaleras.

Me detengo en el pasillo y abro los ojos como platos al ver la explosión que se ha apoderado de la habitación de Jake. Ante mis ojos, Mars y Caleb están juntos a un lado del colchón. Deben de haberlo traído de una de las otras habitaciones. Le dan un empujoncito y cae al suelo con un golpe seco.

Cuando entro en la habitación de Jake, veo que también han quitado su colchón del somier y lo han tirado al suelo junto a la pared de cristal que da al balcón. El otro colchón es algo más fino, pero está junto al primero, con lo que han creado un suelo de colchones lo suficiente amplio para que los cuatro, más Poseidón, durmamos sin aplastar a los demás ni morirnos de sudor.

Jake ya está convirtiendo el primer colchón en una cama respetable con almohadas y una manta. Ilmari y Cay no se están esforzando tanto con el segundo.

Se me sale el corazón del pecho, tengo lágrimas en los ojos y me aclaro la garganta.

Los tres me miran plantada en el quicio de la puerta con la bandeja entre las manos. Jake se pone de pie en un segundo y me la coge.

Detrás de él, Ilmari estudia mi rostro.

—¿Estás...? Odias esto, ¿verdad? ¿Lo odias?

—No estará así siempre —añade Jake enseguida—. No queríamos molestarnos en coger el taladro para desmontar la cama. Esta era la forma más fácil de solucionarlo —añade encogiéndose de hombros—. Espera... ¿en serio que lo odias?

Caleb resopla y se deja caer bocarriba sobre el segundo colchón.

—No lo odia, gilipollas. Le encanta. Está intentando no llorar, le ha gustado muchísimo. Apuesto lo que sea a que, si la abrazas ahora, se echará a llorar.

—Cállate —digo sorbiendo por la nariz y cruzo los brazos por delante del esponjoso albornoz—. ¿Eso también estaba en Pinterest, Cay?

—No —responde con una sonrisa petulante—. Es que te conozco.

Me pongo de rodillas a los pies del colchón, me quito el albornoz y me acerco a él a gatas con mi pijama corto de seda.

—¿Qué estás haciendo? —masculla.

—Acurrucarme contigo —respondo subida a sus piernas para hacerme un ovillito a su lado.

Se queda rígido.

—Yo no me acurruco.

—No pasa nada, gatito —me burlo y me estiro a su lado pasándole una pierna por encima.

Gruñe.

—Huracán, solo quiero dormir.

—Creía que querías helado.

—No, Jake quiere helado. Tú quieres helado. Y nunca sé lo que quiere Mars. Pero yo quiero dormir. Y dado que mi colchón ahora está aquí, tengo que dormir aquí.

Me arrimo más a él.

—Ya no quiero helado. Solo quiero esto.

—Yo nunca he querido helado —dice Ilmari encogiéndose de hombros.

Jake suspira, todavía con la bandeja entre las manos.

—Entonces, supongo que me llevo esto abajo.

—Deja el móvil y el cargador —masculla Cay con los ojos ya cerrados.

Jake se da la vuelta y se marcha resoplando, Poseidón sale corriendo detrás de él.

Ilmari también se tumba en el colchón libre y se pone de lado, acurrucándose para colocarse detrás de mí.

—Alguien tiene que apagar la luz —masculla Caleb.

—Ya lo hará Jake cuando vuelva —digo y se me escapa un bostezo adormilado.

Me muevo en la cama hasta que consigo arroparme. Hay una sábana y una manta, lo cual a mí me parece más que suficiente. A mi espalda, Ilmari hace lo mismo, deseoso de que estemos piel contra piel. Echo una mano atrás para acariciarle la cadera y me encuentro su piel, sin nada más.

—*Kulta*... ¿estás desnudo?

Asiente con un sonido bajo.

—Duermo desnudo.

Sonrío con los ojos cerrados. Yo eso ya lo sabía, pero no estaba segura si delante de los chicos se aplicaban las mismas reglas.

—Perfecto —masculla Caleb—. Un finés desnudo, un perro peludo y Jake, que ronca.

—No te olvides de mí —me burlo.

—¿Y cuál es tu defecto?

—¿No es obvio? Me gusta acurrucarme —respondo acercándome más para darle un beso en el pecho desnudo.

Gruñe.

—Eh, ¿estás cómodo, Mars? —dice Jake cuando entra en la habitación y apaga la luz.

—Sí —responde Mars.

—Bien, porque es la última noche que duermes en mi colchón —gruñe, y se deja caer en el lado libre que hay al lado de Caleb—. Vamos a decir que es un regalo de «bienvenido a casa», pero es el único que vas a recibir. Nueva regla de la casa: nadie le roba el colchón a Jake. Créeme, no querrás vivir conmigo si no duermo ocho horas seguidas.

—Hazle caso —masculla Caleb, ya está casi en la tierra de los sueños.

—Me cambio contigo, ángel —le ofrezco.

Él resopla sin más.

—¿Y despertarme con una salchicha finesa en el culo? No, gracias.

—A callar todo el mundo —gruñe Caleb.

—Oye, Mars, ¿cómo se dice «buenas noches» en finés...? Au... mierda, Cay —se queja Jake.

Para demostrarle a Caleb que puedo ser clemente, me aparto y reduzco mi presa de pulpo amoroso a un respetable apretón de manos.

Respiro hondo y le digo al silencio de la habitación:

—Te quiero.

No especifico. No me hace falta. Ellos lo saben. Y ahora, después de esta noche, yo también lo sé. Ellos me quieren.

Jake me lo dice y se pone de lado. Caleb murmura algo que suena bastante parecido e Ilmari se acerca más a mí, me pega a él para hacer la cucharita con mi gigante oso finés. La única pieza del puzle que falta es Poseidón, que se toma su tiempo para decidir dónde quiere colocarse antes de hacerse una bolita a mis pies, como si fuera mi propia bola con cadena peluda.

Pero no me importa. Los cinco estamos durmiendo en los colchones tirados en el suelo de la habitación. Respiro hondo y me lleno los pulmones con la paz de saber que, al menos en este momento, estamos a salvo y felices.

Lo que tenemos es sagrado.

Pero necesitamos un plan. Necesitamos una forma de salir de la seguridad de las sombras y zambullirnos en la dura luz del día. Todos nosotros. Juntos.

Capítulo 83
Rachel

—Solo te estoy preguntando si ha dicho algo sobre mí —quiere saber Langley, tumbado bocarriba sobre la mesa de masajes.

El gimnasio de los Rays resuena con la música rock mientras los jugadores se mueven por todas partes. Es día de recuperación, porque mañana hay otro partido, lo que significa que los entrenamientos son ligeros. La mayoría de los chicos se limita a hacer un poco de cardio.

Le sacudo la pierna a Langley para liberar el ácido láctico que se le ha acumulado por la sesión de estiramiento y acondicionamiento.

—Ajá. Y yo ya te he dicho que llevo como una semana sin hablar con ella.

—Entonces, ¿no ha dicho nada? —insiste.

Resoplo y le suelto la pierna.

—¿Por qué iba a contarme nada sobre ti, Langley? ¿Tanta impresión te causó el balonazo en la cabeza?, ¿de verdad?

—Yo... —Se traga las palabras y se muerde el labio—. Bueno..., no —admite en voz baja.

Le tiendo la mano para ayudarlo a incorporarse.

—Mira, me parece adorable que te guste, ¿vale? Pero Tess es... complicada.

Me mira con esos preciosos ojos verdes achicados.

—¿Qué quieres decir?

—Bueno... sigue casada, para empezar —digo—. Está siendo un divorcio infernal y su ex es el diablo personificado, pero...

—¿Está casada? —dice. Se le rompe el dulce y tierno corazón.

—A ver, están separados —repito—. Ha estado casada. Y no va a volver con ese pedazo de mierda. Pero eso solo complica las cosas.

Baja aún más la voz mientras me mira.

—¿Le hizo daño?

—La verdad es que no me siento cómoda hablando de sus cosas contigo, Langley.

Suspira y asiente con la cabeza mientras se mira las zapatillas.

Lo cojo del brazo y le ayudo a hacer algunos estiramientos para destensar los hombros.

—Además, lo último que quieres ahora mismo es una relación a distancia, ¿verdad? Eres joven. Estás centrado en tu carrera. No quieres todas esas molestias.

Asiente con la cabeza, sabe que lo que digo tiene sentido.

—Y, a ver... en realidad no eres su tipo —añado mientras me cambio al otro brazo.

Me lanza una mirada punzante.

—¿Qué quieres decir? Podría ser su tipo.

Lo miro de arriba abajo, estudiando su cuerpo de deportista de élite. Eso a mi amiga no le importa mucho. A Tess Owens le encanta un hombre bien mazado. Es esa carita de niño tan perfecta que tiene. Esa personalidad de caramelito. Y es demasiado joven. Demasiado despreocupado. Un cachorrito total. La acabaría aburriendo.

—Bueno, hace bastante tiempo que la conozco y tiene dos tipos —le explico, preparada para que se convenza—. Zoë Kravitz en *Big Little Lies* y ese actor que interpreta a Jax Teller... en el papel de Jax Teller —añado—. Intentó ver qué más cosas había hecho y casi le da algo. Ya está. Tienes que ser un Kravitz o un Teller y no eres ninguno de los dos —termino encogiéndome de hombros.

—Puedo ser un Teller —dice sacando pecho—. Podría dejarme barba, creo.

Yo resoplo.

—Ay, cariño. Eso es literalmente lo menos interesante de Jax Teller. ¿También te vas a comprar una moto? ¿A tratarla como si fuera una señora mayor? ¿A empezar a pasar pistolas y drogas de contrabando en la pulidora de hielo?

—A ver..., no —dice. Está claro que su cabeza le está dando vueltas a cómo resultarle atractivo a Tess, una mujer que lo más seguro es que no vuelva a ver en la vida.

Mi sentido arácnido se tensa al mirarlo.

—Langley... ¿pasó algo entre vosotros mientras estuvo aquí?

—No —dice enseguida. Demasiado rápido.

—Langley —digo con el mejor tono de persona adulta y maternal que consigo.

Antes de que pueda responder, Poppy aparece en el gimnasio como un vendaval.

—¡Rachel! ¡Rach! ¡Tía, tengo que hablar contigo!

La última frase la dice casi cantando mientras avanza a toda prisa entre las máquinas como si fuera una ardilla rubia.

—¿Qué pasa?

Siempre va como un pincel. No se le sale ni un pelo de la coleta rubia, salvo los mechones sueltos que ha elegido de manera específica. Sin embargo, yo tengo el pelo recogido en el moño zarrapastroso de siempre. Lleva el pintalabios rojo a juego con las mallas rojas y unas relucientes zapatillas blancas de Gucci en los pies. Ha rematado el atuendo con una camiseta de los Rays que ha cortado con mucha maña para que le quede como un top y se le vea un cachito de tripa. Si te soy sincera, le queda muy mona y le voy a robar la idea.

—¿Qué necesitas? —vuelvo a decir sin dejar de masajearle a Langley el hombro con los dedos.

Ella resopla y lo mira.

—Piérdete un ratito, corazón.

El aludido abre los ojos como platos.

—Pero estamos a medio...

—Ya, genial —dice pisándolo. Luego lo coge de la mano y

le hace que se levante de la mesa—. Cuéntanos esa historia mientras caminas. Ya te avisaremos cuando hallamos dejado de hablar.

El chaval resopla y se aleja con grandes zancadas mientras Poppy me coge del brazo y me aparta de la zona donde está la mesa de masaje hasta mi despacho.

—Poppy, ¿qué...?

—Aquí no —dice sin aliento mientras casi me mete en la consulta de un empujón y cierra la puerta. Se da la vuelta y tira el bolso al suelo. —El móvil lleva sonándome como loco toda la mañana.

Miro el reloj de la pared.

—Pop, no son ni las siete y media...

—¡¿Y te crees que no lo sé?! —chilla—. Me han empezado a llamar a las cinco en punto de la mañana. ¡He hecho lo que he podido para ponerme presentable y venir a buscarte! —Se saca el móvil del bolsillo lateral de las mallas y toca la pantalla para enseñarme su historial de llamadas. Lo desliza con el dedo para enseñarme la lista de llamadas perdidas en rojo.

Siento en la boca del estómago una ominosa sensación de fatalidad.

—Dímelo sin rodeos.

—Todas eran sobre ti. Preguntando por lo de anoche.

Suelto una gran bocanada de aire. Hace años que me quité las redes sociales. Y ni siquiera veo las noticias.

—Enséñamelo.

Sacude la cabeza, se acerca un paso y me enseña el teléfono. Al parecer, fui el tema del momento en las páginas de hockey, en las páginas de los Ferrymen y en las páginas de cotilleos de famosos. Hay un reportaje completo desde varios ángulos: las imágenes oficiales del partido y las grabaciones de los móviles de la gente. Todos muestran lo mismo. Es el momento en que Jake se acerca al plexiglás, lo golpea y nos grita a Caleb y a mí. Algunos de los montajes están retocados para que parezca que Caleb y yo estamos más sobones de lo que estábamos. En algunos le estoy poniendo ojitos de cordero degollado. Algunos han pillado el beso que le di en la mejilla. El modo en que nos acercamos al otro de forma casual.

Caleb parece tranquilo. Parece feliz. Mi dulce corazón se endurece, pues quiero protegerlo del escrutinio.

—Y estos son solo los vídeos cortos que se han hecho virales —explica Poppy—. La gente se hace preguntas, Rachel. Creen que saben lo que están viendo. Voy a intentar ir un paso por delante de ti, pero necesito saber si lo que sé es lo que creo que sé.

La miro, intentando descifrar lo que acaba de decir.

—¿Lo que... qué?

Resopla, lanza el móvil encima de la mesa y se pone las manos en la cadera de la talla treinta y seis.

—Rachel Price, ¿has despechado a Jake Compton y Caleb Sanford es tu amante?

—¿Qué...? No... no lo he despechado —digo enseguida.

—¿Has despechado a Jake Compton y Mars Kinnunen es tu amante? —insiste.

Sacudo la cabeza.

—No he despechado a Jake, Poppy.

Jadea y entrecierra los ojos, me mira como un terrier cazando un ratón.

—Entonces, estás con Jake Compton. ¿Por qué, descarada escurridiza? ¡No me olía nada! ¿Desde cuándo?

—Poppy —digo con un suspiro y sacudo la cabeza. Pensaba que podríamos llevarlo en secreto durante un poquito más, pero al parecer esto ya ha empezado.

—Bueno, ¿entonces qué es esto? —dice resoplando—. ¿Solo lo estabas provocando? ¿Llevabas el jersey de Kinnunen para sacarlo de sus casillas? ¿Y qué pinta Caleb en todo esto? Creía que eran amigos.

—Y son amigos, Pop. Es que... Dios, es complicado...

—Madre del amor hermoso, ¿es un triángulo amoroso? —Jadea otra vez y se lleva la mano a la boca—. ¿Caleb es el amante despechado? ¿Están intentando que elijas entre ellos? ¿Has decidido...?

Gruño, agarro a Poppy por los hombros y bajo la cabeza hacia la suya.

—Tía, tranquilízate. Nadie y, quiero decir, nadie está despechado. Ni siquiera sabría cómo despechar a algo. Lo de anoche fue una broma privada entre amigos, ¿vale? Estábamos todos en el ajo y era una broma. Esa es la historia oficial, ¿de acuerdo? No hay romance, no hay nadie despechado, no hay corazones rotos.

—¿Una broma privada entre amigos? —repite.

—Entre compañeros de trabajo —la corrijo, entrando en modo de jefe de relaciones públicas gestionando una crisis—. Trabajamos juntos en el mismo equipo y los tres nos divertimos en las gradas, ¿verdad? Nos comimos nuestro propio peso en comida basura y vimos jugar a nuestros amigos. Caleb y yo le hicimos una bromita a los jugadores poniéndonos sus jerséis. Sana diversión, ¿de acuerdo?

Asiente.

—Ya... sana diversión.

No hace falta que le dé ni un solo detalle del modo en que Caleb y yo pagamos de verdad por esa sana diversión. Hoy me he puesto una camiseta de manga larga para trabajar por las marcas de las muñecas. Y mi pobre coño sigue latiendo a su propio rollo. Mereció la pena muchísimo.

Respiro hondo. No es algo que no se pueda gestionar. No hubo besos, no hay grabaciones en plena faena, ni grabaciones secretas de anoche rulando por la *deep web*. Si acaso, quizás es bueno que esto haya empezado así. Si se les da un poco de aire a los rumores, un poco de espacio para que germinen y crezcan...

Vuelvo a mirar a Poppy, que ha cogido su móvil y está centrada en él, toqueteándolo furiosa con los pulgares.

—¿Qué puedo hacer para ayudar?

—¿Hmm?

No levanta la cabeza. Sigue callada durante otro minuto y me aclaro la garganta.

—¿Pop?

—Sí... ¿Qué?

Por fin levanta la vista.

—¿Cómo puedo ayudar? Mi familia también tiene gente de relaciones públicas. —Me detengo, odio las palabras que estoy a punto de soltar por la boca—. Podría... hablar con mi padre.

Me he esforzado muchísimo por limpiar mi imagen por mí misma. La antigua Rachel ya no está. La dejé en California junto con su colección de Jimmy Choo. Ya no soy esa chica que iba de fiesta en fiesta. Soy una médica especializada en medicina deportiva. Una mujer profesional con formación superior.

Con tres novios... que juegan en el mismo equipo de la NHL.

Y creo que dos de mis novios podrían ser novios.

Y mi otro novio quiere jugar en las Olimpiadas. Por eso lo están reclutando por activa y por pasiva para que ocupe un puesto en el equipo olímpico nacional de su país. Ahora. Este fin de semana. Los ojeadores también vienen a verlo jugar mañana.

Y a mí se me ocurrió que sería gracioso jugar a cambiarnos los jerséis delante de las cámaras.

Sí, esto es un desastre de relaciones públicas esperando a estallar. No voy a disculparme con nadie por amar a tres hombres, pero tengo la cabeza hecha un lío. Y estoy rompiendo la regla de oro de la familia Price. Estoy volando sola. Llevo así desde hace meses. Los batacazos de la experiencia nos han enseñado que la única forma de sobrevivir es juntos.

Amo a los chicos, pero no son Price. Tienen que proteger sus propios nombres, sus propias familias, sus propias reputaciones. Mi instinto de protección se despierta al imaginarme a la prensa acosándolos del modo en que han acosado a mi familia. Las historias escabrosas, los paparazis fuera de mi casa día y noche, rebuscando en mi basura. El aluvión de preguntas personales que ensombrecen una y otra vez todos los intentos de promocionar tu trabajo, tu arte, tu carrera.

Solo de pensar que sus vidas puedan peligrar de cualquier modo posible me hace verlo todo rojo. Quiero recopilar todas las revistas de cotilleos y reducirlas a cenizas. Quiero que los cuatro nos escondamos en la casa de la playa de Jake durante el resto de nuestras vidas, como cuatro tortuguitas en nuestro caparazón de arena.

Me duele porque cuando me he levantado esta mañana me sentía llena de esperanzas. Ahora, al ver a Poppy St. James en modo crisis de relaciones públicas, la verdad es tan obvia que ciega: nunca ha habido ninguna esperanza de que esto no fuera malo. Muy malo. En plan apocalíptico.

Jake e Ilmari acabarán relegados del estatus de jugador estrella de la NHL a excentricidades de banquillo. Los dueños de los Rays no van a querer la mala prensa constante que van a acarrear a cada partido, a cada entrevista. Los transferirán a diferentes equipos. Ese será el primer paso, con el que sus agentes y la Liga intentarán calmar los ánimos de la prensa. Siguen siendo buenos jugadores. Alguien los apreciará lo suficiente como para hacerse con ellos. Ilmari acabará en Winnipeg o volverá a la Liiga mientras a Jake lo transfieren a Texas.

Entonces empezará el verdadero lavado de imagen. Intentarán no llamar mucho la atención, les organizarán citas para que les hagan fotos con mujeres amables, mujeres sin complicaciones. Mujeres que no sean yo. El corazón se me hace pedazos solo de pensarlo.

Y ni siquiera puedo plantearme lo que pasará con Caleb mientras limpian la imagen de Jake también sin él. El desfile de mierda del «solo son amigos» se pondrá en marcha por todos los rincones de internet dedicados al hockey. Porque un hombre no puede ser un defensa que te cagas, lanzar a las vallas a otros jugadores todos los días y volver a casa para pasar la noche con otro tío. El agente de Jake le hará una oferta envenenada: nuestra depravada relación o su posición como titular.

Con Ilmari pasará los mismo: tu amante y sus amantes o las Olimpiadas. Que elijan.

—¿Rach? ¿Estás bien, corazón?

Levanto la cabeza y veo a Poppy mirándome, tiene la cabeza ladeada por la curiosidad. Sacudo la cabeza.

—No, no estoy bien.

Da un paso al frente, me pasa el brazo por los hombros.

—Ay, corazón, no pasa nada. No es para tanto. Sé que me he plantado aquí en plan desesperación y muerte. Solo para que puedas llamarme la señorita Tormentosa —se burla con una risa—. Me he venido arriba y me he puesto en modo gestión a tope. Estoy segura de que lo entiendes.

—Ya, sí —murmuro. De verdad que sí. Si ella es la reina de la gestión de crisis, yo soy la emperatriz, la diosa, el genio todopoderoso. Voy a gestionar esta mierda que te cagas y a proteger a mis chicos cueste lo que cueste. Me da igual si soy yo la que se lleva el golpe. No los voy a arrastrar conmigo.

—Tú déjamelo a mí —me tranquiliza Poppy—. No es nada a la que no se le pueda sacar brillo con un poco de maña.

—¿Me avisas si puedo hacer algo? —digo, pero no dejo de seguir sus movimientos. Necesito que se marche. No puedo respirar hasta que no se vaya. No puedo gritar. No puedo gritar.

—Tú haz tu trabajo, doc —responde con una sonrisilla—. Déjanos a Clairy B y a mí lo de las relaciones públicas.

Cuando se marcha, los bajos de la música del gimnasio se cuelan en la habitación y me retumban en el pecho. La consulta nunca me había parecido tan pequeña como en este momento. Miro a mi alrededor, a las cuatro paredes blancas, sin ninguna decoración salvo un par de certificados de inspección sanitaria en unos marcos dorados baratos. Siento que el ataque de pánico se cierne sobre mí. Mierda, hace años que no me da ninguno. Noto la respiración corta y tensa en el pecho. Necesito ayuda. Necesito sacarme del pecho esta carga que me está aplastando antes de desmayarme. Lo necesito a él.

Me llevo una mano temblorosa al pecho, desbloqueo el teléfono y me voy a contactos. Es demasiado temprano, pero me da igual. Encuentro su nombre, sujeto el móvil contra mi oreja y espero, está dando tono. Al tercero, responde.

—Gracias a Dios, joder. ¿Dónde coño estás?

—Harrison —le lloriqueo al teléfono, se me escapan las lágrimas—. Te necesito.

—Lo sé. Llevo quince minutos dando vueltas por este puto estadio para encontrarte. ¿Dónde estás?

Capítulo 84
Caleb

—¡Eh, Sanny! —Novy me saluda con la mano y saca la cabeza por la puerta de la lavandería.

—Oooh, ¿qué ha pasado con Naricita? —dice Morrow—. A mí me gustaba ese mote.

Entorno los ojos mientras ellos dos se ríen. Estoy de pie junto a la mesa planchando los jerséis para el partido de mañana. Solo llevo tres de todo el montón. Y esta solo es la primera tarea de las veinte que tengo que hacer hoy.

—¿Qué necesitas, Nov?

—Nada —responde y se apoya contra la mesa. Me mira las manos y me observa trabajar sin dejar de masticar su granola casera—. ¿Compton está por aquí?

—¿Por qué tendría que saberlo yo?

Novy y Morrow intercambian una mirada de incredulidad.

—Eh... a lo mejor porque vivís juntos —responde Novy con una risa.

—Y venís a trabajar juntos en el mismo coche todos los días —añade Morrow—. Y tenéis ese rollito raro de pareja de hecho-matrimonio —concluye Novy.

—Bueno, de eso no tenemos el diagnóstico oficial —le sigo el juego, mientras dejo la plancha a un lado y le doy la vuelta al jersey—. Seguimos en la lista de espera para el estudio de la clínica Mayo.

Los chicos se ríen y Morrow le arranca a Novy la bolsa de granola de las manos y le da la vuelta a la mesa para colocarse detrás de mí mientras se mete un puñado en la boca.

—Gilipollas —gruñe Novy con las manos plantadas en la mesa—. Devuélvemela.

Morrow le roba otro puñado, cierra la bolsa con el zip y se la lanza a Novy otra vez.

—Llevo aquí metido desde que he llegado —explico pasando la plancha por la espalda del jersey de Sully e intento no hacer caso de sus payasadas—. No sé nada de lo que haya pasado fuera de este cuarto.

Intercambian una mirada y Novy sacude la cabeza. Lo miro entrecerrando los ojos.

—¿Qué es?

Novy es un buen tío, aunque sea un tanto brusco. Es un semental salvaje, siempre está haciendo malabares con fans locas. Se queda despierto hasta tarde. Sale de fiesta a lo loco. En realidad, nunca se ha tomado nada en serio, salvo el hockey. Pero es un buen jugador y un compañero de equipo leal.

Ahora mismo, tiene una expresión seria. Pasa algo. Necesita hablar. Intercambia otra mirada con Morrow, que sigue masticando su granola.

—¿Qué? —vuelvo a decir—. Vamos, chicos. Tengo mil mierdas que hacer, así que si vais a...

—¿Estás con él? —suelta Morrow.

Lo miro mientras Novy gruñe.

—Tío, venga ya —dice—. Se suponía que no le ibas a preguntar así si es gay. Eso es como romper las reglas. ¿A que sí?

Ahora los dos me están mirando.

El estómago me da un vuelco. «Oh, mierda».

—¿De qué está hablando, par de gilipollas?

—Entonces, ¿no lo has visto? —pregunta Novy con una ceja levantada—. ¿No te has enterado?

Gruño y me paso las dos manos por el pelo.

—Joder, chicos. Dejaos de suspense, antes de que me vaya a buscar al coronel Mustard con una vela en la mano. Decidme, ¿de qué coño estáis hablando?

—Ay, mierda. Está en todas partes, tío —dice Novy sacudiendo la cabeza—. Los chicos no hacen más que parlotear de ello online.

—¿Parlotear de qué?

—De que Compton y tú estáis juntos —dice Morrow—. Ya sabes, en plan... juntos. En plan gay.

—Ya, entiendo lo que significa *juntos*.

—Hay vídeos del partido de anoche —añade Novy—. Compton se te acerca en el hielo y tú llevas su jersey y, en plan, estás sonriendo y esa mierda.

Sé muy bien de lo que están hablando. Dios, me pareció buena idea en su momento. Rachel estaba a mi lado y nos estábamos riendo, nos estábamos divirtiendo. Tenía a mi chica y a mi... joder... bueno, no es que sea mi chico, ¿o sí? Hemos tonteado un poco cuando está Rachel, pero Jake no me ha dado ninguna pista de que quiera tener algo fuera del confort que nos da la presencia de ella, de las inhibiciones que ella nos ayuda a reducir.

Las imágenes de anoche me nublan los sentidos, siento que el corazón se me acelera y que me sudan las palmas de las manos. He estado intentando no pensar en ello con todas mis fuerzas. La cara de Jake tan cerca de la mía, su pulgar en mis labios, el olor de su colonia invadiendo mis pulmones, llenándome. Yo quería que me besara..., pero no lo hizo. Se apartó.

Pero entonces me puso de rodillas y me reventó el puto melocotón en un cuarteto orgásmico. Nunca me han llenado así. Ni siquiera con un juguete. Puede que me guste meter la polla en culos, pero jamás me había planteado que me metieran una a mí. Resulta que ni siquiera era una pregunta. Se ofreció y perdí el culo por agacharme.

Y quiero más. Quiero su semen en mi boca, en mi culo. Quiero tumbar a ese tío y darme un festín con él mientras me ruega que pare. Quiero que Rachel lo sujete mientras me follo ese culo tan prieto que tiene, quiero cabalgarlo duro y durante mucho tiempo, quiero que acabe a punto de perder la cordura.

Y quiero besos. Quiero más sexo, quiero que me desee. Quiero la intimidad de mis labios sobre los suyos y quiero que sea idea suya.

Hasta entonces, para mí Jake no es queer. Solo es un tío hetero que está dando y comiendo pastel.

Me aclaro la garganta, agarro de nuevo la plancha y fijo los ojos en el trabajo.

—Así que ¿toda esa cháchara se basa en que me puse el jersey de Jake en el partido de anoche y en que se acercó a las vallas? —Plancho la manga y miro a los chicos—. Sabéis que la doctora Price y Poppy también estaban allí, ¿a que sí? ¿Eso sale en la grabación? Estoy bastante seguro de que la doctora también llevaba un jersey. ¿A ella también la han metido en esto?

Tengo el corazón paralizado en el pecho, incapaz de latir. ¿Qué narices estoy haciendo? No quiero desviar la atención hacia Rachel, pero también necesito intentar pasar esto por alto por el bien de Jake. Ahora mismo la imagen que tienen los chicos de él es intachable. Y la de Poppy. Esto podría salir bien. Puedo conseguir algo de tiempo si Novy y Morrow me ayudan a extender el mensaje de «aquí no hay nada que ver» a todo lo largo y ancho.

—Ya, parte del jaleo es porque se dice que la Doctora Buenorra y tú tenéis algo —dice Morrow encogiéndose de hombros—. Pero eso solo lo están diciendo las noticias de los famosos y las cosas que rulan las fans locas.

—Solo es ruido, ¿eh? —digo. Dejo la plancha a un lado y coloco el jersey de Sully en su percha y la cuelgo—. ¿Qué dice la mayoría de ese ruido...?

Novy suspira, se apoya contra la mesa con los brazos cruzados sobre su pecho ancho.

—Dentro de la Liga, la noticia es que por fin Compton y tú habéis salido del armario.

Suelto el aire para intentar controlar las náuseas que siento en la boca del estómago. Quiero distraer las manos, así que cojo el siguiente jersey. Joder, es el de Jake.

—¿Por fin? ¿Como si hubiéramos estado atrapados en un armario buscando la llave para abrir la puerta?

Los chicos me lanzan una sonrisa vacilante. No se tragan mi intento de desviar la atención.

—Venga ya, tío —masculla Morrow—. Debes de saber que tenéis cierta fama entre el resto del equipo, ¿no?

No digo nada, fijo la mirada en el trabajo mientras plancho el jersey de Jake.

Novy se aclara la garganta.

—Bueno, al parecer, algunos de los tíos de los Pens y de los Kings también están dando coba. Y algunos de los nuestros están en grupos con ellos. Ahora mismo lo están hablando en la sala de fisioterapia. Avery los ha incitado a...

—Lo cual no mola nada —dice Morrow con la voz firme.

—Sí, no vamos a tolerar que en los Rays se cotillee sobre vosotros —dice Novy con un gesto de la cabeza que pretende ser tranquilizador—. Los muy idiotas que están rajando arriba se han llevado un buen rapapolvo, así que ni siquiera hay que preocuparse por ellos.

Levanto la mirada del trabajo de repente.

—Espera... ¿Quién?

—Kinnunen —responde Morrow—. ¿Quién iba a decir que Mars sería un aliado, eh? —Novy se ríe—. No lo he oído hablar tanto en toda la temporada. Le dijo a Perry lo que podía hacer con el peso que estaba levantando.

—Ya, pero entonces se puso a hablar en finés —añade Morrow.

—Le ha hecho llorar al pobre crío. No quiero que me grite nunca en finés —dice Novy con los ojos como platos por el horror.

—Y no sé qué es lo que le pasa a Avery —masculla Morrow.

—Ya, ese tío es un gilipollas de cuidado —resopla Novy con los brazos cruzados—. No sé por qué lo contrataron. Ojalá lo larguen y nos quedemos solo con Price.

Paso la mirada del uno al otro. Rachel no me ha dicho nada, pero conozco la reputación de Avery. Y los he visto interaccionar en los partidos importantes. Siempre la está menospreciando y dejándola colgada. Creo que podría sentirse amenazado por ella.

—Espera... ¿él también estaba cotilleando? —digo mirando a los chicos con los ojos entornados.

—Ya se ha encargado Mars de ello —responde Novy encogiéndose de hombros—. Tiene que aprender dónde está su sitio, si no los chicos se van a volver contra él —añade Morrow—. No quiero que el jefe de fisioterapia les dé un puñetazo a mis compañeros de equipo delante de mí. Eso no va a pasar.

—Y, oye..., Sanford —masculla Novy rodeando la mesa para colocarse a mi lado. Lo miro e intento controlar la respiración para no revelar nada—. Lo que te queríamos decir es que si alguna vez nos queréis contar algo... puedes hacerlo. Compton o tú. Porque esto es un equipo. Puede que sea un equipo nuevo, pero, según como yo lo veo, puede que nos tengamos que aguantar un buen rato.

—Sí, estoy de acuerdo —añade Morrow—. Equipo significa familia.

—Queremos que haya buen rollo —continúa Novy—. No queremos movidas y drama. Las bromas son una cosa. A todos nos encantan las bromas. Pero cotillear sobre que un tío es gay es otra —añade con una expresión solemne—. Tú dinos lo que pasa y nos aseguraremos de que el siguiente que se ponga a cotillear sea el último que lo haga.

Asiento con la cabeza. Por sorprendente que parezca, me ha conmovido este inesperado despliegue de apoyo.

—Así pues..., ¿nos lo vas a decir ya? —pregunta Novy con una de sus cejas oscuras levantada.

Sacudo la cabeza.

—No —respondo, aunque intento que mis palabras no reflejen mi decepción—. No hay nada. Jake y yo solo somos amigos.

—Mejores amigos, ¿no? —añade Morrow con una sonrisa—. Mejores amigos de toda la vida que duermen en camas separadas, pero se terminan las frases el uno al otro. Como Epi y Blas, ¿verdad?

Entorno los ojos mientras él se ríe.

—¿Y si Jake se saca la cabeza del culo y se da cuenta de que eres un partidazo y medio? —se burla Novy—. ¿Vais a seguir siendo solo amigos, Epi?

Sacudo la cabeza.

—Escucha, gilipollas. Si alguna vez Jake y yo somos algo más que mejores amigos de toda la vida, vosotros dos seréis los primeros en enteraros, ¿vale? Por ahora, yo mismo me chupo la polla. Pero solo si antes consigo terminar de planchar todo esto, y vosotros dos me estáis distrayendo.

Novy da un paso al frente y me pasa el brazo por los hombros.

—Mientras sigues distraído, ven a ayudarnos a encontrar a Compton. También vamos a ponernos pesados con él durante el desayuno.

—Y a asegurarnos de que paga él la cuenta —añade Morrow.

Apago la plancha y los sigo. No voy a ser capaz de concentrarme hasta que no solucione esto. Tengo que hablar con Jake. Pero primero quiero encontrar a Rachel. Ella es la que tiene la experiencia sin precedentes de lidiar con los cotilleos de internet. Ella sabrá qué hacer.

—Eh —los llamo—. ¿Alguno de los dos ha visto a la doctora Price esta mañana? Eeeh... necesito hablar con ella sobre un pedido.

—Sí, la hemos visto cuando hemos bajado —responde Novy saliendo de la habitación.

—Estaba en el carrito del café, parecía estar muy cómoda con un tío —añade Morrow, tiene los ojos clavados en el móvil mientras subimos las escaleras.

Me detengo en medio del pasillo.

—¿Qué tío?

Morrow se limita a encogerse de hombros con la mirada aún clavada en el móvil.

—No lo sé, un tío guaperas.

—Era guaperas, ¿eh? —dice Novy con una carcajada—. Dios, tú también no. ¿Soy el único tío hetero que queda en la defensa de los Rays?

—¿Qué? Estaba lleno de tatuajes y molaba. —Ante la mirada que le lanzo, Morrow añade enseguida—: A ver, tú también estás lleno de tatuajes y molas, Sanny. No te pienses que vamos a intentar remplazarte.

—Sí, Naricita. Eres el tío más guay que conocemos —se burla Novy—. Ya le gustaría a la Doctora Buenorra que su chulazo fuera tan guay como tú.

Bueno, si creía que no tenía celos en lo que respectaba a Rachel, acabo de despejar todas las dudas. ¿Un tío guay, guaperas y lleno de tatuajes va por ahí comportándose como el chulazo de mi chica? Que le den a Jake. Puede cuidarse él solito. Es oficial, voy a cazar un huracán.

Capítulo 85
Rachel

—¡Harrison!

Bajo por las gradas de la pista de entrenamiento corriendo, me da igual tropezarme con un par de patinadores artísticos que están practicando un levantamiento.

Mi hermano y yo llevamos como unos diez minutos persiguiéndonos por este laberinto como el gato y el ratón. Al final le he dicho que se quede quieto y me espere. Y ahí está, con sus coloridos brazos tatuados, con las manos metidas en los bolsillos de los pantalones. No es un deportista alto y mazado como mis chicos. Tiene mi altura y constitución, con el mismo color oscuro y ojos marrones.

Corro hacia él, le lanzo los brazos al cuello mientras entierro la cara en su hombro.

—Me alegro tanto de que hayas venido —digo.

El cálido aroma a madera de su colonia Tom Ford es para mí como una manta de seguridad, tranquiliza al instante todos mis miedos y preocupaciones.

Saldrá bien. Todo saldrá bien. Ha venido Harrison.

Responde a mi abrazo, me estrecha con fuerza por la cintura, mientras mueve la cara un poquito para darme un beso en la mejilla.

—Hola, Lim.

Suspiro al escucharlo usar mi apodo familiar. Papá se lo inventó cuando teníamos diez años. Rachel pasó a ser Rachello, que se convirtió en Limoncello, que de algún modo acabó derivando en Limoncito. Ahora es Lim a secas.

Me aparto, agarrada todavía a sus brazos tatuados.

—¿Vas a decirme qué narices estás haciendo aquí?

Me lanza una mirada asesina.

—¿De verdad te vas a quedar ahí plantada preguntándomelo?

—Harrison...

—Ah, así que vamos a hacer esto —gruñe—. Mi melliza no va a desaparecer de la faz de la tierra después de semanas pasando de mis llamadas... ¿sabías que Somchai ha adoptado otro puto gato?

—¿Qué? —Jadeo—. Pero si odias los gatos...

—Soy consciente de que odio los putos gatos. Y él también lo sabe. Pero el otro día apareció su tío contando otra historia lacrimógena sobre que se encontró una caja de gatitos en la parte trasera del restaurante. Al parecer, les ha encontrado casa a todos menos a uno. Así que ahora tengo una gata de color blanco y anaranjado que se llama Albaricoque y que duerme en mi zapatero Hermès.

—¿Cómo se lo ha tomado Oreo? —murmuro con los ojos como platos.

—Lo lleva bien... espera... joder. —Aparta las manos de mí de repente—. Ni hablar. No le vas a dar la vuelta a la tortilla, comadreja escurridiza.

Maldición. Lo tenía contra las cuerdas. Si hubiera intercalado un jadeo más donde correspondía, se hubiera puesto a soltar una perorata sobre los detalles de dos meses de su vida mientras yo solo asentía y decía «ajá». Eso me hubiera dado unos treinta minutos más antes de que encendiera la lámpara de interrogatorios y me la enchufara a la cara.

No estoy preparada para ser clara, ni siquiera con Harrison. Siento que todavía es demasiado pronto. Los chicos y yo no estamos preparados para que la gente se entere de lo nuestro. ¿Qué somos? ¿Qué los llamo? ¿Son mis novios? ¿Mis parejas? ¿Qué se llaman ellos entre sí? ¿Esto es ya un frente unido?

Sin saber las respuestas a estas preguntas, siento que es una traición compartir nuestros asuntos con extraños.

Aunque no es que Harrison sea un extraño. Es un Price. Se llevará mis secretos a la tumba y más allá. Pero no es uno de nosotros. No es uno de mis chicos.

Y ahí es cuando la asoladora verdad me golpea... ellos son ahora mis chicos. Ilmari, Jake y Caleb. No Harrison. Ni papá. Por primera vez en mi vida, mi círculo interno ha cambiado. Tengo los ojos llenos de lágrimas. Harrison ya no es mi chico. Me duele más de lo que nunca había pensado que me dolería. Me siento como si me hubieran hecho cachitos. Es mi mellizo y mi hermano y mi mejor amigo en el mundo, pero ya no es mi persona.

Me aparto con los ojos llenos de lágrimas y sacudo la cabeza.

—Harrison —gimoteo.

Él asiente despacio y levanta la mano para envolverme la mejilla.

—No pasa nada, Lim. Sabes que puedes contarme cualquier cosa.

Me cubro la cara con las dos manos y él suspira y da un paso al frente para acariciarme la espalda con una mano tranquilizadora.

—Vamos a empezar por su nombre.

Me atraganto con una carcajada.

—Dios, soy un desastre. No sé por qué me he puesto tan sensible.

Me lanza una mirada cargada de simpatía.

—Porque estás enamorada de él y tienes miedo de que yo no lo apruebe. Por eso te has estado escondiendo, ¿verdad? ¿Te has pillado de un jugador? Todos vimos la grabación del partido. Papá alertó anoche a Steve y al equipo de relaciones públicas. Van a todo trapo para salvarte ese culo de loca que tienes.

Suspiro. Por eso Poppy lo sabía y yo no. No pueden rastrear mi número. Todo el contacto de la prensa con la familia pasa por el filtro del equipo de relaciones públicas de papá. Si la prensa está intentando contactar conmigo, entonces tendrán que pasar por él... y ahora Poppy.

—¿Papá lo sabe?

—¿Por qué te crees que me obligó a meterme en un vuelo comercial antes de que saliera el sol?

—¿Has venido volando desde Seattle? —digo y frunzo el ceño confundida.

—No, estaba en Nueva York. Mira, llevas tanto tiempo comportándote como un cangrejo ermitaño que ni siquiera sabías dónde estaba. ¿Y si llega el apocalipsis y nos tenemos que buscar el uno al otro?, ¿eh? Te perderías en cualquier punto de Oklahoma sin saber que yo iba en dirección contraria.

Suelto una carcajada débil.

—Así pues, ¿papá te ha enviado para que me eches una regañina?

—Me ha enviado para que compruebe cómo estás —me corrige—. Yo solo he usado el avión de papá —añade—. Vamos, Lim. Ya sabes cómo funciona esto. La familia Price es lo primero. Permanecemos juntos. Tu mierda está a punto de salpicar y los Price tenemos que organizarnos. Necesitamos conocer bien la historia. Y voy a conocer al chico... ¿o son chicos? —añade con una sonrisilla pícara—. Las páginas de cotilleos se lo han pasado bomba con las especulaciones. ¿Estás liada con dos tíos, pastelito de limón?

Tiene razón. La familia Price es lo primero. O al menos, la familia Price estaba primero. No es justo que no sepan lo que está pasando mientras intentan limpiar uno de los mayores estropicios que he armado.

—En realidad, son tres.

—¿Las tres en punto? —dice Harrison y se mira el reloj.

—Tres chicos.

Se queda rígido y levanta la vista poco a poco.

—¿Puedes repetirlo?

Le aguanto la mirada.

—Me he pillado por tres tíos, Harrison. Estoy enamorada de ellos y ellos están enamorados de mí... y dos de ellos están enamorados entre sí. Es...

Me encojo de hombros, soy incapaz de encontrar las palabras adecuadas para describir lo que somos. Perfecto me parece trivial, aunque encaja. Somos un lío complicado de complicada perfección. Me encanta lo que somos. Quiero protegerlo, mantenerlo oculto y a salvo. Pero ya se ha descubierto el pastel sexi de los jugadores de hockey. Harrison lo sabe.

—Ay... mierda —murmura con los ojos como platos—. Vale, pues mmm... joder. —Exhala con fuerza—. Está bien, pues. Vamos a empezar por sus nombres.

—Vamos a empezar por el café —contraataco.

Asiente con la cabeza y se pasa una mano por el pelo oscuro.

—Sí... café... Buena idea.

Capítulo 86
Caleb

—¡Mars! —ladro y cruzo el gimnasio hacia la hilera de bicicletas estáticas.

Está sentado en la del fondo con el teléfono en la mano, y el sudor le cae por la cara. Levanta la cabeza de repente al oír mi voz.

—¿Qué?

—¿Dónde está Jake? —digo intentando controlar la punzada de pánico de mi voz. No he encontrado ni a Rachel ni a su hombre misterioso.

—Ni idea —masculle y vuelve a mirar el teléfono.

—Bueno, ¿y dónde está Rachel entonces?

—Oficina —responde.

—No, no está ahí. Al parecer, se la ha visto por las instalaciones cogida del brazo de un tío guaperas con el pelo oscuro y tatuajes.

El gilipollas tiene las agallas de sonreír y baja la mirada de mi rostro al brazo tatuado.

—¿Entonces no están cotilleando sobre ti? Estaban hablando de tu truquito del jersey de anoche...

—No puedo ser el tío buenorro del que va colgada si estoy aquí atrapado en este bucle temporal hablando contigo —gruño—. ¿No sientes ni la más mínima curiosidad por saber por qué nuestra chica está flirteando con otro tío?

Baja las cejas sobre los ojos azules y me mira.

—¿Por qué no lo dices más alto? Creo que en la playa no te han escuchado.

—Está bien. ¡Ya la encontraré yo solo! —Salgo como un vendaval, decidido a dar otra vuelta por las instalaciones de entrenamiento cuando me llama.

—¡Caleb, espera!

Me giro y lo veo bajar de la bicicleta, luego coge una toalla y se la restriega por la cara.

—¿Vienes?

—Solo para que no te metas en líos —responde—. Estoy seguro de que hay un motivo completamente razonable para lo que está haciendo Rachel. Y no le van a gustar esos celos —añade mirándome de arriba abajo con solemnidad—. Guárdatelos.

Respiro hondo, mi frustración hierve a fuego lento. Pero joder, tiene razón. Sé que tiene razón. No me gusta esta sensación. Yo no soy así. No soy celoso. Respiro otra vez.

—¿Mejor?

Despacio, asiento.

—Yo miraría en el carrito del café —dice mientras se coloca la toalla sobre el hombro.

—Ya la han visto allí —respondo y giro sobre mis talones para dirigirme a la puerta. Es una sensación extraña, pero siento que de repente me ha empeorado la cojera, como si todo mi cuerpo intentara retenerme antes de que me deje en el más absoluto de los ridículos.

Pero no me preocupa. Tengo a Mars para cubrirme las espaldas. Él evitará que haga algo que de verdad dé vergüenza, como apoyarme sobre la rodilla mala y suplicarle a Rachel que no nos deje por un tío más guapo y sexi.

Vamos hasta las instalaciones de entrenamiento, salimos de la zona privada de los Rays y llegamos al amplio vestíbulo de paredes de cristal. En el carrito del café hay una fila enorme de madres de las niñas de patinaje artístico, que van todas peinadas igual con chalecos abultados encima de sus jerséis de diseño.

Seguro que soy invisible, porque todos los ojos se centran

en Mars. Unos cuantos niños ansiosos se nos acercan corriendo. Él sigue avanzando sin problema, saluda y estrecha algunas manos mientras yo miro alrededor.

No la veo por ninguna parte. Y tenemos que salir de aquí antes de que nos arrollen los fans de Mars que quieren un trocito de él.

—Le gusta ver el patinaje artístico —dice por encima de las cabezas de los niños—. Cuando descansa, se sienta allí con un café.

—¿Y eso cómo lo sabes? —digo con una ceja levantada.

—Porque me gusta observarla —responde encogiéndose de hombros.

Me río y lo agarro del brazo.

—Vale, señor Kinnunen, hora de marcharse. Es hora de su envoltura sueca de algas y su masaje con piedras calientes. Decid adiós, niños. Deseadle suerte contra Toronto.

—¡Adiós, señor Kinnunen! —dicen.

—¡Hasta luego, Mars!

Me deja que me lo lleve a rastras y salimos por las puertas abiertas que conducen a la pista de entrenamiento principal. La pista está abarrotada. Los niños corren como locos mientras unos cuantos adultos con silbatos intentan controlar el caos.

—No está aquí —dice Mars antes de que podamos echar un vistazo siquiera.

—¿Estás seguro?

—¿La ves? —responde frunciendo el ceño.

—Bueno, todavía no, pero...

—¿La sientes?

Lo miro parpadeando.

—¿Qué...? ¿Sentirla? ¿En plan telequinesis o algo así?

Con un suspiro, me agarra por los hombros y me gira para que lo mire de frente.

—Mars, ¿qué...?

—Cierra los ojos y respira —masculla—. Hazlo.

Cierro los ojos, pero el aire se me queda en los pulmones como si fuera una roca.

—Deja de darle vueltas a todo, todo el tiempo —me tranquiliza—. Deja de pensar. Tú para... y respira. —Exagera una gran inhalación y suelta el aire.

Yo tomo una respiración profunda y suelto el aire.

—Otra vez.

Vuelvo a respirar hondo.

—Bien. Ahora, abre los ojos.

Lo hago y le miro la cara tan seria que tiene.

—Conoces a Rachel —masculla—. Quieres a Rachel. Es parte de ti, ¿verdad?

Asiento con la cabeza.

—¿Verdad? —masculla.

—Sí —repito.

—Entonces dime si la sientes aquí. No pienses. No mires. Tú siente. ¿Está aquí?

No despego los ojos de él mientras respiro otra vez y me permito sumirme en un espacio mental más tranquilo. Pienso en cómo me encuentro en esos momentos de pereza en el sofá y ella está entre mis brazos, y el modo en que me siento cuando entra en la cocina. No soy una persona muy mimosa, pero lo intento por ella. Quiero sus caricias. Pienso en el modo en que se me enciende el cuerpo cuando ella me mira. Se siente atraído hacia ella.

Suelto una carcajada y sacudo la cabeza.

—Vaya, ese es un buen truquillo de magia.

—¿Está aquí? —repite.

Entorno los ojos.

—No, Mars. No está aquí.

—Entonces seguimos buscando —dice y se gira sobre los talones—. De todos modos, las de patinaje artístico están en la otra pista.

Ahora es él quien lidera el paso mientras caminamos por otro pasillo hacia la pista más pequeña. En esta no hay plexiglás. En cuanto pongo un pie dentro, mi mirada vuela hacia la izquierda, atraída por ella.

Y ahí está, sentada en las gradas, en el tercio inferior, acurrucada con un tío de pelo oscuro que lleva una camiseta negra, unos vaqueros y los brazos tatuados. Están bebiendo café con el cuerpo girado hacia el otro, pasando olímpicamente de la pareja adolescente que está patinado en el hielo.

Sí, ese tío tiene que largarse. Suelto un gruñido bajo con la garganta y me dirijo hacia delante con grandes zancadas.

—Caleb —dice Mars con esa voz de advertencia.

Como si ella también pudiera sentirnos, Rachel también levanta la cabeza. Tiene los ojos rojos e hinchados, como si hubiera estado llorando.

Ay, que le den a todo. Sea quien sea ese tío, es hombre muerto.

Ella le murmura algo y él se endereza en el banco con una sonrisa arrogante mientras nos ve acercarnos. Y como tiene ganas de morir, coge del brazo a mi chica y me guiña un ojo.

—Rachel, ¿quién narices es este tío?

Mierda. Al parecer, las palabras han salido de mi boca antes de que haya tenido la oportunidad de terminar de pensarlas. Y ella ya se ha girado hacia él, le ha dado un codazo y le está diciendo algo que no logro oír. Mars está justo detrás de mí con su manaza sobre mi hombro.

Esta versión más relajada y tranquila de mí mismo tiene las agallas de reírse, darle un codazo en el costado y decir, mientras se inclina hacia delante:

—Soy su marido. ¿Y tú quién coño eres?

Capítulo 87
Rachel

—¡Harrison! —grito y le doy una palmadita en el pecho. Dios, cómo le gusta meter cizaña. No sé quién de los dos es peor, si él o Caleb. Al menos estamos solos, por eso he arrastrado a Harrison aquí desde el principio. La siguiente persona que tenemos más cerca es el entrenador de patinaje artístico, que está en el extremo opuesto de la pista liándola parda con los altavoces bluetooth.

El idiota de mi mellizo se parte el culo y se ríe a costa de Caleb. Mars está de pie detrás de Cay con una mano sobre su hombro, como si necesitara que alguien lo sujetara. Antes de que pueda decidir si tranquilizo a Caleb o tiro a Harrison por las gradas, una nueva voz se une a la refriega:

—Ay, ¡mierda! ¿Es la hora de los mellizos?

Los cuatro nos giramos y vemos a Jake bajando por la pista, desde el lado contrario, con una sonrisa de oreja a oreja en la cara. Trepa por las gradas y le tiende una mano a mi hermano.

—Harrison, ¿verdad? Me alegro muchísimo de conocerte, tío.

Un tanto pillado por sorpresa, Harrison extiende la mano y permite que Jake se la estreche.

—¿Cómo sabías dónde estábamos? —dice Caleb.

—Mars me ha enviado un mensaje —responde Jake—. No

ha podido llegar en mejor momento. Novy y Morrow estaban superraros y han intentado que los invite a desayunar.

Caleb se queda rígido, su expresión es impávida a conciencia.

Jake vuelve a centrar toda su atención en mi hermano.

—Dios, ¿sabes? Seguro que te lo dicen muchísimo, pero es que eres igualito que tu padre —dice desplazando la vista de mi hermano a mí—. Tenías razón, Seattle. Sois un dúo muy guapo —añade dirigiéndose a Harrison y le guiña un ojo.

—Estoy felizmente casado —responde Harrison, y consigue liberar la mano de la presa de Jake.

—Eres su mellizo —masculla Caleb.

Harrison recupera el buen humor y le lanza una sonrisa de superioridad.

—Sí. Y tú debes de ser el otro tonto muy tonto.

Jake resopla mientras se deja caer en uno de los bancos de la fila de delante.

—El otro tonto muy tonto... —Le lanza una mirada a Caleb—. Creo que me gusta más que eso de Naricita...

—Ni te atrevas —masculla Caleb, que se cruza de brazos.

—Y tú debes de ser el sueco —dice Harrison, ahora con los ojos sobre Ilmari.

—Finés —respondemos Mars y yo al mismo tiempo.

—¿Y qué he dicho? —pregunta Harrison mirándome.

—Has dicho sueco —respondo—. Es otro país distinto, H.

—Cierto. —Se ríe—. Bueno... estos son los chicos, ¿no? ¿Cómo los llamas...? ¿Tus novios? ¿Tu club? ¿Tu coñipandi?

Jake resopla y abre la boca como si fuera a hablar.

—No —escupo—. El primero que se refiera a nuestra relación como La Coñipandi será el primer votado para abandonar la isla. ¿Estamos de acuerdo?

—De acuerdo —responde Jake enseguida. Caleb asiente con la cabeza.

Ilmari no hace nada. Pero el infierno se helará antes de que diga las palabras *coño* y *pandi* en la misma frase.

—Así que... tú eres el de aquella noche en Seattle —dice Harrison señalando a Jake.

Jake se ríe.

—Culpable. Pero yo no tuve nada que ver para que se marchara de ese brunch tuyo tan elegante... ah, por cierto..., enhorabuena por la boda —dice y le da a Harrison en la pierna con el puño.

—Y tú eres el tío del vibrador en el aeropuerto —añade Harrison señalando a Caleb.

Jake se atraganta con otra carcajada mientras Ilmari mira a Caleb.

—¿Eres el tío de qué?

—Es una larga historia —digo.

Al mismo tiempo, Caleb lo mira fijamente y le dice:

—Huracán tiene un vibrador de un tentáculo que mide unos treinta centímetros. Si se lo pides por favor, te lo meterá por el culo.

Ilmari abre los ojos como platos mientras los otros tres se ríen.

—Y ya hemos dicho que tú eres el sueco —dice Harrison.

—Finés —decimos Ilmari, Jake y yo al mismo tiempo.

—Harrison, deja de tomarles el pelo o llamo a Som ahora mismo y le digo que rescate a otros tres gatos más —le amenazo y le lanzo mi mejor mirada asesina.

—Vale —masculla.

No he entrado en muchos detalles sobre nuestra historia cuando han aparecido los chicos, así que Harrison va un poco a ciegas. Sabe lo básico, vamos, que nuestros caminos se han cruzado y hemos acabado en esta relación con forma de pretzel.

—¿Cuánto tiempo te quedas en la ciudad? —le pregunta Jake.

—Eso está por ver —responde Harrison—. El jet está esperando.

Jake resopla.

—¿El jet? ¿En plan que vuestra familia tiene un jet privado al que le echáis gasolina?

Harrison y yo nos limitamos a mirarlo.

—Vale... joder —masculla—. Vuestra familia tiene un jet privado.

—Algo así —respondo encogiéndome de hombros—. Ha

estado preocupado por mí. He ido a mi bola yo sola desde que me mudé aquí, lo que implica que me he saltado las normas a la torera.

—No has estado sola, nena —responde Jake, y se inclina hacia delante en el banco para cogerme la mano—. Sé que has echado de menos a tu hermano, pero espero que no te hayas sentido sola...

—Jake, no —lo tranquilizo—. Es solo que... son normas de la familia Price, ¿sabes? Durante muchísimo tiempo solo nos hemos tenido el uno al otro. Sintieron que había movida conmigo y Harrison sabía que había llegado la hora de reagruparse. Los Price permanecen unidos. Siempre.

—¿Somos nosotros los que hemos montado la movida? —dice Caleb, que todavía mira a mi mellizo con precaución.

Sé que le cuesta confiar en la gente. Se esforzará todo lo que pueda porque Harrison es mi hermano, pero por mucho que a H se le llene la boca con eso de que odia a los gatos, él casi es uno también. Igual que Caleb. Tengo la sensación de que se llevarían como el agua y el aceite... como gatos encerrados en un saco. Al menos al principio.

Pero puedo imaginármelos en un par de Navidades como uña y carne, compinchados en un plan diabólico para que todo el café tenga sabor a menta. Harrison toleraría a Jake. Sería educado con Ilmari, aunque frío como un carámbano. Pero le encantaría Caleb. Se mandarían mensajes todo el rato, incluso fingirían que apenas se conocen. Harrison le ayudaría a Caleb a elegir un libro de cocina a la brasa como regalo de Navidad para Jake. Fingiría que no es para tanto y Caleb se encogería de hombros cuando Jake le diese las gracias. Mientras tanto, yo me desharía en lágrimas.

Me quedo sin aliento cuando esta preciosa visión de nuestro futuro compartido explota como una burbuja de jabón y me deja con el corazón acelerado. Dios, quiero quedarme en la visión un ratito más. Quiero ver a los chicos en el rancho familiar de Montana. Quiero saber si mis padres los quieren y los aceptan, nos aceptan. Quiero ver si se ríen cuando abrimos los regalos, mientras Somchai y mi madre están afanados en la cocina preparando tostadas francesas para desayunar. Jake por fin habría agotado a papá y lo habría convencido para que le diera clases de guitarra. Se aprendería cuatro acordes y lo dejaría. Entonces los chicos nos arrastrarían a todos a patinar sobre el lago helado.

—¿*Rakas*?

Ilmari me está mirando con sus dulces ojos azules.

Parpadeo, me trago la bola de emociones que tengo en la garganta y los recorro con la vista. Me he perdido algo. Todos me están mirando.

—¿Qué?

—Tu hermano ha preguntado a qué hora terminas de trabajar hoy —responde Ilmari.

Me aclaro la garganta.

—Eh, ya he terminado por hoy. Solo estaba esperando a que alguien me llevara a casa.

Harrison resopla.

—¿Sigues siendo una gallina al volante?

—Yo he terminado —dice Ilmari—. Yo te acerco.

Miro a Jake y a Cay.

—A mí todavía me quedan horas —masculla Caleb—. Más cuanto más tiempo me quede aquí.

—Te dejaré mis llaves antes de que nos vayamos —dice Jake—. Yo volveré con Mars y Rach.

Caleb me mira y asiente con la cabeza antes de marcharse. Me vuelvo hacia Harrison.

—¿Te quedas esta noche?

—Por supuesto que se queda —dice Jake poniéndose de pie—. Se viene a casa. Ya he pedido que nos traigan la compra mientras hemos estado aquí sentados. ¿Te gusta el marisco, Harrison?

—Sí —dice Harrison en tono de duda.

—Genial, voy a hacer parrillada sureña con gambas, salchichas *andouille*, maíz, cebolla y patatas. Ya verás qué rica está.

—Jake cocina muy bien —añado.

—Oh, mierda... se me olvidaba —dice Jake riéndose—. Eres chef. Bueno, no tengo una estrella Michelín, pero me las apaño.

—Estoy seguro de que sabrá genial —responde Harrison.

Me levanto y respiro hondo. Esto está bien. Mi mellizo se ha plantado aquí por sorpresa y se viene a la casa de la playa donde vivo con dos hombres y medio y un perro. Internet está especulando a lo largo y ancho sobre el estado de mis relaciones, tengo a la encargada de relaciones públicas de la NHL en modo gestión y el destino de la carrera de cuatro personas está en juego.

Esto está genial. Eso es lo que dicen en los dibujos animados justo antes de que un yunque les caiga del cielo, ¿verdad? Todo esto va a salir bien.

Capítulo 88
Rachel

—¿Estás bien? —murmura Ilmari, me acaricia la cadera con una mano mientras estamos de pie junto al fregadero lavando los platos.

Asiento con la cabeza, tengo las manos metidas en el agua jabonosa y froto un plato antes de pasárselo.

Lo coge en silencio.

—Estás preocupada.

—Por supuesto que sí —respondo, pero ni siquiera me atrevo a mirarlo—. Esto es insostenible. Todos lo sabemos.

En cuanto Harrison ha puesto un pie en el patio trasero para responder una llamada del restaurante, Caleb nos ha contado la versión resumida de lo que ha pasado en la lavandería esta mañana con Novikov y Morrow. Y yo les he informado de lo que ha pasado con Poppy en mi oficina.

Jake ha sacado el móvil y se ha metido enseguida en internet para comprobar los cotilleos por sí mismo. Lleva en modo hipnotizado desde entonces. «No pasa nada, nena», ha dicho ya por lo menos diez veces. «No es para tanto». Lo ha dicho mientras iba de camino a la puerta, decidido a comprarnos helado a todos, lo cual al parecer es la cura para cualquier crisis o enfermedad.

No es para tanto. Cierto. Los jugadores de la NHL están extendiendo el rumor de que Jake y Caleb por fin han salido del armario. Mientras tanto, la prensa rosa está diciendo que estamos en un trágico triángulo amoroso. Son las fans locas las que están alimentando el cotilleo, sin duda gracias a criaturas tan encantadoras como Aspen Albright. En menos de veinticuatro horas, al parecer se ha corrido el rumor de que rechacé la propuesta de Jake en favor de Caleb. Me están llamando loca por haber dejado a un jugador por un jefe de equipo y dicen todo tipo de cosas horribles y denigrantes sobre Caleb y su puesto.

El único que de momento parece haberse librado de la refriega es Ilmari... gracias a Dios. Ahora mismo no necesita este tipo de atención. No cuando los ojeadores de la FIHA siguen por aquí.

—Creo que te vendría bien poner algo de distancia —murmuro, todavía sin mirarlo.

—¿Y eso qué significa?

Suelto el aire temblando y levanto la vista.

—Todavía no te has visto metido en todo esto. Todavía puedes librarte.

—¿Librarme?

—Por favor, Mars —insisto mientras le sostengo la mirada—. Sé cuánto te has esforzado para mantener tu privacidad intacta. Pero nada de lo que tiene que ver conmigo es privado. Ojalá lo fuera —añado haciendo acopio de toda la sinceridad que puedo reunir—. Pero nunca he podido permitirme ese lujo.

Se queda callado un minuto antes de decir:

—¿Qué significa distancia, Rachel?

Me estremezco, odio que use así mi nombre de pila.

—Mars, esta no tiene por qué ser tu lucha —digo—. Tienes que pensar en tu carrera. No solo por tu contrato con la NHL, sino por las Olimpiadas, ¿recuerdas? Si esto se hace más grande, si te ves arrastrado a ello... —Sacudo la cabeza, tengo lágrimas en los ojos.

—No tengo miedo de la prensa rosa —masculla.

—No es eso de lo que deberías preocuparte, Mars. Es de la prensa de la NHL. Hay un mundo entero ahí fuera lleno de fans del hockey que no nos entenderían. Se volverán despiadados y crueles y solo querrán separarnos. Pregúntaselo a Harrison si no me crees —digo señalando las puertas de cristal, donde puedo ver a mi hermano caminando de un lado para otro con el móvil en la oreja—. Ya ha empezado con Jake y Cay... todos esos rumores sobre que son gais. Y no solo lo están diciendo los blogs y las redes sociales, Mars. Viene de otros jugadores. Tú mismo has escuchado el rumor esta mañana. Has tenido que callarlos.

—Los novatos tienen que aprender a tener la boquita cerrada —masculla con tono sombrío.

—Esto es algo más que unos cuantos novatos cotilleando y lo sabes. Si los rumores empeoran lo suficiente, la FIHA pasará de ti, Mars. Elegirán una opción más segura, alguien que no esté ligado a una tormenta humana imparable de mala prensa.

—Entonces... ¿me estás diciendo que me vaya?

La forma en que lo dice me desgarra.

—No te estoy diciendo que hagas nada. Y no quiero que te vayas, es que... Dios...

Vuelvo a apartarme de él, meto las manos en el agua jabonosa y restriego con fuerza el siguiente plato.

Puedo sentir sus ojos sobre mí, me retan a que vuelva a mirarlo.

Me salva la puerta principal. La alarma pita mientras la puerta se abre y se cierra.

—Eh, nena, no tenían el sorbete que te gusta, pero ¡he encontrado esta cosa de leche de almendras! —grita Jake desde la entrada—. Tiene trocitos de galleta y he pensado que... hala... ¿Qué narices está pasando?

Entra en la cocina, Caleb lo sigue de cerca con Poseidón pisándole los talones. Sus miradas preocupadas pasan de Ilmari a mí.

Caleb suelta la bolsa de helados en la isla.

—¿Qué ha pasado?

—A Rachel le gustaría que me marchara —masculla enfadado Ilmari.

—¿Qué coño? —jadea Jake—. Rach...

—*Kulta*, no —digo y lo cojo por el brazo—. Estoy intentando protegerte.

—Estás intentando mangonearme —gruñe y se aparta—. Estás intentando tomar decisiones por mí. Yo tomo mis propias decisiones, Rachel.

—Pero no puedo soportarlo —susurro sacudiendo la cabeza—. No puedo soportar la idea de arruinarte la vida. O despojarte de algo que llevas toda la vida intentando proteger. Quieres privacidad, Ilmari. Quieres que el hockey sea la historia de tu vida, no con quién estás saliendo. Quieres participar en las Olimpiadas...

—Te quiero a ti —me corrige agarrándome por los hombros. El calor de su rabia restalla como un fuego. Los dos estamos jadeando, yo tengo la cabeza echada hacia atrás mientras le aguanto la mirada a esos tormentosos ojos azules.

—Mars —susurro intentando verter todo lo que siento en una palabra.

—No vuelvas a llamarme así —ruge—. No vuelvas a llamarme de ese modo nunca. Ellos pueden, pero tú no.

Jadeo, confundida.

—Mars, ¿qué...?

—¡Ese no es mi nombre! —grita—. Mi pareja me llamará por mi nombre. Dilo.

Me estremezco entre sus brazos con el corazón que me late con fuerza.

—Ilmari —digo sin aliento.

—Dilo otra vez.

—Ilmari.

—¿Quién soy para ti, *rakas*? —pregunta, su voz es baja y profunda, está cargada de sentimientos—. Cuando la gente te pregunte quién soy, ¿qué vas a decirles?

Levanto los brazos y coloco las manos contra su pecho con la palma derecha extendida sobre su corazón. Lo siento latir furioso.

—¿Quieres control? ¿Quieres tener algo que decir en lo que pasa ahora? Entonces, dime lo que quieres. ¿Quién quieres ser para mí...?

—Quiero dejar de tener tanto puto miedo todo el tiempo —suelta con las dos manos envolviéndome la cara, manteniéndome cautiva—. No te puedes esconder toda la vida, *rakas*. No puedes evitar que pasen cosas malas... ni a ti misma, ni a tu hermano, ni a ninguno de nosotros. Lo sé porque he vivido lo mismo que tú cuando intentaba que mi vida fuera pequeña. En realidad, lo único que hice fue construirme una jaula. Y luego me encerré dentro y me dije que los barrotes no eran reales.

Sus palabras me abren en canal y se cuelan por los recovecos de las verdades ocultas que tengo bien enterradas. Porque tiene razón. He dejado que mis miedos se conviertan en una jaula. Miedo al fracaso. Miedo a perder el control... de mí misma, de la narrativa que me rodea, de mi éxito. Miedo a lo desconocido. Miedo a decepcionar a mi familia.

Miedo a que siempre se me conozca como la Price que menos vale y que menos talento tiene.

—Tengo miedo —admito, las lágrimas corren por mis mejillas—. Creo que he tenido miedo toda la vida.

Asiente con la cabeza y levanta un gran pulgar para secarme las lágrimas.

—Entonces, eso es lo que quiero, *rakas*. Quiero ser quien lleve la carga de tus miedos. Tus dudas, tus preocupaciones, tus inseguridades... déjalo todo sobre mis hombros. Yo soy lo bastante fuerte. No me doblegaré. No me romperé. Yo puedo llevarlo todo para que tú puedas ser libre, *mun leijona*.

Las lágrimas se me siguen escapando mientras me envuelve la mano en la muñeca y me dejo llevar por su roce.

—¿Y eso qué significa?

—Significa «mi leona» —responde—. Porque eso es lo que tú eres para mí y siempre lo has sido: una leona de pelo oscuro sin miedo. Mírate a través de mis ojos, *rakas*. A través de los ojos de Jake. A través de los ojos de Caleb.

Sacudo la cabeza. Quiero ser lo bastante fuerte. Quiero creer que puedo ser esa persona que ven todos.

—Te veo, *mun leijona*. Ellos también te ven —añade señalando a Caleb y a Jake—. Te enfrentarías a cualquier peligro por aquellos a quienes quieres. Subirías cualquier montaña, saltarías por cualquier acantilado. Un amor como el tuyo es salvaje y peligroso. Necesitas hombres que no quieran atarte ni romper tu espíritu. Necesitas hombres que te protejan. Que te ofrezcan un lugar seguro para que ames con toda la libertad que te permita tu corazón. Nosotros somos esos hombres.

Jake y Caleb rodean la isla y se colocan a su lado. Estoy hecha un mar de lágrimas, unas lágrimas feísimas que me bajan por la cara mientras extiendo las manos hacia ellos y los agarro por la camiseta. Caleb me coloca una mano en el hombro, mientras Jake me envuelve la cara y me mira con muchísima ternura.

—Déjanos que te cuidemos y nunca dejaremos de luchar por ti —dice Ilmari—. Nunca nos alejaremos, nunca flaquearemos. No buscaremos ninguna salida. Ámanos y observa cómo nosotros te amamos a ti. Una familia. Una unidad. Inquebrantable.

Miro a Jake esperando a que hable.

Me acaricia con cuidado la suave piel de las mejillas.

—Sabes que te quiero, Rachel. Puede que no lo diga de una forma tan bonita como aquí el señor Acento Europeo... por cierto, gracias —añade lanzándole una mirada a Ilmari—. Te pasas semanas sin decir más de diez palabras. Pero las dos veces que hablas, sueltas discursos que deberían estar impresos y venderse con una prueba de embarazo como regalo...

—Céntrate, Jake —masculla Caleb sacudiendo la cabeza.

—Cierto... Mierda... —Se vuelve de nuevo hacia mí y no puedo evitar sonreír ante sus payasadas—. Nena, te quiero —dice volviendo a un tono más serio—. Eres todo mi puto mundo. Pero mantener esto en secreto me está matando. Estoy cansado. Quiero que lo nuestro sea público... lo tuyo y lo mío, también lo de ellos —añade—. Voy con todos. Quiero ser el dueño de esta historia y hacer que funcione. Quiero que salga adelante y demostrarles a todos los que dudaron que esto puede funcionar.

Pero entonces mira a Caleb preocupado.

—¿Qué te parece? Eres el más privado de todos nosotros. Lo que estamos haciendo aquí podría volverse muy intenso. Te arrastraría a un foco de atención duro...

Miro a Caleb y lo cojo de la mano.

—Jake lo está poniendo mejor de lo que es —digo—. La prensa se pondrá peor antes de que mejore —explico—. Seremos tal novedad que el escrutinio durará el doble. Se pondrán a buscar fantasmas de nuestro pasado: ex, familias, amigos, antiguos compañeros de equipo. Contarán historias loquísimas. Será horrible —admito con el corazón en la garganta—. Pondréis en riesgo vuestros trabajos todos los días —continúo—. Puede que vuestra familia os dé la espalda, los amigos se distanciarán. Compañeros de equipo, entrenadores, propietarios... puede que toda la Liga os dé la espalda. —Les mantengo la mirada a Ilmari y a Jake—. Todo lo que habéis conseguido después de una vida entera de trabajo... os lo pueden quitar. Con suficiente mala prensa, nos enterrarán a todos vivos.

—Nuestros trabajos son nuestros riesgos —responde Ilmari—. Si nosotros decimos que merece la pena el riesgo, tienes que confiar en que nosotros nos encargaremos de ello.

—No merezco tanto la pena —susurro con los ojos llenos de lágrimas otra vez—. No merezco esto...

Caleb da un paso al frente y me agarra por los hombros.

—Basta. ¿De acuerdo? No te atrevas a volver a decir eso. Rachel, esto no va solo de ti ¿o es que todavía no te has dado cuenta? No lo estamos arriesgando todo por ti. Lo estamos arriesgando por esto —dice señalando alrededor—. Nosotros. Puede que te llamemos reina cuando estás cabalgándonos las pollas y Dios sabe que te trataremos como a una durante el resto de nuestras vidas si te callas y nos dejas entrar, pero esto es una democracia. Todos estamos en esto por nuestras propias razones. —Mira a los chicos—. Yo digo que votemos.

Jadeo.

—¿Votar?

—Sí. Votamos si lo hacemos público —explica—. Basta ya de esconderse. Basta de secretos —añade manteniéndome la mirada, el doble significado está claro. Dios, lo va a hacer. Está preparado para decirle a Jake cómo se siente.

—Ya sabes qué voto yo —dice Jake—. Voy a por todas desde Seattle. Voy a meterme ahora en todas mis redes sociales y a gritarlo desde los tejados...

—No —dice Caleb enseguida—. Después del partido de mañana. Los ojeadores fineses siguen por aquí por Mars. Y mañana jugamos contra Toronto —añade.

La mirada de Jake se oscurece.

—No me lo puto recuerdes.

—Después del partido de mañana —repite Caleb—. Entonces, pensamos un plan. —Nos mira a todos—. ¿Os parece bien? Que nadie diga ni una palabra hasta pasado mañana.

Ilmari asiente con los brazos cruzados sobre el pecho.

—Está bien —dice Jake.

Caleb me mira.

—¿Huracán?

Asiento y respiro hondo. Después de mañana. Lo que significa que esta es nuestra última noche de paz y tranquilidad. La calma antes de la tormenta.

—Vámonos todos a la playa —digo—. Vamos a dar un paseo bajo la luna llena, solo nosotros y el océano.

—¿Y Harrison? —pregunta Jake mirando por encima del hombro. Mi hermano sigue fuera haciendo aspavientos con las manos mientras le grita al teléfono, no hay duda de que está haciendo llorar a un chef.

Sonrío.

—Puede cuidar a Sy hasta que volvamos. Ahora mismo, solo quiero estar con mis chicos.

Capítulo 89
Jake

Día de juego. Jugamos contra las Maple Leafs de Toronto y estoy supernervioso. Siempre estoy así cuando juego contra Toronto. Es psicológico. Qué coño, no estoy de humor para tumbarme en un sofá a escupir mi trauma. Hay trabajo que hacer y voy a hacerlo.

Harrison se marcha ahora. Rachel lo está acompañando al aeropuerto para despedirse de él antes de que se suba al jet privado de papá. Estoy intentando no tener celos de ella. Amy tuvo que cancelar los planes que tenía para las fiestas, lo que significa que no la volveré a ver hasta verano. Queda muchísimo tiempo.

Incapaz de resistirme, me saco el móvil del bolsillo y marco su número. Como si estuviera esperando la llamada, responde al primer tono.

—¡Eh, hermano!

—¡Eh, Am!

No sé qué más decir. Solo necesitaba oír su voz.

—Hoy juegas contra Toronto —dice ante mi silencio.

—Sí. Voy de camino al estadio.

—¿Cómo está Cay?

¿Y cómo coño voy a saberlo yo? Es imposible descifrarlo. Sin embargo, yo soy un libro abierto que lo lleva todo escrito en la cara.

Esta mañana ya me ha dicho tres veces que me relaje.

—Está bien —digo.

Amy suspira al teléfono.

—¿Alguna vez se vuelve más fácil?

Compruebo que no hay nadie para cambiarme de carril.

—No.

—¿Quieres hablar de ello? O podemos hablar de tu nueva chica...

—Am, creo que es posible que sea bi —escupo y la interrumpo—. O en plan... no tengo ni idea.

O queer quizás. Odio las etiquetas. Y no me gustan los tíos.

—Vale —dice con cuidado—. Entonces, no te sientes bi, pero ¿crees que podrías serlo? ¿Por qué?

Resoplo, vuelvo a girar el volante con una mano, pues con la izquierda estoy sujetando el móvil.

—Ya sabes por qué.

—Caleb —responde ella—. Siempre ha sido Cay. Es tu media langosta.

Sacudo la cabeza. Todo con Amy son referencias a *Friends* o a películas.

—No soy gay —vuelvo a decir.

—Pero en las noticias dicen que sí —murmura—. El otro día tenía las notificaciones del móvil echando humo.

—Sí —mascullo—. Y dentro de poco habrá muchísimas más.

—¿Qué quieres decir? Jake, ¿va todo bien? ¿Es por esa chica? ¿La hija de la estrella de rock?

—Amy, ella es la chica de Seattle.

Jadea.

—Madre mía... ¿por qué no me habías dicho nada? —chilla—. Dios, ¿cómo se lo tomó Caleb? No puedo ni imaginarme lo molesto que estaría. Ay, Dios... ¿es a eso a lo que te refieres? ¿Estáis en plan Edward-Jacob-Bella? Voy a tener que montarme en un avión e ir para allá a darle un puñetazo en la teta a esa roquera por romperle el corazón a mi hermano...

—Amy, no —digo pisándola—. No es así. Esto es... —Respiro hondo—. Vale, ¿estás sentada?

—Jake, me estás asustando...

—Estamos juntos —digo—. Los tres. Nosotros... ella... no es un triángulo amoroso, y no está condenado ni da miedo. Es perfecto que te cagas. Amy, nunca he sido tan feliz.

—Estáis juntos —repite—. ¿Los tres? En plan que tú estás con ella y tú estás con él y...

—Él está con ella —añado—. Sí, y hay un tercer tío. ¿Conoces a Mars Kinnunen, el portero?

—¿También estás con el portero?

—No —digo con una carcajada—. Quiero decir, está con ella, pero él no está con nosotros. A ver... está con nosotros en el sentido de que todos vivimos juntos, pero... siento que no lo estoy explicando bien.

—Es tu metamour —responde.

—¿Mi meta qué?

—Metamour —repite con una risita—. Es el término poliamoroso para la pareja platónica de tu pareja.

—¿Y cómo demonios sabes tú lo del metamour?

—Porque soy una científica trotamundos cultivada y sensible hacia la cultura de los demás —responde—. Y yo también he hecho mis pinitos en el poliamor.

Me enderezo como una flecha y casi tiro el teléfono.

—¿Qué coño, Amy? ¿Lo dices en serio? No me tomes el pelo con eso.

—Que no te dé un infarto. —Se ríe—. Recuerda que esta noche tienes que jugar un partido.

—Amy...

Resopla.

—No te cuento toda mi vida, Jake. Experimenté en la universidad y he tenido algunas citas últimamente. Ya sabes, para llenar ese vacío solitario de mi vida. Nada muy alocado —añade—. No como mudarme con mi portero, mi jefe de equipo y la médica del equipo. ¿Qué tal el sexo, por cierto? Me apuesto lo que sea a que es increíble —se burla.

Me esfuerzo por apartar los recuerdos para que la polla no se me ponga dura mientras estoy hablando por teléfono con mi hermana.

—Amy, no sabes cómo me pondría a chillar en este puto coche ahora mismo.

Suelta una risilla.

—Así de bueno, ¿eh?

Gruño y lucho contra la imagen de las tetas de Rachel botándome en la cara mientras ella me cabalga la polla y Mars la toma por detrás.

—Los mejores polvos de mi vida.

Me dejan muerto todas las veces. No voy a volver. Nunca. Lo son todo para mí.

—Me alegro por ti, Jake. Y tengo muchísimas ganas de conocer a tu chica de Seattle. —Siento la duda en su voz. Me preparo para lo que viene cuando dice—: Pero... ¿cómo funciona todo esto? Me imagino que tus fans no son lo suficiente progresistas para apreciar los matices de tu repentina conversión al poliamor queer.

—Lo estamos averiguando —respondo.

—¿Lo estáis averiguando? ¿Y eso qué significa?

—Significa que tenemos un plan y que vamos a salir y que todo va a ir bien.

—Espera, salir en plan... ¿salir del armario?

—Bueno, no puedo dejar que ellos lo hagan público sin mí —digo—. Estamos viviendo en mi casa, Amy.

—¿Quieres que lo hagan público sin ti?

—Joder, no —rujo—. Estoy en esto. A tope. Hasta que la muerte nos separe, ¿me escuchas?

—Sí..., pero ¿eso solo con Rachel? Estás a tope con Rachel y apruebas que tenga otros amantes y que todos cohabitéis... ¿o estás a tope también con Cay y con el portero?

—Mars es hetero —digo enseguida—. Y no es mi tipo. Ya te lo he dicho: no me gustan los chicos.

Suspira.

—¿Y dónde queda Caleb en todo eso?

—Es mío. —Las palabras me salen por instinto y siento que no queda nada más por decir. Es la verdad. Caleb Sanford es mío. Quiero que sea mío en todos los sentidos. Pero tengo miedo. Me estoy conteniendo. Esta carga que llevo, este puto trauma que me devora, me ahogaría si lo dejara.

—Tienes que hablar con él, Jake.

—No. No el día de Toronto. No puedo.

—Quizás hoy es el mejor día —contraataca—. Tienes que superarlo en algún punto. Estoy segura de que, si lo hablaras con Caleb, te diría lo mismo.

Me quedo en silencio, lo único que se oye es el ruido del intermitente.

—Tengo miedo —admito.

—¿Miedo de qué?

—Tengo miedo de no ser suficiente. Tengo miedo de que no me necesiten como yo los necesito a ellos. No puedo decirle a Cay cómo me siento. No puedo arrancarme otro trozo del puto corazón y tendérselo a él para que me lo sujete. No cuando ella ya tiene un trozo.

—¿Por qué no le das otro trozo a él?

Joder, ahora tengo los ojos llenos de lágrimas. Lucho contra ellas y le admito a mi hermana melliza mi verdad más profunda:

—¿Y si no me quiere como yo lo quiero a él? ¿Y si solo quiere ser mi amigo...?

—Te quiere, Jake.

Sacudo la cabeza.

—No, es muy jodido entenderlo.

—Jake, escúchame —dice con la voz firme—. Caleb Sanford está enamorado de ti. Si se lo preguntas, te lo dirá.

—No me lo merezco —susurro—. No me merezco las cosas buenas que me pasan...

—Jake, para...

—Él lo merece más —digo al fin, se me escapa una lágrima al mismo tiempo que mi verdad más profunda—. Él era mejor, más rápido, más fuerte...

—Jake...

—Yo no debo tenerlo todo, Amy. Así no es como funciona la vida. No es así como se supone que todos nuestros sueños deben hacerse realidad. Es demasiado fácil. Demasiado injusto.

—¿Y qué? —resopla, está claro que ya ha tenido bastante con mi banquete de pena—. ¿Te vas a castigar por eso y a arrastrar a Caleb en el proceso? Pasa una cosa de mierda y ¿te vas a resignar a una vida de casi felicidad? Eso es absurdo,

Jake. Y es muy injusto para Caleb. Habla con él. Hazlo hoy. Ponle punto final a este horrible capítulo y pasa página.

Suspiro, dejo el coche en mi plaza de aparcamiento y apago el motor. Me quedo ahí sentado mirando el pilar de cemento gris que tengo delante del coche.

—¿Por qué eres tan inteligente?

—Porque absorbí la mitad de tus células cerebrales en el útero.

Bufo mientras sacudo la cabeza.

—Así no funciona la ciencia.

—¿Y cómo lo sabes, mendrugo? Te ganas la vida dándole palazos a un trozo de goma.

Me río.

—Sí, la chica robot con el enorme cerebro de científica ni siquiera puede calentar una bolsa de palomitas.

—Eso solo sucedió una vez y el microondas estaba estropeado —contraataca con un resoplido de indignación.

Nos quedamos callados otro minuto compartiendo solo las ondas de la llamada.

—Te quiero, Amy —murmuro—. Te echo de menos.

—Jake, no tienes ni idea. Mándame fotos más a menudo, ¿vale? Y quiero hacer una videollamada con tu chica cuanto antes. Y también quiero conocer al portero como Dios manda.

—Ven a casa —digo inclinándome hacia delante con un brazo apoyado en el volante—. Yo te compraré los billetes. Haz lo que tengas que hacer por tu parte, es que... necesito verte. Necesito que conozcas a Rachel.

—Jake —suspira preparada para decirme que no.

—Lo que estamos a punto de hacer da un miedo de cojones, Amy —digo—. Mamá y papá no lo entenderán y... joder... —Suspiro y dejo caer la frente sobre el brazo—. Tengo miedo. Estoy alardeando mucho, pero no quiero que las cosas cambien con la gente que me importa. Por favor, no me dejes de lado.

—Jake, nunca —dice—. ¿Me estás escuchando? Nada de lo que puedas hacer me haría alejarme de ti. Mucho menos si eso es amar a gente a la que estás destinado a amar. Si ahora son tu familia, también son la mía.

Sonrío, siento el pecho algo más ligero.

—Ella también tiene un mellizo.

Amy se ríe.

—Ay, Dios, por supuesto que sí. ¿La voy a odiar?

Lo pienso un minuto.

—Mmm... A ver, las dos sois de ciencias... a las dos os gustan los perros y el yoga.

—Hasta ahora suena bien.

Resoplo y recuerdo la noche que nos conocimos.

—Cree en el horóscopo.

—Vaya, mierda —masculla Amy—. Supongo que no es un delito capital. Pero si intenta comparar nuestros signos lunares, me reservo el derecho de darle un puñetazo en la teta.

—No puedo permitir que le hagas daño en las tetas —digo con una suave sonrisa—. Son demasiado perfectas. Además, es peleona que te cagas. No empieces algo que no puedas terminar.

—Tomo nota —responde ella—. Oye, Jake.

—¿Sí?

—Te mereces todo lo bueno que te pase en la vida. No esperes que vaya a buscarte. Sal ahí fuera y encuéntralo.

Los ojos se me vuelven a llenar de lágrimas.

—Te voy a comprar un billete. Te vienes a casa.

—Estoy muy ocupada.

—Siempre estás muy ocupada. Vas a venir de todos modos.

—Si voy a casa, puede que nunca me marche —admite, ahora es ella quien tiene la voz tomada.

—Bien —digo sin aliento—. Adiós, Amy.

—Adiós, Jake. Suerte esta noche. Y cuídate.

«Cuídate».

Es más fácil decirlo que hacerlo cuando juegas al hockey profesional. Hay riesgo de lesión en todos los entrenamientos, en todos los partidos. Como defensa, doy más golpes de los que recibo, pero en cualquier caso implica daño potencial. Y con Brett Durand en el hielo esta noche, nadie está a salvo.

Capítulo 90
Caleb

El disco cae en treinta minutos y hago todo lo que puedo para no perder los nervios. Siento las palmas de las manos pegajosas y el corazón me late errático. Me hace eco en los oídos mientras estoy aquí de pie en este pasillo vacío.

Técnicamente, yo no soy el problema. Es el puto Jake. No puedo soportar verlo jugar contra Toronto. En los últimos años, me he limitado a saltarme esos partidos. Pero hoy no es una opción fingir que no está pasando, porque ahora soy el puto jefe de equipo. Tengo que estar ahí. Tengo que hacer mi trabajo.

Ya he acordado con Jerry que él se encargue hoy del banquillo. Puede que yo tenga que quedarme en el cobertizo, pero no puedo estar en el hielo. No, esta noche seré el que huya. Me mantendré ocupado en el vestuario y evitaré mirar las televisiones.

—¡Eh, Caleb! Necesito cinta negra de cinco centímetros, tío. ¿Puedes ayudarme?

Nate, el chico nuevo, se acerca trotando. Es un buen chaval y está claro que le encanta el hockey, pero aún está aprendiendo los entresijos de la rutina de un día de partido ocupado.

Siento un pinchazo en la rodilla cuando me agacho a buscar en la caja que tengo a los pies. Maldigo y agarro un puñado de rollos de cinta negra de cinco centímetros que le tiendo a Nate.

—Guay. Gracias, tío.

—¡Dile a Jerry que en diez minutos estoy allí con la caja de cuchillas! —grito a su espalda.

Doblo la esquina, donde se encuentra la máquina de afilar las cuchillas. Le doy al interruptor y la máquina chirría al encenderse. Me pongo las gafas de protección y respiro hondo.

—Eh —dice una voz a mi espalda.

Me sobresalto, apago el interruptor y miro por encima del hombro. Rachel está ahí con su uniforme de los Rays a juego. Esta noche lleva las gafas puestas, el mínimo maquillaje posible y el pelo recogido en una coleta. Me encanta ver que ha superado la aversión de ponerse el piercing del septum. Ahora casi nunca se lo quita.

Mira a un lado y a otro del pasillo con una sonrisa maliciosa dibujada en el rostro, luego se pone de puntillas y me besa. Es un pico, rápido como suele ser habitual.

—¿A qué ha venido eso? —pregunto dejándome llevar por la sensación de tenerla tan cerca.

—Porque te quiero —responde ella—. ¿Necesito alguna otra razón?

Suelto el aire y sacudo la cabeza. Su presencia me ayuda. Tenerla tan cerca me tranquiliza. Maldita sea, soy tan malo como Jake. Estoy a punto de pedirle que me dé un puto abrazo.

—¿Estás preparado? El disco caerá pronto —dice todavía sonriendo. No sabe que algo va mal. No se lo he contado. No quiero que lo sepa.

—Casi he terminado —digo volviendo a centrar mi atención en la caja de cuchillas.

El espectáculo prepartido ha empezado, los bajos de la música hacen que vibren las paredes. Lo siento en el pecho, como si cien martillos estuvieran golpeándome los huesos.

—¿Esta noche te encargas del banquillo? —dice apoyándose en la pared con los brazos cruzados.

—No —mascullo—. ¿Y tú?

—Sí, Tyler acaba de pedirme que me ocupe yo. Están con Davidson y su posible dedo roto.

Dejo la cuchilla de Morrow de nuevo en la caja.

—¿Davidson se ha roto el dedo? ¿Cuándo...? ¿Mars está bien?

—Sí —responde enseguida—. Kelso se está cambiando ahora mismo. Ilmari está bien. Está concentrado. Intento evitarlo antes de los partidos —dice encogiéndose de hombros—. Si te soy sincera, hoy los estoy evitando a los dos. Jake tiene un humor de perros. ¿Ha sucedido algo?

—Déjalo solo —mascullo centrado en las cuchillas que tengo entre las manos para recordar cómo se respira. Joder, tiene esos ojos y esa expresión. Me va a avasallar a preguntas. No puedo hablar de esto ahora.

—¿Por qué? —dice—. Cay, ¿qué pasa?

—Déjalo —la interrumpo.

Se planta y se aparta de la pared debido a la sorpresa de mis duras palabras.

—Caleb...

—Mira, se pone de mal humor con Toronto, ¿vale? Es que... cuanto antes termine el partido, mejor.

Me mira desde abajo, con esos ojos oscuros tan abiertos y sinceros. No me he dado cuenta de que me está acariciando los tatuajes del antebrazo con los dedos. Tengo que alejarla o me abrirá en canal.

—¿Necesitas hablar de ello?

Joder, estoy enamorado de esta mujer. No me está presionando, no me está forzando. Me lo está preguntando. Me está ofreciendo su mano. Está dejando que sea mi elección. Siempre me está dando la opción de hacer más, de tomar más, de tener más.

Sacudo la cabeza.

—Déjalo. Por favor... —Ni siquiera sé lo que le estoy suplicando.

Por favor, vete. Por favor, quédate. Por favor, sujétame. Por favor, haz que deje de doler.

—¿Qué necesitas de mí? —dice. Otra vez con el apoyo, con la lealtad incuestionable. Me está desmenuzando sin ni siquiera intentarlo.

—Nada. Mira, tengo que terminar con esto —digo señalando la caja.

—Vale. —Deja caer la mano y da un paso atrás.

Me está dando el espacio que estoy pidiendo a gritos, pero, joder, también quiero que salte sobre mí como hizo la noche que nos conocimos. Quiero sentirla en todas partes: su olor, su calidez, la suave textura sedosa de su pelo. Quiero que su esencia oculte la mancha del estrés de esta noche.

Mientras se aleja, la llamo.

—Eh, Huracán. —Se gira y mira por encima del hombro.

—¿Hmm?

—¿Luego quieres que follemos en la ducha como animales? —digo, por fin he encontrado las ganas de hacerla sonreír, que sé que es lo que ha venido buscando desde el principio.

Resopla, responde a mi sonrisa y, maldita sea, hace que me resulte un poquito más fácil respirar.

—Creía que nunca me lo ibas a pedir. Nos vemos, Sanford.

Asiento con la cabeza antes de volver a centrar mi atención en el afilador de cuchillas. Le doy al interruptor y la máquina chirría al encenderse. El ruido me ayuda a acallar los martillazos que me da el corazón en el pecho.

Un partido de la NHL dura sesenta minutos. Tres periodos de veinte minutos cada uno. Con tres parejas de defensas en constante rotación, lo que hace que Jake tenga unos veinte minutos de juego activo... más si J-Lo y él patinan bien esta noche. Durante veinte de esos sesenta minutos estará en el hielo. Durante veinte de esos sesenta minutos mi corazón dejará de latir.

Durante veinte minutos... mi vida entera cambió solo en siete.

Capítulo 91
Ilmari

A Jake le pasa algo. Por lo general es el alma de la fiesta en el vestuario. Siempre me está distrayendo..., ya sea haciéndome preguntas o robándome la cinta. Antes de Rachel, nuestras conversaciones se limitaban al hockey. Ahora me pregunta cualquier cosa que se le pase por la cabeza.

¿Cómo se dice hipopótamo en finés? ¿Cuál es tu sushi favorito?

Pero hoy no. Hoy está callado como una tumba, se ha preparado antes del partido en silencio: envolviendo los sticks, equipándose, estirando, ciñendo con cinta las espinilleras. Ahora está en el hielo dando vueltas como un tiburón hambriento.

Me gusta ver películas de miedo. Este es el momento de la película en el que el público empieza a sospechar que es posible que el héroe esté poseído por alguna fuerza oscura. Mientras continúo con mi rutina de estiramiento sobre el hielo, no dejo de observarlo esperando verle el blanco de los ojos.

Sé que Rachel también se ha dado cuenta. Está de pie junto al banquillo con la tableta en la mano, viéndolo patinar con una expresión preocupada en el rostro. Ojalá pudiera hacer algo para apaciguar sus miedos.

Pero ahora mismo no puedo pensar en ellos. Tengo que centrarme en mi forma de jugar. Los ojeadores de la FIHA querían venir a este partido por algo. Porque Toronto también tiene un jugador finés. Timo Mäkinen. Es alero derecho y también lo están valorando para el equipo olímpico. Quieren ver cómo juega contra mí. Quieren verlo meterle un gol al Oso.

Me gusta Mäkinen, es buen jugador. Pero el infierno se helará antes de que yo permita que me marque un gol. Lo estoy viendo en la otra esquina de la pista. Número 27. Es rápido. Buen juego de pies, buen manejo del disco. Hace poco vi un vídeo suyo con el entrenador Tomlin. Le gusta preparar sus tiros. Si mi defensa puede hacer que tenga que darse prisa, no le pondrá tanto cuidado.

—¡Compton! —grito desde donde estoy en el hielo, abierto de piernas del todo—. ¡Compton!

Jake se acerca sobre los patines, se desliza y se detiene delante de mí.

—¿Qué?

La nube de tormenta que flota sobre su cabeza parece preparada para desatar una marabunta.

Me echo hacia delante en el hielo y deslizo las piernas hacia atrás hasta que me quedo de rodillas.

—¿Ves al número 27?

Mira al hielo con los ojos entrecerrados.

—Sí. Mäkinen. También es finés, ¿vale? —Asiente con la cabeza—. Que no meta ningún gol esta noche.

La mirada de Jake vuela hacia mí.

—¿Tienes alguna movida con él?

—No. Pero los ojeadores quieren que me meta un gol. Y tú no vas a dejar que eso pase. Corre hacia él para que descuide los disparos. Díselo a los demás.

Asiente en modo profesional.

Me pongo en pie cuando se gira preparado para alejarse.

—Oye... —Se da la vuelta y me acerco a él, le apoyo el bloqueador en el hombro mientras doy un paso—. No sé lo que pasa. No te lo voy a preguntar. Solo tengo una cuestión: ¿estás aquí?

Me lanza una mirada punzante y frunce las cejas oscuras mientras me analiza.

—¿Qué demonios significa eso?

—¿Estás aquí? —repito—. ¿Estás en este hielo esta noche? Porque, si no, se lo diré al entrenador ahora mismo y te mandará al banquillo.

Se aparta de mí.

—Estoy aquí, Mars. Que estoy aquí, joder.

En contra de su voluntad. Se lo veo todo en la cara. No quiere estar aquí. Está enfadado y está asustado. Está claro que pasa algo malo.

—¿Por qué no juegas tu partido y yo juego el mío? —masculla—. Eso es lo que siempre me estás diciendo, ¿no?

—Jake...

Suena el silbato. Se nos ha acabado el tiempo. Tenemos que ponernos en posición.

Se marcha mientras yo lo observo.

Respiro hondo, me impulso sobre los patines y me deslizo por el hielo dejando un surco tras de mí. Hago mi ritual de raspar el hielo y doy unos golpes con el stick a ambos lados de la portería cuando termino. Entonces miro a mi izquierda. Tengo la mirada clavada en esa línea roja de cinco centímetros. La línea de meta. Respiro hondo y suelto el aire, el calor del aliento me llena la máscara. Nada va a cruzar esa línea hoy.

Capítulo 92
Jake

Patino hasta mi posición de inicio. Defensa izquierdo. Paralelo a mí, J-Lo se detiene. Nos miramos a los ojos y asentimos. Está centrado, preparado para que el disco caiga. Delante de nosotros, Langley, Sully y Karlsson también están en posición.

Miro al defensa de Toronto que está delante de mí y la sangre se me hiela. El número 60, Brett Durand. Es un cabronazo, tiene la constitución de un jugador de rugby: hombros anchos y cuello gordo. Y te atropella como un camión.

Llevo jugando contra él dos veces al año durante años. Podrían haber sido más si hubiera jugado en un equipo de la División Atlántica. Gracias a Dios que los Rays acabaron en la División Metro. Después de esta noche, no tendré que volver a ver a este gilipollas hasta el final de la temporada.

El público se está volviendo loco, se ha puesto de pie para el inicio del partido.

El disco cae y es como si todos mis sentidos se enfocaran como un láser.

Haz tu trabajo.

Joder, Toronto es un equipo genial. Se hacen con el control del disco y los delanteros vuelan por el hielo. J-Lo y yo entramos en acción. Sé que Mars está detrás de mí esperando en la línea, un gigante entre hombres. Para llegar a él, este central tiene que evitarme a mí.

Aguanto un placaje. Lo golpeo con el hombro y le quito el disco. Lo envío por el hielo hacia donde lo espera Langley. El chaval empieza a patinar, va más rápido que una bala. Me recuerda muchísimo a Caleb, da miedo.

El público abuchea cuando Langley intenta hacer un pase que intercepta Durand. Este hace su trabajo, pasarlo hacia delante. Es como una trituradora. Les dejará el control del disco a los delanteros.

La ofensa de Toronto nos presiona y cruzan la línea central con el disco. J-Lo se queda delante y yo atrás.

—¡Ojo avizor! —me grita Mars—. ¡Vigila al número 27!

Mientras lo dice, le pasan el disco a Mäkinen y el alero finés sale hacia delante como un rayo. Intenta colármela fingiendo que va a acercarse al centro. En cambio, va hacia la derecha, preparado para avanzar por el muro. Enseguida me lanzó sobre él y le cierro el hueco que tiene para disparar. Gruñe y, en lugar de tirar a puerta, pasa el disco hacia atrás.

Me quedo encima de él, patinando hacia atrás mientras los dos nos movemos hacia Mars y la portería. Sus delanteros están metidos en una trifulca con Sully y J-Lo, luchando por el control del disco.

—¡Despéjalo! —chilla Mars.

Mantengo mi posición ante la línea de gol preparado para bloquear cualquier acercamiento.

—¡Viene por el medio!

Estoy listo, le doy a su centro un golpe frontal, alejo el disco de él y lo envío por el hielo a unos metros por delante de Karlsson. Corre tras él, deslizando los pies por el hielo.

—¡Buen despeje! —chilla Mars a mi espalda.

Asiento y observo a J-Lo antes de hacer nuestro movimiento. Me hace la señal y los dos volamos hacia el banquillo. Morrow y Novy están preparados para el cambio y saltan por encima de las tablas para ocupar nuestros puestos.

—Eh, ¡vigila al número 27! —le grito a Morrow—. Mars dice que no meta ningún gol esta noche.

Morrow asiente y corre para cubrir el hueco mientras Karlsson pierde su lucha con Durand y el disco sale despedido por el hielo hacia la portería de los Rays.

Llevamos menos de dos minutos y ya parece una pelea de perros.

El sudor me cae por la frente, tengo la camiseta interior empapada y me escuecen los ojos. Ha empezado el segundo periodo y ya me siento como si llevara tres horas en esta pista. El marcador va 2-1. Ganamos por uno. Mars está cabreado, pero al menos no ha sido Mäkinen quien ha metido el gol de Toronto.

Es oficial: el Oso ha salido a jugar. Es implacable, da las órdenes y nos hace trabajar a destajo mientras recogemos los jirones de nuestros delanteros agotados. Pero todavía nos quedan quince minutos de descanso.

Esta noche Mars está jugando en modo ofensivo, está dejando la red más de lo que lo he visto hacerlo en los últimos partidos. Se echa hacia delante y se encuentra con Mäkinen en la línea. Mäkinen no se lo esperaba. Ha fallado el tiro y Mars ha lanzado fuera el disco justo a tiempo y se lo ha enviado a Langley.

Pero Langley está demasiado lejos para recibirlo. Se da la vuelta para ir a por él, pero Durand está ahí como un tren de mercancías y se lo lleva por delante. Langley acaba dando vueltas por el hielo y yo me trago un grito de rabia. No puedo respirar, estoy esperando a que se ponga de pie, aturdido pero ileso. Corre detrás de Durand intentado detenerlo antes de que pase el disco.

Yo tengo a Mäkinen cubierto, he dejado que J-Lo ocupe el puesto de la línea de gol con Mars. Quiero que vuelva. No me gusta que juegue así, no con Durand en el hielo.

—Mars, métete en la caja —grito, el pánico se está apoderando de mí.

Le doy a Mäkinen más fuerte de lo que era necesario, pero es suficiente para que recule. Eso me regala unos preciosos segundos extras para moverme hacia la portería.

—Mars, vuelve, ¡ya me ocupo yo!

Tiene que volver a la portería. Quiero que se ponga a salvo en la red. No puedo ni respirar si está fuera. Pero está decidido a jugar así, preparado para empujar contra ese fiero delantero. Es una buena estrategia. El tío es gigante. Es aterrador que te cagas. Los tiene en vilo, los está obligando a hacer los tiros desde más atrás.

Justo cuando creo que Sully y J-Lo tienen despejado el disco, suceden varias cosas a la vez. A Sully le dan un buen empujón desde atrás. A continuación, J-Lo se tropieza y casi pierde el equilibrio cuando el patín se le engancha en el stick del número 34. Lo lanza al lado de la portería y deja despejado el camino hacia Mars.

Ha salido demasiado. Desde aquí puedo verlo.

—Mars, ¡vuelve! —Pero mis gritos no pueden ayudarlo.

Toma una decisión arriesgada. Mars salta, se lanza hacia atrás en plancha, toca el suelo con los pies en un extremo de la portería y los brazos extendidos hacia el otro, el stick repiquetea al caer.

Se lanza una salpicadura de hielo justo en la rejilla de la máscara mientras el delantero de Toronto hace una pirueta y la defensa de todo el cuerpo de Mars bloquea el gol. El delantero se tropieza con J-Lo y los dos caen sobre el hielo.

Hemos parado el gol, pero ahora Mars tiene que recuperarse para el rebote. Se tambalea y dobla el cuerpo para poder ponerse de rodillas. No puede para un gol así. No puede ver lo que le viene por la izquierda.

Pero yo sí.

—¡Mars! —grito. Estoy desgarrando el hielo, me he olvidado a Mäkinen atrás. Pero es demasiado tarde. Voy demasiado lento.

Durand va patinando demasiado rápido, directo a la línea de gol con el disco al final del stick y lo lanza contra Mars. El disco sigue a Mars por la línea roja mientras recula hasta la red. Oigo su grito de dolor, esa profunda voz me penetra y me repiquetea en todos los huesos.

Mi portero está herido. Mars está herido.

¿La regla número uno en el hockey? No tocar nunca al portero. Con un rugido de rabia, dejo el stick a un lado y me quito los guantes.

Le voy a reventar la cara a este tío, aunque sea lo último que haga. Arremeto contra Durand y lo lanzo al hielo. Y entonces yo soy el animal. Solo veo rojo mientras le doy en todas las partes del cuerpo que consigo alcanzar. Estrello el puño contra su casco y grita mientras forcejeamos.

No estoy solo durante mucho tiempo. Todos los Rays que hay sobre el hielo se han quitado los guantes. No tocar nunca al puto portero. Descienden como sabuesos sobre el trozo de carne podrida que es Durand. El árbitro y los jueces de línea bajan por fin, van tocando los silbatos y agarrando a quienes pueden.

Yo soy el último que está al pie del montón, sentado a horcajadas sobre Durand mientras le doy puñetazos en los putos dientes.

—Basta —grita Sully, que me rodea con los brazos mientras tira de mí. Hace falta que un juez de línea venga a ayudarlo. Me resisto a los dos mientras maldigo y retuerzo los brazos.

—¡Cinco por pelear! —me grita el árbitro—. ¡A la caja de castigo, 42!

—Chupamierdas de los cojones —masculla Durand y escupe sangre sobre el suelo. Luego levanta la mirada hacia mí con una enorme sonrisa en el rostro.

—¡Eres hombre muerto! —grito y me libero del agarre de Sully.

—No... Compton... —Se lanza a por mí, junto con Langley, y me agarran antes de que pueda volver a echarme encima de Durand.

—¡Basta, 42! ¡Expulsado! —grita el árbitro—. ¡Fuera del hielo!

Los fans se están volviendo locos, el sonido de los silbatos me taladra los oídos y es entonces cuando, de repente, recuerdo dónde estoy.

—¡Mars! —grito. Me da vueltas la cabeza mientras Sully y J-Lo me arrastran al banquillo.

—Está bien —masculla J-Lo.

No puedo salir del hielo hasta que no lo sepa.

—¡Mars! —vuelvo a gritar—. ¡Mars!

Está de rodillas con la máscara levantada hablando con el juez de línea.

Al oír mis gritos, mira hacia mí y asiente una vez con la cabeza.

Gracias a Dios, joder.

Mientras tanto, Durand está yendo hacia la caja de castigo. Le cae sangre de la nariz hasta el jersey de los Maple Leafs. Los fans de los Rays lo abuchean, mientras que a este lado del hielo a mí me gritan y me vitorean. Es una victoria hueca. En realidad, no es ninguna victoria. Se quedará en la caja de castigo cinco minutos y luego volverá al hielo, mientras que yo me he quedado fuera del partido. Ya no puedo proteger a Mars. No puedo proteger a mi equipo. Soy un pedazo de mierda inútil que no puede mantener a nadie a salvo.

—¡Jake!

Cierro los ojos, no quiero girar la cabeza. No puedo enfrentarme a ella. No puedo ver la decepción en sus ojos. Ella lo ha visto todo. Ha visto a Mars llevarse el golpe. Me ha visto fracasar a la hora de protegerlo. Ha visto la pelea.

—¿Qué coño te crees que estás haciendo, Compton? —gruñe el entrenador—. ¡Fuera del puto hielo! ¡Ahora!

Sully y J-Lo me sueltan y salgo por la puertecilla hasta el banquillo. Morrow ya ha saltado las vallas preparado para ocupar mi lugar.

—Sal ahí fuera y céntrate —grita el entrenador—. ¡Sacaos todos la cabeza del culo y poneos a jugar al puto hockey! —Me rodea y me pone el dedo en la cara—. No sé qué cojones se ha apoderado de ti esta noche, pero si esa pelea no te hubiera puesto en el banquillo, te hubiera puesto yo. Eres un puto desastre, Compton. Vuelve al vestuario y límpiate la cara. ¡Price!

Hago una mueca de dolor y cierro los ojos.

—¿Sí, señor? —dice saliendo de detrás del banquillo.

—Ve con Compton —le ladra el entrenador—. ¡Asegúrate de que no se ha roto ningún hueso de esas manos que valen siete millones de dólares!

—Sí, señor.

Levanta la cabeza y me mira con una expresión de shock y confusión.

No puedo soportarlo, joder. Me aparto de ella y entro como una tromba en el pasillo de camino al vestuario.

Capítulo 93
Rachel

—¡Jake! —grito corriendo detrás de él—. Jake, ¿qué acaba de pasar ahí fuera? ¿Qué pasa...?

—Largo, Rachel —gruñe.

Casi me choco con él cuando se ha detenido de repente en la puerta del vestuario.

—Jake, ¿qué...?

—¿Qué coño has hecho?

Miro por encima del hombro de Jake y veo a Caleb plantado en medio del vestuario vacío mirando a Jake con lágrimas en los ojos.

—Tenía que hacerlo —grazna Jake—. Cay...

Pero Caleb no lo espera. Gira sobre sus talones y sale de la estancia.

—Jake —digo con la mano en su brazo.

Se suelta de mi agarre con una sacudida.

—Estoy bien, Rachel. Vuelve ahí fuera. El equipo te necesita.

—El entrenador me ha dicho que compruebe si...

—Estoy bien. —Se quita el casco y lo lanza contra una taquilla.

Me pongo las manos en las caderas y lo veo quitarse los guantes y lanzarlos también.

—No estás bien. Estás muy enfadado, te tiemblan las manos. ¿Qué acaba de pasar ahí fuera? Te has puesto como una fiera con ese tío...

—¡Se lo merecía! —grita girándose hacia mí.

Con el casco fuera, el corte de la ceja es más pronunciado. Está sangrando por la frente. Le miro los nudillos. Tienen que dolerle un horror, pero dudo de que tenga nada roto. Estaría liándola más si tuviera los dedos rotos.

—Ven conmigo —digo y le tiendo la mano.

—Necesito cambiarme.

—Primero necesitas que te pare de sangrar la frente —digo dejando caer la mano a un lado—. Si te cambias ahora, lo único que harás será que los jefes de equipo tengan el doble de ropa ensangrentada que lavar.

Levanta una mano temblorosa y hace una mueca cuando se toca el corte.

—No es nada.

Malditos tauros cabezotas.

—¿Acaso eres un médico profesional? —digo con una ceja oscura levantada—. No, pero yo sí. Y el entrenador me ha mandado para que te cure y eso es lo que voy a hacer. Así que lleva el culo a la consulta para que pueda limpiarte ese corte.

Con un gruñido, sale a grandes zancadas. Este no es mi Jake. Los alienígenas le han cambiado el cuerpo, lo juro por Dios. Cruza el pasillo y se mete en el cuartito que uso para dar los primeros auxilios. Manteniendo el equilibrio sobre los patines, se apoya contra la camilla con los brazos cruzados.

Le doy la espalda, me lavo las manos en el fregadero y me pongo un par de guantes quirúrgicos de color azul. Luego cojo el botiquín. Me acerco a Jake, lo dejo encima de la camilla y empiezo a limpiarle la herida.

—Tómate el tiempo que necesites para tranquilizarte —murmuro mientras limpio la sangre—. Pero vas a decirme lo que ha pasado ahí fuera esta noche. Como me quieres y yo te quiero a ti, vas a decirme qué pasa contigo, Jake... y con Caleb.

—Rachel —dice soltando el aire.

Como si decir su nombre lo hubiera convocado, Caleb

aparece en la puerta con los brazos cruzados sobre el pecho. Le lanza una mirada a Jake.

—Te dije que no hicieras nada, joder.

—Tenía que hacerlo —masculla Jake sin mirarlo.

—No, no hacía falta...

—¡Primera regla del hockey! —ladra Jake, y me aparta la mano de su ceja—. Golpeó a mi portero. ¿Quieres que no responda a eso? Soy su defensa, Cay. ¡Tengo que protegerle el culo ahí fuera!

Caleb sacude la cabeza.

—Has estado persiguiendo a Durand todo el partido. Haciéndole placajes desagradables, tocándole las narices. Lo has acosado...

—¡Quería matarlo!

—¡Compton!

Todos nos giramos y Caleb se mete en la consulta mientras el segundo entrenador Andrews aparece como un vendaval.

—¿Qué coño ha sido eso? —ladra.

Jake baja la mirada al suelo y no dice nada.

El entrenador Andrews resopla y se vuelve hacia mí.

—¿Tiene algo roto, doctora?

Yo sigo teniendo la gasa ensangrentada en la mano.

—No lo creo, señor. Pero he empezado con el corte de la frente.

—Estoy bien —masculla Jake—. No me hace falta que se me trate como a un bebé...

—Calla y deja que la médica haga su trabajo —ordena Andrews—. Bueno, ¿qué demonios ha pasado ahí fuera?, ¿eh? ¿Qué te ha hecho Durand? Porque te he estado observando durante todo el primer periodo y tenías a ese tío en la lista negra y estabas a la que saltaba.

—Un antiguo resquemor —masculla Jake.

—¿Un antiguo resquemor? A juzgar por el modo en que lo has estado acosando, ¡parece que crees que te robó el puto ganado! ¿Es eso? ¿Te robó a tu chica, Compton? ¿Se folló a tu hermana y le dio una patada a tu perro? No vas a volver al hielo hasta que no me digas qué coño está pasando.

Jake está temblando de rabia, pero no dice nada.

—¿Se burló de tu mamá?

—No —masculla Jake.

—¿Sacó más nota que tú en un examen?

—No...

—Entonces, ¿qué...?

—¡Lisió a Caleb! —grita Jake.

El eco del silencio sigue a sus palabras.

—¿Qué? —susurro con el corazón en la garganta.

Jake se cruza de brazos.

—El primer partido de nuestra primera temporada como novatos, habían pasado siete minutos del primer periodo, Durand le hizo una carga ilegal a Cay contra las vallas desde atrás, lo tiró al hielo y le rompió la pierna. Es la razón por la que Cay ya no puede jugar.

Contengo el aliento. Había oído la historia, obvio. Pero nunca se me había ocurrido memorizar el nombre del asaltante de Caleb. Uso ese término porque eso es lo que es. Dio el golpe cuando había terminado la jugada. Le pusieron una sanción grave.

Me giro para mirar a Caleb. Está de pie junto a la puerta, blanco como la cal, a unos segundos de que le dé un ataque de pánico.

—Ay..., Cay —murmuro.

El fuego del entrenador Andrews se apaga de inmediato.

—¿Es eso cierto, Sanford? ¿Durand te dio un golpe sucio?

Despacio, Caleb asiente con la cabeza.

—Vaya... me cago en todo —masculla Andrews y se pasa una mano por el pelo casi rapado—. Muy bien, mira... yo tengo que volver ahí fuera. Compton, yo... —Sacude la cabeza—. No puedo hacer nada por la sanción.

—Lo sé —responde Jake.

—Y todavía no sabemos si te han suspendido para más partidos...

—Lo sé —vuelve a decir.

—¿Qué necesitáis de mí ahora mismo? —Andrews traslada la mirada del uno al otro.

—Nada —dice Caleb enseguida—. Estoy bien.

Pero yo conozco a mi Cay. No está bien. Por dentro se está

ahogando. Quiero ir hacia él. Quiero sujetarlo. Necesito que Andrews se marche. Necesito estar a solas con mis chicos.

—¿Compton? —dice Andrews con una de sus cejas oscuras levantada.

Jake se limita a sacudir la cabeza.

—Nada, señor. Lamento que me hayan expulsado. Me estaba volviendo loco con Caleb aquí dentro. Creía que lo tenía controlado.

—Es comprensible —responde Andrews—. Es difícil vivir con esas mierdas. Es difícil sobrellevarlo. Los dos sois buenos chicos —añade y también le hace un gesto con la cabeza a Caleb.

—Vigílalo de cerca, entrenador —dice Jake—. Si Durand está en el hielo, nadie está a salvo. Caleb no es el único jugador que ha enviado al hospital. Es peligroso. No debería ser titular. Ni siquiera debería estar en la Liga.

—Bueno, eso no es cosa nuestra, ¿verdad? —dice Andrews con amabilidad—. Y muchos chicos acaban en el hospital. Es el juego. Lo único que podemos hacer es jugar lo mejor que podamos. Jugar con inteligencia. Protegernos los unos a los otros. Sé que eso era lo que estabas haciendo. Solo estabas protegiendo a Kinnunen, ¿verdad?

Despacio, Jake asiente con la cabeza.

—Vale, tengo que volver ahí fuera. Doctora, ¿todo bien? —dice Andrews.

—Sí, yo me encargo —murmuro.

Andrews gira sobre sus talones y se marcha, con lo que me quedo a solas con mis chicos.

—Cay —murmuro y camino hacia él.

Se queda rígido y se aparta de mí.

—No.

Dejo caer las manos. Tengo lágrimas en los ojos cuando levanto la mirada hacia su preciosa cara torturada.

—¿Por qué no dijiste nada? —Miro hacia atrás, hacia Jake.

Suelta una carcajada.

—¿Y qué íbamos a decirte? ¿Que seguimos en la mierda por algo que pasó hace seis putos años? ¿Qué no puedo respirar cuando entro en la pista y sé que Durand está en el hielo? ¿Que todavía tengo pesadillas por lo que pasó esa noche? ¿Es eso lo que quieres escuchar, Rachel? ¿Quieres escuchar que le fallé? ¿Que no pude protegerlo? ¿Que lo dejé de lado y le costó todo?

Caleb sacude la cabeza.

—Jake...

—Ni te atrevas, joder —le gruñe Jake, las lágrimas empiezan a asomar en sus ojos castaños—. ¡Es que yo estaba ahí! ¡Tuvo que empujarme para llegar a ti! ¡Me apartó de en medio con el codo para darte ese golpe...!

—No sabías lo que estaba planeando...

—¡Estaba ahí mismo! —grita Jake, se le ha quedado un sollozo atascado en la garganta.

Me desgarra. Estoy abierta y sangrando con ellos. Me doy la vuelta preparada para acercarme a Jake, pero Caleb lo consigue antes. Se aparta de la pared y cruza la pequeña estancia para colocarse delante de él. Levanta las dos manos y envuelve la dulce carita de Jake.

—No es tu culpa —murmura.

Jake sacude la cabeza y cierra los ojos con fuerza cuando una lágrima se le escapa y le cae por la mejilla.

Caleb se la seca con el pulgar.

—No podrías haber hecho nada. No estabas lo bastante cerca. Y no lo sabías. Se había terminado la jugada. No fue culpa tuya, Jake.

Jake coge aire, levanta las manos y agarra a Caleb por las muñecas.

—Lo siento...

—Es hora de soltarlo —murmura Caleb.

—No puedo —dice Jake con un gemido—. Yo... ay, Dios... no puedo respirar...

Caleb le coloca las manos a Jake sobre los hombros, se acerca un paso y casi se tocan con la frente.

—Oye... eh... mírame.

Jake sacude la cabeza con los ojos apretados.

—Mírame, Jake.

Jake gruñe y abre los ojos para mirar a Caleb.

—No es tu culpa —dice Caleb—. Te perdono porque no es tu culpa. No hay nada que perdonar.

—Cay —gimotea Jake, y baja la frente para colocarla sobre la de Caleb.

—Perdónate a ti mismo, Jake. Tenemos que seguir adelante.

Y entonces Jake se desmorona, se abraza a Caleb y entierra en su cuello el rostro sudoroso y lleno de sangre.

—He visto el golpe que le ha dado a Mars a cámara lenta —gimotea sobre el hombro de Caleb.

—Lo sé —lo tranquiliza Caleb envolviéndolo con sus brazos.

—He visto a Durand acercarse. He visto el golpe. No he podido detenerlo... no he sido lo bastante rápido...

—Lo sé. Estaba intentando no mirar, pero no he podido soportarlo —murmura Caleb—. No podía quitarte los ojos de encima en ese hielo.

—He oído a Mars gritar —dice Jake, agarra el polo de Caleb con los puños cerrados—. Ha gritado de dolor y en mi cabeza te he escuchado a ti. —Llora—. He vuelto a estar allí otra vez. He visto tu golpe, Cay. He visto que te rompían los huesos. Lo he oído. Ay, Dios... He oído el crujido como si hubiera sido la rama de un árbol partiéndose...

—Shhh —lo tranquiliza Caleb, a él también se le caen las lágrimas por el rostro—. No podías haber hecho nada.

Yo también estoy llorando. Me quedo atrás indefensa mientras los dos se desmoronan delante de mí.

—Lo perdiste todo —llora Jake, el corazón se le está haciendo añicos—. Y te merecías tener el puto mundo a tus pies, Cay. Tú eras mejor jugador. Más rápido, más fuerte, más inteligente en el hielo...

—Para —murmura Caleb, tiene la voz retorcida por el dolor. Le pasa la mano a Jake por el pelo sudoroso para intentar apaciguarlo—. Nene, para...

—Debería haber sido yo —chilla Jake—. Dios... Debería haber sido yo quien hubiera recibido ese golpe...

—No —gruñe Caleb, lo agarra por el jersey y lo aparta. Mira a Jake directamente a la cara, su expresión también es una máscara de rabia—. No te atrevas a volver a decir eso en la vida.

—Cay...

—No vuelvas a decirlo. El golpe me lo llevé yo, ¿vale? No hay más. No podemos desear que hubiera sido de otro modo. Así que vas a olvidarlo de una vez. Basta ya de revivir un momento de mierda y de compartir el horrible peso del dolor y el remordimiento, Jake. Ahora sí que me rindo, joder. Ya basta. Sigue adelante conmigo. Sigue adelante conmigo —vuelve a repetir en susurros con la voz cada vez más suave. Es un deseo, una súplica y una plegaria.

Jake le envuelve el rostro a Caleb con las manos magulladas y se miran el uno al otro a los ojos, esos ojos castaños sumidos en esos otros más oscuros. Jake respira por la boca, el pecho le sube y le baja, tiene el rostro empapado de sudor y lágrimas.

—Estoy contigo, Cay.

—Jake...

Antes de que Caleb pueda decir una palabra más, Jake mueve las manos para sujetarlo de la nuca y le planta un beso en los labios entreabiertos. Caleb se queda duro como la piedra, impactado. Pasan unos segundos antes de que pueda recuperarse, entonces abraza a Jake y responde a su beso con la pasión acumulada de todos estos largos años de espera.

Yo doy un paso atrás, aturdida, con el corazón saliéndoseme del pecho, mientras los veo que por fin han encontrado el camino que los lleva al otro. Jake está famélico, gruñe su necesidad en la boca de Caleb mientras este le deja llevar el ritmo. No saben qué hacer con las manos, el impulso de Jake los ha vuelto torpes. Y la diferencia de altura es aún más pronunciada porque Jake sigue llevando los patines. Pero nada de eso importa...

—¡Doctora!

Me sobresalto y veo que ellos dos se separan. Unos segundos después, el nuevo chico de equipamiento aparece corriendo por el pasillo.

—Hola, doctora. Te necesitan en el banquillo.

Me giro para mirarlo con el corazón en la garganta.

—¿Qué... qué ha pasado?

—Parece que Novy se ha llevado un patinazo en la cara. Está sangrando como un cerdo.

—Ay, mierda. —Jadeo y miro por encima del hombro a Jake y a Cay.

—Ve —dice Caleb—. Yo me encargo de esto.

Me aparto y salgo corriendo por el pasillo siguiendo a Nate hasta el banquillo.

Capítulo 94
Jake

Rachel sale corriendo detrás del nuevo chaval y yo me quedo a solas con Caleb. Está ahí de pie con mi sangre en el cuello de su camisa, mirándome como si yo fuera la respuesta a la gran incógnita de su vida. El corazón me va a mil kilómetros por hora.

Acabo de besar a Caleb. Acabo de besar a un hombre. He besado a mi mejor amigo... delante de mi novia. Y me ha gustado. Me ha encantado. Quiero volver a besarlo.

Vale, es oficial: estoy acojonado.

Caleb abre los ojos como platos mientras me doy la vuelta. Me conoce demasiado bien. Sabe que soy un puto desastre. Da un paso atrás.

—Jake, no pasa nada...

—¡No sé qué coño estoy haciendo!

—Lo sé —murmura.

Me paso las manos temblorosas por el pelo sudoroso.

—Estoy acojonado que te cagas, Cay.

—Lo sé —vuelve a decir—. Jake, no hay razón...

—¡Eres mi puto mejor amigo!

Por extraño que parezca, la voz me suena estrangulada. Dios, estaba tan seguro de que me sentiría mucho mejor cuando ocurriera. Que diría algo cursi como: «Nene, puedes ser el jefe de mi equipo cuando quieras».

Luego me limitaría a guiñarle un ojo solo para hacerle reír

y los dos caeríamos en los brazos del otro... sin darle demasiadas vueltas.

En cambio, Caleb está reculando, mirándome como si fuera un animal acorralado preparado para embestir.

—Jake, no tenemos que...

—Quiero más —grazno tambaleándome sobre los patines—. Quiero más, Cay. Te deseo. Pero al mismo tiempo me aterra un huevo hacerlo.

Me echo hacia delante y le pongo las manos en los hombros con los codos cerrados. No puede seguir apartándose de mí, porque por una vez estoy preparado para permitirme a mí mismo acercarme. Tengo que decirlo. Tengo que soltarlo antes de que me coma vivo.

—Rachel es mi chica —digo sin aliento, el pecho me pesa como si acabara de correr una maratón—. Quiero que me ame y que se case conmigo y que tenga mis enormes bebés de hockey. Pero creo que puede que tú seas mi chico, Cay. Y nunca me había planteado que sería el tipo de chico que tenga un chico, ¿sabes a lo que me refiero? Pero estás aquí y eres tú y me conoces mejor que nadie —digo, al mismo tiempo que sacudo la cabeza de la sorpresa—. Puede que en este momento me conozcas mejor que Amy.

—Es posible —dice metiéndose las manos en los bolsillos, no está dispuesto a acercarse ni un paso ni a responder a mi roce.

Tengo que seguir adelante. Tengo que sacarlo. Se lo merece. Lucho por encontrar las palabras correctas.

—Le digo a todo el mundo que mi película favorita es *Resacón en las Vegas*, pero no lo es. Tú sabes la verdadera respuesta, Cay.

Suelta una carcajada.

—Ay, Dios, ¿de verdad? ¿*Prácticamente magia*? ¿Todavía?

—Joder, ¡pues claro que esa es mi película favorita! —digo impulsándome con las dos manos—. Amy me hizo verla unas dos mil veces de pequeños. Es increíble. Quiero esa casa, Cay.

—Lo sé.

—Y es la única razón por la que aprendí a darles la vuelta a las tortitas en el aire —añado—. Las tías se vuelven locas con esa mierda. Es como magia para coños.

—Lo sé. Te he visto en acción —responde.

—No quiero cagarla con esto —admito sin apartar la mirada de él.

Sigue estando al alcance de mi mano, pero tengo miedo de tocarlo. Miedo de romper esto.

Me sostiene la mirada y su propia expresión se suaviza.

Nunca me he sentido atraído por los hombres. Ni una sola vez en mi vida recuerdo haber estado ahí sentado pensando: «Oye, ese tío es guapísimo, me gustaría hacer la cucharita con él». Incluso al mirar ahora a Caleb, su belleza no me ha dejado embelesado. No me siento atraído por el atractivo de sus marcados pectorales ni esa polla tan chula con piercings.

Joder, soy el peor amante del mundo, ¿verdad? Por eso odio las etiquetas. Odio la puesta en escena. La expectación. Odio estar aquí de pie pensando en que no me siento atraído hacia mi chico.

Pero es así.

La verdad me derrumba y siento que la cabeza me vuelve a dar vueltas una y otra vez. Me siento tan atraído por Caleb que ni siquiera es divertido. Es solo que no me siento atraído por su aspecto físico. No es que no esté bueno, es obvio que es un diez. Pero me siento atraído por... él. Es su lealtad incondicional, su paciencia, su sentido del humor. Me siento atraído por el modo en que finge estar lleno cuando vamos a comer sushi para que yo pueda terminarme su plato. Me encanta que programe la televisión para grabarme mis espacios de cocina favoritos cuando nos vamos fuera por los partidos.

—Nada tiene por qué cambiar, Jake —dice—. Podemos seguir como hasta ahora. Podemos limitarnos a estar con Rachel y no estar nosotros. Yo no tengo ninguna expectativa...

—Bésame otra vez —me escucho decir a mí mismo.

—¿Qué?

Lo miro a los ojos oscuros, el corazón me martillea en el pecho.

—Me has escuchado, joder, Cay. Cierra la puerta. Luego ven aquí y bésame como si fuera el último hombre que vas a besar durante el resto de tu vida.

La energía de la habitación cambia por completo y Cay se queda quieto como una estatua. Todo su cuerpo se transforma de pasivo a posesivo. Aparta la mirada de mí, se da la vuelta y va hacia la puerta. Luego la cierra con un golpe brusco. El sonido hace que me tiemblen los huesos.

Ay, allá vamos, joder.

Pero entonces se queda ahí plantado con una palma de la mano contra la madera de la puerta, sin moverse. Por una milésima de segundo, el valor me abandona.

Lo he interpretado mal. No quiere esto. No me desea. ¿Por qué iba a...?

Luego se da la vuelta, tiene los ojos negros como el carbón cuando cruza la habitación con dos zancadas y me envuelve la cara con las dos manos al tiempo que tira de mí. Apenas me da tiempo a coger aire antes de que su boca esté sobre la mía y reclame todo mi aliento con un beso enfebrecido.

Gruño, me encanta sentir la presión de su cuerpo tan cerca del mío. Este beso es incluso mejor que el primero. Siento su fuerza con cada presión de sus labios, su necesidad de dominar enterrada bajo la superficie de su autocontrol de hierro. Quiero que se desmelene. Quiero que se desate.

Le agarro con una mano por el hombro y dejo caer la otra entre nosotros para agarrarle la polla dura. Gruñe y aprieta las caderas contra mi mano. No puede evitarlo. Yo también estoy desesperado por hacer lo mismo.

—Esto es mío —gruño—. Haz lo que quieras con Rachel. Pero por favor, Dios, si estás escuchando, déjame presenciarlo. Déjame estar ahí. —Lo provoco con los labios pegados a la boca de Caleb, compartiendo su aire—. Pero no con otros hombres. Esta polla es mía, Caleb. Yo la cabalgo. Yo la chupo. Yo la follo. Es mía. Si me lo prometes, te daré cualquier cosa.

Él se echa hacia atrás, me mira a los ojos con los labios entreabiertos húmedos de mis besos. Entonces deja caer las manos hasta mis caderas y tira de mí hacia él.

—Lo quiero todo, Jake. Cada pedazo de ti.

Volvemos a caer juntos y nos besamos como dos muertos de hambre. Mientras lo hacemos, deslizo la mano por la parte superior de sus pantalones, donde apenas hay espacio suficiente para agarrarlo por la polla. No tengo espacio para tirar, así que me limito a sujetarla y apretarla, permitiendo que mueva las caderas en busca de algo de fricción.

Entonces me empuja por los hombros y hace que me tambalee hacia atrás hasta que doy con la cadera en la camilla. Saco la mano de sus pantalones y me agarro con las dos al borde de la camilla para mantener el equilibrio.

Cay me levanta el jersey con una mano y con la otra cae sobre los pantalones de hockey, mientras mueve los dedos para desabrocharme el cinturón. El ruido de ese leve clic me llena todos los sentidos cuando siento que los pantalones se aflojan. Entonces deja caer los dedos sobre el nudo.

—Dame, déjame a mí —murmuro intentando tomarle el relevo. Joder, me siento como si fuera virgen y tuviera quince años de tanto que me tiemblan los dedos. Esto es una locura. ¿Por qué estoy tan nervioso? Ya me he comido esa polla, ya me he follado ese culo. Pero aquí estoy, con las manos temblorosas como si fuera mi primera vez.

Me agarra por la muñeca y me sujeta mientras levanta la mirada.

—Déjame —murmura.

—Es complicado —digo pensando en todas las capas que me cubren: suspensorio y liga, pantalón de hockey, espinilleras, calcetines, peto, jersey. Estoy pegado a los putos calcetines con la cinta adhesiva. Todavía llevo puestos los patines...

—Jake... —Lo miro desde arriba, el pecho me aletea de los nervios—. Sé cómo desnudarte —dice con una media sonrisilla.

Joder, por supuesto que sí. Estuvo veinte años jugando al hockey. Es mi puto jefe de equipo. Se me escapa una risa nerviosa y asiento.

—Solo quiero una cosa —murmura mientras con los dedos desata los cordones de los pantalones, se pone de puntillas y me besa.

Gruñe y lo agarro por los hombros mientras dejo que me desnude. Mete las dos manos por los pantalones acolchados y me agarra con los dedos la punta del suspensorio. Me succiona el labio inferior, provocándome con los dientes mientras tira de la goma elástica con la mano izquierda y mete la derecha en mi polla dura.

Los dos gruñimos, el cuerpo se me afloja mientras su mano

sube y baja despacio por mi polla. Tiene una mano áspera, pero me importa una mierda. Es Caleb y me está tocando y me está besando y no quiero que pare nunca.

—Sigue besándome. —Jadea contra mis labios—. Es lo único que quiero. Jake, por favor...

Le agarro la cara con las dos manos y lo ahogo con mis besos. Le doy todo, no me guardo nada. El sudor me cae por la cara y les da a nuestros besos un sabor salado. Estoy mugriento y ensangrentado y, si no me quito esta equipación, voy a empezar a apestar, pero no me importa. Caleb acaba de decir «sigue besándome» y no hay fuerza en la Tierra capaz de detenerme.

No puede hacer mucho más que encargarse de mi polla con una mano, pero es suficiente. Joder, sí que es suficiente. Estoy muy tenso por el partido, por la pelea, por esta liberación emocional que ha tardado una década en suceder. Caleb es mío. Él quiere ser mío.

—Cay —murmuro rompiendo nuestro beso. Tengo las caderas aplastadas contra la camilla mientras me sujeto y su pulgar me acaricia la punta de la polla, esparciendo mi líquido preseminal. Me muerdo el labio con un gruñido y cierro los ojos con fuerza. Cuando los abro, él sigue ahí de pie.

—Te quiero —susurro.

Detiene la mano sobre mi polla.

—Jake...

—Te quiero —vuelvo a decir, esta vez mi voz refleja más confianza—. Estoy enamorado de ti, Cay.

Suspira, relaja los hombros cuando se inclina y me envuelve con la mano libre la cara, a pesar de lo sudorosa y ensangrentada que está.

—Joder, por fin. Uno no puede aguantar tanto tiempo.

Los dos nos reímos, nuestros labios se encuentran cuando él presiona y vuelve a mover la mano sobre mi polla.

El traqueteo del pomo de la puerta es la única advertencia que tenemos antes de que la puerta se abra de repente.

—Oye, Sanford, ¿estás aquí...?

Caleb hace todo lo que puede para apartarse de mí y dar un paso atrás mientras me saca la mano de los pantalones. No se da la vuelta, así que no puede ver la expresión que tiene Jerry ahí plantado en el quicio de la puerta asimilando la escena.

Él no, pero yo sí. El bueno del viejo Jerry abre la boca como si fuera un puto personaje de dibujos animados. No hay nada que ver porque los dos estamos vestidos, pero lo sabe todo. Y joder, sí que lo sabe.

—Eh... luego vuelvo —grazna, se da la vuelta sobre sí mismo y sale corriendo.

—¡Jer, espera! —grita Caleb—. Joder —masculla.

Su mirada vuela hacia mí, tiene una expresión de preocupación mientras sacude la cabeza.

—Es un puto cotilla, Jake. Se lo contará a todo el mundo...

—Eh —lo tranquilizo con una mano en su hombro—. No pasa nada...

—Sí que pasa, joder —suelta apartándome el brazo de un tortazo—. Lo sabrá todo el equipo...

—Bien.

—¿Qué? —dice sin aliento con los ojos oscuros como platos.

Yo me limito a encogerme de hombros.

—Es lo que queremos, ¿no? Todos queremos salir. Tú, yo, Rach, Mars. Queremos hacerlo público. Así que deja que se lo diga a los chicos.

—No. —Sacude la cabeza—. No, vamos a hacer público que estamos saliendo con Rachel. No estamos haciendo esto, Jake. No vamos a salir del armario. Tener una relación poliamorosa será más que suficiente para que la atención pública que recibamos sea una pesadilla.

Estudio su rostro.

—¿No quieres que la gente también sepa lo nuestro?

—Jake. —Suspira sacudiendo la cabeza.

De verdad que estoy intentando con todas mis fuerzas que cualquiera de las dos opciones me parezca bien, pero no es así para nada. Necesito que me quiera en voz alta. Ni siquiera puedo soportar la idea de tener más secretos, de seguir escondiéndonos. Jake Compton va a salir del armario. Soy bi y poliamoroso y nunca he sido más feliz en toda mi vida. Eso tiene que significar algo, ¿no?

—¿Es por tu trabajo? —digo—. ¿Te preocupa que te echen?

Firmaremos los formularios de divulgación. Podemos hacerlo con todas las de la ley. Y en el equipo todo el mundo nos llama ya pareja de hecho. Tampoco es que se vayan a sorprender tanto —añado con una risilla nerviosa—. Pero... si te preocupa...

—Crees que estoy preocupado por mí —me interrumpe—. Jake, me importa una mierda mi trabajo o mi reputación o mi puto nada. Lo dejaría ahora mismo. —Da un paso adelante y me coloca las manos en los hombros—. Pero tú llevas dos segundos siendo bi. Yo llevo fuera años. No es fácil...

—Pero sí es fácil —digo—. Amarte, amar a Rach, es lo más fácil que he hecho en la vida, Cay. Incluso siento que el hecho de que Mars esté por ahí es... correcto. ¿Me equivoco? Dime que tú también lo sientes.

—Por supuesto que sí —dice enseguida—. Pero, Jake, que nosotros sintamos que está bien estar juntos...

—Es lo único que importa —lo interrumpo—. Tu aprobación, tu amor, el amor de Rachel... ¡eso es lo único que me importa, Caleb!

Se le escapa un suspiro tembloroso, el pánico sigue aferrado a sus rasgos.

—Además, tampoco es que decir que soy bi sea como colgarme un cartel de «disponible» —añado—. Ya estoy más que reservado. De hecho, voy a ser el peor jugador abiertamente bi en la historia del deporte profesional porque mi homosexualidad empieza y termina contigo. Lo eres todo para mí, Cay. Eres el único chico que existe. Ella es mi chica y tú eres mi chico y Mars es... Mars —añado encogiéndome de hombros—. Por favor, no me hagas ocultar esto. Si digo que estoy dispuesto a correr el riesgo, deja que sea yo quien lo decida.

Caleb da un paso atrás y sacude la cabeza.

—Esto es una locura. ¿Qué demonios estamos haciendo?

Me llevo las manos a los pantalones de hockey, me los abrocho y me meto el jersey con una sonrisa.

—Tú espera. Te voy a querer con todas mis fuerzas, Cay. Y lo voy a hacer contándolo a los cuatro vientos... le guste al mundo del hockey o no.

Capítulo 95
Ilmari

La bocina anuncia el final del partido y puedo soltar un enorme suspiro de alivio. Menudo desastre. Han expulsado a Jake en el segundo periodo por pelearse. Novikov se ha llevado un patinazo en la cara y es posible que todavía le estén dando puntos. Hacia la mitad del tercer periodo, el portero de Toronto ha salido de la red bajo los gritos de los fans, ha ido hasta el banquillo, se ha doblado por las vallas y ha vomitado hasta los higadillos. Han detenido el partido mientras lo sacaban del hielo y el suplente tomaba el relevo.

Los Rays hemos ganado, pero no siento que haya sido una victoria. Todos hemos sobrevivido a algo esta noche. A algo horrible. Los equipos forman una fila para estrecharse las manos. Veo a Mäkinen y él me ve a mí. Se ríe, sacude la cabeza y dice en finés:

—¿Nos acabamos de caer de un árbol?

No puedo evitar reírme también. Sin duda, así es como me siento: aturdido y confundido, sentado a los pies de este árbol que es el partido preguntándome cómo he conseguido darme con todas las ramas durante la caída.

—Has jugado como el culo —le digo.

—Habla por ti, Kinnunen. Te han metido tres goles.

—Pero ninguno tuyo —respondo—. Y por lo menos sigo teniendo dentro el almuerzo.

Vuelve a reírse.

—Menudo desastre. Seguro que los ojeadores pasan de los dos.

—No. Vas a ponerte el azul y el blanco —digo agarrándolo por el hombro.

—Igual que tú, amigo mío —dice antes de alejarse sobre los patines.

Voy hasta los vestuarios. No me sorprende que Rachel siga desaparecida en combate. Se ha marchado con Novikov y no ha vuelto al banquillo. El doctor Tyler ha ocupado su lugar. Jake tampoco está en los vestuarios. Su taquilla está vacía.

Yo me centro en mis rutinas y en quitarme la equipación antes de meterme en la ducha. Mientras estoy ahí, el entrenador Tomlin asoma la cabeza.

—Venga, Mars, ¡date prisa! Los tíos de la FIHA te están esperando fuera.

Sigo teniendo las manos en el pelo y él champú se cuela por el desagüe mientras exhalo. El chorro caliente de agua me golpea la cara. Estoy decepcionado. Este partido no es la imagen que quería que tuvieran de mí. Pero no puedo controlarlo. Me he esforzado todo lo que he podido mientras que me faltaban dos de mis mejores defensas. Me han metido tres goles, pero han sido buenos disparos. Toronto se ha ganado cada uno de ellos.

Cierro el grifo y miro fijamente la pared de azulejos. Esta es mi última oportunidad de ir a las Olimpiadas. Los reclutadores lo saben y yo también. Que pase lo que tenga que pasar. Respiro hondo y me giro, preparado para enfrentarme a mi destino.

—Muchísimas gracias por acceder a vernos esta noche. —Elias Laakso está sentado al otro lado de la mesa frente a mí. Es uno de los ojeadores de la FIHA más destacados en América del Norte. A su lado está Harri Järvinen, que es parte del equipo de entrenadores defensivos de los Leijonat, el equipo nacional masculino de Finlandia.

—Un placer —digo.

Estamos en uno de los despachos del estadio que hay cerca de las pistas. Es una sala de conferencias con una mesa larga y sillas de escritorio. Fotos de actos que se han celebrado en el estadio llenan la pared que está detrás de ellos.

—Ha sido un partido difícil —dice Järvinen, mientras Laakso se sirve un vaso de agua de la jarra que hay en la mesa—. Los Rays han perdido a dos buenos defensas, pero tú has dado lo mejor de ti mismo, Kinnunen.

—Toronto se ha ganado los goles que ha metido —respondo.

—Has tenido algunos problemas de salud esta temporada —dice Laakso—. Te has perdido unos cuantos partidos. Ahora que no están ni los agentes ni los entrenadores, puedes decírnoslo con total sinceridad: ¿deberíamos preocuparnos por tu estado físico?

Cojo aire y lo suelto. Jake tiene razón, basta ya de esconderse.

—Tengo un desgarro labral menor en la cadera —explico—. Estoy con la rehabilitación, me está supervisando la médica de la beca Barkley del equipo. Es especialista en lesiones de cadera. Me puso en el banquillo como precaución. Me ha estado tratando la Clínica Deportiva de Cincinnati. Entre los pinchazos de cortisona y gel para las articulaciones, combinados con un nuevo régimen de terapia física, me siento más fuerte que antes. No hay ninguna razón para creer que empeoraré. Dicho esto —añado—, nadie puede garantizar nuestra salud de un día para otro.

Järvinen tiene la mirada baja repiqueteando con los dedos encima de la mesa.

—Aquí no veo nada de la Clínica Deportiva de Cincinnati.

—Se les habrá pasado —respondo—. Le pediré a la doctora Price que se lo vuelva a mandar todo por correo electrónico esta misma noche.

—Lo agradecemos, pero no hace falta —responde Laakso—. El puesto titular es tuyo, Kinnunen. Te lo has ganado con creces. Eres el tercero en el ranking de porteros de la NHL. Eras el primero en la Liiga. Has destacado desde que estabas en la liga junior.

—Y a eso hay que añadir que tu expediente es intachable —interviene Järvinen con un gesto complacido—. Vives y respiras por el juego.

—Haz que la familia Kinnunen esté orgullosa de ti —dice Laakso—. Haz que Finlandia y la FIHA estén orgullosos de ti. El jersey de los Leijonat es tuyo... si lo quieres.

—Bien hecho, Kinnunen —añade Järvinen con una sonrisa—. Es un honor bien merecido.

Sus palabras flotan a mi alrededor como la bruma matutina. Respiro hondo porque me siento vacío. ¿Los he entendido bien? Estoy en el equipo. Llevaré los colores azul y blanco de Finlandia. Jugaré en las Olimpiadas.

Pero mi mente se queda atascada en las palabras de Järvinen. Mi expediente es intachable. Se refiere a mi expediente personal. Ahí no hay nada porque antes de Rachel no tenía vida. He vivido para jugar al hockey. No importaba nada más. Pero ella irrumpió en mi vida con toda la sutileza de una avalancha y ahora vivo por mucho más.

—No hace falta decir que tendremos que coordinarnos con los Rays mientras seguimos adelante —dice Laakso—. Pero será algo que tendrá que solucionar tu agente... asumiendo que aceptes nuestra oferta —añade con una ceja levantada.

Trago saliva y alzo la vista de mis manos entrelazadas a los caballeros que se sientan delante de mí.

—Antes de que pueda dar mi respuesta, siento que debo advertiros sobre algo. Puede que luego deseéis rescindir la oferta.

—¿Advertirnos? —dice Laakso.

—Suena funesto —añade Järvinen mirándome sin pestañear.

Asiento, mientras poco a poco voy uniendo las palabras en mi mente. Nada de esto importa si no puedo compartirlo con Rachel. La quiero a mi lado en cada paso de este viaje. A Jake y Caleb también. No esconderé lo que somos. Elegí que los Kinnunen fueran mi familia. Ahora vuelvo a elegir. Elijo a Rachel. Aunque me cueste mi única oportunidad, la elegiré a ella.

—Como ambos sabéis, soy una persona reservada. Tengo un expediente intachable porque no comparto mi vida con el mundo. No soy irresponsable. Vivo bien dentro de mis posibilidades. Hago donaciones generosas a la beneficencia sin que mi nombre quede ligado a ellas.

—Sí, lo sabemos —murmura Laakso, que frunce las cejas por curiosidad.

—El apellido Kinnunen es sinónimo de hockey en todo el mundo —continúo—. Me he esforzado mucho para que siga siendo así. Nunca me he implicado en ningún escándalo.

—Eres finés —razona Laakso mientras asiente con la cabeza.

—A estos estadounidenses solo les importa el drama —se burla Järvinen haciendo un gesto con la mano—. Todo es una oportunidad para engrandecerse a uno mismo.

Asiento con la cabeza y me aclaro la garganta.

—Lo único que digo es que... es probable que pronto aparezca mucho mi nombre en la prensa. Aunque os aseguro ahora que no hay ningún escándalo.

—Tiene razón, suena funesto —se burla Järvinen.

—Dinos lo que estás pensando, Kinnunen —se ofrece Laakso con amabilidad—. Te prometemos escuchar y no juzgarte.

Me inclino hacia delante con los codos apoyados en la mesa.

—¿A alguno de los dos os suena el grupo de rock de los Ferrymen?

Capítulo 96
Rachel

—Este es el último —digo con un suspiro cansado y cierro la hebilla de uno de los botiquines con ruedas.

Mover a un equipo de hockey no es tan diferente de mover a una banda de rock. Es una coreografía elaborada, todo el mundo sabe cuál es su papel. Le quito los frenos y lo empujo para que se deslice sobre las ruedas. Los dos asistentes de jefes de equipo dan un paso adelante y lo cogen para añadirlo a la hilera de cajas que están cargando en el camión.

Menudo desastre de partido. Entre que Jake ha hecho que lo expulsen y que Novy se ha abierto la cara en el hielo, estoy más que lista para tomarme la copa de chardonnay más grande del mundo. Pobre Novy. Ha sido un accidente absurdo. Se ha caído sobre el hielo y un jugador de Toronto le ha pasado por encima. El único problema es que todos llevan cuchillas afiladas en los pies.

Me ha bastado una mirada a la efusiva cara de Novy para mandarlo derechito a urgencias. Es un corte muy retorcido, le sigue la línea de la mandíbula por debajo de la oreja. Tengo el ego muy subido como traumatóloga, así que no me iba a poner a darle puntos. Y Novy es un playboy millonario al que varias marcas de moda lo patrocinan. Es mejor dejar que un cirujano plástico lo atienda bien y lo deje guapo.

El pobre Langley parecía que iba a ponerse malo de ver

tanta sangre. Y Poppy estaba temblando de la cabeza a los pies. Tenía la cara llena de lágrimas cuando casi me ha empujado a la parte trasera de la ambulancia mientras gritaba que alguien tenía que ir con él.

Cuando uno de los polis del hospital me ha traído de nuevo al estadio, el partido ya había terminado. Para añadirle más drama a la cosa, parece que todos mis chicos se han desvanecido.

Recojo mis últimos trastos y me los meto en la mochila.

—Oye, Teddy —lo llamo cuando pasa por mi lado—. ¿Has visto a Compton por algún lado?

Sacude la cabeza.

—Nah. Lo siento, doctora.

Con un suspiro, me cuelgo la mochila al hombro y empiezo a caminar hacia el vestuario. Hoy solo hemos venido con dos coches y no tengo las llaves de ninguno. A menos que pueda encontrar a uno de mis chicos o robarles las llaves, estoy aquí atrapada. Me parece impensable que se hayan marchado sin mí.

Doblo la esquina y una voz profunda me llama desde el fondo del pasillo.

—¡*Rakas*!

Me doy la vuelta y suspiro de alivio al ver que Ilmari viene andando hacia mí con una sonrisa de oreja a oreja en la cara. El estómago me da un pequeño vuelco. Maldita sea, qué guapo es. El melancólico Ilmari hace que mi coño ronronee de excitación. Pero ¿un Ilmari radiante? Creo que estoy embarazada. Y por el modo en que me mira ahora, con esa sonrisa devastadora que le llega hasta los ojos...

—Ay, madre mía —jadeo, está a punto de explotarme el corazón. Sé por qué está tan contento. En el caos de la noche, me he olvidado de los reclutadores—. ¡Madre mía! —chillo, suelto la mochila en el suelo y salgo corriendo.

Nos estrellamos y le pongo las manos en los hombros mientras él me agarra por la cintura. Todos mis sentidos se inundan con su reconfortante olor a recién duchado. Sigue teniendo el pelo mojado en el moño y lleva puestos la ropa de los Rays de antes del partido y una sudadera con capucha que le queda estrecha.

—*Kulta*, ¿qué...?

Me silencia con un beso, su gruñido me dice que me necesita mientras me pasa las manos por el culo para acercarme más a él. Sé lo que quiere. Salto por instinto y me levanta gruñendo sin dejar de besarme mientras me vuelve contra la pared. Le rodeo la cintura con las piernas y dejo que me devore, pues se me ha olvidado todo el cansancio.

—*Kulta*... nene... —digo entre besos—. Cuéntame.

—Lo he conseguido —dice sin aliento—. Es mío.

—Ay, gracias a Dios —grito e intento aferrarlo más a mí, quiero compartir su piel—. Estoy muy orgullosa de ti, Ilmari.

—*Mä rakastan sua* —masculla—. *En voi elää ilman sua. Mennään naimisiin.*

Se aparta, aunque las caderas siguen sujetándome contra la pared mientras su enorme mano me envuelve el rostro. Esos preciosos ojos azules me miran sin pestañear, desentrañándome.

—*Mennään naimisiin* —repite con la voz cada vez más ronca—. *Sano joo, rakas.*

Tengo lágrimas en los ojos y sacudo la cabeza con una sonrisa.

—Creo que solo he entendido la mitad de todo eso. Sabes que yo también te quiero, ¿verdad? Te quiero muchísimo. —Vuelvo a besarlo, esta vez más despacio, saboreando cada segundo.

—Eh, ¿qué demonios es esto? —dice una voz profunda.

Rompemos nuestro beso y tanto Ilmari como yo giramos la cabeza. Nos encontramos con el doctor Avery ahí plantado con su mochila colgada al hombro. Resopla y sacude la cabeza.

—¿Ahora te montas encima de los jugadores, doctora? ¿Ahora también ofrecemos revisión de amígdalas?

Ilmari me estrecha con más fuerza mientras yo me deslizo hacia el suelo. Sigue teniendo el cuerpo apretado contra el mío, como si intentara impedir que Avery me viera.

Mierda. Esto tiene mala pinta. Pero la verdad es que me da igual. No voy a dejar que Avery le arruine este momento a Ilmari. Dibujo una sonrisa y le coloco una mano en el brazo para apaciguarlo.

—A Ilmari le acaban de ofrecer el puesto de titular en el equipo olímpico de Finlandia —digo por el pasillo—. Nos hemos dejado llevar un poco por la emoción de celebrarlo.

Avery resopla, coge por un tirante la mochila que he dejado tirada y me la acerca.

—¿Y qué le vas a hacer si consigue subir al podio?

Me tenso, odio su tonito de suficiencia. Se cree que nos ha pillado. Se cree que esto es un secretito sucio y pretende usarlo si puede. Cuadro los hombros.

—Mmm, no lo había pensado —digo dándome golpecitos con el índice en la barbilla—. Puede que me ofrezca a sentarme en su cara. Sé que eso le gusta mucho. Pero, sin duda, si gana la medalla de oro tendrá algo especial. A lo mejor al final le permito que me deje embarazada.

—*Rakas*... —masculla Ilmari por lo bajo con un tono de advertencia, mientras aún me tiene agarrada por la cadera.

Avery se queda helado pasando la mirada del uno al otro.

—Esperad... ¿estáis juntos? En plan, ¿de verdad?

—No es que te importe lo más mínimo, pero sí —respondo—. Ilmari y yo estamos juntos. Así que ya puedes olvidar esas ideas de mierda que se te han ocurrido para hacernos chantaje.

Suelta una carcajada.

—Ay, esto es increíble. Iba a buscarte, doctora. El entrenador te está buscando. Al parecer, a tu otro novio por fin lo han pillado también con los pantalones bajados.

Me quedo muy quieta intentando poner cara de póker.

Avery dibuja una sonrisa de suficiencia.

—A juzgar por la cara que estás poniendo, no lo han pillado contigo. Está bien saberlo. Eso es que acabo de ganar una apuesta. —Se vuelve hacia Ilmari—. Ay, espera... ¿no lo sabías, Mars? ¿Lo del otro tío? O a lo mejor eres tú el otro tío.

—No —murmuro agarrándolo más fuerte del brazo—. No merece la pena.

Avery vuelve a resoplar.

—Si yo fuera tú, no me esperaría a darle una buena, Kinnunen. Parece que ya podría estar embarazada... del bebé de otro tío.

Con eso, suelta mi mochila en el suelo a mis pies y se larga por el pasillo.

—Odio a ese tío —gruñe Ilmari.

—Olvídalo —digo.

—No se quedará callado. Se lo va a contar a todo el mundo.

—Parece que ya es demasiado tarde para eso. —Dejo caer la mano a mi lado, tomo la suya y entrelazo nuestros dedos. Con la mano libre, me agacho y cojo el tirante de mi mochila—. Vamos. Tenemos que encontrar a los chicos.

—¡Doctora Price!

Tanto Ilmari como yo nos damos la vuelta cogidos de la mano.

El entrenador Johnson está en el extremo opuesto del pasillo. Nos hace un gesto con la mano.

—¡Te estábamos buscando! Vamos. Tú también, Kinnunen.

—Ay, mierda... —murmuro—. De la sartén a las ascuas, ¿eh?

Ilmari me aprieta la mano.

—Tú primero, *rakas*.

Respiro hondo, sujeto la mano de Ilmari y avanzamos por el pasillo hacia nuestro destino.

Capítulo 97
Rachel

—¿Alguien va a decirme qué narices está pasando?

El entrenador Johnson está de pie en medio del vestuario con las manos en las caderas. Es un hombre grande de hombros anchos y un pecho que parece un tonel. A su lado está Andrews, el segundo entrenador. Junto a la puerta están Vicki y Poppy, pegadas la una a la otra, parecen muy confusas.

Las otras dos personas de la estancia son Jake y Caleb... y están cogidos de la mano. Abro los ojos como platos, estoy sorprendida de esta atrevida demostración de afecto en público. A Caleb ni siquiera le gusta cogerme la mano en la privacidad del salón. ¿Qué demonios me he perdido esta noche?

Ilmari y yo nos unimos a Jake y a Caleb en medio de la estancia.

—¿Lo has conseguido? —dice Jake con una sonrisa de oreja a oreja.

Ilmari asiente.

—Oh, ¡toma ya! —Le suelta la mano a Caleb y la levanta, esperando que Ilmari le choque los cinco.

Con un suspiro, Ilmari lo hace.

—Enhorabuena, tío —añade Caleb.

—Esta noche lo celebramos por todo lo alto. Filetes de salmón a la plancha de cedro y brócoli al vapor para todo el mundo —bromea Jake—. Descorcharemos una botella añeja de agua con pepino.

Intento ocultar la sonrisa.

—¿De qué narices está hablando? —le dice el entrenador Johnson a Ilmari.

Mientras tanto, a su espalda, Andrews dice con los ojos como platos:

—Ay, mierda.

—Voy a ir a las Olimpiadas —anuncia Ilmari—. Seré el portero titular de la Selección Nacional finesa.

Detrás de nosotros, Vicki y Poppy chillan de la emoción y le dan la enhorabuena a gritos. Andrews da un paso adelante y le estrecha la mano a Ilmari.

—Increíble —dice—. Te lo mereces.

—¡Madre mía! —dice Poppy—. Tenemos que ponernos ya a informar a la prensa. Y haremos una sesión de fotos, entrevistas...

—Espera un puto minuto —dice el entrenador Johnson levantando una mano—. Mars, nos alegramos por ti. Pero esa no es la razón por la que he retrasado la hora de llegar a casa con mi esposa y mis hijos esta noche. Ahora, vamos a ir al fondo de esta cuestión. Tenemos aquí a Andrews, a la representante de relaciones públicas, Vicki de la oficina de jefes de equipo. Y estamos aquí observándoos a vosotros cuatro. ¿Qué demonios está pasando? —Nos mira a todos, pero al final posa los ojos en mí—. ¿Price? ¿Quieres iluminarnos?

Miro a Jake y a Caleb, no estoy segura de qué decir.

—Yo...

—Vale, ¿y si empiezo yo? —dice el entrenador—. Justo antes de que vinierais, Compton estaba contándonos que tiene una relación romántica con nuestre jefe de equipo.

Tanto Ilmari como yo miramos de repente a los chicos. Nunca habíamos hablado de eso. Solo habíamos hablado de decir que salíamos los cuatro. Está claro que me he perdido algo grande cuando he ido a cuidar a Novy.

—¿Es cierto? —digo con lágrimas en los ojos mientras deslizo la mirada del uno al otro.

—Sí, Seattle —responde Jake con una sonrisa y le da a Caleb un empujoncito con el hombro—. Al final este gilipollas me ha acabado agotando.

Me muerdo el labio para evitar sonreír mientras Caleb maldice para el cuello de su camisa.

—¿Puedes intentar no hacer un chiste de todo? —le dice—. Esto es serio.

—Gracias, Sanford —responde el entrenador—. Esto es serio. Compton, ¿lo que estás diciendo es que quieres salir del armario? ¿Es algo del orgullo gay?

—A ver... no es que nadie se vaya a sorprender demasiado, señor. Caleb y yo ya vivimos juntos. Los rumores nos siguen desde la universidad. Es solo que... ya no lo negamos —dice Jake encogiéndose de hombros.

El entrenador se vuelve hacia las chicas que están junto a la puerta.

—¿Cuáles son las reglas en este caso, Vicki?

Vicki pasa la mirada entre nosotros.

—Siempre y cuando declaren que tienen una relación ante recursos humanos y rellenen los formularios pertinentes, en teoría no hay ningún problema.

—¿Y en cuanto a relaciones públicas? —le pregunta el entrador a Poppy.

—Ay, madre mía —dice apartándose la coleta rubia del hombro—. Bueno, salir del armario sigue siendo algo bastante importante en el mundo del deporte. Se creará algo de revuelo... si eso es lo que queréis —añade mirando a Jake—. ¿Queréis salir del armario solo con el equipo y que le pidamos a la prensa que guarde silencio? Porque no hay mucho más que podamos hacer...

—No, no pasa nada —dice Jake—. Quiero que esto sea público. Quiero que todo el mundo sepa que estoy con Caleb.

—Espero que sepas lo que estás haciendo al pretender que esto se haga público —le advierte el entrenador.

—Pero estoy confusa, corazón —dice Vicki. Nos señala a Jake y a mí con los ojos oscuros entrecerrados—. ¿Vosotros dos ya no estáis juntos?

—Sí —digo.

Poppy abre los ojos como platos y la boca también, desplazando la mirada entre nosotros.

—Espera... no...

—Ay, demonios —masculla el entrenador—. ¿Esto es algo en plan triángulo amoroso?

—Es más bien una pirámide —responde Jake.

—Explícate —dice Vicki con los brazos cruzados.

—Estamos juntos —digo mirando a los chicos—. Los cuatro. Bueno, Jake y Caleb y yo estamos juntos —aclaro—. E Ilmari y yo..., pero él no está con ellos.

Todos nos miran fijamente confusos.

—Estoy demasiado viejo para esto —dice el entrenador al fin sacudiendo la cabeza.

—Estáis... ¿es algo rollo intercambio de parejas? —dice Andrews, que está claro que quiere ser lo suficiente moderno para entenderlo.

—No, es poliamor —responde Poppy con una sonrisa de emoción—. Eres poliamorosa. ¿Verdad, Rachel?

Asiento con la cabeza.

—Pero os juro que nunca... jamás habíamos planeado esto. Sucedió sin más —admito—. Primero conocí a Jake, antes siquiera de que empezara a trabajar en los Rays. Nos conocimos en Seattle antes de la temporada. Y cuando llegué aquí, retomamos la cosa. A través de él, conocí a Caleb. E Ilmari encontró su camino hacia nosotros —añado con una sonrisa y le aprieto la mano—. Los cuatro vivimos juntos. Estamos juntos, señor. Somos una familia. Y queremos hacerlo público. Pero es complicado por mi familia y mi historial. Y los chicos tienen que pensar en sus carreras dentro de la NHL —añado mirándolos a los tres.

—Nunca pretendimos esconder nada, señor —añade Jake—. Solo estamos teniendo precaución mientras sopesamos cuál es la mejor forma de hacerlo. Mars y yo no queremos hacerle daño al equipo ni acarrearle la mala prensa a nadie. Pero tampoco podemos vivir una mentira. Solo empeorará si lo hacemos. No queremos que los chicos rajen de nosotros ni sentir que tenemos secretos en el vestuario.

—Y los chicos están preparados para saberlo —añade Caleb—. Novy y Morrow vinieron la semana pasada a decirme que el equipo nos apoya. La prensa fuera de los Rays nos devorará por Rachel y su familia, pero, dentro del equipo, a los chicos les parece bien. Es solo que no quieren que haya secretos.

—¿Por qué tanto alboroto con tu familia, Price? —dice el entrenador clavándome su punzante mirada.

—Eh... mmm... mi madre...

—¡Su padre es una estrella de rock famosa en todo el mundo, es Hal Price! —chilla Poppy—. Ya sabes, el tío de los Ferrymen.

—Dios, ¿por qué se me olvida siempre? —masculla el entrenador, que se frota la cara con un gesto cansado.

—¿Estás diciendo que los chicos saben que estáis en una relación de cuatro con la médica del equipo y que les parece bien? —dice Andrews con una ceja levantada.

—Bueno, no conocen todos los detalles —admite Caleb—. Pero saben una parte. Bueno, Jerry nos ha pillado a Jake y a mí esta noche.

—Y Avery nos acaba de pillar a Mars y a mí —añado.

—Y hace meses que los chicos suponen que estoy con Rach —dice Jake—. Firmamos el formulario y todo. Es solo que lo mantuvimos en secreto.

—Maldición —resopla el entrenador—. Vale, la primera orden es esta: dejad de follar en las instalaciones. Debería despediros a todos solo por eso. Nada de hacer cositas durante el trabajo. Entendido, ¿Compton? —dice señalándolo con un dedo en la cara—. Si alguna vez te pillo poniéndole ojitos a Sanford, os pongo a los dos de patitas en la calle. Lo mismo para ti, Kinnunen. Dejaos esas mierdas en casa.

—Sí, señor —masculla Jake. Caleb también.

El entrenador suspira y me mira.

—Aquí hay un problema aún mayor, Price.

Me quedo rígida y le aguanto la mirada.

—¿Señor?

—Basándome en lo que he escuchado, parece que has estado implicada en una relación romántica con, no uno, sino dos de mis jugadores esta temporada.

Vuelvo a asentir.

—Sí, señor.

El aludido suspira.

—Bueno, Vicki, corrígeme si me equivoco, pero recursos humanos solo tenía constancia de lo de Compton, ¿es correcto?

—Es correcto, señor —responde Vicki.

—Sí —masculla Ilmari a mi lado.

—Sí —susurro yo apretándole la mano.

—Así pues, has estado implicada románticamente con Kinnunen y eras la principal encargada de su salud, ¿no? ¿Has estado tratándolo de manera activa por un tirón en la ingle? —pregunta el entrenador.

Suelto el aire y asiento.

—Sí, señor.

Suspira otra vez y sacude la cabeza.

—Así pues, ves cuál es el problema. ¿Verdad, doctora Price?

—Sí, señor —digo otra vez, no me atrevo a permitir que los ojos se me llenen de lágrimas.

—*Rakas*, no —gruñe Ilmari bajando su rostro hacia mí.

—No te voy a mentir, Ilmari —respondo intentando mantener la voz calmada—. Sabíamos lo que estábamos haciendo. Yo lo sabía. Jake y Caleb me insistieron, pero yo no les hice caso porque quería asegurarme de que conseguías el nivel de cuidados que merecías...

—Todo esto es culpa de Avery —suelta Ilmari, que vuelve a mirar a los entrenadores.

—¿Avery? ¿Qué ha hecho? —quiere saber Andrews.

—Es lo puto peor —masculla Jake—. Perdone mi lenguaje, señor —le dice al entrenador.

—Todos los chicos lo odian —añade Caleb—. Algunos ni siquiera trabajan ya con él. Todos prefieren a Rachel. Cosa que le molesta aún más. Siempre está fisgoneando en los casos de Rachel y le hace la vida imposible en los entrenamientos y en los partidos.

Andrews me mira.

—¿Es eso cierto, Price?

—Si los chicos tienen un problema con el doctor Avery, a mí no me han dicho nada —admito—. Pero sí que es cierto que a varios de ellos los trato como fisioterapeuta. Langley y Sully, J-Lo, Karlsson..., Kinnunen...

Ilmari da un paso hacia delante.

—La única razón por la que recurrí a la doctora Price es porque no confiaba en Avery. Acudí a él dos veces antes de la temporada y las dos veces me dio con la puerta en las narices. Me dijo que necesitaba una rutina mejor de estiramiento. Y luego añadió que soy demasiado viejo. Su recomendación oficial fue que me retirara.

Jadeo y me giro para mirarlo.

—No te dijo eso.

—Sí —masculla Ilmari—. ¿Por qué te crees que era tan reticente a que me ayudaras? —Vuelve a dirigirse a los entrenadores—. Ella me ayudó cuando me sentí abandonado por el personal médico de aquí. Ella usó sus propios recursos para llevarme a Cincinnati para recibir tratamiento cuando me negué a pasar por Avery. La doctora Price nunca ha hecho nada para poner en peligro ni mi salud ni mi seguridad. Y si la despedís...

—Para el carro, Kinnunen —ladra el entrenador—. Puede que seas un jugador fantástico, pero no estás al mando. El caso sigue siendo que ella rompió las reglas aun sabiéndolo y tú la ayudaste a hacerlo. Ella sabía que lo que estaba haciendo no era nada ético...

—¿No es ético dar el nivel de cuidado que necesita un jugador? —contraataca Jake—. Que esta empresa haya contratado a profesionales médicos mediocres no significa que nosotros debamos sufrir por ello. Mars estuvo en lo cierto al recibir tratamiento de ella...

—No estoy negando ese hecho —grita el entrenador por encima de él—. Pero aun así, ¡la doctora Price tiene una relación sexual con su paciente! Parece que lo ha estado haciendo todo en las sombras desde que ha llegado. ¿Cómo vamos a saber lo que hizo y lo que no hizo con Kinnunen? ¿Dónde están los expedientes de este viaje a Cincinnati? ¿Por qué no se me informó de que mi portero titular se marchó del estado para someterse a un procedimiento médico clandestino? —Vuelve su tormentosa mirada hacia mí—. No envidio ese corazón tan servicial que tienes, doctora Price. Incluso te estoy agradecido por el cuidado que está claro que has tenido hacia mis jugadores. Pero tienes mucho que aprender sobre trabajar en equipo. Los secretos y las mentiras y actuar por tu cuenta sin ninguna supervisión no es el tipo de trabajo en equipo que espero. Aunque tampoco es una conducta que pueda condenar —dice con un tono tajante.

—¿Qué quiere decir? —pregunta Jake mientras me pasa un brazo por la cintura a modo de protección.

—Quiero decir que eso no está en mis manos —admite el entrenador—. Puede que yo sea el entrenador jefe, pero no soy quien tiene la última palabra en esto. Mi recomendación es que se despida a la doctora Price de manera efectiva e inmediata...

—¡Entrenador, no! —chilla Jake.

—Madre mía —exclama Poppy con los ojos llenos de lágrimas.

—Esto está mal —dice Ilmari.

—Mal que te cagas —corrobora Caleb.

—Como ya he dicho —continúa el entrenador por encima de ellos—, no es mi decisión. Eso tiene que valorarlo el director general. Con todas esas acusaciones sobre Avery... por no hablar del nido de ratas que es vuestra complicada vida amorosa. Además, está Compton saliendo del armario, Kinnunen y su anuncio de las Olimpiadas... A ver, ¿en qué cojones estabas pensando? —ladra con los ojos clavados en Ilmari—. Van a retirar la oferta, hijo.

—No lo van a hacer —responde.

—¿No? —replica el entrenador con tono de incredulidad—. ¿Cómo demonios puedes...?

—Porque ya se lo he contado todo —explica.

—Ilmari —murmuro, los ojos me arden de las lágrimas.

—Les he dicho que se preparen para las noticias que difundirá la prensa estadounidense sobre mi relación con la doctora Price —continúa—. Por suerte, los fineses están más dispuestos a aceptar que la gente puede atreverse a tener vida personal. Y no es ningún escándalo que un hombre esté enamorado de una mujer inteligente y con talento. No es ningún escándalo que un hombre cohabite con otros dos que considera amigos cercanos. Para mí, ellos son mi familia. Los fineses que conocen mi historia se alegrarán de que tenga una familia de la que pueda decir que es mía. Mi agente ya está trabajando en los comunicados de la prensa. Tengo todo el apoyo de la FIHA.

—*Kulta* —susurro, y lo cojo de la mano. El alivio me inunda, entremezclado con la vergüenza y la incomodidad. La he liado con todo. Seguir teniendo su apoyo lo es todo para mí.

—Bien —responde el entrenador con un suspiro cansado—. Es imposible que yo tome esta decisión. No sin informar al director general. Lo que sí puedo decir es que, de manera efectiva e inmediata, la doctora Price queda suspendida...

—No —ladra Jake.

—Cállate —le dice Caleb mientras lo coge del brazo—. Suspendida no es despedida.

Es una victoria.

Jake refunfuña y sacude la cabeza. A mi lado, Ilmari está callado como una tumba. Tanto Jake como Ilmari se me acercan un poquito a ambos lados para sostenerme.

El entrenador me mira a los ojos.

—Estás suspendida hasta próximo aviso, doctora Price. Danos tiempo para deshacer este embrollo y decidiremos qué hacer con tu beca. Pero tengo que advertirte —añade—, no tiene buena pinta.

—Sí, señor —murmuro—. Lo entiendo.

Suspira otra vez.

—Está bien. No puedo seguir lidiando con este tema esta noche. Marchaos todos a casa. Y Compton, Kinnunen, si permitís que esto afecte a vuestra forma de jugar o a vuestra actitud en la pista de hielo, también os suspenderé a vosotros. ¿Entendido?

—Sí, señor —masculla Jake.

Le aprieto la mano a Ilmari, que también murmura un «sí».

—Bien. Ahora, todo el mundo largo. Que mañana tenemos que estar aquí a primerísima hora. Bueno... menos tú, Price —añade mirándome a mí—. Mientras la suspensión sea efectiva, tendrás que entregar tu tarjeta de identificación y las llaves. Se te prohíbe el acceso al equipo hasta próximo aviso.

Asiento tensa.

—Sí, señor.

Me pongo a funcionar con el piloto automático, me quito la mochila y abro el bolsillo más pequeño. Con las manos temblorosas, saco el cordón en el que llevo la identificación de los Rays y las llaves que dan acceso a las puertas. Doy un paso adelante y le tiendo todo el manojo a Vicki.

Lo acepta sin decir palabra con lágrimas en los ojos.

No espero a ver si los chicos me siguen, salgo por la puerta del vestuario y no miro atrás.

Capítulo 98
Caleb

—¿Crees que sigue en el baño? —susurra Jake, que ha aparecido junto a mi puerta.

La ansiedad se ha apoderado de él desde que hemos llegado a casa. Es comprensible. Estamos todos descolocados. Rachel era casi un zombi cuando la hemos sacado del estadio. Y luego ha puesto la excusa de que tenía que usar el baño en cuanto hemos entrado en casa y ha desaparecido en su habitación, tras cerrar la puerta a su espalda.

Eso ha sido hace una hora.

—Lo dudo muchísimo —murmuro y vuelvo a centrar mi atención en mi portátil. Su habitación está justo enfrente de la mía, así que estoy atrincherado en el escritorio como por casualidad, fingiendo que estoy en el ordenador esperando a que haya algún signo de vida al otro lado de la puerta cerrada.

Por lo general, cuando está ahí, está escuchando música o hablando con Tess o con su hermano por teléfono. Ahora está callada como un ratón.

—Deberíamos comprobar cómo está —dice Jake.

—Si quieres —respondo encogiéndome de hombros.

De un salto ya está al otro lado del pasillo y llama a la puerta.

—¿Nena? ¿Puedo entrar?

Cuando no responde, me mira por encima del hombro. Entonces baja la mano hasta el pomo y lo gira.

No ha cerrado con el pestillo. No estoy seguro de si eso es buena señal o no, pero Jake abre.

—Oye, nena... ¿qué...? Seattle, ¿qué estás haciendo? —grita y desaparece en la habitación.

Salto de la silla del escritorio y me precipito por el pasillo hasta su habitación. Rodeo a Jake y veo a Rachel que sale del vestidor que hay detrás de la cama con un montón de ropa entre los brazos que suelta en la maleta abierta. El corazón se me sale del puto pecho.

—Huracán...

—Nena, no —chilla Jake—. ¿Qué estás haciendo? —Cruza la habitación y cierra la maleta antes de que Rachel pueda meter dentro otro montón de ropa—. ¡Rachel, para!

—Jake —suspira, las lágrimas le caen por la cara—. Por favor, no lo hagas...

—¿Que no haga el qué? —grita él—. ¿Dejar que el puto amor de mi vida haga las maletas y se vaya?

—No puedo quedarme aquí —jadea, y tira la ropa a otra maleta.

—¿De qué coño estás hablando? ¡Vives aquí!

—¿Cómo puedo seguir viviendo aquí? No tengo trabajo. No tengo referencias. Ni siquiera puedo regresar a Cincinnati porque el doctor Halla ya le ha dado a otro mi puesto. —Sigue haciendo las maletas mientras habla y se mete corriendo al baño—. No puedo seguir aquí y arruinaros la vida. No puedo seguir arrastrándoos a mis movidas. No puedo empeorar la situación... Dios, es que lo he empeorado todo, joder. Los tres os merecéis algo mucho mejor. No sé ni lo que estaba pensando poniendo en riesgo vuestro trabajo, vuestra reputación... no puedo... no... ay, Dios...

Suelta la bolsa de aseo en el suelo y se deja caer al pie de la cama entre dos maletas medio llenas, luego entierra la cara entre las manos.

—Mars, ¡ven aquí de una vez! —grita Jake antes de ponerse de rodillas a los pies de Rachel. La agarra por las muñecas y empieza a decirle algo entre susurros—. Por favor, no lo hagas, nena. No pierdas la esperanza. No te rindas con lo nuestro... con los Rays. Esto es un lío, pero ya lo solucionaremos. Juntos, ya lo resolveremos...

Ella sacude la cabeza.

—No, el entrenador tiene razón. He estado correteando por ahí, tomando todas esas decisiones, haciéndole daño a todo el mundo con el que he entrado en contacto, poniéndolo en peligro todo. Te has esforzado mucho construyendo todo esto, Jake —dice señalando a su alrededor—. Yo no puedo ser la que lo eche abajo.

Jake mira a su alrededor, incrédulo.

—¿Qué... esta casa? Yo mismo la echaré abajo. Me importa una mierda la casa, Rachel. Lo que me preocupa es la gente que hay en ella. Tú y Cay y Mars y el perro... y sí, la verdad es que me encanta mi cafetera... mierda, y mi gimnasio en casa —añade—. Pero puedo conseguir una nueva cafetera —dice enseguida—. No puedo conseguir una nueva tú.

Mars entra en la habitación detrás de mí y mira a su alrededor.

—No —dice impasible.

Rachel levanta la mirada y lo ve ahí parado.

—Ilmari —suspira y sacude la cabeza.

—Esperad —digo—. Que se pare todo el puto mundo. Rachel, no vamos a jugar a este juego contigo. Al menos, sé que yo no. No voy a pasar ni un solo segundo de mi tiempo intentando convencerte de que te quedes...

—No seas gilipollas —me gruñe Jake.

—No estoy siendo gilipollas —me defiendo—. Sé lo que valgo. No le suplico a la gente que me quiera. Jake, ponte en pie y deja de ser una nenaza. Si quiere irse, que se vaya. Si quiere quedarse, que se quede. No vamos a intentar convencerla ni de lo uno ni de lo otro.

—Estoy de acuerdo —dice Mars con los brazos cruzados sobre el pecho desnudo.

Jake está librando una guerra consigo mismo, su parte blanda de malvavisco quiere derretirse por ella y seguir de rodillas. Pero hay una parte de él, obstinada, segura de sí misma, un dios que gobierna la pista de hockey. Quiere cogerla y darle unos azotes solo por atreverse a plantearse dejarnos. Con un gruñido, se levanta a trompicones y recula. Tiene el cuerpo tenso cuando se coloca a mi lado.

—Buen chico —digo.

—Cierra la boca —masculla, su rostro es una máscara de agonía.

Rachel sigue sentada a los pies de la cama, siempre duerme con su pijama de seda azul y unos calcetines a juego. El pelo se le escapa del recogido que le enmarca la cara.

—¿Quieres irte, Rachel? Sigue haciendo las maletas. Mars te llevará al aeropuerto, a la estación de autobuses o al muelle. Tú díselo y él te llevará. ¿Quieres quedarte? Pues estaremos abajo.

Tengo que darle la vuelta a Jake literalmente y empujarlo para que salga por la puerta, pero al final los tres nos marchamos en silencio y dejamos la puerta abierta a nuestra espalda antes de bajar por las escaleras hasta el salón. Empujo a Jake por el hombro y se desploma sobre el sofá, como una piedra.

—Si nos deja, nunca te lo perdonaré —masculla con tono sombrío y la mirada perdida en dirección a la televisión.

—Sí que lo harás —respondo y me dejo caer en el sofá a su lado.

—Ah, ¿así que eso es lo que piensas?

—Sí.

—¿Por qué?

—Porque si nos deja, no nos quería lo suficiente como para quedarse, ni nos respeta lo suficiente para dejarnos tomar nuestras propias decisiones o querernos lo suficiente para luchar en esta tormenta —respondo—. Mi Huracán es la tormenta. Cuando se acuerde de eso, bajará por esas escaleras y nos sacudirá a todos. Hasta entonces, pásame el puto mando. Vamos a ver el programa ese de hacer tartas.

Capítulo 99
Rachel

¿Cómo he acabado liándola tanto? Hace cinco meses, estaba sentada en un bar de Seattle, regodeándome en mi fracaso profesional, emborrachándome a plena luz del día yo sola... bueno, casi yo sola. Ojalá hubiera estado sola.

Entonces me topé con mi Chico Misterioso.

Ahora estoy aquí, cinco meses después, y siento que nada ha cambiado. Sigo estando sola. Sigo regodeándome en mi fracaso profesional. Solo que todo ha cambiado. Yo he cambiado. Ellos me han cambiado. Jake, Caleb e Ilmari. Cada uno de ellos ha cogido un pedazo de mí y ha desenmarañado los hilos y entrelazado los suyos propios con los míos. El resultado es algo completamente nuevo. Algo más fuerte. Algo más bonito de lo que jamás podría haber hecho yo sola.

Llevo una hora sentada en esta habitación sumida en una espiral sin control. Como un paracaidista sin paracaídas que salta en la oscuridad, estoy dando vueltas y busco algo para orientarme. ¿Hacia dónde queda arriba? ¿Hacia dónde queda abajo? ¿Por qué tengo esta sensación de caída libre?

Y entonces Caleb me dio el ancla que necesitaba.

Elección.

Todos tenemos una elección en este mundo. Quedarse o irse. Amar u odiar.

Luchar o huir. Yo soy quien elige lo que pasa ahora. Puede

que no pueda controlar si los Rays me dejan mantener mi trabajo, pero puedo controlar cómo respondo ante ello.

«¿Te quedas o te vas, Rachel?».

¿Quiero quedarme aquí? ¿Quiero quedarme con mis chicos? Sí, dice una profunda voz de anhelo que resuena en el mismísimo centro de mi ser. Quiero quedarme. Quiero pertenecer a este lugar con ellos. Mis chicos. Mi familia.

¿Amar u odiar?

¿Amo a Jake Compton?

Sonrío, cierro los ojos y dejo que mi cabeza vague hacia los recuerdos de la primera noche juntos. Ese hombre me reclamó en aquella noche perfecta. Nuestras almas se entrelazaron. Era el destino. Era la naturaleza en poético movimiento. Es mío y yo soy suya. Amarlo es más fácil que respirar. Mi alegría y mi felicidad le dan dulzura a mi vida. Se centra en mí y me hace sentir completa. Sí, amo a Jake Compton.

Pero ¿amo a Caleb Sanford?

Malhumorado, temperamental, distante. Tiene un caparazón muy duro. A veces esconde su verdadero dolor. Le han hecho daño en la vida. Conoce la pérdida y la tragedia. Pero, también, la esperanza sólida que solo se conoce cuando te curas. Sabe cómo capear una tormenta, incluso una que te deja sin nada. Sabe cómo reconstruir. Es un superviviente. Es el centro fuerte que me sujeta. Es el lugar donde todos encontramos nuestra fuerza. Y ese es el secreto de Caleb. Su capazón esconde su dolor. Pero también esconde un corazón lleno de esperanzas. Es optimista, aunque nunca lo admitiría. Es un soñador. Quiero ver el mundo a través de sus ojos. Quiero ver sus sueños y hacerlos realidad. Mi fuerza, mi corazón. Por eso lo quiero con locura.

¿Y qué pasa con Ilmari? ¿Amo a Mars Kinnunen?

Cierro los ojos otra vez, respiro hondo y busco esa sensación de paz y tranquilidad infinitas que solo logro alcanzar entre sus brazos. Ilmari es como los árboles del bosque, con unas raíces profundas y que se extienden hacia las alturas. Es suave e inquebrantable. Incondicional. Contiene multitudes. Me hace creer que el hogar no es un lugar. Es un sentimiento. Hogar es estar entre sus brazos. Es sentir sus ojos en mí. Es tenerlo muy metido dentro, movernos como si fuéramos un solo ser, compartir la carne y el aliento y el alma. Sí, estoy enamorada de Ilmari Kinnunen.

Suelto el aire, me sale como un jadeo tembloroso, y noto que tengo el corazón rebosante de amor hacia estos tres hombres que me han atrapado completamente. Los quiero a los tres. Quiero quedarme. Quiero ser suya, de ellos. Solo queda una pregunta.

¿Luchar o huir?

¿Tengo fuerza suficiente para quedarme? ¿Tengo fuerza suficiente para amarlos como merecen que los amen? Sin vergüenza, sin miedo y a los cuatro vientos. Dios, eso espero.

Me levanto tambaleándome, el corazón me late desbocado mientras corro hacia la puerta abierta. Atravieso el pasillo descalza. Bajo las escaleras corriendo con la mano sobre la barandilla de frío metal.

Giro en el último escalón, camino por el pequeño recibidor hasta que la pared da paso al gran salón. Mis tres chicos están justo donde han dicho que estarían, sentados en el sofá en fila, esperándome.

Las lágrimas de gratitud me inundan las mejillas y casi entro en la estancia tropezándome y rodeo el sofá. Todos los ojos están clavados en mí y me dejo caer en el regazo de Caleb. Entierro la cara en su pecho desnudo y le acaricio el pelo y la nuca mientras sollozo.

—Lo siento. Cay, por favor... lo siento muchísimo. Quiero quedarme. Por favor, déjame quedarme. Ámame y lucha conmigo y déjame quedarme.

Poco a poco, levanta los brazos y me rodea. Sus manos me acarician la espalda antes de llegar a mi pelo. Con cuidado, entrelaza los dedos entre los mechones y me echa la cabeza hacia atrás hasta que me mira a los ojos.

—¿Te vas a quedar?

Asiento con la cabeza.

—¿Vas a luchar?

Vuelvo a asentir.

—Palabras, Rachel —gruñe.

—Sí —digo sin aliento—. Quiero quedarme y luchar y amaros. A los tres. No puedo prometer la perfección. Si soy sincera, no tengo ni idea de qué coño estoy haciendo... de qué voy a hacer. Pero en el fondo de mi corazón sé que juntos somos más fuertes y que nunca se me ocurriría estar separados.

Paso la mirada de Jake a Ilmari y de nuevo a Caleb.

—Sé que he cometido errores. He dudado y he manipulado. Pretendía controlarlo todo. Mi miedo me hizo creer que debía hacerlo. He estado muy sola durante mucho tiempo. Muy acostumbrada a sobrevivir yo sola...

—Bueno, eso se acaba ahora —dice Caleb—. Estás lidiando con tres jugadores de hockey, Rachel. No trabajamos solos. El equipo va primero. El equipo siempre.

Asiento e intento controlar la respiración.

—El equipo va primero —repito.

—Sé que tu familia pesa mucho para ti —continúa—. La familia Price contra el mundo y todo eso. Pero esto solo va a funcionar si esta es tu familia. La familia Price-Compton-Sanford-Kinnunen.

—Te lo juro, no vamos a escribir nuestros apellidos con guion —masculla Jake.

Me muerdo el labio para evitar sonreír. Cierro los ojos, cojo aire otra vez y asiento.

—¿Ya has terminado de amenazar con que nos dejas? —dice Caleb con una mirada imperiosa. Sigue teniendo el corazón guardado dentro del caparazón.

Asiento con la cabeza.

—Sí.

—Bien —masculla—. Porque casi lo matas del susto —dice señalando a Jake—. Si tienes algo que decirle, ahora sería un buen momento.

Los últimos vestigios de mis muros se derrumban al mirar a mi Jake y ver que tiene lágrimas en los ojos. Casi me lazo a él, paso del regazo de Caleb al de Jake casi a gatas.

—Lo siento —me disculpo—. Ángel, lo siento muchísimo. Estaba hecha un lío.

Jake no tiene la misma indiferencia fría de Caleb. Me envuelve en un abrazo y me llena de besos el hombro, el cuello y la mejilla. Siento que cada uno es como un regalo, como una chispa de vida que se filtra por mi piel y me ilumina desde el interior, me da calor y me da fuerza.

—Te quiero, Jake —murmuro respondiendo a sus besos—. Ángel, te quiero. Te quiero muchísimo.

—Nunca me dejes marchar —murmura con las manos en mi pelo—. Rach, por favor. Nunca me dejes marchar. Cásate conmigo. —Se aparta envolviéndome la cara con las manos—. Cásate con nosotros.

Abro los ojos como platos.

—¿Qué?

—No podemos hacerlo oficial —dice sacudiendo la cabeza—. Lo he buscado en Google. Hay leyes que dicen que no puede ser oficial, pero yo quiero que te cases con nosotros de todos modos. Sin Elvis ni iglesias ni papeleos. Solo tu promesa ligada a la mía.

Miro a los demás con los ojos abiertos como platos.

—¿Cómo podría...? Vosotros no queréis eso —susurro mirando a Ilmari—. ¿Te gustaría?

Me escudriña con la mirada.

—¿Qué crees que significa *mennään naimisiin*?

Lo miro parpadeando.

—No lo sé. ¡No hablo finés!

—Significa «cásate conmigo» —resopla—. Lo digo todo el rato.

—Bueno, ¿cómo se supone que...?

—Basta —dice Caleb—. Huracán, ¿quieres estar ilegalmente casada con Mars basándoos solo en un acuerdo verbal establecido aquí, en este salón?

Lucho contra una carcajada mientras asiento. Sentada en el regazo de otro hombre, sintiendo su polla dura contra mi muslo, me oigo decir a mí misma:

—Demonios, sí. Me caso contigo, Ilmari.

Este asiente con la cabeza y aprieta los labios como si no acabara de decidir si está molesto o complacido.

—Y Cay, ¿nena? —me provoca Jake. Gruñe pasándose la mano por el pelo alborotado—. ¿Quieres estar ilegalmente casada con Cay y vivir en puto pecado con él? ¿Quieres ser su niña buena y cabalgar esa extraña polla ribeteada durante el resto de tu vida?

Yo resoplo. Menudos votos. Esos que sin duda se inmortalizan en una canción para que tus hijos y los hijos de tus hijos nunca puedan escapar de ellos. Le pediré a papá que la escriba como regalo de cumpleaños para Cay.

—Sí —respondo con la mirada fija en los preciosos ojos oscuros de Cay—. Me caso contigo, Caleb. Eres mío.

Dibuja una sonrisa de satisfacción, tranquilo.

—¿Y yo, nena? —dice Jake envolviéndome el rostro con las dos manos—. Te amo desde el momento en que te vi. Me dejaste sin aliento y he vivido un tiempo prestado desde entonces. Sé mi soporte vital. Haz que el corazón me siga latiendo. Cásate conmigo, joder.

Sonrío y también le envuelvo las mejillas con las manos.

—Te quiero muchísimo, Jake. En cuanto pusiste un pie en ese bar, nunca tuve ni una sola oportunidad. Soy tuya de manera irrevocable. Sé mío para siempre.

—Para siempre —murmura acariciándome los labios con los suyos—. Para siempre y para siempre y para siempre.

Me besa y los dos vertemos nuestra necesidad en el otro. Lucho contra su dominancia hasta que me retuerzo y rompo nuestro beso. Me tiene agarradas las tetas y me amasa por encima de la seda del pijama.

—Joder. —Jadeo y le doy un tortazo en las manos para que me suelte y pueda quitarme la camiseta. La tiro detrás de mí, no me importa dónde aterriza.

—Os necesito a todos. Necesito teneros.

Tres pares de ojos me observan, pero es Caleb quien habla.

—Dinos lo que quieres, Huracán.

Me levanto del regazo de Jake, doy un paso atrás, dejo que los pantalones se me caigan al suelo y me quedo desnuda.

—Os quiero a los tres. Al mismo tiempo. Quiero chorrear vuestro semen. Destrozadme. Reclamarme para que no haya ninguna duda de a dónde pertenezco.

Capítulo 100
Rachel

Mis tres chicos me miran con los ojos como platos. Bien. Quiero toda su atención. Todo su amor. Pero también quiero jugar. Quiero romper la maldición de esta horrible noche y que volvamos a estar juntos. Quiero volver a sentir alegría. A reír y a amar.

Y quiero echar un polvo maravilloso.

—Yo ahora me voy arriba —digo preparada para empujar a la acción a estos tres tíos buenorros—. Quiero tres pollas dentro de mí. O bien os unís o bien me pongo creativa con mi colección de juguetes.

Giro sobre los talones y solo doy tres pasos antes de que todos se pongan a perseguirme. Ilmari es el más rápido, me echa sobre su hombro sin camiseta y me sube por las escaleras como si fuera un saco de harina. Sonrío como una loca cuando Caleb y Jake nos siguen subiendo los escalones de dos en dos.

Ilmari me lleva por el largo pasillo hasta la habitación de Jake y me lanza a los pies de la cama. El antiguo somier ha desaparecido. En su lugar, los chicos han colocado una cama grande doble sobre una plataforma baja. Ilmari compró una copia del precioso colchón de Jake, así que no habrá discusiones sobre quién se pone en cada lado.

Me quedo sin aliento cuando suelto una bocanada mientras me desplazo hacia el medio. Pero entonces jadeo y me río a pleno pulmón cuando me agarra por los tobillos y me arrastra por la cama para abrirme. Masculla algo que no entiendo en finés, se pone de rodillas en el suelo y me cubre el coño con la boca.

—Oh... —Arqueo la espalda mientras se sujeta con fuerza y su lengua me acaricia desde el coño hasta el clítoris. Me encojo hacia delante con un gemido y le meto las manos entre el pelo.

A su espalda, Caleb y Jake se quitan la ropa a toda prisa. Los tres iban sin camiseta antes de empezar, así que solo tienen que bajarse los pantalones para quedarse desnudos y sumarse a la fiesta. La habitación solo está alumbrada por la suave luz del baño y del pasillo, lo que hace que todo parezca más oscuro, cercano y cómodo.

—Túmbate —me ordena Caleb, mientras se sube en la cama a mi lado. Jake se deja caer al otro lado. Cada uno me coge de un hombro y hace fuerza contra el colchón. Luego me agarran de los brazos y me los estiran por encima de la cabeza. Jake tiene los dedos entrelazados con los míos, sujetándome, mientras baja por mi pecho y su ansiosa lengua juguetea con el pezón a la vez que succiona.

Suspiro al sentir esa dichosa sensación de que dos hombres me amen al mismo tiempo, y entonces Caleb me besa. Los tres están aquí y es una sensación indescriptible. Estoy ferviente. Estoy volando. Cayendo, hundiéndome, brillando.

Cierro los ojos, me dejo llevar y grito de éxtasis cuando el primer orgasmo me desgarra. En cuanto empieza a expandirse desde mi centro, Ilmari me mete dos dedos dentro del coño y me acaricia el clítoris con la lengua.

—Joder... —Lucho contra el peso de mis tres hombres sujetándome. Mi cuerpo quiere encogerse hacia delante. Mi centro quiere aplastar los dedos de Ilmari.

—Quiero más —ruego—. Quiero más.

Ilmari se encarga de mí hasta que me pongo a temblar. Entonces se echa hacia atrás, apoyado en los talones, con una sonrisa de superioridad dibujada en el rostro. Lo miro por encima de mi cuerpo, el pecho me sube y me baja, los pezones erizados me brillan por los besos de Jake. Entonces giro la cabeza a un lado y miro a Caleb.

—Ángel, ¿me ayudas a que Cay se vuelva loco?

La mirada de Caleb se oscurece.

—Joder, sí. —Jake sonríe y me deja un par de besos más en el pecho antes de morderme la mejilla—. ¿Qué tenías en mente?

Sonrío, me pongo de lado y luego de rodillas.

—Pensaba que a lo mejor podría cabalgar esa cara mientras tú le chupas la polla —propongo acariciando con un dedo la incipiente barba de Caleb que le recorre la mandíbula.

Su mirada se endurece.

—No me provoques —masculla agarrándome la barbilla con la mano.

—¿Quién está provocando? —respondo—. Túmbate.

Nos miramos el uno al otro durante un par de segundos más, antes de que aparte las manos de mí con un «joder» que dice casi sin aliento. Entonces me pasa por encima para colocarse en el centro de la cama y se deja caer.

—Así es —juguetea Jake abriéndole a Caleb las piernas y colocándose entre ellas—. Qué chico tan bueno...

—No empieces, a no ser que me quieras dentro de ese culo —gruñe Caleb, todavía apoyado sobre los hombros con la polla dura y preparada.

—Si esperas que me siente en tu cara, más te vale tumbarte —digo.

—Intenta no correrte —añade Jake levantando la mirada de entre los muslos de Caleb—. A ver cuánto tiempo puedes aguantar.

Lo veo envolver con una mano la base de Caleb. Luego baja y hunde la boca en su polla. Los dos hombres gimen, Caleb agarra con los puños las sábanas mientras cierra los ojos.

Ilmari se baja de la cama y por fin se quita los pantalones mientras se coloca a mi lado.

—Vamos, *rakas*. —Se ha situado junto a la cabeza de Caleb y sé exactamente que quieren los dos.

Con una sonrisa, me inclino hacia delante y le tiendo las manos a Ilmari. Me ayuda a montarme a horcajadas sobre Caleb, sostiene mi cuerpo mientras mi coño desnudo descansa sobre el pecho de Caleb. Bajo la mirada y veo que sus ojos oscuros me están observando.

—¿Te vas a sentar o no, Huracán? —Me aprieta el culo—. Me muero de hambre, joder.

Levanto la cabeza para mirar a Ilmari y este asiente, luego me ayuda a colocarme sobre la cara de Caleb. Caleb me sujeta por las caderas, tira de mí hacia abajo y entonces suelto un grito, pues mi cuerpo se queda bloqueado en un espasmo cuando me succiona el clítoris.

—Ay, madre mía —gimoteo con las manos agarradas en las caderas de Ilmari, que se acerca.

Me agarra por el pelo.

—Tómame, *rakas*.

Me inclino hacia delante, todavía sujeta a las caderas de Ilmari, y le paso la lengua por la punta para saborear el gusto salado de su líquido preseminal. Mientras tanto, Caleb me agarra el culo con las dos manos y me acaricia los labios inferiores, el clítoris, el coño. Me abre con su lengua, me sujeta para meterme dos dedos dentro y los curva por mis paredes interiores.

Gruño alrededor de la polla de Ilmari, mientras me tira del pelo con más fuerza.

—Córrete para nosotros otra vez —dice—. Llénale la boca a Caleb. Haz que se ahogue.

Mientras habla, Jake me sorprende trepando al pecho de Cay. Me coloca las manos en los hombros y se acurruca contra mí.

Jadeo y lo miro por encima del hombro.

—Jake... ¿qué...?

—Estate quieta.

Su mano cae entre los dos mientras que por detrás me desliza la polla entre las piernas, tantea mi entrada con las caderas mientras los dos cabalgamos la cara de Caleb.

—Joder —jadea Caleb—. Oh, joder...

Jake hace un par de embestidas de prueba con la polla en mi entrada. Entonces la boca de Caleb está ahí y Jake está jugando con los dos. Es un lío sucio y me encanta que flipas. Gruño y echo la cabeza hacia atrás para apoyarme en el hombro de Jake.

Ilmari se agacha, todavía con las manos en mi pelo, y me besa como si le fuera la vida en ello. La presión de mi coño aumenta mientras Jake me envuelve con las dos manos y me sujeta con fuerza contra él mientras embiste con las caderas y su punta juguetea en mi entrada sin penetrarme.

Tiemblo cuando siento que mi orgasmo está preparado para estallar como las olas contra las rocas.

—Estoy a punto... —grito, mi boca comparte el aire con Ilmari.

—Mars, sube a la cama —jadea Jake, luego tira de mí hacia atrás con todas sus fuerzas y mi orgasmo revienta como una burbuja de jabón.

—No —gimoteo, ese temblor y esa sensación de desorientación de un orgasmo retrasado me marean—. Estaba a punto —jadeo.

A mi espalda, Jake suelta una risilla mientras me besa el cuello y el hombro.

—No seas codiciosa —se burla y me da un azote en el culo—. Sabes que haremos que te corras durante toda la noche. Vuelve a chuparle la polla, nena. Yo me encargo de este semen. Esta vez, haz que nuestro chico toque el cielo.

Caleb se coloca de lado con un gruñido y sale de la cama mientras Mars se pone más arriba y se sienta a la cabecera con esas piernas abiertas que parecen troncos de árboles.

—Vamos, *rakas*.

Me zafo del agarre de Jake y avanzo a gatas, mientras beso a Ilmari en los muslos y por encima de la suave piel de sus caderas. Aspiro su aroma, me encanta ese olor tan masculino.

—*Mä rakastan sua* —murmura apartándome el pelo con una caricia mientras yo bajo la boca a su alrededor y me lo meto hasta el fondo de la garganta.

A mi espalda, Jake me da un golpecito en la cadera. Me coloco mejor y abro las piernas. Me acaricia los muslos con las manos y por encima de la curva redondeada de mi culo mientras se echa hacia delante sobre las rodillas, dispuesto a colocarse en mi entrada.

—Espera —grita Caleb.

Dejo de chupársela a Ilmari el tiempo suficiente para mirar por encima del hombro. Caleb camina hacia la cama con algo entre las manos.

—¿Qué es eso? —murmuro.

—¿Qué parece? —dice con una sonrisa.

Miro la cosa que tiene en la mano con los ojos entrecerrados.

—Parece un plug anal.

—Eso es porque lo es. —Está sujetando un plug anal de color rosa que brilla por el lubricante. Extiende la mano entre Jake y yo y me coloca la punta en el culo—. ¿Lo quieres, Huracán?

Asiento con la cabeza. Tanto Jake como él sonríen y le lanzan miradas hambrientas a mi culo mientras él introduce el juguete. Jadeo y lucho contra las ganas de hacer fuerza.

—Eso es —me tranquiliza—. Respira como la chica buena que eres. ¿He mencionado que vibra?

—No... aaah... joder... —chillo porque de repente mi culo siente el zumbido de las vibraciones del juguete.

—Oh, sí —se ríe Jake—. Agáchate, nena. Yo me encargo de este coño...

—No tan rápido —interviene Caleb.

Jake y yo miramos por encima del hombro.

—Ay, ¿qué coño es eso? —masculla Jake.

—No pensarías que te iba a dejar a ti de lado, ¿verdad, ángel? —lo pica Caleb.

Abro los ojos como platos al ver que está sujetando otro plug anal un poquito más grande. Este es negro.

—Agáchate —ordena Caleb, mientras que con la mano libre le acaricia a Jake la curva del culo.

—Oh, joder —gime Jake y se agacha por encima de mí.

La vibración que siento en el culo me está haciendo sentir muy llena y me lleva al borde del orgasmo.

—Deprisa —le ruego—. Por favor.

—Joder... mierda... —jadea Jake y abre los ojos como platos mientras Caleb le inserta el plug.

—Ahora, sed mis buenas mascotas y correos. —En cuanto Caleb dice esto, enciende el plug de Jake.

Jake gruñe, siento que se le afloja el cuerpo detrás de mí mientras cada uno de sus sentidos se deja llevar por la nueva y extraña sensación de tener el plug en el culo. Oigo el leve zumbido que vibra al mismo tiempo que el mío.

—Fóllatela, Jake —ordena Caleb—. Fóllatela o lo apago.

—Oh, Dios... —gimoteo.

Ilmari ha estado callado todo este tiempo, observándonos como si fuéramos un interesante documental sobre la naturaleza. Ahora se está meneando la polla con una mano y una sonrisa dibujada en los labios.

—Mírame, *rakas* —dice con una voz profunda—. No apartes los ojos de mí. Quiero ver cómo te monta.

Me siento flotar, como si tuviera miles de mariposas sueltas en mi interior.

El calor de su mirada es suficiente para reducirme a cenizas. Entre esta y el zumbido, ya estoy perdiendo el control.

Entonces Jake extiende el brazo hacia mis piernas y sus dedos se introducen en mi coño con un gemido.

—Joder, siento la vibración de tu culo. —Entonces introduce la polla. Siento el juguete bien apretado.

—Dios santo —gime.

—¿Te gusta? —murmura Caleb de pie junto a la cama observándonos.

—No te haces una idea —responde Jake. Empieza a mover las caderas, pero el movimiento es errático. —No puedo... no puedo durar... no puedo centrarme...

—Inténtalo con más ganas —lo pica Caleb—. O... quizás deberíamos hacer que fuera más difícil.

—Sube la potencia —ordena Ilmari sin despegar los ojos de mí.

Los dos gritamos cuando el zumbido se intensifica. Me deshago en gemidos. Jake hace todo lo que puede para seguir dándome caña. El zumbido nos roba a todos la cordura mientras los dos nos corremos y nuestros cuerpos se dejan llevar por las olas de la euforia.

Cuando estoy a punto de pedir clemencia, el zumbido se detiene y puedo respirar de nuevo. A mi espalda, Jake gruñe con la polla todavía enterrada en mí.

Caleb suelta los mandos a distancia encima de la cama, se tumba y nos besa a los dos. Primero a Jake y luego a mí.

—Es una imagen preciosa —murmura acariciándome con los dedos la piel del hombro—. Huracán, ahora que estás satisfecha y bien dilatada, Mars te folla por el culo mientras yo te follo el coño.

Gimoteo mientras asiento y dejo que mis hombres me coloquen en posición. Ilmari se queda en la parte superior de la cama y se coloca de rodillas. Me dan la vuelta, me ayudan a ponerme también a cuatro patas, con las manos y las rodillas apoyadas, hasta que me quedo de cara a los pies de la cama.

Jake se deja caer a nuestro lado con el plug anal todavía puesto, mientras que Caleb me saca el mío y le tiende a Ilmari el lubricante.

—Baja más —ordena Ilmari.

Enseguida lo obedezco, pues mi cuerpo está ansioso de volver a liberarse. Me apoyo en los codos y levanto el culo en el aire. Con la mano izquierda me acaricia la espalda hasta las caderas, mientras que con la derecha empieza a echarme más lubricante en el culo. Cuando ya ha metido tres dedos, me deshago en gimoteos y le ruego que me folle.

Me penetra sin dejar de susurrar palabras en finés. Se introduce hasta el empeine y la curva de sus muslos hace presión contra la redondez de mi culo. Esa sensación perfecta de estar llena se apodera de mí y me calienta de dentro hacia fuera. El corazón me late a toda velocidad en el pecho y la boca se me queda seca. Me agarro con fuerza a las sábanas con las dos manos y miro por encima del hombro.

—Eres mío —murmuro.

—Tuyo —responde meciendo las caderas contra mí. Es delicado para ser un hombre tan grande. Pero incluso el sexo anal delicado con Ilmari es toda una experiencia corporal. Estoy gruñendo, siento que el sudor me cae por la ceja mientras me incorporo sobre las dos manos para mirar a Caleb.

Está de pie junto a la cama viéndonos follar.

—Ven —le digo—. Únete a nosotros.

Da un paso adelante y vuelve a sentarse en la cama. Tarda unos segundos en colocarse debajo de mí. Se desliza por toda la longitud de mi cuerpo y se sitúa entre mis caderas. Desliza la mano entre nosotros, me roza la entrada con los dedos, los aparta y se los lleva a los labios para probar la mezcla de mi corrida y la de Jake juntas.

—Perfecto —murmura con una sonrisa en los ojos. —Siéntate, Huracán.

Con una respiración profunda, dejo caer las caderas, cabalgo a Ilmari y a Cay a la vez y dejo que la polla ribeteada de Caleb me llene entera y me apriete.

—*No niin* —gruñe Ilmari. Masculla otras maldiciones en finés en voz baja mientras Cay y él enseguida encuentran el ritmo. Los piercings de Cay nos dan ese placer ribeteado tan perfecto. Entre eso y el tamaño de Ilmari, no tengo ni una oportunidad. Nunca la tuve. Causa de la muerte: demasiadas pollas. Y si es por esto, moriría una y otra vez y otra.

—Por favor... Dios, no paréis —grito—. Estoy a punto... justo... ahí...

Detrás de mí, Ilmari grita. Su cuerpo se queda rígido contra el mío mientras se corre y su semen me llena el culo. Me estremezco, mi centro se contrae alrededor de Caleb y lo estrangula con fuerza. El coño me late y amenaza con atraerlo más adentro. Por debajo de mí, gruñe y su cálido semen también me llena y se mezcla con el de Jake.

Me dejo caer sobre su pecho, nuestra respiración es errática mientras nos recuperamos. Ilmari es el primero en salir de mí, se desliza de la cama y desaparece en el baño. Caleb se da la vuelta y se coloca de lado. Su polla sale de mí y yo me dejo caer bocarriba; siento el cuerpo de gelatina.

Jake está a mi lado y me gira la cara con una mano cuidadosa. Se inclina y me besa.

—Te quiero —murmura contra mis labios—. Te quiero, nena.

—Y yo a ti —respondo con los ojos llenos de lágrimas. Giro la cabeza al otro lado para mirar a Caleb y le coloco la mano en la mejilla.

—Te quiero, Cay.

—Te quiero, Huracán.

—¿Y yo? —dice Jake con un resoplido, se levanta apoyándose en un codo y mira a Caleb por encima de mí—. ¿Sabes? Nunca lo has dicho. Me dejas a mí que lo diga, pero tú nunca me lo has dicho.

Caleb entorna los ojos y se tumba sobre la espalda.

—Oye, sabes que soy un gilipollas con muchas necesidades —gruñe Jake—. A menos que quieras volver a lidiar con otro bajón emocional, más te vale prepararte para decirme algo en este puto instante, aunque solo consigas reunir sentimientos de cariño.

Caleb dibuja una sonrisa de suficiencia, se pone las manos en la nuca y no dice nada.

—Cay —suspiro, mientras sacudo la cabeza.

—Hijo de la gran puta —gruñe Jake y se desliza hacia los pies de la cama. En algún punto, se ha quitado el plug anal. Rodea la cama desnudo y la polla medio dura le ondea con la brisa mientras se sube al lado de Caleb, se sube a horcajadas sobre él y lo inmoviliza.

Me doy prisa por apartarme de su camino mientras Caleb se ríe y se encorva hacia delante, como si estuviera listo para pelear. Pero Jake es más grande y más fuerte. Está en el máximo nivel de la NHL. Agarra a Caleb por los codos, y lo sujeta por las caderas sin apartar la mirada de él.

—Dilo.

Caleb vuelve a reírse.

—Una confesión bajo tortura no cuenta...

—Dilo antes de que retire el mío...

Caleb mece las caderas contra Jake y este jadea y se calla de repente. Lo vuelve a hacer y los ojos de Jake cambian de la rabia a la lujuria y vuelven a la rabia.

—Ni te atrevas, joder —gruñe Jake.

Pero Caleb vuelve a hacerlo, mueve las caderas hasta que su polla dura acaricia la de Jake.

Tengo el corazón en la garganta al ver a Jake que gruñe y cierra los ojos con fuerza.

—Oh, Dios —masculla. Como se distrae, suelta el agarre de Caleb.

Caleb baja una mano entre ellos y envuelve las pollas de los dos con la mano.

—Huracán, dame el lubricante.

Me pongo de rodillas y busco el bote por la cama. Abro el tapón y primero vierto el lubricante sobre Caleb. Empieza a mover la mano y los dos tiemblan y gimen de necesidad.

—Bésame.

Caleb le pasa el pulgar a Jake por la punta de la polla.

—Dilo —contraataca Jake.

—Bésame como si fuera el último hombre que vas a besar —ordena Caleb—. Porque lo soy. Eres mío, Jake Compton. Has sido mío. Serás mío.

Con cada confesión, le da placer a los dos apretando con fuerza el puño.

Jake cierra los ojos fuertemente.

—Por favor, dilo de una vez —gimotea y baja el rostro hasta que su aliento abanica los labios abiertos de Caleb—. Nene, favor...

—Te quiero —dice Caleb—. Jake, te quiero. Estoy enamorado de ti. Estoy enamorado de ti hasta las trancas. Haz lo que quieras, sé quién quieras, pero quiéreme también.

Jake se queda rígido y lo mira desde arriba. Asiente despacio. Luego se besan y vierten la desesperada necesidad que sienten el uno por el otro mientras aprietan las caderas.

Siento que el corazón se me desborda de amor al ver que por fin han hecho añicos sus murallas. Pretendo amarlos y hacerlos felices a los dos, pero su verdadera felicidad vendrá también de compartir este amor entre ellos.

Me bajo de la cama y recorro la habitación hasta el baño. Sigo sintiendo esa calidez pegajosa de sus corridas descansando entre mis muslos. Cuando voy a abrir la puerta, Ilmari lo hace por mí desde dentro. Abre los ojos como platos mientras observa la escena que se desarrolla a mi espalda. Yo también hecho un vistazo atrás, justo a tiempo para ver que Caleb le da la vuelta a Jake y lo tumba sobre el colchón. Se besan famélicos y Caleb coloca una mano por debajo del muslo de Jake y se lo abre.

—Oh, joder... oh, joder... Hazlo, joder —grita Jake. Caleb presiona y Jake se arquea sobre la cama con un grito.

Jadeo cuando un tirón fuerte me mete en el baño. La puerta se cierra de golpe e Ilmari me levanta en volandas y me deja sobre el lavabo. Siseo, el pinchazo de la encimera fría es una sorpresa para mis nalgas desnudas.

—Vamos a dejarles que disfruten de su momento, *rakas* —murmura, mientras se coloca entre mis piernas abiertas. Me aparta el pelo de la cara con una caricia.

—¿Te alegras por ellos?

Asiento, tengo los ojos llenos de lágrimas.

—Muchísimo. Están enamorados.

—¿Y tú dudas de que te quieran a ti?

—No —digo sin aliento—. Por supuesto que no. ¿Acaso tú dudas de mi amor cuando ves que los quiero a ellos?

—No —responde sin dejar de acariciarme el labio con el pulgar—. Tu amor es infinito, *rakas*. De ti estoy aprendiendo lo que significa amar. Y de ellos —añade sin una pizca de vergüenza—. Nunca he pertenecido a ningún lugar...

—Este es tu sitio —digo con fiereza envolviéndole con las manos las mejillas y la barba—. Aquí, conmigo. Con nosotros. Eso nunca lo dudes. Soy consciente de que antes estaba molesta. Mi defecto es esconderme. Me escondo cuando las cosas se ponen difíciles. Pero yo también estoy aprendiendo a amar contigo. Contigo y con Cay y con Jake. El modo en que los tres me queréis.... ya no quiero seguir escondiéndome. Quiero mantenerme en pie. Quiero luchar. Todas las noches, tú te pones la equipación y luchas. Aceptas cada golpe y bloqueas todos los goles.

Sigue acariciándome con los dedos, bajando por el cuello, por el esternón, por mi tatuaje. Sigue con la mirada el sendero que dibujan sus dedos.

—Basta ya de esconderse, *rakas*. Basta de miedo. Prométemelo.

Asiento con la cabeza y levanto una mano para acariciarle el antebrazo.

—Te prometo que lo intentaré. ¿Es suficiente por ahora?

Asiente con la cabeza.

—¿*Kulta*? —murmuro y levanto la cabeza para mirarlo.

Esos profundos ojos de color azul me penetran.

—¿Qué?

—Se me está quedando el culo helado —admito y me muerdo el labio para evitar sonreír.

Resopla y baja la mirada, estoy completamente desnuda sobre la encimera. Suelto un chillido cuando me levanta entre sus brazos y me mete en la ducha. Abre el doble chorro y vuelvo a chillar cuando el agua helada nos golpea.

—¡Ilmari!

Él se limita a reírse y me sujeta mientras me retuerzo.

—Si te vas a casar con un finés, tenemos que endurecerte, *rakas*. Saunas calientes y duchas frías.

—Nunca —me quejo y me relajo bajo el chorro conforme el agua se va calentando.

Me deja de pie, pero no quiero perder la sensación de tenerlo tan cerca. Me doy la vuelta entre sus brazos y mi piel húmeda acaricia la suya. Mientras estamos ahí de pie bajo el agua caliente, besándonos y explorándonos, la puerta de baño se abre de repente. Caleb y Jake entran como un vendaval, desnudos, ebrios de tanto sexo mientras se besan y avanzan también a trompicones hacia la ducha.

Ilmari y yo les dejamos espacio, sigue rodeándome con los brazos mientras les dejamos sitio bajo el segundo cabezal de la ducha.

Siguen besándose, riéndose y se empujan el uno al otro, mientras Jake le da la vuelta a Cay y lo pone contra la pared de azulejos. Caleb gruñe y se apoya con las manos extendidas. Jake presiona con las caderas y coloca la polla dura entre las nalgas de Caleb mientras empieza a moverse.

—¿Todavía no estáis cansados? —me burlo, aunque el corazón me palpita al ver la cara de alegría que tienen los dos.

—Dios, me flipa el poliamor —jadea Jake sujetando a Cay contra la pared con una mano mientras se inclina para darme un beso rápido—. Mars, el equipo te necesita, tío. Fóllate a nuestra chica. Aquí mismo, a mi lado. Déjame escuchar cómo se estremece mientras yo tomo todo lo que Cay tiene que ofrecerme.

Levanto la cabeza para mirar a Ilmari esperando a ver su reacción.

Con un gruñido bajo, desliza las manos por mis costados

hasta mis caderas. Su mirada azul de acero se clava en mí y sonríe.

—Arriba, *rakas*.

Lo juro, nunca en mi vida me había subido a un hombre tan rápido.

Capítulo 101
Jake

¿Es posible follar demasiado? ¿De verdad puede afectar al funcionamiento? Porque creo que me he puesto malo de follar. Siento como si tuviera resaca y eso que no bebí. Me duelen todos los músculos... en el mejor de los sentidos posibles. Cay tuvo que contarme todo lo que sabía sobre cuidado anal después del sexo y déjame que te diga que fue raro que tres hombres tuvieran esa conversación.

Ah, por cierto, al parecer, ahora soy pasivo. Habrá que añadirlo a la sección «sobre mí» que aparece en la página web de los Rays. Caleb dice que el término adecuado es *versátil*. Estoy aprendiendo un montón de palabras nuevas. Soy bisexual, poliamoroso y versátil. O como se diga. Cay puede lanzarme todas las palabras nuevas y chulas que quiera. Sigo siendo Jake Compton. No me siento diferente.

Pero al mismo tiempo, cuando me he despertado esta mañana, he sabido que nada volvería a ser lo mismo.

Bajo las escaleras como un robot para ir a buscar el desayuno y la cafetera. Estiro los brazos por encima de la cabeza mientras bostezo y casi paso por alto la gran bolsa azul que hay colgada junto a la puerta principal. Es la bolsa de Seattle. Ay, por lo que más quieras, ¿qué cojones...?

—¡Rachel! —bramo.

Voy a zancadas hacia el vestíbulo y me detengo cuando veo a Rachel y Caleb sentados en la isla de la cocina.

Mars está en los fogones cocinando algo que huele genial. Tanto Rachel como Cay se dan la vuelta y abren los ojos como platos cuando me ven.

—¿Jake? ¿Estás bien? —me pregunta ella.

—¿Qué coño hace tu bolsa de viaje junto a la puerta? —digo señalándola por encima del hombro—. Creía que eso lo habíamos solucionado anoche.

Caleb resopla y vuelve a centrar su atención en el desayuno.

—Te dije que no se acordaría.

—¿Que no me acordaría de qué? —digo pasando la mirada del uno al otro. ¿Por qué parece que los chicos ni se han inmutado ante el equipaje hecho de Rachel?

Está claro que me estoy perdiendo algo...

—Te lo dije anoche, después de la ducha —dice con amabilidad—. Creo que estabas un poco ido.

—Lo matamos a polvos —se burla Cay, que parte un trozo de fruta con el tenedor.

Ella hace caso omiso sin apartar los ojos de mí.

—Me voy a Los Ángeles un par de días. Ya había comprado el billete cuando entré en la espiral de hacer las maletas anoche, pero ahora tiene fecha de vuelta —añade enseguida, mientras se levanta del taburete y viene a darme la mano.

—¿Por qué te vas a Los Ángeles?

Va vestida y parece preparada para marcharse: la ropa puesta, el pelo lavado, el maquillaje. Apuesto lo que sea que, si hubiera dormido un ratito más, me habría levantado cuando ya se hubiera marchado. Se pone de puntillas y me da un beso rápido. Sabe a beicon, a fresas y a café recién hecho.

—Mis padres están en Los Ángeles —explica mientras me conduce a la isla.

Hay varias cosas para desayunar: zumo recién hecho, frutas del bosque y plátanos cortados, un platazo enorme de beicon y, por el olor, Mars está cocinando algo con huevos.

—*Rakas*, ¿este era el mío? —dice apartándose de los fogones para coger una taza de café.

—¿Hmm? —Mira por encima del hombro.

—No...

—*Mitä vittua* —maldice, escupe el café en el fregadero y deja la taza con un golpe—. ¿Por qué sabe a menta?

Rachel resopla.

—*Kulta*, la taza azul es la de Caleb. La roja es la tuya.

—Sí, muchísimas gracias, gilipollas —masculla Caleb—. Me debes una nueva taza de café.

—¿Por qué sabía a menta? —vuelve a decir Mars.

—A Caleb le gustan los mochas de menta porque es un puto psicópata —digo resoplando y agarro un trozo de beicon—. Pero no cambies de tema. ¿Por qué te vas a Los Ángeles?

—Porque mis padres están allí —repite—. Y porque les debo una explicación en persona. Y porque si tengo que quedarme aquí una semana de brazos cruzados dándole vueltas al fiasco de mi suspensión, me voy a subir por las paredes —añade—. Jake, no puedo quedarme aquí encerrada mientras vosotros tres os vais a trabajar. Acabaré hecha un desastre. Y mis padres se merecen escuchar de mí en persona lo que está pasando.

Paso la mirada de Cay a Mars. Ellos parecen estar de acuerdo. No debería acojonarme, ¿verdad?

—¿Y tienes billete de vuelta?

Asiente.

—Vuelvo a casa el domingo.

—Oye... esta semana jugamos en Los Ángeles, ¿no? ¿El sábado no tenemos partido contra los Kings de Los Ángeles?

—Sí —responde Caleb y le da un mordisco a la crujiente tostada con mantequilla.

—Guay —digo, me animo y agarro un puñado de arándanos—. Entonces, nos vemos por allí. Y podemos conocer a tus padres de manera oficial. ¡Va a ser genial!

Tanto Rachel como Caleb se quedan rígidos.

—¿Qué? Casarse con una chica significa que conocemos a sus padres, ¿no? —digo, mientras me lanzo un par de frutos del bosque a la boca—. ¿No es así como funciona?

—Eh... no lo había pensado —murmura ella. Muy despacio, los tres nos volvemos hacia ella boquiabiertos.

—¿Qué quieres decir con que no lo habías pensado? —responde Caleb.

—A ver, literalmente, es que nunca he pensado en la primera conversación de «oye, mamá, te presento a mis novios» —chilla y vuelve a bajarse del taburete.

—¿Cómo es posible? —digo.

—Bueno... ¡No lo sé! Supongo que en mi cabeza ya me he imaginado juntos en mis situaciones: Navidades, vacaciones y partidos... Pero en todos esos escenarios ya os conocen —explica—. No me he planteado ni una sola vez que hacía falta pasar por el incómodo momento de las presentaciones.

Caleb suelta una carcajada.

—¿Por qué le das tanta importancia? ¿Nunca les has presentado a tus padres a un novio?

El silencio ensordecedor de la estancia solo queda interrumpido por el chisporroteo de los huevos mientras los tres la miramos sin pestañear.

—Tienes que estar de coña, Seattle —mascullo—. ¿Nunca les has presentado a tus padres a un novio?

—Por supuesto que no —chilla—. Mis primeros veinte años de vida fueron un quién es quién de basura humana. Nunca hubo un momento en el que quisiera desperdiciar el tiempo de mis padres presentándoles a un tío cualquiera que solo iba a estar conmigo durante...

—Noooo te atrevas a terminar esa frase —digo—. Mira, sé que estuviste con tíos muy tontos antes de nosotros, pero hay una nueva norma en la casa: las reglas del disc golf a las relaciones pasadas.

Todos intercambian una mirada de confusión.

—¿Las reglas del disc golf? —pregunta ella.

—Sí, en plan que sé que existe una cosa que es el disc golf, ¿no? Sí, claro que sí. Lo sé. Pero ¿quiero saber algún otro detalle sobre ese deporte por mínimo que sea? Qué demonios, no. Tus relaciones pasadas son como el disc golf para mí, Seattle. Y me hace feliz aplicarle la misma cortesía.

Resopla y entorna los ojos.

—Eso es la cosa más estúpida...

—Es la idea más inteligente que has tenido en tu vida

—dice Caleb por encima de ella—. En esto estoy con Jake. Las reglas del disc golf. Mars, ¿estás de acuerdo?

—Ni siquiera estoy fingiendo que os escucho —masculla mientras se da la vuelta con la sartén en la mano—. Trae tu plato, Jake.

Cojo un plato de la isla y lo sujeto mientras él me sirve una especie de huevos revueltos.

—Eh, gracias —digo con una sonrisa—. ¿Quién iba a saber que este equipazo de sexo tendría tantas ventajas? No me acuerdo de la última vez que alguien me hizo el desayuno.

—Yo te hago el desayuno todo el tiempo —masculla Caleb.

—Ya, bueno, gritar por las escaleras si quiero que dejes la leche fuera para que me tome los cereales no es prepararme el desayuno —respondo mientras busco un tenedor en el cajón.

—Vale —dice Rachel mientras se pone en pie—. Voy a lavarme los dientes y a coger el portátil. *Kulta*, ¿estarás listo en cinco minutos?

—*Joo* —responde, vuelve a estar otra vez vuelto hacia los fogones.

—¿Te marchas ahora? —digo con el tenedor a medio camino de la boca.

—Ajá. Ilmari me lleva al aeropuerto de camino al gimnasio.

Se inclina para darme un beso en la frente. Luego se da la vuelta y también le da un beso a Cay. Después rodea la isla de la cocina, le pasa el brazo a Mars por la cintura mientras susurran algo en finés y le da un beso rápido en la mejilla. Poseidón la sigue a todas partes en este momento y corre detrás de ella mientras sube las escaleras a toda prisa.

—Bueno, ¿de verdad te parece bien que se vaya? —masculla Cay en cuanto ella ya no puede escucharnos.

—Sí, ¿por qué no iba a estarlo? —digo encogiéndome de hombros—. Tiene sentido que quiera decírselo a su familia en persona. ¿Y no molaría un montón conocer a Hal Price?

—Tranquilo —murmura—. Ya sabes lo rara que se pone con él. Cuando lo conozcas, tienes que estar relajado, ¿de acuerdo? No la avergüences. Y lo más importante, no me avergüences a mí.

—Oye, no es de mí de quien te tienes que preocupar —digo a la defensiva—. Vale, he visto a los Ferrymen en concierto una o dos veces. Pero pregúntale a nuestro amigo el gigante finés cuántas veces los ha visto en directo. —Me vuelvo hacia él con una sonrisa de suficiencia.

Mars se limita a encogerse de hombros.

—Ya, bueno, no me preocupa que a Mars se le vaya la olla —responde Caleb.

—¡No se me va a ir la olla!

—Callaos los dos —masculla Mars mirando hacia las escaleras—. Tenemos cosas más importantes de las que hablar. Yo no voy a ir al gimnasio. La voy a llevar al aeropuerto y luego voy a volver derechito aquí. Tenemos muchas cosas que planear.

—Estoy de acuerdo —responde Caleb—. Llevo levantado desde las seis. Ya tengo una lista hecha.

—Yo también —dice Mars con un gesto de la cabeza.

Paso la mirada del uno al otro.

—¿Es por la Operación Día de Salida? Porque yo también tengo un montón de ideas.

—No, me refiero a nuestro plan de hacer que Rachel recupere el trabajo —responde Caleb.

—Yo también —dice Mars.

Los miro a los dos.

—Vale... ya, eso es superimportante. Pero ¿sabéis qué es más importante? Hacer pública nuestra relación.

—No sé si seguirá dispuesta a hacerlo si la suspensión es definitiva —dice Caleb con una mueca—. A ver, la movida era que la prensa solo informa de sus escándalos y sus fracasos. A lo mejor tenemos que darle algo de tiempo para que se calmen las cosas.

Mars asiente con la cabeza y, lo juro, el corazón se me cae al suelo.

—No, ni hablar, joder —suelto—. No vamos a dar un paso atrás. Miradme ahora mismo y decidme que no vamos a dar un paso atrás.

Los dos me miran, pero no dicen nada.

—Muy bien, escuchadme —digo bajando la voz—. Tenemos una oportunidad. Una oportunidad de verdad. Puede que este viaje a Los Ángeles haya llegado en el momento perfecto. Nos la quitamos de en medio para ponerla a salvo y luego llega el momento del gran gesto.

Mars me mira con una ceja levantada.

—¿El momento del gran gesto?

—Sí, creo que podemos hacer las dos cosas al mismo tiempo —explico—. Podemos conseguir que Rachel recupere su trabajo y podemos hacer pública la relación como el Cuarteto Fantástico, ya decidiremos el nombre oficial.

Caleb se limita a resoplar.

—¿Crees que en cinco días vamos a conseguir que Rachel vuelva al trabajo y a coordinar una campaña entera de relaciones públicas? Por no mencionar que tenemos trabajos. Vosotros dos jugáis al hockey, ¿os acordáis?

—Por supuesto que sí —respondo—. Por eso vamos a necesitar algo de ayuda. Vamos a pedir todos los favores que nos deben. Ese es el objetivo de un gran gesto, ¿no? Hace falta un esfuerzo grupal. La prensa esperará que se forme un circo con todo esto, así que vamos a dárselo. A lo grande o a nuestra casa. ¿Estáis los dos conmigo?

Caleb suspira.

—Cuéntame tu idea antes de que diga que sí.

Le lanzo una sonrisilla diabólica.

—Ay, te va a encantar.

Capítulo 102
Rachel

Llevo cuatro días sin mis chicos y soy un desastre. No es que me haya vuelto loca. Eso no es posible cuando estás casada de forma no oficial con Jake Compton. Me escribe tanto como siempre. El cambio horario le hace gracia, ya que, por lo general, está levantado a las seis de la mañana de la costa este y ahora yo estoy en la costa oeste.

He intentado tranquilizarme y pasar tiempo de calidad con mi madre relajándome junto a la piscina. Está aplicando una estricta prohibición a los medios de comunicación. El equipo de papá sigue lidiando con el puñado de peticiones de prensa y me mantiene al margen. Además, las casas Price son un paraíso libre de televisiones, noticias y cotilleos. Escuchamos música, cocinamos e ignoramos el mundo exterior. Es perfecto. Una forma de recargar las pilas emocionales.

Resulta que no me ha servido de nada todo ese miedo que tenía a confesarles a mis padres que soy poliamorosa... porque Harrison ya se lo había contado. Hizo un trabajo estupendo y los animó a que se comportaran conmigo de forma natural, pero por un segundo lo veo en esas extrañas sonrisas forzadas que dibujan. El chivatillo me delató.

—No te enfades con Harri, Lim —me dijo papá, mientras me pasaba el brazo por el hombro y me daba un apretón—. Solo estaba jugando la baza del mellizo sobreprotector. Nos hizo jurar por nuestra vida que nos lo tomaríamos bien cuando nos lo contaras y nos amenazó con no darnos nietos.

Así que fue eso. Esa fue la gran revelación. Por lo que respecta a papá, si yo estoy feliz, él está feliz. Quiere que vengan a casa a cenar después del partido para conocerlos de manera oficial.

Mamá ha sido más difícil de convencer, pero también es ella la que hace las preguntas más difíciles. Quiere detalles, trasfondos, fechas. Quiere saber cosas como «Si tienes hijos, ¿quién será el padre? ¿O es que a ninguno os importa?». Ya sabes, la típica conversación casual que tienes junto a la piscina.

¿Es extraño decir que no estoy preocupada? No me preocupan las grandes respuestas sin responder que hay en nuestra relación. Las cosas esenciales están ahí. Los quiero y ellos me quieren. Queremos tener una vida juntos. Estamos dispuestos a luchar por ella. El resto son solo detalles.

En este punto, lo que más me preocupa es mi suspensión. Mis aspiraciones como médico nunca se han centrado en la necesidad del dinero. Sé que soy increíblemente privilegiada por poder decirlo, pero es cierto. Nunca me ha hecho falta trabajar. He elegido trabajar. Quería estudiar medicina y ser médica. Quería las largas horas en el laboratorio y los ingratos turnos de noche en la clínica. Y me encanta el sudor y el estrés de los días de partido. Me gusta la sensación de que soy parte del equipo. Puede que yo no juegue, pero también me gano cada retazo de las victorias.

Esta suspensión es por mi culpa. Lo aceptaré si deciden despedirme. Pero, madre mía, me dolerá. Da igual que crea que estaba haciendo lo correcto por Ilmari. Rompí las reglas. Se supone que no debemos permitir que las emociones nos nublen el juicio.

Lo entiendo..., pero tampoco estoy de acuerdo. Los humanos somos complicados. Somos emocionales. Rara vez nuestras historias son lineales o nuestros procesos de curación dinámicos. Si la emoción de la historia de Ilmari no me hubiera motivado, puede que hubiera tomado otras decisiones en lo que respectaba a su tratamiento. Puede que hubiera cogido el mismo camino que Avery y lo hubiera echado de mi consulta con un gesto de la mano.

Solo deseo que pueda hacer algo más para luchar por mi trabajo. Quiero plantarme delante del doctor Tyler y el director general y exponer mi caso.

Pero durante estos cuatro largos días, lo único que me ha pedido Tyler han sido las pruebas de Cincinnati. Aparte de eso, he recibido silencio por todos los frentes.

El silencio ha sido casi inquietante. Poppy no ha dicho nada. El equipo de relaciones públicas de papá no ha dicho nada. Solo paz... y tranquilidad... y mensajes de Jake informándome sobre la guardia pelícano.

Los chicos dicen que no hay ninguna novedad, pero ya hace meses que soy parte de ese equipo. Los cotilleos de los Rays son peores que los de las señoras que quedan para tejer. Saben algo. Pero me lo están ocultando. Lo cual es estresante que te cagas.

Su avión ha aterrizado esta mañana supertemprano. Como estoy suspendida, no tengo pases privilegiados para verlos en el estadio o en el hotel. Aunque tampoco es que lo haya intentado en realidad. No voy a hacer nada que pueda empeorar la suspensión. Ni siquiera quiero ir al partido esta noche. Aunque Jake ha dejado claro clarinete que esperan verme allí. Anoche, me mandó cuatro entradas. En la zona de la familia de los Rays, en primera fila.

Estoy intentando no pensarlo. Hemos quedado para comer algo rápido dentro de una hora. Lo veré todo más claro una vez vuelva a estar entre sus brazos.

—¿Estás seguro de que este es el sitio? —digo mirando a través del cristal tintado del SUV.

Papá tiene contratados a unos cuantos conductores y esta semana me ha asignado a Carl. Es un tío genial. Lo conozco desde que tenía catorce años.

—Este es el nombre que me diste, cariño —dice desde el asiento delantero—. El GPS dice que es justo aquí.

Vuelvo a mirar por la ventana. Cuando Jake me ha enviado el nombre de la cafetería, se lo he pasado directamente a

Carl y he terminado de arreglarme. Esperaba que fuera un antro. A Caleb le gusta encontrar lugares excéntricos con bocadillos que tienen nombres de gente famosa. En cambio, Jake nos arrastra a restaurantes de sushi caros.

Esto no es ninguna de esas dos cosas. Parece el restaurante de un hotel elegante.

—¿Te quedas o nos vamos, cariño? —dice Carl—. Tengo que mover a la bestia.

—Me... quedo —digo, y llevo la mano al tirador de la puerta. Esto no me lo esperaba, pero ¿quién soy yo para juzgar? A lo mejor en la carta hay un sándwich club de sesenta dólares con lonchas de pavo y beicon ahumado con madera de manzano que se llama «Kevin Beicon».

—¡Tú llámame cuando quieras marcharte! —dice Carl desde el asiento delantero.

—Gracias, Carl —digo, y bajo de la parte trasera con el teléfono en la mano. Marco el número de Jake mientras cierro la puerta y cruzo la acera hacia el vestíbulo del hotel.

—¡Eh, nena! —dice alegre.

—Oye, estoy en el restaurante de este hotel raro. ¿No me he equivocado? —pregunto mirando alrededor—. Es uno de esos sitios con servilletas de tela y porcelana y yo llevo puestos unos vaqueros. Los camareros van de esmoquin.

—Sí, nosotros estamos de camino. Llegamos tarde. Es culpa de Cay...

—No es culpa de Cay —oigo a Caleb decir cerca del teléfono.

Sonrío, me siento mejor al saber que están cerca.

—¿Cuánto os falta?

—A lo mejor unos diez minutos —responde Jake—. Hemos hecho reserva. Está a nombre de Compton. Tú siéntate y enseguida estamos.

—Vale —digo mientras cruzo las puertas dobles de cristal para entrar en el ostentoso restaurante.

La recepcionista me sonríe, bajo la luz que entra por las ventanas tiene una piel hidratada y perfecta.

—Buenas tardes —dice con una voz cantarina—. ¿Tiene reserva?

—Oye..., nena —me dice Jake al oído llamando mi atención.

—¿Sí?

—Te queremos, Rachel.

Se me calienta el corazón y sonrío.

—Yo también os quiero, ángel.

—Genial, ¡nos vemos en diez minutos!

Me cuelga.

Dejo caer el brazo con el móvil al lado.

—Señorita, ¿tiene reserva? —vuelve a decir la recepcionista.

—Sí —respondo mientras me meto el móvil en el bolsillo—. A nombre de Compton.

—Sí, por supuesto. El otro miembro de su grupo ya ha llegado. Por aquí, señorita.

Me quedo rígida.

—¿Otro miembro?

—Sí, acaba de llegar antes que usted —responde—. La acompaño a la mesa.

—No... todavía no han llegado.

Acabo de hablar con Jake. Me acaba de colgar, literalmente, y no está aquí. Entonces... ¿quién ha venido? ¿Con quién he quedado? La pobre recepcionista parece igual de confundida que yo. La curiosidad se apodera de mí.

—Enséñeme la mesa.

—Por supuesto —canturrea, y me hace un gesto con el dedo—. Por aquí.

Caminamos por la elegante galería de cristal y entramos en el comedor principal. Está repleto de comensales que disfrutan de una comida tardía. Veo porciones pequeñas de comida elegante en platos grandes. Sí, ningún jugador de hockey del universo elegiría este sitio.

Me conduce a una mesa que está en la esquina, junto a la ventana, donde hay un hombre con traje mirando el móvil. Sobre el mantel, delante de él, tiene un té helado con gotas condensadas en el vaso. Es un hombre mayor con el pelo grisáceo y unos ojos serios bajo unas espesas cejas. Rezuma riqueza y sofisticación. Él ha elegido este restaurante, me apuesto lo que sea.

El corazón se me cae del pecho y me aferro al bolso de mano como si fuera un salvavidas. Conozco bien a este hombre, aunque solo lo he visto un par de veces. Es Mark Talbot, el director general de los Rays de Jacksonville.

Levanta la cabeza cuando la recepcionista se acerca y pasa la mirada de ella a mí. Me resulta imposible descifrar su expresión, pero se levanta y deja el móvil en la mesa sobre un montón de archivadores que rebosan papeles.

—Doctora Price, me alegro de que haya encontrado el lugar. —Me tiende la mano y yo, como un robot, doy un paso al frente y se la estrecho.

—Enseguida les envío un camarero —canturrea la recepcionista mientras se aleja, casi bailando un vals.

Me quedo ahí plantada junto a la esquina de la mesa viendo al señor Talbot que vuelve a recuperar su silla. Levanta la mirada hacia mí y se coloca la servilleta en el regazo.

—¿No se sienta? —Hace un gesto hacia la silla libre—. Espero que le guste el tartar de atún.

Capítulo 103
Rachel

Con el corazón en la garganta, me siento delante del señor Talbot. Miro a mi alrededor y me doy cuenta de la verdad. Esta mesa es para cuatro, pero solo está puesta para dos. Los chicos no van a venir. Me han mentido. Tengo la sensación de que el señor Talbot está a punto de decirme por qué.

—¿Había estado aquí? —me pregunta antes de darle un sorbo a su té helado.

—No —respondo.

—Bueno, he pedido un par de cosas. Podemos picotear mientras hablamos.

Como si ese fuera su pie para entrar, un camarero muy guapo se nos acerca y nos enseña un plato de tartar de atún con una decoración muy artística. Los trozos de pescado marinado mantienen el equilibrio sobre un lecho de aguacate cortado en cuadritos, adornado con cebollino y semillas de sésamo.

—¿Puedo traerle algo de beber, señorita?

—Agua —murmuro.

—Puede pedir lo que quiera —dice Talbot—. ¿Vino? ¿Un cóctel?

—El agua está bien —repito.

El camarero se marcha como si flotara y nos deja solos en la mesa.

—Bueno, vamos a ir al grano —dice Talbot mientras se sirve tartar—. ¿No quiere nada...?

—Quiero saber lo que está pasando —respondo—. Señor, he llegado aquí esperando encontrarme con... otra persona.

—Su... oh, demonios. —Suelta una carcajada y deja el tenedor con repiqueteo—. Esos cabroncetes escurridizos. ¿Compton la ha engañado para que venga? Dios, eso explica por qué se muestra tan extraña.

Suspira, sacude la cabeza mientras suelta otra risa y me relajo un poquito.

No digo nada, estoy esperando.

—Bueno, entonces vamos a olvidarnos del tartar un minuto —dice y aparta el plato a un lado—. Puedo ver por la expresión sombría que tiene en la cara que no va a comer ni un bocado hasta que no sepa por qué demonios estoy aquí.

Asiento con la cabeza con las manos bien apretadas en el regazo.

—Bueno, doctora Price. El resumen es que mi casa echa fuego y estoy dispuesto a hacer lo que sea para apagarlo.

—¿Fuego, señor?

—Sí —responde sin apartar de mí esos ojos oscuros—. Mi equipo. Mi organización. Durante los últimos cinco días, hemos caído de lo más alto a lo más bajo. ¿Alguna vez ha intentado apagar un incendio, Price? Ahora puedo decirle que no es para nada divertido.

—No lo entiendo.

—¿No? Todo esto empezó por usted, doctora Price. Creo que usted es la única que puede terminarlo.

—¿Terminar qué?

—La locura que se ha apoderado de mi equipo —dice haciendo un gesto con la mano—. En los últimos cinco días, más de la mitad de mis jugadores se han presentado en mi despacho para amenazarme con renunciar. La otra mitad pedían que los transfirieran. Están exigiendo cosas, me sujetan los pies contra las malditas brasas. Estoy listo para gritar que me rindo. Así que aquí estoy, hablando con usted. —Le da unos golpecitos a la mesa que nos separa.

¿Esto trata sobre mí? ¿Todo el equipo está implicado? No tiene sentido.

—Pregúnteme lo que quiera y se lo responderé, señor —digo.

—En realidad, solo tengo una pregunta para usted, doctora Price —responde—. ¿Le gusta trabajar para los Rays?

—Eh... Sí, señor —murmuro—. Me encanta. Me encanta el equipo. Me encanta el personal de apoyo, la camarería. Me encanta la idea de ser parte de algo nuevo, de construir algo duradero desde los cimientos.

Asiente con la cabeza despacio.

—¿Y dónde se ve dentro de cinco años, Price?

Suelto el aire temblando.

—Mmm... siempre he esperado que, si conseguía la beca Barkley, eso me llevaría a un puesto a jornada completa. No es que lo haya esperado —añado enseguida—. Es solo que sé que los becarios de la Barkley suelen acabar en puestos permanentes. Y eso es lo que quiero... quería —me corrijo.

—Por lo que he entendido, en realidad usted no eligió a los Rays —responde—. La beca se le concedió a otro médico.

Asiento con la cabeza y me aclaro la garganta.

—Sí, lo que a mí me dijeron es que el otro se fue a hacer rafting y ganó el agua. Así que el puesto se quedó libre y yo lo ocupé.

—Entonces, usted no eligió a los Rays —insiste—. Se conformó con la única plaza que había disponible.

—Supongo que yo no lo veo así —respondo—. Aproveché una oportunidad. Se abrió una puerta y me lancé de cabeza. Y, al menos en mi vida, las mejores cosas que me han pasado son siempre las que nunca he planeado. ¿Alguna vez me había imaginado como médica deportiva de un equipo de la NHL? No. Si le soy sincera, cuando llegué a Jacksonville, ni siquiera sabía los nombres de todas las posiciones. Pero enseguida me enamoré de la ciudad y del equipo. No cambiaría mi puesto por nada.

Asiente con la cabeza, pensativo, mientras le da otro trago al té helado.

Mi mirada recae sobre la pila de carpetas de manila que tiene al lado.

—¿Qué es eso? —me atrevo a preguntar.

—¿Esto? —Coloca una mano sobre la pila—. Son sus expedientes, Price.

—¿Mis expedientes?

—Sí, son todos sus registros profesionales —dice mientras levanta la primera carpeta de la pila—. Cortesía del doctor Tyler. Es su currículo, sus transcripciones, su solicitud de la beca Barkley, además de cartas de recomendación de los Galaxy de Los Ángeles, los Lakers y la Clínica Deportiva de Cincinnati.

—¿Y las demás?

Coge la segunda carpeta.

—Bueno, estas me han ido llegando a la oficina durante los últimos cinco días. Son cartas de apoyo de casi todos los pacientes de alto perfil con los que alguna vez ha trabajado.

—Ay, madre mía —murmuro. Tengo los ojos llenos de lágrimas.

Talbot abre la carpeta y pasa un par de hojas.

—Tengo cartas de golfistas de élite, medallistas de bronce olímpicos de buceo y lo que parecen la mitad de los Bengals de Cincinnati. Todos se deshacen en elogios. En resumen, todos dicen que soy un idiota si no la contrato de inmediato.

Me he quedado anonadada. Esto ha sido cosa de mis chicos. Tiene que serlo. ¿Cómo han puesto todo esto en movimiento en tan poco tiempo?

—Señor Talbot...

—Y luego está esto —dice levantando la última carpeta. Me muerdo el labio para evitar que se me salten las lágrimas.

—Cartas de apoyo de todos y cada uno de los jugadores de mi equipo. Todos los Rays, incluyendo a la mayoría de los chicos del equipo de la liga inferior. El personal de apoyo también ha escrito. Todos los jefes de equipo parlotean sobre lo buena que es, lo fácil que es trabajar con usted. Incluso hay una carta de la señora del carrito del café que hay en el complejo de entrenamiento. Al parecer, Candy dice que ha tenido la generosidad de pagarle las clases de trombón de su hijo porque ella no puede permitírselas. Es solista de la banda de música del instituto gracias a usted. Y George, el conserje, dice que le compró una nueva mopa con un casco a juego cuando se le rompió la suya el mes pasado.

¿Han llegado incluso hasta George? Sí, es oficial: estoy llorando. Cojo la servilleta de la mesa y me la paso por debajo de los ojos.

—Otra cosa no, pero todo este drama ha servido para arrojar luz sobre una herida abierta —continúa.

—¿Oh?

—Sí. Resulta que la mayoría de los chicos no estaban satisfechos con la atención que recibían del doctor Avery. Todos lo estaban sufriendo en silencio. Pero ya no están callados. La mitad del equipo se ha presentado esta semana en mi oficina para amenazarme con renunciar si no lo despedía. La otra mitad ha estado echando la puerta abajo para decirme que la contratara en su lugar.

Sacudo la cabeza. Esto es demasiado. No quería ganarme el puesto de este modo.

—Señor, nunca pretendí causarle tantos problemas —digo apoyándome sobre la mesa—. Yo solo quería hacer mi trabajo. Me gusta ayudar a la gente y mi situación me permite hacerlo. El dinero no es nada para mí, señor. Creo que usted eso podría entenderlo mejor que nadie —añado.

No dice nada.

—Trabajo duro porque quiero hacerlo —continúo—. Ayudo a la gente porque puedo. Y le juro que nunca pondría en peligro la salud de un jugador. Lo único que hice con Kinnunen fue mantenerlo a salvo. Lo saqué del hielo, aunque él no quería que lo hiciera. Le hice pruebas. Realicé con él toda la fisioterapia que pude. Y sí, nos enamoramos —admito—. Pero si acaso eso me hizo que me comprometiera más con su cuidado, no menos. Si eso hace que sea una médica terrible porque me implico emocionalmente con el cuidado del paciente, bueno... supongo que me da igual —digo y hago un gesto con la mano—. Señor, me da igual. Soy doble cáncer, lo que significa que soy un ser humano que se deja llevar por las emociones, que se preocupa muchísimo y que lo intenta con todas sus fuerzas. A lo mejor no deberían dejarnos ir a la escuela de medicina. Pero fui y aquí estoy, y me mantengo firme en mis decisiones. Lo volvería a hacer.

El discurso me deja sin aliento y me retrepo en la silla, cojo el vaso de agua para darle un trago.

Talbot se queda como si no acabara de echarle las entrañas.

—La carta de Langley ocupa cuatro páginas. Resulta que tiene un don para la escritura. Dice que hacía años que no se sentía tan bien en el hielo y que todo se debe a su plan de fisioterapia.

Su sonrisilla de suficiencia se convierte en un ceño decidido cuando levanta el primer folio.

—Esta es de Kinnunen. —Me la enseña y puedo ver lo breve que es.

Toda la carta no ocupa ni la mitad de la página. ¿De verdad tenía tan poco que decir sobre algo tan importante como esto?

—¿Quiere que se la lea? —Baja la mirada al papel y se aclara la garganta—: «Estimado señor Talbot: Devuélvale a la doctora Rachel Price su trabajo o dejaré los Rays de manera efectiva e inmediata. Y me llevaré a Jake Compton conmigo». Y esto... —Levanta un montón de papeles que están unidos por un clip—. Estas son todas las ofertas que los dos han conseguido reunir en cuestión de días de otros equipos que están dispuestos a quedarse con los dos. Cinco equipos de la NHL, tres equipos de la Liiga finesa y un equipo sueco. Y mientras estaba aquí sentado, mi secretaria me ha mandado un mensaje para decirme que también ha recibido ofertas para transferir a otros jugadores.

El corazón se me sale del pecho.

—Señor, hablaré con ellos. No le van a hacer esto, se lo prometo...

—Oh, ellos no son los únicos que están amenazando con dejar el equipo —responde con un resoplido—. Ya se lo he dicho, Price. Tengo media docena más de cartas con amenazas similares: Novikov, Sullivan, Langley, Morrow, Gerard. ¿Cómo narices se supone que voy a remplazar a mi seis inicial? Dígamelo.

—Yo... hablaré con ellos —digo sacudiendo aún la cabeza—. Así no es como yo quería que fueran las cosas, señor.

Esto no está bien. Así no es que como quería recuperar mi puesto en los Rays, con amenazas y avaricia y...

—Amistad —me corrige—. Preocupación, indignación. De eso trata todo esto, Price —dice sujetando el grueso cartapacio de archivos—. Este es el reflejo del trabajo en equipo. Este es el reflejo del respeto. Estos son los archivos de una persona honesta, de alguien que provoca lealtad. Esos hombres están dispuestos a reducir a cenizas los Rays por usted y no estoy hablando solo de Compton y Kinnunen.

Estoy llorando otra vez, he intentado mantenerme entera y he fracasado miserablemente.

—Cuando todo mi equipo me está diciendo algo, me corresponde a mí, como su director general, escuchar. Y lo que me están diciendo es que les gusta, Price. Confían en usted. La quieren en este equipo. No se puede comprar este tipo de lealtad —dice dándole unos golpecitos a la pila de archivos—. Se ha ganado una segunda oportunidad. He venido a ver si la acepta.

—Señor...

—Así pues, este es el trato que le ofrezco —dice por encima de mí—. Termina un par de semanas más de suspensión sin sueldo para que el entrenador Johnson se quede satisfecho. Necesita ver que las acciones tienen consecuencias. Y también los jugadores. Dé ejemplo y cumpla el tiempo que le corresponda en la caja de castigo sin quejarse.

—Sí, señor —murmuro, mientras asiento con la cabeza.

—Bien. —Se queda callado por un momento antes de añadir—: Luego quiero que vuelva y termine lo que le queda de beca.

Jadeo y levanto la cabeza.

—Señor...

—Déjeme acabar, Price —dice levantando una mano—. Esto todavía no es oficial, pero los Rays van a prescindir del doctor Avery. Como le he dicho, cuando mi equipo habla, yo escucho. Y esta vez han hablado alto y claro. Avery se va fuera. Eso significa que tengo un hueco en mi alineación. Voy a hablar con la junta de directores para aprobar la creación de tres nuevos puestos de fisioterapia: director y dos asistentes del director. Un asistente trabajará exclusivamente con nuestros jugadores lesionados. El otro estará contratado junto con el equipo de estiramiento y acondicionamiento.

Asiento con la cabeza, no estoy segura de qué se supone que tengo que decir. Está empezando a zarandear algo que sin duda comienza a parecerse a una zanahoria. Pero tengo miedo de confiarme, tengo miedo de tener esperanzas.

—Considere su beca como un periodo de prueba, Price —continúa—. No se meta en líos. Deje de ir a su rollo. Deje de tocarle las narices al entrenador Johnson. Y, por el amor de Dios, deje de enamorarse de más Rays. Al final de la beca, podrá elegir entre los puestos de director adjunto.

Suelto todo el aire que tengo en los pulmones de una bocanada.

—Señor, yo no... —Sacudo la cabeza.

—Se dice «gracias», Price —se burla—. Y luego diga: «Sí, Mark, acepto». Porque si tengo que enfrentarme a esos chicos y decirles que no he conseguido llegar a un acuerdo con usted, tengo razones de peso para preocuparme por mi seguridad. Me salva la vida con su respuesta, Price. Diga que sí y todos nos podremos marchar de aquí tan felices.

—¿Todos? —digo confundida por la forma que ha tenido de expresarlo.

—Sí, sus tres demonios llevan cinco minutos acechando en la esquina del restaurante —añade señalando por encima de mi hombro.

Me doy la vuelta con los ojos abiertos como platos y veo a Jake, Caleb e Ilmari sentados a una mesa en el otro extremo de la estancia, observándonos como halcones. Y no están solos. Sentada al lado de Ilmari hay una mujer con curvas y un cabeza llena de rizos rojizos enroscados en un moño despeinado. Sus labios rojos se abren en una sonrisa y me saluda con la mano. Ha venido Tess.

Capítulo 104
Rachel

Antes de que pueda pensar en levantarme de la silla, mis chicos ya lo han hecho y se acercan hacia nosotros. Todos los ojos del restaurante los observan mientras se mueven. Es difícil no fijarse en ellos, han hecho que el espacio que hay entre las mesas sea como su propia pasarela deportiva.

El señor Talbot y yo nos ponemos de pie.

—Debería haber pedido una mesa más grande —dice a modo de saludo y le estrecha la mano a Jake.

—No podemos quedarnos —responde Jake—. Tenemos que jugar un partido, ¿recuerda?

Ilmari solo tiene ojos para mí y me envuelve entre sus brazos. Lucho contra las ganas de llorar otra vez mientras respiro hondo con la cara aplastada contra su pecho. Él hace lo mismo, me pasa la manaza por el pelo y deja descansar la frente en mi coronilla.

Susurra en voz baja cosas en finés que no entiendo, pero las siento. Entonces me envuelve la mejilla y me busca los ojos.

—¿Estás bien?

Asiento, estoy demasiado sobrepasada como para pronunciar palabra.

—Es lo que os dije en Jax —les dice Talbot a los chicos—. Creo firmemente en las segundas oportunidades cuando una persona se las gana. Está claro que la doctora Price se ha ganado la confianza y la lealtad de este equipo. Si ellos la quieren en el equipo, entonces yo también. Quiero que mi equipo sea feliz y esté sano y entero.

—Me va a dejar terminar la beca —digo, por fin he encontrado mi voz.

—Ay, eso es genial, nena —dice Jake, que se inclina para besarme mientras sigo entre los brazos de Ilmari—. Los chicos se van a alegrar muchísimo. Les ha costado superar esta semana...

—Sí, y ahora yo necesito tranquilizar a los perros —advierte Talbot—. Extender la palabra por todo lo largo y ancho: la doctora Price sigue siendo una Ray. Volverá al trabajo a tiempo para nuestro viaje a Texas.

—Gracias, señor —dice Jake y le estrecha la mano otra vez.

—No me las des a mí —responde Talbot—. Era la elección correcta. Ahora, como veo que mi vida ya no se encuentra en peligro mortal, voy a volver a sentarme y a terminarme este tartar... a lo mejor también pido un solomillo. Imagino que al menos tres de vosotros tenéis cosas más importantes que hacer ahora mismo.

—Mierda, sí —dice Jake, mientras comprueba la hora en su móvil—. Tenemos que volver al hotel. —Me mira a mí y luego mira a Talbot.

El señor Talbot se limita a resoplar.

—Marchaos todos. De todos modos, no quería compartir la comida —añade, mientras arrastra el plato de tartar hacia él.

—Gracias, señor —murmuro.

Sigue teniendo una sonrisilla de suficiencia dibujada cuando levanta la cabeza para mirarme.

—Encárguese de que esos tres vuelvan al hotel y se monten en el autobús a tiempo.

Me giro, le cojo la mano a Ilmari y a Jake y los cinco avanzamos entre las mesas del restaurante y salimos al vestíbulo del hotel. En cuanto cruzamos las puertas, mis chicos se ponen a hablar al mismo tiempo y se intercambian para abrazarme y besarme y preguntarme qué ha pasado.

—Eeeh... ¡holaaa! —Tess saluda con la mano frenética—. La mejor amiga está literalmente aquí plantada y no he recibido nada. Tía, he venido desde la otra punta del país para esto. Deja a tus juguetitos y dame un puto abrazo.

Me giro entre los brazos de Jake mientras me río y abrazo a Tess.

—¿Qué coño estás haciendo aquí? —grito.

—Caleb me invitó —responde ella.

Miro al aludido por encima del hombro y con una ceja levantada.

—¿Por qué?

—Si las cosas iban mal con Talbot, no queríamos que estuvieras sola —responde encogiéndose de hombros.

—Sí, puedes llamarme señora Apoyo Moral —añade Tess con una risa—. Pero ahora que todo está solucionado, ¡podemos ir juntas al partido! Sabes que hace tiempo que me muero de ganas por ver a los Rays en acción. A mami le gustan los hombres poderosos en patines. Y Jake dice que te envió entradas suficientes para dar y regalar.

—Sí, te envié cuatro —responde—. Pero Poppy te puede conseguir más —añade—. Sin ningún problema. Tú mándale un mensaje, Seattle.

Fuerzo una sonrisa, de repente me siento incómoda.

—No sé... ¿eso no sería raro? Técnicamente, sigo estando suspendida. No quiero sobrepasarme o....

Jake se inclina y me besa como si no hubiera un mañana. Cuando se aparta, los dos cogemos aire:

—Te vienes al partido —dice—. Y Mars y yo lo hemos echado a suertes. Esta noche te pones mi jersey. Ya se lo he dado a Tess.

—Sip —dice la aludida, mientras le da unas palmaditas a su enorme bolso—. ¡Ya podemos marcharnos! Oye, a lo mejor si tú llevas su jersey, me pongo yo el de Ilmari...

—No —responden los tres chicos al mismo tiempo, mientras se vuelven a lanzarle una mirada asesina a mi mejor amiga.

Lucho contra las ganas de reírme mientras Tess recula con los ojos desorbitados. Su rostro enseguida cambia de la sorpresa a la alegría.

—Vaya. Es un tema delicado.

Ilmari me pasa las manos por la cintura y me acerca a él.

—Te pondrás el mío en el próximo partido —murmura y me da un beso en la mejilla. Su suave barba me hace cosquillas en la piel.

—Chicos, tenemos que irnos —dice Caleb mientras comprueba qué hora es en su reloj de pulsera.

—Te vemos en el partido, nena —dice Jake y me da otro beso rápido—. ¡Cuida de nuestra chica, Tess!

—Tranquilo —le responde mientras se despide con la mano.

—*Mä rakastan sua* —masculla Ilmari acariciándome la frente con los labios.

—*Niin mäkin sua.* —Pongo en práctica mi nueva frase.

Me sonríe con tanta alegría que mi interior se alumbra como una linterna. Me da un beso en la frente y me pasa a Caleb.

Cay me sorprende cuando me envuelve la mejilla con una mano y también me besa.

—Hasta luego, Huracán.

Así, mis chicos salen por la puerta principal del hotel y me dejan con Tess.

—Tía, has ganado la lotería de los chicos guapos —se burla mi amiga—. Tres caramelitos. Esos tíos están enamorados de ti hasta las trancas.

Sonrío. No puedo evitarlo. Es la cuarta vez hoy que estoy a punto de llorar.

—Sí —respondo con el corazón desbordado.

—Ven aquí. —Se ríe y me pasa el brazo por los hombros—. Nos quedan unas cuantas horas antes del partido y, si no recuerdo mal, mamá Price hace cantidades industriales de sangría.

—¡Rachel Diane Price, si no bajas ya el culo vamos a llegar tarde! —grita Tess por las escaleras.

No le hago caso. Estoy de rodillas en mi habitación sacando todo lo que llevo en la bolsa de viaje para buscar mi camiseta de técnico de los Rays.

—Dios, ¿dónde está?

—¡Rachel! —me llama Tess mientras avanza por el pasillo—. Tía, ¿por qué tengo la sensación de que siempre te llamo a gritos?

Se queda plantada en la puerta con las manos en las caderas. Al parecer, ha venido preparada porque lleva una camiseta de los Rays monísima con un escote en V que le queda de maravilla a su clavícula. Ha conjuntado la camiseta con unas mallas negras y unas zapatillas deportivas que brillan. Tiene la melena salvaje recogida en una coleta despeinada y se ha hecho la raya en esos ojos castaños.

—Tess, estás cañón —digo con los ojos bien abiertos—. Vaya, vaya. ¿A quién intentas impresionar esta noche?

—A nadie —dice y se aparta el pelo—. Me he arreglado porque me hace sentir bien. Y tú no puedes ir así —añade señalando mi sujetador blanco—. Como tu amiga y apoyo emocional, no puedo permitir que vayas a un estadio de hockey abarrotado con las chicas libres.

—Lo sé —respondo y vuelvo a centrarme en mi bolsa—. Estoy buscando mi camiseta de los Rays.

—Eeeh, no. Te vas a poner el jersey.

Miro al jersey con el número 42 que está extendido encima de la cama.

—No me voy a poner eso.

—Oh, sí, te lo vas a poner. —Camina hasta la cama y lo agarra—. Jake dijo que lanzaron una moneda. No pasa nada.

—Sí, no quiero ofender, pero no les creo. Ya sabes lo que pasó la última vez... —Sonrío y me quedo callada.

—¿El qué, qué pasó la última vez? —pregunta. Abre los ojos como platos—. Ay, Dios, es algo de sexo, ¿verdad? No quiero saberlo. Sí... no. Lo quiero saber, pero no. —Gruñe—. Mierda, ¡no estoy lo bastante borracha para esto!

—Tess, no voy hablando por ahí de esas cosas —digo con una risa.

—No, aún no. Todavía estamos sobrias. Tú espera hasta que nos hayamos tomado un par de las latas esas de vino. Ahora, levanta los brazos. Te pones esto.

Está de pie justo delante de mí con el jersey entre las manos.

—Tess —digo entornando los ojos.

—Levanta los brazos, Rach. No me obligues a limpiarte el culo también.

Resoplo, pero levanto los brazos y ella me pasa el jersey por la cabeza. Me queda enorme. Es un jersey de verdad, está pensado para que Jake lo lleve por encima del acolchado. La manta raya del logo de los Rays está bordada en grande en la parte delantera y en cada hombro hay un 42. Tengo que enrollar las mangas dos veces para sacar las manos.

Tess está perdiendo la paciencia, lo sé porque está dando golpecitos con el pie delante de la puerta.

—Vale, coge la cartera y el pintalabios y ¡nos vamos!

Cuando aparcamos en el estadio, vemos multitudes de gente que abarrotan el exterior esperando a entrar. Más que los fans, lo que me sorprende es la prensa. Hay grupos de paparazis empujándose los unos a los otros como hormigas con sus cámaras y sus micrófonos.

—Esto es una locura —digo mirando a través del cristal tintado del SUV—. Nunca había visto algo así.

—Bueno, es Los Ángeles —dice mamá desde el asiento delantero. Ha decidido venir en el último minuto. Papá ha dicho que no quería llamar la atención.

—Supongo que tienes razón —respondo. No es raro que los famosos vayan a los partidos de la NHL, sobre todo en Nueva York y en Los Ángeles—. Os apuesto lo que queráis a que nos acabamos de perder a algún famoso. —Me río.

—Sí. Bueno, oooh, a lo mejor eran Harry y Meghan —dice Tess con un suspiro.

—¿De verdad crees que Harry y Meghan han dejado todo lo que estaban haciendo para venir a un partido de la NHL un sábado por la noche?

—No lo sabes —me replica.

—Sí lo sé —la provoco.

—Vamos, señoritas —dice mamá desde el asiento delantero—. Rachel, mirada al frente y directa hacia dentro, cariño.

—¿Qué...?

Antes de que pueda terminar de pronunciar el resto de la pregunta, el SUV gira la esquina y me doy cuenta de que vamos directas a la marabunta de la prensa. La policía ha puesto barreras para mantener a raya a la multitud. Hay cámaras alineadas en todas las barreras. Tras ellas, hay periodistas a ambos lados, gritando y agitando pancartas, chillan cuando el coche se detiene.

Jadeo con los ojos desorbitados cuando veo dos de las pancartas. En una pone «Price = Amor» con todos los colores del arcoíris. Hay otro cartel cubierto de purpurina en el que pone «Amor a cualquier Price».

—¿Qué narices...?

—Rach, ¡vamos! —grita Tess desde detrás de mí.

Un agente de policía me abre la puerta y los gritos se intensifican por diez. Mamá ya está en la acera y me tiende la mano. Se la doy y dejo que me saque a rastras del coche. En cuanto pongo un pie fuera, los flases de las cámaras destellan y me ciegan mientras la prensa empieza a hablar en voz alta y la gente que está a su espalda se pone a gritar.

Estoy delirando. Parpadeo ante la punzante luz de los flases mientras mamá tira de mí hacia delante. Tess se coloca a mi espalda y las tres avanzamos deprisa por medio de la turba, sin detenernos mientras la gente que nos rodea sigue gritando.

—¡Doctora Buenorra a la vista!

—¡Rachel!

—¡Price significa amor!

—¡Te queremos, Rachel!

Los seguratas del estadio están preparados para abrirnos las puertas y dejarnos entrar. Cuando se cierran, me doy la vuelta con los ojos desorbitados mientras asimilo la oleada de gente que hay en el exterior.

—¿Qué coño ha sido eso? —grito.

Paso la mirada de mamá a Tess. De repente, no hay ninguna duda de que las dos tienen cara de culpables. Sacudo la cabeza, no me lo puedo creer. No sé qué es lo que está pasando ahora mismo, pero las dos están en el ajo.

—Ay, por el amor de Dios, ¿qué coño está pasando?

Capítulo 105
Rachel

—Cariño, no te enfades —dice mamá.

—¿Que no me enfade? —grito—. ¡Demasiado tarde! ¿Qué coño ha sido eso? ¿De dónde ha salido toda esa gente? ¿Qué están haciendo aquí?

—Han venido a verte —responde Tess—. Para apoyarte, Rach. A ti y a los chicos.

—¿Apoyarme?

—Sí... Mira, la verdad es que te lo tiene que explicar Caleb —dice señalando a mamá con la cabeza.

—¿Caleb? —chillo. Me siento como el loro peor entrenado del mundo, solo soy capaz de repetir una de cada cuatro palabras que dicen.

—Vamos, cariño —dice mamá cogiéndome del brazo—. Todo tendrá sentido dentro de un minuto.

El guardia de seguridad nos escanea las entradas y luego mamá y Tess me conducen por el laberinto que es la planta inferior hasta la sección en que se encuentran nuestros asientos. En cuanto nos internamos entre el gentío, el infierno vuelve a desatarse.

De izquierda a derecha, la gente empieza a gritar mi nombre. Intentan acercarse más. Mamá y Tess se quedan cada una a mi lado, dándome la mano. Los fans agitan pancartas cuando me ven, jalean y gritan nuestros nombres. No solo el mío.

Oigo muchos gritos llamando a Jake y a Ilmari, incluso a Caleb. La mayoría de las pancartas exhiben los números 31 y 42. Y hay dos palabras que están en casi todas.

«Price es amor».

«Love is love».

«Enamórate a cualquier Price».

—¡Os queremos, Rachel! —grita una joven.

—¡Me encanta el jersey! —Se oye un grito por otro lado.

—¡Estamos aquí para ti, Rachel!

—¡El amor es amor!

De repente, siento que llevar su jersey es como tener una diana enorme dibujada en la espalda. Esto es una locura.

—Tengo que ir al baño —digo jadeando.

En realidad no, solo necesito salir de esta turba de gente.

Mamá mira por encima del hombro.

—Pero casi hemos llegado a nuestra sección...

—Ahora —ruego, doy un tirón para sacarnos de la afluencia de gente e ir hacia el baño de mujeres. Yo entro primero. Corriendo y, cuando veo el borde del lavabo, me aferro a él como si me fuera la vida en ello. Contemplo mi reflejo en el espejo y respiro hondo.

Mamá y Tess me flanquean a ambos lados y mi madre me pone una mano en el hombro. Nos parecemos muchísimo. Salvo en que yo tengo los ojos marrones oscuro y ella, azules.

—Ay, cariño —murmura—. Lo siento. Te advertí de que esto sería demasiado para ti. A Harrison le gusta estar en el foco de atención, pero tú siempre has sido mi conejito escurridizo. Tú prefieres la calma y la tranquilidad.

Le aguanto la mirada en el espejo, las lágrimas de sus ojos son un reflejo de las mías.

—Es algo que nunca va a resultar fácil —continúa acariciándome el pelo mientras me lo coloca detrás de la oreja—. Al elegirlos, has elegido también un camino que para ti es difícil. Un camino que implica dejar la comodidad de tu madriguera... al menos durante un tiempo. Pero si los amas tanto como dices, tienes que entender lo que esto significa para ellos. Tienes que ver lo mucho que ellos necesitan esto. Cuánto te necesitan a ti —añade con delicadeza.

—Mamá —susurro, las lágrimas amenazan con caer.

—Estaba preocupada la primera vez que me hablaste de ello —admite—. Pero no por el poliamor —añade enseguida—. Somos Price. Ya lo hemos visto y lo hemos hecho.

Suspiro y sacudo la cabeza mientras Tess se ríe a mi lado. El eufemismo de la década.

—A mí me preocupaba que ellos no te entendieran —continúa mamá—. Me preocupaba que te quitaran algo. Y es que eres muy generosa, cariño. Darías la ropa que llevas puesta. Pero ellos te conocen, Rachel. Te ven. Saben lo que necesitas. Déjales que te lo den ahora. Déjales que le muestren al mundo cuánto te quieren. Déjales disfrutar de este momento. Si superas esto con ellos, serán tuyos para siempre.

—Esto ha sido cosa de ellos —susurro, empiezo a darme cuenta de la verdad. ¿Quién más podría hacerlo?

Mamá y Tess asienten.

—¿Y vosotras dos lo sabíais? Por supuesto que sí —respondo por ellas—. Por eso has venido en realidad, ¿a que sí? —le digo al reflejo de Tess.

—Todos te queremos, Rach —dice con una sonrisa acuosa—. Te mereces tu final feliz. Tienes tres caballeros en patines brillantes ahí fuera, esperando a enseñarle al mundo lo que tu amor significa para ellos. —Me tiende la mano—. Vamos. Vamos a buscarlos.

Asiento con la cabeza y me seco las lágrimas mientras me giro. Mi mirada atisba algo en el espejo y miro hacia atrás.

—Eeeh... ¿Tess?

Me mira.

—¿Hmm?

—¿Qué llevo puesto?

Le lanza una sonrisa a mi madre.

—Ya, sigo sin creerme que me hayas dejado que me salga con la mía.

Vuelvo a mirar el espejo. Llevo un jersey de los Rays. El de Jake. En la parte delantera está la manta raya del logo de los Rays y en los hombros tengo el número 42 de Jake. Pero en la espalda tengo el 31 de Ilmari. Y en la parte superior, en lugar de poner alguno de sus nombres, pone: «Price».

—¿Qué llevo puesto? —vuelvo a decir.

—Ahoooooora sí que tenemos que encontrar a Caleb —dice Tess mientras me coge de la mano.

Mi determinación se vuelve dura como la piedra mientras dejo a un lado el miedo y la confusión. Ah, sí, vamos a buscar a Caleb. Y entonces tendré respuestas.

Mientras bajamos corriendo las escaleras de nuestra sección, mamá vuelve a gritar los números de los asientos.

—¡AA, asientos del uno al cuatro!

A nuestro alrededor, la gente chilla cuando me ve. Gritan mi nombre y agitan pancartas. ¿Por qué demonios están gritando mi nombre? Eso es lo que no acabo de entender. ¿Por qué Price?

Cuando llegamos al final de las escaleras, me detengo de repente. De pie en la fila BB, justo detrás de nuestros asientos, hay dos caras que conozco tan bien como la mía: Harrison y Somchai. Los dos me están mirando por encima del hombro y sonriéndome.

Mi mirada se detiene en el rostro de una mujer muy guapa que hay al lado de Harrison. Hay algo en ella que me resulta familiar. Es joven, quizás tenga unos veintitantos. Tiene el pelo recogido en una coleta de caballo y sujeta una cerveza mientras me sonríe... y lleva un jersey en el que pone Compton.

Siento que me explota la cabeza y me echo a llorar otra vez.

—Amy —digo mientras bajo los últimos cuatro escalones hasta mi fila.

Se ríe y me tiende un brazo, mientras aparta la cerveza a un lado.

—¡Hola, Rachel! Encantada de conocerte al fin. Mi hermano lleva meses hablando de ti.

Me río y lloro mientras la abrazo.

—Y como podéis ver, pasa de su mellizo, al hombre que compartió el útero con ella —dice Harrison resoplando.

Amy me suelta y todos nos echamos a reír cuando abrazo antes a Som. Tiene un aire de jefe de la mafia tailandesa con esos tatuajes que le cubren la mayoría del cuerpo, incluso tiene en el cuello y en el cuero cabelludo. El pelo le ha crecido un poquito, por arriba lo lleva largo como Ilmari. Parece un tío duro, pero por dentro es un osito de peluche.

—Hola, hermanita —dice y me da un beso en la mejilla.

—¿Qué coño estáis haciendo aquí, chicos? —grito y al fin le doy a Harrison su abrazo.

—La familia Price siempre es lo primero —dice Harrison y me da un beso en la otra mejilla.

Mamá, Tess y yo nos pasamos a nuestra fila. En cuanto me quedo de pie delante del plexiglás, me giro y miro hacia las gradas. A nuestro alrededor, todo el mundo lleva jerséis del número 31 y 42. Cuando una mujer se mueve a un lado, me cuesta asimilar lo que veo. En la espalda del suyo también pone «Price».

El corazón se me acelera cuando leo más pancartas. Esto no puede estar pasando. Esto no es real...

—¡Por fin! —chilla Tess.

Me giro y veo a Caleb bajando las escaleras de la sección corriendo, apoyándose más en la pierna buena. A su espalda, la gente chilla y lo jalea. Llega hasta la primera fila y se detiene para estrecharle la mano a Harrison y a Somchai. Amy se lanza a sus brazos y se achuchan. Luego pasa por al lado de mamá y también se abrazan. Tess se echa para atrás en la fila mientras dice:

—Tío, ¡más te vale hacer tu magia antes de que implosione!

Y entonces Caleb está delante de mí con su mirada oscura que me enraíza en las gradas.

—Hola, Huracán —dice con una sonrisa. Me coge de la mano y entrelaza nuestros dedos.

—Cay, ¿qué está pasando? —murmuro.

—¿No te has dado cuenta? Pensamos que, si la prensa iba a hacer un circo de todo esto, más nos valía hacer nosotros un espectáculo aún mayor. —Señala a nuestra espalda, al mar de gente que está ondeando pancartas.

—No lo entiendo —digo sacudiendo la cabeza—. ¿Qué habéis hecho?

—Hemos salido del armario —responde—. Bueno, eso Jake y yo. Nos han fotografiado todas las noches de esta semana en público estando... fuera —dice con una sonrisilla de suficiencia—. Ha estado haciendo entrevistas, podcasts y unas cuantas apariciones en televisión.

—¿Qué? —digo sin aliento.

—Sí, Jake Compton ha salido del armario de manera oficial como un jugador bisexual de la NHL. Poppy lo llama la nueva cara queer de los deportes de élite —añade entornando los ojos.

—¿Y... estás bien? —susurro yo apretándole la mano.

—Más que bien —contesta—. Tenía que pasar. Para conseguir lo que todos queremos, él y yo teníamos que salir del armario.

—Pero no sois los únicos, ¿verdad? —digo con una ceja levantada.

Él sonríe.

—Nena, los tres llevamos cinco días lidiando con la prensa para salir del armario en todos los sentidos posibles. Mars lo ha estado haciendo en dos idiomas.

—¿Qué? —grito—. ¿Cómo he podido perderme esto? Al móvil no me ha llegado nada —digo y me lo saco del bolsillo.

Se atreve a parecer un tanto avergonzado.

—Sí... nena, ese no es tu móvil. —Se saca un móvil igual del bolsillo. Con la misma carcasa y todo—. Este es tu móvil.

Jadeo.

—Eh, pero ¿qué coño?

—Resulta que Mars podría ser un espía —dice—. Se encargó de hacer la copia y los cambió cuando te llevó al aeropuerto. Ese es de prepago. Nadie se ha puesto en contacto contigo porque nadie tiene ese número. Y Poppy y tu padre han estado interceptando movidas a gran escala. Cada vez es más complicado, si te soy sincero.

Jadeo, le quito el teléfono de la mano y desbloqueo la pantalla. Tengo cientos de alertas y notificaciones. Sigue vibrando mientras lo sujeto.

—Ay, ¡voy a mataros! —siseo—. ¿Por eso está aquí toda esta gente?

—Sí, ahora todos conocen nuestra historia —responde—. Saben que Jake y tú os conocisteis en Seattle. Saben que nosotros nos conocimos en el aeropuerto. Saben que cuidaste a Ilmari.

Al sentir mi pánico, Caleb me coloca una mano en la mejilla y se inclina.

—Nena, respira. Esto es bueno, ¿vale? Todo va bien.

—¿Qué quieres decir? —chillo, mi cabeza ya va a mil por hora dándole vueltas a todas las formas posibles en las que esto podría estallarnos en la cara.

—Te han enseñado a pensar que la prensa es mala en todos los sentidos —dice—. Que el hecho de que la gente conozca tu historia solo puede ser malo. Que solo quieren despedazarte.

No puedo evitar resoplar.

—Ya, bueno...

—Pero mira a tu alrededor —dice señalando las gradas—. Por cada trol que tiene algo negativo que decir sobre nosotros, habrá miles de personas más dispuestas a desearnos lo mejor. Eso es lo que queríamos enseñarte esta noche, Rach. Queríamos salir del camino que has marcado tú y que nos dejaras mostrarte que la gente puede ser buena. Puede ser amable. Puede ser comprensiva. No estamos solos. Y esto no va a salir mal.

—Caleb —murmuro, no sé qué más decir.

—Jake e Ilmari hicieron un concurso —continúa—. Las primeras cincuenta personas que compraran el abono de temporada conseguirían un viaje gratis a este partido: billetes de avión, hotel y todo lo demás. Lo pagan ellos dos. Rach, en menos de una hora, Poppy tuvo que cerrar la página web.

—Madre mía.

—Las ventas de los abonos de temporada se han duplicado —añade—. Los siguientes seis partidos que jugamos en casa están completos.

—Para —susurro sacudiendo la cabeza—. Es todo demasiado bueno para ser verdad.

Pero él se limita a sonreír.

—Ahora nuestra historia está ahí fuera. Es tendencia en todas las redes sociales. Poppy ha tenido que contratar ayuda para lidiar con la avalancha y creo que tu padre está dispuesto a matarnos, pero está funcionando —añade enseguida—. Están de nuestro lado. Les encanta nuestra historia. Te quieren.

Miro a mi alrededor y veo que mi madre está fingiendo que no nos escucha con lágrimas en los ojos. Sí, ella ha estado ayudándolos. Su prohibición de los medios de comunicación ha resultado ser efectiva, me ha mantenido en la sombra. Siempre ha estado protegiéndome.

—¿Por qué en los jerséis pone Price? —susurro, necesito que Caleb lo diga en voz alta.

Su sonrisa se suaviza mientras me vuelve a coger la cara entre sus manos y me acaricia la mejilla con el pulgar.

—Eso fue idea mía. Siempre estás diciendo lo de la familia Price contra el mundo, ¿no? Pensamos que te vendría bien tener a alguien más en el banquillo.

Y ahora estoy llorando como una magdalena con la cara contra su pecho y agarrada a él.

—Mars dirá que legalmente no se puede cambiar el apellido a menos que te cases con él —me dice al oído, va subiendo la voz conforme lo hace la música—. Pero lo he buscado en Google y también vale con cohabitación, así que no dejes que te engañe. Puede que solo tenga que esperar cinco años —añade encogiéndose de hombros.

—Espera... legalmente —chillo y me aparto de él.

Caleb asiente con la cabeza.

—Yo entregué los papeles el lunes. Será oficial a lo largo de las próximas cuatro semanas. Voy a ser Caleb Price.

Sacudo la cabeza, siento que el corazón se me desborda, soy incapaz de creer que todo esto es real.

—¿Y Jake e Ilmari?

Antes de que Caleb pueda responder, la voz del comentarista resuena por los altavoces.

—¡Poneos en pie, fans de los Rays! ¡Es hora de presentar al seis inicial!

A nuestro alrededor, los fans de los Rays vitorean y pisan fuerte.

—¡Como delantero, el número 19, Josh O'Sullivan!

Los fans de los Rays se vuelven locos cuando Sully sale al hielo y recorre la pista sobre los patines dibujando un círculo muy pronunciado.

—¡Como delantero, el número 20, Ryan Langley! ¡Como delantero, el número 17, Henrik Karlsson!

Langley y Karlsson salen patinando el uno detrás del otro y empiezan a lanzar discos a la red vacía.

—¡Y el defensa de los Rays, el número 3, Cole Morrow! ¡Y el defensa número 42, Jake Price!

Los fans de los Rays se vuelven locos cuando Jake entra en el hielo con Morrow. Jake esta guapísimo con el jersey de la segunda equipación. Tiene el 42 en los hombros y en la espalda, pero en la parte superior lleva mi apellido.

—¡Y como portero titular de los Rays el número 31, Ilmariiiii Priiiiice!

Incluso muchos de los fans de los Kings enloquecen animando a Ilmari.

Y los fans de los Rays pierden la cabeza.

Ilmari entra en el hielo con toda su equipación de portero, con la máscara ya bajada, todo él parece el Oso. Pero no patina hasta la portería. Ni siquiera la mira. Puedo sentir sus ojos sobre mí mientras cruza el hielo sobre los patines. Los fans que están detrás de nosotros se vuelven locos cuando patina hasta el cristal y se echa el casco para atrás y sus ojos azules me ven el alma. Se quita el bloqueador y presiona la mano contra el cristal.

Sin dudarlo, extiendo el brazo y coloco mi mano encima de la suya.

—*Oon sun* —digo a través del cristal.

Sonríe y lo siento en todas partes.

—*Vain sun, rakas.*

Mientras la multitud grita detrás de nosotros, Jake también se acerca y se quita el guante con una sonrisa de oreja a oreja. Presiona la mano contra el cristal, al lado de la de Ilmari.

—Eh, Seattle. —Su sonrisa me derrite por dentro—. En una escala del uno al diez, ¿cuánto estás de enfadada? —grita a través del cristal.

No puedo evitar reírme y sacudo la cabeza mientras Caleb se inclina para darme un beso en la coronilla.

—Diez —le respondo.

—Sí —me provoca—. El sexo es mejor cuando estás cabreada.

—Ay, madre mía —dice Harrison a mi espalda.

—Tápate los oídos, mamá Price —dice Tess mientras los otros se ríen.

—Oye... ¡que mi hermana también está aquí! —dice Jake señalando a Amy—. La he traído desde Japón, así que esta noche yo voy primero.

—¡Cierra el pico y patina! —ladra Caleb.

Todos los que nos rodean se ríen cuando Jake le lanza un beso a Caleb y se marcha sobre los patines, luego se señala sin ninguna vergüenza mi apellido en su espalda.

Ilmari aparta la mano del cristal y se coloca el bloqueador mientras se baja la máscara sobre el rostro. Con un asentimiento de cabeza, se da la vuelta y se marcha patinando. Ver el apellido Price en su espalda me hace sentir que todo está en su sitio. Esta segunda vez se ha rehecho a sí mismo al reclamar la familia que quiere y al elegir su vida. Yo también tengo elección.

Me inclino hacia delante con las dos manos apoyadas en el plexiglás.

—¡Ilmari Price! —lo llamo, mi aliento cálido nubla el cristal helado.

Se detiene y me mira por encima del hombro.

—¡Si ganas este partido, me caso contigo!

A mi alrededor, nuestros amigos y familiares chillan de la sorpresa.

Ilmari regresa sobre los patines, se levanta la máscara y veo que los ojos le echan fuego.

—Dilo otra vez —gruñe.

—Por nada del mundo voy a esperar cinco años para que ese cambio de apellido sea legal —digo señalándole la equipación—. ¿Quieres ser un Price? —Miro a Caleb, que asiente con un breve gesto de la cabeza—. Entonces, vas a ser un Price —digo—. Si ganas este partido, me caso contigo. Si consigues un shutout, nos casamos esta misma noche.

—¿Y si perdemos? —pregunta.

—No perderéis —respondo y le lanzo una mirada que lo dice todo.

Tiene una expresión de determinación en el rostro mientras se baja la máscara y se aleja sobre los patines bajo los vítores del público.

—A Jake se le va a ir la olla cuando se entere —dice Caleb a mi lado.

—Estará bien —murmuro, lo cojo de la mano y me la llevo a los labios.

—Ah, ¿así que eso crees?

—Lo sé —respondo.

—¿Cómo?

Me giro para mirarlo y sonrío.

—Porque si yo me caso con Ilmari, eso significa que tú te casas con Jake. Y la verdad es que no podría encontrar mejor marido.

Abre los ojos como platos mientras me recorre con la mirada con una sonrisa asomando en la comisura de los labios.

—Ya me imaginaba que te gustaría la idea —lo provoco—. Pero primero tienen que ganar. No cedemos a menos que ganen. Mantente firme conmigo.

—Joder —masculla para el cuello de su camisa cuando Jake pasa por delante de nosotros como si fuera un sueño hecho realidad.

—Ah, ¡y queda una sorpresa más para esta noche! —dice Harrison desde detrás de mí.

Lo miro por encima del hombro y gruño. Si soy sincera, no estoy segura de si puedo soportar más sorpresas.

—¿Qué es?

Harrison señala hacia la pista de hielo donde un grupo de gente está desenrollando una alfombra justo en el centro. Un par de hombres corren hacia el hielo arrastrando un carrito con un amplificador y un micrófono. Un tercero saca una guitarra eléctrica en un soporte.

—Madre mía —jadeo con los ojos desorbitados—. Dime que no lo habéis metido en esto —digo girándome boquiabierta hacia Caleb.

Levanta las dos manos a modo de rendición.

—Huracán, te lo juro por Dios, se ofreció voluntario.

—Al parecer, han largado a un coro de niños para que cante él —dice Harrison, que ha metido la cabeza entre los dos con una sonrisa.

—Ay, madre mía. —Vuelvo a gruñir y entierro la cara entre las manos.

—Venga ya, no está tan mal —se burla Caleb. Me envuelve entre sus manos y descansa la barbilla en lo alto de mi cabeza.

—Por favor, ¡poneos en pie para escuchar el himno nacional! —anuncia la atronadora voz del comentarista—. Esta noche lo interpreta una de las mayores leyendas del rock...

Todo el estadio se vuelve loco cuando mi padre cruza el plexiglás y las cámaras lo enfocan. Su cara sonriente aparece en la pantalla gigante. Tiene un aire guay sin esforzarse, con su camiseta rota y su cazadora de cuero, sus vaqueros y un par de botas de motorista desgastadas. Saluda al público mientras avanza por la alfombra hacia la guitarra que le espera.

—Fans del hockey, por favor, vamos a darle la bienvenida al hielo al guitarrista de los Ferrymen, hijo nativo de Los Ángeles, ¡¡Halllll Priiiiice!!

Feliz entre los brazos de Caleb, sonrío y veo que Jake e Ilmari se acercan patinando al borde de la alfombra y se quitan los guantes para estrecharle la mano a mi padre. El público se vuelve loco cuando coge la guitarra. En cuanto rasga la primera nota, se hace el silencio. Entonces, cierra los ojos, se echa hacia atrás y empieza a cantar.

Epílogo
Rachel

Un año después

—Tranquila, Huracán —susurra Caleb, me cubre la mano con la suya y me da un ligero apretón.

Respiro hondo y dejo las manos quietas. Cuando estoy nerviosa durante un partido, les doy vueltas y más vueltas a las alianzas de los chicos que llevo en el dedo pulgar para centrar mi energía en la sensación del frío metal rozándome la piel. Los tres anillos tienen la misma banda: oro blanco con cuatro diamantitos incrustados.

Es nuestro pequeño ritual. Los chicos no pueden llevar joyas en el hielo, así que al principio de cada partido me dan sus alianzas de boda. Se las devuelvo cuando terminan. Jake se deprimía tanto cuando tenía que quitarse el anillo que al final se lo tatuó. Ahora tiene una delgada banda de tinta alrededor del dedo que oculta cuando se pone la alianza.

Esta noche, solo llevo un anillo porque Jake está de pie a mi lado. Lleva una equipación azul y blanca, los colores de la selección finesa, y se pelea con Harrison por el control del cubo de palomitas.

El estadio vibra de emoción cuando la música dance hace que el público se ponga en pie. Tengo la mirada clavada en el centro del hielo donde están pintados los anillos olímpicos.

Hasta aquí hemos llegado. Al partido en el que se decide quién gana el oro. Finlandia contra Canadá... en Canadá. Mire a donde mire, solo veo el blanco y rojo de la bandera de Canadá: jerséis, bufandas, sombreros, pancartas, caras pintadas.

Siento que el corazón me va a arder de la emoción y de la gratitud. A mi alrededor, nuestros amigos y familiares han venido a animar a Ilmari. Harrison y Somchai están al lado de Jake, ambos llevan la camiseta de Suomi. Som está ridículo con un gorro de Suomi con un pompón de lana enorme de color azul y blanco.

Al otro lado de Caleb, los Kinnunen canturrean todas las canciones de ánimo. Juhani es una estrella del hockey finesa por derecho propio, así que los fans lo han rodeado en todos los partidos. Su hermana Laura y su hija Helena están a su lado. Han sido muy amables y acogedores, han dejado que los tres entremos en sus vidas y les demostremos lo mucho que queremos a Ilmari.

Pasamos parte del verano pasado con ellos en Finlandia y fue muy divertido ver otra faceta de Ilmari. Me he convertido oficialmente a las saunas finesas y a los baños fríos. Incluso hemos instalado una sauna en casa que Ilmari usa después de todos los partidos. Sonrío y siento que se me calientan las mejillas. Nos hemos divertido unas cuantas veces dentro de esa cosa.

Me distraigo cuando un bebé suelta un chillido fuerte. Kristina, la esposa de Mäkinen, mece a su bebé sobre las caderas sentada en la fila que está delante de la nuestra. Es un pequeño querubín con unos rizos rubios y las mejillas rosadas. Lleva unos auriculares de cancelación de sonido tamaño bebé y un disfraz de león. En cuanto lo he visto, me han explotado los ovarios. Jake ya ha tenido que quitármelo de los brazos una vez a lo largo de la noche.

Caleb me pasa el brazo por la cintura.

—Lo va a hacer genial, nena. Está bien. Es fuerte.

Asiento e intento tragarme los nervios. El último partido fue un desastre. Finlandia contra Suecia. Ilmari recibió un golpe tan retorcido que mi alma amenazó con abandonar mi cuerpo. Le dieron un codazo en la máscara que lo tiró hacia atrás y lo clavó en la red. Se dio con el travesaño al caer y desancló la portería.

Menudo grito solté. Mientras el árbitro escoltaba al jugador sueco a la caja de castigo, los chicos me sujetaban físicamente para que no trepara el plexiglás y le arrancara el corazón. Esas son las dos partes más difíciles de ser una esposa de hockey: las esperas y los golpes. Y yo soy esposa de hockey por partida doble.

Solo me puedo culpar a mí misma.

—Eh, Seattle... mira —dice Jake, me da un golpecito con el puño lleno de palomitas—. Ha venido.

Sigo la línea que me señala y veo al doctor Halla de pie en el extremo opuesto de la fila de asientos mirando su entrada. También lleva una camiseta y una bufanda de Suomi. Sonrío de lado. No sé si alguna vez lo he visto con algo que no sea el pijama de médico o un traje. Es raro. Es como ver a un perro montar en patinete.

—Ha venido —murmura Caleb a mi lado.

Sonrío y les doy a los dos un apretón en la mano cuando paso por delante de Jake para ir a saludarlo.

Resulta que nadie puede guardar más rencor que un finés. Y mi marido es el finés más finés que jamás he conocido. Así que nos lo estamos tomando con calma. Halla vino a un partido de los Rays en primavera. También vino a finales de verano a celebrar el lanzamiento de la organización de conservación de las tortugas marinas de Ilmari.

Durante la gala de aquella noche, resultó que Ilmari donó medio millón de dólares a una organización sin ánimo de lucro que dirigen tres bienhechores demasiado entusiastas, pero bastante desventurados. El dinero y la supervisión que les proporciona terminaron por reestructurar su organización. Ahora, Fuera de la red es una organización benéfica sin ánimo de lucro como Dios manda con una junta directiva, un director financiero y una base de voluntarios en continua expansión.

Halla también hizo una donación considerable, pero no igualó a la contribución de Ilmari. Las tortugas marinas a todo lo largo y ancho de la costa del norte de Florida van a dormir bien por la noche sabiendo que un par de fineses están decididos a mantenerlas a salvo.

Paso por delante de Harrison y Som mientras saludo a Halla con la mano.

—¡Eh! ¡Halla, ven aquí!

Me responde al saludo también con la mano y recorre la fila con la mirada. Se sienta junto a Juhani y Laura y asiente con la cabeza. Juhani me ha apoyado en mi misión de ayudar a padre e hijo a limar sus asperezas. Creo que ha sido gracias a Juhani más que nada lo que ha hecho que Halla consiguiera una entrada para este partido.

—Hola, Rachel.

—Eh —digo, siento que me quedo sin aliento—. Me alegro de que hayas podido venir. —Som se baja un poco para hacernos sitio en el extremo del banco—. ¿Llegaste a ver los partidos anteriores? —pregunto.

—Ah, sí —responde—. Los grabé todos.

—¿Qué te pareció el último partido?

Se le oscurece la mirada.

—Los suecos jugaron sucio.

—Sí, yo estuve a punto de matar al número 12 —digo.

—Ponte a la cola —masculla.

Nos quedamos ahí durante un minuto, la emoción del público nos recorre a todos.

—Bueno —digo, empiezo a sentirme nerviosa—. Debería volver a mi asiento...

—Price, eh... Rachel —se corrige y me coge por el codo—. Nunca te he dado las gracias. Por todo esto... Yo nunca...

—Oye —digo dándole unas palmaditas en la mano—. No pasa nada...

—No. Debería darte las gracias —insiste—. Tú eres la única razón por la que esto está sucediendo. Tú eres la razón por la que él me deja acercarme. Mis propios intentos han sido inútiles en el mejor de los casos. Cuando pasas tanto tiempo viviendo en la niebla de tus errores, es difícil ver más allá de esa bruma.

—Sé a lo que te refieres.

De verdad que sí. Yo también me he pasado mucho tiempo perdida y buscando algo, preguntándome si alguna vez llegaría a algún sitio. La hija alocada de Hal Price. La fiestera. El desastre. La niñata malcriada. Estaba muy amargada, enfadada y asustada sin más.

—Todos nos merecemos una segunda oportunidad —digo. Como siento que este es el momento de la verdad, sigo adelante—: Pero ¿sabes qué? Si Ilmari es un león, yo soy una leona. Si le haces daño a mi esposo, te rajaré la garganta. ¿Entendido?

Sonríe con suficiencia y asiente.

—*Joo*.

Me quedo helada, ese monosílabo como respuesta hace que me acuerde de algo. Paso por delante de Som para volver a mi asiento, pero entonces miro por encima de mi hombro.

—¿Qué le preguntaste?

Halla me mira.

—¿Hmm?

—Aquella noche —le digo y me acerco un poco más—. En la cena, en Cincinnati... le preguntaste algo. Sé finés suficiente para saber que su respuesta fue «sí». ¿Qué le preguntaste?

Suelta una carcajada y dibuja una sonrisa. Levanta una mano y me la coloca en la mejilla. Tanta ternura me resulta extraña, pero no me aparto.

—Le pregunté si estaba enamorado de ti.

Aspiro una fuerte bocanada de aire con los ojos como platos. Aparta la mano, todavía con la sonrisa dibujada.

El corazón me martillea en el pecho. ¿Se lo preguntó entonces? Se lo preguntó en Cincinnati... y la respuesta de Ilmari fue ya un sí.

Halla asiente con la cabeza, tiene los ojos llenos de lágrimas.

—¿Me lo cuidas?

En realidad, no es una pregunta. Los dos sabemos que lo haré. Ilmari es mío. Lo amaré y lucharé por él hasta mi último aliento. Despacio, asiento.

—*Joo*.

—¡Ay, madre mía! —grito agarrada a los brazos de Jake y Caleb mientras todos damos saltitos. Este partido está descontrolado. Los canadienses lo querían con muchísimas ganas. ¿Ganar una medalla de oro en casa? Eso es de lo que están hechos los sueños. Están jugando con fiereza y sucio, animados por el público enloquecido.

E Ilmari está siendo un muro de ladrillo, bloquea un disparo tras otro. Y la ofensiva finesa ha estado increíble liderada por Mäkinen. El marcador lleva anclado en 1-0 desde el principio del segundo periodo. Finlandia va ganando.

Y faltan apenas dos minutos para que termine el último periodo. Canadá está preparada para intentar lo que sea para igualar el marcador.

—Ay, joder... ¡lo van a hacer! —grita Caleb—. ¡El portero se está moviendo!

—Ay, madre mía —vuelvo a chillar, al ver que el portero canadiense se va al banquillo. En cuanto sus patines están fuera del hielo, el delantero más rápido sale disparado como una bala. Ahora su sexto hombre es el patinador más rápido de la NHL, famoso por su potente disparo.

—Ay, joder ¡Estoy acojonado que te cagas!

Ahora mismo, Jake no podría encontrar su entereza ni con un GPS. Está aullando como un maniático y gritándoles a los defensas fineses que hagan placajes y bloqueos.

Toda la acción se está llevando en la zona de defensa finesa. Casi puedo sentir la concentración que surge de Ilmari, incluso desde aquí. Odio que esté en el extremo opuesto de la pista. Me siento muy impotente, pero no hay nada que nosotros podamos hacer. Es su partido, es él quien lo tiene que ganar o perder.

Los fineses también pelean sucio e intentan arrebatarles el disco a los canadienses. Si consiguen que suelten el disco y lanzarlo por el hielo, pueden volver a marcar en la red despejada. Los canadienses saben que es un riesgo. Es su último recurso para intentar empatar el partido.

—¡Sacadlo!

—¡¡¡Vamooooos!!!

Todo el estadio se está volviendo loco. Los fans de Finlandia están intentando igualar el volumen de los canadienses, aunque nos superan en número 50-1. Mäkinen se atrinchera en las vallas y lucha con un delantero por el control. Consigue darle al disco y lo envía a la línea de centro.

El calor se va apoderando de Ilmari a medida que avanza el reloj. Entonces el número 10 de Canadá hace un disparo descuidado y el disco se va dando vueltas hacia la esquina.

—Dios... ¡gol del portero! —grita Caleb—. ¡Gol del portero! ¡Gol del portero!

—Madre mía, ¡lo va a hacer! —Jake casi me estrangula cuando estira el brazo para agarrar a Caleb por el hombro y ahora los dos están saltando y empujándose los unos a los otros.

Casi no proceso que lo que veo es a Ilmari corriendo detrás del disco y dejando atrás la red. Sus defensas retienen a los canadienses durante dos segundos mientras Ilmari se gira y alinea el disparo con el stick. Con un golpe, el disco sale volando por encima de las cabezas de los jugadores.

Lo veo a cámara lenta, Caleb y Jake están gritando a ambos lados de mí mientras el diminuto disco negro recorre el hielo. Aterriza en la zona defensiva de los canadienses y se desliza por el hielo, justo hasta el fondo de la red vacía. Hay un momento de animación suspendida mientras todo el estadio asimila lo que acaba de pasar. Entonces se ilumina la luz, la bocina suena y el marcador cambia. 2-0.

Y los fineses explotan. Nuestra sección de las gradas se convierte en un volcán humano cuando estallamos en gritos, chillidos, abrazos y cánticos.

—¡El mejor partido del mundo! —grita Jake.

En el hielo, el equipo finés rodea a Ilmari. ¿Un gol del portero en el último minuto en un partido por la medalla de oro? Ya, es imposible que los canadienses remonten esto. Se ha terminado. Finlandia ha ganado. Ilmari le acaba de garantizar al equipo la medalla de oro.

Las lágrimas me caen por la cara mientras abrazo a todos los que me rodean y el corazón me va a mil por hora. Aprieto el puño con fuerza, me encanta sentir la presión de la pesada alianza de boda de Ilmari contra mi piel. Tengo su anillo a salvo en mi pulgar. Sacudo la mano y miro la fila de tres anillos de diamantes que llevo como alianzas de boda. Destellan bajo las brillantes luces del estadio.

Cada uno de los chicos eligió uno. El de Ilmari es el que está más abajo, es igual que el de ellos, pero con un estilo más delicado. El de Caleb está en medio, es una delgada banda de diamantes, nada ostentoso. Es perfecto. El de Jake está arriba del todo, son cuatro diamantes rectangulares salpicados de esmeraldas... por sus ojos verdes. Aprieto el puño con más fuerza y el corazón se me desborda de felicidad.

A mi lado, Jake hace pucheros.

—¿Ángel? —digo pasándole el brazo por la cintura—. ¿Qué pasa?

Jake se limita a sacudir la cabeza y suspirar.

—Va a ser imposible vivir con él después de esto.

Sonrío sin más. Yo creo que la convivencia nos va a ir bien.

—Dios, esto está tardando una eternidad —gruñe Jake con los ojos en el móvil.

Entorno los ojos y lo ignoro. Caleb hace lo mismo. Ilmari nos mandó un mensaje hace una hora para avisarnos de que por fin lo habían soltado e iba de camino al hotel.

—Llegará cuando llegue —digo, y me muevo contra el lado de Caleb. Justo mientras lo digo, llaman a la puerta.

Salta de la otra cama de tamaño grande, solo lleva puesto sus pantalones cortos de deporte, y sale corriendo hacia la puerta.

—¡Joder, por fin!

Tanto Caleb como yo nos reímos. Me bajo de la cama y cojo el anillo de Ilmari de la mesilla de noche.

—¡Aquí está! —grita Jake abriendo la puerta—. Oh..., joder, tío... ¿en serio? Por si no tuviera ya suficiente complejo.

No oigo lo que dice Ilmari, pero cuando llego hasta los pies de la cama, lo veo de pie en la puerta abrazando a Jake. Esto es nuevo para ellos. Jake insistió. Puede que no quiera contacto sexual con Mars, pero a Jake le gustan los abrazos. Ilmari ahora solo se deja hacer y, un tanto incómodo, le da a Jake unas palmaditas en los hombros. Pero no deja de mirarme a mí.

Tengo los ojos llenos de lágrimas cuando lo veo apartarse

de Jake. Está ahí de pie con su medalla de oro al cuello, parece el dios del hockey de la cabeza a los pies. Todos hemos estado en la ceremonia de entrega de medallas. Lloré a mares cuando se la colgaron al cuello. Y todos le hemos dado la enhorabuena ya. Nos hicimos mil fotos y las subimos a las redes sociales por insistencia de Poppy.

Pero aquí está por fin, en la privacidad de nuestra habitación de hotel, y podemos celebrarlo como queramos. Sin cámaras. Sin presión. Sin el circo mediático del Equipo Price.

Ha sido un año de grandes ajustes para los cuatro mientras dejábamos que la prensa y la comunidad del hockey superaba el shock de nuestra relación tan poco ortodoxa. Pero mis chicos tenían razón... por cada trol gilipollas de internet que quiere decirnos que nos vayamos al infierno, hay cien personas más que siempre nos desean lo mejor.

La mirada de Ilmari calienta más que el fuego cuando pasa al lado de Jake y me coge entre sus brazos. Me derrito contra él desesperada por que me toque.

—¿Cómo te sientes? —digo a mitad del beso con las manos acariciándole la cinta de la medalla.

Me recorre todo el cuerpo con las manos y me aprieta contra él.

—Increíble —masculla.

Le sonrío y levanto la mano para acariciarle la mejilla.

Ve el destello del anillo en mi pulgar y me agarra por la muñeca.

—Devuélvemelo.

Le dejo que me quite la alianza del pulgar y veo que se la pone. Es casi como si se quitara un peso de encima cuando el anillo vuelve a su sitio, como si no estuviera completo sin él en el dedo recordándole quién es y a donde pertenece.

Le envuelvo la cara con las dos manos.

—Estoy muy orgullosa de ti, *kulta*. Eres increíble.

Vuelve a besarme y me permito perderme en el poder que siento emanar de él, en su alegría. Nuestro beso se intensifica y enseguida se aparta con una maldición susurrada.

—¿Qué quieres? —digo—. Esta noche, nuestro medallista de oro olímpico tendrá todo lo que quiera.

—Sí, pero solo esta noche —le advierte Jake desde el borde de la cama—. Mañana vuelvo a coger yo la sartén por el mango.

Ilmari gruñe y le lanza una mirada, mientras que Caleb, a su espalda, suelta una carcajada de incredulidad.

—¿Qué quieres? —vuelvo a decir.

—Tú sabes lo que quiero —responde con la voz febril de la necesidad.

Respiro hondo y asiento.

—Entonces, yo digo que sí.

—¿Sí?

—*Joo.*

—Sí, *rakas.*

Su alegría es contagiosa cuando me agarra y me levanta contra él. Nos gira y me suelta en la cama al lado de Jake.

—Piérdete, Jake —gruñe.

—¿Qué? Au... —Jake jadea indignado cuando Ilmari le da una torta para apartarle la mano de mí.

Estoy completamente a merced de Ilmari cuando me quita la camiseta del pijama por la cabeza y la tira al suelo, así que mis pechos quedan al aire.

—Vete a jugar con Caleb —ordena—. Ahora mismo es mía.

Jake resopla y se levanta de la cama.

—Que sepas que el hecho de que el portero meta el gol que consigue el oro olímpico es literalmente la única circunstancia en la que puedo aceptar que ahora mismo te salgas con la tuya. Ya verás mañana. Como me des un manotazo para que no toque a mi esposa, te muerdo.

—Anotado —masculla con los ojos en mí mientras se quita la medalla de oro y la tira al suelo. Su camisa la sigue.

Caleb nos rodea para colocarse detrás de él junto a Jake. Mientras Ilmari me quita los pantalones cortos de seda, los miro y veo que Caleb le pasa a Jake un brazo por el hombro y le envuelve la polla.

—¿Quieres mirar conmigo, ángel? Si no, puedo ponerte de rodillas y darle caña a ese culito tan dulce.

Jake gruñe y se inclina hacia él, pero es Ilmari quien responde, mientras deja caer los pantalones de chándal al suelo y se agarra la polla dura.

—Esta noche nada de jueguecitos anales. Y más os vale que ninguno de los dos os corráis.

Caleb lo mira parpadeando.

—¿Qué?

—¿No podemos tocar a Rachel y no nos podemos correr? Genial —escupe Jake. Se vuelve hacia Caleb—. ¿Quieres jugar a las damas o algo?

Suelto una carcajada, pero enseguida Ilmari me silencia cogiéndome por las pantorrillas y arrastrándome a la cama. Se deja caer de rodillas, me pasa las piernas por sus anchos hombros mientras desciende y su boca reclama mi coño necesitado.

—Ay, Dios —jadeo y arqueo la espalda con las dos manos en su cabeza. Le clavo los talones en la espalda y lo mantengo pegado a mí mientras me devora. No puedo controlar mis gemidos mientras su lengua me lame y me provoca. Ronronea contra mí, pues sabe que me gusta que lo haga. Mi vibrador humano. Este hombre come el coño como los dioses. Todos mis chicos tienen mucho talento. Y siempre están famélicos. Solo con entusiasmo se puede llegar muy lejos.

Abro los ojos y busco a mis otros chicos. Jake observa, paralizado, mientras Caleb lo tienta con besos; le ha metido la mano entre los pantalones y le da placer desde la base hasta la punta. Me lamo los labios, quiero probarlos a ellos mientras Mars me prueba a mí, pero está noche se hace lo que él quiera y, en este momento, me quiere para él solo.

Con un gruñido, Jake se gira entre los brazos de Caleb y con la mano libre le envuelve la cara mientras se besan. Cay sigue teniendo la mano dentro de los pantalones de Jake y le da placer muy despacio mientras se prueban el uno al otro. Verlos amarse el uno al otro me lleva al límite. Grito, el orgasmo me martillea mientras Ilmari me da placer con su lengua y sus dedos, bebiéndose mi corrida con un gruñido hambriento. Le gusta que entre en calor con al menos un orgasmo antes de que entre en mí. Con su tamaño, es más fácil si estoy resbaladiza y preparada. Ya está. Estoy desesperada por este hombre, literalmente.

Le quito las piernas de los hombros jadeando para coger aire, mientras me aparto de él por la cama.

—*Tule tänne* —murmuro—. *Kulta, tule*.

Se pone en pie con un gruñido y se sube a la cama conmigo. Se hunde en la cuna de mis muslos. No tarda nada en colocar la polla en mi entrada y empujar.

Suelto un largo gemido y relajo el cuerpo cuando me llena tantísimo, colocándose en mi centro. Las lágrimas me inundan los ojos y me agarro a sus hombros, me muevo con él y el corazón se me desborda.

—Te quiero —susurro—. Ilmari... Estoy muy orgullosa de ti...

Me calla con un beso, su cuerpo me reclama mientras él dice algo en finés contra mis labios, vertiendo todo su amor en mí. Me agarra el muslo con una mano, me abre más y se introduce más adentro.

—Oh... —Arqueo el cuello hacia atrás cuando siento la exquisita espiral de un orgasmo en el punto que empieza a fraguarse en mi interior. Todo el cuerpo empieza a calentárseme y siento el cerebro adormilado. La tensión es exquisita.

—Sí... ahí...

—Díselo —gruñe golpeándome con las caderas—. *Rakas...*, díselo.

Jadeando, le aparto la mirada agarrada a sus hombros. Caleb y Jake siguen de pie junto a la cama desnudos. Caleb tiene las dos pollas cogidas en la mano. Jake tiene la cabeza hacia atrás con los ojos cerrados, mientras Caleb le lame el cuello.

—Chicos —los llamo—. Jake... Cay...

Se apartan y giran la cabeza hacia nosotros. Ilmari ralentiza sus embestidas y baja la cabeza para besarme el cuello. Ronroneo de placer y extiendo una mano hacia ellos.

—Venid aquí.

Dan un paso adelante y Jake me coge de la mano.

—Me he quitado el DIU —digo—. La semana pasada. Me lo quité.

Los dos abren los ojos como platos cuando comprenden lo que quiero decir. Llevamos meses hablando de esto. Jake quería que empezáramos a intentarlo la noche en que nos casamos los cuatro. Por suerte, los otros dos estuvieron de acuerdo conmigo en que deberíamos retrasarlo. Capear la tormenta mediática, encontrar nuestra nueva normalidad. Pero ahora parece ser el momento adecuado. Somos felices. Estamos preparados. Quiero que empiece la siguiente fase de nuestra vida.

—Dios —chilla Jake con una expresión eufórica—. ¿Estás hablando en serio, Seattle?

Asiento con la cabeza y me muerdo el labio mientras Ilmari empieza a moverse de nuevo.

—Oh, joder, sí —dice Jake, y se deja caer de rodillas al lado de la cama. Me coge de la mano y me la sujeta, luego me besa los nudillos mientras Ilmari me venera con todo su cuerpo.

Caleb se queda de pie detrás de Jake con los ojos como platos. De todos los chicos, ha sido el que más angustiado estaba por la idea de tener hijos. Pero a Caleb siempre se le da mejor la acción. Ya aprenderá con la práctica y aumentará su confianza, no tengo ninguna duda.

Jake parece maravillado mientras Ilmari cambia la postura sobre mí y se entierra aún más adentro con cada embestida. Me echo hacia atrás con los ojos cerrados y dejo que su pasión se funda con la mía. Juntos somos más fuertes. Nunca nos separaremos. Ilmari Price es mi marido. Mi amante, mi amigo.

Gimo cuando la espiral de mi orgasmo se tensa más.

—Vamos —me ruega Ilmari—. Córrete otra vez, *rakas*. Córrete conmigo... por favor...

Escuchar a mi marido suplicar me hace añicos. Sus caderas me embisten y me sujetan mientras su corrida me llena. Mi coño lo sujeta con fuerza. Estoy jadeando, sudando, en el séptimo cielo. Me quedo tumbada en la cama mientras él sale de mí. Sin aliento, se deja caer a mi lado y baja la mano a mi coño. Desliza un dedo por mi entrada y me lo acerca a los labios. Me meto el dedo en la boca y lo lamo con un gemido ansioso, mientras degusto el sabor de nuestras corridas en mi lengua.

—Caleb, ven —ordena Ilmari—. Tómala. Toma a nuestra esposa. Llénala.

De repente, Caleb casi parece que tiene miedo. Le tiendo la mano y me apoyo en los codos.

—Ven aquí, nene.

Da un paso al frente, hunde las rodillas en el borde de la cama con una leve mueca. Está fuera de su elemento. No hay juegos, no hay problemas. Esto es sexo e intimidad a un nuevo nivel. Como sé lo que los dos necesitamos, tomo el mando y me pongo de rodillas.

—Túmbate —digo con voz firme.

—Huracán...

—Túmbate, Caleb —digo pasándole el brazo por la nuca—. Voy a cabalgar tu polla como una reina. Eres mío. Mi marido. Somos todos o ninguno. ¿Te apuntas?

Asiente, se acerca más y me envuelve con sus brazos. Nos besamos mientras bajo a la cama. Me apoyo en los codos y me meto la polla con piercings en la boca. Gruñe con las manos en mi pelo mientras le doy placer con ganas. Estoy famélica cuando me encaramo a su regazo y muevo las caderas hasta que siento su polla apretándome el clítoris. Tiemblo, le sonrío mientras levanto las caderas y me lo coloco en la entrada.

Tiene ojos solo para mí y se le oscurece la mirada.

—Hazlo —gruñe.

Me hundo con fuerza y rápido y los dos gritamos. Sus piercings me frotan a la perfección cuando empiezo a moverme y encuentro mi ritmo mientras me follo su polla tan perfecta. Me agarra por las caderas como si le fuera la vida en ello y me mira con admiración mientras mis pechos botan con cada embestida.

—¡Nene, ya estoy a punto! —grito, mi avaricioso coño ya lo está apretando con fuerza.

—Yo también... —gruñe, echa la cabeza hacia atrás mientras me sujeta para que no me mueva y sus caderas me golpean.

Suelto el grito y el poder de sus embestidas me manda en caída libre. Jadeo y gimo, sacudida por un orgasmo que casi me hace convulsionar. Lo aprieto con mucha fuerza con cada oleada que me inunda. Y entonces su cálido semen me llena, goteando de él a mí.

Tiemblo de la cabeza a los pies cuando los dos bajamos de nuestro subidón. Entonces se encoge para sentarse con la polla todavía enterrada en mí. Ni siquiera me doy cuenta de que estoy llorando hasta que no me limpia las lágrimas y me besa.

—Te quiero, Rachel. Nena, te quiero muchísimo —murmura. Es el menos hablador de mis chicos, demuestra su devoción con acciones más que con palabras. Al escucharlo ahora, soy como una flor en busca de la luz del sol, aferrada a él, cubriéndolo de besos.

—Te quiero —gimoteo—. Cay, te quiero

—Te quiero, Huracán —dice al romper nuestro beso y buscando a Jake.

Como sabe que por fin es su turno, Jake se deja caer en la cama a nuestro lado, nos envuelve a los dos con los brazos mientras me besa a mí primero, luego a Caleb y luego a mí otra vez.

—Os quiero muchísimo a los dos —murmura—. Os quiero. Mi chica y mi chico. Soy el tío con más suerte del mundo. Incluso te quiero a ti, Mars —le dice a Ilmari por encima de nuestros hombros.

Me giro y veo que Ilmari está sentado en la otomana que hay al lado de la cama, todavía desnudo. Despacio, asiente, cosa que ahora todos sabemos que en el idioma de Ilmari significa «Yo también te quiero, pero soy demasiado reservado emocionalmente para decirlo. Así que me voy a limitar a mirarte fijamente y espero que eso sea suficiente».

Sonrío, el corazón se me desborda cuando me giro hacia Jake con la polla de Caleb todavía acurrucada en mi interior.

—Ángel, por favor —digo envolviéndole la cara—. Sabes cuánto te necesito.

Me coge por debajo de los brazos, me levanta para que salga de Caleb, me gira y me deja en la cama.

—A cuatro patas, nena. Quiero llegar bien al fondo.

Hago lo que me dice con ganas y me quedo mirando hacia los pies de la cama. Pero Jake no me sigue de inmediato. Cuando giro la cabeza, veo que está empujando a Caleb por el hombro hasta el extremo opuesto de la cama. Se agacha y se mete la polla medio dura de Caleb en la boca, luego lo lame hasta limpiarlo con un gemido hambriento. Caleb agarra a Jake por el pelo con las dos manos cerradas en puños, su mirada es volcánica mientras mueve las caderas y se permite seguir estando lo suficiente duro como para ahogar a Jake.

Gimoteo mientras, en el otro extremo de la habitación, Ilmari gruñe con la polla dura entre las manos. Le está encantando esto tanto como a mí. Su perversión por la reproducción está en su máximo esplendor al saber que ahora es posible que me quede embarazada.

—Ya basta —ordena—. Jake, fóllate a nuestra esposa. Ahora. Esta noche tiene que recoger todo nuestro semen.

Jake sale de Caleb con un gemido y se levanta rápido para besarlo. Luego se hunde en el colchón detrás de mí y traza con las manos mis costados, mis hombros, mientras su polla dura se acurruca entre mis nalgas. Se dobla sobre mí.

—Bésame.

Me giro y dejo caer los hombros lo suficiente como para que podamos besarnos. Es descuidado y rápido, pero nos da igual. Luego desliza la mano entre mis piernas para buscar mi entrada.

—Dios, nena —gruñe—. Joder, qué húmeda estás. Mira cómo te han dejado. Estás chorreando.

Gimoteo ante sus palabras cuando siento que me introduce los dedos, le da vueltas a la humedad y los vuelve a meter.

—Nunca me había imaginado que tuviera un fetiche por la reproducción, pero esto me ha puesto a mil —dice con otro gruñido—. Mars, ven a sentirlo —lo llama.

—Tú termínala —responde Ilmari.

—Jake, por favor —le ruego, esta espera me empieza a desesperar—. Te necesito, ángel. Necesito tu semen.

Las palabras se me escapan entre jadeos mientras me agarra y se coloca en mi entrada.

—Eres mía, Seattle —dice mientras entra en casa con un bandazo.

Los dos gritamos y me dejo caer sobre los codos para cambiar el ángulo. Para que pueda hacer lo que le plazca. Quiero que me use y que me llene, que me embista todo lo fuerte que quiera.

—Mi esposa —gruñe mientras me reclama—. Mi amante. La madre de mis hijos. Mi alma gemela. Eso es lo que eres. Te quedaste algo mío la noche que nos conocimos y nunca me lo devolviste. No quiero que lo hagas. Me cambiaste, nena.

—Tú también me cambiaste —grito, mi cuerpo se pierde en la euforia de estar tan perfectamente llena.

—Eres mi todo —dice—. Eres todo mi puto mundo. Tú y Cay y Mars. Sois mi mundo. Punto. No importa nada más.

—Sí —ruego. Si el universo es benevolente, me permitirá quedármelos para siempre.

Como si estuviera pensando lo mismo que yo, como siempre, se inclina sobre mí y me agarra de las tetas mientras me embiste.

—Nunca me dejes marchar. Rachel, por favor.

Arqueo la espalda hasta que los dos nos quedamos de rodillas y presiono las caderas contra él, me muevo con él y le agarro las manos que tiene sobre mis pechos.

—Nunca —digo con todo el poder que consigo reunir—. Nunca, Jake. Eres mío por siempre.

Entonces grita y se corre dentro de mí. Su liberación desencadena la mía. Esta es más lenta y profunda que las demás. Es una especie de dolor punzante que se acumula y me devora, como si todo mi cuerpo se hubiera convertido de repente en oro líquido.

Nos dejamos caer en la cama y se pone a mi lado, luego tira de mí. Ilmari aparece ahí en un parpadeo y me pone bocarriba. Baja las manos entre mis piernas y envuelve el líquido que se desliza por mi entrepierna.

—Tómalo todo —gruñe—. Guárdalo dentro de ti, *rakas*. Conviértenos en una familia. Haznos un todo.

Asiento con la cabeza y se me llenan los ojos de lágrimas al ver a mis tres chicos venir a la cama. Jake se queda a mi izquierda e Ilmari a mi derecha. Caleb se mete en la cama al lado de Jake y pasa el brazo por encima de él para ponerme la mano abierta en el estómago. Nos quedamos ahí tumbados los cuatro en una cama que es demasiado pequeña, abrazándonos los unos a los otros.

Puede que hayamos construido nuestra base en arenas movedizas, pero juntos somos más fuertes que nunca. Tengo tres vínculos irrompibles. Ellos también tienen sus propios vínculos: vínculos de amistad, de trabajo en equipo y de amor. Da igual lo que nos aguarde el futuro, yo sé quién soy ahora y sé a qué lugar pertenezco.

—¿Alguien quiere servicio de habitaciones? —balbucea Jake—. Voy a pedir *sundae*.

Ilmari se limita a gruñir. Creo que Caleb ya se ha dormido. Sin embargo, yo no puedo evitar sonreír. Todo esto empezó en una habitación de hotel con el hombre que tengo a mi lado. Mi Chico Misterioso. Y ahora aquí estamos, viviendo una vida que ninguno de nosotros jamás había soñado.

Me acurruco un poco más cerca y cierro los ojos. No necesito celebrar este momento con helado. La vida ya es demasiado dulce.

FIN

Agradecimientos

Este libro no existiría si no fuera por la maravillosa comunidad de lectores que encontré, a quienes les encanta desmayarse y suspirar por todas las cosas románticas del hockey. ¡Espero que queráis a Rachel y a los Rays tanto como yo!

Vamos a darles las gracias a algunas personas. Primero y siempre, gracias a Ashley, mi intrépida lectora alfa. Haces que el proceso de escribir mis libros sea mucho más divertido. Gracias a mi equipo beta: Rachel, Amanda y Alex. Habéis sido unas animadoras estupendas mientras yo exploraba nuevos géneros.

Gracias a mi agente, Susan, por lanzarles la novela corta precuela a las compañías de derechos de audiolibros. Muchas gracias a mis socios de Tantor Media por seguir creyendo que los personajes de Emilyverse merecen tener voz.

Kiitos a Shani por ayudarme a aplicar mi finés al siglo XXI. Gracias a Sangra de @smaldo.designs por ese cambio de imagen tan discreto e increíble que le hizo a todas las portadas de esta serie. Gracias a mis Zorras del Hockey, Jessa y Nikki, me he divertido muchísimo con vosotras desmayándome con todas las cosas románticas del hockey.

Por último, ¡¡¡quiero darle un gracias enorme a mi increíble equipo de ACR!!! Os estoy muy agradecida a todos y a cada uno de vosotros por el entusiasmo, por el interés y por vuestra devoción hacia Rachel y sus chicos.

Besos y abrazos.

Emily

Horóscopo de los protagonistas

Rachel: Cáncer (agua). Intuitiva, emocional, cauta
Ilmari: Aries (fuego). Atrevido, ambicioso, temperamental
Jake: Tauro (tierra). Centrado, sensual, tenaz
Caleb: Sagitario (fuego). Aventurero, adaptable, arriesgado

Palabras y frases en finés

En voi elää ilman sua: No puedo vivir sin ti
Haluun tätä: Quiero esto
Joo: Sí
Kulta: Dulce
Leijona: Leona
Mä haluun sut: Te deseo
Mä kuulun sulle: Te pertenezco
Mä rakastan sua: Te quiero
Mä tuun: Me corro
Mennään naimisiin: Cásate conmigo
Mitä helvettiä:¿Qué demonios?
Mitä vittua: ¿Qué coño?
Mun leijona: Mi leona

Niin mäkin sua: Yo también te quiero
No niin: Varios significados
Oon sun: Soy tuyo
Oot kaunis, rakas: Eres preciosa, cariño
Oot niin timmi: Estás tensa
Rakas: Cariño
Saatana: Maldita sea
Suksi vittuun: Vete a la mierda
Tule tänne: Ven aquí
Vain sun: Solo tuyo
Voi helvetti: Oh, demonios